王嘉龙——著

# 森林

SENLINJINGCHA

# 警察

中国文史出版社

# 引　子

　　我老了，八十七岁了。再不能像年轻的时候那样，骑马挎枪自由自在地在这大兴安岭北坡的原始森林里徜徉驰骋了。

　　可是，我已经离不开大山了，我觉得有大山在就有我的命在。大山里有我的魂。

　　从一九四八年秋，我成为武装护林队队员那天起，我的生命就紧紧地和大兴安岭的山山水水连在一起了。新中国成立后，武装护林队改制为中国人民森林警察部队，我和我的战友们就成了第一代森警战士。

　　如今，这大兴安岭已经成了我的精神依靠了，我觉得山就是我的脊梁，树就是我的筋络，森林河水就是我的血脉。我一天都不能离开它们了。我让我的儿子再君和再林给我的木刻楞房子在东南西北都安装了大大的玻璃窗，我坐在家里，往哪面看都能一眼就看见起伏的山峦，看见茂密的森林，看见蜿蜒的河流。眼睛能望见的和远处望不见的，都是我曾经走过无数遍的山川沟壑，蹚过无数次的静水流深。我闭着眼睛都能说出哪座山有什么树，哪座岭有多高，哪条沟塘子有多长，哪段河水有多宽。有来莫尔和吉儒穆图观光采风的作家、记者好奇地来我家做客，说我是"看山人"。我的这个身份，让他们给说准了。可那些匆匆的过客哪里知道我还有一个"守墓人"的身份呢，这个身份是仲坚送给我的，他是第三代森警了，这孩子的话我爱听。

　　正对着我家南窗的那座山的南面，有一片静静的坟茔地，那里长眠着我的老队长于耀武，长眠着我的老战友张大贵、仲友良、李永刚、朴正伦、八十子、孟和、魏玉国……也长眠着几位我们的无言战友——马和狗。我每天都要瞭望上他们几回，每天都要在心里和他们说上一会儿话。把我知道的森警部队点点滴滴的发展变化都絮絮叨叨地说给他们听。最近我给他们说的更多的是森警的转制。我告诉他们，咱们森警，二〇一八年十月一日正式由武警部队移交给了应急管理部，定位为国家综合性消防救援队伍的一支重要力量。

老伴和我坐在家里闲聊。她讥笑我说："老头子啊，你这辈子没白活，大名陈树，绰号'老树根儿'，没承想，你老也老了，还得了个'看山人'和'守墓人'的名分来。"我喝口搪瓷缸子里的浓茶，抹抹嘴说："'看山人'也好，'守墓人'也罢，最根本的我是一个'森警人'！"

前几天，祥子从北京给我来电话，说是要介绍几个有文化的年轻人来听我唠唠老森警的故事。说是要在我这儿寻根，寻森警的根。

祥子的话如同一股激荡起林涛的劲风，竟使我这个老朽神摇意动，思绪漫流。那些久远的和不怎么久远的森警往事在我的脑海中掀起了阵阵波澜……

# 1

我的森警生涯是从剿匪开始的。或者说是以叔伯哥的生命为代价和我被关禁闭的处罚开始的。

新中国成立前后，东北林区里很多残余的匪军、敌特、逃亡地主、反革命分子、土匪、烟匪流窜隐藏进大山里头，他们疯狂地抢劫老百姓的财物，不断地骚扰林区的社会治安，还常常引发森林火灾。按照上级决定，我们这支解放军公安部队转制为武装护林队，重点执行清剿大山里的散匪，保护林区人民生命财产和生产作业安全的任务。

这个时候，我所在的武装护林队的分队长就是带着我们几个老乡走上革命道路的于耀武。于队长无论在老家扛长活还是打日本鬼子打老蒋，可都是个了不得的人物。我们老家的人喜欢编顺口溜，就给于耀武编了几句：

> 于家屯子有个于老五，当过和尚练过武。打死老财拉杆子，上得山来当寨主。后来投奔八路军，刺刀敢捅日本猪。

于耀武个头不高，一米七的个子吧，干瘦的身材，长瓜脸，后勺把子的脑袋，额头上斜抹着一条鲜亮的月牙样的疤痕，寸头，三角眼，眼仁里总是聚着股倍儿亮的光。嘴里头好叼着个斯大林式的黑烟斗，一到想事儿的时候，两个眼睛眯缝起来，把烟嘴儿嘬得吱吱响，走路的时候，两条胳膊用力一甩一甩的，两条细腿更是腾腾地迈着步子，浑身上下仿佛有用不完的力量。和他处的时间长了，我摸清了他是个胆大心细、性子急、脾气躁的人，遇事爱较真儿，处事敢拍板，行事果断干脆。

我是跟着叔伯哥投奔的于耀武，我又比于耀武小了十来岁，那个时候，我对他是又敬重又惧怕，惧怕的成分更多一些。

于耀武队长带领我们第七独立分队转战到马布拉山区后接连打了几次歼灭战，战果丰硕，但我们也有伤亡。第一次围剿战斗结束打扫战场时，我乐得光顾着捡战利品了，突然听到我的叔伯哥陈强在我背后"嗷"地大吼一声，瞬间我就被他给推出好几步远，一个趔趄就趴地上了。这个同时，我听到身后叭叭两声枪响。等我转过身来，抬头一看，叔伯哥已经倒在血泊中了，而于耀武正举着他那把驳壳枪，怒不可遏地对着俯卧在地上的一个匪徒，枪口冒着一缕细细的青烟。我一下子扑到叔伯哥身边，声嘶力竭地喊他拽他，他看见我了，嘴角动了动，什么也没说出来，就头一歪，闭上了眼睛。等到我被魏玉国和仲友良从叔伯哥身边拽起来，我才明白，刚才那个受了重伤但还没死的匪徒临死前要拉个垫背的，正举起枪要向我射击，恰巧被叔伯哥发现了，是他在推我的时候，被匪徒击中了心脏。叔伯哥对我的那一声大吼，惊动了于队长，他发现了那匪徒的意图，抬枪就打了过去。可是他的这一枪比匪徒的那一枪晚了两秒钟。哥哥牺牲了，匪徒也当场毙命了。

本来是应该升庆功会的，因为叔伯哥的牺牲，营地里没有一丁点胜利的喜悦。庆功会变成了反思会。于队长带头在会上做检讨，说他太大意了，没有首先对死伤的匪徒进行逐个检查，就放松了警惕，也缺少对像我这样的新战士进行战场安全教育。会上没有批评我，只是提醒我以后在战场上千万麻痹不得。而我呢，一直在为叔伯哥的牺牲痛哭流涕，大家的话我听进去的并不多。我们属于没有分家的叔伯兄弟，自小都在一个锅里搅勺子，一张饭桌上吃饭，亲情很深。

在这之后，我们又打了几次围剿战。于队长每次战前动员时都要特意强调战场安全问题。没想到，到了年底的那场仗，我还是犯了错，以致被关了禁闭。

有猎民举报说，老爷岭那一带周边有一股匪徒对猎民、山民强行抢掠，杀人放火，干尽了坏事恶事。于队长带着我们化装成猎人打扮，化整为零，进入老爷岭深山里头，用了好些天把这伙匪徒的情况摸清了：这伙匪徒有十来个人，对外宣称是猎民。他们有时候仨一伙俩一串，有时候就聚到一块。他们也不固定在一个地方住，像打游击似的，分散着这待三天那儿待两天，串花似的换地方，不过靠北山根儿一个大石砬子下面的一个山洞倒好像是他们的一个据点，好几次所有人都往那块聚，就是他们分散的时候，这个石砬子也总有人守着，像是个大本营。估计他们可能是为了节省子弹，不怎么拿枪打猎，多数时候是下套子逮猎物，时间长了，动物们都不往他们跟前来了。他们出来遛套子的总是空着两手垂头丧气地溜达回来。

有几天他们又都聚到了这里，我们就准备下手了，这时候我们突然发现了一个奇特的现象，那个山洞前面是一大片榛柴棵子，他们出出进进总是规规矩

4

矩地走一个"之"形的固定路线，羊肠子小道被他们踩得光溜溜的。这帮匪徒就那么珍惜这片榛柴棵子吗？宁可绕着弯儿走，也不蹚出条直溜道来，这是啥意思呢？于队长说："他们不走咱们也不走。"

好像已经把敌情摸清楚了，大家伙都觉得该动手了，可于队长还是不让。他说这帮匪徒在这儿盘踞这么长时间了，能就这么一个憋死牛的洞口吗？没准儿还得有别的暗道。不过，我们都知道大兴安岭的土质不适合挖地道，一般只能是挖出深沟来，顶上盖上板子，而后再埋上土，所以他们就是有暗道也不会太深太长。我们就又盯了几天，功夫不负有心人，第三天的下午，我们在山洞东北角榛柴棵子外圈不远处发现从地底下钻出两个人的半截身子来，贼头贼脑地往四周看了看，而后对着外面的山梁子比比画画地说了一阵子，就又缩回去了。这个发现让我们喜出望外，于队长把他嘴上叼的黑烟斗攥在手里，左脚一歪，把烟斗梆梆梆地在鞋底子上狠磕了几下——他每当做出什么重大决定或者心里发狠时，都拿着烟斗狠狠地磕打鞋底子。

他噗地朝远处吐出一口痰，说："得了，没工夫再陪他们玩儿了！"

这会儿是下午的两点多钟，天气阴冷，雪花在呼啸的北风中漫天飞舞。我们得抓紧行动，三点多钟天就要黑下来了。

于耀武布置张大贵、魏玉国、刘锁柱盯住这个暗道口，万一有跑出来的就用火力压住，然后在榛柴棵子外围布置了个大包围圈儿，以防有匪徒从别的没发现的暗道口跑出来。他让我和仲友良（我们都叫他良子）埋伏在他的后面，万一他的作用不够就冲进去用火力压住匪徒。

全都部署停当了，于队长让人把早先打的两只狍子、三个兔子、两只野鸡搭在马背上，腰上别了两把盒子枪，用外面的衣服遮挡了，背上斜挎杆三八大盖，就骑着马大摇大摆地往匪窝子那闯。刚进了土匪窝子的领地，匪窝子的大狼狗就扑上来"汪汪汪"地狂吠起来，这时在他们领地边上的一个破马架子里出来一个拎着枪的小匪徒冲着他喊话：

"哎！那小子你给我站、站住！干啥的？"

于队长歪歪斜斜地从马上下来有气无力地答话："可算是找到个人家了，我是打猎的，身上没干粮了，火镰也整丢了，饿了好几天了，可怜可怜我吧。"

那小匪徒说："别到这儿来扯王八犊子啊，谁可怜谁呀？我们这儿也没几颗粮食了，哪还有你吃的！"

于队长拍拍马身上驮的狍子说："你看，我这有两只狍子，还有野鸡和兔子，都送给你，我分点烤肉吃就行。"

那小匪徒看见于队长马背上的猎物有点动心，吆喝住那条大狼狗，对于队长说："那你把背上的枪摘下来扔了。"

于队长赶紧把背上的三八大盖摘下来扔到地上，牵着马往前没走几步，咕咚就一个跟头栽到地上，两手捂在肚子上，没动静了。那个小匪徒探头探脑地走过来凑到于队长跟前看看，自言自语地说："妈拉个巴子的，真是个饿死鬼，还晕倒了，这准是一见着人就撑不住劲儿了！"

他嘴里嘟囔着，一把抓住于队长的马缰绳，一手拎起于队长的三八大盖，朝山洞子里喊："来人哪！这回有肉吃了！"

话音落了，山洞里蹿出俩匪徒来，其中一个喊道："先把那小子的枪下了！"

"废话，枪早就在我手里了！"这边儿的匪徒答道。

这时候，山洞子里又出来几个匪徒。于队长侧卧在那里眯缝着眼睛数了数："妈拉个巴子的，太好了！"等到这几个匪徒走到离他不远的时候，他猛地从腰里拽出两把盒子枪，左右开弓，一枪一个，两声枪响，两个匪徒应声撂倒，又一枪把扑上来的狼狗干掉了，有两个匪徒蒙在那里，不知咋办才好，我和良子的枪也响了，那两个蒙着的匪徒应声扑地。最后面的那个匪徒反应挺麻溜，听到枪声立马就地卧倒了。

那小子不白给，一把拽过来一个死伤的匪徒横在他前面当掩体，手里的枪也伸过来了，可是就在那匪徒拉拽人肉掩体的时候，于队长蹭蹭蹭就匍匐着蹿到那个匪徒跟前了，在那个匪徒枪伸出来的瞬间，就听"砰"一声，于队长的枪响了，匪徒的枪就撂地上了，原来是于队长把那个匪徒握枪的手腕子给击中了，紧接着于队长就来了一个老鹞子扑小鸡的动作，把那个匪徒给摁住了，抓了个活口。

我们几个人就势冲过去俯卧在一道山坎边上，封住了山洞口，良子朝里面喊："里面的都出来！缴枪不杀！"

"嘟嘟嘟"山洞里射出一串子弹。

于队长高声喊："拿手榴弹给我炸！"

话音刚落，山洞里面就有人扔出一杆枪来，喊道："别炸，别炸，我们缴枪！"

我当时以为他们真要缴枪，就半站起身来往洞口看，说时迟那时快，于队长抡起枪托子就砸到我的两个腿腕子上，我扑通一下子趴地上了，啃了一嘴雪。

这时就听见一串子弹"嗖嗖嗖"地从我脑袋上飞过去。

于队长喊:"炸!给我炸!不留活口!"我们的手榴弹就"咣咣咣"地投进去了,"轰、轰",一片爆炸声。

封堵暗道那边的张大贵他们仨听见我们这面枪响,他们早就压到了暗道口跟前,不一会儿,暗道口就钻出个脑袋来,刘锁柱要打,大贵一把拦住,放那个匪徒出来了,紧接着就又钻出来一个,是个女的,没等他俩看清啥呢,大贵一挥手,他们仨猛扑过去把那俩匪徒给活捉了。

停了挺长时间,里面一点动静也没有了。于队长低声说:"把咱们的大虎小虎放进去,看看里面的动静。"大虎小虎是我们从剿匪之后就开始养着的两条大狼狗,它们不是那种经过训练的警犬,但也很聪明勇敢,这个关头,也只有让它俩冲锋陷阵一把了。两条狗呼呼地冲进去了,我们没听见里面有啥动静,过了一会,大虎叼着一个血肉模糊的人给拖出来了,我们细细瞅瞅,还有一个人对不上数,就朝洞里喊小虎,小虎也呼呼地拖出来一个,这回六个死的三个活的,就都凑齐了。

我们进到洞里看了一下,这山洞挺宽绰,他们准是在里面开挖修整过,但没有《林海雪原》里威虎厅那么气派,再加上手榴弹的爆炸,一片狼藉。死了的匪徒就地扔那儿喂狼了,暗道口抓住的那男匪徒正是这帮土匪的头儿,加上于队长摁住的那个,活捉了仨。坐地一审,弄清了这帮匪徒是被所谓的国民党"中央先遣挺进军"收编的,其实纯属山林里的地痞流氓,为非作歹干了很多祸害百姓的事,唯恐共军来了会遭到清算镇压,就纠结到一起占山为王,一边幻想着主战场上的国民党军能扭转战局,一边在林区里继续干着打家劫舍的土匪勾当。那个女的说自己是当地的良家女子,是被匪徒们抢来的,他们都轮着祸害过她。那个手腕子受伤的匪徒不知是立功心切,还是和那女的有仇,抢着报告说这个女的在山上好几年了,是他们的压寨夫人,厉害着呢。

审到最后,于队长问:"还有啥没交代的?"

那个匪首垂头丧气地说:"该交代的都交代了,只要是不杀头,蹲笆篱子也认了。"

于队长说:"那你们就在前头带路走吧。"

匪头没有奔着那段"之"字路,想直接穿着榛柴棵子走,可又犹犹豫豫地用眼睛睨视着我们。

于队长又说了一遍:"快点儿,在前面带路走!"

7

匪头还是慢腾腾地磨蹭着想摽着我们一块走。

于队长说："我看你们是耍花招呢吧，哪有你们踩光溜了的道不走，为啥要穿着榛柴棵子走？这样，你们先走过去一个，我看看。"

这仨家伙一听就顿时傻眼了，你瞅瞅我我瞅瞅你，谁也不迈步。

张大贵上去给那个匪头一枪托子："有名堂吧？跟我们还想玩花花肠子，真是瞎了你们的狗眼！"

原来，这伙土匪在榛柴棵子里埋了一圈儿地雷，只要蹚上了，必死无疑。这个匪头还幻想着，摽着我们一块同归于尽呢。

那天我们是把榛柴棵子里的地雷全都引爆了之后才押着匪徒们下山的。

路上，那个被打断手腕子的匪徒，顾不得伤口的疼痛，和于队长套近乎说："你这位长官的枪法真好，佩服，佩服！"

于队长哈哈大笑。张大贵说："这可让你小子给说对了。我们这位长官就是有名的'于四快'，你们没听说过？"那个匪徒惊讶地说："噢，您就是大名鼎鼎的'于四快'呀？我挨你这一枪没毙命也算荣幸了。"魏玉国训斥道："留着你一条命是要让受你们祸害过的老百姓千刀万剐的！"前面的匪头对他的部下多嘴多舌显然是非常不屑，咬牙切齿地说："就是，少说废话！"

于队长玩儿枪在我知道的人里头，还没见有谁能比得上他的。所谓的"于四快"，就是说他装枪快、出枪快、响得快、对方毙命快。他蒙着眼睛能快速地把枪拆卸开，也能快速地把枪组合好，而且出枪快，打得准。那功夫真是绝了，我们都跟着他练过，也都练得有点儿武把抄了，可没有能赶上他的。于队长不让大伙叫他"于四快"，他好像挺烦这个外号。他说："那纯属大忽悠的话，再说，不知道的人还以为我老于就值四块钱呢？""于四快"这个名就是我们开玩笑时说过一两回，在外面根本就没叫起来过，那个匪徒说"大名鼎鼎"，纯粹是为了巴结讨好于队长。

我们到山里驻扎后的不几天，我就亲眼见识了一把于队长玩枪的功夫。

有一天晚上，大家伙都在铺头上擦枪，于队长那把驳壳枪零件也都卸了，这时候，就听出在外拉屎的刘锁柱扯着嗓子喊："快来人哪，黑瞎子进来了！"

我们那两条狼狗也跟着急急地狂吠起来。大家伙对着拆得七零八落的枪部件多少有点慌神儿，于队长说："只要不是敌特偷袭，黑瞎子没啥可怕的。"只见他把盒子枪的零部件一划拉塞进衣裳口袋里，一边组合一边往外跑，出了门站住脚，月亮地里头定睛看了看，枪就响了，那黑瞎子应声倒地，枪子儿打脑门子上了，那可是眨巴眼的工夫！回到屋里大家伙都赞叹于队长玩枪的功夫，于队长听得不耐烦，"啪"地拍了一巴掌铺板，说："以后再擦枪要分拨儿擦，要不一旦有敌情应对不了。"

剿匪战斗的第二天，于队长组织小分队开战斗总结会。他说："今天的会议嘛，一是对昨天的剿匪战斗进行总结，二嘛，"他把攥在手里的黑烟斗叼到嘴上吧嗒了两口说，"二嘛，就是陈树做检讨，对昨天的事儿要做深刻检讨。"平常的时候，他都叫我"老树根儿"。这外号是他给我起的，他说："叫老树根儿好，树根儿扎得深，活得长远。"在东北"老"有"老疙瘩"的意思，兄弟姐妹中排行最小的叫"老疙瘩"，我们小分队里当时我岁数最小，一九三一年生人，刚够十七，也是个"老疙瘩"。大家伙叫我"老树根儿"，我听着亲切温暖，就像爹妈哥姐们喊我的乳名一样。今天他这么一本正经地叫我的大名，我就觉着这事儿有点严肃了。于队长话音一落，大家伙的眼光唰地都集中到我脸上了。众目睽睽之下，我的脸皮子热辣辣地烧得慌，眼皮子也不好意思抬起来。

战斗总结搞了半上午，大家伙都发了言，除战术利弊的总结之外，于队长要求各个战斗员要从自己的战斗位置怎样发挥作用的角度来总结，就像运动场上打篮球、踢足球一样，各个位置发挥得到位不到位，相互配合得怎么样，大家伙也要相互讲评，甚至争论，最后是于队长做总结。这样的战斗总结会我们都爱听，没有官话、套话，棒槌在石板上洗衣裳实打实。实际上，在战斗总结的时候，听着大家伙的发言，我才弄清楚于队长为啥让我做检讨。昨天我在山洞前听到敌人谎称要缴枪，就不管不顾地站起来，要不是于队长眼疾手快，一枪托子砸在我的两条腿腕子上，敌人那一串子弹早都把我打花啦了。

轮到我做检讨了，我站起来红着脸嗫嗫嚅嚅地说，是我麻痹轻敌了，我不该在那个时候站起来暴露自己，暴露于队长主攻的位置，我今后一定要注意。我说了这几句，就不知道再说什么了。我看看于队长，看看大家伙，想坐又不敢坐地呆立在那。

大家伙都没吱声，我看见于队长脸沉得像一块冰冷的铁板。他叼着烟斗吧嗒了一会儿，两眼扫了在座的一圈儿说："你们大伙说陈树这样的检讨能通过吗？"听了于队长的话，我心里愣一下，我原以为头我也低了，脸也红了，检讨也做了，这事儿也就该过去了，可咋还没完了呢？

会场静默了一会儿，小队长张大贵说话了，我知道他是个直性人，啥事都好表个态。他说："我看这样的检讨不行，老树根儿，你这次不仅是轻敌和麻痹大意，你是一个门槛上摔两跤，犯的是记吃不记打的错！"刘锁柱说："老树根儿，你这检讨里咋就没提你叔伯哥陈强为了掩护你而牺牲的事儿？这次事儿和上次事儿可是一个性质。那血的教训你咋能转眼就忘了呢？"

"是啊，血的教训咋就没提呢？"大家伙七嘴八舌地怼起我来。

他们一提我叔伯哥陈强，我的眼泪就噼里啪啦地掉下来了。

我这才意识到，我昨天犯的是和上次叔伯哥为我而牺牲同样的错误。猛醒到这一点，我的脸烧得更厉害了，心里扑腾扑腾的，两条腿都软了。

于队长说："昨天要不是我给你那一枪托子，你这会儿肯定是埋在土里了，也可能日后还能把你评上个剿匪烈士。"他说到这，顿了顿，口气更严厉了，"可是，我要的不是烈士，我要的是没有战斗减员的完胜，完胜！你懂吗？！"他的烟斗把桌子磕得咣咣响。我能说啥呢，只是点头。于队长说："不要以为你岁数小，就能再次原谅你，你也别想着以小卖小，子弹是不管你老还是少的，可你的命只有一条。作为处罚，这次关你一天一夜的禁闭，自己好好反省！"

## 2

散了会后，我就被关到一个单间里，紧跟着刘锁柱给我送来了饭，他嗓门大，进门就说："别想不开啊，关禁闭就是个形式，跟小孩子犯错了，爹妈给关到小黑屋里吓唬一下的意思差不多。该反省反省，该吃饭吃饭。"我听到刘锁柱在门外落锁的响声，眼泪就下来了。我看了两眼窝头和炖菜，哪有心思吃啊，一点胃口也没有。偎在铺头上，起初，我是满腹委屈，觉得于队长他们是小题大做了，该我检讨的我检讨了，该他们批评的他们严厉地批评了，还至于关我的禁闭吗？委屈了一阵子，转而想想，我也恨起自己来，恨自己不长记性，恨自己对不起叔伯哥，恨自己愧对于队长和战友们的呵护。这一晚上，我特别想家，想我的爹妈。我爹是因为受了地主老财的欺负，又不敢起来反抗，心里头气不过，抑郁而死的。埋了父亲，我就要找那个混蛋老财去拼命，却被我妈哭死哭活地给拦住了。我妈跟我说："孩子，咱可不能拿着鸡蛋往石头上磕呀，你爹死了，你再有个好歹，我和你弟妹们还咋活呀？"我爹那时候就是要和地主老财争个是非，也是被我妈给拦下了，这时候她又

10

来拦我。我气得直跺脚。叔伯哥跟我说："你跟着我去投奔县大队的于耀武吧，听说他是专打地主老财的武装。咱们先投奔了他，再领着他们来收拾欺负咱的混蛋们。"我就是这样参加了县大队，到县大队后，我就拧着叔伯哥让他带着我们的武装去帮我收拾那个混蛋老财。叔伯哥说："于队长说了，既然参加革命了，就不能只想着一己之私，只要把老蒋彻底打败了，咱们个人家的仇也就都报了。"到了队上没多长时间，我们就被解放军给收编了，我们跟着大部队开到战场上和国民党军队打了几仗。当时因为我是新兵，于耀武不让我往一线上冲，总是让我给他们传送弹药或者报个信儿啥的。刚开始剿匪，叔伯哥就为我挡枪而死了。没了叔伯哥，我一下子就觉得没了依靠，就像丢了魂似的，走起路来脚后跟儿都没底了。虽然于耀武他们几个没跟我细说过什么，但我感觉到，他们处处都挺护着我的，好像没把我当作一个战士看，而是当作了他们的一个跟脚的小老弟。于耀武这次这么严厉地批评我，还有张大贵他们几个帮腔，是我无论如何都没有预料到的，就像一个备受宠爱的孩子突然受到了大人的呵斥一样，惊吓、委屈、想家以及对自己不争气的自怨自艾，糨糊一样灌满了我的脑瓜子。下半夜我就稀里糊涂地睡着了，睡得还很香，但是早晨睁开眼睛意识到是在被关禁闭，心里头还是愣一下子。白天坐在禁闭室里，翻来覆去地还是想着对自己的恨，当时我的反思深度也就止于此了，我那时岁数小，涉世浅，脑袋瓜子里没有太多的东西。第二天晚饭前，我才被放出来。

于队长说："陈树，你给我记住了，关你的禁闭，可不是像刘锁柱跟你说得那么简单，不是就让你在屋里头待上一天一宿就完了，不是把你关到小黑屋里吓唬你一下就完了，关禁闭是对你无视战场纪律的一种惩戒，是纪律处罚。目的就是让你改掉记吃不记打的臭毛病。记住，从今往后不光是打仗，干什么事儿都不能大咧呼呼的！"刘锁柱听了，伸伸舌头，他昨晚跟我说的话被于队长听到了，被狠狠批了一顿。良子和魏玉国看我蔫头耷脑的样子，主动找我拉呱，良子说："老树根儿呀，你别想不开，于队长这次这么较真儿不仅是给你敲响锤也是给大家伙敲警钟呢，战场上一举一动都是生死之间的事儿，丁点也马虎大意不得。"魏玉国说："你对于队长可能还不够了解，慢慢处长了你就知道他有多好了。"

时光荏苒，我就在于队长和这些战友们如同亲兄弟一般严厉管教和耐心开导下，慢慢成长成熟起来了。

剿匪那几年，任务很零碎，说不上什么时候就来事儿了，好像每天都会遭遇或大或小的急事险情。

有一天夜里，我正在站岗，突然发现距离我们不远的一户人家房子蹿起了火苗子，我赶紧回屋报警。我们小分队的十多个人全都带上"喂得罗（俄语，上大下小的圆形水桶，也叫'巴捎子'）"、脸盆子撒丫子往着火的人家跑。这时那家的火已经烧得很大了，人的喊叫声、狗的狂吠声混作一团。我们正跑在路上，就听见"叭叭叭"子弹炸响的声音，甚至还听到有手雷的爆炸声，就像打响了一场小战斗。于队长边跑边说："真他妈的操蛋，这就是私藏弹药的后果。"当时有些人家有子弹、手榴弹也并不一定就是坏人。小日本鬼子撤退时，遗留了很多弹药，有的老百姓是为了日后开山挖石，有的是为了日后打猎，也有的是看别人捡了，自己也跟着忙乎，紧着往家里头倒腾。

我拎着桶水往这家的正房跑，这家的老娘们却拦着我，比画着让我先往仓房里头泼水。哎，仓房里有比家里更值钱的东西？我觉得纳闷，就追问她是咋回事？她吞吞吐吐地说仓房里还有两颗炮弹呢，要是炸了可就麻烦大了。我听了那老娘们儿的话就冲进去了，在墙根一堆杂物堆里扒拉出两颗炮弹来，我抱在怀里就往外跑。刚出仓房门，被于队长发现了，他喊了一声："快点，给我！"一把就把我搂着的炮弹给夺过去了，他噌噌地往外跑，把炮弹给扔到一个水沟子里了。第二天他又特意叮嘱大贵去水沟子那把那两颗炮弹的引信给拆了。我没见过拆炮弹引信的，我说我也去，看看是咋拆，跟着学一招。

过后开总结会，我主动发言。我说我以为把炮弹扔到水沟子里就没事了，没想到还要拆除引信，看来自己还是存在不懂不会的问题。可能谁也没想到我会说出这么一句像是检讨的话，大家有些意外。静默了几秒钟，于队长说："看来咱老树根儿是有进步了，遇到事知道主动自觉地反思自己了，这是好事啊。"大家伙就你一言我一语地开始表扬我，夸奖我。有夸我警惕性高的，说多亏老树根儿报警早，咱们救火抢险才出动得快，没造成人员的伤亡。有夸我勇敢的，说我敢抱着炮弹往外冲，有股子舍生忘死的劲头。有夸我虚心好学的，说我这段时间进步快就和虚心好学有关。听着大家伙的夸赞，我虽然脸上不好意思，可心里头真是美滋滋的，和那次被关禁闭是截然不一样的心情。我说，头功还是得归于队长，要不是他跑得快，说不准炮弹在我怀里炸了呢。

有人提议说，给于队长和我请功。于队长吧嗒着烟斗说："老树根儿报警早，抢险中英勇无畏，可以给他队前嘉奖。至于我，那就拉倒吧，糟践我呢？

12

我是当头的，我给自己报个功？那不让人笑掉大牙了？炮弹没爆炸，大家伙都平安，就算烧高香了。"

这件事儿后，于队长就带领着我们清理各村屯住户的弹药。虽然有村民失火弹药引爆的教训，但老百姓们对我们的清理行动还是挺抵制，都存有侥幸心理，不愿意把私藏的弹药交出来。其中有一家的两口子还把我给推搡了出来。看到这种情况，于队长下令："咱小分队豁出点工夫，挨家挨户挨屋挨犄角旮旯地查。凡是查出来的，把两口子绑起来游街。"张大贵说："咱这么做会不会过火，有违群众纪律呀？"于队长说："不来点较真章儿的看来是不行，这涉及多数群众的安全，多数人会支持咱们的。如果上级追究责任，我担着。"结果抓了两家游街以后，立马见效，好几家主动到小分队来认错，主动上交私藏的弹药。就这样，于队长也没放松，还是过筛子似的查了一遍。不过，于队长绑着群众游街的事还是受到了上级的批评。

这次灭火受到于队长和大家伙的表扬，我心里头偷着美了一阵子，干事也勤快了挺多。我们进入非常偏远、人迹罕至的马背山搞武装搜山，有一天我一大早就起来去树林子里划拉树枝子为早饭生火做准备。当我拐过一道山弯的时候，突然发现前面石砬子上空漂浮着一缕青烟。我定睛细看，觉得不是雾气，倒像是炊烟。这见不着人家的大山里头哪来的炊烟呢？是不是有土匪？我想到这一点，心里头就打了个激灵。可是我那阵竟一点也没有害怕，勇敢的劲头却上来了。我想还是看个究竟再回去报告，免得谎报敌情，让人家说我瞎咋呼。我就扔了手里的树枝子，拎了木棍子就悄悄地往前摸。走到石砬子跟前了，我发现石砬子前面有一排树枝子挡着，像是门的样子。那门的上头伸出个炉筒子，炉筒子里正在冒着烟呢。

石砬子里头肯定有人！

这时，我才感到紧张了。我身单力薄，手里没枪，不能再往前闯了。我屏着气蹑手蹑脚地往回走，拐过山弯就跑起来，一把推开我们临时营地的窝棚门。我失声地喊着："于队长，我发现土匪窝了！我发现土匪窝了！"

于队长抄起他的驳壳枪，说："老树根儿，你在哪发现土匪窝了？"

于队长听完我的报告，说："好，老树根儿一大早上就先立一功。"

在于队长的指挥下，我带着队伍匆匆扑向了那处冒着青烟的石砬子。在四五十米远的地方，于队长举着望远镜观察了一下，他说："老树根儿报的情况没错，石砬子前头是个树枝子编的门，那股青烟就是门上头炉筒子里冒出来的，里面肯定是有人。"听着于队长的话，我心里头挺熨帖，我感到了自己的价值。

队伍悄悄到了近前，我和大家都有些疑惑："咋这么消停啊，一点动静都没有？"于队长打了个手势，示意大家伙跟他拉开点距离别整出动静来，然后他独自一人持枪，手指头搭在扳机上猫着腰往石砬子跟前凑。到了树枝子编成的门跟前，他停下来竖着耳朵听了听，然后猛地拽开门，枪管子就伸进去了，只听他厉声喝道："不许动！"

这时我们都听到石砬子里"啊"的一声尖叫，那叫声三分像人七分像兽，于队长没打唉儿就冲了进去，我们后面的人也端着枪跟着冲了进去。顺着照射进来的光线，我看见这是一个石砬子罩着的山洞，山洞角落的一堆草上只蜷缩着一个人，再无他人。而那个人身上披着的是张兽皮，雪白的头发和长长的胡须乱蓬蓬地盖住了整个脸，身子颤抖着。

"呀，是鬼呀？还是野人哪？"我在于队长的后面惊叫。

于队长朝那人喊："把手举起来，缴枪不杀！"那人并没有举起手来，而是两手抱在胸前，全身筛糠似的抖动。张大贵扑过去一把拽开那人的两只手，并没有枪。我们的警惕就放松了下来。大家伙翻了翻窝棚里的东西，除了几个破盆子破碗就是木棍子和野兽骨头，有两个碗还是桦树皮做的，铁器的东西是一口锅、一把铁锹和一把镐头，没找着枪啊刀啊的武器，身上也没有。

可是这"野人"就是惊恐地蜷缩着，任凭我们怎么问话，他也不回答。我们就不走了，说啥也得把他的身世情况闹清了呀。那天我们就留在这个石砬子洞里，"野人"在我们轮着班儿的开导下，终于算是开口了，他断断续续地对我们说出了一个令人嘬牙花子的故事。

他是山东水泊梁山一带的人，姓鲁，叫鲁什么，大号他想不起来了，记得小名叫铁蛋。嗨，我们小声开玩笑说，看来花和尚鲁智深当年也不是盏省油的灯啊，还传下来后代了呢。他记得是在光绪年间，他实在无法忍受一个雇用他的老财的儿子对他媳妇的欺凌，就趁着那小恶霸喝醉酒的时候，把他给扔到井里淹死了，回头又把老财主给一斧头砸死了。为了避难，他和媳妇逃出了老财家，一路拾荒要饭，跑到了关外，他记得自己当时是二十来岁，具体多大，说不清，他俩几经辗转，最后就在这个山里头隐居下来了。刚来那年的夏天，媳妇可能吃野蘑菇中毒了，突然跑肚拉稀，折腾了几天就死了。这么多年就他一个人在这大山里头转悠，但是他不敢见任何人，怕走漏了风声吃官司。他在山里以采野果子、挖野菜、抓小动物和捞鱼为生，剥兽皮当衣服。这么多年记得最享福的事儿，是在一个废弃的马架子里捡到一口锅和两节炉筒子，再就是到山外头人家的庄稼地里偷过几回土豆和苞米，回来煮熟了吃或者烤着吃，还偷过人家的种地工具，就是那把铁锹和镐头。他还留了种子，自己种了一块地，他说这是"过上人过的日子了"。

后来我大儿子再君听我讲这事儿时说，这故事像外国的《鲁滨逊漂流记》，我找来这本书看了。我说的这个姓"鲁"的比照着人家外国那个姓"鲁"的可是差远了，人家那个姓"鲁"的在海边上活得多滋润。

咱这山洞子里的老爷子，时间长了，连自己的名字和年龄都想不起来了，也不知道逃出来多少年了，说话的功能也减退了。老人不知道大清朝已经覆灭，不知道后来的民国、伪满洲国，更不知道已经建立了新中国。于队长我们给他推算了一下年龄，应该至少是八十五岁以上了。于队长说："就你这生活条件能这么长寿，可是个大奇迹。"

那一晚上，我们就住在这老人的石砬子洞里了。老人费劲巴力把他那点事儿说完了，就不住地问："得去县衙了？得去县衙了？"任我们怎么跟他说现在是什么年代了，他都是听不懂的样子，两眼惊恐地看着我们。这个时候，我们已经由武装护林队改称为护林警察队，穿着一身黄的服装。老人看不懂这些，他只知道我们是官衙里的人。

我们完成马背山搜山任务后，是做了副担架把老人抬出山的，他躺在担架上抖着身子说："唉，这是绑了，这是绑了。"

我们没有把老人直接送到政府去，而是把他抬到了我们的营地。于队长说要先给他好好洗个澡，剃个头，刮刮胡子。老人在我们营地好吃好喝地住了两天。于队长说这个老人打死老财的经历和他当年的经历太一样了。不过，于队长在让我们送老人去政府的时候，还是叮嘱了一句："建议政府还是要甄别一下这老人的身份为好。"

这次的行动我在受到表扬的同时，也受到了于队长提醒式的批评。他说："老树根儿在发现烟气的时候就不应该一个人再往前摸了，你一个人势单力薄，万一遇到的是真土匪，可就危险了，后果不堪设想。这个时候千万不能有个人英雄主义的念头。"实话说，我当时既是想把情况摸清楚，也确实有想表现一下自己的心理。看着于队长说这话时的眼神，我觉得他是把我的心里看透了。说到底，我当时还是孩子气，不成熟啊。

剿匪的同时，我们还抓过几次烟匪，就是种大烟、炼大烟膏子、贩卖毒品的。这些人也都不是省油的灯，手里都有枪，有的本身就是匪，打家劫舍啥都干，甚至为了利益把他们的同行都整死，要不怎么管他们叫烟匪呢。

有一个晚上我正睡得沉呢，突然被"当当当"的敲门声给惊醒了。开门一看，一个四十来岁的男人，说是附近屯子的，他说他的孩子突然得了急病，跑肚拉稀，而且肚子疼得满炕打滚，问我有没有药。我立马给他找了几片止泻的药，可这人还不走，忸怩地说想要点大烟膏子，说那玩意儿贼管用。

我说："你要大烟膏子怎么要到我们这来了？"

他说："这一片山里山外都知道你们森警剿大烟，你们肯定有烟膏子，就可怜可怜孩子，做好事就做到底吧。"

大贵也醒了，接话说："烟膏子都上缴了，你回去赶紧给孩子吃药吧。"

第二天吃早饭时，我在饭桌上说起半夜里的事儿，于队长说："我看不一定是孩子有病，没准儿是这小子大烟瘾犯了。"

大贵说："那他可真是胆儿肥了，犯大烟瘾竟来找警察要烟膏子！"

良子笑着说："咱们不总是宣传人民森警为人民吗？这不就把人给招惹来了吗。"

吃完了饭，大贵跟我说："老树根儿，跟我走，去访访昨晚来要烟膏子的那小子，没准儿真是个抽大烟的。"

大贵带着我到屯子里没转悠几家，我就认出了昨晚跟我要大烟膏子的那个人。跟周围的邻居一打听，还真让队长给说准了，那小子哪有老婆孩子呀，就是个光棍儿跑腿子，就是个大烟鬼。通过查那小子牵出一串抽大烟、种大烟的。后来，在政府的严令之下，在我们和公安警察严打之下，种罂粟的很快禁绝了。

## 3

从剿匪起，我就跟着于队长、张大贵他们与大兴安岭的山山水水结下缘分了，但那时没想到的是，这缘分竟会这么长这么深，不仅绵延了我们的一生一世，而且还绵延至我们的儿孙后代。

一九五五年三月，于队长带领着我们森警第七独立分队从马布拉山区转战驻扎到了额尔古纳河岸边的吉儒穆图，重点负责大兴安岭北坡原始森林的

16

护林防火。

吉儒穆图是大兴安岭北坡原始森林高平山南面靠近额尔古纳河边的一个小屯子，往南是太平川、多拉吉马、加疙瘩林区，往北是分水岭、西口子、永安山林区。河对岸当时叫苏联，现在叫俄罗斯了。

吉儒穆图这个小屯子只有四五十户人家，百分之九十多是华俄混血，男人们都是二十世纪初年山东大旱的时候逃荒来的，淘金子、挖药材、放木排、捕鱼狩猎，以此谋生。那时候，俄国革命，不少俄国人跑到岸这边来，咱们的汉子就纷纷地和他们的女人通婚了，呵，生出来的孩子个顶个的漂亮着呢，但一打眼就能看出他们俄国人的血统：白皮肤、黄头发、蓝眼珠。大家伙议论说："这混血儿的长相咋也该是一半儿对一半儿啊，咋全像了人家呢？"

于队长说："人家娘儿们长得壮实呗，咱的老爷们一个个饿得筋皮拉瘦的，卡巴裆里那点能水咋能敌得过人家的能水，肯定打败仗，要不咋那么像人家？"

大家伙哈哈笑着认可了于队长的说法。

这个屯子剩下还有几户是蒙古族。离这儿不远的山里头有鄂伦春族，他们是游猎民族，住的地方不大固定，安营扎寨的时候，就支几个桦树皮蓬的撮罗子。鄂温克族猎民离这儿也不太远，他们饲养"四不像"，学名叫"驯鹿"。

这个时候，剿匪的任务算是基本完成了，上级给我们森警新赋予的是三大任务：护林防火、林政管理、维护林区社会治安。这三大任务一直坚持了很多年，直到一九七九年底第一批义务兵来了之后，主要任务才发生转变。

说是独立分队，实际我们也就是七八个人，最多时也就是十一二个人。不过，可别看我们人少，我们的旗号可不小，我们是国家林业部直属的森警独立分队。据说是内蒙古、吉林森警改称护林员或营林员以后，黑龙江森警的名称、建制没有改，国家林业部还把几个重点林区的森警独立分队保留下来，直接隶属于森林防火指挥部，所以"森警部队"的名号是没有断过线的。

当时，我们分队这帮子人都是于队长领着剿匪的老班底儿。张大贵、魏玉国、仲友良、刘锁柱再加上我，我们几个都是从辽宁老家就跟着于队长干的，乡里乡亲，再加上战场上枪林弹雨，我们的感情日益加深，情同手足。

于队长是一九二二年生人，年龄最大，其余几个年龄一顺水排下来的，魏玉国和我一年儿，一九三一年生人，他生日比我大几个月，我算是老疙瘩。李永刚、陈明亮、朴正伦跟我的岁数是前后脚，是从朝鲜战场转业来的，后来孟和、包八十也补充进来了，他俩比我们岁数小，是一九三五年、一九三六年出生的。我们这个小小的森警独立分队，汇集了好几个民族，朴正伦是朝鲜族，孟和是鄂伦春族，包八十是蒙古族。包八十说，他听他的额吉（妈妈）说，他出生的时候，他们一家正在游牧转场的途中，他的额吉在颠簸的勒勒车上肚子疼痛难忍，他的阿爸勒住了马缰绳，勒勒车停下来，他就掉在了他额吉的裤兜子里了，是他的伊吉（奶奶）给铰的脐带。那一年伊吉正好八十岁，就给他起了个"八十"的名字，也有让他长寿的意思。我们都叫他"八十子"。

我们进驻吉儒穆图之前，于队长已经先行来勘察过两次，和村长、民兵连长、村会计等人都算熟悉了。我们正式进驻那天，村长徐家辉在他家里给我们安排的接风宴，我们总共也没几个人，一大桌子就坐下了。说是接风宴，实际上就是徐家辉的老婆多做了几个毛菜，不过那也是人家尽其所能了，桌子上每个人面前的碗里都斟满了散白酒。

徐家辉是华俄混血，长得高高大大，深眼窝，蓝眼珠，高鼻梁，胳膊上长着挺密实的发黄色儿的汗毛，头发倒没多少，看样子有五十来岁了。人挺豪爽，对我们的到来表示出很大的热情。那一晚上，徐家辉和于队长都没少喝，像老朋友似的把杯换盏。徐家辉喝得有点醉态了，非让他老婆把他们的仨闺女大凤、二凤、三凤都叫过来，让孩子们管我们叫叔叔大爷。

于队长开玩笑说："徐村长家院子里肯定有梧桐树啊，要不咋招来这么多小凤凰。"

大凤这时候可能有十七八岁了，她在那低头斟酒。徐家辉问于队长："你们看我家的大凤凰咋样？"

于队长说："好啊，这孩子又俊又懂事儿。"

徐家辉说："你们警察里头有合适的，给我选一个当女婿吧。"

大凤的脸腾地一下子就羞红了，她低眉着眼说："爹，你说啥呢？"说完把酒壶撂下，拉着二凤、三凤就走了。

徐家辉的老婆嗔怒道："你看，喝点猫尿就胡说了，也不怕人家警察笑话！"

于队长哈哈地笑着说："村长没胡说，我们这儿要是有你们看中的就言语一声，要是成了咱们不就是亲戚了？警民一家亲嘛！"

民兵连长徐有银也举着酒杯打哈哈："俺们家还有闺女呢，有合适的，给俺们也张罗张罗。"那顿饭吃喝得挺热闹，我们从此也就和屯子里头熟了。

那天喝完酒回到宿舍，有说菜的味道的，有说酒的味道的，也有说这屯子的人热情好客的，还有说徐村长家三个姑娘长得漂亮的。我说："凤落谁家，可

18

就看孟和、八十子了。"刘锁柱笑着说："嘿，老树根儿啥时候学的还会拽词了？还整出个'凤落谁家'来。"我抿抿嘴没接话，心里想，这是说我没文化呗，瞧不起我呗。我想起了那次剿匪后我做检讨的那一次。他刘锁柱可能没注意到，从打上快速扫盲班后，我就养成了边识字边看报、边看报边识字的习惯。

第二天我按照于队长的吩咐把头天晚上的饭费送到了徐家辉家，当然是撕巴了老半天，总算是给留下了。这么一整，徐家辉和他老婆倒好像欠了我们一点啥似的，从那往后三天两头地就招呼于队长我们去他家喝两盅，或者给我们送点他自己家烤的列巴或者咸鱼坯子、肉干儿什么的。

在分队部里干了十来天的活，于队长就把我们几个分成两个人一组，打发我们往更深的老林子里进发了。我们任务是找到采伐的点儿和淘金子的点儿以及其他有人烟的点儿，包括猎民狩猎的临时住点儿，对他们进行防火宣传和防火监管，还兼顾巡护瞭望，要是发现了火情就地组织附近的老百姓打火。

森警头些年没有固定的外站，常常是根据山里老百姓作业点儿来选择我们的驻勤点儿。

良子和我到的是叫赤金口子的一个山沟里，距离吉儒穆图得有一百三十多公里。

说起来一百多公里的距离，不算远，可是从吉儒穆图往赤金口子全是山深林密的地方，没有道啊，连毛毛道都没有。我俩一匹马，马背上驮满了我俩的行李帐篷和粮食、锅碗瓢盆以及铁锹斧子等工具。没法骑马，我俩就在塔头甸子上、在密密的树林子里蹚着走。天上还飘着雪花，有时一脚踩进塔头窠子里，那雪就没到大腿根儿了，费半天劲儿才能折腾出来。饿了，把雪划拉出片空地儿，拢把火，把苞米面饼子用铁丝穿上在火上烤，就着咸菜疙瘩吃。出发时带的那点水早喝光了，渴了就抓把雪含在嘴里，遇到河沟子，良子还把牛腰子饭盒装满了冰水，支到火上烧开了喝。晚上找个背风的山梁子或者石砬子，裹着大衣打小宿（就是野宿）。天黑了，有瘆人的绿光射过来，那是狼（我们那地方的人都管狼叫"张三儿"）的眼睛在盯着我俩，还有熊吼狼嚎和其他野兽以及老鸹、猫头鹰的叫声，我俩点燃一堆篝火，不光是狼怕火，其他野兽也都怕火。我俩走了三天，才算是到达了于队长在地图上标定的位置。分水岭以东，乌玛以北的山谷间，北面和东面也都是连绵的群山。我俩依靠一个大石砬子选了一块半山坡上略平坦的向阳地。支上帆布帐篷，支上锅灶，我俩算是有个安身的地方了。

晚上睡觉的时候，听着山风把帐篷刮得呼呼啦啦的，不远处的狼群长一声短一声地哀号，中间还夹杂着其他动物的叫声。良子说："老树根儿呀，咱还得往吉儒穆图跑两趟，咱带上来的这点儿人吃马喂，挺不了几天，过些天，山上的雪一开化，桃花水一下来，沼泽连片，脚底下就更泥泞，那时候啥东西也进不来了，就得喝西北风了。"

实话说，想想这几天路途上遭的罪，我是满心地打怵，可是良子说得有道理呀。

良子比我大四岁，是一九二七年生人，他干活稳当，平常话不多，只要说点儿啥，都能说到理儿上。他和于耀武一个村，光腚娃娃时就跟着于耀武屁股后头玩儿，他管于耀武叫五哥，后来又跟着于耀武参加了县大队。良子个子不算高，精瘦，两条腿挺麻溜，特别是在塔头甸子上走，不像其他人似的深一脚浅一脚，他走得稳当，不陷脚，不湿鞋，噌噌地像走平道似的。我给良子编了几句顺口溜：

狍子腿、仲友良，个头不高腿挺长。穿山好似走平道，塔头上跳跃更稳当。

良子听了哈哈笑，说："呵呵，狍子这动物不烦人哪，就是傻了点儿。"后来就有人按照我那两句顺口溜给他起了个外号叫"狍子腿儿"。但是我从没听于队长管他叫过这个外号，当面背后都没叫过，于队长和良子从不开玩笑。

我俩在执勤点儿上歇了两天，又折腾回了吉儒穆图。

于队长说："这样，我跟徐村长再借两个人，和你们一块去，可以多运点儿物资。完事儿就让他们把马一道赶回来了。"我们小分队剿匪任务完成后就按照上级要求把马匹移交给骑兵部队了，我们只留了几匹用来套车拉货的役马。

这样，我们四个人各骑了一匹马，驮着物资又往执勤点儿上赶。不是说我们来回走了两趟就有道了，那雪整天飞飞扬扬的早把啥都盖住了，茫茫雪野，林子又密，啥也看不出去，走每一趟都属于蹚新道。

我和良子借的这两匹马可能没受过啥训练，都是生个子，看个树墩子也受惊，身边飞起个鸟也受惊，听见狼叫也受惊，一惊就尥蹶子狂奔。干树枝子把马身上驮的东西都勾刮掉了。有时候一跑就跑出三五里，我们把马捋巴顺了，再挨着捡那些从马背上滚落下来的东西，再放到马背上，系紧了。走一段儿，就来这么一回，气得我们一点脾气也没有，不敢打马呀，不打还乱跑呢，要是一打，怕是更麻烦。良子抚摸着马头说："祖宗啊，听话吧，这么折腾啥时候到地方啊？"

　　这回我们又走了三整天，打了两个晚上的小宿。头天夜里头，狼群真的围到我们跟前了，它们是冲着马来的，马胆小啊，吓得直打响鼻儿，良子朝着狼群的上方开了两枪，把狼吓跑了，狼生性多疑，怕火，也怕弹药味，但是我们不敢把狼打死了，万一死了一只狼，招来一群狼来报复可就麻烦大了。

　　在执勤点儿上，我俩起初是支上自己的小布帐篷住。可那小帐篷高一米二，宽一米，长两米，进到里头只能坐着或者躺着，两个人得隔着帐篷说话，别扭得很。后来我俩靠着石砬子，抠了块地窖子，搬到一块住，虽然潮湿阴暗了些，但是两个人说话唠嗑方便多了。

　　良子话不多，总是不声不响地闷头干活，我俩吃喝的事儿他都包了，抽空挖野菜，到河里抓鱼。我倒也不是懒，主要是眼睛里没活。看他吭哧吭哧干活，我总觉得不好意思。良子说："眼下这点儿活算个啥呀，苦点累点不比提着脑瓜子打仗的时候强到天上去了？"

　　良子比我早当兵好几年，他还赶上了打小日本儿。按他的资历，新中国成立后，咋也该当个什么长，可他眼下还是个普通的警士。有天晚上睡觉的时候，我俩在被窝里聊了两句这个事儿。他说："老树根儿呀，我跟你说，这人哪得知足，搁战场上那真叫枪林弹雨，一个枪子儿打过来，活蹦乱跳的人一下子就撂倒了，死了，我比你早打了几年仗，一块堆儿的战友死了多少呀，可我算命大，挨了两枪，那枪子儿心疼我，绕着脑门子心窝子走，没打到要害。活着就知足吧，到了和平年代，娶了媳妇还有了孩子，咱还不知足啊？咱们不是这个长那个长，可现在咱们头上戴着国徽，代表国家看护着这么大片的森林，管山，管火，管动物，管坏人，你说咱的权力大不大？你说咱这森警当得威武不威武？"

　　开始的时候，我俩一块行动找有人烟的地方，检查防火，检查有没有无证乱采伐的，再给他们宣传防火的重要性和应当注意的事项，有防火漏洞的，我们就盯着他们改了。实际上我俩是监督他们的，人家对我俩并不怎么待见。远道，我俩都是背着自己的行李背包去执勤，我们运送完物资，跟上来的村民就把马赶走了。我俩穿着家属给做的鞋，爬山越岭，晴天一身汗，雨天一身泥。我俩自定的巡护行程是每天七八十里的山路。路上饿了，掏出饼子窝头垫巴一下，到了有住户或者作业点儿的地方，要是吃了人家的饭，就给人家交上一两毛钱。

　　那会儿最费的就是鞋，单位只给发一套服装，不给我们发鞋，买一双胶鞋三

21

块钱，要是穿胶鞋一个月两双不够。八九块钱对我们只有三十多块工资又要养家糊口的森警来说，那可不是小支出。谁也舍不得穿胶鞋，春、夏、秋三季都是穿家属做的布鞋或者二棉鞋。家属在家里头除了带孩子做饭，闲着的时候，都是人手一只鞋底子，边唠嗑边纳鞋，有时候晚上孩子们睡了，她们在油灯边上还得穿针引线，勒线的那个小拇指长年都有道口子。家属里面，良子的媳妇儿杨桂月是做鞋高手，做得快，结实，穿着舒服，我们几个都穿过她做的鞋。给森警当家属不容易，别看她们没在山上遭罪，在家里头的难事儿可是老鼻子了。

春防的时候，正是跑桃花水的季节，脚底下格外地泥泞，遇到冰雪融化，水流聚集的地方，也不能绕着走，越绕越远，只能蹚着水走。开头两次我们穿的是水靴子。可是没走多远，雪水、泥水就把水靴子灌满了，脚底下沉得抬不起脚来。再去巡护，我们干脆就穿着布鞋或者二棉鞋去霸扎了，湿是湿，但比穿水靴子轻巧。我这老寒腿就是那时候落下的，森警的老人儿都有老寒腿、关节炎的毛病，属于职业病。

我俩执勤巡护去不去，走多远，查几个点儿，实际上都是我俩自己说了算，那时候没电台没电话，没人监督我们，没人强迫我们，全靠我们自觉。不着火，我俩没啥事儿，着了火也没人追究我俩的责任，可我俩从没偷过懒儿，总觉得任务在身上责任就在肩上，一点儿都放松不得。

深山老林里头，白天虽然也寂静得了不得，虽然没半点人声人气儿，可毕竟有阳光照射着，就是阴天，也有各种鸟叽叽喳喳地叫着、飞着，总有一种生机在，可是到了夜晚就完全是另一种气氛了，有月亮还好，要是赶上没有月亮没有星星的时候，我们周围的整个世界就都被无边的黑暗裹挟着控制着了，能看见的亮光就是狼、狐狸、猞猁眼睛里射出来的绿光，能听见的声音就是禽兽们的长吼短嚎再就是树杈子嘎巴嘎巴的响声。实话说，起初的时候，我心里头真是一阵阵地发毛。后来时间长了，也就习惯了，用良子的话说"和飞禽走兽作邻居也是难得的事。"我不知不觉地竟喜欢上了满天星斗的夜晚了，在静谧的山野里，靠着一棵大树或者大石砬子，或者仰脸躺在山坡上，望着纯净透明的夜空，银河玉带，繁星闪烁，有的星星又大又亮，而且离我们又那么近，像是伸伸手就能摘下来，直到现在我还总想着那样的夜空呢。

于队长到我们的执勤点儿上来过两次，他是借着边防团的船艇在额尔古纳河界河巡逻，给我们运送点给养，特别是他把家信给我们带上来，在这深山里能得到一点家里的消息真是太不容易了。他每次来，都要在我们这住几天，跟我俩一块巡护，他说，别的执勤点儿上的人也都是这么自觉，对谁那儿，他都放心。有一天晚上，我们仨打小宿，前面烤着火，后背却是冷风飕飕的，我们就转着身儿烤。躺在石碴子边上睡不着，我们仨就天南海北地闲唠。

我说："这世界上此刻像咱们仨这样的能有几个人呢？"

良子说："能有啊，咱森警的长巡打小宿不是常事儿吗？那些战友们这会儿也肯定和咱们一样看月亮听狼嗥呢。"

于队长沉默了好一会儿不言声，我以为他睡着了呢，也想打盹，谁知他突然发话了，他说："我给咱这打小宿诌了几句顺口溜，你俩听听咋样？咱现在这叫'铺着地，盖着天，顶着月亮，枕着山，熊狼当警卫，篝火映心间，巡护为森林，无惧苦和险'"。

于队长这几句顺口溜听着挺贴切。我说："于队长你这顺口溜可以当诗歌了，应该拿到报上去发表，咱森警可是太缺少宣传了。"于队长说："老树根儿啥时候学会忽悠了？这几句顺口溜哪能上得了报纸？不过俺在石碴子这儿，看着月亮烤着火，咬文嚼字瞎寻思一会儿也挺有意思的。"良子寻思了一会儿说："在这下黑晚的大山里头，在这圆圆的月亮底下，在这熊熊燃烧的篝火堆边上，编顺口溜也好，作诗歌也好，这不就是咱识字班老师说的那种浪漫吗？"于队长跟良子和我一样，都没怎么念过书，没啥文化，新中国成立后上识字速成班，这两个人都挺下工夫。于队长是悟性强，肯下力，学习成绩总是在前头。而良子一边学速成班一边还有他家属杨桂月的辅导。杨桂月小时候跟着秀才爷爷念过几年私塾，有点文化功底，良子的文化课进步也很快。躺在那，我好半天睡不着，我想，这人肚子里还是有点墨水好，有点文化，就能想得深看得远说得透。于队长和良子这两人一唱一和的，几句话就把这月朗星稀下的旷野，把这深山老林子，把这冷飕飕的西北风，把这忽忽了了的篝火堆，把我们的前暖后寒给说得浪漫起来了。细细想想，还真有那么点浪漫的意思。

于队长翻了个身说："你们说，十年、二十年以后咱森警还能像现在这样的方式执勤巡护吗？将来咱森警会发展成啥样呢？"

"是啊，十年二十年，以至更远的将来，森警该会是怎样地发展变化呢？"我和良子也都畅想起来。

受于队长这几句顺口溜的启发，后来我也编了几句能反映我们当时森警执勤生活的顺口溜：

巡护靠走，瞭望靠瞅，联络靠吼，打火靠抽，安全靠狗，解闷儿靠酒。

打火靠抽，就是用树条子打火呀。安全靠狗，一个是我们在外站就两三个人哪能站得起岗啊，就得靠狗给站岗，再就是深山老林里头那么多野兽，没有狗护卫也不行啊。在分队年度总结会上，我把这句顺口溜给他们念叨了，于队长他们都说这套顺口溜把咱森警一线的工作描绘得准确、生动、形象，这句顺口溜后来就流传开了。

我听说，我们进驻北部原始林区的那个春防，我们辖区内的森林火灾就大幅降下来了，林管局的领导都表扬了。这个春防里，我们遇到过几次火情，我俩组织就近的老百姓给扑灭了。良子有一天对我说："我觉得咱俩是侥幸没遇到大火，要是有大一点儿的火情、火灾，咱保准儿是不行，那几个掰着手指头数得过来的老百姓也不行。我觉得单靠咱森警眼下这几个人搞护林防火是太单细了，一旦有个大火，咱根本掐扯不住，老百姓又分散，哪能组织得起来，你说呢？"

我说："你说得有道理，可就是把咱分队的所有人都凑到一块堆儿，十来个人也不当用啊。"

后来我们见到于队长，良子就把这意思跟他说了，他眯着眼睛吱吱吱地吧嗒着烟斗也没说啥。

春防结束之后到秋防开始，中间有个把多月的空当，这段时间雨水多，林子郁闭度大，火险等级低，防火上可以喘口气了。原来我俩打算趁这个空当回家休整一下。没想到，进了七月，雨水不断，拉山走是不行了，唯一能下山的道是乘船走额尔古纳河，可是，边防部队的巡逻艇那些日子一直没上来，我俩干着急没办法。等了几天，良子对我说："咱别等了，艇来了，咱也不走了，你看行不？"他看看我说："过个几天，咱再下去，回家没几天又得往回来，得费多大的劲儿遭多少罪咱还不知道啊，咱干脆等着秋防结束后再一块撤吧。"

我和良子从打年初调防过来，到现在都还没回过家呢。我是一九五三年结的婚，儿子两岁了，一直就是两地生活，家里有很多牵挂的事儿，实话说，每天都在掰着手指头算着回家的日子呢。可良子说得在理儿，下去待不了几天，来回折腾还不够遭罪的呢，我一想起刚来时运送物资给养时路上遭的那些罪就打怵。我们让一个下山的猎民给于队长捎了张纸条告知不下山了。

我俩死了心不走了，这一个多月不用忙活巡护的事儿，也不能闲待着啊。我俩就商量整点儿小杆撮个房子吧，也不能总是在地窖子和帐篷里窝憋着。良子说："明年咱俩要是不来这了，咱留下个房子也是留下个念想，让明年来的人少遭点罪。"

我俩说干就干，先用弯把子锯锯小杆，整多了就扛下来，干了半拉来月，手上磨得全是血泡，肩膀子上压出了小馒头那么大的包，扛小杆时疼得龇牙咧嘴的。把粗的小杆立着撮到挖好的地槽里当立柱，没有钉子和铁丝子，更没有八锔子，我俩就把木头锯成卡壳，像建木刻楞房子那样把横杆和立柱刻上去，再把王八柳树皮撕成条当铁线，把细的小杆横着两排对脸儿绑到立柱上，然后就和泥往里塞往上抹，泥抹得挺厚。房框子起来了，房盖儿起脊，密密实实铺的小杆，小杆铺草，草上头再铺上草拌泥，挺实成的，不透风不存雨，我俩还给这房子间壁出个伙房来。嘿，看着挺像回事儿。

这个房子用了我俩二十多天的时间，起早贪黑地干，房子盖好了，桦木杆的床铺也搭好了，但是我俩还得住在地窨子里，那房子里里外外都得等着晾干了才能住。

有一天早起，我出外方便路过房子，哎，怎么听着里头有呼噜声啊，我紧张地隔着窗框子往里瞅，那窗户上啥也没钉，还是敞开的，嘿，原来是五六头半大的野猪崽儿在里头睡大觉呢。我一着急尿也憋回去了，赶紧窝头回到地窨子，撩开良子的被窝说："一群野猪崽儿搁咱房子里睡大觉呢。"

良子坐起来抓过裤子说："嗯？咱俩还没住的新房子，野猪来住了？我去看看。"

等我俩走出了地窨子，我突然有个想法，就对良子说："你说咱要把它们养起来咋样？"

良子愣愣神儿，思量了一下说："得看看多大了，大了怕是有野性养不住。"

我俩悄声走到房子那，从窗户探头看了看，它们还呼噜着呢。我俩离开房子远一点，商量怎么整。良子说："我看这几个野猪崽儿还不算太大，要不咱就养养试试。"

我俩先把房子门给堵严实了，端了两盆子土豆，撸了些野菜，从窗口给顺进去。这个时候，它们已经在房子里吭哧吭哧满地转悠了，想要出去呢。乍一见到我们它们有点慌，可是看到了土豆野菜，那慌劲儿也就没了，估计是饿了，抢着吃起来。我俩把窗口用小杆栏了几道，免得它们跳出来。我有点舍不得这房子让它们造，良子说："咱上午赶紧用小杆夹个猪圈，把它们赶到猪圈去，先养着看。"

养了没几天，第三天早起吧，我出来撒尿，看见猪圈的小杆被拱开挺大个口子，猪圈里毛儿也没有了。我回来跟良子说了，我俩都有点费力没捞着好的感觉，土豆没少搭，夹猪圈又没少费劲儿，整了半天，竹篮子打水！我俩拎着枪出外头转悠了大半天，打了头半大野猪回来，炸肉喝酒，才算解了气。

到了秋防，良子我俩分了工，他让我每天到高山顶上我俩搭的简易瞭望台去瞭望有无烟雾有无火情，他还是一身泥一身水的去巡护检查。那些外来的人确实是缺少防火意识，胆儿还挺大，不管风多大，都敢烧火做饭，有的表面上服从我们的监督管理，当面点头，当面改正，我们一走他想咋整还咋整，真是活活气死人。良子跟我说："要是政府有个明文规定就好了，凡是有违反的就用绳子绑起来，送到笆篱子关起来，就都害怕了，可惜没有啊。"二十世纪五十年代那会儿，咱国家的法规还不完善呢。

我俩搭的瞭望台可不是现在林区里"瞭望楼""瞭望塔"的那个样子，而是在山岭上找了几棵粗壮高大的树，在它们顶端的枝丫上铺了一排能站立能坐卧的小杆，这就算瞭望台了，有点像鄂温克人储存物品的"靠老宝"。那时候分队只有一个望远镜，在于队长手里头，我们就靠肉眼瞭望，能看多远算多远，因为山势高，又在大树的顶端，晴天的时候，看得还是挺远的。瞭望台下面架了把梯子，我每天就爬上爬下的。

我在瞭望台上瞭望比良子轻松多了，我说咱俩换换班吧，别可你一个人造。他说："你站得高看得远，比两条腿巡护的作用还大呢。"

瞭望这活儿说起来是挺轻松，实际上风吹日晒的也挺难受，特别是风大的时候，站都站不稳，坐着也不稳当，真能把人刮跑了，我就在树上拴了根绳子绑到腰上，越是风大的时候瞭望越不能大意。

在瞭望台上，我孤零零的一个人，连个说话的人也没有，光寂寞就够难熬的。那时候，咱森警没有配发过收音机，自己那俩钱更不舍得买。

有时候，我站在瞭望台上对着满山大声吼，听听自己的回声，有时候扯开嗓门唱，其实我五音不全，跑调能跑到胯骨轴子上去，可就我自己一个人，我不怕出丑啊。有一回，我唱歌让良子在另一个山头上给听到了，他接着我的词儿唱，他唱得也不咋样，我俩谁也看不见谁，对着山头比嗓门，像是对山歌，可是没有人家一男一女对唱的浪漫哪，我俩就是对着嚎，晚上回到地窖子，我俩对着脸笑。

有一天太阳快要落下山巅的时候，我觉得视线不行了，就准备从瞭望台上下来。当我低头看梯子的时候，哎呀妈呀，可吓死我了，一头黑瞎子正把爪子搭在梯子上想往上爬呢！我慌得赶紧把身子往回缩，这可咋整？我把身边的棒子拎起来，心想，这要是一棒子削不到它脑门子上，我也就玩儿完了。正当我捏着汗和那黑瞎子对视的时候，只听"砰"的一声枪响，那黑瞎子应声倒地。

原来是良子巡护回来到瞭望台这边来找我，他远远地就看见这头黑瞎子在瞭望台底下转悠，良子把枪从背上摘下来，把子弹推上膛，踮着脚往前靠，他没怎么慌神，知道那黑瞎子轻易上不去瞭望台，他想靠近了，打准了，一枪毙命。良子过后跟我说："它准是看见你了，想上去叼你，要是上不去，它可能就会把梯子拍零碎了，搂着树晃悠你。要是我这一枪打不死它，那黑瞎子准会跟咱俩人玩命。"

良子说他快凑到跟前了，看见黑瞎子把俩前爪子搭到梯子上，脑袋和上半个身子也直起来了，正好有利射击，他照着黑瞎子脑瓜子又瞄了瞄，食指就扣下扳机了。当时的场面，良子挺沉着冷静，我是吓得够呛，等我从梯子上下来，腿儿还是软的。

五六十年代那时候，野兽多得很，总在林区里骚扰老百姓，真有小孩儿出门拉屎被张三儿叼走的事儿，也有黑瞎子把采蘑菇采野果子的大人甚至把铁路巡道工给吃了的事儿。那些不是传说，是真事儿。李永刚有一年驻多拉吉马外站执勤，他家属带着三岁的丫头来看他，孩子在外头蹲着玩儿呢，张三儿从背后叼起孩子的衣裳就跑，偏巧这时候，朴正伦巡护从外头回来，离老远给看见了，他出枪挺快，"砰"的一枪把张三儿给吓跑了。朴正伦跑到跟前，抱起孩子，多亏孩子小，不知道是狼叼她，还以为是大人跟她玩儿呢，并没有惊吓着。从那以后，于队长下了一道令：家属孩子一律不得到外站来。

那时候，对保护野生动物还没引起重视，政府也没有明确的法规，甚至政府为了给林区人民除害，还表彰奖励打熊打狼打豺的神枪手呢，还允许用掏窝、挖洞、毒药和军用武器捕杀呢。但是就是搁现在遇上这事儿，为了保住人命，不得已打了黑瞎子也得算正当防卫吧？不过，最好是别打，还是把它赶跑了好。

良子打死的那头黑瞎子，我俩把熊胆掏出来了，但是没吃肉，听说吃了黑瞎子肉以后身上渗油，是真是假不知道，反正以后我也没吃过那玩意儿。我俩把它抬出挺远给埋了，头两天我俩还挺紧张，担心有别的黑瞎子来报复，良子都没出去巡护，陪着我瞭望。

撤点儿的时候，我俩倒腾着准备把缸里剩下的腌野猪肉捞出来带下山去，捞着捞着，竟捞出三只像小猫那么大的大老鼠来，老鼠泡发了，肚子鼓鼓的，毛上全是白花花的盐渍，估计它们钻到腌肉缸里有些日子了。想着吃了多半个

27

夏天的野猪肉，恶心得直想呕。

# 4

天上开始飘着雪花的时候，良子我俩回到了吉儒穆图，其他各执勤点儿上的人也陆续回来了。路上，我和良子就叨咕着我们这帮子人久别重逢的场面，一定是搂脖子抱腰地要胡闹腾一阵子，晚饭也得放开量大喝一场。

现在很多人不理解当兵的为啥好喝酒，我感觉这酒和这兵有一种共同的气质，那就是烈性、豪气、胆魄。京剧样板戏《红灯记》里李玉和不是唱了嘛："临行喝妈一碗酒，浑身是胆雄赳赳。"咱森警早些年虽然是大森林里的职业警察，但我们骨子里就是军人的血脉，我们从来都是把自个当作"兵"，当作"军人"的，就连我们好多森警改称护林员、营林员那几年，他们也没把自己当过老百姓，更别说后来转为现役部队成为名副其实的军人了。在大森林里头，我们长年和苦与累打交道，需要酒来解乏，长年和雨水雪水河水打交道，需要酒来除湿祛寒，长年和孤独寂寞打交道，也需要酒来排解。森警里的绝大多数人都能整点儿酒，这也是森警的遗传基因了。这次我们是久别重逢，能不抒发一下感情吗？

于队长外表粗内心细，他肯定会好好张罗一把。

可万万没想到，当我和良子见到他们时，个个都像霜打过似的，有点蔫。于队长抬了抬眼皮说："回来了就好，你们可是最后一拨了。"

我看着气氛有点不对劲儿，不是预想的那样，趸摸一圈儿，觉得没看见魏玉国。我和魏玉国投脾气，平常我俩有话唠。张大贵可能看出我和良子的不解，拽了拽我的胳膊示意让我俩跟他出去。良子和我跟着大贵走到院子外边，大贵红了眼圈儿说："我也是昨天回来才知道，玉国的家属难产，大出血，大人孩子全没了。他回去处理这事儿去了。"

"呀，咋出这事了呢？"我和良子都惊呆了。

大贵说："你没看见于队长的脸沉着吗？今天多少还好点儿了，昨天见到我们时那脸沉得更难看。"

良子问："这是啥时候的事儿？"

大贵说："听说玉国家属是死到自己家屋地上了，没人知道，可能过了两天才被邻居发现。"

良子说："快到预产期了，身边该有个人做伴啊？"

大贵说："具体咋回事还说不清。亲戚打电报过来，只能到莫尔镇邮电局，往咱吉儒穆图送就得等有顺脚车了，又拖了个把多礼拜，再又把玉国从执勤点儿上叫下来，差不多十天半个月过去了。听说从打接到电报，于队长人就像疯了似的，干着急，没电台没电话，得派去人上山喊魏玉国，等着再下了山，嗐，这都啥时候了。玉国下山之前，于队长就先派了队里的李永刚和他家属去玉国家帮忙处理，可这事儿没有玉国在，谁能帮得上啊？说死了两三天才发现就是李永刚传回来的信儿，于队长听了更上火了。"不光是于队长上火，所有人都跟着上火，小分队里的战友都亲如兄弟。

那天的晚餐大家伙都闷着头吃自己的饭，于队长干脆就没往嘴里扒拉几口饭，只是一个劲儿地吧嗒他的黑烟斗。

其实，魏玉国娶媳妇儿并不晚，可他家属怀孩子却是挺费劲儿，玉国也急猴似的常常抓耳挠腮。有时他回家探亲或者家属来队，我们这些过来人，就争先恐后地绘声绘色地给他讲各自认为管用的方法要领，甚至摆出架势来给他示范，当然是拿着这事儿逗乐子。每一次的传授都会让大家伙笑破嗓子拱翻房子，而玉国却不笑，倒有几分认真听认真看认真领会的样子，越发让大家伙笑得肚子疼。也不知道是谁传授的姿势和方法管用了，玉国家属的肚皮终于大起来了。

玉国家属的死，促使我们在莫尔镇很快盖起了两排板夹泥房子。房子还没干透，家属们就纷纷搬过来了。那时候，咱森警都是可以带家属的，常常是我们的工作调到哪儿，老婆孩子跟到哪儿，很多人搬家无数次。老婆有工作的没几个，即使有工作，也早折腾没了。再就是孩子上学，东转西转的，学习哪能好得了？不光是我们的下一代，孙子辈儿的也一样。我听说有人讥讽老森警的子女没几个考上大学的，尽是当小森警的，甚至还说"老森警就是个子弟军，招森警专招自己家的孩子"。我听了心里不舒服，这是他们站着说话不腰疼啊，他们是不了解森警的难处，不了解家属孩子们为了森警事业的付出有多大。

那为啥不把家属安置到吉儒穆图呢？吉儒穆图就是个小屯子，当时连个小学和小卖部都没有，买个针头线脑酱油醋的都不方便。不过，家属安顿到莫尔，尽管是和我们的距离上近了不少，但没有应急的事儿我们照样也是大半年都回不去，家还是顾不上。这些个当时还是三十不到、二十啷当岁的少妇们，发牢骚说她们是"活寡妇"，说森警家属院是"活寡妇屯"，这话听着难听，但实际

29

上就是那么回事儿。

那时候家家户户都是一堆孩子，有的还有老人，家里家外都靠老娘们儿一个人支应，洗衣裳做饭那就不算了，劈柈子挑水修火墙捅烟囱和大泥抹墙皮，这些本来是老爷们儿干的活，也都让老娘们儿干了，没办法呀，森警的老爷们儿都在山上呢。偶尔谁家的老爷们儿回家了，晚上睡觉的时候是侍候自己家的媳妇儿，可到了白天，那可是转着圈儿地侍候别人家的媳妇儿——帮着各家各户干活呀，谁要是不去帮着别人家干点活，老爷们儿老娘们儿都没脸见人，可是老爷们儿到了晚上却是累得挨着枕头就睡死过去了，这媳妇儿是又心疼又着急呀，在枕头边上贴着耳根子咬牙切齿地说："你不下山俺是活寡妇，你下了山俺还是个活寡妇！"这些事儿，是女人们凑到一起纳鞋底子时唠的私房话，也是她们叽叽喳喳高一声低一句的玩笑话，但句句都是含着苦含着泪的大实话。

大贵有一次从莫尔回来，晚上睡觉时他当笑话一样地给我们讲家属们关于"活寡妇和寡妇屯"的那些说法，大家伙听了先是嘻嘻哈哈地玩笑了一阵儿，接着就谁也不再说话了，连声咳嗽都没有。我觉着，大贵的这个话题就是根带着毒药的针，不仅刺痛了每个人最敏感的神经，而且还让每个人都中毒一般哑哑地说不出话来——老婆们是年轻的，水嫩的，激情如火的，而我们这些男人也都是青春荷尔蒙最最旺盛的年龄啊——不过，我们这些人自己吃再大的苦受再大的累，忍受再多的难言之苦也都无所谓，可是一想到老婆孩子的种种难处，我们的心就像被冷水激了一下似的揪揪起来。

第二天早起，大贵说："昨晚怪我多嘴啊，惹得大家伙都没睡好觉。"大贵话音落了，仍然没有一个人接话。大家伙都不愿意再提起那个令人无可奈何的话题了。

好像是从那以后，特别是因为后来又发生的一些事情，"寡妇""活寡妇"这类的词在我们老森警当中就成了令人避讳的词语。

# 5

张大贵比我大七岁，打过小日本。他是个心地透明、心直口快的人。一米八的大个子，长方脸，大嘴，宽肩膀，长腿，走道快，爱运动。一九五六年四月底，我跟张大贵一块到石锥山出外站。到了执勤点儿上，归拢物品，我发现大贵还带上一个篮球来。我说："咦？你咋还带个篮球上来，跟谁玩，上哪儿玩啊？"

大贵说："这你就外行了，带它来自有带它的道理。"

等到我俩把吃住的地方弄停当了之后，大贵说："别闲着，咱们得围着帐篷打开一圈儿防火隔离带。"大贵和良子各有特点，良子是好闷着头自己干，而大贵总是拽着我和他一块干。他说："俩人的活，为啥要一个人干哪？俩人一块干有说有笑出活快。"

在驻地点烧或打开防火隔离带，这是我们森警不论到哪扎点儿都是必做的一件事。不仅我们自己这样做，我们还要求老百姓的作业点也这样做。这是防火上的要求。

我俩点烧了一圈防火隔离带。可是大贵说："这活还没干完，咱们在这隔离带上平整出块场地来，就可以玩篮球了。"

我对大贵这事觉得不可思议，不是长巡就是短巡，不是瞭望就是到各个生产作业点检查，每天忙得要命累得要死，哪有时间玩什么篮球啊？

他看出了我的心思："咱这叫忙里偷闲，苦中作乐，你就跟着我干吧。"

我俩一块用铁锹在隔离带上平整了一块七八平方米的场地，他说有转身扭屁股的地方就够用了。他在场地边缘选了一棵比较直溜的大树，打了枝杈，用两股八号铁丝拧成圈儿，牢牢地绑到树干半腰，篮球场就成了。我早就知道张大贵好打篮球，但没想到他会有这么大的瘾。

我说："我个子矮，不适合打篮球，要玩儿你就自己玩儿吧。"

大贵说："哪有我自己玩儿的道理，要玩儿就俩人一块玩儿，锻炼身体。"从那以后，他一抓篮球就非摽上我不可，拍球、运球、投篮。我俩只要不出去巡护，每天都在球场上玩一会儿，我这投篮进球率高就是这么练出来的。

大贵不仅摽着我打篮球，附近生产点、猎民点的人路过我们这儿，他都招呼人家投几个球。人们见了都觉得新奇，都说没见过这深山老林里还有打篮球的地方。遇到有兴趣的，大贵就拉着人家比赛看谁投球准。当然，每次都是他赢，他就高兴得咧着大嘴笑。可是没玩多长时间，树杈子就把篮球扎跑气了，瘪瘪了。大贵就把他带的扑克找出来玩儿，雨天的时候，他好把附近干不了活的老百姓召集到我们的帐篷里打升级，玩憋七。玩完了，留下人家喝酒。

我说："照你这样招待，咱这点给养怕是供不上了。"

大贵说："小心眼儿了吧？谁心里都有数，不会白吃你的。"

果不其然，这些人在我俩这吃喝了几次，再来就自己带酒带菜了。我俩到他们点儿上检查，赶上饭点儿，也是坐下来就吃就喝，你来我往，扯平了，不算违反群众纪律。和周边老百姓的关系搞好了，我们的林政管理、火源管理的要求，他们都主动自觉地服从照办了。最值得一提的是大贵还把这些人组织起来，作为"扑火队"进行训练。因为球友、牌友、酒友的关系，相互都熟了，大贵就特有号召力、凝聚力。大贵对我说："有火了，临时召集，就像抓了一把干沙子面面，攒不到一块去，形不成战斗力，只有预先抓好他们的训练，知道听谁的，知道怎么打，火场上才能把他们调动起来，才管用。"大贵对召集来的老百姓说："联合起来有好处，一家有事儿大家帮，林子里有事儿大家上，对你们淘金的、打猎的、挖药材的都有好处。"这些人受过训练之后，确实有很大长进，招之即来，还能快速出动。他们遇见进山的闲散人员生面孔，主动盘查，宣传护林防火知识。那一个春防，我们的辖区没有发生人为火，发生了两场雷击火，在我俩的带领下很快就给扑灭了。

没想到春防快结束的时候，高平山一带又发生了火情。那天我俩去高平山巡护，刚走到沟口的时候就发现远处山坡上有烟柱，我俩断定是火情。大贵让路过的一个猎民迅速去召集我们平常训练的"业余扑火队"，人来了，我们就往火场赶。看着烟柱挺近，但是在山里头那是望山跑死马。大贵带着我们从林子里穿，他说这叫"走弓弦"，不绕远。林子里根本没有路，树木又非常茂密，走起来费老鼻子劲儿了。到了着火的地方一看，火还不算太大，一个多小时猛扑猛打，火就灭了。天擦黑的时候，朦胧中发现远处还有火光，我们一边啃着凉窝头一边往火光处赶，半夜了，赶到那儿，发现这一块儿的火比头一个火场面积还要大，火势也旺，我们带着那几个老百姓打到第二天上午十点多，才算把明火整灭了。为了防止死灰复燃，我们下午三点多开始清理火场，火场没清完呢，没想到刘锁柱竟骑着马风尘仆仆地从大老远的地方跑来了。他说："不光你们这儿有火，这山里山外发现了不少火点，快连成片了，于队长让你们往他那靠一靠，得有组织地分分工了。"

安排了那几个老百姓继续清理火场，我俩就跟着锁柱往山北走，过了两个沟塘子，爬上阿拉齐山的山顶，四处一看，可不是吗，四处是烟，有的火苗子都蹿上树头了，形成了树冠火。我说："这也不是雷电季节，咋这么多的火呀？"

锁柱说："于队长估计十有八九是坏人纵火。"

大贵说："会不会是土匪的残渣余孽干的？他们日子越不好过就越疯狂。"

我们见到于队长时，他正和林业局的领导们研究打火的事儿。据说林管局已经组织了上千人往火场开拔了，我们这些森警被安排做向导，给各扑火队带路，并负责打火的指导。这一场火最终组织了上万名林区职工还有边防团的解放军，打了一个多月，靠人打，也靠老天最后下了点儿雨，总算是把火彻底整灭了，据说这是新中国成立后全国最大的一场山火。

实际上火没打完呢，张大贵和我就奉命带领一部分民兵抓捕纵火犯。公安局已经查出来是伪满时当过警察佐领的一个叫孟久久的，在组织上对他政审后心怀不满，喝了酒之后，骑着一匹白马，背着猎枪，满山放火。上级下令，必须抓住纵火犯，而且不要死的要活的。茫茫林海里找一个人就像大海里捞针一样哪那么容易，再加上孟久久又是个山里通，又不让我们开枪打，这难度就大了，大家伙不免就有点议论。

张大贵性子急，他说："都少啰唆，上级咋要求的咱们就咋执行，抓不住个孟久久，我们还算是剿过土匪的吗？"

在确定了孟久久大致的活动范围后，我们带着配属的民兵搞的是拉网式搜山，一个山梁子一个山梁子地搜，一个沟塘子一个沟塘子地找，每个山洞子、石砬子、地窖子、小窝棚包括大树杈子都不放过。找了十多天的时候，发现了孟久久的那匹白马，马上挂着一个马褡子，马褡子里有个狍皮褥子和一包烟叶子、一个铁盒子的扁酒壶。他为啥把马扔了呢？大家猜测他是为了缩小目标，但这也从另一方面说明他没有了马，行动范围就受限了。可是，据说孟久久是个烟鬼酒鬼，他怎么舍得把烟酒都扔了呢？是不是他藏在哪儿，没绊马腿，马自己溜达出来了呢？那要这样说，孟久久就在附近！大家伙你一言我一语的分析到这儿，张大贵嘴里噗地往远处吐出一口黄痰说："以这块为中心，方圆五里地，给我梳篦子！"

我们带着民兵们分两路背向出发打扣头。这个打扣头和打火扣头打外圈火可不一样，我们要从这个点开始像打开扇面似的一条线一条线、一个点一个点地搜，就是大贵说的"梳篦子"。我带的一路人马，负责北线其中的一个断面。在第六天当我们搜到半夜一点多的时候，我带的人和大贵带的人会合了，但还是没有罪犯的踪影。实在又累又饿又困。大贵说："咱找个背风的地方抽口烟歇歇脚吧。"

我和大贵找了块石砬子罩着的空地坐下来，我卷了颗旱烟，划着火柴正要点，火光中，突然看到我的身边蜷着半条人腿，我立马打了个激灵，高喊一声："快点！逮着了！"大贵反应快，跃起身来就扑到了那个人的身上。我也扑通一声扑了上去，压住了那个人的腿。

这个时候，就听那个人"嗷"的一声，就扎过一把尖刀来，一刀就扎到了大贵的胸脯上。大贵"哼"了一声。其他人听到我们的叫喊声，立马就围上来，生生地把这人就地绑起来了，大家伙嗷嗷叫着欢呼起来。

我喊："找个乡里的民兵来，看看是不是那个纵火犯孟久久！"

围过来几个民兵拿着手电筒照着那人的脸，好几个人齐声喊："就是孟久久！就是孟久久！"

这时，我听大贵说："老树根儿，快，快看看我身上的刀！"

手电筒照过去，那把尖刀还在大贵的胸脯子上扎着呢。

我一把把尖刀拔下来，血水忽地就涌出来了。我一看，这可麻烦了，哪有医生啊，我当即把我的衬衣撕了，把大贵衣服解开，给他包扎上，一边包扎，那血一边往外涌。我当时是心慌手抖，可我也不能指望着民兵啊。我让他们用树杆子绑了副担架，抬着大贵下山，又组织民兵绑了孟久久把他押下山。大贵伤到这个程度，还没忘叮嘱我，把孟久久拴紧了，千万别让他跑了。

就这么着，孟久久被活捉了，大贵的右胸骨和肺叶受了重伤。他在林海中心医院里住了大半年才回到分队来。大贵的肺子从此就落下病根了。医生说尖刀再稍微往左偏一偏，捅到心脏上，这人也就没命了。大贵苏醒了之后见人就说："要不是老树根儿扑上来得快，撞了我一下，我也就光荣了，老树根儿是我的救命恩人哪。"我知道这是大贵往我脸上贴金呢。

为抓捕孟久久这件事，大贵我俩被奖励了一级工资，报纸广播里还点名道姓地宣传了一阵子。

我在医院护理了大贵一段时间，于队长来看望过大贵两次。他俩凑到一块话多。后一次来，于队长跟护士打听新华书店在哪儿，又打听林干校在哪儿，他说他想买几本护林防火方面的书看看，还想请教一下有关防火打火方面的问题。另外他还要给孟和买两套结婚用的被面、褥面。

# 6

孟和要娶的媳妇儿就是徐村长家的大凤。

说是于队长牵线，实际上是徐家辉家看中了孟和——我跟孟和开玩笑说他是"木"命，梧桐木的木——徐家辉主动找于队长让他当这个媒人。于队长征求孟和的意见，孟和想了一晚上后答复的意见是同意。送上门来的好事儿，孟和能不愿意吗？一般地说，华俄混血的第三代都长得好看，大凤更是个漂亮的姑娘，要个头有个头，要身段有身段，浅黄色的头发扎着两条大辫儿，白净的圆脸蛋，双眼皮儿，大眼睛，高鼻梁，薄嘴唇儿，整个一个美人坯子。屯子里几个年纪相仿的小伙子都惦记着呢，可是徐家辉就想在森警独立分队里找公家身份、穿警服、挣工资的。孟和呢，二十出头的壮小伙子，对大凤这样的漂亮闺女能不心动吗？说不准孟和心里头早都惦记着了，当然是一拍即合。

说是孟和娶大凤，实际上，孟和家里父母早都不在了，他就成了徐村长家倒插门的女婿。徐家辉的原来想法是在他家办两桌酒席，在他家拜堂成亲。可是于队长不同意，于队长说孟和父母不在了，我们就是婆家人，娶亲就是娶亲，哪能让你徐村长既当娘家又当婆家呢。他张罗着让我们几个人陪着孟和去徐家辉家又放鞭炮又敲锣又打鼓地把大凤接到队部，搞了个挺热闹的婚礼仪式，又把队部腾出一间屋子给孟和小两口做新房，让他们在这个屋子里过了蜜月，孟和小两口才搬到徐家辉家去住。

不管是在哪办婚礼，在哪度蜜月，徐家辉都乐呵呵地听于队长的。他能不乐吗？徐家辉没儿子，这回找了个倒插门的女婿，村里人都说徐家辉白捡了个大儿子。

徐家辉家的大凤找了孟和后，民兵连长徐有银就盯着于队长要他牵线让八十子把他家的大丫头荷叶娶了。于队长问了八十子意见，八十子也同意。转过年八十子也成亲了，八十子的父母虽然都健在，但是毕竟不在身边，八十子领着荷叶在父母那办了婚礼回到吉儒穆图也像倒插门一样住进了徐有银家。

有孟和、八十子这两门亲事，森警分队和屯子里的关系就更近了，我们完全融入了吉儒穆图的日常生活。

八十子的老丈人徐有银是个爱显摆的人，自打八十子成了他的女婿，他在屯子里的身价好像立马就长高了一截，遇到个场合总好说"我姑爷他们森警如何如何"。八十子知道了就劝他老丈人低调点，八十子说咱就是个普通森警没啥可显摆的。徐有银说我就是要让屯子里的人看看我也不比他徐家辉差到哪儿。

这年春防，我和孟和去的温河外站。据我们掌握，那一带有三三两两淘金子的，还有猎民打猎的，我们得在防火上防范紧点儿。

孟和是一九三五年生人，比我小四岁，他早先就是个猎民，一九五一年后当了营林员，一九五三年和八十子他们加入了森警。孟和虽然比我小几岁，参加森警也晚些年，但他对深山老林里的生存之道可是比我强多了。那一个春防名义上是我负责，但好多事都是他带着我，教了我不少在大山里生活的经验。

我俩到了执勤点儿上后，孟和就张罗着支了个"仙人柱"，实际上就是咱们常说的"撮罗子"。他说"仙人柱"比窝棚好，还省事，还不漏雨，还敞亮。既然他说好，那就整吧，两个人的事儿，一个人坚持，那我就顺着他吧。我俩先砍了三根碗口粗的松木杆子，在一处高坡平整点的地面上，交叉成等距离的锥形的支杆，孟和说他们鄂伦春语管这个三角支架叫"刷那"，然后用二十多根五六米长直径八厘米左右的木杆再搭在那三根支杆上，所有这些，不用钉子也不用绳子，还不用木刻楞那种卡壳，就是利用小杆天然的树杈，确实挺省事，这让我想起了那年和良子在赤金口子盖房子的事儿。"仙人柱"门朝南，孟和说这是他们鄂伦春人铁定的规矩。孟和选了两根结实的木杆子当门框，我们的"仙人柱"就成型了，孟和还悄没声地扒了一些桦树皮泡在水沟子里，泡了两天，还拿热水烫了，桦树皮就软和了，我们把它们压平整了，然后用草绳子把它们拼缝蓬在支杆上，他说夏天可以用芦苇当围子，透风，凉快，冬天就要用狍子皮当围子了。

我说："咱们以后最好还是别扒桦树皮，桦树皮一扒下来，树就死了。"

"仙人柱"整好了，我们在里面一东一西支了两个小杆铺。孟和说："对着门正中的那个位置咱不能住，那是挂神像的地方，咱不能挂神像，那就空着吧。"

实际上，我们在野外住窝棚或者地窖子也都有这个不成文的规矩：床铺不对着门。对门睡觉容易冲风，而且也不安全。孟和把我俩的饭锅吊在地当央，锅底下是几块大一些的石头，权当是炉灶了，他是完全按照他们鄂伦春人的习俗建的这个"仙人柱"。

睡觉时，我说："这个'撮罗子'是挺好，比窝棚敞亮透气。"

孟和说："咱还是叫它'仙人柱'吧，我们民族的习惯。"

我说："好好好，那咱们就当一回'仙人'吧。"其实它还另外有个名字叫"斜仁柱"，我估计这是音译上的差别。

我俩都没有手表，身边也没个马蹄子表，看时间都是看太阳看月亮，阴天的时候凭生物钟的感觉，我们并不觉得有多别扭，多少年都习惯了。但是，我突然想起上山时也没带上个月历牌来，整不好这日子可就要稀里糊涂了。

孟和说："还是按我们鄂伦春人的办法来记日子吧。"

我说:"啥办法?拿笔在本上记呀,倒也行。"

孟和哈哈大笑说:"拿笔记日子?看来你还真不了解我们鄂伦春人,那么麻烦干啥,你就记住咱上来这天是几月几日就行了,往后的日子我来算。"

他找了一根绳子,在上边穿了三十根小木棍,过一天拽掉一根,都拽光了,证明我们就上来一个月了。不过,我还是按照于队长的要求,每天坚持写几行执勤日志:把年月日记清楚,把星期几记清楚,把晴阴风雨记清楚,把一天干的啥事儿记清楚,就像学生写作业一样,春防回去后于队长是要检查的。在此之前,我受于队长和良子的影响,在识字看报看书上就有了很大进步。这次春防坚持写执勤日志对我更是一次文笔的锻炼,那一春天,写字、记事、用词造句上确实是提高了一大截子。这样的锻炼对我后来当领导包括写文字材料做了很好的铺垫。打那时候起,记工作日志、生活日记就成了我多年的习惯。如果说,我现在能写点小文章,能讲一讲森警的往事,和那时候打的基础有很大关系。

我俩还利用高大粗壮的活树搭了个高脚的仓房,孟和说那叫"奥伦"。把吃的粮食什么的吊在高处,又防潮,又防止野兽们祸害。我们俩没有马,长巡短巡全是徒步。对这一点,孟和觉得挺别扭,他说他出生就在马背上,这当了森警了反倒没有马骑了。他提出到猎民那借两匹马先用着,我知道只要孟和一张嘴,肯定能借来马。那些猎民要么是鄂伦春人要么是鄂温克人或者蒙古族人,孟和和他们都能说到一块堆儿去,这些猎民都很直爽、开朗、讲义气,只要你尊重他,他保管加倍地尊重你,你要是有了困难他们都会全力相助。有时我们去猎民点儿喝酒,他们喝酒有个特点,不用杯,用瓶子喝,一瓶子酒挨个往下传,传到谁,瓶子嘴儿都不抹,就揿一口。跟他们喝酒,回回都是不醉不归。

不过,借马的事儿我没同意,猎民们把马看得如同他们的生命一样重要,我怕万一出点啥差头就不好交代了。孟和郁闷了两天,从猎民那抱回个灰色儿的小狼狗来,这个我不能反对,我们俩就把它养起来了,是个小牙狗,没两天就跟我们熟了,走哪儿跟哪儿。孟和给它起名叫"库日任",告诉我说这是猎犬围圈狩猎的意思,看得出来,孟和的民族习俗还是根深蒂固的。

那一个春防,我跟着孟和没少吃狍子肉、野猪肉,孟和跟猎民那淘澄了不少子弹。国家对鄂伦春、鄂温克这两个狩猎的少数民族挺关照,不但给他们发放子弹,还每年特批给他们一些禁猎动物的指标,其实像堪达罕(也叫驼鹿、犴)、獐子、梅花鹿,国家很早就把它们划为禁猎或严格控制猎取数量的范围了,其他人打是不允许的，我们森警就负有管控的责任，是"林政管理"中的一项重要任务。

孟和不愧是鄂伦春猎民出身，打猎绝对是内行。他只要见到野兽的踪迹，就差不多能看出这个野兽的走向和走过时间的长短，由此，他能判断出这个野兽在什么方位，他根据山形、风向去寻找，十有八九能找到，他说他们鄂伦春人在狩猎前是不能说能打到多少猎物的，否则什么也打不到。我每天跟着他跑，既是巡护了，又借机熟悉山形地貌了，顺脚还能打个猎物。但也确实很劳累很辛苦。

有一天，我俩过了小牛耳河，就发现山边五六十米远的地方有两只狍子。孟和朝我一摆手，意思是不让我整出动静来，他端起枪瞄了瞄，枪响了，一只狍子就撂倒了，另一只狍子还愣在那回头看我们那，要不怎么叫"傻狍子"呢，孟和"噢"地吼了一声，那只狍子才颠着个白屁股跑远了。

孟和说："打两只狍子咱也背不动，一只就管够吃的了。"

我笑着说："人家本来是对夫妻，你把丈夫给打死了，把老婆给撵跑了，你是够残忍的啊。"

孟和听了我的话，神情有点尴尬，两只手搓着不知该咋办才好，眨巴眼儿的工夫，这点儿小尴尬也就过去了。我俩把刚打死的狍子拽到河边，孟和教我怎样剥狍子皮、卸狍子肉。他的两只手真利落，四条腿一挑，一拳捶下去，皮张就下来了。五脏掏出来，把我们随身带的盐拿出来，他就拿着冒着热气的肝和腰子蘸着盐花吃。他让我也吃，我看着他嘴上沾的血，有点不敢享受这美味。他说猎民都讲究吃这一口，败火、利尿，没有邪味儿，绝对是大补。

我俩用狍子皮裹了些肉，孟和找了根棍子一头一包扛在肩上继续走，走了好半天了，我发现枪没在孟和的身上，头皮一下子就炸了，想了想，是他扒狍子皮时把枪挂到树上走时给忘了。虽然知道回去就能找得到，但我还是挺上火，把孟和也说了几句，扛枪的人把枪弄丢了多丢人哪。孟和要回去找枪，我没让，我觉得我早一点看到枪才能把心放下。"库日任"跟着我跑了一段，又转回身找孟和去了，这小狗跟孟和有种天然的感情。

谁知，等到我背着枪返回到我俩分手的地方，孟和却不在了，说好是他就地等着我的，咋走了呢？会不会遇到野兽了呢？他身上可是没枪啊，"库日任"又很小，想到这儿，我就浑身打了个激灵，查看一下周边，并没有与野兽厮打的痕迹。他为啥没等着我呢？是因为刚才发现枪拉下了，我说了几句话，他受不了了？不能啊，孟和是个性格爽朗，乐于和人相处，处处都与人为善，是宁可人负他，他也决不负人的那种人，和他处这么长时间我还没见过他计较一些鸡毛蒜皮的小事呢，今天能就想不开了吗？

我朝天放了一枪，想让他听见了等着我或者返回来找我，可是等了好一阵子也没见一点踪影，一点回音。这时天已经眼看着暗下来了，我心里越发没底儿。我想我还是奔着去找他吧，没准儿是他那猎民的直性脾气上来了，我这儿好歹有枪给我壮着胆呢。我按着来时的路，约莫着大致方向硬着头皮走，走了一段，借着月亮地儿我忽然发现林子里有的树枝被折断了，看茬口是新折断的，我知道这肯定就是孟和刚走过的道了，证明我还没走错方向。我情绪稍微有点稳定了，再往前走，就发现树枝子每隔个十来米都朝着一个方向折断，噢，这是孟和在给我指方向呢。翻过一个山岭，站在高处往下看，我看见前面河边上有火光，是孟和在烤狍子肉呢。我大喊着奔过去，小"库日任"向我摇着尾巴跑过来。

孟和眨着小眼睛冲我笑着说："没害怕吧？我这是让你练练在山林子里头和同伴拉开距离后怎么走路，你顺着我给你留下的记号走，就走不丢了，假如今后要是你一个人迷路了，在树林子里在河岸上甚至在塔头甸子上也要注意留记号，以便于别人找得到你。"

听了孟和的话，我一屁股坐到地上说："孟和呀孟和，你这教练法也太玄乎了，我还寻思你被张三儿和熊瞎子给叼走了呢。"

孟和挤着他的小眼睛说："笑话,啥野兽敢招惹我这老猎民，那不是找死吗？"

他又说："你要有兴趣听，我再教你点儿防止迷山的小招数吧：在这大山里头无论你是跟着别人走还是自己走，一定要留心自己是从哪儿出发的，经过哪条河、山头和沟塘子以及河流是啥样的形状和特点，关键是要记住特征和走向。另外，在没有指北针的情况下我们猎民辨别方向有个绝招，就是看树。树的南面发亮光滑，而树的北面粗糙湿润。还有就是遇到河流就顺着水流的方向走，沟岔子能领着你走到小河那，小河肯定能领着你走到大河那，顺着河往下走肯定有人家。最最不行的时候，你就原地别动等着人来找你，比你东一头西一铤地绕着圈儿瞎乱跑强。"

我说："你嘀里嘟噜说了这么多，我哪能记得住，等回去你再细点说，我好记到本子上。"

孟和笑了："你那本本就写上'迷山指南'。"

我也笑了，纠正他："要是'迷山指南'那可就真迷了，应当是"'防迷山指南'"。

什么事儿都是怕念叨，孟和给我教了防迷山指南没几天，有一个年近半百的汉子急蹿火燎地跑到我俩的驻防点儿上来，说他和老婆、女儿在山里挖药材，老婆和女儿走丢了。

汉子说："今天一大早进的山，约莫着十点多那会儿，我到树毛子里拉了泡屎，出来后就再找不着她娘俩了，我咋喊也没回音儿，咋找也找不着，生产点的人让我找你们森警给帮帮忙。"

我和孟和详细地问了问情况，孟和说他赶紧去猎民点多找几个人，再找几匹马，有人有马好干事。

在林区，每年都有人因迷山而失踪的。大兴安岭属于丘陵地貌，奇峻陡峭的山不是很多。大多是馒头一样的山形，山形都很相似，可是山连山，树连树，特别是在夏秋两季，树叶封山的时候，走出个几米远，就很难看得见。一旦迷山，就会越走越远。

孟和对组织起来的人说："我琢磨了一下，咱们这次找人有弊也有利。弊是树叶已经封山了，天又快黑了，不好看人，地上的腐殖层也厚，人踩上去几乎落不下脚印，也不好分辨。利是这母女俩是从山东老家刚来的，走山的腿脚没那么快，估计不会走出太远，再就是这些天，进山挖药材采蘑菇的人多，人喊马叫的，野兽不一定敢靠前。"

我说："你说得倒是有道理，可是既然没走远，为啥这个老汉怎么喊都喊不到呢？"

孟和说："有可能他们都朝着相反的方向走了，特别是这个老爷们有可能提上裤子就往相反的方向走了。林子密遮光也遮音所以不容易听到喊声，要是冬天，你一喊，满山都是铜锣似的回音儿。咱们现在骑马以最快的速度往这人说的那个点儿去，以那儿为中心，分散开四下里去找。"

那汉子一路上左看看右瞧瞧，费了挺大劲儿才把我们带到他终于确定的上午挖药材的地方，因为，这里有他上午拉的那泡屎，屎上沾着一张擦屁股的旧报纸。老汉就近了看看那沾着屎的报纸，说："就是这儿了。就是为了拉这泡屎，才离开她娘俩往下风头多走了一段儿。"

孟和说："我琢磨，她们母女肯定也在连惊带吓地四处找人呢，凭她们的腿脚和心理状况，再走也走不出三十里地。咱们就在这方圆三十里范围内，用篦子梳头发似的找。"

我和孟和各带着几个人分头行动。

折腾了这么半天，天也就擦黑了。在林子里用火把是绝对不行的，我们带了几个手电筒，就连呼带叫地四散开了。那汉子对我说："就是担心她娘俩给野兽吃了。"

我安慰他说："问题不大，山里人多，野兽不大敢往人多的地方凑。再说，这个季节，野兽也不饥饿，一般人要不招惹它，它也不会伤人。"

我们拿着手电筒，喊几声，停一会儿，等着有女人的回声，可是除我们自己的回音和孟和他们的喊叫外，别的什么也没有，连野兽的嗥叫都没有了。我说："咱们多注意一些石砬子洞，看看她们是否藏在那里面。"

过了半夜十二点了，我们两路人马会合了，都没有啥收获。

我说："是不是咱们划的三十里范围小了，咱们再往外找上二十里。"

孟和说："那就再往外圈扩着找吧。"

这时那汉子开始有哭腔了。孟和说："老哥，你先别急，一会儿天亮了，更好找一些。"

又找出二十几里地，天已经放亮了。还是没有一点发现。

我说："咱们再往回找一遍，大家伙仔细着点，看看有没有衣裳和鞋、筐子之类的东西。"

这时，我们大家伙心里都有些没底了，一会儿担心那母女俩也走散了，一会儿担心她们真的遭遇上野兽了。

两路人马又分头往回走。我带着那个汉子和两个猎民奔着温河去，看看河岸一带有没有。温河是额尔古纳河一条挺大的支流，河面不算太宽，但河水挺急，围着阿拉齐山、加疙瘩山和小黑山转，是一条典型的森林河。

我们刚走到温河甩湾的一个浅滩处，就听河里的小船上有人说话。那汉子一眼认出船上的人里有他的老婆和女儿。

原来是一个打鱼的人，在昨晚太阳快落山的时候发现她娘俩在河边上转悠，说是和家里人走散了，他就让她们上了船，因为打鱼的急着到下游去下挂子，就让她们在他的船上待着了，而他把船划出去老远，走了好几个甩湾。

有惊无险，那个汉子看到了老婆孩子，立马就像泥一样瘫在了地上。

有些山里的老人儿就是这样，对别人看来又惊又险的事，到他们眼里却看得很淡，很无所谓。

听到我们的枪声，孟和很快就赶过来了，他听了听情况，把那个打鱼的人叫到跟前说："老哥，你能收留这娘俩，说明你心肠不错，这得要感谢你呀。"

那人一听警察表扬他了，脸上露出得意的神色。笑着说："谢啥？应该的。"

可他没承想孟和顿了顿还有话呢，孟和说："不过你这人这好事儿没办好，像个没长屁股眼儿的人办的事儿，你就没想到她们的家里人得有多着急吗？就不能耽误会儿你的宝贵时间把她俩送到有人的点儿上去吗？"

孟和把那人说得低着头一声不吱了。

我和孟和回到驻防点儿上，孟和愤愤地说："我看那个打鱼的不是啥好东西，嘴上说是忙着下挂子没顾上帮着找人，实际上有俩女人坐他船上，他心里头指不定咋想的呢。"

我说："那个老娘们也是个傻大姐，那个打鱼的说这俩女的搁他船上还睡着了呢。"

孟和说："哼，自己睡不要紧，别让打鱼的给睡了就千好万好了。"

我说："你说得真难听，要是这话让那傻大姐听到了，就得挠你个满脸花。"

快要撤点儿的时候，于队长捎上信儿来，让我和孟和在温河这一片选个适合建瞭望哨台的地势。这一天，我俩连巡护带选点儿，一大早就出发了。找了几处地方都觉得不理想，就接着走。"这山看着那山高"，这话一点儿都不假，我们走走停停，不知不觉就走到天黑了，雨丝子也飘洒下来了，一阵比一阵急。我俩在一座大山根底下找了个石砬子洞，躲进去。孟和说："这雨要是不停，咱俩就在这打小宿了。"

我俩张望了一下，这个石砬子洞里有一些野兽先前叼来续窝的野草，也有一些野兽的骨头棒子，还有粗粗细细、颜色不一样的兽毛，是狼毛。

孟和说："这个山洞肯定是个狼窝，咱们得小心着点儿。"

看着这场景，又听孟和这么说，我就有点儿紧张。我说："咱这可是上狼窝里串门自己找死啊，咱们还是再换个别的地方躲雨吧。"

孟和说："这雨下得这么紧，上哪找地方呢？"他安慰我："老哥你别害怕，有我这个老猎民呢。"

我俩划拉一些干柴茅草，在洞口边上石砬子罩着的地方，点起了一堆篝火。

篝火旺了，洞口外边的夜色更黑了，不过，透过篝火能看见密密的雨丝在飘洒。我往火堆里扔一把干树枝，那火就燃爆一下，毕毕剥剥地响，火光一颤一颤的。我看见在篝火的映照下，孟和的脸红光光的，眼神儿亮亮的，就像在自家灶火前那种安逸自得的神态。

孟和说："这回就放心睡吧，啥野兽也不敢往这里来了。"

我俩掏出凉窝头一边给"库日任"吃，一边往自己肚子里填。"库日任"一路上已经吃了一些孟和给它打的肉食，并不饿，趴在洞口边上歇着了。孟和拧开酒壶盖递给我说："整两口，去去寒，睡得香。"

我俩就着窝头咸菜你一口我一口，一会儿工夫就整进去了大半壶酒。人也困乏了，酒劲儿也上来了，我依偎着一块石头就睡着了。不知睡了多长时间，就听"库日任"猛地狂吠起来。

被惊醒的我赶紧伸手扒拉孟和："快点，准是狼回窝来了！"

我的手伸出去，却没扒拉着孟和，哎，人呢？我腾地坐起来。瞪眼一看，孟和在洞口趴着拿枪往外瞄呢。

我凑到他跟前，孟和小声说："有好几头狼在洞口堵着呢。"

我再看，篝火早被雨水给浇灭了。漆黑的夜色中，好多道绿光射过来。狼是多疑的性格，回到自己家门口了，看到有变化，就不敢贸然往里闯。

我把枪保险打开，把枪伸出去，子弹就在枪膛里了。"库日任"狂吠着，但是孟和吆喝着它，不让它冲出去。

这时，我看见几头狼是编着队形往洞口试探着走过来。

孟和说："咱得省着点儿子弹，你打前头的我打后头的，得保证打一枪就得打死一个。"他说着就扣动扳机了，我的枪也响了。前头的两头狼就地撂倒。其余的狼唰地掉头撤下去了。

孟和坐起来说："我刚才眯瞪了一小会儿，看着火堆灭了，我就到洞口这儿盯着了，是'库日任'先发现的，狼果然是回家来了。"

我说："还是个狼群呢，不知道有多少？"

孟和说："是回窝的狼发现这洞里有情况了，把别处的狼给召唤来了。它们一会儿还得往这冲。所以咱得省着点儿子弹。"

约莫过了几分钟，"库日任"压着嗓子低声地吼起来。孟和说："这回，你还是打前头的我打后头的。"

"砰、砰"，我俩又干掉了两头狼。后面的狼又撤下去了。

我说："这得有多少狼啊？咱们咋脱身哪？"

孟和说："你别担心，狼奸诈，轻易不敢硬闯。"

这次把狼群打退后，它们好半天没上来。这时候雨也基本停了。孟和掏出火柴又把那堆篝火点着了。

我瞪着眼睛盯着外面。

孟和说："对不住啊，让我把你领到狼窝里来了。"

我说："咱当森警的，有点儿这样的历险经历倒也是情理之中。不过要是被狼叼了，可就丢大人了。"

孟和说："当猎民的，一个人对付狼群的事不稀奇，和黑瞎子单打独斗的事也遇到过，经历上一两次，胆儿也就练出来了。"

下半夜的时候，我们又打退了一次狼群，孟和打的是点射，一下子干掉俩，狼群退下去就再没上来。早晨三点多天一放亮。我俩就带着"库日任"悄悄地转移了，不知道狼们的眼睛盯着我们了没有。

最后，那个瞭望点选得还挺称心，有高度，视线开阔，也方便瞭望员上下行走。

这个春防我和孟和俩组织附近的老百姓打了三场小的森林雷击火，还单独扑灭了一起淘金点儿一个马架子的火。那是我俩巡护中凑巧发现的，火已经蹿上马架子顶了，却没看见有人打火，我俩赶紧抓树条子扑打，把他们水桶里的水、脸盆子里的水也都用了，扑腾灭了也没见他们的人回来，我俩就边歇着边等，直等到太阳快落山了，才见到两个人回来了，原来他们早上走时，灶膛里的火没熄灭，风一吹蹿出火星子来，就把锅灶边堆的干树枝子引着了。这两个人在河边整完沙金，就翻过山梁采黄芪去了。

孟和问他们："你俩是认罚还是认抓？认罚就交罚金五十元，不交罚金，你们就跟我们走。"

那俩人半天不吱声，闷了一会儿，岁数大的说："我们给你们点沙金吧，成色不错。"

那时候，对失火的惩处并没有十分明确具体的规定，我知道孟和是吓唬他们呢，我就也跟着添了把火："沙金我们不能要，你俩还是跟着我们走吧，交到政府去处置。"

这俩人一听登时就给我们跪下了，磕着头说："饶了我们吧，饶了我们吧。"一看就知道他们是刚从农村来的老实人。

小"库日任"给我们帮腔，围着他俩"汪汪汪"不停地叫。我没让这出戏多演，我说："快起来吧，今天就是教育教育你们，要是再有失火的事可就得连抓带罚了。"

春防结束回到吉儒穆图，开总结会时，我们各执勤点儿汇报，都有扑打山火的事儿，但是都是不怎么大的火，很快都打住了。

于队长说："这就是咱们的价值，遇有小火及时打，快点打，控制在最小范围内，森林损失就少。"

八十子快言快语地说："哼，这几年我品出来了，打小火是默默奉献，打大火才名声在外。"

于队长吧嗒了一会儿他的烟斗说："我看就咱们森警当前担负的职责任务看，今后可能长时间都得是默默奉献，也可能这越是没啥名声越能体现咱们的价值，你们说是这个理不？"

# 7

于队长一九五八年年末调到莫尔中队任中队长兼指导员，党政一肩挑。这一年，我们几个森警的独立分队进行了整合，我们分队归属了驻在莫尔的独立森警中队管辖。张大贵在吉儒穆图当分队长，良子当了副分队长，我当了一小队的小队长，就是相当于班长。

这一年咱森警变化挺大，不光体制上的变化，装备上也有大变化，我们的服装和公安警察统一了，绿上衣，蓝裤子带红裤线，大盖帽。那个大盖帽戴着挺威风，可是森警们长年累月在深山密林里执勤，戴大盖帽实在不方便，大家伙就提意见向上级反映，后来就改成解放帽了。再就是增配了枪支，每人一支，警士有的是三八大盖儿，有的是七·六二，小队长是冲锋枪，干部配的是五四式手枪。于队长不仅手里有一支五四，他的那把老驳壳盒子炮还挎着呢。于队长把他这支枪当他的命看，有空就捧在手里，擦擦看看，看看擦擦，我们都叫它"大肚匣子"，于队长不爱听，总是纠正我们说："老土，这叫'快慢机儿'也叫'大镜面'，知道吗？不知道别瞎咧咧。"

实际这枪叫"大肚匣子"也没错，别名多着呢，也叫"盒子炮"，还叫"二十响"，但于队长就相中叫"快慢机儿和大镜面"这两个名儿了。

这把枪是他和日本鬼子拼刺刀，得胜后从鬼子身上搜来的，领导为了奖励他的勇敢，就让他佩戴上了。于队长每当出门都好把这两把枪左右肩挎着，那两条皮枪带在他的胸前别出一个V字形，腰上系着一条绛红色的铜头宽皮带，走起路来，两条胳膊甩起来，很是威武。于队长不光他自己注重这打扮，他还要求我们这帮子人把枪和绿色挎包左右肩地挎着，腰上也系条武装带，人人胸前都有个V字形，他看着我们这样，脸上就有了很得意的神气。

发了枪后的高兴劲还没过去，后勤部门派人赶来了一大群呼伦贝尔草原的三河马，每人一匹，除此之外还多给了几匹，可以拉车拉爬犁也可以当驮马用。这下子，可把我们这帮子人美得如同当了新郎官似的。从打这个时候起，咱森警就是一人一匹马一人一杆枪了。

这批马多数都是生个子，难调教。特别是那匹格色的青马是最让人头疼的。这匹青马最初分给了陈明亮，这匹两岁的纯种草原马性情暴烈，根本不让人靠近它的跟前。分到马的当天就出了事，陈明亮背着三八大盖枪骑上马去，马就使劲旭蹶子，几下子就把他掀下来了，摔下来时，枪栓正垫在一块大石头上，腰椎第一节当即粉碎性骨折。有大半年时间，陈明亮每天只能平卧在光板炕上。后来到上海穿的钢背心，那家伙有十来斤重，不论冬夏，一年三百六十天都得穿在身上，用以支撑固定腰椎。陈明亮没法儿再在分队干了，调到中队当了个仓库保管员。抗美援朝战场上敢和美国鬼子往死里拼的陈明亮哪是个轻易服输的人？但没想到就让这匹生个子马给摔残了。

我听说其他中队有个人驯马的时候，从马上摔下来，五天五夜昏迷不醒，还有个人从马上掉下来，脚没脱下蹬来，被马拖着跑，人都成了血葫芦。实话说，生个子马不是说谁驯就能驯得了的。孟和和八十子都提出要调教这匹马，可良子是个有名的倔巴头，他说："你们俩别跟我争，我就不信邪了，看看我试吧试吧咋样。"

这匹马摔坏了陈明亮没过瘾，新人一接手，就又给来了个下马威。良子接手青马后，把它拴在马桩子上给马蹄子钉铁掌，刚把马蹄子架到马桩子上，还没等绑呢，那马的左后腿突然蹬了一脚，马蹄子一下子刨到良子的脑瓜门子上，血当时就流出来了，再稍微往下点就把眼睛踢瞎了。在场的人对这匹马摔坏了陈明亮的气还没消呢，看到良子又被踢得满脸是血，火气都上来了，有的拿马鞭有的拿棍子就要抽这匹马。良子不顾血在脸上流，张开两条胳膊拦着大家伙说："别打，别打，这匹马归我了，就归我自己调教。"

他进屋洗把脸，额头上缠上条毛巾，继续收拾马蹄子，收拾完了，把马毛浑身上下刷了一遍就跨上马去，这马根本不让骑，坐屁股，尥蹶子，只要一上去就把他甩下来。良子是个不服输的人，马倔他更倔，甩下来就又上去，一遍遍地从地上爬起来，一遍遍地跨到马上去，掉下马来被马疯狂地拖着跑，拽缰绳把虎口都勒开了也不松手，这匹马就这么地把良子折腾了好几天，良子也把马折腾了好几天，实在对付不了的时候，他甚至趴在马背上用牙齿使劲地咬住马耳朵。在良子的坚持下，这匹青马终于被他驯服了，听他的话了，只要是良子跨到它的背上，怎么着都行，这匹马跑得快，走得稳，成了马群里的"杆子马"，"杆子马"就是能套马的马。

不过这匹马毕竟是没骟的儿马子，性情很暴烈，对其他的马也好挑事儿。有一次，良子他们三四个人去执勤，在一个生产点儿上遇到了一匹骒马。这可就把儿马子的骚性劲儿给挑起来了，一有机会它就往那个生产点儿上跑。有一次良子把它抓回来，正要把它往马桩子上拴，拴马扣还没等系好呢，那匹骒马就跟上来了，儿马子一看见骒马，立时就急眼了，两个前蹄子立起来扒良子，甚至歪过头来要咬良子。

我们大家伙连抽带赶把那匹骒马轰走了，好半天，良子的儿马子才消停下来。有人说，赶紧把它骟了吧，免得它老跑出去撩骚，还动不动就跟别的马干仗。良子有点舍不得，怕是把它骟了，它的速度就不行了。

八十子说："儿马子要是不留着做种马，骟了没坏处，一点也不影响它的速度。"

孟和也这么说。良子就托人把兽医从莫尔请到山上来。八十子说："嗐，不用那么麻烦，我拿把尖刀就能把它的卵子仔给挤出来。"

良子坚决不干，还是坚持把兽医请到山上来。他说："我不能带它到镇子上去骟，骟完了再走回来，那么老远的路它肯定受不了，在山上骟，不用动地方，能好好恢复。"

那天骟马的时候，良子把马委托给了八十子，他不想亲眼看着自己的马鲜血淋漓地受罪。骟完马，良子半拉月没让马上外面跑，每天白天晚上精心侍候。这个时候，这匹青马的名字就叫"良子"了，那时候谁的马就叫谁的名字，大家伙说："良子这是坐月子呢。"

果然，马骟了之后速度一点也没受影响，性情上却温和多了。我问过有点文化的良子："古时候的太监性情温和吗？咋听说大太监李莲英、小德张的性格都挺乖戾的呢？"良子说："不能那么比，人和马毕竟不一样。"

有了马，巡护执勤条件立马就好多了，工作效率也提高了，巡护的面积扩大了，有些步行实在是难以走到的地方，我们这回也走到了。于队长给我们开会要求我们骑马巡护要做到："走一线看两边，住一点查一片"。

外人都看着我们骑马风光吧？是挺风光，我们骑在马上，一字纵队嘚嘚嘚地跑，挨着我们的一溜狗也成队形地和马比赛似的跑，那个时候，小"库日任"已经有十来个伙伴了。不过，没有马的时候是腿脚遭罪，有了马以后是腚沟子遭罪，最初的时候，有马鞍子的不多，我们多数都是骑光腚马，马背上搭片麻袋片就当鞍子了，没有鞍子骑马，那是真铲屁股啊，骑多半天马，腚沟子和大腿根儿就都给铲破皮铲出血来。开始的时候马笼头也是我们用麻绳自己做的，后来我们跟着孟和和八十子学，用狍子皮割成条又搓成麻花筋做了一些马笼头和马缰绳。

马和人一样，也得要穿鞋，它们穿上铁鞋才能跑得快、跑得稳，特别是在大山里头，马没有鞋就像人光脚一样迈不开步。马的鞋就是铁掌，人们叫它马掌子。过去林区城镇里头都有钉马掌子的小铁匠炉，距离挺远就能听到打铁的叮当声，闻到马蹄子皮肉的焦煳味。我们最初用的马掌子和马掌钉都是到莫尔或者葛根等地方采购回来的。那个时候，啥物资都稀缺，有时干着急买不着，或者买上了没有顺脚的车带不回来。张大贵说："嗨，这玩意儿不是啥高科技，咱派两个人去个铁匠铺学学，往后咱自力更生自己个打造马掌子。"

孟和和八十子承担了这个任务，到葛根的一个大点儿的铁匠铺学了一个月。他俩回到吉儒穆图的时候，还把他们的刘师傅给带来了。张大贵挺高兴，用酒招待刘师傅。刘师傅说："你派去的这两个弟兄挺好学，肯出力，我们在一块堆儿都有感情了，我不是他俩叫来的，是我自己要来的，我得帮着你们把这活弄好了我才放心。"

在刘师傅的指导下，我们在分队边儿上一个空置的土坯房里砌了个"烘炉"，打铁的那套家巴什儿有刘师傅送给的，有八十子他们买的，挺全科了，我们在门外头立了个吊马桩。开炉那天，屯子里的男女老少来了不少人围观。孟和、八十子腰上系着围裙，鞋上套着护垫，胳膊上戴着套袖，手上戴着手套，还真像那么回事。烘炉烧得旺旺的，铁条烧得红红的，他俩在刘师傅的指导下，大锤小锤火钳子轮换着，"叮当叮当"响个不停，如同我后来在剧场里看到的击打乐那么好听。一根根烧得通红的铁条很快就变成了我们急需的马掌子和马掌钉。马掌子也和人穿的鞋一样，分左右脚。打一个左面的必须再打一个右面的，这才能叫"一副"马掌子。每个马掌子都有五个钉子眼儿，靠里面是两个眼儿，外面是三个眼儿。应该说打马掌子这个活不完全是个粗活而是个有点儿技术含量的精细活。给马蹄子挂掌时还得像给人修脚一样，用刀修整一下马蹄子，以便使马蹄子和铁掌两适合。

孟和、八十子打马掌子、挂马掌时，我经常去给拉风箱，我愿意看着他俩抢锤掂锤的架势，愿意听着那脆生的"叮叮当当"悦耳的响声。这两个少数民族的老警啊，干活、喝酒、说笑话都像他们打铁一样，爽快透喽！

很快，他俩的手艺就练出来了，打的马掌子越来越精致、越好看，挂上掌子的马如同人穿上了合脚又舒服的鞋一样，走啊颠啊都带着股子威风劲儿。

有一天，我们几个坐在一边儿看孟和他俩挂马掌，大贵对良子说："良子啊，孟和、八十子这俩小子是和祥子他妈比高低。"

大贵看我们几个没大听明白，就接着说："你们看那，家属里面属祥子他妈杨桂月做的鞋最好了，咱们都穿过，就是合脚，这回孟和八十子挂的马掌子是最好的了，这不是和祥子他妈比高低吗？"

于队长在一边笑着把烟斗吧嗒得吱吱响。

起初的时候，孟和和八十子还有点怕人家说他们徇私情，不敢给他们的老丈人家钉马掌。大贵说："你俩别夹夹咕咕的，屯子里凡是需要的，咱都给干，更不能把这俩又是亲家又是村干部的给落下。"

有了这免费钉马掌的事儿，咱森警和屯子里人的关系更近了一层。他俩给谁家的马挂好了马掌子，人家都会冲着他俩："哈拉少！噢亲哈拉少！"甚至也有人非要拉着他俩去喝酒的。

我们对那些马可是尽心了，那是咱森警的无言战友啊。草料、豆饼，不光白天喂，晚上还起来给马添料，老话说"马无夜草不肥"，这是真的。夏天的时候，因为白天瞎虻、蚊虫叮咬，马都无法安生，同时也是为了让马吃到更鲜嫩的青草，我们施行放夜马。晚上七八点钟把马群赶到三岔口南面的半截沟里面。那里头树木不多，比较开阔，水草肥美。马群在晚上吃得饱、吃得香，个个都膘肥体壮，毛色油光发亮的。这个事儿是八十子提出来的，而且他主动承担放夜马的任务——孟和、八十子结婚后并不是每天晚上回家住，一个礼拜回去住一晚上吧，于队长和大贵对他们也有这要求，于队长说咱是准军事化管理，不能天天回去搂老婆。大贵开玩笑说："小别胜新婚，天天晚上搂着就不新鲜了。"

孟和、良子和老朴都抢着去放夜马，后来就排上班儿了，轮着干，但八十子和孟和常常带着我们干，他俩放马的经验比我们几个多，而且也比我们几个更了解马的习性。放夜马，可不是说把马群赶到那就完事大吉了，就可以猫个地方睡大觉了，那可是一个贪黑起早、蚊虫叮咬、非常辛苦的活儿。每天晚上出去的时候，都是穿着雨衣、水靴子，戴着防蚊帽，常常是里边捂得一身汗，外边一身湿，晚上野外总是下雾水嘛。我们的坐骑身上也得带着皮大衣，遇到凉的时候好披一披。那时候狼也特多，马群的周围经常有狼在一边儿瞪着双绿眼睛在那窥测，人和狗都得管事儿。有时候有的马匹走丢了，还得仔细辨认着马蹄印把马找回来，要是找不回来，那就得喂狼了，马虽然个子大，但斗不过凶狠的狼。

有一天晚上，赶上我和八十子放夜马。傍晚的时候，我俩把马群赶到三岔口那边儿，遇到两只狍子在碱泡子那喝水，我俩就都过去了。八十子一见到猎物比见到他老婆荷叶还亲呢。可是今天这狍子挺警惕，我俩还没到跟前呢，那狍子就撒腿跑了。八十子哪里肯轻易放过它们，他带着我就开始追。俗话说，"再狡猾的狐狸也斗不过好猎手"，况且是傻狍子呢，我们绕了两个山弯儿就把俩狍子给盯上了，八十子当然是手到擒来。没用我出枪，我跟着来是负责驮狍子的，当然是我俩的马各驮一只。

等我们回到三岔口这边却发现马群不在了，八十子仔细观察了一阵儿，说马群肯定是往东去了。我俩就打马往东边追，没多大一会儿天就黑透了，我俩打着手电筒找。可是我们追出去好远，也没看到马群的影子，也没看到马吃草的痕迹。

八十子说："估计是有狼群在圈马呢，马吓得哪还顾得上吃草？它们也顾不上歇脚，都是一直在跑，所以咱们才追不上它们呢。就是它们摆脱了狼的追赶，可是马跑出了汗，也就是马跑热蹄子了，这种情况下它们也不吃草。"

我俩追出去很远很远，已经快到半夜了，还是没有马群的踪影，马群会不会越境了？想到这儿，我的心里头吓得一哆嗦。我着急的心里都有点突突了，看出来，八十子也着急了，他只是打着马鞭跑，也没有平常那么多话了。这一旦把马群都丢了，我俩可咋交代呀。又追了一个多小时，在阿巴河边上，八十子先发现马蹄子印儿了，而且看出来它们在这儿已经散开吃草了，八十子高兴得从马背上翻到马肚子底下又翻上来。我们终于追上了马群，我心里悬着的大石头哐当一下落地了。

我俩顺着两边儿绕到马的前面把马截住，开始往回圈。可是马群说啥也不回来，反倒不吃草了，腾腾腾地又往西跑。这时，八十子我俩都发现带头的是一匹不认识的大白马。我俩又追了好一气儿，还是圈不住，哎，气的呀，恨不能一枪把那匹大白马打死。后来八十子说他负责把大白马隔开，让我把我们的马群往回赶，哎，这一分开，管用了。我们自己的马慢慢听话了，顺从我的驱赶了。那个大白马被八十子截在一边儿，昂首挺胸地站在那，像是一个被驱离的帅小伙远远地望着一群小美女那样，也不吃草，也不离开，眼神里是满满的无奈而又深情。我俩都纳闷，这是哪来的一匹骏马呀？

眼看着马群就快要到三岔口了，马群又突然惊叫着四散着奔跑起来。八十子对我喊："不好，赶紧抄家伙（枪），遇着狼群了！"

这时，我看见树林子里有几道阴森森的绿光射过来。我举起枪瞄了瞄就当当地打出几枪。而八十子是在圈着马群往回赶。绿光没了，马群渐渐地放慢了脚步，它们也是又累又惊啊。当我俩把马群赶到家，数了数，嘿，一匹也没少。我嘟囔着："算了，这一晚上的夜草就别吃了。"

第二天上午我醒得挺晚，起来后没看见八十子，我以为这小子回家搂荷叶去了呢，我心里说这八十子真够贪的。没想到，快傍晚的时候，我看见他骑着马拿着套马杆赶着昨夜里的那匹我们不相识的大白马回来了。他说："这匹大白马有功啊，要不是它，咱的马群就得被狼咬了。"

可是，这是打哪儿来的大白马呢？站在那里，它活生生就是一个帅气又高傲的白马王子的范儿。

从此，分队的人都很善待这匹马，八十子更是当作自己的马来饲养它，可谁知过了没几天，大白马却失踪了，八十子找了好几次也没找到，我们最后也不知道，它是从哪儿来的又到哪儿去了。让人忘不掉的一匹神马。

# 8

后来人们把"一人一匹马一人一杆枪"当作老森警时代的代名词，我觉得挺贴切的，虽然前面好几年，马少枪少的日子里，我们遭了不少的罪，但有了马有了枪以后，我们面临的艰苦环境一点都没改变，反而任务更重了。于队长下来给我们开会说："咱如今一人一匹马一人一杆枪了，人多了，兵强马壮了，可咱得把队伍建得像个队伍样，不能像猎民队儿似的，执行任务也得比过去变个样，再不能拖泥带水的不讲效率。"

就是打这一年开始，于队长要求我们得空就要组织训练，他强调得像解放军似的搞正规化，他说咱是戴领章帽徽扛着枪的武装集团不是老百姓，一盘散沙可不行，必须得正规起来！他总好把"咱是武装集团"这句话挂在嘴上，好像我们有多少人马似的。到了后来，有一些外面的人和上级机关里坐靠背椅的人说森警是"土八路""武工队"，看不起我们，说我们不正规，实际上，从二十世纪五十年代末，我们森警就开始强调正规化建设了。我觉得这挺难能可贵的，要知道那个时候，森警当时就是林业企业下面的一支警察队伍，上级对我们的军事化要求并不高，是我们自己自觉自愿地按照解放军的条令条例办的，这也是于队长我们这些老兵们自觉地对咱老八路、解放军作风传统的继承和发扬吧。晚上站岗，早上出操，搞军训、练射击、队列训练，马术训练，还搞野外训练熟悉山形地貌。于队长挺能折腾我们的，不过他折腾的可都是正事儿。

一九六〇年冬天，全中队的人员都集中到吉儒穆图搞军训，我们上山拉练，既练登山体力又熟悉辖区内的山形地貌。一旦着起火来，我们就是向导啊，必须得把路领对喽。

按照于队长的方案，我带着魏玉国和刘锁柱一组往乌玛进发。那个冬天天嘎嘎的冷，额尔古纳河的河冰都冻得嘎巴嘎巴响，山野里平地就刮起响哨似的白毛风，我们呼出的热气使得头脸、帽子都结了厚厚的冰霜，因为马跑出了汗，马鬃、马背上都是霜。当我们拐过三道河子甩弯的时候，我猛然看到前面一处小慢坡上有个绿色挎包带在雪壳子里飘飘悠悠的。咦，这一带杳无人烟，怎么还会有这个？我惊奇地跳下马，用枪刺把那挎包带挑起来，这一挑就从雪窝子里挑出个绿挎包来。打开看看，里面有本挺厚的俄文书，有个写了挺多页俄文的笔记本，笔记本上别着一支黑色自来水钢笔，有一个半盒的雪茄烟，有一个铁皮酒壶，壶盖没了，壶里的酒也没了。再往前走十一二米，又发现一只棉手套，黄帆布的，手套挺大，一看就知道，戴这手套的人是个大手大脚的大个子。刘锁柱蹲下身子仔细观察了一会儿说，哎，看着好像有人从这儿爬过。我和魏玉国凑到跟前扑啦扑啦清雪，果然有人爬行的痕迹。我们忙把枪从后背拽到胸前，哗啦一下推上子弹，有点紧张地跟着这痕迹往前追踪，走出没有五十米，有一个雪窝子，雪窝子上沿有一道挺厚的雪檐子，就在那道雪檐子那，我们看到了一个卧着的人，多半截身子都被雪盖住了，这人两只手向前趴着，两只脚蹬着，是爬行的状态。那人戴着皮帽子，帽带系在下巴上，身上穿着厚厚的灰帆布长棉大衣，我们蹑手蹑脚地走到跟前，观察了一会儿，没见他有丝毫的动静，我们估计这人可能已经冻死了，我说还是把他翻过来看看，摸摸鼻子看看还有气儿没气儿。我和魏玉国、刘锁柱把这人翻过来，尸体已经僵硬僵硬的了，面容是笑模笑样的。凡是冻死的人模样都不难看，都有点笑模样。

这是个大鼻子苏联人。可是我们没找到他身上的枪，是他把枪像丢挎包丢手套一样的丢了呢？还是压根就没有枪？我们仨在附近查找了半天也没发现踪迹。这时候已是下午三点多了，天说黑马上就黑。魏玉国和刘锁柱俩人抢着说要留下看现场。我这当小队长的挺作难，留两个人看现场，让一个人回去报告吧，天黑路远，恐怕不行，留一个人看现场吧，更是不行，万一有敌情或者有野兽，都不好办。我们仨商量了一下，反正天要黑了，对岸就是来人也不容易就找到这儿，干脆我们仨一块回去报告吧。我们弄了点雪，把尸体遮掩了一下，感觉问题不大，就匆匆打马往回走。我们走到了下半夜才回到吉儒穆图，敲开于队长和张大贵的宿舍，向他俩一报告，于队长肯定地说："你们仨一块堆儿回来就对了，不能因为一个死的再搭上咱们活的。不过，事不宜迟，咱们现在就上边防团去汇报。"

我们仨又跟着于队长往边防团赶。那个晚上是马不停蹄折腾了一宿。可这还没完呢。天刚亮我们四个又带着边防团的领导和几个干部战士往三道河子的现场赶。到了现场，边防团的人照了好多相，还按照我们指点发现挎包带的位置、手套的位置、爬行的位置以及死尸倒卧的形态画了张草图。边防团领导留了几个战士看守现场，我们就都往吉儒穆图返。于队长我们都以为这事儿就了了，再和我们没关系了，我们正准备着再去乌玛呢，谁知，边防团的一个保卫干部带着公安局的警察和两个穿便衣的人（后来知道他们是外事部门的人）来到了分队，专门找我和魏玉国、刘锁柱了解情况，我们说他们记，之后我们在笔录上摁了三个鲜红的手印。

这回就完事儿了吧？我是这么想的，可是还没有，过了半拉多月二十来天，我们刚拉练回来，分队就来了好几个穿四个兜的军人，他们这次来不是找我们了解情况了，而是说要对我们进行批评教育。他们坐到我们简陋的会议室里，人人都一脸严肃，看着他们那样，我们几个都挺纳闷，这是为啥呢？岁数大一点的军人显然是个领导，他开口说："这次来是到边防团有个公务，顺便到你们这给你们传达军分区对这次事件的通报。你们发现现场并且及时报案挺辛苦，这一点组织上对你们已经充分肯定了，可需要对你们批评的是你们破坏了现场，不仅是给破案增加了难度，关键是给人家对岸抓住了把柄，这个人到底是怎么越境的？人家怀疑是被绑架，因为那现场把雪清扫后尽是你们的脚印和马蹄印，特别是你们还把尸体翻了个个，这都是太缺乏常识了，往深了说，你们太缺乏政治敏感了，唵，你们要知道你们不是普通老百姓，你们是穿警服拿枪杆子的武装警察！你们弄得我们外事部门和分区都很被动！"

没想到，平常很少说话的魏玉国忽地站了起来，他紧张得有点哆嗦，但嗓门很大地说："我插句话啊，我觉得说啥事得讲理，当时我们从发现背包带到发现尸体不是就得踩着雪走过去吗？还能脚不沾地飞过去？走过去能不留下我们的脚印吗？我们不到跟前翻动那个人咋知道他是死是活？"

那位领导没想到会有人呛他，他脸色变得越发难看，脖子上的青筋都蹦起来，他抬起手来拍了一下桌子，厉声说道："怎么？这地方山高皇帝远哪？批评两句还跳起来了？"这位领导一拍桌子，气氛骤然紧张起来，像是一张被拉紧了的弓，人们的喘息声都被放大了。静默了三四秒，只见于队长一抿嘴把烟斗拿下来，翘起左腿歪着脚，把那烟斗梆梆梆地在鞋底子上敲了几下，一撇嘴，噗地吐出一口痰去，然后两眼眯着斜睨着那个敲桌子的领导说："这位领导批得有道理呀，有道理，这都是我老于平常教育得不够，责任我担着，但是，但是就凭你这一个劲儿地指责，我听着有点不入耳。"

于队长开头承担责任的两句话，似乎缓解了一下那位领导的情绪，可是他又听到于队长的"但是，但是，"那位领导的脸上的眼睛鼻子嘴又拧到了一块。他想了想，歪歪脑袋冲着于队长说："噯，不入耳？怎么个不入耳？"

于队长用手指头点着耳朵说："拍桌子声就不入耳啊，刺耳，震耳，震得我这俩耳朵嗡嗡响。他们几个没功劳还有苦劳吧？又冷又饿又乏地折腾了好几个来回，至于到头来还被你拍桌子吗？"

那位领导的脸红了又变白，白了又变红，一时被于队长呛得说不出话来。于队长就是这么个人，有护犊子的毛病，对自己的手下人，他批也行骂也行，可容不了旁人说，旁人批他的手下比批他自己都难受，其实，旁人真对着他批的时候，他反倒还挺有涵养，不像批他手下时那么鸡飞狗跳的。那天的场面是被另一个岁数大的领导出面打了圆场，晚饭时，于队长和那位领导以酒碗对酒碗，仰着脖子干了好几碗，才缓和了关系。第二天分手时，那位领导喘气儿还有酒味呢。

后来听说，一九六〇年的时候，咱们和对岸的关系在上层就已经挺紧张了，咱们老百姓哪知道啊？据说，冻死的那个大鼻子是到中国援建的专家，一九五九年的时候，他的援建项目还没干完，就被撤回国了，这个人总是惦记着他的援建项目，偷偷越境到中国，没想到竟给冻死了。这些事是真是假，我们说不准，都是八十年代末和对岸关系缓和以后听说的，据说是他的一个在科研领域很有成就、国际上也很知名的儿子来中国寻找他父亲的足迹，中国外交部门查找档案，才把这件事情吻合上。

那天，我们刚送走了那几个人，一回身，于队长一巴掌就拍到我的脖颈子上了："进屋说！"

进到会议室，我们屁股还没坐下，于队长就说："行啊，这魏玉国平常没话的人，着急猛子，说出话来也能把人呛个跟头啊，这就对了，有话就该说，有屁就该放，别憋着。不过，我觉得人家领导昨天说得有在理的地方，这件事儿上咱们就是有毛糙的地方，咱们是管林区社会治安的，对处理这类事儿，对怎么保护现场还是应当做得细致点儿。"

# 9

昨天魏玉国那几句话，我们都赞同，觉得他说得有劲，解气。魏玉国自打他家属难产死了以后，他处理完后事回到分队话就出奇地少了，整天就知道吭哧吭哧地干活，上山执勤一趟也不落下。没事儿的时候就往铺头上一栽歪，要么就闭着眼睛想心事，要么就瞪着眼睛望房巴。大家伙看着他那样，心里头也都不是个滋味。我找他单独唠过几回，劝他想开点，他说："媳妇儿也没了孩子也没了，我一个人活着还有啥意思啊，过去虽然在山上总也回不了家，一年也见不了两次面，可知道她就在家里等着我，这回没想头了，光杆一个了。"

我知道魏玉国在新中国成立后回了一趟老家，旁人回老家要么是看望父母双亲，要么是看望自己的老婆孩子。而魏玉国回去是看望他的二姨和二姨夫。

魏玉国的父母双亲早在魏玉国六七岁的时候，就因为一场大瘟疫，双双去世了，他上边有个八九岁的姐姐下边有个三四岁的弟弟。姐弟三个相依为命地过了一段时间，弟弟在一天和小朋友玩耍的时候突然失足掉到水井里了，姐姐知道后疯了似的到井边打捞。八九岁的孩子懂得啥呀，站在井沿上拿着条绳子往井里扔，用力过猛也一头栽进了井里，村里大人们闻讯从庄稼地里赶回来捞上来的是姐弟俩湿漉漉的尸体。

孤苦无依的玉国被他二姨领走了，他二姨家有个比他小几岁的表妹，他们就在一块玩儿着长大了。玉国十六七岁就参加县大队了，到处转战，一直没有回过老家，但是玉国是个重情义的人，他拿着二姨和二姨夫当作自己的爹妈一样看。战争结束了，玉国也和其他战友一样张罗着回去看看养育他长大的二姨和二姨夫。玉国离开家这些年，也没机会跟家里联系，家里人对他是生是死一概不知。他这一回去，二姨一家人蹦高高地乐，住了五六天，玉国要归队的头天晚上，他二姨做了好几个菜，二姨夫烫了棒子散白酒，俩老人和玉国围着炕桌就要开喝。玉国说等等秀英一块吃吧——秀英就是玉国的表妹。他二姨说："她晚一会儿回来，咱们先喝着吧。"

几杯酒下肚，仨人都有点酒意了。

他二姨夫说："玉国明儿一走又不知啥时候回来了。"

玉国说："眼下不打仗了，说回来请个假也就回来了。"

他二姨说："这几天问你好几遍了，你眼下也二十出头了，该找个对象成个家了，是在咱老家找啊，还是在外头找啊？你得有个准话呀。"

玉国和我们说，自打他回家的第二天起，二姨就不断地问他这个话。

玉国对俩老人说："咱岁数还不大，还没寻思过在哪儿找呢。"

二姨夫说："外头找，你一个当兵的认识谁呀，还是得在咱老家找，知根知底儿，可靠。"

二姨端起酒杯咕咚一口喝干了，抹抹嘴唇说："秀英他爹，你就别和孩子绕弯子了，咱今儿个就擀面杖捅炉子直来直去地说明白了吧。玉国呀，我和你二姨夫想做主把秀英嫁给你，咱亲上加亲。"

玉国和我们说，他听了这话一下子有点蒙了，那年月没有不让近亲结婚这一说，可他和秀英从小一块长大，和亲兄妹没啥区别，他从没动过这心思，他端着酒杯愣了半天不知说啥好。他二姨说："犯啥楞啊？你是不同意呢还是不好意思啊？要说知根知底儿，你和秀英最知根知底儿，秀英找你，你找秀英，我们二老就全放心了。这事儿我就做主了，昨个晚上我到你爹妈的坟上去烧了把纸，把这事儿和他们念叨了，那把纸烧得可好了，你爹妈一准儿是高兴地答应了，这不我和你二姨夫就横下心了，这事儿就这么定了。"

玉国好半天才回过神儿来，想想秀英真是挺好，自打他来到二姨家，秀英就把他当亲哥看待，从没和他争过吃的穿的。他外出几年回来看到秀英长高了长俊了，在他面前还有点害羞了。想着这亲兄妹一样的关系就要变成夫妻两口子的关系，玉国还是觉得有点别扭。

他红着脸说："二姨二姨夫，秀英是挺好，可这关系多别扭啊。"

他二姨夫抿了一口酒说："别扭啥，我看这么办最顺当了。"

玉国想了想问："那秀英是啥想法，能同意吗？"

二姨说："废话，她不乐意，俺们俩能跟你说吗？"

话音没落，秀英挑了门帘红着脸进来了。

二姨说："正好英子回来了，你挨着玉国坐那儿，咱这亲上加亲的事儿就这么定了，喝酒吧，秀英给玉国的酒杯满上。"

这是玉国从老家回来跟于队长我们几个老乡学说的他二姨二姨夫给他定亲的那个场面，我们大伙听了，都为他二姨二姨夫的敢作敢为叫好。

玉国从老家回来不到半年吧，他二姨二姨夫就领着秀英来部队了，来队上的第二天，于队长做主婚人，玉国两口子就拜堂成亲了，那天晚上我们都去闹洞房，咱东北的规矩，三天不分大小。不过于队长没去，我们都把他当亲大哥一样，他自己也是这么看，我们几个岁数小的拉着他去，他说："我哪能和你们掺和这事儿，我还要和玉国的二姨夫喝喜酒呢。"

大家伙都看着玉国的新媳妇真是不错，仁义懂事，模样长得也俊，个儿不算高，白净的瓜子脸，大眼睛，翘鼻子，薄嘴唇，两条长辫子。大家伙都说玉国娶着这媳妇是烧了高香了。

那时候我们的主要任务还是剿匪，任务还挺重，玉国他二姨二姨夫和他的新媳妇没住几天就都回去了。转过年了，玉国的媳妇才又来到队上和玉国团聚了。不过说是团聚，干咱这一行的常年在大山里头转悠，有时候两口子难得聚到了一起，就是忙乎一晚上，要是阴阳不合，那撒下去的种子也不一定能发芽。

后来，玉国的媳妇儿好不容易怀上孩子了，给玉国高兴的呀，做梦都哼小曲，在山上拿着木头疙瘩，用刀和锉又削又剜又锉的，做了不少小玩具，就等着给他的孩子玩了，谁知竟出了这档子难产的事。玉国说他媳妇儿是个面子矮的人，不愿意麻烦别人，就是这个性格把自己个给害了，娘俩死了两三天邻居才发现。

玉国媳妇儿死了差不多快两年的时候，遇到一件碰巧的事。那一天下午，玉国到额尔古纳河边去拉水，看见离他不远的下游河边有个女人坐在石头上在洗衣裳，他也没在意。可正在他往水车里灌水的时候，他突然听到村头上有个老妇人高声喊："秀英！秀英！"玉国听了，心里头就咯噔一下。他这时又听那坐在河边洗衣裳的女人答应："哎！哎！"玉国站在水车边就有点儿愣神了，他手里提着半桶水也忘了往水车里灌了，不错眼珠地盯着那洗衣裳的女人看。那女人并不知道有人在看她，而是急急忙忙地收拾了洗净的衣裳和盆子、搓板就起身往岸上走。当她走到岸上来的时候，玉国更加呆愣了，那身材和那半边的侧脸，竟和他死去的媳妇儿那么像，太像了！

玉国后来跟我们说那阵儿他是丢了魂儿了，就以为这女人是他的秀英呢，是他的秀英复活了，他扔了水桶，三步两步就冲到那个女人跟前了，甚至已经张开胳膊要去把她抱在怀里！

这时，那女人也看到了玉国，而且看到了他变态的样子，一下子就被吓着了，"哎呀妈呀"地喊了一声，盆子、衣裳、搓板、肥皂撒了一地。玉国被她的惊叫给叫醒了，刹住脚步，不知所措地站在那里。这时在屯子边上喊叫秀英的老妇人也来到跟前了，她警惕地打量着穿着警服的玉国问："你是森警队的吗？"

玉国嗫嚅着说："是，是，哎，哎，我认错人了？"

那老妇人说："我咋没见过你呢？"

玉国还是连声说："我认错人了？认错人了？"

玉国拉了半车水失魂落魄地回来，当时，我和大贵正在院子里干活呢，我听见玉国进了院子还念叨着："我认错人了？认错人了？"

我看见玉国的样子，惊奇地问："玉国，你这脸蜡黄地，是咋的了？认错谁啦？"

玉国坐下来抽了几口烟，才算平静下来，就把刚才的事情跟大贵和我学了一遍。实际上话还没说完呢，那个老妇人就追过来了，进了院子就冲着大贵说："刚才这个拉水的同志慌慌张张地，是咋的了？我好像没见过他呀。"

张大贵拽过条板凳让老妇人坐下，哈哈笑道："他叫魏玉国，是咱队上的老人儿了，只不过一直在山上，你没怎么见过，他刚才是把洗衣服的人看成是他媳妇儿了，差点闹出笑话来。"

魏玉国红着脸说："对不住啊，认错人了，认错人了。"

魏玉国嘴里叨咕着转身进了屋，把门关上了。我估计他一定是想起死去的秀英心里头难受了。

大贵问老妇人："那个洗衣裳的是谁呀？也叫秀英啊？"

老妇人说："嗨，秀英是我的侄女，这孩子命苦，刚找了个婆家，小日子过得挺好，可没想到侄女婿在山上干活，被回头棒子给砸死了。这刚二十出头就成了寡妇了。她的爹妈又都不在了，没处去，就到我这儿住着来了。"

大贵说："真是无巧不成书了，玉国的媳妇儿也叫秀英，叫李秀英，刚才玉国说你的侄女和他的媳妇儿长得挺像挺像的，是不是这两个人有点缘分哪？"

老妇人两手一拍说："呦，是嘛？要这么说可是挺巧的，我娘家姓张，侄女叫张秀英。"

我也拍拍手说："这么巧的事，就该叫缘分，干脆你俩给他俩牵牵线呗，这可是又成全人又积德的大好事儿。"

吉儒穆图的女人要是能找个森警分队里穿警服的男人，那是求之不得的，老妇人一听我的话，当然一百个乐意。张大贵也有点动心思，在这之前，于队长和大贵都给魏玉国张罗过对象，于队长多次和我们说过得赶紧给玉国张罗一个，心情老那么低沉可不行。可是玉国却不愿意，他说，有一个秀英住在心里头就行了，要是再找就对不住秀英她娘俩了。大家伙都劝他想开点想远点，可不论谁咋说咋劝，都没劝动过他。这回这个"秀英"能打动玉国吗？

没想到，这回大贵和玉国一说，玉国竟同意了。他说："真是秀英回来了吧？又是一个名，长得又一样。"

大贵和我都想快一点看到那个张秀英，看看她和李秀英究竟像到啥程度。张秀英的姑姑很快传来话，她的侄女也愿意和玉国见见。见面地点安排在秀英的姑姑家里，大贵领着玉国去的。那天我上山巡护去了，其实就是不执勤也不能跟着去，这类事人去多了好像不大合适。但我在巡护途中心里一直惦记着玉国相亲的事儿，毕竟这也算"奇缘"了。

等我第三天回到中队，卸了马鞍子，就径直去了大贵的屋，我问："俩秀英真长得像吗？"

大贵哈哈一笑说："像啥呀像！除了身材有点差不多，脸型面容可是一点都不一样，玉国媳妇儿咱都知道，那是个白净人儿，可这个秀英皮肤有点儿黑黄，人样子比不上玉国媳妇儿，不过倒也不算难看。"

我问："那玉国咋给看成是他的秀英了呢？"

大贵说："是玉国想他媳妇儿想着魔了呗，有人突然喊秀英，又有人答应，正好把玉国整天思念秀英的那根神经给扯了一下，你没看见他那天拉水回来时候的那个样？神经还错乱着呢！"

我问："那玉国这回见了这个秀英还看着像吗？"

大贵说："看着不像了呀，玉国挺失落，其实他就是奔着他原来的秀英去的，脸对脸地看着不是他原来的秀英，他就像泄了气的皮球，蔫头耷脑没精神了。"

我问："那俩人谈没谈哪？"

大贵说："谈啥呀，玉国就没给人家说句正经话，霜打了似的就回来了，弄得我挺难堪。"

从那以后，玉国就更消沉了，一天到头就知道干活，使劲地干，就是和谁都没啥话了。不过，那句话说得好，解铃还须系铃人。玉国有时到额尔古纳河边拉水，好几次都遇到了那个张秀英，人家主动跟玉国打招呼，一来二去，俩人还能站在河边唠上挺大一阵子，玉国的精神状态渐渐好起来，有笑模样了。后来还是张秀英的姑姑找到大贵，说："咱俩这媒人还得接着当啊，我那侄女对你们那个魏玉国还是有那么个意思，好像小魏也有点意思，不过这层窗户纸还得靠咱们给捅破了。"

现在的年轻人可能觉得不可思议，男女俩人自己觉得好，自己谈就行了，干啥非得找个媒人呢？可是二十世纪五六十年代那会儿，哪有现在这么开放啊，再好的关系也得找媒人给牵个线儿。那个"明媒正娶"的词儿就是这个意思。张大贵和张秀英的姑姑又把两个人叫到一块堆儿，大贵说："你们俩都是过来的人，也都是遇到过不幸的人，俩人都需要个伴儿，都需要有个安慰有个照顾，要是你们俩觉得有缘分呢，就正式处处吧。"

就这样，俩人的关系就算确定了。魏玉国后来跟我说，每当他叫她秀英的时候，他就觉得她就是他原来的那个秀英，他把她俩当成一个人了。

他们谈了仨月就张罗要结婚了，于队长在中队听说了，挺高兴，告诉我们赶紧给他们在屯子里撮了栋板夹泥的房子。结婚那天，我们去吃的喜糖，没喝酒，玉国说俩人都是二茬子，别像头婚似的整那个场面了。我们笑话他是着急入洞房呢。

玉国结婚后还把他的二姨、二姨夫接过来住了一段日子，张秀英对俩老人也挺好，张嘴就"爸、妈"地叫着。二姨和二姨夫也挺满意。玉国这回结婚后没多长时间秀英就怀上了孩子——不过，这回可没用我们教方法教姿势啊。秀英怀了没几个月，肚子就鼓鼓的，大家伙背地里逗玉国说："你们这二茬的种子和撂荒的地都还挺有劲儿啊。"玉国听了是满脸的春风得意。

不巧的是，到了秀英临产的头几天，山里头着了大火，分队的人员都到火场上去了，于队长带着中队部和其他分队的人也赶上去了。张大贵没让魏玉国去火场，让他在家留守，玉国也服从了这个安排，毕竟先前的那个秀英是因为家里没人照顾难产而死的，这一回他嘴上不说心里头也是不想离开待产的媳妇儿。

分队人员都上了火场以后，玉国一个人开始打扫分队部的卫生，就连马厩、猪圈都清理了一遍。秀英预产期的头三天，魏玉国回家吃午饭，问了问姑姑和秀英接生孩子的准备情况。秀英有些紧张，毕竟她和前夫没有生过孩子，这还是头一胎。肚子又出奇地大，有人说可能是双胞胎，秀英越发感到紧张。

吃饭时，玉国说："大姑，分队的人都上山打火了，我这几天都得住在分队里头，就得麻烦你老人家多陪陪秀英了。"

秀英姑姑说："放心吧，我自己个生了好几个，也给别人接生过好几个，用不着紧张得玄乎巴拉的。"

说这话的这天下午三点多的时候，玉国正在分队的院子里修理几个旧马鞍子，突然听到有人高喊："着火啦！西头老刘家着火啦！"

玉国听了急忙撂下手里的活儿蹿到院子外面看，可不是嘛，屯子西头一幢房子顶上已经呼呼地蹿起老高的火苗子了。这可了不得，春天风大，满屯子又都是木刻楞房子，家家户户房前屋后都码着院墙一样的木头柈子，这要着起来还不得火烧连营吗？玉国说他这样想，就撒开脚丫子往着了火的老刘家跑。跑到老刘家院子里，看见已经有几个老的少的端着水盆子往起火的房子泼水，可是他们泼的水根本够不着房顶的火苗子。

玉国一把抓住老刘家的媳妇儿问："屋里还有人吗？"

那媳妇儿哭号地说："孩子他爹上山打火去了，我去河边洗衣裳刚回来，回来的道上就看见俺家着火了。

玉国厉声问道："孩子呢？孩子在屋里？"

那媳妇儿慌慌张张地四处瞅了一下，一屁股歪到地上："呃，呃，俺孩儿呢？孩儿他奶奶呢？"

玉国高喊一声："别啰唆了，赶紧进屋救人！"说着他抢过一个人的水盆子往自己脑袋上披的衣服泼下来，扔了盆子就钻进屋里去了，不大的工夫，他就出来了，头脸已经熏黑了，一边咳嗽一边说："屋里头没人哪？"

这时人们七嘴八舌地说："屋里没人就好，赶紧架梯子把房顶的火扑灭了吧。"

人们有拎水桶的，有端水盆子的，有拿着扫帚的，有往房顶子上爬的。谁知这时一个老太太突然拨开人群，一边号叫着一边往屋里冲。玉国一把把她拽住，认出是老刘家的老太太。

玉国说："大娘，屋里可不能进人了，烟熏也熏死了！"

那老太太根本听不进去，死命地要挣脱玉国，大喊着："俺的包袱还在炕柜里呢，俺的包袱！"说着还要往里冲。

玉国告诉老刘家媳妇儿把老太太看住，就赶紧架梯子灭房顶的火。万万没料到，正当人们紧张灭火的时候，老刘家媳妇儿嘶哑着喊："娘！娘！你去哪啦？快点儿，不好了，孩儿他奶奶钻屋里去了！"

这老太太是趁着儿媳妇儿和大家伙忙着灭火没注意她的时候钻进屋里找她的包袱去了。

玉国听见老刘家媳妇儿的哭喊，把帽子往水桶里沾湿了叼到嘴里就冲进了屋里，他先进了东间屋，踅摸一圈儿，没有人，他又赶紧往西间屋跑，在烟雾里看见老太太一边咳嗽一边跪在炕上翻柜子，他上去一把抓住老太太就往外拽，可是还没等拽出来呢，就听见"哗啦啦"一声闷响，屋顶的房梁烧断了，半个屋顶塌架了，着着火的房梁和房盖的木板子瞬间砸了下来，正好把玉国和那个老太太捂到底下了。站在房顶上泼水灭火的三个人也摔了下来。玉国和老太太在最底下，着着火的房梁压着动也动不了，身下和周围的木板子木条子还在呼呼地烧着。

当人们费劲巴力把他们抢救出来的时候，老太太已经窒息了，好在玉国把湿手绢叼在嘴里，烟气没有蹿进嗓子里，不过头脸都过了火了，燎得跟黑炭似的，身上都是火，救出来的时候，人们往他们身上用脸盆子泼水，才算把火浇灭了，可是人已经烧得不像样了。咋抢救啊？那时候咱们森警和壮劳力的村民都在山里的火场上，家里没有几个顶用的人。这个时候，吉儒穆图还不通电话，咱们森警也没电话，真是急死人了。还是屯子里两个上岁数的老汉出头说："赶紧套马车吧，拼命赶着往莫尔医院送！"

没到半道呢，那个老太太就死了。

快天亮了，人们才把玉国送到莫尔的医院，可是医院太小，只能给用点急救药，好在上午有一趟开往林海的火车，玉国又被转往林海林业中心医院，这折腾来折腾去就过去了一天一宿，到了林海的医院，玉国高烧得早都昏死过去了。医生们紧急抢救，医生说，这人不光是烧伤，肋骨还有骨折，在林海的医院也只是临时抢救，稳定一下就得往哈尔滨大医院转。

说起来，玉国真是个命大的人，就这么重的伤，又反复折腾，竟然活过来了。于队长、张大贵和我专程去哈尔滨医院看他，医生怕感染，不让我们进病房里面，我们站在门外面，隔着门玻璃往里看，玉国的头脸和两条胳膊都缠着药布。医生说他的右手因为烧得重又有深度感染，没保住，已经截掉了，左手除了拇指，其余四个指头也截掉了，好歹还有手的功能。于队长问脸烧得重吗？医生说属于重度烧伤，等到摘了药布你们就知道了。过了一段时间，良子我们又去看玉国，药布已经摘了，玉国的脸已经没个看了，满脸疤痕，人们见过重度烧伤的人啥样，玉国就是啥样，我就别细说了，实话说，那模样挺吓人的。玉国看见我们来了，两个眼神放了放光，紧随着就暗下来了，那张脸是看不出啥表情了。我们知道他最惦记的是秀英和孩子。

玉国被火烧的那个下午，秀英和她大姑听到邻居的喊叫，大姑就赶到了老刘家，看见了被砸趴下又被烧伤的玉国。等玉国被马车拉走她才慌慌张张地回到家来，秀英看见她脸上白纸儿似的不是个色儿，就直劲儿追问她老刘家烧到啥程度，玉国去没去救火。秀英大姑支支吾吾的，越发引起了秀英的不安，她挺着大肚子非要去分队找玉国。大姑没招了，才把实情说出来，这一说，秀英立马就受不了了，腿一软了就瘫到了地上。不到半夜，肚子就疼得嗷嗷叫，羊水也破了，徐村长的家属、大凤、荷叶都来了，几个女人忙乎了大半宿，秀英折腾得死去活来，孩子总算生下来了，生出来一个，紧接着还有一个，果真是一对双胞胎，两个大胖小子。秀英大姑满脸淌汗地跟邻居们说："千恩万谢，千恩万谢，母子平安，这要是再有点差错，我可咋着是好啊！"

可能是秀英受到刺激了，孩子生下来奶水却没下来，孩子饿得就是哭，邻居家有奶孩儿的过来帮着喂喂奶。于队长从火场上回来，知道了玉国烧伤的事儿，嗓子立马就哑得说不出话来了，又听说刚生下来的俩孩子没奶吃，更是急得火上房。他掏出自己的钱，一边安排人在屯子里找养奶牛的人家，一边安排人骑快马去莫尔买奶粉，他说："莫尔要是买不着就赶紧上葛根或林海去买，无论如何得给我买回来，越快越好。"

奶牛找到了，奶粉也买回来了，于队长反复叮咛秀英的大姑说："让孩子往饱了吃啊，千万别省着！千万别省着！"

因为牵挂玉国又没日没夜地侍弄着俩孩子，秀英又瘦弱又憔悴，每次只要有人来看她，她都追问玉国的伤势咋样了。于队长给我们提了要求，就是不允许把玉国的伤情说得太细太重。

后来秀英出了月子后，坚持要去哈尔滨看看玉国，大贵按照于队长的吩咐找各种理由又拖了一个月——因为时间越短伤情越重，玉国的情绪也不稳定。后来实在拖不过去了，只得做了安排，让我和我家属陪着她去了趟哈尔滨。

到医院之前，我对秀英打预防针说："玉国是烧伤的，手脸都挺重，你可得有个思想准备，千万别大呼小叫的。"

尽管我这么说了，秀英也点头了，可是当她隔着玻璃窗见到玉国的模样时，还是唰地一下变了脸色，秀英两条腿都颤抖得站不住了。我没有让她走进病房，就和我家属把她连拉带拽地弄出来了，她在院子里的台阶上汰歪了好半天，才能站起身来跟着我家属回到旅馆。秀英在旅馆里躺了两天，米水未进。

第三天早上她走到我的房间说："我今天说啥也得去当面看看玉国，我要告诉他，不管他啥样，我都跟着他一辈子，伺候他一辈子。"

听了秀英这话，我这大老爷们儿的眼泪唰地一下子就下来了，我觉得我的嘴唇都打哆嗦了，我说："秀英有你这话，玉国这辈子值了，比他得个英雄称号都值！"

那时，听说大队已经向上级打报告给玉国报残请功了。玉国在医院里住了一年多，反复植皮。肋骨也治了挺长时间。右手没了，单靠残疾了的左手，拿筷子费劲，系个腰带也费劲。

玉国后来和我说："这些就不算啥了，关键是我这模样不敢让孩子看见哪，我怕吓着孩子，怕孩子心里头落下恐惧的阴影。"

先前是别人隔着玻璃窗户看他，后来是他隔着玻璃窗户看孩子，我陪在他身边好多次，从他那满是疤痕的脸上看不出他的表情，但我好多次看见他眼睛里的泪水顺着脸颊往下流。他给俩孩子取名，老大叫魏爱民，老二叫魏利民。

玉国出院之后住在了莫尔，秀英带着孩子也从吉儒穆图搬到莫尔来了。玉国被评定为一级伤残。玉国说那个老太太虽然没活过来，但他对自己个冲进去救人并不后悔。他说："当时那场面能眼看着让老太太活活烧死在屋里吗？要是自己的妈在里头，救不救呢？"

玉国向组织张嘴提出了一个要求，就是给他自己一个单独的住房，一间就行，他说他得和孩子们分着住，不能让他的模样把孩子们吓着。孩子懂事儿之前，玉国实在想孩子了，都是告诉秀英把孩子带到他住的房子外面，他隔着窗户看一会儿。秀英履行了自己的承诺，一边带着俩孩子，一边挤时间照顾着魏玉国。

于队长在中队的会议上满脸严肃地对我们提了要求:"玉国家的烧柴中队要全包,玉国家房子的维修包括掏火墙捅烟筒中队要全包。"听说他还给他爱人曹丽下达任务,每天都要到秀英和孩子那看一看,有什么需要的都要全力帮着办。

于队长的爱人曹丽原来是我们老部队的军医,也是解放战争时入伍的老革命,他们在部队上结的婚,我们改编武装护林队后,她就转业了,又随着我们调到莫尔医院来了。曹丽在中队的家属里面是个热心肠,也是个主心骨。实际上,有好几年于队长、大贵、良子和我的这几个家属几乎每天都往玉国家里跑,就连朴正伦说不了几句汉话平时不怎么出门的朝鲜媳妇儿李春姬也经常是到玉国家里去坐一会儿。

说起朴正伦的家属李春姬,还有点故事呢。我们听和他一块从朝鲜战场回来的李永刚、陈明亮说,朴正伦在朝鲜战场是个战斗英雄。实际上,李永刚、陈明亮也都是立了战功的,打二次战役时全连就剩下了朴正伦和他的五个战友,还都挂了花,但是就是他们这六个人一天里头打退了敌人三次进攻,为增援部队上来赢得了时间。停战前夕,一次敌机轰炸,朴正伦为了掩护一个上山送给养的阿妈妮,被空袭的飞机给炸伤了,但伤得不算太重,这位阿妈妮执意要留朴正伦在她家养伤。阿妈妮的丈夫姓李,是朝鲜人民军的一个高级军官。老太太带着一个女儿在家留守。语言交流上没有什么障碍的朴正伦在阿妈妮家养了一个多月的伤,和阿妈妮娘俩处得跟一家人似的。女儿李春姬,是个十六七岁的大姑娘,正是情窦初开的年纪,就恋上了他,说没有朴正伦这样的英雄行为,她阿玛妮的命就没有了,要是嫁给朴正伦既是感恩,也是光荣。阿妈妮现实一点,通过细心观察觉得朴正伦是个值得托付的人,把女儿嫁给他可以放心。

朴正伦回到部队,李春姬借着送给养的理由,多次去看他。为这件事儿,领导专门找朴正伦谈了话,叫他注意部队纪律。可李春姬无论如何不肯放过,硬是缠着阿妈妮通过李春姬的父亲,让人民军的领导和志愿军的领导过了话,名正言顺地确定了恋爱关系。麻烦的是,一九五三年志愿军回国,李春姬的父母坚持要朴正伦留在朝鲜,而朴正伦放心不下自己的父母,也不想留在异国他乡,坚持要回来。在两难之中,李春姬毅然决定跟随朴正伦到了中国。不容易呀,李春姬值得人敬重啊!那个时候,我们听说这个事儿后,大家伙都高看老朴家属好几眼。年轻人说这是爱情的力量，要我说，这也是人格的力量。通过这事儿不仅看出李春姬骨子里对老朴的真情，也看出她有种敢作敢当的性格。

朴正伦从朝鲜回来，带着媳妇儿回到了吉林延边，看到的却是爹妈已经长了蒿草的坟墓，家里的近亲也没什么人了，他就跟李永刚联系来大兴安岭当了森警。朴正伦在家和他媳妇儿都说朝鲜话，说不了几句汉话，他媳妇儿因为语言上不顺溜，很少和邻居们来往。老朴又很少在家，他们那俩孩子对汉话也不行，可是孩子一天天长大呀，得上学呀，莫尔这地方又没有朝语学校，老朴两口子着急了，就把孩子撒出来跟我们几家的孩子玩儿，开始的时候不怎么合群，小孩子们不懂事还经常拿他们耍着玩，出他们的洋相。曹丽知道了，为这事儿专门召集森警的家属们开了个会，就是要求家长们要教育自己的孩子要善待老朴家的俩孩子，要尽快让他们融入进来，要让这俩孩子把汉话尽快学好。这给老朴媳妇儿感动得直给大家伙鞠躬，老朴回来听他媳妇儿说了也感动得了不得。

老朴回家的机会少，每次回来，一家人说说笑笑的比过年还高兴，媳妇儿跪在那看老朴喝酒，喝一盅给斟一盅。酒足饭饱了，两口子就在自己家屋里唱起来跳起来，俩孩子也跟着唱跟着跳。他家的屋子是按照朝鲜人习惯，整的是拉门，进门就上炕的那种。左右邻居都羡慕老朴家的和谐欢乐。老朴家属心灵手巧，给魏玉国家孩子做的小衣裳可是个样了，有时候做点拌饭或者冷面给玉国送过去，玉国直夸好吃。

我们中队战友相互之间都挺团结，很少有鸡毛蒜皮的事，家属们相互之间也都挺和谐，很少有叽叽咕咕的事，这是于队长和我们都觉得为之骄傲和自豪的地方。

# *10*

莫尔那两排家属房里，孩子里头属于队长的俩孩子年龄大，而且比其他孩子大挺多。其次就是良子的大孩子仲文祥了，我们都叫他祥子。祥子已经念到了高二，据说学习挺拔尖儿的，还到林海参加过林管局的"学毛著积极分子代表大会"。为此，良子也挺骄傲的，他跟我叨咕过好多次，说他的祥子如何懂事儿，如何肯用功。良子说他家属杨桂月家上几辈还算得上诗书人家，小时候她还跟着爷爷念了几年私塾，因为战乱和灾害、饥荒，家里越来越不景气，爷爷死了后，家里的书香就算断了。现在和平了，孩子们的学业都稳定了，特别是眼下看，祥子的学习还挺争气，有指望能考上大学，二十世纪六十年代老百姓家里能出个大学生可是件了不得的大事。

可是，因为良子的事儿，祥子最后还是没上得了大学。

那个想起来就叫人脑袋发麻的事，发生在一九六三年初夏的一天。

良子出事儿那天傍晚的时候，我和张大贵突然看见良子的大青马踢踢踏踏慌慌张张地进了分队的院子，那马还配着鞍子，鞍子上挂着一杆三八大盖，还拴着装了些东西的马褡子。这马到了马槽子的时候不是吃里面的草料，而是烦躁地咴咴地叫着，还用蹄子不停地刨地。

大贵跟我说："哎，怎么良子的马自己回来了，良子呢？"

我注意地看看大青马："是啊，这马咋还这么烦躁呢？"

大贵赶紧进屋就把这情况给正在分队蹲点的于队长说了。于队长和朴正伦他们几个都出来看那匹马，都觉得挺不对劲儿，特别是鞍子上挂的那杆枪更让人觉得蹊跷，枪是良子的枪，可我们分队的人从来没有把枪这么随意的挂法呀。

于队长围着马转了一圈说："是不是良子出什么事儿了吧？"

于队长带着大贵、朴正伦和我赶紧骑上马去找良子。上哪儿去找呢？于队长说："良子一直带着人在加疙瘩外站执勤，莫不是他回分队来的路上出事儿了吧？"

我们快马加鞭地往加疙瘩外站赶，走的是我们常走的毛毛道，估计良子也是走这条道。过了几个山梁子，在穿过沟塘子的时候，我们从远处看见有两个老百姓赶着辆拉套子的马车在那转悠呢。等他们到了我们跟前，没等我们发问呢，一个岁数大的就磕磕巴巴地对我们说："你们、你们是这附近、附近的森警吗？可、可不好了，刚才前边、前边林子着火了，还烧、烧死了两、两个人！"

"啥？！"于队长翻身下了马，一把揪住那人的衣裳领子说："你说啥？烧死人了？烧死的什么人？"

那人越发紧张，哆哆嗦嗦地说："烧、烧死的一个是你们、你们森警，一个是我、是我的亲、亲弟弟，我的亲、亲弟弟呀。"那人说着就哭号了两声，接着说："我们、我们就是、就是要去找你们、找你们报告的。"

我们听了心里都咯噔一下，良子被烧死了？于队长一把把那个人搡到地上，上去就是一脚："快说，咋回事？！"

那俩人磕磕巴巴地把情况跟我们说了一遍。我们让他两个人前头带路赶紧往出事的地点赶。

那是一片白桦林，林子里有一大片刚刚被火烧过的焦地，过了火的白桦树干都已被燎得乌黑了，西风掠过，卷起灰色的余烬和刺鼻的焦臭。两具焦煳的尸体就蜷缩在那片火烧迹地上。从一个尸体的腰带铁扣和脚上的那双被烧的半拉磕叽的鞋上，我们认出了良子。于队长我们几个都穿过良子家属杨桂月给做的鞋。

从刚才那两个人的嘴里我们大体知道了事情的原委。林区里有很多从农村流入来的一些无工作无户口的人员，那年月被统称为"盲流了"。这些盲流人员多是乡邻带乡邻亲戚带亲戚，三家一伙，五家一串地驻扎在大兴安岭林农交错的地带，靠着开荒种地、贩卖山产品以及打猎捕鱼等维持生活。我们遇上的这两个人，李家财和吴全有是火灾现场的见证人。据他们说，是他们在林子里拣倒木时，李家富抽完烟后随手扔了没有掐灭的烟头，经风一吹，引起了林火，等到他们注意到起火的时候，火已经着起来了，这时候风力也加劲儿，火越着越大，他们三人拿着衣裳和树条子使劲地扑打。恰巧，这时良子从加疙瘩那边儿方向过来，看见有火情就赶上来了，火本来不大，可是突然起了一股强旋风，形成了一个火团子就把良子和李家富卷到里面了，等到火烧过去，仲、李二人已经被烧焦了，李家富被烧得更重一些。

看到良子被烧的惨状，我们几个都哭了。

我们都感到这事儿挺蹊跷，那两个人哆哆嗦嗦，磕磕巴巴的样子也让我们怀疑。于队长说："先给我把他俩捆起来绑到树上，老树根儿赶紧回去把边防派出所的人找来。"

那个李家财号哭着喊："冤、冤哪，我、我弟、弟弟不是、不是也烧、烧死、死了吗？"

那个吴全有也说："绑我俩，是天大的冤枉，是李家富抽烟引起的火，我俩是打火的，他俩烧死了，我俩是要去找你们报告的，要是我俩有啥事儿不就早跑了吗？你们当警察的可不能冤枉了好人哪！"

李家财也跟着帮腔。于队长说："就凭你们烧了林子，就冤不到哪儿去。"

于队长和张大贵、朴正伦看管着现场和那两个人，我赶紧往回赶，找住在吉儒穆图的边防派出所和徐村长。他们都连夜赶过来了，分队的人也都过来了。现场勘察了两遍，没有发现什么其他的情况，也就只好认定了吴李二人的说法，但是我们还是把那俩小子绑着弄到了边防派出所，第二天我们用车运送良子遗体去莫尔的时候，另外又整了套马车把那俩小子送到了莫尔公安局。关了半个月，没审出啥来，公安局就把他们给放了，听说那俩小子被放出来了，我们都有一种抓到了俘虏又被放跑了的感觉，可是，我们也只能是无奈呀。

那天我们把良子送到莫尔，于队长张罗着良子的后事，他让我赶紧去学校把祥子接回来。我到了学校，教导主任听说我是找仲文祥的，又听我说他父亲牺牲了。教导主任和几个老师很是惊讶，都说仲文祥是个好学生，考大学肯定没问题。

等了一会儿，祥子从期末考试的考场出来，阳光晃得他还眯缝着眼睛呢。他突然看见学校教导主任陪着我向他这边走来，我就看见祥子愣了愣，眼睛里很快闪出一丝惊慌的神色。后来祥子跟我说，他当时一看见教导主任陪着我，他立马就想起了他爸爸那张暗黄的脸，就有一种不祥的预感涌上心头。

祥子说，经年累月的野外生活，火里来雨里去，风餐露宿，以及刚刚过去的三个饥荒年，严重损害了他爸爸的身体，胃病、肾病、风湿病全都得上了。家里人多次催促他去外头大医院治一治。爸爸总是说："别总邪邪乎乎的，这些病都是森警的职业病，你们扯耳朵打听打听，哪个当森警的没这几样病？要是都出去治病，这活也就没人干了。"每当这时候，他爸爸就相当自信地说："祥子，你将来考到北京去，毕业了争取留到北京上班，等我退休了和你妈到北京去养老，到那时老子的病就全好了。"

我对走过来的祥子说："你爸出了点事儿，你跟我上车走吧。"

我看出了祥子的不解和惊慌。他看看教导主任，说："一会儿还有一场考试呢？"教导主任说："你先回家吧，考试的事以后再说。"

祥子木然地跟着我上了那台解放车的舵楼。

在舵楼里，他惊慌地问："老根儿叔（祥子他们那一辈都叫我老根儿叔），我爸他出什么事儿了？"

我对他低沉地说："祥子，你爸没了！"

"没了？去哪儿了？没了？"祥子一时没反应过来。

我沉重地说："是牺牲了。"我实在不愿意对祥子说出"死"这个不吉利的字眼。

祥子听了我的话，"啊"的一声，脸色就惨白惨白的了。他竟不知道问问他爸是怎么牺牲的。

进了家属院，汽车还没停下来，我们就看见家属院前面空场上已经用帆布搭起了灵棚，灵棚前后围了好多人。祥子木呆呆地跟着我往棚子跟前走，弟妹们和一些女人们的哭声他好像根本就没听见，他径直走到灵棚那，伸手就要揭开灵床上覆盖的白单子。

这时，于队长一把抓住了祥子的手说："祥子，你爸可是被火烧死的，你可得挺住喽！"

不知道祥子是不是听见了于队长的话，祥子再次伸手去揭覆盖在良子身上的白单子，就在他揭开的一刹那，他看到的是一具焦煳的尸体。祥子尖叫了一声就昏了过去。

等祥子醒过来，他是躺在家里的炕头上，祥子他妈杨桂月在流着泪看着他，我们的几个家属也都陪在那。祥子问他妈："这是真的吗？是噩梦吧？"

祥子妈拍着儿了只是个哭。

祥子想了一会儿说："不是说我爸在山里头走得快，人家还叫他'狍子腿儿'吗？怎么还能被火烧死呢？"

祥子妈哀戚地看着儿子说："是啊，我也是这么说，你于大爷、老根儿叔他们也是这么说。"

祥子后来跟我说，他爸爸出殡后的那几天，他妈哭死过好几回，完全顾不上孩子们了，吃饭基本是东邻来做一顿西邻来做一顿。他带着弟弟妹妹给他爸爸烧完"三七"回来，他妈才支着虚弱的身子为孩子们做了顿像样的饭菜。他妈盛了一碗高粱米饭放在他面前，郑重地对他说："教导主任和你老师来过了，他们要你接着念书，说这书要是不念可就瞎了你了，学校能给点助学金。你于大爷这两天也说了让你接着念，接你爸班的事儿先撂一撂，指标先放在那儿，等你弟弟再大一大也能接。"

祥子说，他听了他妈妈的话，呆呆地愣在那里。他虽然是家中的长子，两个弟妹的大哥，但他毕竟还是个不满十七岁的孩子。爸爸的突然离去，而且又是这样一具焦尸，对他的打击犹如五雷轰顶。那些天，看着哭得死去活来的妈妈，看着年幼稚嫩的弟弟妹妹，他的心像是被掏空了，如同一个木偶人，在爸爸的丧葬过程中作为主角被大人们摆布着，一会儿给爸爸穿衣服，一会儿去跟着选坟地，一会儿打灵幡，一会儿摔瓦盆儿。他深深地陷入到了突然丧父的巨大哀痛之中，还没有意识到自己正面临着一个人生岔路口的重要抉择。

我记得非常清楚，祥子是在一九六三年九月十五日这天当的森警，这一天

70

是大兴安岭秋季森林防火期开始的日子，也是仲友良的儿子仲文祥人生旅途的一个重要转折点。

这一天，祥子告别了他的妈妈杨桂月和弟弟妹妹，从莫尔出发，先是坐着汽车后又改坐马车，一路颠簸着来到了我们吉儒穆图森警分队。也就是说，从这一天起，祥子成了一名正式的森林警察。用祥子日记里的话说："有父母的疼爱与呵护，不满十七岁的年龄，是一个无忧无虑的稚嫩少年，而经历了丧父之痛的家中长子，一夜之间也能蜕变成一个敢决断敢担当的男子汉。"

祥子的日记在他后来受审查时，被众多的人从头到尾翻了好几遍。从祥子日记里可以看出，良子刚牺牲那些天，他在继续上学还是接班当森警的问题上思前想后，做着激烈的思想斗争。他在日记里说，在这次变故之前，他满脑子都是大学梦，他曾无数次地遐想过自己坐在大学的课堂里或者漫步在大学校园里的那种美好。他的抱负是当一名大学老师或者当一名机械工程师。然后把爸爸妈妈接到大城市，最好是能接到爸爸所期望的北京，让他们过上一种悠闲的城市生活。他说他也多次听人说于大爷和他的父亲这样的老革命老资格，若是文化程度高一点，早都应该是有一定级别的领导干部了。这样有些刺耳的话，也成了激励他刻苦学习的一个动力。

距离高考时间越来越近了，以祥子的学习成绩看，距离他梦想的实现、理想的实现也越来越近了。不过，祥子说，他爸爸牺牲后的那些天他脑子里出现最多的还是他爸爸的影像，无论是醒着还是在梦里。他说他无数遍地想都想不明白，绰号"狍子腿"的爸爸怎么会被一场小得不能再小的火给烧死，他觉得蹊跷，又找不出答案也理不出头绪。那些天，烧了"头七"，接着又烧"三七"，大人们说，烧"七"是为了让死者不再牵挂他的亲人，不再牵挂他的家，让他的魂灵能够放心地离去，在天堂里尽快得到安息。祥子说，他对人死了到底还有没有魂灵搞不大懂，但是，听了人们这样说，他就想到假如人死后还有魂灵，爸爸会轻易地放心下他们母子吗？会轻易地放心下那片林子吗？父亲的魂灵会不会就在他为之献身的那片林子里飘荡呢？会不会把他谜一样的死因通过什么方式告诉给他的战友和亲人呢？连着多少天，祥子都是蒙着头在被窝里辗转反侧，祥子说，最终最终，他是用泪水把自己的理想彻底洗了牌。

祥子就这样告别了学校，来到了他爸爸的老部队——我们的吉儒穆图森警分队。

那天晚上，我们欢迎祥子的晚餐是一大盆热气腾腾的狼肉。事先知道祥子要来，大贵就精心做了安排，一是打扫收拾祥子的铺头，把铺上铺下的卫生整了一个遍，再就是安排八十子出去打个猎物，弄点肉给祥子接风。

大贵对祥子说："为了给你接风，八十子出去打狍子，结果这条大公狼先来报到了。狼肉和狗肉一样，香着呢，你多吃点。"

"狼肉？"祥子愣怔了一下，问，"我爸吃狼肉吗？"

"吃啊，傻小子，当森警的啥都得吃，要是这不吃那不吃的，就干不了这一行了。"

祥子听了再不说话，闷头吃起来。

祥子来到吉儒穆图的当晚就梦见他爸良子了。他做梦那会儿，我们几个正围着晚餐剩下的狼肉骨头和一碟子花生米喝酒呢，我们已经断了二十来天的酒了。突然听到在一边大铺上睡着了的祥子惊叫着喊"爸！爸！"

大贵说："这就是血脉亲情啊，这孩子梦魇着了还喊他爸呢。"

我过去扒拉扒拉祥子。这时，祥子已经被梦吓醒了，他伸手抓住我的手说："哎呀呀，是做梦吗？是做梦吗？可吓死我了！"

他抬头看看我，显得很无力地又闭上了眼睛。过了一会儿，祥子睡不着了，他翻身坐起来，揉着眼睛跟我们说，他刚才梦见在一处山坳里有一群饿狼撕咬着赤手空拳的爸爸。他想过去驱赶那群狼，可是腿脚却怎么也迈不动。在他急得不行的时候，忽地一下，就看不见他爸了，狼群也没了。一会儿又看见眼前有个影子，在他铺边上转来转去，虽然看不清面目，但他心里清清楚楚地知道这影子就是他爸，他疑疑惑惑地想，爸爸怎么能变成个影子了呢？他想起身抓住这影子，可是怎样也起不来。正无奈时，影子一把摁住了他的手，那嘴一张一合的分明是冲着他喊有坏人，却听不到声音。他惊叫着喊：爸！爸！一下子就醒了。

张大贵走过去轻轻地摩挲了一下他的头发，慈爱地说："祥子别怕，我们都在呢。"

等到吃早饭的时候，祥子跟我们说他爸爸刚下葬那几天，他就做过这样的恶狼撕咬他爸爸的梦。

过后，我把祥子做梦梦见良子喊有坏人的事儿跟于队长说了，于队长听了一句话也没说，只是把烟斗吧嗒得吱吱响。

祥子接过了他爸爸的三八大盖，也接过了他爸爸那匹大青马的马缰绳。这匹马以后就不再叫"良子"了，祥子说："就叫它'青子'吧。"

# 11

"青子"和良子一样倔，认人不认亲，起初对祥子的态度同样是不友好。祥子刚接手"青子"的那天上午，刚开始他是像骑自行车一样纫蹬上马，八十子纠正他的动作并反复教他骑马的要领。祥子觉得差不多了，就翻身上马了，"青子"两个蹶子就把祥子给尥下来了。这祥子有他爸那股子倔巴劲儿，摔下来，再上去，再摔下来。他在那舞舞扎扎地和"青子"较了半上午的劲，后来，八十子去干自个的活了，没想到，祥子就上演了一场"飞马吊杠"的功夫戏。

祥子牵着马溜了两圈儿，拿着刷子给马刷了刷毛，捋了捋马鬃，还和"青子"说了几句话，就以为这马和他熟悉了呢，他按照八十子教给他的要领，抓着缰绳，左脚纫蹬，右手抓鞍桥，然后翻身上马，他觉得在鞍子上是坐稳了，两手刚要抖缰绳，没想到"青子"突然把屁股往下蹲了蹲，而后就抬起来尥了两蹶子，祥子这回有思想准备，身子略微后仰，屁股坐实，两腿靠紧马肚子，没有被尥下来。祥子多少松了口气，缰绳在他手里也就松弛了一点，谁知这马突然像离弦的箭一样，嗖地奔着马厩就要蹿进去，祥子这会儿脑瓜子还挺清醒，他一看，不好！马厩门中间有一个木杠子别着，祥子坐在马上要是不弯腰，他就得被门框上头的木头撞得头破血流，要是他弯弯腰，他就会被带到马厩里，进了马厩再被甩下来，那可就惨了，准会被马厩里受惊了的马匹们践踏死不可。

祥子说，就在"青子"两条前腿腾起要跨过横杆的一刹那，他急中生智，扔了缰绳，举起两手就抓住了马厩门框上头的横木，两脚也脱了蹬，"青子"像跨栏运动员一样嗖地跃过横杆蹿进了马厩，而这时候的祥子也像运动员吊单杠一样吊在马厩的门框上。"青子"往马厩里蹿的时候，祥子尖叫了一声，引起了我们几个的注意，这惊险的一幕被我们看了个正着，大家伙都惊得呆愣在那里。缓了缓，朴正伦和八十子才跑到马厩门口，把祥子接下来。哎呀妈呀，真是太惊险了！

大贵脸都煞白了，说："哎呀，祥子你小子这要是出点事儿，我可咋给你妈交代呀？"

大家伙也都好一阵子才吐出一口气来。大贵说："这个'青子'呀，可真不是盏省油的灯啊，把陈明亮摔得穿上钢背心了，把良子脑袋瓜子刨出血了，这又要给祥子个好看！"

祥子和他爸一样是倔巴头，喘息未定呢，他进马厩又把"青子"拽出来了，我还以为他要教训"青子"呢，可人家祥子没有，反而又是捋马鬃，又是摩挲马脑袋，好像是在安慰"青子"。

大贵对我说："看出来没？祥子这小子跟他爸一样是个细心人。"

祥子练了好些天骑马的功夫，可能觉得差不多了，那几天正赶上于队长来吉儒穆图，他就找于队长说想去他爸牺牲的地方看看，问行不行。于队长连忙说："行啊，行啊，你小子有这心思，你爸在天堂上知道了肯定高兴，你妈在家里头也一准儿会高兴！"

大兴安岭北坡的十月底，已经是一派秋末冬初的景象，树的枝头上都挂着霜花了，低洼的山野间铺洒了稀薄的白雪，枯黄的灌木和蒿草在风中摇晃，没有阳光的天气，让人感到从里往外地阴冷。于队长和我带着祥子骑马翻过两道山梁子，跑了一溜沟溏子，在一个阴坡的山坳处，"青子"就烦躁地"咴咴"地嘶鸣起来，这时一群乌鸦也"呱呱"叫着，在我们的不远处扑扑地飞起来。

"祥子，看见前边那片焦黑的树林子了吗？那儿就是你爸爸的牺牲地。"于队长下了马，满脸沉重地说。

我往山坡上紧走了几步，告诉祥子："你爸就是倒在这儿了。"

祥子牵着"青子"往山坡上走，看他那样，好像腿沉沉的。这是一片白桦林。一些粗壮的树已经被砍伐了，留下高高矮矮的伐根，伐根也都过了火。焦黑的火烧迹地上低洼处积了一层斑驳的初雪，远处看去像是一朵朵悲悼的白花。

祥子呆望了一会儿对我俩说："于大爷、老根儿叔，你们说我爸咋就会被火烧到里头呢？他不是外号叫'狍子腿儿'吗？"

于队长我们俩都不好接这个话。这个话，祥子和祥子他妈问过我们好多次了，背地里，于队长我们也讨论过这个事，可是找不出答案哪。

于队长跟祥子说："祥子，你就在这儿磕个头吧，这有你爸的魂儿。"

我听说祥子一个人后来曾多次去过良子牺牲的那个地方，于队长自己个也去过不止一两次，他不带祥子也不带我们，自己一个人去，他是有啥憋在心里的话要对良子说吗？

祥子刚当了森警的时候，就总是打听见证了他爸爸良子牺牲的那两个人李家财和吴全有的下落。我和八十子带着他去过他们住的那个盲流屯"石灰窑"，

74

可是屯子里的人说，这俩人从公安局里放出来没几天就带着老婆孩子搬走了，究竟去了哪儿，谁也说不清。没找到那俩人，祥子很失望，他咬着牙跟我们说："他们要是没搬走还就没啥，这一搬走，一没了下落，正说明这里头有猫腻。"

八十子安慰祥子说："他们毕竟是在笆篱子里关过的，怕是出来不好见人吧，就换地方了，反正是盲流子，在哪儿都一样。"

看祥子的眼神儿，他不大相信八十子的话。后来等于队长来分队时，祥子把那俩人失踪的事儿跟他说了，于队长说："祥子你就放心吧，他们往哪儿跑也跑不出我的手心儿。"

怎么就能跑不出你于队长的手心呢？我看祥子的眼神是充满疑虑的，我心里也有问号。可是于队长也不是那种好说大话的人哪？是他为了安慰祥子吧？

于队长说这话，大概过了有多半年以后吧，他突然领着好几个警察来到吉儒穆图，他先把警察送到边防派出所，而后来到分队，告诉我们良子的死因弄清了。祥子赶紧问是咋回事。

于队长吧嗒了几口烟斗说："祥子，我说了，你可得挺住了。"

我们一听，这事儿肯定不是原来说的那样了。祥子紧张得喘气都粗了，他迫不及待地说："于大爷你就赶紧说吧。"

于队长说："良子出事儿，我总觉得这里头有名堂，那俩王八蛋从公安局放出来后，我就跟公安的说好了，让他们放线盯着他们。李家财带着家眷去了海拉尔附近的南屯他小姨子那落户，吴全有带着家眷去了鄂伦春旗大杨树的一个盲流屯，咱莫尔的公安和那俩地方公安取得了联系，把我的意图交代给他们，我怕中间有不落实的环节，还悄悄地分别去了趟这俩地方，和当地公安见了面，把这事儿拜托给他们。事也凑巧，那个吴全有在大杨树盲流屯整了个破车开，该着他遭报应，有一天在他开车拉粪的时候，把道边一个老头给轧死了。出事儿时周围没人，他就开车跑了，结果被公安警察给查出来了，这小子属于肇事逃逸，要加重判刑，这时派出所的警察也把我拜托他们的事儿给公安局汇报了，公安局就不仅审他肇事逃逸的事，还说你有前科的事儿我们也掌握，就看你是不是老实交代了。这小子开始还嘴口挺严，啥都不说，到后来实在熬不住了，终于做了交代。

"李家财、李家富是亲兄弟，和吴全有是磕过头的拜把子兄弟。他们都是山东那边的土财主，欺压过当地的老百姓，还有把人逼跳井的人命案子，新中国成立后日子不好过，就带着家里人偷偷闯了关东了，他们没有户口，属于黑户，也就是'盲流子'。良子出事儿头两天，他们仨就进到山里了，要砍点木头撮个房子，再顺便打打猎。出事儿这天，半晌午了，天还阴呼啦的，他们走到一个半山坡时，这李家富也没跟他们打招呼，就自己跑到一边拉屎去了，过了好一阵子，李家财从远处看见那儿有个黑乎乎的东西，以为是野猪呢，就开枪了，谁知俩人兴冲冲地跑到跟前一看，是穿着黑雨衣的李家富，枪打后心，血水淌了一地，人已经没气儿了。李家财和吴全有正傻眼的时候，起大早从加疙瘩往吉儒穆图赶的良子恰巧路过附近，听见枪声，良子就骑着马跑过来了。良子一眼看到了李家富的尸体，说，你们这是闯大祸了。李家财和吴全有一看来了警察，更慌了。二人就给良子跪下磕头说，你饶了我们吧，我们是亲兄弟，可不是故意打的。良子说，我是吉儒穆图的森警，你们俩赶紧跟着我去边防派出所那报案，你们既是失手，又是自首，肯定能从轻发落。良子劝说了他们好一会儿，这俩家伙也就听了良子的话，那俩家伙在前头赶着车，良子骑马在后，往吉儒穆图走。走了没多远，那俩家伙开始嘀咕，如果一报案，肯定就出不来了，尽管打死的是亲兄弟但也是人命案子，处理轻不了，更麻烦的是，要是再把他们地主成分的事儿和在老家有人命案子的事儿整出来，那就必死无疑了。李家财对吴全有说，家富是我打死的，我一个人顶着，但我是死活不能去公安局，你要跑你就跑吧。吴全有说，不去公安局咋办？我要是跑了，没罪也有罪了。李家财闷了一会儿，悄声说，咱们干脆一不做二不休，把后边的这个也干掉。整把火把他们都烧了，就说是森林里着火了，是家富不小心抽烟整着的，这小子是赶过来打火的，就都卷进去烧死了。把这事儿干好了，话说圆了，咱俩就都没事儿了，要不你也不好办。俩家伙嘀嘀咕咕地很快就串通好了，他俩掏出根绳子，跳下马车，冷不丁地把绳子套甩到良子身上，把良子从马上拽了下来。良子想和他们搏斗，可是手脚已经被绑住了。良子就给他们讲道理，两个家伙说，该你倒霉，今天就一不做二不休了。他俩就把良子用手掐死了，然后把绑着的绳子撤出来，把良子和李家富的尸体就近摆把好，还给他们手里塞了假装打火的树条子，就把林子点着了火，重点烧这两个人，特别是重点烧李家富的伤口和良子脖子上的掐痕，等他们看到烧得可以了，还动手把林火整灭了，把他们的猎枪找地方埋了，把李家富的血迹埋了，而后赶着车往山下走。火烧人的时候，良子的青马急得转着圈儿直劲儿地叫唤，他俩就把良子的枪给挂到马鞍子上，把马给赶跑了，他们之所以把良子的枪还给挂到马鞍子上，也是耍的小聪明，想进一步掩盖他们的罪行。他俩觉得把现场弄得万无一失了，才磨蹭着往山下走，正迎头遇上我们，就报了李家富失火的假案。"

听着于队长沉重的诉说，我们在场的人都目瞪口呆，看来良子是遭了大难了，太惨了。祥子嗓子登时就哑了。闷了一会儿，他流着泪问："那个李家财现在在哪儿？"

于队长说："已经抓了，我这次来就是带着公安警察押着李家财来的，让他指认现场还有起出他们埋的那杆猎枪，把证据坐实了。"

祥子咬着牙说："啊，就在咱派出所呢？正好，我这就一刀一刀地剐了他！"

"对，是该一刀一刀地剐了他！"我们几个都咬牙切齿地附和着祥子。

大贵沉静了一会儿说："我看，咱别说气话，既然都抓到了，咱们就听从法律的吧，这俩家伙这回逃不出一死了。"

祥子说："我打一开始就想不通，我爸不是在山里头腿脚快吗，咋就会被烧死呢？"

于队长说："是啊，我也有疑问，所以我才搞的暗查，终于算是水落石出了，良子死得冤死得惨哪！"

我说："要不祥子怎么老说他梦见他爸喊有坏人呢，原来确实是有坏人哪。"

祥子问他妈知道这事了吗，于队长说："我还没跟她说，那俩家伙手段太残忍，良子死得太惨烈，这消息对你妈又是一次打击呀。"

祥子窝在椅子上，两手抓着自己的头发，半晌才说出一句："他们怎么会这么凶残？他们还能配叫人吗？"

晚上的时候，祥子决意要去派出所看看那个李家财。于队长让我和孟和、八十子陪着去的。

公安警察怕祥子动手，只是让我们站在门口往里看。但是警察告诉戴着手铐脚镣的李家财，这就是被害者的儿子。李家财撩了下眼皮就不抬头了。祥子往里挣了挣，还是要伸手的意思，我给拽住了。祥子咬着牙说："我恨不能一刀一刀剐了你个王八蛋！"

那天晚上祥子就瞪着眼睛咬着牙坐了一宿。看着祥子那痛苦不堪的样子，我就想，这个大千世界上不光都是好人，也确确实实有坏人，有坏得冒了浓浆的坏蛋，他们披着人的衣裳，长着人的模样，却干着没有人性的勾当。

第二天，于队长和公安警察押着李家财走了后，我们几个陪着祥子到良子的牺牲地祭奠了一下。祥子把他于大爷怎么跟踪、怎么把抓到凶手的事儿给他爸念叨了一遍，我们也都告诉良子："凶手抓到了，仇也报了，这回你就安息吧。"

# 12

从那以后，祥子越发爱护他的"青子"了，我们大家伙也都对"青子"增添了一种别样的感情。在二十世纪五六十年代甚至到七十年代，我们的森警除战友之间的感情之外，我们对马、狗、枪也都有着极特殊的感情。枪是我们手中的武器，说句当时常说的老话，也是粗话，叫"警察手里没有枪放屁都不响"。我们在大森林里头，危险太多了，敌特、山匪、滥砍盗伐和盗猎分子以及各类凶猛的野兽，随时都会伤害到我们，我们不管啥时候出门，枪是必带的，宁可不带干粮也要把枪带在身上，为了出击也为了防卫。实话说，我们在大森林里的外站，去外头蹲茅坑都拿着枪，以防万一。

我们把警营里的马和狗称作"无言战友"，它们真是为我们尽了"犬马之劳"。用"忠诚"二字来形容最恰如其分，"青子"是不是通人性？肯定通！它眼睁睁地看着它最亲近的主人在火中被烧死，它能不受到强烈的刺激吗？要不它怎么会跑回分队后那么烦躁地嘶鸣，实际是给我们报信儿啊，它怎么会一到了良子的牺牲地就"咴儿咴儿"地叫呢？它肯定在那地方有非常痛苦的记忆在里头！我最早知道我的马通灵性，是在最初我刚分到那匹枣红马——大家伙管它叫"老根儿"。那是一匹威风凛凛的儿马子，彪彪溜直的，浑身腱子肉，要多漂亮有多漂亮——驯了一段时间后可以任我驾驭的时候，我那一次正骑在马上搂沟，它以非常快的速度在驰骋，可是就像被绊了一下，它突然卡了下前失，我一下子就从马上摔到了地上，"老根儿"立马就收住了脚步，站立在我的身边，低着头用它那慈爱的眼睛看着我，似乎是询问我伤着了没有，它甚至做出屈腿弯腰的姿势，耐心地等待我再次跨上它的马背，你们说这马有灵性没有？不光是我的"老根儿"，不光是过去的"良子"还是后来的"青子"，应当说我们老森警的战马个个都有灵性、通人性。每当过河遇到激流漩涡，马都能把我们驮着带出险境；翻山越岭，有的山坡太陡，我们就拽着马尾巴往上攀登，你看那些马平时龙性巴啦的，可一到关键时刻，它们就像是老兵带新兵、大哥带小弟似的，腾腾地带着我们往上爬。大贵有一次在中队开会，开会时他就感冒了，会散了，他着急要返回吉儒穆图，骑着马赶道，走的途中凉风一吹，高烧起来了，人都烧迷糊了，他像个死人似的趴在马背上，马硬是把他给驮回来了，到家都下半夜了。

我们也有迷山迷路的时候，没招了，就把马缰绳放开，任由它自己走，总能把你驮回家——老话这叫"老马识途"。可是不光是老马，两三岁的小马走上几个来回也就认道了。不光是背负着我们穿山越岭过沟蹚河，很多马还都在危急时刻救过我们的命，如果我们那些老人儿还在，谁都能随口炫耀出几件自己战马的英雄壮举，战马与自己的亲情故事——是这样，和自己的马处的时间长了，就滋生出了一种亲情，就像自己的兄弟似的。不过，我们的马毕竟不是铁马钢马，它们就是个吃草料的肉身，它们驮着我们爬山越岭蹚河的时候，驮着我们连续转战火场的时候，驮着我们执行紧急任务的时候，也常常有累得跑不动走不动的时候，也常常有累得趴在地上任你怎么拽都拽不动的时候，看着它们累垮了的样子，我们是真心疼啊，可有的时候火不等人，累垮了也得走。不过，老森警们有个不成文的规矩，就是在关键时刻，宁可人挨饿，也决不让马挨饿。附近没草料的时候，我们都能把自己仅有的一点儿舍不得吃的干粮拿出来喂马。刘锁柱的"花里豹子"在路上跑急了，停下来就到河边喝了一些水，结果呛着肺了，我们眼睁睁地看着它死了，把锁柱哭的呀，我们在一边都跟着落泪，嗐，那心情就别提了。我们没吃马肉，挖了个深坑把它埋了，还立了个坟头。后来，锁柱叫上我一块去"花里豹子"的坟头看过好几次，起初两回，是他说担心有野兽嗅着味儿会把马给刨出来，后来他又多次去看，我知道，那就是纯粹的战友情、兄弟情了。我不知道别的地方的森警吃不吃自己的马肉，反正我们吉儒穆图的森警绝不吃自己队上的马肉。

还有我们的狗——有人说该叫"警犬"，也对。但森警的警犬都没有像公安警犬那样经过正规的训练——我们的狗和我们的战马一样是我们最忠诚的"无言战友"。我们从打剿匪时就开始养狗了，后来我们又有了"虎子""库日任""阿勒斯楞"——这条狗是孟和养了"库日任"之后，八十子从猎民那要来的一条青色带点黄毛的公狗，八十子给它起了个蒙古名叫"阿勒斯楞"，是"雄狮"的意思，我从一个村民家抱回一条刚出生的小牙狗，又串拢着朴正伦给它起个朝鲜名，老朴哈哈笑着说那就叫"皮尤暴木"吧，是"豹子"的意思。你们看，我们分队的干警是多民族的大家庭，养的狗也是多民族的大集体啊，它们之间的关系处得老铁了，从不争抢食物，遇到"敌情"争先恐后地往上冲。

我们都喜欢养那种体型威武、立耳垂尾，眼睛倍儿亮的"狼狗"，这些狼狗听觉、嗅觉都很敏锐，动作敏捷，性格凶猛，在深山老林里是我们非常好非

79

常好的帮手。

森警的狗有一个特点，就是认识我们这身警服，假如一个外来人是第一次到我们吉儒穆图分队，要是穿着和我们一样的警服，尽管它们不熟悉他的面孔，它们也会把他当自己家人来对待，虽然对他不会像对我们那样亲昵，但也不会对他发怒发威。但是要是不穿这身警服，它又不认识这个人，那这个人可就麻烦了，即使是我们吆喝住了它，告诉它这位是来的客人，它也总是十分警惕地观察这个人，甚至从喉咙里发出不高兴的"轰轰"声。当然，一旦遇有侵袭我们的野兽，它们绝对是先知先觉，最先给我们报警，第一个冲在前头去和野兽撕咬搏斗。

我们上山巡护执勤，不管长巡还是短巡，只要出门就带上狗，有狗在身边，我们的安全系数就增加了不少。有一次我带着八十子和祥子长巡，回来的途中，八十子发现了一对獐子，就带着祥子去追，"阿勒斯楞"也跟着跑，我在后面骑马慢悠悠地走着，当我登上一个长满桦树的山顶，忽然发现左边缓坡下面的一块草甸子上有一片绿的和别处不一样的大圆环，我策马过去，到近前一看，这是一片深绿色等线条的大圆圈，就好像一个大大的圆规在这片草地上画出来的一样，生长在这个大圆圈上的草与圈里、圈外的草截然不同，颜色特别浓绿，生长特别旺盛，再细看，一朵朵雪白雪白的蘑菇就藏在它的底下。哇，真是馋人哪，我从马褡子里拽出个麻袋就采起蘑菇来了，当时还想着麻袋装蘑菇真是不对路，这蘑菇都给揉磋碎了，可毕竟是新鲜的白蘑，采回去后就吃呗，咋吃都好吃。那时候真是忘了时间了，也忘了八十子他们了，我就以为八十子他俩一会儿就会到我这儿来找我呢，谁知我这是偏离了原来路线的方向了，天一擦黑，他俩就看不见我了。等我意识到天擦黑了，不能再采了，直起腰来，我才想起来八十子他俩咋还没过来呢？四处张望，看看天边涌过来的夜幕，我有点懵圈了。我凑到马跟前，拽过马缰绳，想着爬到山顶上去开两枪或者喊几嗓子和八十子他俩联络吧。爬到山半腰，只听有"嗖嗖"的声音传过来，我有点紧张，是遇到"张三儿"了？我赶紧把背上的枪拽到前身来，把枪的保险打开，子弹就在枪膛里呢，实话说，平常我们都舍不得放枪，有数的子弹舍不得浪费。这时，狼一样的动物呼呼呼地就蹿到我的马跟前来了，嘿，是"阿勒斯楞"！它跑到我跟前围着马转了两圈，撒娇似的汪汪了两声，扭头就摇摆着尾巴跑了，我在后面喊，"阿勒斯楞！阿勒斯楞！"它却一下子就没影了。不大的工夫，八十子和祥子就在"阿勒斯楞"的带领下回来了，我们会合了，它那高兴劲儿呀，前蹿后跳地撒欢。

八十子说："这'阿勒斯楞'找见了你它老高兴了。"

祥子说："就是找见你之前和找见你之后，'阿勒斯楞'那叫声和跑法都不一样。"

这狗有灵气吧？在大山里头对我们管用吧？良子出事，和他那天身边没有带狗就有关系。加疙瘩外站的人说，良子那天回分队，"大黄"本来是跟着他走的，但良子可能是考虑外站的需要，把狗给撵回去了，结果出了那么大的事儿。

# 13

一九六四年春防的时候，我看到了天上的护林飞机。很多人不大知道，其实，咱们国家在一九五二年春天就有航空护林了，当时有嫩江和牡丹江两个基地，春秋防的时候总共有三架爱罗飞机在林区上空巡逻飞行，用以侦查偏远山区的森林火情，这算是开启了咱们国家使用飞机航空护林的历史，只不过这个航空护林的初创期，整个工作采取的是民航、空军、林业、地方政府统筹合作，协同共管的组织形式，防火期开始，各方派代表到基地，防火期结束返回原单位，组织上很松散。一九六〇年春天在东北、内蒙古组建了航空护林空降灭火队，也叫伞降灭火，归属航空护林站管理，实际上和森警是一样的任务，是森警的兄弟部队。这是一支由空军部队伞兵师的复员士兵组建起来的队伍，有良好的业务素质。他们在航护期间，遇有森林火情，就跳伞降落，开展灭火，调查火场损失。听说一九六二年、一九六三年小二沟、大黑山的森林大火，都是飞机投送伞兵进入火场把火打灭的。我是在吉儒穆图听说了航空护林伞兵灭火的事，说实话，真是挺羡慕他们的，我们吉儒穆图这帮子人别说坐飞机，见过飞机的也没两个，人家坐飞机悠地一下就到火场了，我们骑着马或者徒步穿山越岭蹚河多遭多少罪呀。

一九六四年春防的时候，我们辖区的黑山头一带着火，火点挺多，着的也挺大，因为我们这是未开发的原始林区，发生这么大的火灾，上级高度重视，调上来很多打火的人，飞机也出动了，看到天上有了飞机的影子，特别是飞机飞得越来越低，机身越来越大，轰鸣声越来越响，我们这帮子人都兴奋得像小孩子一样，仰着脸往天上看。

各个火点基本打灭的时候，老天也出来帮忙，开始下雨，我们等着班师回朝了。

八十子开玩笑说："说不准是飞机接咱们回去呢。"

孟和说："你这是做梦娶媳妇儿，尽想好事。"

祥子傻不愣登地问："那要真是飞机来接咱们，马咋办呢？人家能让咱的马上飞机吗？"

我们几个听了哈哈大笑。大贵说："祥子，我估计飞机来接咱们的可能性在百分之……呃——，"大贵打个嗝，卖了个关子。

祥子说："在百分之多少？"

大贵哈哈一笑："在百分之——"

"在百分之零点零零！"没等大贵说完，孟和抢着说。

开了会儿玩笑，我们拢点火准备烧点开水吃干粮，这时前线指挥部派人传来了口信，说是因为有雨飞机不能起飞，而黑山头北坡那边有十几个伞兵又联系不上了，他们随身携带的给养已经不多了，让我们森警赶快去寻找。算了，别烧开水了，我们赶紧熄灭柴火，骑在马上啃着窝窝头就出发了。只知道北坡，北坡大了，具体在哪儿呢？上哪儿去找啊？

张大贵说："先登上北坡顶再说。"

我们的脚下根本就没有什么路，除了密林就是塔头甸子，每前进一步对于马都是一种危险，因为马蹄子随时都可能被陷进塔头坑的沼泽泥潭里，下象棋里总好说"蹩马腿"，这是真的蹩马腿。我们的身上背着装棉袄、干粮的木夹子，外面搭了件雨衣，腰间系根麻绳，有时骑着马走，有时牵着马走。唯恐转向，我们就边走边在树上砍个记号，结果走了一个下午，蹚过一条河，又蹚过一条河，蹚了好几次河，林区里河汊子多，我们还以为一直往前走呢，结果傍晚的时候发现林子里的树有我们刚砍过的记号，哎呀，我们一直是围着一个大河弯子在来回绕圈呢。我们几个立马就泄了气了，我们就埋怨大贵手上的指北针不管事儿，吵吵了一会儿，孟和发话说："拉山走转迷糊了是经常的事儿，猎民也有迷山的时候，咱们还是爬到眼前这个山顶上看看再定夺吧。"

虽然我们都披着雨衣，因为要裹着棉袄和干粮，所以都像背了口锅似的，屁股以下全都被雨浇湿了，马身上的毛都打了绺，散发着腥臭味，蚊子和小咬直劲儿往脸上扑，小咬还往鼻子眼儿和耳朵眼儿里头钻。我们的脚上早都没有鞋的模样了，脚在鞋里头又湿又滑，脚趾头脚掌子都拧扯出了水泡，而且肿得又疼又涨。黑天了，我们也不敢再冒失走了，好不容易拢了一堆火。在山里头，啥都可以湿，唯独火柴不能湿，火柴湿了，遇到大火来了不能自救，晚上冷了不能烤火，凉干粮烤不热，飞禽走兽的肉整不熟，所以，我们森警上山都把火柴当宝贝似的在身上藏着。第二天又走了一大天，根本就没看见伞兵们的一点影子，我们身上的干粮也剩下不多了，我们又没有电台，和上级也联系不上，大家伙又泄气又着急。我们商量干脆兵分两路，扩大一点搜寻的面积，张大贵、我还有八十子一组，朴正伦、孟和、祥子一组，我们定的是以鸣枪为联络信号。实际上我们两组也不敢分开太远，大贵说："咱们千万别再走散了。"

天上仍下着小雨，我们在林子里一边走一边喊，偶尔还放一枪，可是没有伞兵的一点动静。到了半夜，我们想就地歇歇，睡一会儿，就冻醒了，这时我听到树林子里有哗啦哗啦响的动静，开始以为是野兽来了呢，我推醒张大贵，用手跟他比画，把枪也顺过来了。一会儿听听又没动静了，咦，野兽走了也应该有走的动静啊，是卧到哪儿瞄着我们伺机扑过来？大贵和我都是上过战场的人，这些年和野兽也没少打交道，我们还真是一点都没害怕。又过了一会儿，突然有一声像是人憋不住了的咳嗽声。

我说："八成是老朴他们过来了，跟咱们逗着玩呢？"

我这一说话，对面有人搭腔了："哎，是哪儿的弟兄啊？我们是航空护林站的伞兵。"

一听这么说，我们乐得直拍大腿，哎呀呀，找的就是你们哪！对面林子里过来仨人，原来他们伞兵手上也没电台，和天上的飞机联络就是用几块白布在开阔地摆各种约定的信号。天一下雨，飞机来不了，他们的给养又没了，就开始找野果子吃，人们就走散了，为了躲雨，猫到石砬子洞了。他们几个听到了我们和老朴他们联系的枪声，就往我们跟前凑合，到跟前了，又怕遇到的是敌特——这帮伞兵受到这方面的教育太多了，警惕性都很高，所以猫了一阵儿观察我们的动静。这下好了，我们连鸣枪再喊叫，把老朴他们仨也喊过来了，随着还喊过来几个伞兵，数数还缺少三个伞兵，他们当中一个负点责任的说，没事儿，都走不太远。我们就地又等了多半天，才又鸣枪又喊叫地把那仨伞兵引过来，他们都饿得近乎虚脱了，早都听见我们的枪声和喊叫了，可是一点力气也没有，实在是迈不开步了，见到我们就歪倒在地上，连说话的力气都没有了。

这会儿我们森警就是坐地户了，是东道主啊，尽管我们也都又累又饿，但也得挑头张罗填饱肚子的事儿。孟和和八十子骑着马拎着枪往林子里转了一大圈儿空着手回来了。这些天，这一片人喊马叫的，早把野兽都吓跑了。大贵拽着我说："咱们还得想办法整吃的去。"他翻腾出两个空麻袋来，带着我和祥子找河沟子。

大贵说："野兽跑了，河里的鱼不能跑，咱看看能不能用麻袋捞一点儿。"

我们翻过山梁子还真找到一条又窄又长的森林河。大贵说："这应该是温河的支流。"

温河也是额尔古纳河的支流。黑龙江、额尔古纳河应当是我们大兴安岭的母亲河，众多的河湖沟汊都是她们的儿女。我们让祥子在岸上等着，大贵我俩下到河里，一人抓着麻袋的一个角，把麻袋口张开蹚着河水走。还别说，这条没人撔拢过的河汊子，鱼就是厚，细鳞鱼、鲶鱼、狗鱼、鳊子，哈，都是冷水鱼，一会儿工夫就兜了多半麻袋，抬到岸上让祥子看着，我俩又拿那条麻袋下去兜，又整了半麻袋。

上到岸边，我突然想起大贵又是胃病又是肾炎的，肺上还有病根儿，不应该让他下河呀。我说："瞅我这臭脑袋瓜子，铅灌了似的，啥事儿也不寻思。"

这些年在大山里头风餐露宿，饱一顿饥一顿冷一顿热一顿，弄得我们的胃都落下毛病了，大贵的更重一些，他说只要吃点儿凉的硬的就胃疼，最近我总见他把窝窝头或者馒头烤煳了吃，他说这是治胃病的偏方，弄得我们胃有毛病的都跟着他学。前年夏天为了打捞屯子里淹在阿巴河里一个半大小子，他在河里头泡了半拉多月，满身都起了米粒大小的红疙瘩，后来就吵吵腰疼，接着就是尿急尿痛，腿也肿了，到林海医院一查，肾炎四个加号，连吃药带打针折腾了两三个月才见好。那次捞人得肾炎的有好几个，冷水河里泡的时间太长了。

大贵没接我的话，而是笑着问祥子："祥子你说没有干粮没有肉，咱这鱼能顶饿不？"

祥子说："鱼肉也是肉，还是有营养的上等好肉呢，肯定顶饿。"

我们把鱼驮回去，把那几个伞兵高兴得直夸我们。吃鱼喝汤的时候，人人都说这滋味是真鲜亮啊。有个伞兵高兴了，就吹开了，说："等到天晴了，飞机来了，先让你们森警老大哥上！"

祥子还是惦记着马，问："马能上飞机吗？"

那人嘴里叨咕着："是啊，忘了还有马呢，还有马呢，这可咋整？"

凌晨三四点的时候雨就停了。天一亮，先是泛出淡青色的云层，只一会儿的工夫，东边天上就涌出了红橙色的云霞，接着一片片地铺展开来，映红了小半个天空，红鸡蛋黄一样的太阳很快就从东山边上露出脸来，慢慢地放大，白纱似的雾气在山腰间轻盈地缠绕着，林子里的树叶、草叶缀满了晶莹的露珠。

大贵说："把昨天剩下的鱼再炖一下，咱们垫巴饱了就往山顶上走。伞兵兄弟，摆好你们的联络信号，估计八九点钟飞机就得来接你们了。"

九点多的时候飞机果然来了，伞兵们说是"直—5"。飞机在伞兵们选的一块开阔地上落下了，降落的时候，那是飞沙走石呀，我们躲得远远的，俩手还得捂着帽子，说话、喊叫，啥也听不见，只看见飞行员和伞兵们用手比画。伞兵们被飞机接走了，我们几个一边议论着飞机一边收拾了东西，骑着马往吉儒穆图撤。

火灭了，回去的时候没有任务了，我们骑在马上都觉得困乏得很，不过这几匹马知道是回家，脚步倒挺快。

走到峰岭，又是一片挺密的林子，我们骑着马在里头钻来钻去，有一棵半粗不细的桦树搭在另一棵树上，八十子俯卧在马上在这两棵树空底下扒拉了一下横着的树枝嗖地钻过去了，孟和的马也紧跟着往里钻，孟和这时候在马上正打盹呢丝毫没注意，八十子扒拉的那棵树枝嗖地弹回来，一下子就抽在孟和的脸上，孟和"嗷"地叫了一声摔下马来。

原来不光是弹回来的树枝抽到了他的脸上，最要命的是树枝上的一截短树杈子扎到了他的右眼上。我们都下了马，围着孟和看，看到他眼睛已经出血了，眼瞅着一会儿就肿起来了。

大贵慌忙从兜里翻腾出两片消炎药，捻巴碎了，敷到孟和的眼睛上，我把衬衫撕下一条子，把他眼睛包扎上。这个时候，孟和疼得嗷嗷叫，我们几个一点招也没有。过了一阵儿，孟和捂着眼睛说："走吧，瞎了也得往回走啊。"

八十子觉得过意不去，说："孟和，你坐到我的马上来吧，我在马上搂着你。"

孟和说："还是我自己骑吧，咱们快点往回走。"

我们几个把孟和夹在中间，挑着道往回赶，等到了分队大都黑透腔了。

于队长带着其他分队从火场下来的人还有徐村长都等在分队呢。

于队长对走在头里的张大贵说："我看见飞机从咱上空飞过去了，约莫着你们也快回来了。这不徐村长带着大凤、三凤她们来给你们做饭呢。"

张大贵急赤白脸地说："吃啥饭呢吃饭，孟和眼睛受伤了，得赶紧想办法！"

"哎，咋的了？眼睛受伤了？"于队长抬眼看见八十子把孟和扶过来。

八十子把孟和扶到屋里铺上躺下，大凤听说孟和受伤，急忙从厨房里跑过来，哭着声地问："咋的啦？咋的啦？"

外头大贵我们简要把孟和受伤的经过对于队长说了一遍。吉儒穆图这儿没有专职医生，三凤初中毕业后回到屯子里被选拔去莫尔医院学了一段赤脚医生，回来当赤脚医生还兼着村里小学的老师。三凤查看了一下她姐夫孟和的伤情，她看到血肉模糊的眼睛，一点也不敢动。

于队长果断地说："连夜往莫尔医院送，多黑多晚也得送！"

于队长说，骑马比赶马车快，他让把孟和拴到他身子后头，俩人骑一匹马。中队部的几个人加上我和八十子跟着。一路上，那真是快马加鞭，飞似的跑。

我在路上说："咱要是有飞机就好了。"

于队长啪地一甩马鞭说："妈拉个巴子的，飞机、电台、电话、医生，咱森警都得有！一样都不能少！"

天亮的时候我们赶到了医院，莫尔医院的医生也治不了，看看时间，又赶紧往火车站赶，实际上于队长早就算计着这一步呢。我和八十子把孟和送到了林海中心医院（大凤和三凤是后脚赶过来的），眼科医生看了直摇头，一个是伤得重，一个是拖的时间长，眼底也出血了，估计在马上颠颠咯咯的也有关系，又化脓感染，没啥好办法了，只能是摘除眼球。

我到邮电局给于队长拍电报告诉了这个情况，我听说，于队长接到电报后拿着烟斗把桌子都磕坏了。

# 14

孟和出院后，于队长把他安排到新建的太平川沟口堵卡检查站当站长，带着两个人，检查过往人员和车辆。主要是检查进山人员是否有林业部门发放的"入山证"，有无火柴或者打火机等火种，检查进山车辆的排气管子是否安装了防火罩，检查出山的车辆有无违规盗伐盗猎（盗猎主要是指没有指标打犴和鹿）的情况。这个活儿，比起到一线巡护执勤轻松自在多了。表面上看也是个有权的活。要是扬扬胳膊抬抬手，能交挺多人，针头线脑的好处也能有一些，最起码烟酒茶是肯定供上流了。但是，孟和不是那种不讲原则的人，凡事好较真。没多长时间，这个堵卡检查站的严格在莫尔和吉儒穆图一带就有了名气了，很多人都说，"那个'独眼龙'检查起来可不是睁只眼闭只眼，一只眼睛当好几只眼睛用，老严格了，跟谁也不开面。"有一次，八十子在吉儒穆图听人议论"独眼龙"，不由分说，上去就给那人的眼睛一拳头，当场就给打了一个乌眼青。荷叶听说了，气得直哆嗦，跟八十子喊："八十子你虎啊，要是再给人打瞎只眼睛你可咋整？这人可不是孟哥，人家能饶过你吗？"八十子不听那个邪，当着众人面，梗着脖子说："都看见了吧？谁再敢说孟和是'独眼龙'，谁就来尝尝我八十子这拳头的滋味。"

孟和听说了这事，哈哈笑着说"独眼龙这个名不难听啊，比叫'独眼兽'好听"。后来，还真就有人咬着牙叫他独眼兽的。

有一天下午，检查员截住两马车没有采伐证的木头。孟和在屋里面听到外面说话的声音越来越大，知道是吵起来了。孟和出来一看，是两马车彪彪溜直又粗又长的樟子松。孟和说："没有采伐许可证，把这么好的樟子松给伐了，这不是祸祸林子吗？没二话，赶紧卸了吧，把人也得交到林业局处理。"那个带车的中年汉子立马过来给孟和递烟，笑嘻嘻地说："是孟站长吧？李镇长是我姐夫，我姐夫家急着要用点木材，手续很快就给补齐喽，咱都在这一方土地上混生活，你就给抬抬手吧。"孟和听了还真愣了愣神，把烟挡回去了，说："镇长咋不先把采运证办了再砍木头啊？这样吧，木头先卸到这，等手续齐了，你们再过来拉。"那人说："不是急着用吗？就先斩后奏了，你们就原谅这一回吧，下次，下次我保证手续齐全！"

孟和说："这次还没说让你过呢，还说啥下一次啊？先卸木头吧。"那人听了脸子沉下来了："镇长的面子不管用，你们于队长的面子行不？于队长和我姐夫可是公交私交都挺深。"孟和抿紧了嘴咽了口唾沫，想了想说："你别拿于队长来吓唬我，我这人直性，还真不吃这个长那个长那一套。别多说了，卸木头吧！"那人听了也愣了愣神，笑容又堆上脸来，拽了拽孟和袖子说："孟站长，你别生气，咱借一步说个话呗。"孟和说："不用说私房话了，硬的软的都不用说了，还是卸木头吧，你总堵着后面车的道也不行。"那个人脸子唰地撂下来了，横生生地说："人们都说检查站有个独眼兽难对付，今天还真让我开眼了。你可想好了啊，别说以后再后悔！"孟和说："别啰唆了，卸木头吧。"

这件事过了几天，我路过检查站去中队，孟和就让我把这个事学给于队长。

于队长听了，吧嗒着烟斗说："回去跟孟和说，我给他撑腰。堵住没权没势的人不算啥成绩，他违规，你按规定办，那是正当范围，堵住有权有势的违规的人那才是较真章，你要是放走一个有权势背景的，你堵住再多的老百姓也没用，人家也不服你，咱森警的威信也就扫地出门了。"

孟和这性格正对了于队长的脾气。我们都知道，于队长就有抗上的毛病。领导上要是对他不讲情面，给他来硬的，他保准来个硬对硬。大贵曾经说过他："你这也算优点也算缺点。优点是从这'抗上'当中能看出你的人品正，不是见着当官有权的就点头哈腰，见着老百姓就仰脸朝天的那种人。缺点是有点一根筋，不让上头得意。人家领导让你领着大伙干活的时候一百个放心，可轮到有好事儿的时候，领导对你就得掂量掂量了。"

于队长说："从小就这性格了，改不了了。我一遇着有跟我抻脖子瞪眼的领导就来气。"

我跟于队长学了孟和截住镇长小舅子木材的事情没两天，李镇长打发人到中队邀于队长礼拜天中午去镇上喝酒。

我对于队长说："这明摆着是场鸿门宴，能去吗？"

于队长说："啥宴也得去呀，咱中队今后还得和镇里打交道，门不能关哪。"

我说："那两车木头的事儿你咋办？"

于队长说："咋办也不能违规呀，我就不信他一个堂堂的镇长、国家干部敢太过分！"

我说："那你还不得让他们灌个好歹啊？"

于队长用鼻子哼了哼说："还不知道谁灌谁呢？"

很多人都知道于队长的酒量，那叫海量。他一喝酒，几杯下肚，额头上、鼻尖上可哪儿都冒汗，喝半斤八两的就跟没喝一样，喝完酒该干啥干啥，喝一斤多的时候也没见他走过样，有人说于队长身上渗酒，是个酒漏子，喝多少都等于白喝。可是，只有良子、大贵和我少数几个人知道，于队长曾经为喝酒的事儿挨过处分。那是前些年，地方上的几个人请他喝酒，喝得差不多的时候，说要求他办个事儿，也是木材上的事儿。于队长不高兴了，呛了人家几句，说人家是无利不起早的小人。对方不高兴，吵起来了，动了手，于队长把一个人的胳膊给卸下来了，就是给整脱臼了，人家开始告状，说于耀武吃拿卡要，还耍酒疯。组织上调查后，确定了他酒后打人这一条，给了他个行政警告。从那以后，再和地方的人喝酒，我们都提醒他得谨慎点儿，少喝点儿。听了我们的提醒，于队长就说："放心吧，一个地方不能摔两次跟头。"不过，他的酒还是没见少喝。

于队长是带着我参加镇长宴请的。我是四两半斤酒的量，不敢显摆。于队长说："老树根儿你到那干脆一滴也别喝，咱俩得有一个脑袋清醒的。"

礼拜天中午我们赶到镇国营食堂门口，就有人在那等着我们了。我差不多是有生以来第一次下馆子，进了门，还有个人在一个小房间给挑着门帘，哈，第一次下馆子就进包间，我这心里头还有点突突呢。

进了屋看见有镇长，他小舅子，还有两个股长身份的人在场。镇长问："孟站长咋没来？"于队长说："他那缺人手，下不来，我俩就代表了。"我当时寻思：这可不是堵卡站了，这会儿，我们是进了人家包围圈儿了。我声称胃不好，不能喝酒，坐在最下首了。他们每个人面前是那种喝茶水的小瓷碗，都把酒斟得满满的，少说也得有二两。酸菜炒粉儿、土豆丝、炒鸡蛋、炒黄花菜、小鸡儿炖蘑菇、干煎"华子鱼"外带一盆炖狍子肉，都已经摆到桌子上了。

镇长说："于队长，今儿个请你可不是为了那两车木头的事儿啊，咱们是叙叙老感情，警民鱼水情，包括你们先前跟我说的森警家属孩子上学的事儿入托的事儿，我可都给你想着呢。"

于队长一拱手说："那就太感谢了！"

镇长说："别客气啊，今天天有点凉，咱先加加温，整几杯再说。"

于队长说："好，镇长先开杯吧。"

镇长说："先得让我这小舅子给你们道个歉，这小子不懂事，那天呛着你们那个孟站长了，还说人家是'独眼兽'，回来后我把他给骂了一顿，今天得先罚他一杯。"

那小舅子就站起来两手端着小瓷碗朝着于队长举了举，而后转向我说："你代我给那个孟站长带个话，大人不计小人过啊，我这就赔礼了！"说着一仰脖就把酒干了。

于队长拱拱手说："过去了，过去了。"

镇长哈哈笑道："刚他那一碗是序曲，咱现在就正式开喝啊，我就先打样了。"说着，一抬手一仰脖，一瓷碗酒就进肚了。

于队长看了，端起自己的酒碗说："看来今天是武喝了。"说着，也是一仰脖干了。

在我们那地方，喝酒分文喝武喝。文喝是细拉慢饮，看着挺文明，但是占的工夫长，磨磨叽叽。武喝呢，就是古时候说的大碗喝酒大块吃肉的那种，讲究一口一杯或者一碗，看着有点粗，但是讲究的是豪爽仗义，不过小酒量是不敢这么喝的。

镇长的小舅子两碗酒喝进去，就开始缠住我磨叨："你，你凭啥不喝？不喝酒你干啥来了？"

镇长真是好酒量，好几碗酒落肚了还口齿清楚着呢，他说："于队长，你可能不知道，那两车木头不是给我拉的。"

于队长说："不是给你拉的正好你就别管闲事了，孟和把木头给截住也截对了。"

"不过呢"，镇长拉长了话音儿说："这两车木头是分管你们森警的林管局张局长要的。"

镇长定睛瞄了瞄于队长，接着说："这张局长是我们家不算太远的亲戚。他要点木头，我怎么也得给他整吧？他没跟你说，要是他跟你张嘴，你还能驳他的面子吗？再说采运证的事，还不就是张局长一句话的事呀，就那几根木头值得费那个事吗？"

我一听，这是点出今天鸿门宴的主题了。我等着听于队长咋说。但镇长没有等于队长表态就大声说道："哎，喝酒，喝酒，不提木头的事儿了。"

那天的酒喝得盛，但没有出现我预想的为难我们的事儿。

回到中队，我对于队长说："这个李镇长还挺宽宏大量的。"

于队长瞅了我一眼说："宽宏大量？他都拿林管局的张局长来吓唬我了，人家是等着咱们乖乖地把那两车木头给送过去呢。"

我说："要不，就让他们拉走算了，这又是镇长又是局长的，要是不送，咱得罪不起呀。"

于队长把烟斗往鞋底子上磕了几下说："得罪了也没办法，我老于说啥也不能让他镇长一句话就给吓堆碎了吧？"

那两马车木头一直拖着也没有给李镇长或者张局长送过去。可是过了一段时间，森警大队来了通知，让于队长到林海去一趟，说是林管局领导要找他谈话。我们听说了这个消息，就以为这是那两马车木头惹出祸来了，于队长走后没几天，我们又听说是林管局是在考核森警大队副大队长的人选，于队长算是人选之一。大贵我们几个更是替于队长捏了把汗，张局长是分管森警大队的领导，他能不能借机给于队长穿个小鞋呢？孟和知道了这个事，后悔得直拍脑瓜子，骂自己是榆木脑袋坏了于队长的大事。

# 15

不知是分管森警的张副局长宽宏大量呢，还是压根儿就是镇长打冒枝，张副局长后来见到于队长一句也没提那两马车木头的事，而且于队长也被提拔上来了。

不到一年，也就是一九六五年春天的时候，原来的大队长工作调整，于队长就当了大队长，属于正处级了，在部队上就是正团级。据说我们的老红军卜政委力主要用于耀武。张大贵当了莫尔中队的中队长，朴正伦当了吉儒穆图的分队长。我呢，当了副分队长，从此就是干部了。

大贵当了中队长后，有一次对于队长说，中队的事到了镇里总是犯卡，别别扭扭的。于队长说："小人，哪天整点酒我老于教训教训那个土皇上。"

于队长当了大队主官，在基层这么多年的积累终于有了一个可以展示他的才干、展示他的价值的平台。到了大队主官的岗位，他抓了两件事：一个是在全大队范围开展"铁脚板、活地图、千里眼"训练活动，所谓的"铁脚板"就是高山能攀，深水能蹚，有连续在山里、在火场上奋战的脚力、体力、耐力；所谓"活地图"就是成为山里通，对辖区内的每一座山、每一趟沟、每一条河以及山形地貌、植被状况，同时还包括对林区社情都能做到很熟悉很有数；所谓"千里眼"就是巡护与瞭望要保证望远镜视线内对火情、敌情能及时发现，判断得准。全大队的训练就热火朝天地搞起来了，大量的训练是拉山走，练体力、脚力，记山形地貌，我们在拉山走的过程中，画了不少自认为有用的草图，实践中也确实管用，这应当是后来开展的"识图用图"活动的一个开端吧。在瞭望塔上我们锻炼远距离识别烟雾，确认森林火的距离、大小、种类的能力。

我们对观察烟雾和火势总结出了一套判断方法：

对烟雾和火势的判断：黑烟升起且又风大为上山火，黄烟升起为草塘子火，白烟升起为下山火。

白天观察烟雾对火势的判断：白色断续的烟为弱火，黑色加白色的烟为一般火势，黄色很浓的烟为强火，红色很浓的烟为猛火。

静风观察烟雾对距离的判断：烟升高不浮动为远距离二十公里以上，烟升

91

高顶部浮动为中距离十五至二十公里，烟根部浮动为近距离十至十五公里。

我还对怎样有效巡护编了几句顺口溜：风大攀高山，晴天走平川；阴雨河边过，堵漏查火险；防火先防人，消灭三不管。

于队长把我们总结概括的这些个经验方法普及到了全大队，让森警官兵们熟练掌握。大家都反映，通过这些个经验方法的"活学活用"，收到了"立竿见影"的效果。

于队长抓的这个活动，不仅得到了林管局领导的肯定，还得到了全国森林防火指挥部在全国森警部队和森防战线的推广。

于队长再一个就是抓电话和电台的事。依托林业局和乡镇的电话线路，各中队都架起了电话线。过去没有电话，耽误老鼻子事儿了，谁和谁也联系不上，任凭有啥急事也是干瞪眼，马跑得再快也得有个时间段哪，这和古代那时候有啥区别呀？没区别！于队长这些年在基层一线吃尽了联络不畅的苦头。各队电话一通，给大家伙高兴的呀，只想喊"万岁"！好多人没有电话铃响也拿起话筒放到耳朵那听听电流声。到了下半年，各瞭望台的电话也架上了，哪儿有烟有火了，中队领导立马就知道了。家属们也都高兴，家里有个急事，通个电话传个信儿，再不像过去那会儿，再着急的事儿，也是叫天天不应叫地地不灵。没想到，电话通了的高兴劲还没过去，大队又开始举办电台报务员培训班了，也就是说，各队要配备电台了，我们的耳朵更长了。

我们大队的电台从筹建到培训报务员、机修员，到建立自上而下的通信网络，于队长是主帅，下边的干将就是李树鹏。

李树鹏这人是一九三九年生人，老家是山东黄县的，现在叫龙口了，可能人家海鲜吃得多，脑袋瓜子从小就好使，在学校里学习拔尖儿，他的目标就是考大学，可是他家里日子挺困难，他又是好几个兄弟姊妹中的老大，好容易念到了初中毕业，家里的日子实在不允许他再接着念下去了，就投奔了亲戚来到了大兴安岭的林海，自己找到森调队当了一个临时工。上班头一天，领导就安排他帮助电台的报务员摇马达。他是头一次见到这个能把嘀嘀哒哒的电波信号和遥远的地方传过去接过来的设备，"噢，打电报，打电报，就是用这个玩意打的呀。"他这时才知道这个玩意儿就是"电台"，人家说这是无线电通信。他看着很好奇，摇完了马达，想凑到电台跟前仔细看看，却被正在译报的报务员给拦住了："只许看，可不许动手瞎摸索啊！"

他每天摇两次马达，每次就在那不远不近的地方盯着电台看，这玩意儿让他感到非常地神秘和好奇。冬天，森调队没活了，他又去酒厂当临时工，酒厂派他跟着一辆汽车去长春拉运设备。就在长春街头的电线杆子上，他看到了一张邮电学校无线电专业招生的广告。一看到这张广告，李树鹏立马就想起了他给摇马达的那部嘀嘀嗒的电台。"考！"后来李树鹏对我说，他当时唛儿都没打，就在心里头下了决心了。可是招生范围限定的是邮电系统的职工，而他连边儿都沾不上，他们拉运的设备刚卸到酒厂，李树鹏就冒昧地找到林海的邮电局长家，自我介绍，跟人家死磨硬泡。邮电局长真是个菩萨心肠的人，居然同意了，给他出了证明，让他以邮电职工的名义考试。那是一九五八年的事儿，要是搁现在的年代，这事儿想都别想，你们说是吧？李树鹏就是争气，一考就考上了。

也是李树鹏命里该有，到了一九六〇年他又被选送到北京邮电学院，原来是中专生，到了北京就成了大学生。他上了五年大学，愣是五年没回过家，他说他不是不想家，是罗锅子上山前（钱）紧。五年里的寒暑假就到处打短工了，家里困难，得靠自己养活自己，供自己吃饭上学。毕业时，李树鹏因为学习成绩好被分配到了广州机场。多好的地方啊，可是这时他的一个广西籍的同班同学却被分配到了大兴安岭。这位同学从没到过东北，听说大兴安岭是个高寒地区，冬天尿尿都得拿小棍子扒拉，扒拉慢了那尿水就冻成冰溜子了，这小子吓破胆了，哭着找学校，学校征求李树鹏的意见，李树鹏没打唛儿就同意了他俩对换。树鹏后来对我说："一方水土一方人，我是从大兴安岭出来的，没准儿到南方还不适应呢。"

李树鹏先分到了林管局电讯处。没有多久，于队长就找到了李树鹏，对他说："大学（xiao）生啊，你上森警来干吧，森警就缺少你这样懂电台的人才呀。"

那天就站在大街的马路牙子边上，于队长和李树鹏唠了小半天，李树鹏初步了解了森警这支队伍，也知道了森警通信建设一无所有的状况。于队长说："森警的电信就是一张白纸，这不正是给了你用武之地了吗？"

树鹏听着有道理，而且听说还能就此穿上威武的警服，更觉得有吸引力，就同意了。于队长回到大队和大队卜政委一说，卜政委也说好，李树鹏就顺顺当当地调进森警大队了，当了电台技术员。

李树鹏是森警部队的第一个大学生，在当时也是唯一的一个大学生，正儿八经的知识分子，那时候在我们这帮大老粗的人堆儿里，树鹏那就是鹤立鸡群了。不过，于队长没看走眼，李树鹏的专业能力，思想品德确实都好，后来的实践中都验证了。

于队长能张罗，四处搜罗，弄了十多台抗美援朝退役下来的55A型老式电台，还有几台55B型仿造的。电台虽然有了，但都是破旧的老家伙，还不配套，李树鹏就白天晚上加班加点地修理了一遍。这时同时进行的就是在各队抽调报务员，条件就是要有一定的文化基础，脑袋瓜子也得灵活点的，就是说不能太笨，笨了干不了这个活，除此之外还有身体条件，太弱了不行，上山打火，不光是靠马驮着电台，有时候还得报务员抬着或者背着，还要能爬树，架天线。报务员这行当不是随便抓个人就能干的。

李树鹏不愧是科班出身，报务班主要课程的教材都是他自己编的——他在学校念了五年大学呢，那些课本又多又厚啊，得挑眼巴前就能使唤上的、实用管用的，两个月的培训就能见效的整啊。像统一电键、通讯规则、电台网络、密码、频率、编号都是李树鹏自己编写、自己设计的。很多电台没有整流器，据说当时咱们国家没有专门生产这种电台整流器的工厂，大兴安岭又偏远闭塞，很难买到，他就领着学员们自己动手干。

李树鹏带着他的弟子们，买点铜板，用手摇钻打眼，制作振荡器，设计电源，组装整流器。电讯处的人听说了，专门过来看看究竟，看了都说这样的人才电讯处咋轻易就给放走了呢。据说这事儿都传到林管局领导的耳朵里了，不过人家领导就是有高度，说："他到森警不也是为咱林业防火服务吗？只要森警需要，调过去就没错。"

吉儒穆图分队是最偏远的，防火打火的任务也重，李树鹏就按照于队长的安排经常往吉儒穆图跑。一九六六年春防，永安山一带着火，火点挺多，李树鹏就带着机动台跟着我上火场了。到了前边，树鹏带着一个报务员在一个山坡上架好电台，开始工作，我就带着人到火线上去了。没料到，那天下午的风来回转圈儿地刮，李树鹏一看，电台的位置有危险，就和报务员背着天线、马达、电台赶紧跑。跑到半山腰被火截住了，他俩赶紧点烧隔离带，刚烧了十来米，眼看着火就不容空地卷过来了，他俩赶紧把大衣压在电台上，人再扑在大衣上头，火呼呼地席卷过来，好在事先点烧了一小块，加上风大，火过得快，身上的衣服虽然燎了一下，人和电台算是没伤着。等我见着树鹏，看见他和报务员穿着后背燎坏的衣裳，心里咯噔噔地吓了一跳。

我说："树鹏啊，电台是咱的宝贝，你更是咱的宝贝呀，这要出了事儿，于大队长还不得要我命啊！"

树鹏嘻嘻一笑说："没过过火哪能算是真森警啊，这回应该合格了吧？"

后来我把李树鹏这话学给于队长听，于队长的脸立马就板起来了，他把烟斗从嘴里拿出来，想了想说："这话表面上有道理，听着也好听，但是这可不能成为衡量是不是合格森警的标准，过了火，烧了衣裳就是合格的森警了？这话得好好掂量掂量。"

李树鹏有一次带着报务员骑马过河，结果马驮的电台进水了，上了岸，他赶紧把电台拆开，控净水，把各个零部件都擦干了，再重新安装好。经过这件事儿，他在后来办培训班时，就增加了"电台进水后怎样处理"的内容。

李树鹏在无线电方面绝对能称得起是专家，又是当时部队唯一的大学生，可这人没架子，到了我们分队见啥活都干，撂下耙子就拿起扫帚，上山打火他也跟着干，到瞭望台上检查电话线路时，他就替瞭望员顶一班。用他的话讲"啥架子啊，我就是个农村出来的，林区里当了几年临时工，上大学的时候也总是打短工，和大家伙有啥区别呀？要是有了区别，我爹娘就得先不乐意我"。听出来，这是人家老李家家风好。

我跟树鹏说："你和大家伙还是有区别，你别不承认哪。"

树鹏赶紧问："有啥区别？我哪方面做得不够？"

我说："咋没区别？你走到哪都背着个大兜子，那里头尽是你无线电专业的书，别人谁有？"

他一听仰着脖子哈哈大笑。

我说："你那大兜子里还有什么放大镜、烙铁、钳子、镊子、试电笔什么的，别人谁有？"

我说这话的时候，周围有好几个人，不知谁就给李树鹏起了个外号，叫"李大兜子"。想想这外号并不是贬义，还挺贴切呢，别人当面叫他"李大兜子"，他也"哎哎"地答应。其实李树鹏的兜子里还有一副破象棋，只要有空闲了，他逮着人就把棋盘摆开，缠着你跟他玩儿，烦人的是这小子不认输，要是他输了一盘，那就没完了，非得缠着你赢回来不可，有时两三个月前输了一盘棋，他都还记着，再见到你，就把那盘残局摆上和你理论。大家伙都知道树鹏是个记性好爱较真的人。

在生孩子这个事上，他也较真。那年月没有计划生育政策，有本事你就可劲儿造，谁家都一大堆的孩子。可是树鹏媳妇儿就生了俩闺女，树鹏说："俩闺女挺好，有伴了，到此为止，再不生了。"

95

大家伙都说他："得要个儿子呀，没儿子不断了香火了吗？"

他说："我这一辈儿就吃了孩子多的亏，爹妈吃了多少苦啊，我们一帮孩子想上学都上不起，我可不能养那么多了，我们两口子受累不说，孩子也得不到很好的培养。"

"可是，你怎么也得要个儿子传香火呀。"大家伙都觉得树鹏不可思议。

那年代都重男轻女。树鹏说："我有好几个侄子呢，有他们传香火就行了。"

李树鹏不愧是知识分子，那时的眼光、境界就和现在这年代一个样了。树鹏两口子拿俩闺女当眼珠似的，宝贝着呢。俩闺女也聪明伶俐。可谁知天有不测风云呢，五岁的大闺女小燕子突然得了头疼病。树鹏媳妇儿领着去医院看了看，医生说是神经性头痛，慢慢就好了。医生啥问题没解决，孩子头疼得越来越厉害，而树鹏这时候正在基层搞通信线路维修呢，树鹏媳妇儿又是个不拿事的人，啥事儿都依赖着树鹏。树鹏接到家里的电话，说我这手头上的活忙不开呀，先让孩子吃点药，我过几天就回去了。等他过了几天回去，领着孩子到哈尔滨的医院一检查，是脑结核，已经错过了最佳治疗时间。孩子和树鹏两口子在医院里过了一个春节，就离开他俩永远地走了。树鹏媳妇儿捶胸顿足地哭喊着埋怨树鹏耽误了孩子，树鹏闷着头就是无声地掉泪。小燕子的死对他打击挺大，人一下子就显得蔫蔫了。

转过年是一九六七年的春防，李树鹏在乌玛火场上轱辘了三十多天，总感到腰疼，以为是在山上睡得不得劲儿，硌着了，凉着了，开始并没在意，过了几天又发现了尿血。当时火场上没有医生，连个卫生员都没有，树鹏和我叨咕了几嘴。我说是潮湿着凉了吧，也没当回事，又过了几天，树鹏说他还是连着尿血，而且腰眼子疼得越来越厉害。我想安排他下山，可火场上报务员不够用，他要下山，通讯联络就得误事儿。树鹏说再坚持几天，火灭了再说吧。

等到树鹏下了火场，他对我说："我就不在吉儒穆图停留了，莫尔也不能停，得直接去林海的中心医院，我感觉着不大好呢。"

他这一说，我这才知道他在火场上是咬着牙坚持呢。我赶紧给张大贵打电话汇报，安排人护送他。

到医院一查，立马吓了一跳，大夫说是"双肾癌变晚期"！医生悄悄地对陪着树鹏的人说，这病也就是半年的活头，想啥吃就吃点啥吧。电话里听到这消息我立马就傻了，当时那个火场我是负责的，没及时让树鹏下山我有责任哪，负点儿责不要紧，关键是人命关天哪，头年大闺女走了，今年又出这事儿，树鹏这个家不就完了吗？

听说树鹏转院去哈尔滨上火车的时候，大队长、政委都去送站了，好多机关干部也都到车站来了，树鹏人缘好啊，不少人家的半导体收音机都是他给鼓捣出来的。好几个家属都红眼巴嚓地跑到火车站来跟树鹏告别，于队长气得等火车一开就开嘬，说这没病也让你们给哭出病来了，可把那几个老娘们儿训够呛。

到了哈尔滨走了两家医院也说是那个病，于队长在大队听说了，那么刚强的人也一下子就蔫吧了，没心思想别的事儿了，把正开着的会都停了，一个人躲到办公室吧嗒吧嗒地抽他那个黑烟斗，弄得满屋子的烟。

陪着树鹏去哈尔滨的陈副参谋长和树鹏媳妇儿不甘心哪，抱着最后一线希望，领着树鹏去了省肿瘤医院又拍了张片子，那位握着生杀大权的老医生认认真真地看了片子后极其肯定地说："哪是什么癌呀，这人得的是双肾结石！"

陈副参谋长一把拽住人家的胳膊，盯着人家眼睛问："您说肯定不是？"

"放心吧，肯定不是！"老医生肯定地回答。

旁边的树鹏家属不管不顾"嗷"的一声就号啕着哭了，文词儿叫"喜极而泣"吧？陈副参谋长也流泪了，连声给老医生道谢。

于队长接到陈副参谋长的电话，高兴地跑到走廊里喊："大家伙听着啊，李树鹏得的不是癌！是肾结石！树鹏不是癌！是肾结石！"

但李树鹏还是被医生给开了一刀，他肾里的结石太大了，尿尿已经排不出来了。


自从瞭望台接上了电话，和分队联络方便多了，瞭望员有时寂寞得难受了，就拨个电话和分队的值班员聊上一会儿。可是谁也没想到，这大受人们欢迎的电话机子也给人们带来了意想不到的灾难。

这是一九六七年六月十二日的晚上，李永刚和刘锁柱两个人在峰岭瞭望台上值班。当时天气有些阴暗，还有点儿细雨丝飘飘洒落。他们俩认为这种天气火险低，安全系数高，就钻进他们在瞭望台上搭的简易木板棚子里躺下了。俩人刚刚进入梦乡，就被天边隐隐的雷声给弄醒了。俩人正议论着会不会有大雨呢，突然就有几声吭吭响的炸雷在头顶上劈下来，紧接着就是撕裂夜空的闪电。俩人商量着想到瞭望台底下躲一躲这吓人的雷电，正准备下梯子时，刘锁柱突然发现距离他们不远的西南方向有火光，当他俩仔细观察确定是发生了雷击火时，李永刚说告诉分队有个准备吧。说着顺手就抄起身边的电话机摇起来，这时，一道闪电引来一声更加响亮的炸雷，李永刚和刘锁柱二人顷刻间倒在了瞭望台上。

不知是过了多长时间，刘锁柱醒过来了，他只觉得脑袋瓜子昏沉沉的，懵懵的，全身都疼，右半个身子都是麻的。他咬着牙挣扎了一下，没有爬起来。这时他意识到是遭雷击了。

他用力地大声喊："李永刚！李永刚！"

李永刚没有反应，刘锁柱费劲儿地伸出左手去拽李永刚的胳膊，李永刚还是没有反应。他挣扎着凑到李永刚跟前，看到李永刚左手还紧握着被雷击碎的电话机，他用手试试李永刚的鼻孔，没有一点气息，再细点看，李永刚右耳边上的头发都烧焦了，任他怎么扒拉李永刚，李永刚都没一点反应了。

李永刚死了，被炸雷劈死了，刘锁柱意识到这一点脑袋嗡地一下就昏过去了，实际上雷电劈下来那一刻，炸倒李永刚时，李永刚把雷电也传导到了身边的刘锁柱身上，刘锁柱属于二传，所以没有致命。

刘锁柱再一次醒来后，他透过瞭望台护栏的空隙，看见西南方向的林子里的火已经着起来了，一片火光。电话机已经炸坏了，咋办？他后来告诉我们说，他当时想，只有自己回去报告火情和李永刚的死讯了。他挣扎着站起来，顺着梯子一点点地往下蹭，快要到底的时候，他的脑袋又蒙了一下，昏过去了，待他醒过来时，发现自己躺在山坡上。他又站起来，艰难地往山下走，看见没有石头碴子的山坡，他就就势往下滚，有上坡的山势，他实在没力气攀登，就两只手拽住树根什么的，往上爬，累得不行了，他就像死人一样躺在荒野里。后来他跟我说："奇了怪了，一路上我怎么就没遇到野兽呢？还是野兽看见我那样，给吓跑了？"

荒山野岭，从黑夜到白昼，三十多里山路，刘锁柱用了十多个小时，终于泥头拐杖地回到了营区。这时，分队部这边也已经发现那片山火了，我们给峰岭瞭望台打电话，怎么也打不通，朴正伦就带着人出动了。我带着两个人在家留守。我看见刘锁柱进了分队院子，吓了一大跳，他的衣服已经破烂得没样了，两只手血肉模糊，脸上也是泥糊模的似的。我们把刘锁柱浑身清洗干净了，发现他右大肩外侧和手腕子上有两个烧伤的洞，断定是雷电从他右大臂穿进去从手腕子上出来的。锁柱挺幸运，受点儿伤，没大事儿。等到我带着人赶到峰岭瞭望台，看到李永刚的伤，雷电是从他右太阳穴穿了个洞，从脚掌底下钻出来的，右半边的头发都烧焦了，半个脸都焦黑了。一个抗美援朝战场上归来的老兵就这么的在森林防火瞭望台上牺牲了，他算是森警早期的烈士了。

刘锁柱因为滚爬三四十里报告火情，被评为护林防火模范，一九六七年国庆节到北京参加国庆观礼，受到了毛主席等党和国家领导人的接见。李永刚和刘锁柱的事迹出来后，有很多记者来到森警采访，于队长吧嗒着烟斗跟我和张大贵说："难堪哪，牺牲的烈士值得咱们缅怀，英雄事迹也应该大张旗鼓地宣传，可出这事儿也有反面教训哪。"

李永刚出事儿的那些天，悲伤得抬不起头来的还有朴正伦。李永刚、陈明亮和朴正伦是一块在朝鲜战场经历生死的战友，感情至深。如今陈明亮腰椎受了伤，李永刚又牺牲了，他虽然和我们都相处得很融洽，但他们仨的感情更特别，应该说是更深一层。老朴这个人心肠热、性子直，平常喝点酒好笑好唱，而那些天，他喝点酒就哭，放声地哭，哭得我们大家伙都跟着一块落泪。

# 16

那一年春防结束后，于队长想让刘副大队长带着工作组一个中队一个中队地走，帮着基层分析查找事故隐患，宣讲安全注意事项，特别是要分析一下峰岭瞭望台雷击事件的教训。听说他在大队党委会上刚一提出这个动议的时候，大队齐副政委很快就把话接了过去，说："森警部队出了英雄是光荣的事情，哪能这边宣传着英雄事迹，那边却查找着英雄的缺点毛病呢？普通人都是人死为大，一旦死了，都不能再讲他活着时候的这缺点那毛病，况且是我们的英雄、烈士为了保护国家森林资源英勇牺牲在了战斗的岗位呢。我的意见即或是分析查找事故隐患也不要牵扯到李永刚和刘锁柱，他们的事迹板上钉钉就是英雄事迹，不要端着屎盆子往鲜花上扣。"

于队长眯着眼睛吧嗒着烟斗，他知道这场席卷全国的烽火，已经烧到他的头上了。

一九六七年十二月二十五日傍晚，在吉儒穆图森警分队的屋子里马灯点亮了的时候，随着"虎子"这群狗的吠叫声，一架马爬犁进了分队的院子。我们都迎了出去。定睛一看，爬犁上下来的竟是于队长。

祥子惊喜地喊："于大爷，你怎么来了？"

99

"是欢迎啊，还是不欢迎？"于队长还是那副大嗓门。

"欢迎啊！快进屋，快进屋！"祥子、孟和几个人就帮着提行李把于队长往屋里让。

于队长说："别急着让我进屋"，他一把拉过身后的一个年轻干部说，"这是送我来的李干事，他刚才说他的手指头和脸颧骨有点像猫咬似的，我估计是冻着了。赶紧拿雪来给他搓搓！"

冬天里到处都是雪。八十子就端了一板锹雪过来。于队长摘了手套就在李干事的脸上手上用雪揉搓起来。于队长说："搓热了，你就告诉我。"

大兴安岭林区的人都知道，冬天的时候在外面，会突然感到手指、耳朵、脸蛋或鼻子"滋儿"地像针扎了一下，然后就麻木了，那就是冻了。这时决不能拿热毛巾什么的去捂，而是要以冷克冷，以寒克寒，用冰雪去在冻伤的部位直接揉搓。若不及时处理，就会留下冻伤，再遇到严寒的时候，冻伤的部位就会像猫咬似的难受。于队长给李干事用雪揉搓了一会儿，李干事说热乎了，大家伙这才进了屋。

我们对于队长被运动波及的事儿在先前听说了一些，今天见于队长的帽子衣服真的是没了国徽和红领章，大家一时不知说什么是好。

于队长打破有些尴尬的场面说："我路上就想，今天是祥子的生日，我没记错吧？"

祥子说："是，于大爷你还记得我生日呢。"

于队长说："老树根儿的生日也快到了，是腊七，对吧？"

"是啊，"我说，"不是都在你脑子里记着那吗。"

"你们不怕受我牵连吧？"于队长洗了把脸，靠着火墙子坐下说，"从今天起，我就在你们这住下了，叫监督改造。"

于队长把塞满烟丝的烟斗点上，狠狠地嘬了一口说："不怕受牵连就烫上碗酒，我今晚上要解解乏。"

朴正伦说："于队长这话说哪儿去了，你来咱吉儒穆图分队就是回到家了。"他吩咐祥子去炒菜烫酒。

于队长对孟和说："徐村长在屯子里吧，把他请过来见个面，喝两盅行不？不过呢，你得把我现在监督改造的身份跟他说清了，他要愿意来就来，不愿意来就算了，别勉强人家。"

孟和说他老丈人现在也不是村长了，有人说他在"那边"有亲戚关系，就把他的村长给撸了。现在的村长姓彭了。

于队长说："那就更得把老徐请过来了。这样，八十子，把你老丈人也叫过来吧，一块就都见面了。"

我们知道于队长之所以这样说是顾虑到八十子的面子。

八十子说："我好长时间没到他那边去了，他在不在家我还真不知道，算了，今晚就别叫他了。"

我们都知道为徐有银砍伐木头和打禁猎动物的事儿，于队长曾经给过徐有银难堪，祥子也和徐有银闹过不痛快。

八十子和荷叶结婚之后的当年冬天，我们分队在山里搞拉练的途中，发现徐有银领着几个人在林子里伐木头，都是直径五十厘米以上的大树，按规定砍伐这样的木材是需要审批手续的，要有林业部门的准伐证。我们到跟前一盘问，啥手续也没有。

徐有银见是我们，口气挺大，说："要啥手续呀，我伐点儿木头就是想给八十子两口子盖栋新房子，也是给你们森警减轻负担。"

八十子站在那脸红脖子粗地嘟囔说："谁说让你们给我盖新房子了，事先也没听你说过呀。"

于队长看出门道了，对八十子说："这事儿就你们爷俩自己处理吧。我们走了。"

八十子和老丈人大吵了一架，愣是把他老丈人几个人给撵走了。还有一次，于队长的狼狗虎子在一个雪堆里刨弄出一只大狍，狍属于禁猎动物，于队长顺着雪堆边的马蹄子印儿找到了徐有银家。于队长为了不让徐有银难堪，没有当面对质他，我们把狍抬回了分队。于队长让八十子私下里找他老丈人谈谈，不能再干这盗猎的事儿了。听说翁婿俩人又是吵了一架，八十子是气哼哼回到分队的。为这两件事儿，不仅咱森警分队和徐有银的关系疏远了，就连八十子和他老丈人的关系也整得挺僵，徐有银骂八十子吃里爬外，八十子气得顶撞徐有银说，你老人家要总干这让我下不来台的事儿，就别让我给你当姑爷了。虽然徐有银是这么个人，但他家的荷叶人不错，对八十子挺理解，就是夹在中间受点夹板气。两口子的关系倒没受太大影响，八十子说荷叶性格随她妈，是个通情达理的人。

祥子来分队后也和徐有银遭遇了一次，更加深了咱森警和他的裂痕。

有天晚上朴正伦半夜里胃疼得难以忍受，好几个人都翻腾不着治胃疼的药

101

来，朴正伦让祥子去徐村长家去找，兼着赤脚医生的三凤保管着一些应急药品。那天晚上，孟和没在分队住，回家搂大凤去了。祥子走过三家宅院，向右一拐，就看到徐村长家的房子了，这时有狗在狂吠，紧接着像是被主人呵斥的缘故，刚才狞厉的吼叫突然变得委屈似的哼唧了两声就没了声音了。这时，祥子借着月亮光看到一匹马闪进了徐有银家的院子。马肯定是有人牵着，但这人却被马挡着了。

"是徐有银吗？这么晚他干什么去了？"祥子起了疑心。

徐村长和徐有银两家挨着。祥子没有直接去徐村长家，而是又绕了一栋房子，悄悄来到徐有银家院子外面。他发现一个人正把从马背上卸下来的一个挺大的动物往仓房里扛。

"不对呀，"祥子想，"今晚在村部里开防火宣传会时徐有银也在呀，他什么时候又去打猎了？"

祥子想干脆一不做二不休，抓个现行，比过后他不认账了强。于是他干咳了一声，隔着杖子大声喊道："喂，这大半夜的干啥呢？"

里面没人答话，祥子干脆就直接去推那杖子门，那人牵着马进院子，没来得及抽出手来插门，门一推吱扭一声就开了。祥子三步并作两步走到那个扛着猎物的人跟前，拿手电筒一照，这个人没见过，不认识。这时，徐有银家的狗又汪汪地叫起来，狗认识森警队人的警察服，它不咬祥子，而是冲着那个扛着猎物的人叫。

徐有银这时从黑影里出来了，他冲着祥子嘿嘿两声说："是祥子呀，这么晚有啥事呀？"

祥子说："徐连长，我是路过这儿，看见这个不认识的人半夜三更闯进你家院子，我就跟过来了。这个人你认识吗？"

"嘿嘿"，徐有银挺尴尬地说，"这人是我过去认识的一个猎民，这不是太晚了吗，他到我家借个宿。"

祥子拿手电筒照着那人肩上的猎物说："呀，这可是头犴哪，是禁猎动物。"

徐有银说："我还真没注意他扛的是啥，就是犴也没事，他是鄂温克猎民，有打犴的指标。"

祥子说："要不让他先扛到我们森警分队去，等天亮了，到底咋处理再说。"

徐有银哈哈笑着说："祥子啊，你还真是年轻啊，还把这事儿当事儿了。这样吧，这也半夜三更的了，先别折腾大家伙了，等天一亮，我就让他和八十子把这猎物扛到你们森警去。"

祥子想了想也就同意了。没想到的是,第二天天亮以后,徐有银领着个猎民扛着个狍子到分队来了。因为半夜里头祥子拿了药回来,就把遇到的情况跟我们大家伙说了,大家伙都等着送狋呢,谁知送来的却是只狍子。祥子立马有点急歪了:"不对呀,你昨黑晚扛的是头大狋,咋今天变成狍子了,要是狍子我还能让你们送到分队吗?"

徐有银说:"昨黑晚我困得迷迷瞪瞪的也没细看,今天天一亮,我看看就是只狍子。狍子我也得给你们送过来呀,咱得讲信誉是不?"

这把祥子气得呀,脸红脖子粗地说:"讲信誉?徐连长有你这么讲信誉的吗?你这是耍着我玩儿呢,我昨黑晚打着手电筒照着,明明看着是头大狋,也说了狋是禁猎动物,你还说鄂温克猎民有打狋指标,这话音还在耳朵边呢,咋就都变了呢?"

那个跟着徐有银的猎民哑巴似的一句话也没说。

朴正伦说:"行了,就当是我们祥子看错了,你把狍子扛回去吧。"

祥子争辩说:"我看错什么了,我是看错人了,没想到民兵连长竟会是这样的人!"

八十子在一边儿也是没说一句话,可是脸上羞臊得也变成酱紫色儿了。

为这件事儿,祥子窝火了好几天,也是从这件事儿开始,徐有银和祥子再见面都是不冷不热的了。

再回过头来说,孟和去叫他老丈人徐家辉了。趁于队长出去解手的空,李干事对我们说:"大队机关有好些人都替于大队长鸣不平呢。也有人偷着让我转告你们,别为难着于大队长。到莫尔时,大贵中队长还特意带上来一桶酒给大队长喝。他想送于队长上来,可是齐副政委特意给他打电话,让他去葛根参加个会,好像明摆着是不让他到吉儒穆图来。大贵中队长嘟嘟囔囔的挺不高兴。"

老朴说:"你这么说不怕受连累呀?"

李干事说:"于大队长为人仗义,他在位时对我也不薄,我咋能落井下石呢。"

八十子说:"凭你这几句话,可交!"

说着话,于队长进屋了,后脚跟着,徐家辉也来了。

徐家辉的狗皮帽子还没摘,于队长上去就给了徐家辉当胸一拳头,笑着说:"老伙计,你这村长的乌纱帽子丢了,狗皮帽子倒是戴上了!"

徐家辉也哈哈地笑着说:"你平时不是总想管着我吗?怎么这回把乌纱

帽也给整丢了？"

徐家辉拎来了一块狍子肉，两条鱼匹子，祥子他们做了炒土豆丝、炒黄豆芽、拌白菜丝，酒菜就摆上来了。老朴一看摆到桌子上的是五个菜，吩咐祥子再去掂对一个。大家伙知道，在东北一般招待客人的菜都要是双数，四个、六个、八个或者十个、十二个，如果是单数，那是不礼貌的。

祥子端上来的是肉丝炒卜留克咸菜。卜留克是俄语，应该跟萝卜是一个科的，但它的形状是扁圆的，淡黄色，有大海碗那么大，能生着吃，嚼着脆生。但人们多数是腌咸菜吃，也有把它煮熟的，味道偏甜。

祥子端着炒卜留克咸菜上来，我们已经开喝了。祥子不喝酒，坐在那儿听我们说话。

于队长说："我在林管局被关了一阵子，喝不上酒实在是憋得难受，我就申请到医务室去看病。我到医务室跟那个小女护士要了一瓶子酒精，回来兑了一点儿水喝了一大半。没承想，我还没喝完呢，专案组的人要提审我。我担心酒精味让他们闻出来，那可就害了人家医务室的小丫头了。还真就是急能生智。我把酒精棉蘸满了剩下的酒精就塞到耳朵和鼻孔里了，提审的人问我怎么了，我说发烧，正降温呢，这一招还真管用，蒙混过关了。"

徐家辉说："你这叫老奸巨猾。"

"哈哈，"于队长笑着说，"别管是奸是猾，反正你们那点违反章法的事儿没瞒过我的眼睛，都给你们抓了现行。"

徐家辉笑着用手指着于队长说："哈哈，那你不也照样被撸了吗？"

"你先别得意，就是撸了也要到吉儒穆图来看着你！"

我看着于队长的乐观精神，憋闷了很久的心好像亮堂多了。

朴正伦插嘴说："这么长时间还头一回见徐村长这么高兴呢。"

徐家辉喝了口酒说："和于队长俺们是老交情了，不能人家乌纱帽给撸了，俺就变脸，是不？等有一天，他的问题彻底查清有结论了，定下来确实是反革命了，俺再和他变脸也不迟，你们说是不？"徐家辉说着，看看老朴又看看李干事。

祥子可能被感动了，他给自己倒了一点酒，端起来说："我从不喝酒，但今天我要给于大爷和徐村长敬一杯！"

于队长只在分队部住了一个晚上，第二天就让祥子陪着他去吉利毛斯外站住。于队长说他住在分队对我们开展工作不利，他还是去更偏远一点的地方猫着为好。

朴正伦坚持让我也跟着于队长一块去，我知道这是老朴对于队长的情谊。到了吉利毛斯，于队长每天都不闲着，劈柈子、烧炉子、扫雪、拉冰化水，有时还上灶做一两个菜，也和我们一起去检查山上的采伐点采伐作业情况，不过，像执行这样的任务，于队长都是穿着皮大衣，戴着风雪帽的，人们看不出他的身份，他也很少说话。如发现了问题，他就悄悄地告诉我们。老朴和徐家辉都来吉利毛斯看过于队长，张大贵也专程来过，我们凑到一起喝酒唠闲磕，不怎么说政治上的事儿。

# *17*

一九六八年春节后的几天，大队来了电报，说恩和劳改农场有八个犯人越狱逃跑，他们手里有两支从警察那抢的冲锋枪和少量子弹。有线索表明，这几个越狱犯已经逃到了乌玛一带，可能有越境的企图，要求吉儒穆图森警分队配合解放军和公安警察在国境线一带开展抓捕行动。紧跟着，公安局的和军分区的几个人专程来到吉儒穆图，进一步给森警和民兵连布置具体搜捕任务。

大兴安岭山深林密易于藏身，额尔古纳河沿岸又是很长的一段边境线，虽然有解放军的边防部队巡逻，但空白点还是有的，眼下正是冰冻季节，他们完全可以从冰封的江道上跑过去。

于队长听了我从分队领回来的任务，"吧嗒、吧嗒"抽了几口烟斗说："越狱逃犯都是亡命徒，凶残得很，他们的子弹虽然不多，但你们也得倍加小心。"

平心而论，我是真想让于队长和我们一起行动，我想朴正伦也一定会这么想，可是，又不能让他参加，凭于队长现在的身份执行这样的任务是不合适的。于队长和我们心里都清楚这一点。

于队长对我说："这样，我不跟着你们队伍行动，我就在家看家。"

我让祥子在家跟他做伴。

森警分队与民兵连混编了两支队伍在夜里就沿着边境线展开搜捕了。

到了夜里，西北方向连着有两颗绿色的信号弹"腾腾"地升起来。有信号弹，也并不一定就能说是我们的搜捕对象放的，有很长时间了，在边境线上经常有信号弹升起来。解放军边防部队侦察过，并不是有人现场打的，而是那种定时的信号弹。但是这个晚上的信号弹却令人感到格外地诡异。

我们在山里头拉网式地搜捕了三天两夜，在一个石砬子下面、一个窄小的山洞里面和一个马架子里分别围住了这八个逃犯，有两个反抗的被当场击毙，其余的逮捕归案，送交给了公安机关。

我参加完搜捕任务，回到了吉利毛斯。一天趁祥子不在，于队长跟我学了一段他和祥子在家时的对话。

那是大家都出发去抓捕逃犯的那个上午，祥子给于队长的大搪瓷茶缸子泡了一块砖茶，递到于队长手上说："于大爷，我有个事儿一直憋在心里头，今天就咱爷俩了，你能不能跟我说说？"

"什么事儿这么神叨叨的？你留下来就是想问我话的呀？"于队长点燃了烟斗，慈眉善目地看着祥子。

祥子说："于大爷，你能不能把戴在你头上那几顶帽子的事儿跟我说说，我这一天天的都憋闷死了。"

于队长听了哈哈大笑，说："傻小子我看出来你对我有怀疑，可感情上又过不去，是不是？"

祥子说："论感情，我把你当作除父母之外最近最亲的人；论崇拜，你敢作敢当的豪气，对人的仗义和在工作上的套路都是我最佩服的。可我不明白，你怎么就给打倒了呢？"

于队长嘬着烟斗对祥子说："你爸牺牲后的这两年多，你成熟多了，肯吃苦，有文化，爱动脑子，听着大家伙说你有出息，我打心眼儿里高兴。这次我被送到吉儒穆图来，这么长时间过来了，我仔细观察你，觉得你小子还真是块料，工作上、对我的感情上、和大家伙的关系上，分寸拿捏得都挺到位。就我来的第一天晚上，你这不喝酒的人能敬徐家辉一碗酒，把自己碗里的干了，就让人觉着你小子是个重感情讲义气的人，徐家辉对你那一碗酒能记一辈子。"

祥子说："于大爷你先别夸我，我就是想听听你那几顶帽子的事儿。"

于队长说："我不是夸你，是说你没在我一进门就问我，我就觉着你小子还有点深沉，不是那种浮精的人。我现在就从第一顶'走资派'的帽子给你说。

祥子问："那你走没走资本主义道路啊？"

于队长说："不敢说我是打下社会主义江山的功臣，可我和你爸爸也是

106

为打这江山流过血出过力的，解放了东北还没剿完匪呢，我和你爸爸，你大贵叔、玉国叔、老根儿叔就当了森警，为了保护大兴安岭，冬天爬冰卧雪，夏天穿山蹚河，春秋两季是风里来火里去。你说我走的是什么道路啊？第二顶是'以业务训练冲击政治'的帽子。他们说我一提拔到大队就大叫大嚷地搞业务训练，今天练腿，明天练眼的，政治学习都被我给冲击掉了，政治上不挂帅，道路上还能走对吗？祥子，这抓业务训练的事，你经历了，你说抓得对还是不对？"

于队长没等祥子答话就把烟斗在鞋底子上"梆梆梆"磕了几下，说："第三顶帽子是'小军阀'。说我带兵好训斥人，有时还骂人。这一点我承认，我觉着当兵就要讲个勇敢，讲个利落，讲个雷厉风行，一看见那些个干起事儿来黏黏糊糊的，碰到点难事儿就畏畏缩缩的，我就气不打一处来。要说我工作方法简单粗暴，我认账，要说是小军阀，我觉着是说大了，是扣大帽子，我这比芝麻还小的官儿哪能配说是军阀呀？第四顶帽子是那个'虐待枪杀俘虏'的事儿，这事挺麻烦，你可能也听说了，大贵、老树根儿、玉国都写了证明材料。毛主席的《三大纪律、八项注意》其中一条就是不虐待俘虏，而人家说我既殴打俘虏又枪杀俘虏。那年我和你爸爸、大贵、老树根儿他们剿匪，在外头的被我打死了几个匪徒，大家伙把山洞包围了，跟匪徒们喊话缴枪不杀，结果他们刚喊着说要缴枪，却又冷不丁地往外扫射，老树根儿差点丧命，我不下令往里扔手榴弹还留着他们哪？再一个对他们的情况我们早都摸清了，有没有活口没啥价值了。我们押着三个俘虏往山下撤时，那个土匪头还算计拉着和我们同归于尽，大贵就给了那个匪头一枪托子。但是匪徒们把这一枪托子记到我头上了，记就记吧，我也就不申辩了。"

——后来给于队长平反，专案组的人找我们进一步核实情况，我们才把这事儿弄清了，原来是那三个俘虏每个人的交代材料里，都说了于耀武下令扔手榴弹炸死俘虏，还用枪托子打他们，逼着让他们三个蹚地雷的事儿。运动一来，有人把他们的交代材料翻出来，把罪状按到了于队长的头上。

于队长盯着祥子的眼睛狠劲嘬了两口烟斗说："这第五顶帽子是最沉的，叫'历史反革命'，按理说，够进笆篱子的了。可这事儿我给组织上汇报过，现在沈阳军区的一个首长当时就是我的领导，出面给我证实了，我才没进去。帽子没摘，叫待审查，就给送下来监督改造了。

祥子问："你说的是参加革命前的那个事儿吗？"

于耀武笑了一下，对祥子说："刚说你有分寸你还真是，我不说'胡子'这两个字儿，你就不说出来。祥子，按说这事儿你的爸妈都能说清楚，可能因为你还小，他们就没跟你说。我和你的爸妈是一起长大的，我比他们大几岁。在咱们屯子和左右屯子里，有几个地主老财把左右屯子的田地、水塘都霸占了，穷苦老百姓只有给他们打长短工的分儿，特别是那几个恶少一天到晚地找碴子欺男霸女。我和良子几个有血性的半大小子看不惯就和他们斗，结果人家有枪，我们的一个伙伴被打断了腿。后来我投奔了一个武艺高强的和尚，跟他没黑没白地练武功。功练得差不多了，我就告别了师傅，回来教良子他们。这时，那几个地主恶霸家里也养了团丁，动不动就把不服管的穷小子们抓起来整治一番。毛主席不是说压迫越深反抗越重吗，还真就是这样。让他们欺负的真是没活路了，我们几个就策划着反了吧。我就设计夺了一家的枪，然后又拿着这几条枪夺了那两家的枪。我怕他们和县上勾结，把那几个恶少狠狠地教训了一番就领着人上了山了。说实话，咱不是'胡子'呀，没欺负咱的，咱也不能去打家劫舍呀。我和大伙商量，咱们有枪了，打小日本儿吧。我们是没经过训练的武装，打了两次小日本儿，我们自己都有伤亡，也没得到啥战利品，生存上就困难了。这时，东北抗联领导下的县大队知道了我们，就来要收编。我们听说他们既是保护穷人的又是打小日本儿的，我们就跟着县大队了。我参加县大队时就把夺枪整治恶少和上山打日本儿的事说了。县大队的人都知道这件事儿。当时的县大队的队长就是现在的军区领导。"

祥子问："那我爸参与夺枪了吗？"

于队长说："夺枪他参与了，上山的时候，他和你的爷爷投奔了在外乡的一个亲戚家。等到我们参加了县大队，他也后脚跟来了。从这时起，我们就是打小日本儿的抗联战士了。我们上山了不假，可我们一没抢二没盗，怎么就说我们是'胡子'了呢？这打小日本儿也有罪？"

"梆梆梆"，于队长控制不住地在鞋底子上磕着他的烟斗。

祥子愣着神儿听于队长说了一上午，他两只手捋着头发，捋过来捋过去地捋了几遍，说："于大爷你说的句句都是真？"

从打挨整，于队长就烦乎别人审问似的问这个事。这会儿他对祥子一句一句地盯着问，心里头就不高兴，听了祥子这个话，火气一下子就蹿上来了，"啪"地一下子把茶缸子墩到了桌子上，吼了一句："啥？你不信？你这是审我呢？"

于队长说，这么多年他还是第一次跟祥子发火。祥子是彻底懵圈了。

其实，良子、大贵、玉国、锁柱和我都知道于耀武跟和尚学武艺的事，也都知道于耀武拉杆子上山的事，良子知道得更细一些，虽然那时候我还小，但我也记事了，当时我们那周围几个屯子的人都知道给他编的那首顺口溜。后来他带的那些人被县大队收编，良子、大贵、锁柱、我的叔伯哥还有我和魏玉国也陆续地投奔他了，我和玉国是最晚参加的，不过我们很少谈论于耀武拉杆子上山那段往事儿。

还有一件事儿我们也几乎没怎么再提起过，那就是于耀武实际上和良子的媳妇儿杨桂月打小在一个屯子的时候是要好的。

于耀武、仲友良和杨桂月算是发小，杨桂月小几岁，是属于在他们后面甩着小辫屁颠屁颠跟着跑的。因为于耀武在家排行老五，良子和杨桂月都叫于耀武"五哥"，他们整天在一起玩儿，到长大一点儿了，于耀武和杨桂月相互间就产生了爱慕的意思，连家里的人也都知道了，两家大人也都认可。后来于耀武拉杆子上山、又参加县大队，后来又跟着队伍到处转战，就没回过家，家里对他是死是活也不知道，那时候都这样，我们出去以后和家里都音信不通，没法联系。

抗战胜利后，于耀武回了趟家里，一个是看爹妈，再一个也是见杨桂月，可是他没见着杨桂月，说是于耀武参加队伍走后，一个汉奸翻译官相中了杨桂月，定下了日子要娶她，可就在要来娶她的头两天夜里杨桂月却突然失踪了，她家里人也疯了似的找，找了好几天也没找到，有人说杨桂月投河了，因为人们在河岔子里找到一件杨桂月的衣裳，可是却没找到尸首。也有人说杨桂月是投奔于耀武去了，但只是猜测，没啥证据，反正一个大活人就这么无影无踪地没了。那个翻译官气得把先前送的彩礼又要回去了，还在杨桂月她爹妈家的门前大骂了一场。于耀武一回来说要见杨桂月，人们才确信她没去投奔于耀武，也就信了投河的说法，不过，那已经是杨桂月失踪很长时间的事儿了，和杨家来往少的人们对杨桂月已经淡忘了，只是又惹得桂月的爹妈哭天抹泪地闹腾了好一段日子。原来杨桂月的爹妈背地里还总是想着他们的闺女是找于耀武去了，这一看于耀武回来并没有自己闺女的身影，心里头彻底凉了，那哭声比先前失踪时要绝望得多。

于耀武是个心肠软重感情的人，他在杨桂月爹妈面前磕了头，认了干亲。于耀武回到部队后和随队的医生曹丽结识相爱，订了终身。可是天下总是无巧不成书，就在一九四六年秀水河子战役后，于耀武负伤住在战时医院，仲友良来看望他的时候，他们意外地看到了路过医院的支援战场民工队里的杨桂月。这三个发小意外相遇，真是悲喜交加，他们也不管男女有别了，三个发小哭着笑着抱成一团，等到他们清醒了冷静了，于耀武才想起问杨桂月失踪后的情况。

　　原来，杨桂月在于耀武走后心里一直惦记着他，盼着他早点归来，这中间也有几个给她来说媒的，都被她给辞掉了，有知情的邻居就说，人家老杨家的闺女是定给那个老于家的老五了。对于这说法，桂月的爹妈并不敢公开承认，因为，很多人都知道于耀武拉杆子上山了，在当地那就叫"上山当胡子"，"胡子"和"土匪"可是画等号的。人们要是一听说谁谁是"胡子"，都唯恐避之不及。后来家里知道于耀武参加县大队了，知道是打小日本儿的，走的是正道。但是这也不敢公开承认，小日本儿像拉锯式的经常到屯子里来扫荡，要是知道和于耀武的这层关系就没好果子吃了。不承想，那个翻译官跟着小日本儿进屯子一眼就相中杨桂月了，第二天就送来了彩礼，说下个日子就要八抬大轿来娶。杨桂月也是个烈性的女子，死活不同意，就在正日子的头两天夜里，她就夹个小包袱跑了，她也没敢告诉爹妈，怕他们万一拦着她，她就没活路了，她先是跑到河边扔了一件自己的衣裳，做个投河的假象，然后跑到大庄稼地里藏了一天，听到爹妈弟妹们喊叫她，她死活也没应声，到了夜里，就蹚着庄稼地里走，饿了啃几口生玉米，渴了趴在水洼子喝几口，就这么越走越远。等她敢走大路了，她就跟人打听哪有打日本儿的队伍，她的目的就是要找到于耀武。后来她参加了支前的民工队伍，给伤病员抬担架，洗药布，啥活都干。

　　杨桂月感慨地说："不承想老天有眼，这辈子还真遇上了你们。"

　　听了杨桂月这一番述说，良子被她对于耀武这种舍生忘死的真情感动得说不出话来。于耀武一边听着杨桂月的述说，一边吧嗒着他的黑烟斗，良子后来对我说，他当时都能看出于耀武内心深处像开锅的水一样咕嘟咕嘟的。杨桂月把她的话说完了好半天，于耀武也还是滋滋有味地嘬烟斗。良子说他猛地想起，于耀武现在身边已经有了曹丽，这又突然冒出来了杨桂月，五哥该是咋办呢？

　　其实不用担这个心，于耀武是个处事喀里喀喳的人，越是大事越不磨叽，越有主意。于耀武把烟斗在鞋底子上磕嗒磕嗒，就让护士叫来曹丽和杨桂月见了面，唉，我现在都能想象出来杨桂月那会儿心里头是啥滋味，那脸上是啥表情。杨桂月要跟着民工队伍走，于耀武却坚决不让，坚持要杨桂月留在医院里当护工，杨桂月知道自己的角色不好留下来还是坚持要走。

于耀武把他的黑烟斗梆梆梆地在鞋底子上磕嗒来磕嗒去，沉了好半天脸，才发话："咱几个，你们把我当哥看吧？我今天发个话你们听不听？"

良子和杨桂月虽然不知道于耀武要说啥，但他们不能说不听，他们打小就听于耀武的话，让干啥就干啥。良子和桂月包括曹丽都愣怔地看着于耀武。于耀武这会儿较了真儿，又重复一遍："你们说，我的话你们听不听？"

那俩人点点头，良子跟我说当时曹丽都跟着点了头。

良子说："五哥，啥时候不是都听你的，你就说吧。"

于耀武又问："小月呢？我上次回家认了你爹妈做了干亲，我就是你亲哥，我的话你听不听？"

杨桂月当时是蒙着呢，见到于耀武和良子就是意外，见了曹丽，更是意外。杨桂月机械地点点头说："听。"

于耀武说："好，你们都说听我的了，今天当着曹丽的面，我当哥的就做个主，良子和小月你们俩做夫妻吧！"

于耀武这话一出，良子和杨桂月都脸红脖子粗的不知怎么着才好。良子和杨桂月这对发小，彼此了解得也很深，感情也很好，但是因为有于耀武中间隔着，他们之间的感情纯粹是玩伴的友情，这会儿，于耀武突然说出这句铁锤砸钉子的话，令他俩不知所措。俩人都低了头说不出话来。还是曹丽冷静些，曹丽打圆场说："耀武，我看还是让他们各自都想想，明天再表态，好不好？"

于耀武坚持说："都知根知底的，有啥可想的，我看着最合适不过了。"

曹丽拉着杨桂月的手说："妹子走，我先给你安排下住处。"说着，她扭头朝着耀武眨眨眼睛。曹丽他们走了，于耀武对良子说："良子，你是不是因为我和小月过去的感情觉得别扭啊？现在我俩没那层关系了，我们是兄妹关系。"

良子深知于耀武和杨桂月的感情很亲近，但他也知道他们之间感情是纯洁无瑕的。良子憋了好半天说："桂月指定是个好闺女，可让我一下子转个弯，有点转不过来呀。"

于耀武说："转啥弯？小月一个闺女家流落在外好几年不容易，不能让她再没着落了，可是我这边有了曹丽，我不能对不住人家，你就和小月结合了吧，对她对你，我就都放心了。"

就这么着，良子和桂月就成了两口子，日后他们像敬着亲哥哥一样敬着于耀武。两家的来往也相当密切。

# 18

那一天，于队长带着苦涩的口气对我说，他怎么也没想到祥子对自己那几顶帽子会那么在意，特别是对自己"上山"的那段历史竟是那么不信任，那质疑的眼神好像真把自己当成"胡子"了。

我和于队长以前没太聊过他和祥子的关系，但我知道他对祥子有一种特别的亲近，特别是良子牺牲后，祥子当了森警，于队长看着他的眼神都流露着一种视如己出般的慈爱。我对于队长说："正是祥子对你有特别的亲近感，他才对你那段历史那么在意，他才会打破砂锅问到底。"

于队长吧嗒两口烟斗说："老树根儿学会讲辩证法了。"

没想到，祥子质疑于队长那段历史的事过去没多长时间，就轮到于队长质疑祥子了。

进入秋防，我们开始每天进行巡护。

这一天，我和祥子正骑着马沿着额尔古纳河边往山里头走。两匹马已经搂起沟来了，速度很快，前边树林子里突然蹿出来一头黑瞎子，"青子"一个激灵卡了前失就把祥子甩下马来，而"青子"那天也犯了邪门，像是受惊了似的，一跃而起蹿进了额尔古纳河里，任我们怎么叫，"青子"就是不回头，眼看着就过了河中心，过了河中心就是过了国界。

祥子急得直蹦高高。他说："咋整？开枪打？"我看出他的不忍心。

我说："不行，这边境线上一千米之内都不让打枪，更别说是这么近的距离冲着对方打枪了。再说要是马被打伤了，还不得在河里淹死啊？"

这几年，两岸的关系越来越紧张，江对岸的山坡上密布着暗堡，他们的瞭望哨时刻都在盯着我们，一旦有风吹草动，对方就会有反应。

"青子"很快就上了对岸，有十几个苏军呼啦一下子从暗堡里冒出来，叽里咕噜地喊着，"青子"很快就被他们套住了。我俩朝对岸连喊带比画，意思是让他们把马放回来，对方也明白这个意思，可是却嘻嘻哈哈地笑着把"青子"牵走了。

实话说，我俩是傻眼了。我说："咱们赶紧回去给队上报告吧！"

回到吉利毛斯，把情况一说，于队长就问祥子："'青子'身上有你的啥东西没有，特别是有没有文字材料什么的？"

祥子说："我的一个军用挎包挂到马鞍子上了，挎包里有点干粮，有洗漱用品、一个笔记本、一个日记本。"

于队长问："那笔记本和日记本有没有涉及秘密的？"

祥子说："没有，笔记本上只记了一些政治学习的笔记，还有一点学习体会，没有秘密的东西。日记本里也没有涉及政治方面的事儿，我不怕他们看。"

于队长不放心，再一次问祥子："你跟我说实话，你那日记里有没有对党和国家不利的话？有没有对组织上的牢骚话？"

祥子急急歪歪地说："绝对没有，你咋能不信任我呢？我咋能写对党和国家不利的话呢？我对组织也没有不满啊？哪来的牢骚话？"

于队长说："祥子，咱可把这话砸死了，要是没有啥把柄可就烧高香了。"

我们赶紧把这个情况通过电台报告给分队的朴正伦。老朴也立马逐级上报了。

上级的指示很快就来了，重点也是了解祥子笔记本和日记本的内容，同时通知我们把祥子带到吉儒穆图临时行政看管，理由是防止他因思想压力大出现意外情况。于队长不放心，他也跟着我们下来了。这时候，森警部队已由军分区代管。正在边防团的分区工作组很快就赶过来了。

祥子在一个单间里关着，门外上了锁。据说边防团在准备和对岸会晤，上级也做了苏方拿着祥子日记说事儿的相应准备。

第三天的中午，对岸几个军人朝着这边的几个村民喊话，村民里有两个华俄混血儿能听懂俄语，知道他们是叫中国的警察听话。苏军把中国这边的情况摸得很清楚，谁是解放军、谁是森警，他们都分得很清楚。据说这边的军警人员在他们那都建了档案，有照片，有职务，包括哪一个人多长时间不见了，他们都有记载。有时上边来了领导，只要他们观察到，都会记录在案并进行分析。

朴正伦和我们几个人很快赶到江边。那边的喊话说："你们的马我们现在就给放过去，以后再不能发生类似的事了。"

一个村民把俄语给我们翻译过来，老朴说："告诉他们先把马放过来，连马带过去的所有东西都别落下，其他的事儿好说。"

这时，就看见一个大个子苏联兵把"青子"牵到江边，我们就大声地喊：

"青——子！""青——子！"马是能听懂话的，同时既认人也认路，特别是这边还有我们的马，"青子"像见到亲人似的"咴咴"地叫着下了河往这边跑。待"青子"上了岸，人们看到军用挎包还在马鞍子上挂着呢。解开湿漉漉的挎包，祥子说的几样物品一样不少，他的笔记本、日记本和一盒火柴是裹在一个油布包里的，一点也没湿，我们在深山老林里经常风吹雨淋涉水蹚河，所以我们都有把挎包里的东西用油布包裹起来的习惯。看来对岸的人还算讲究，肯定是打开了又给原样包上了。

回到分队，还没有给工作组汇报，于队长就悄声地跟朴正伦和我说："趁着笔记本和日记本在咱们手里，你俩抓紧翻看一下，看看到底有没有啥政治问题，咱好做到心里有数。"

我和朴正伦抓紧时间看了一下祥子的笔记本和日记。笔记本里记的都是政治学习的内容，没啥可挑剔的。可他的日记就有些繁杂，我和老朴归拢归拢，除日常工作学习内容之外的，感到不托底的大致可以分成三个方面：

一是祥子在日记里多次写到他对爸爸的死因充满疑惑，他之所以放弃学业，毅然来当森警，就是为着解开这个疑惑而来的。他的这个入伍动机并不是"为保卫国家报效祖国而当兵"的主流语言；

二是在祥子刚参加森警时写了很多咱森警执勤条件如何恶劣、生活环境如何艰苦方面的事，虽然没有不满的言论，但这种实话实说，我们担心会被人抓住把柄。例如，有这样几段：

……

今天练习骑马时，又被"青子"给摔了下来，摔到地上"咕咚"一声，心肝肺好像是马勺里炒菜一样被颠翻了。"青子"收住脚站下了，低头看着我，我气得真想拿马鞭抽它几下，可是我不能，这是爸爸的马……我疼得躺在地上好半天没有动，看着蓝天，看着白云，突然想起我的那些同学们，此刻他们正在教室里琅琅读书还是在操场上嬉戏？他们是多么的幸福啊，而我却远离了学校，远离了同学，远离了理想，而孤身一人在这深山老林里……，唉，这就是命运吧？运者，命也。

……

和老根儿叔他们长巡已经是第八天了，每天风餐露宿，啃窝头，喝山沟子水，脸皮皱得起了皮，嘴唇裂出了口子，因为整天在马上，大腿里子都磨破了。

　　……

　　万没想到，今天骑马过河时，拴在我马鞍子上的干粮袋子竟掉进了河里，当时还不知道，等到发现时，全都晚了，湍急的河水早都把干粮袋子冲没影了。我面对着老根儿叔他俩只有歉疚，可是歉疚当不了干粮，晚上就没吃上东西，接下来该咋办呢？

　　……

　　好长时间都没有车上来了，看不到报纸和信件，在这里过着与世隔绝的日子，白天看林子，晚上数星星……

　　……

　　天下三百六十行，森警这个职业可能是最苦的一行了……

三是写了一些三凤和他交往方面的情况。例如：
　　……

　　徐村长的小女儿三凤在吉儒穆图算是有文化的年轻人了，我们见面聊聊天，能说到一块去。她赞同我把村民的柴火垛搬到岸边的建议，她还为这个建议没实现跟她爸徐村长抱怨呢。她在学校里出了两块黑板报，竟兴奋地拉着我去给她指导。她的字和画还有版式设计真不错，我夸奖了她两句，她竟绯红着脸直劲盯着我看，孟和说这个屯子里的姑娘们都开朗大方，还真是这样。

　　……

　　今天有车上来，接到一厚沓子的信，像过年一样让人高兴。正在看信时，三凤来了，最近她总到分队来，说是找我请教教学上的事，看出来，这是她的借口。她盯着我铺头上的信封，竟辨认出有几封信是女同学的笔迹，还真让她猜准了。没想到，她的眼睛竟流露出嫉妒的神色，话里话外地问我这几个女同学的情况。我的女同学和她有啥关系呢？

......

晚上正在看书，三凤来了，凑到我跟前问我看什么书，她的长辫子竟搭在了我的手上……

......

今天在江边看书，三凤竟找过来了，她说她是散步过来的，我看不像，其实她是特意找过来的。她说她的爸爸村长被撤了，她的心情不好，挺苦闷。我劝慰了她几句，她的眼睛里竟溢出了泪水，我看着心里也挺不好受的，不知该怎么办才好。我俩四目相对着……

我们把日记里不托底的大致内容悄声告诉给于队长，他叼着黑烟斗，也不说话了。

尽管心里没底，挎包也不能总放在我们手里。我们很快就把它交给了工作组。工作组传达上级回电：对仲文祥继续看管，并立即派人把挎包和以前的学习笔记本、日记本送到军分区进行检查。

从那天开始，我们就在既盼着早点儿有结论，又怕结论来了是个坏消息的矛盾中煎熬着。

苦苦等了十来天，上级的电报来了："可以解除对仲文祥的看管，同时要对仲文祥的入伍动机和畏惧艰难困苦的小资产阶级思想进行批评教育，重点是对仲文祥在部队里搞庸俗关系学以及和当地混血女青年的暧昧关系开展批评教育。"

没在政治方面追究他，我们真是谢天谢地了。说他搞庸俗关系学，我们知道主要是他在日记里写到我们几个，基本都是以"于大爷、大贵叔、老朴叔、老根儿叔"来称谓。而和女青年暧昧关系的事儿，那就是日记里写了和三凤交往的事儿惹的祸了。

工作组和祥子谈了话。祥子表示在对我们的称谓上他马上就可以改。但真改起来，我们都觉得别扭，我们毕竟是他很亲密的父辈，他打小就管我们叫着叔叔大爷，叫了这么多年，突然让他对我们直呼其名，叫着的被叫着的都觉得别扭。但是，我们也都觉得在单位里特别是像我们这样的军事单位，张口闭口的叔叔大爷确实是不合适，是应该正规起来。从那以后，他在公开场合对我们几个的称呼就省略了，而在私下里，他对我们仍旧以"叔叔、大爷"相称。而说他和当地混血女青年关系暧昧的事儿，他觉得是组织上对他的误解，他不认这个账。

祥子参加森警来到吉儒穆图，年轻、帅气，穿着一身板正的警服，又挺讲究干净，特别是他还有文化，眉眼间有一股不同于一般人的气质，往人前头一站确实挺打眼的。有大闺女的人家，禁不住对他都有点想法，我们也注意到有几个大闺女看着祥子的眼神儿都不一样。吉儒穆图的丫头们都挺外向泼辣的，没啥顾忌，她们常常仨一伙俩一串地到分队来找祥子，有的借书，有的还书，还有的让祥子帮助她们家里写信。八十子跟祥子开玩笑说让他小心被姑娘们抻胳膊拽腿儿的给撕了。孟和、八十子也都叫着祥子去他们的老丈人家里吃过饭。八十子甚至还连玩笑带正经地就明着说过两回："祥子，我那小姨子也不错，咱俩轧连桥（连襟）吧。"

祥子到分队的第二年，也就是一九六四年春防的时候，屯子里几个淘气的孩子把家里过年时没放完的炮仗翻腾出来点着了听响玩儿，结果引着了一家的柴火垛，整得挺吓人，不少人都想起了那年老刘家失火魏玉国救人受伤的事儿。

大家把火扑打灭了后，祥子提出建议把各家各户的柴火柈子统一归拢到河岸一处开阔地上去，免得万一着火，火烧连营。实话说，这个建议挺好，咱们分队的人都赞同，可是屯子里的老百姓意见不一致，主要是怕麻烦，说是做顿饭还得跑出老远去抱柴火，再就是怕丢失，这个建议最后也就搁浅了。虽然建议没行得通，但我们都觉得祥子这小子还是个肯动脑筋的孩子，从父辈的角度，我们都挺喜欢他。

屯子里打一九六〇年开始自己建了小学，解决小孩子们没处上学的问题。一九六三年，徐村长家的老丫头三凤初中毕业，回到屯子里当了小学代课老师。三凤和大凤、二凤一样也是个漂亮的丫头，脸蛋、腰身在女孩子堆儿里那也是一等一的标致。要是在人口众多的城镇，三凤保准是被男孩子们争抢的对象。

那场火情之后，三凤非常赞同祥子搬迁柴火垛的建议，建议没行得通，她还跟她爹发了几句牢骚，她找到祥子，邀请祥子到学校给学生们讲讲防火常识。咱分队的人听了，觉得三凤的这个防火从孩子抓起的建议也非常好，祥子就到学校讲了一堂防火常识课。三凤听了感觉特好，就鼓动她爸爸徐村长说，应当请森警分队的仲文祥给村民们也讲一讲。徐村长就把村民们集合起来请祥子讲，咱祥子可是学校里的高才生，讲起来头头是道，有条有理，村民们反响特别好。徐村长见人就夸祥子有才，这时屯子里就有了徐村长把三凤许配给了祥子的传说。打那之后，三凤往分队这边儿跑得更勤了，今天说是要请教教学上的问题，明天说是找祥子借本书。有时祥子到江边拉水，她还寻着踪迹找过来跟祥子聊一会儿。就是在祥子被看管后，三凤还托孟和给祥子捎过两封信呢，写的啥我们不知道，但觉得三凤这丫头挺仗义的。祥子有写日记的习惯，和三凤以及那几个丫头交往的事儿都被他写到日记里面了。

解除看管的那天下午，祥子拿着一本《毛主席著作选读》和一个厚本子从住了将近一个月的屋子里走出来，眯了眯眼睛说："我想去遛遛马。"

我还以为祥子是要拿着"青子"撒气呢，说："'青子'出趟国人生地不熟的也不容易，你就别再难为它了。"

祥子说："我是想'青子'了。"

祥子给"青了"刷刷毛，又喂点草料，就备上鞍子，翻身上马，一溜烟儿的跑远了。

于队长说："这就是祥子，要是他出来了对'青子'不闻不问才是怪事儿呢！"

晚上吃饭的时候，上了点酒，除了祥子不喝，大家伙喝得都很尽兴，其实都是为解除祥子看管的事儿而高兴——祥子在里头被隔离着，别提我们心里有多别扭。大家伙左一碗右一碗的，大玻璃瓶子里的酒很快下去了一大截子。没有人提"青子"出国的事，也没人提祥子被关的事，大家伙都是在东一句西一句地闲拉呱。

朴正伦说，听说大学停止招生了，初中毕业的、高中毕业的都不再分配工作，统统上山下乡。大学毕业生也都分到偏远艰苦的地方去，说毛主席有最新指示，号召知识青年到农村去，接受贫下中农的再教育。

祥子听了咬着筷子直愣神。

于队长说："学生毕业到农村的事儿五几年的时候就宣传过，这些年也没断，什么杨华啦、侯隽啦、邢燕子啦。这段时间听广播，好像上山下乡的规模可能要大多了。"

报务员张成笑着说："谁说于队长是行武人，这知识青年的事儿他都知道。"

朴正伦说："罚你酒吧，于队长可是老革命，多少年的领导干部了，这点事儿他还能不知道？"

于耀武哈哈大笑说："你们几个是拿我这老爷子开涮呢，来跟我划两拳！"

"一对一呀，俩好啊，仨就仨啊……八匹马啊，快喝酒（九）吧！"

朴正伦、张成和我几个人轮着上阵，都不是于队长的对手。祥子不喝酒，一边观阵一边伺候局儿，看他那神色，心里的阴云已经消散了许多。

张成说："于队长，老早就听说你的气功厉害，可我跟你这么多年也没见识到，你老人家能不能给我们哥几个露两手？"

朴正伦说："就是啊，你把武功也教我们一点，万一打起仗来，要是刺刀不管用了，我们就给他来个拳脚的硬功夫。"

在场的人都借着酒劲忽悠于队长，让他给大家伙现场比画几下子。

于队长把碗里的酒撒了，抹抹嘴说："今天我老于头高兴，就给你们献个丑！祥子，你去上外边把那小盘儿的八号线拿来。"

没一会儿，祥子就两手提着一盘铁丝进来了。铁丝分为好多型号，大兴安岭人一般把直径四毫米粗的铁丝叫八号线，三点五毫米粗的叫十号线，二十号线就是零点九毫米了，八号线在一般的铁丝里是最粗的，必须用大号钳子才能掐断。

于队长这时已经把上衣脱了，四十六岁，年轻人都尊称"年近半百的老人"，实际上正是壮年。两个胸肌与上臂满是结结实实的腱子肉，腰身也不臃肿，一看就是练过武功的人。

于队长说："你们几个就拿这八号线往我的肚子上缠，用钳子拧，要紧到让铁丝上上劲儿。"

张成就按照于队长说的往他肚子上缠铁丝。于队长一边缩着肚子一边说："使劲儿，再使点劲儿，好，再拧紧点儿，你们拧不紧，我就使不上劲儿！"

张成在于队长的肚子上用劲儿缠了三道铁丝，用钳子拧紧了，那肚皮都勒出血印了。这时，于队长开始发功了，好像是先从小肚子往上运气，接着又从上往下运气，胳膊与胸肌的肉成了疙瘩，脸有些发紫，脖子也粗了。就见他两条胳膊抬起又放下，又抬起又放下，紧接着就听"嗨"地吼了一声，粗粗的三道铁丝"咯嘣"一声就断了，而那肚子上只有三道红印，并没有被勒破。大家伙都看得目瞪口呆，接着就是一阵掌声。

于队长说："你们不能白看我表演，得一人一碗把酒喝了。"

除祥子外，大家一边咧着嘴一边把酒喝了。

张成明显地醉了，嘴里含混不清地说："要不人家说、说你、你当过胡、胡子呢，你、你就是、就是有胡子的功夫！"

"哈哈哈"，于队长放开嗓门大笑起来，他摸了摸张成的脑袋说，"小子，这你就不知道了，这功夫是我老于当和尚时练的，猴拳我还没给你们打呢。"

又是一个冬天来了，强劲的西北风从早到晚地呼啸着，像棉花团子一样的雪花没日没夜地飘飘洒洒，寒气刺骨，旷野上时不时就卷起一股股被寒风吹着跑的白烟儿。树林子、冰封的江面甚至整个大地都冻得"嘎巴嘎巴"响。

江两岸的关系越来越紧张，边境线上的军队与军队之间、军队与老百姓之间的冲突也多起来。军区把森警部队当作武装力量看待了，给我们布置了巡逻的任务。森警与解放军一样进入了紧张的战备状态。

边防团领导对在训练场上实弹射击和拼刺刀都被人们嗷嗷叫好的于耀武很感兴趣。他们通过和森警大队以及莫尔森警中队接触，了解了于队长的情况，知道了他打日本儿、打国民党以及剿匪的经历，特别是很看重他的指挥作战经验，就请示分区重新起用他，分区请示军区，军区派人对于队长的问题进行专案甄别，于队长原来的县大队大队长现在的军区领导再次给他写出了证明材料。军区将甄别情况通知了林管局革委会，于耀武可以恢复工作。于队长又戴上了领章帽徽，但是军分区没有让他回大队，而是要他参与额尔古纳河边境一线边防团与森警和民兵训练战备的协调工作。

就在宣布于队长恢复工作的第三天头上，中队突然来了一封电报，说于队长的爱人曹丽因脑出血去世了。

原来是张大贵最先得知了于队长的消息，他下了班，家也没回，就兴冲冲地到曹丽家给她报喜。曹丽听了自然是高兴万分。自从于队长被运动裹挟进来后，曹丽情绪一直很低落。她对大贵、良子和我的家属说，她和于耀武结婚的时候，于耀武对她说过他怎样和地主老财斗，怎样当的和尚，怎样拉杆子上山，怎样投奔县大队的事情。当时，曹丽还特意追问于耀武，拉杆子上山是不是就是当"胡子"？于耀武说，他们上山是打地主老财、打日本鬼子，和当"胡子"是本质不同的两回事。良子的家属杨桂月也信誓旦旦地说："五哥是打小日本的，老家的人都知道，是谁胡诌八咧，割他的舌头！"尽管周围的家属们纷纷为于队长打抱不平，对曹丽也格外地关心照顾，尽管曹丽也坚信于队长是冤枉的，但只要于队长一天不平反，曹丽的情绪就一天也高兴不起来。这天傍晚，大贵把好消息第一时间告诉给了曹丽。曹丽当时是喜极而泣。大贵说："给孩子们做点好吃的吧，庆贺一下。"大贵走了，可是没过一个小时，于队长的孩子解放急匆匆地跑到大贵家来，说他妈给他们说了爸爸的好消息，正准备做饭呢，突然说她头晕，天旋地转的，紧接着就摔了一跤，两个儿子把她搀扶起来后，看见她妈嘴角流口水,说话也含混不清了。大贵赶紧让中队出车,把曹丽送到医院,医生说是脑出血,抢救了一会儿没有抢救过来。

于队长正在叼着烟斗研究大兴安岭和额尔古纳河沿岸的地形图。他注意到我们几个的表情就意识到有什么事儿了,朴正伦说这事儿就别瞒着了,就把曹丽的事儿跟他说了。于队长听了一下子愣住了,紧接着"哇"的一口血喷出来,一下子就趴到了桌子上。

屋子里的几个人见了不知所措。过了好一阵子,于队长坐直了身子说:"我对不起曹丽呀,是我把她给连累了。"

经请示,上级同意给于队长一个礼拜的假到莫尔去处理妻子的后事。

于队长为了抢时间,他没坐马爬犁而是骑着马走的,朴正伦安排祥子跟着一块走。大家伙把他们俩送出院子,他俩翻身上马两脚磕蹬缰绳一抖,很快就隐没在呼啸的白毛风里了。

# 19

于队长和祥子走后,孟和、八十子被抽调去训练民兵了。我带着报务员张成和新分配来的姚建华去温河外站,把外站原来留守的几个人换下去了。我们到了没半拉月呢,有天晚上傍擦黑的时候,就发生了一起再次搅动了上级的事情。

这天吃了早饭,我带着姚建华出去巡逻,"库日任"也跟着我们去了,孟和离开之后,"库日任"总是跟着我脚前脚后地跑,它不爱在家待着,只要有人上山它都乐颠颠地跟在屁股后头或者跑到前面去领路。张成在家留守。月亮上来的时候张成点着油灯准备做饭。正在张成探头往窗外瞭望的时候,突然看见有两个大个子身影在窗前一晃,张成警觉地意识到:不好,好像是"大鼻子"!

张成意识到了危急,就撂下手里的面盆,赶紧把三八大盖抓到手里了。知道这时不能出门,如果出门就有可能被抓了"舌头"。他噗地一口把油灯吹灭了。屋子里黑了,外面看里面就看不清了,而外面有月光,屋里往外看就能看清了。因为这间屋子南北都有窗户,他就端着枪猫着腰,先从南窗户观察,又到北窗户观察。不好,两个大个子士兵一南一北,像是要搞夹击!他轻轻地把子弹推上膛，定定神儿，想，他们轻易不敢开枪，因为枪声一响，他们就难以走脱，反过来，他们也同样害怕他开枪。张成说，他寻思了，要是他开枪，执勤的人听见枪声就会很快回来，其实自己并不孤单。想到这儿，他就瞄准了北窗户下面的大个子士兵，枪就响了。枪一响，北面的这一个就被撂倒了，他转到南面再去看，南面的那个士兵已经蹿没影了。

张成说："没出我所料，枪声响了没多大一会儿，你们俩就回来了。"

是啊，我们俩骑马走到山根儿的时候，猛地听见家里方向传来一声清脆的枪声。

"咋啦？"姚建华是个急性子，听见枪声磕嗒着马镫就一溜烟往回搂沟，我的马也紧随其后。推开门就听张成喊："赶紧！赶紧！北窗户那打中了一个，往西边林子里跑了一个！"

我问："打的啥呀？"

张成紧张地说："那边的，大鼻子，是军人！"

呀！是他们闯过来摸"舌头"的吧？我的心一下子吊起来了。我赶紧喊："张成你看住那个被打住的，别让他跑了，姚建华你跟我去追那个跑了的！"

张成端着枪到那个倒地的大个子士兵跟前一看，呦，枪法不赖，竟是摸着黑一枪击中了那个人的心脏，已经血流遍地了，早就没气了。过了差不多有半个来小时，我和姚建华回来了，是空手而归。

因为是战备时期，晚上八点半增加了一次电台通波。不到时间呢，我们早已拟好了电报围在电台前。可是时间到了，电台的调频还是那个调频，却是一片电波噪音。张成反复调频也无济于事。人们听着闹心，干着急电报就是发不出去。张成说："这是那边在进行电波干扰呢。"

我转了两个磨磨，对他们俩说："姚建华你赶紧骑马去分队报告。这会儿走，估计天亮前就赶到了，这边，我们俩看着这个死了的，防止那边来强行抢人。"

出事儿的第三天，上边来了不少人，乘了直升机，落到了吉拉林，又由边防团的汽车送到没有路的山根底下，我们赶着马爬犁把他们接到了温河外站。边防团的领导把我们介绍给工作组的领导。

高个子干部好像是带队的。他坐下后说："哎，我还是头一次听说咱们国家还有森警这个警种，你们这管林子的还是个拿枪的武装单位。哎，你们哪一个叫张成啊？把现场的情况给我们往细里说说。"他说的话是我们很少听到的南方口音，森警部队里绝大多数都是东北人，也有少部分山东河北人。

122

张成就领着他们来到厨房，南窗户北窗户的连说带比画地描述了一遍那天的情况。

戴眼镜的干部是山东口音，他问："你这厨房里还放着枪吗？"

张成说："我们的枪平常都顺在卧室自己的铺位边上，这段时间战备越来越紧，我们基本枪不离身了。"

高个子干部说："这样子好嘛，你们的战备意识很强哟！"

我和张成还领着他们一行人到房子周围和那个大鼻子士兵蹿入林子的路线都走了一遍。

他们打开了那间一天二十四小时加岗值守的停放苏军尸体的仓房。他们当中就有人拿着照相机左照右照的，照了很多。

高个子干部对张成说："你这个张成同志，反应快，处理得果断，打死他们当中的一个，就留下了对方挑衅侵犯我国的证据。不过，这件事也暴露了你们存在的问题，你们毕竟是带枪的武装单位，还是要对自己的营区加强警戒，比如说起码要有个站岗的，防止敌人连窝端哪，啊？同志！"

我们连连点头称是，没有跟他们解释我们人手少无法站岗的理由。我心里想，都怪我把"库日任"也带出去了。

高个子干部说："经验教训的事下去再总结。哎，来的路上我听说你们这儿有一个抗战时参加革命的老同志，打过很多次仗，指挥作战和真刀真枪的同敌人干很有一套，是哪一个啊？让我们认识认识！"

朴正伦说："他确实是在我们这儿，但他爱人前几天去世，他回家处理后事了。"

上级给工作组来了指示，就在温河森警外站举行我方与对岸的会晤。会晤的头一天，我国外交部将发表抗议声明。会晤现场将展示对方侵犯我国领土的罪证。

事情并不像我们想象的那样简单。会晤也举行了，苏军士兵的尸体也抬回去了，可苏方也发表了一项声明，却咬定是中国军队进入了苏方领土，并将被打死的苏军士兵抢到了中方。

一九六八年末、一九六九年初，边境线的超低温把刺鼻的硝烟味道都凝结住了，人们小气不敢吐，大气不敢出。两国的军队与军队、军队与老百姓间的冲突频频发生，仿佛是体育比赛前的热身。我们吉儒穆图森警被部署到了二线的备战区域，每天轮着班的在战壕里啃冻窝头。

一九六九年三月，位于乌苏里江上的珍宝岛战役打响了，全世界人的眼球都侧向了这一边。而边境线上的很多人却似乎大大松了一口气。

于队长趴在战壕里，听说珍宝岛的解放军进行了自卫还击，拧开军用水壶撒了一口酒说："妈拉个巴子，终于算是开打了！"

祥子回来后跟我说，曹丽下葬的那天，森警的干警和家属来了不少，下葬完，于队长让两个儿子给大家伙磕了头。于队长说："曹丽是受了我的连累，你们有的也受了我的连累，我老于今天是穿着警服戴着领章帽徽来的，我给你们大家伙、也给曹丽敬个军礼吧！"说着，于队长就"啪"的一个立正，敬了个标准的军礼。

他说："曹丽先暂时埋在这儿，等到以后方便了，等到我将来的那一天，让她和我一块到良子、永刚那去会合，让良子和永刚先在森林那边等着我们吧。"

于队长的话说得严肃而又悲戚。在场的人禁不住又落了泪。

胜利和解放两个人都早已在林业局参加了工作，所以于队长没什么累赘牵挂的事儿。他很快就回到了吉儒穆图，在边防团与森警和民兵之间协调着防卫以及训练的事儿。不像有的人对于随时可能爆发的战争充满了焦虑与恐惧，相反，于队长我们这些久经沙场的老兵对战事的来临却有几分急迫和兴奋。

于队长说："快点打吧，要不都憋死人了。"

中苏两军在珍宝岛交火之后，两国关系愈加紧张，苏军在苏中边境陈兵百万，中方也把战备提到最高级别的状态，战争已箭在弦上。

接下来，沈阳军区召开珍宝岛自卫还击作战表彰庆功大会。没想到，于队长和张成竟也接到了参会的通知，因为于队长是抓训练抓协调有名，张成是打死那个苏军士兵有功。森警部队又因此荣耀了一把。

# 20

到了五月份以后，森林里大小火情不断。森警在备战的同时，不得不把主要的精力转到防火灭火上来。

大队来了电报，通知于队长速回大队，官复原职。朴正伦和我商量要在于队长走的头天晚上热热闹闹地给他送个行。

于队长说："算了，我落魄的时候回到咱吉儒穆图这儿，你们几个对我不薄，咱就别再图那个形式了。"

朴正伦说："边防团的、吉儒穆图的，还有太平川林场筹备处的、森调队的，这几家跟咱森警处得都不错，人家跟你更有感情，你要走说啥也得见个面再走，要不，我们将来不好跟人家解释。"

于队长说："我骑着马跑一圈儿就都告别了，再说以后来的机会也多，喝酒的事儿就别张罗了。"

我说："别人你可以不喝，徐家辉徐村长那儿，你得喝两盅。你来的第一顿酒可是人家徐村长陪着你喝的。"

于队长听着有道理，就说："那就把老徐请过来整两杯吧。"

徐家辉往常来喝酒都好带着三凤来，说是帮着在厨房打下手，但我们看他是在给三凤接触祥子找机会，祥子不喝酒，总是在厨房里忙乎，三凤就里一趟外一趟地不离身儿地跟着祥子转。可这次，徐家辉是自己来的，三凤没跟着。我们都知道，这是因为祥子被解除隔离放出来以后闹了一次事：祥子没跟我们商量就闯到了徐家辉家，当着徐家辉两口子和三凤的面说："你们对我好，我万分感谢，都记到心里头了，但今后，三凤咱们就不要来往了，别让我耽误了你的前程。"

徐家辉一家人真是不错，听了祥子这番缺少理智也缺少礼貌的话，并没有给祥子难堪，支吾了几句把祥子支应走了。回过头来，徐家辉就找到于队长大发脾气，吼着说："我徐家辉哪点儿对你们森警不行？我哪点儿对你于耀武不行？我是对不起仲友良还是对不起他儿子仲文祥？仲文祥凭啥跑到我家耍疯，凭啥对我们家三凤耍疯？"

徐家辉的话顶得于队长说不上话来。徐家辉对于队长和祥子的关系知道得一清二楚，所以他把对祥子不便发的火都撒到了于队长的身上，一直以来，徐家辉是把于队长当作好朋友好弟兄来对待的。于队长等着徐家辉火气消了点儿，把上级对祥子的审查结论对他说了，又安慰了几句就把徐家辉打发走了。

没想到，到了晚上半夜的时候，孟和急三火四地跑到分队，说三凤喝耗子药了。我们都赶紧跑到徐家辉家，看见徐家辉两口子和大凤正在倒拎着三凤给她捶背，让她往外吐呢。亏着大凤发现得早，三凤捡回了一条命。于队长把祥子臭骂了一顿，领着祥子到徐家辉家赔礼道歉，为这事儿祥子萎靡了好长时间。什么事儿都捂不住，三凤为祥子喝药的事儿很快就传遍了吉儒穆图，有传言说

125

肯定是祥子占过三凤的便宜，要不三凤哪至于为他寻短见。后来大队的领导也听见传闻了。但是于队长要求我们对杨桂月要封锁这个事儿。

那天晚上，徐家辉又喝多了，是祥子主动搀扶着，把徐家辉送回家的。送走了徐家辉，朴正伦说："于队长，今晚咱俩一个屋睡吧。"

朴正伦虽然不是和我们一块打老蒋一块剿匪的，但他从抗美援朝战场回来，就参加到森警来了，自打进驻吉儒穆图，我们就在一起轱辘，一个锅里搅勺子，大家都是老战友、亲哥们的真感情。老朴个性上民族特点挺明显的，耿直、爽快、很少有皱眉头的时候，好说好笑，也喜欢喝酒喜欢唱歌喜欢跳舞，不光是和分队里的战友们处得好，和屯子里的老百姓也处得好，他一跳起舞来，村子里的人都直劲儿竖着大拇指喊"哈拉少！噢亲哈拉少（好，很好）"！

张大贵在分队时，于队长每次来吉儒穆图，晚上睡觉都跟张大贵睡一个屋，俩人连公带私的一唠就是大半宿。大贵去中队任职后，于队长来分队也和朴正伦在一个屋子睡过觉，可是他发现老朴睡觉轻，有点动静就能醒，而于队长知道自己睡觉时有打呼噜的毛病，就自觉地搬到电台室去睡，让报务员另找地方。这次，朴正伦主动要和于队长一个屋睡，连于队长都挺出乎意外的。后来于队长说，那个晚上他俩聊了大半宿，朴正伦跟他天南海北地说了老家的事儿又说抗美援朝的事儿，还说起了他和他家属相识相爱的那段事儿，这件事儿，老朴基本没怎么和我们详细谈起过，我们知道的一星半点儿还是听和他一块从朝鲜回来的李永刚、陈明亮说的。

于队长说，他那晚上就纳闷儿，这老朴今晚的话咋这么多呀？后来我们议论，是老朴冥冥之中有什么预感吗？

就在于队长走后的半个多月吧，桦树沟那一带着了雷击火，打火的职工群众上来不少，我们在火场上负责向导和通讯联络。朴正伦作为森警的分队长，参与了火场灭火的指挥，实际上，领导们每一条决策都是采纳了老朴的意见。老朴那几天围着火场转过好几圈儿，有时是骑马，有时是徒步。他让祥子跟着他，他说祥子有文化，能帮着他把火场态势记下来、画下来，也能把他对一些火线的打法记下来，以便于给火场指挥部领导汇报。祥子后来跟我们说，在火场的第四天晚上，朴正伦和几个领导去查看一段火线，在一片火烧迹地穿行的时候，走在前面的朴正伦和祥子都突然听到了树木断裂的咔嚓声，老朴抬头一看，就大喊一声："快闪开，站杆断了！"

祥子说，这是一棵被火烧透腔了的大径站杆，"咔嚓"一下就朝着右手边的两个人砸下来。按照人的本能反应，老朴应当是往左侧闪身，他就啥事儿没有了，可是老朴见到这个情况，不但没往左侧闪身，反而腾地向右跨了两步，两只手就把右边的那两个人推开了，那俩人刚被推开，粗大的站杆就砸下来了，朴正伦被重重地砸在了树底下。祥子他们呼啦一下子围过来，喊着叫着来想要救起朴正伦，可是那棵站杆太粗大了，他们几个人抬不动，祥子大喊："分队长！分队长！"

朴正伦被砸在树底下，嘴角和鼻孔流出了血，他眼睛看着祥子，却说不出话来。等到又喊过几个人来，把倒木搬开后，朴正伦已经奄奄一息了，祥子把朴正伦抱在怀里哭叫着"分队长！分队长！"可是朴正伦已经停止呼吸了。

我当时在火场的南线上听说出事了，赶紧往那赶，嗐，别说了，咋着急也没用了，啥啥都不行了，祥子泪人儿一样抱着老朴，大家伙在那有哭的有叫的，老朴已经耷拉脑袋了。他是被砸得内脏破裂而死的。

在处理老朴后事的时候，祥子悲伤地给我们讲了一段在孟和眼睛受伤回撤途中老朴飞身相救的事。

孟和出了事，大家伙心情都不好，一路上也没什么话，就是想着赶紧回去怎么想法治孟和的眼睛。不过就是这样，骑马走在后面的朴正伦也没忘了护着岁数最小的祥子，眼睛里一直盯着他。

我们骑马走在一条很崎岖很狭窄的鹿道上的时候，还真就出情况了，祥子胯下的"青子"的前蹄踏到了一块石子儿上，前腿一弯，卡了前失，一下子就把祥子给甩下去了，下面是很陡很深的山坡，就在祥子失控的身体将要往山下翻滚的千钧一发之际，跟在祥子马后的朴正伦从他的马上"嗖"地蹿下来，一个鹞子翻身扑到山坡上，一面用双脚勾住一棵白桦树，一面大头冲下地伸出两只手去抓祥子，说时迟那时快，一把抓住了祥子的胳膊，我在后面看到这情景后背上的冷汗刷地就出来了，当时我也下了马，帮着把祥子拽上来。我拍着祥子身上的泥土，说："好悬哪。"朴正伦安慰祥子："没事，我在后头盯着你呢。"回到分队，大家都忙着孟和的事儿，朴正伦救祥子的事儿也没顾上说。

老朴刚来吉儒穆图那年，就在额尔古纳河里救了村子里两个溺水的小孩，这件事儿一下子就给刚刚进驻吉儒穆图的森警独立分队赢得了老大的面子。有一次大家伙闲聊，数落起老朴先先后后救人的事，老朴笑着说："嗨，任谁碰见遇险的，也不能不救啊，魏玉国那年打火救老太太不也是挺身而出吗？"

有人听了朴正伦的事迹，感慨地说，朴正伦生来就是一个救人的人。听了这话，我禁不住哽咽："老朴，我们的好战友，一个生来就是救人的人，最后还是为了救人而献身了。"

老朴的遗体被安葬在了良子、李永刚坟头的一侧。大兴安岭山脉一座山连着一座山，它们就像坟墓一样与良子、永刚、老朴的坟头联结着，沉默着，在阴沉的天空下，在淅淅沥沥的雨水中，显得那么悲壮，那么凄凉。安葬完了，主事的人张罗收拾东西往回走，于队长让杨桂月她们把哭得站立不住的李春姬架走了，而他却在良子坟头走一圈儿站一会儿，在李永刚坟头走一圈儿站一会儿，又到老朴的坟头走一圈儿站一会儿，他锁着双眉，沉着脸，来来回回一遍遍地走。我和大贵都没有劝他，我们知道，这时候说啥都是多余的。我们在场的人都被雨淋透了，大伙脸上淌着的分不清是雨水还是泪水。

那天晚上，于队长就发了高烧，我听说了去看他，于队长叹着气说："老树根儿，你说这老朴没了，他那朝鲜媳妇儿可咋办？连个能唠圆圈话的人也没有。"

我前边说过老朴媳妇儿说不了几句汉话，别人想跟她唠嗑都唠不顺溜。

张大贵是个外粗内细的人，我听说他自己不声不语地跑到派出所去打听莫尔有没有朝鲜族人家，你别说，还真就找到了两家，都是当地的林业工人。老朴"三七"之后，大贵让他家属做了一桌子饭菜，把那两家的夫妇请过来，把老朴的媳妇儿李春姬请过来，让他们见了面。

大贵两手端着酒杯说："我的心思你们可能都已经明白了，我费那么大周折把你们两家找到，今天又请过来，就是想让你们和我老战友的家属认个老乡，交个朋友。我的老战友、好兄弟朴正伦是抗美援朝的战斗英雄，是在火场上为保护他人而牺牲的，是光荣的烈士，他的爱人，你们这会儿也见到了，她本是朝鲜人，父亲是人民军的将领，但是她们全家都热爱咱中国人民志愿军，李春姬隔山隔水万里迢迢地跟着朴正伦来到咱中国，来到了咱大兴安岭，她克服了语言不通等千难万难，全身心地支持老朴的事业，如今老朴牺牲不在了，老朴的家属有话跟谁说呀？谁能听得懂啊？谁能劝劝她帮帮她啊？身边没个能交流的人，还不把人憋闷死啊？这就需要有几个能唠嗑能交流的人，今天，我，我还代表我的于大队长、代表我的战友们把这事儿拜托给你们几位了！"

当时祥子在场，祥子说，他头一次知道大贵叔还这么有口才，能讲得这么动情，他立时就被感动了，泪水在眼眶里转，大贵婶和正伦婶的泪水就更止不住了。于队长听说了这件事，滋滋滋地嘬着烟斗，没说一句话，眼珠子却潮乎了。

# 21

老朴走后,我接替他担任了吉儒穆图森警的分队长。

转过年到了一九七〇年春天,刚进了四月就觉得风干物燥,大兴安岭农林交错的地方、灌木棵子地带就不停地着火,我们东一头西一头不歇脚地折腾。

进了六月,林子里的树叶子绿起来了,也开始有雨,我们以为从此火情会少一些了,可是六月二十日这天的中午,我们的瞭望员却看到了从乌玛原始林方向飘过来的烟雾,情况不好,我们当即把这一发现用电台向上级报告了,当天下午就有直升机从我们头上轰隆隆地飞来飞去。到晚上,张大贵来电话,给了乌玛火点的一个坐标,让我们抓紧组织人往火场赶。我们连夜搜罗人员组织马队,第二天一大早就出发了。我们这支队伍里有四五个森警(家里还得留几个人,等着给后续上来扑火的队伍带路),其余五十多人大多是吉儒穆图的村民和少部分鄂温克和鄂伦春猎民,老百姓们都很听话,一听说让他们跟我们去打火,没有推三阻四的,都自己积极主动地准备干粮、马匹,一大早主动找我们报到。

乌玛属于未开发的原始林无人区,虽然距离吉儒穆图只有二百来公里,但是山连山水连水,林子密,塔头甸子多,根本就没有路可走。我们的马队走了一天一宿才到达火场的边上。八十子带着人把各自带的窝头大饼子用火烤一烤,先把肚子填一下就开干了。我带着祥子骑马想围着整个火场兜一圈儿,做到心中有数。可是我们骑着马走了仨小时,也没转完,咱们打火的人上来得慢,火是越着越大。我回到电台那儿,把这一情况给中队报告了。大贵回电,让我们先组织人打着,能打多少打多少,林业局已经组织人马往火场赶了,后续还有两批扑火人员在做准备。实际上,这个大火场的东、西、南、北四个方向有十多个大火点,也就是火场连火场,白天,密密的原始林漫山遍野一片烟雾弥漫,到了晚上,蜿蜒起伏的山岭,变成一条条火龙。

我们最先上来的就近占据了南线的一个火场,后来被"前指"定为十三号火场。我和八十子各带一路分头往两个方向循着火线打。那时候打火都是用树条子,从原始人起就用这个打火,后来也有用麻袋片子打火的,可那玩意儿不抗抢巴,再粘上点火星子,反倒坏事儿。乌玛这边是无人区,树林子里腐殖层差不多有二三十厘米厚，像海绵似的，一脚踩下去，脚就没进去了，行进得挺困难。

这树林子里干燥的腐殖层才好着火呢，一粘着点火星子再来一股风，呼呼地烧。到了上午十一点来钟，阳光也强了，风也起来了，火就没法打了，再打就有危险了。我把人归拢到一处高坡的火烧迹地里歇着，下午把肚子垫吧饱了，枕着倒木眯了一会儿，四点来钟风停了，我们接着干。一气儿干了一个晚上，到早上觉得南线这边胜利在望了，谁知到了八点多钟，太阳一升起来，气温转热，这时突然起了一股大风，把前边那段火线一下子就着起来了，眨眼间那火龙就腾起两三丈，我们刚打完的地方也复燃了。我看八十子领着人干的那一段也前功尽弃了。我赶紧把人都撤到火烧迹地里。

我通过电台向张大贵报告我们这边的情况，他回电说，他带着三百多林业职工和一百名解放军还差几个山头就到火场了，已经闻到烟味了。大贵心细，他带着队伍走，哪怕是就地休息一会儿呢，他也让报务员把电台支上，以便山上山下及时沟通信息。大贵还告诉我们林管局领导和于大队长也已经组织人马往火场赶了。到了下午三点来钟，大贵带着人马上来了。他按照飞机给的火点坐标，把人分成了十支队伍，分别进入十个火场，他说，要各负其责，各个歼灭。

我还是在南线，人员增加了，干劲也大了。干了一晚上，成效挺大。可是到了十一点多，火借着风势又复燃了，而且火头一直往北烧过去。我听电台里说，各个火场的情况也都不妙。实话说，不光是我们带队的森警，所有扑火队员看到这架势，都挺沮丧的。这阵儿劳累疲惫不说，人人都口渴得很，打发人去找河担水，去了好长时间都没见回来，人们实在口渴难耐，就找塔头坑里水捧着喝，那里的水有的被人或者马踩过了，浑浆浆的，没有被踩着的，却是一层挺厚的绿醭。不管是踩过的还是没踩过的水，里头尽是红色儿的细细的浮游虫，没法喝，我们就用双手往帽子里捧水，通过帽子把水过滤到饭盒里，那水难喝劲儿就别说了，不过再难喝也能滋润滋润干得冒烟儿的嗓子啊。八十子挺会鼓动人的士气，他捧着塔头坑里的水说："这个撅腚茶是难喝，不过这水里有草木成分、有矿泉水成分，红线虫的营养比鱼的营养价值还高呢。"

祥子查看了防火地图，兴奋地对我说："隔着咱们这座山的北坡下面有一条河，正好现在是南风，咱们就势把火往北压吧。"

我把八十子也叫过来研究了一下地图，感到往北压是个正确方向，但是我

130

们最好还是能把现有的火场面积控制住，因为山坡北面林了更密，一旦烧了，那过火面积可就更大了。我让八十子带着人从南往西打包抄，让祥子带人从南往东打包抄，我多带了点人从东线往北插，争取把火截到山梁子那，下山火烧得慢，相对好控制。安排完，我们就分头行动了，晚上气温低，风也小，我们三路人马使劲扑腾，到第二天十点来钟就扣头了。

我们正在火烧迹地里歇着，电台传来于队长的话，让我赶到西面的一个火场，说是要开个会。我赶紧骑着马往那儿赶，这一路上，我看到漫山遍野的都是火和烟。我赶到于队长那儿，林管局、林业局和莫尔镇的领导、解放军的领导都在那儿围着一个大圈儿开会呢。这时候我才知道，方圆三四十公里内已有十六个火场，有的烧成了树冠火，有的烧成了地下火，因为这段日子都是晴天加风天，扑救的难度相当大。林管局的张副局长说："不管多难打，咱们也得把火控制在现在的范围内，不能让火再往大了着了。"

于队长把扑火队按照东南西北四个方向进行分配，对火场形成了一个大的包围圈，每个方向都指定了森警的负责人，他说："火从哪个方向蹿出去，就找领头的责任！"

给我的任务还是南线，我说："南线那儿的火我们打得差不多了，可以往别的火场转移点儿人。"

于队长说："你刚在来的路上不知道，八十子刚才来电说，你们的火场又大面积的复燃了。"尔后，他对着大伙说，"现在看，咱们各队打火，既要注重打，也要注重后面的清理，不能留下火星子，清理不干净，一遇着点儿风就会复燃，前面打的就会前功尽弃。"

实话说，上来打火的这些人除了我们森警之外，都不是专业人员，对打火需要注意的事项知道得并不多。于队长说："咱们森警虽然人少，但是得发挥骨干作用，要在打火中给其他人做好示范。"

我返回到南线，果然是全面复燃了。八十子看到我，泄气地说："这么打可是尽干冤枉活。"

我给大家传达了前指会议的精神，特别是把于队长强调要注重"清理"的意思给大家伙讲了。我重新调整了一下分工，带头打火的是森警，后面带头清理的也安排了森警。我骑着马来回巡查，哪儿有问题，我就让他们返工——我不是偷懒不干活，我觉得这巡查更重要——实践证明，我的做法是对的，我们打火的速度是降下来了，可质量却上来了。

于队长陪着林管局的领导骑着马到我们这儿来巡视，领导们表扬了南线火场的打火人员，特别肯定了我的做法，而且通过电台，把我们的做法给其他火场通报了。

于队长说："现在看，打明火是重要，但明火打灭之后，把灰烬清理干净更重要。我看可以叫'三分打七分清'，按照这个比重分配力量，打火的质量就会有保证。"

林管局的张副局长十分赞同于队长的话，他说："于大队长总结概括得好，就把这'三分打七分清'作为要求给各个火场布置下去。"

从那以后，"三分打七分清"就出名了，成了我们扑救森林火灾的一个基本原则。

我们十三号火场告捷后，留下点儿人继续看守清理，我带着大部分人又转移到靠近我们的十二号火场。

这个火场挺麻烦，树冠火、地表火、地下火三种类型的火在这儿会餐呢，而且这个火场只有少数的二十来个林业职工在扑打，他们打得很顽强，但也相当疲惫，我们一来，把他们乐得屁颠屁颠的。

实际上最令我们高兴的是天上掉下来面包和馒头了——老话说"天上掉馅饼"，那是和"做梦娶媳妇儿"一个意思，劝人们别做梦想好事儿。可这回是真的——我们上来时带的那点干粮早都吃没了，这几天就靠着大贵他们给资助呢，他们带的也有限，所以，在给养问题上我们都挺担心的，我上次去前指开会就向领导们反映了这个问题，当然也包括喝水的问题。这不，我们刚转移到十二号火场，直升机就轰隆隆地过来了，飞得很低，我们以为是领导巡查火场呢，谁知，一袋袋鼓囊囊的麻袋还有纸箱子从飞机上投下来了。因为飞机飞得低，噪音大，地面上谁说啥也听不见，我就看见几个老百姓哇啦哇啦喊叫着猫着腰跑，是那种吓傻了的样子。

等到飞机升起来飞走了，我说："快把麻袋打开，准是给咱们送干粮来了。"

八十子说："看看咱分队长是不是做梦娶媳妇儿呢。"

结果打开一看，好家伙，是面包、馒头，还有咸菜疙瘩。你们要知道，那年月，平常生活里谁家能吃得上面包啊，吃馒头也是过年过节才吃上一顿。

我说："快翻一翻有没有水？"

祥子笑着说："你这真是人心不足蛇吞象啊，使啥装水呀，铁桶从飞机上掉下来还不得摔漏了。"

我们从十三号火场往十二号火场转移的途中，发现一个沟塘子里有水，虽然是死水，味道不好，我们还是往自己的水壶里灌了一些。这会儿，我们把帽子或者手绢蒙到水壶嘴儿上，往饭盒里过滤，架到火上烧开了，面包馒头可劲造了一顿，这回可是撑得肚子圆。吃饱了好干活，大家伙按照我的安排，把这个火场围了个包围圈儿，一组一组地分段打。

我说："只要把这个包围圈掐住了，火不再往外跑，咱们就算赢了。"

那个时候我们没有水枪和接水泵的水龙头，对树冠火没啥好招，就任它在包围圈里头着吧，火线的地表火在没风的情况下，挺好扑扎，见效快。难的是地下火整得太费劲，白天不见烟雾，夜晚不见火光，却是在地下蹿着树根子烧。有时候，一脚踩进去，脚都能烫伤了。祥子带着一些人用铁锹挖洋镐刨，让那些湮着烧的树根子露出来，再把树根子上的火给它整灭了，大兴安岭的土质层薄，挖一锹下去就是石头，挡锹，挖着费劲儿，这样整是挺慢，但是整一棵是一棵，效果有保证。我还是负责巡查督导，我把一些打圈里火的人提溜出来，让他们沿着外圈儿的火线打。打圈儿里火是瞎子点灯白费蜡。八十子和祥子都赞成我的这个打法。

祥子会说，他说："这叫正确的战略战术。"

这有文化就是会概括会总结，能说到点儿上，说得我心里头乐呵，更有干劲儿了。其实，这人哪，不论到多大岁数，不论当到多大的官，都爱听别人的表扬，爱听夸赞是人的本性。于队长和张大贵骑着马来了，看了我们的打法，挺高兴。于队长说："还有一个办法，就是沿着外圈儿挖隔离带，挖得宽点深点，火就跑不出来了。"

于队长这一说，我们都觉得有道理，八十子带着人就干起来了。我们带的铁锹洋镐有限，隔离带挖得很慢，大家伙都跟着上火。祥子说："飞机能给咱们空投面包馒头，也就应当能空投工具，咱们应当跟前指领导要求要求。"

我们通过电台给于队长反映了这个想法。过了一天，飞机真的给各个火场空投了一些工具。工具多了，活就好干多了。

这场大火打到七八天的时候，国家林业部和省里领导上来了，坐镇指挥。这场大火一共打了三十二天，前后上来了三四千人，有两个地方扑火队员被烧死，二十多个扑火队员被不同程度地烧伤，也有一些人因为劳累和给养断顿而晕倒在火场上，烧毁林地近百万亩。这场火的最终扑灭既有我们扑火队员的千辛万苦，也有老天后来下雨帮忙。

# 22

大火彻底扑灭之后，林业部和省里领导先撤到我们吉儒穆图森警分队，准备第二天早上飞往莫尔局。在我们简陋的会议室里聊天的时候，林业部的张副部长对于队长说："老于，这些天在火场上，我看你是打火的行家，你能不能说说扑救这场大火有哪些经验教训？"

于队长听了张副部长的话，把烟斗在鞋底子上磕了磕——那个时候，吃饭、开会包括陪领导都抽烟，太正常不过了。于队长竟从衣裳兜里掏出个笔记本来，翻了几页，呵呵，我没想到于队长是有备而来的。

于队长说："这些天在火场上，我还真琢磨了几条，领导既然让我说，我就汇报汇报，说错了，请领导们批评指正。我先说应当肯定的方面，一是这场大火，有中央和省里领导的高度重视，亲自到一线坐镇指挥，使我们有了坚强领导，有了主心骨；二是直升机挺管用，侦查火情，确定火点坐标，比骑着马跑是又快又准，再就是空投给养和工具，可是管老用了；三是摸索了一些扑火的打法，比如陈树他们打包围圈儿的办法、挖隔离带的办法、三分打七分清的办法，都挺管用。要说教训呢，"——于队长停顿了一下，抬眼看看在场的领导，张副部长说："老于你别有顾虑，敞开了说，没人抓你辫子。"

于队长就低下头看着他的小本子接着说："这些天在火场上我认真琢磨了。第一，火情发现不及时。不是我们的瞭望员不尽职，是离着太远，风向有时没往这面刮，发现烟雾的时候，可能那一片的火已经烧着好几天了。第二，打火人员到达火场的速度太慢。从接到火情报告到把人员集结上去用了差不多一个礼拜的时间。这一慢，小火也变成大火了。"

张副部长问："怎么这么长时间？最早上去的是多长时间？"

林管局防火办主任说："最早上去的是吉儒穆图的森警，他们有马，在原始林里蹚道走，走了一天一宿。最后上去的是我们组织的一些地方群众，包括村屯群众和一些盲流人员。他们没有马，是靠两条腿走上去的，遭了不少罪，没等打火呢，体力都消耗没了。"

张副部长说："老于，你接着往下说。"

于队长就接着说："第三，打火人员在火场上太散，对大火形不成包围圈。

虽然人员都部署在各条火线上了，可是每支队伍的组织性不行，队伍和队伍之间的衔接也散，火总是往外蹿，蹿出去一股，先头打的就前功尽弃了。第四，打火指挥上缺乏经验。"

张副部长说："哎，老于，这个你说到点儿上了，在打火上成功也好失败也罢，都能归结到指挥的问题上。别着急，这一点，你详细地说一说。"

于队长说："比如打火的队伍在火线上怎么布置就是个大问题。这次打火，有在火圈里转悠的，有在山坡上磨蹭的，有在沟塘子里扎堆儿休息的，一起风或者风一转向，就容易把人卷进去。烧死烧伤的就是这么被卷进去的。"

张副部长语气沉重地说："嗯，这是血的教训哪。打火的指挥问题是要好好地深入研究，你接着说。"

于队长说："第五，打火工具太原始，大家伙都是用树条子在打火，也就是我们说的'打火靠抽'，小的树条子对大点儿的火不管用，大的树条子人举不动，树条子来回一扬巴，有时还把火星子扬巴得到处都是。第六，森警是专业队伍，是警察，基本上是军事化管理，在林政管理上发挥的作用大，可在打大火时，基本上就是当向导、搞联络，上级规定的职责也是这么明确的，不谦虚地说，这次在火场上还切实发挥了专业指导的作用，但是人员太少，形不成力量。第七，所有打火人员在安全防护上缺少办法，一有个大点的火就出伤亡的事，打火的人不愿上山，来了也不敢往前头上，这样下去不是个事儿。"

于队长说完这第七条就把他的小本子塞到兜里，顺手掏出烟斗和烟荷包，低下头往烟斗里塞烟丝。

张副部长问："老于，还有吗？"

于队长说："这些天在火场上我就琢磨了这几条，不一定对，可能把问题说多了一点儿说重了一点儿，请部长和各位领导批评。"

张副部长从衣裳兜里掏出一盒大前门烟，抽出一支扔给队长："老于，你抽支这个，换换口味。"

他自己也点上一支，认真地吐出一个烟圈儿，然后说："耀武同志是个有心人，咱们坐在这儿是闲聊，可他是有备而来的，我们的领导干部就应当这样，这是有领导素质的表现。耀武同志刚才讲的三条经验和七条教训，我看讲得很好，那三条经验讲得非常好，如果推广开来，大家都这么做，必定提高我们今后扑灭森林火灾的效率和质量。七个方面的问题讲得更是深刻，值得我们深入思考，我看这是当前我们国家森林防火特别是扑救大的火灾上的关键性问题，这几个问题解决好了，我们就能把森林火灾以及伤亡事故控制住。我回去后，要组织部里的人认真研究，你们林管局也要研究，要有改进的办法。老于，你今晚和我一起吃饭，我还要和你再聊聊。"

晚上张副部长和于队长吃饭时，张副部长又把白天于队长说的那几条进一步探讨了一下，还听了听林管局几位领导和防火办同志的意见。当时，于队长就预感到，扑打森林火灾的事是引起林业部领导的高度重视了，这打火的现状或许会有一个变化。

第二天一大早于队长就找我们，他是想把晚饭时谈的情况尽快通报给我们几个，也想就森警怎样提高打火能力的事儿，在森警内部深入地研究一下。没想到，一大早又接到了通知，说张副部长还要于队长带几个熟悉打火的人乘直升机到莫尔局里开个扑救森林火灾总结座谈会，因为部里、省里和林管局的一些人是在莫尔局开设的基本指挥所，那里人多，他想多吸收一些人参加。

哈哈，要坐飞机，这回可真是天上掉馅饼了，我们做梦都没敢想的好事儿，竟是突然一下子就来到了我们跟前。我们几个激动得呀，甭提有多高兴了。平时开车或者骑马或者坐马车赶马爬犁，从吉儒穆图到莫尔都得一大天的时间，赶上冬天有冰包夏天有烂泥塘子，行程就更没准儿了。可这直升机从地上拔起来，在天上突突突地没飞多大一会儿，还没过瘾呢，就降落了。我们的耳朵嗡嗡响着走下直升机舱门，那螺旋桨还呜呜地转着，我们赶紧捂住头上的帽子猫着腰往螺旋桨的风吹不到的地方跑。

为这趟飞机之行，家属院里的老婆孩子们兴奋了好一段时间，就像她们坐了飞机一样。

于队长带着张大贵、我和祥子参加了座谈会。这个会上，张副部长让于队长把昨天说的那些条又讲了一遍。于队长讲的时候，每一条里又加了一些这次打火的实例，显得有理有据，更充实一些。之后省里和林管局有关领导都讲了讲，因为有于队长的发言，大家伙的意见也比较集中，比较一致了。

最后是张副部长讲话，他说："耀武同志的发言很重要，昨晚上又听了听林管局几位领导同志的意见，我思考了一晚上。我想在我回北京之前，把同志们的意见和我的考虑再和你们沟通一下，看看大家还有什么想法，回去后建议以林业部的名义向国务院正式提交一份关于加强国家北部原始林区森林防火建设意见的报告。我大体考虑了这样几点：一是从指导思想上，要认识到森林防火是森林保护的重要组成部分，国家要把森林防火提高到重要位置，甚至森林防火要优于森林开发。二是从森防建设的布局上，要加大对森林防火建设的投入，比如瞭望塔的建设要成网，不留瞭望死角，瞭望塔的建设要实用、耐用，不能过于简陋，比如要加大防火公路的建设，采伐用的运材路可以和防火公路结合起来考虑。三是从森防力量建设上，要加大防火和打火的专业队伍建设，我看森警部队就是一支应当好好扶持好好建设的森防力量，耀武这些森警的同志都当过兵打过仗，思想素质好，作风硬，又是军事化管理，我看防火打火要充分发挥他们的作用。但眼下，他们的数量太小，形不成拳头，要加强一下。另外我们虽然有两个林航站，但还只是搞搞空中观察和少量的机降伞兵，还没有形成力量。队伍建设强了，打火的效率就高了，伤亡的事儿也能减少。四是从打火装备的建设上，要加强打火工具的研制和改进，我们也不能老是用树条子打火，'打火靠抽'太原始，这不是先进的生产力。五是从森林保护上，要强调一手抓开发一手抓保护，还是刚才那句话，保护应当优于开发，我看这原始林区经不起这么砍这么烧，这样下去，用不了多长时间这大兴安岭就成了大光头岭了。"

与会的人听着张副部长的话，都觉得非常解渴，大家你一言我一语地说，部长讲得太好了，要是这几个问题解决了，这大兴安岭防火、打火的事儿可就不是今天这个样了。

林管局革委会的杨主任说："部长的站立点就是高，林区里有些领导对森林防火和打火的事不是很重视，觉得林子大，着几把火是正常的事儿，火着了，上去人能整灭更好，整不灭就等着老天下雨来帮忙，实际上，好多的火都是靠天帮忙的，没想到今年这雨会拖了这么长时间才下来。有的时候，我们看着大片大片的林子烧得黑突突的心里也不得劲儿，在防火上也采取了一些办法，但在解决根本问题上动脑筋还是不够。刚才部长的一席话真是句句都说到了点子上，有些事我们林管局自己能干的，自己就先干着，比如说防火公路和运材路结合的事儿，瞭望塔建设的事儿我们根据财力也可以建一点，但大的问题大的投入还是要依靠上级来解决。"

张副部长说："关键是思想认识问题，认识上去了，事情就好办了，有的事儿挺难，咱们发扬大庆精神去干吧。"

会散了，祥子兴奋地对于队长说："哎呀，部长说得太好了，大领导就是大领导，咱们干了这么多年，憋得慌的不就是这些事儿吗？人家几句话就点透了。"

于队长说："是啊，憋得慌的就是这些事儿。我想大贵咱们几个得商量商

137

量，眼下咱们自己应该怎么整。"

张大贵也很兴奋，他说："听着部长对咱森警的肯定，我这心里头像喝了蜜，咱们森警这些年没白干。"

# 23

那天晚上，张大贵邀请于队长和我到他家喝两盅。于队长说，借这个机会咱们先去良子他们几家看一看。于队长带着张大贵和我一顺溜去了良子、老朴、李永刚和魏玉国家，每家都给送了点水果。那个年代，在莫尔买水果是很贵的。去的这几家异口同声地都夸奖人贵平常对他们关照得很周到，家里有个大事小情中队都给帮着干了。

实际上，于队长每次来莫尔都必定要看看这几家。魏玉国的俩孩子已经长到十二三岁了，俩孩子已经习惯了他们父亲的面容，而且他们也知道了自己的父亲是为救人而光荣负伤的，他们为自己有这样英雄的父亲而骄傲。现在的魏玉国精神状态挺好，也能力所能及地帮着他家属干点儿活。大贵邀请玉国和我们一块儿到他家喝两盅，玉国谢绝了。自他负伤后，他从来不去别人家串门。孩子的学校曾邀请玉国去给师生们做事迹报告，他也没答应。他说："就我这模样别吓着孩子们。"

玉国的生活挺寂寞的，不过他家属张秀英真是个了不起的好女人，她跟着玉国学会了下象棋、跳棋、军棋，俩人没事儿的时候就玩一会儿。那时候没有评"好警嫂"的活动，要是有，张秀英当之无愧。

良子、老朴、李永刚的媳妇儿也都是好样的，她们从悲痛中走出来了，带着孩子顶门立户地过着日子。从他们几家出来，我就想，这人哪，只要信念坚定、内心坚强，就没有忍受不了的不幸，就没有摆脱不了的苦难。

回到大贵家，看见我家属也过来在厨房里跟着大贵家属忙活。她们已经给我们掇对了六个菜：酸菜炒粉、肉炒黄花菜、炒土豆丝、盐炒花生米，外加一盘狍子肉干和一盘手撕咸鱼坯子，菜摆上了，我们仨就围着炕桌盘腿坐下了。

于队长对大贵的家属说："弟妹，我这经常来蹭吃蹭喝的，你就不用整这好几个菜来招待了，我们哥仨有个咸菜疙瘩都能喝个半斤八两的。"——于队长除了对良子的媳妇杨桂月称呼"小月"之外，对其他的家属一概称"弟妹"。

大贵的家属说："五哥，这算是啥招待啊，我就整了几个毛菜，这狍子肉干和咸鱼坯子是老树根儿媳妇儿拿过来的。"

于队长说："反正是我这一来给你们都添麻烦。"

大贵家属说："看五哥说的，你见天来俺们才高兴呢，这不，老树根儿媳妇也高兴着呢，俺们都把你当自家亲哥看呢，没当外人。你仨喝吧，俺姊妹俩上外屋唠嗑去了。"

大贵拎起三斤装的大酒棒子给我们仨的碗里倒满了酒，冲着于队长一比画，说："五哥你就甭跟她俩客气了，咱们喝。"

要论关系，于队长、良子、张大贵和我还有魏玉国、刘锁柱可谓是铁哥们儿。张大贵说过，他早在和他家属刚认识时，对她介绍于耀武我们这几个人的关系时就说过，要是允许拜把子，那我们哥几个就是磕头的兄弟。

我们都是从解放战争的战场上下来转到公安部队进山剿匪，又一块当森林警察的，在场面上说是患难与共的革命战友，在私下里说是敢挡枪眼的生死弟兄，在感情上可说是比亲兄弟还亲。自打玉国出事，良子、老朴牺牲后，我们有机会就凑到一块喝闷酒，絮叨絮叨良子、老朴以及魏玉国和我们在一起时的往事，有时说着说着开怀大笑，有时说着说着涕泪横流。于队长被发配到吉儒穆图监督改造，张大贵本来做好了亲自护送的准备，可是大队齐副政委特意来电话，告诉他不准去陪送，还给他安排了个去外地办事儿的差事。他晚上回到家里跟他家属摔盆子摔碗，大发了一场无名火，后来他家属才知道是因为没有护送于队长的缘由。自从于队长到了吉儒穆图，只要中队有车去，大贵都要买一大瓶子散白酒和几斤旱烟叶子给于队长捎上去，他自己也骑着马到吉利毛斯去看过于队长两次，虽然见了面没有多少话，但从俩人眼神里能看出来是真亲。

好不容易盼到于队长平反了，曹丽却去世了。用祥子日记里的话说："还没来得及欢喜呢，悲痛就来了，悲痛像决堤的洪水淹没了刚刚到来的喜悦，让那少许的喜悦转瞬间就变成了黄连一般的苦水。"

于队长在曹丽去世后心头上打着重结，眉头那总是拧着个疙瘩。工作上也总是不顺心。我们都知道，这个齐副政委不仅是于队长的死对头，对我们莫尔、对吉儒穆图，他也是恨屋及乌，另眼相看。他不仅从不来莫尔中队，而且还时常找个由头给莫尔中队和张大贵穿小鞋。张大贵不在乎这些，他甚至在中队公开的场合说："不就是靠踩着别人肩膀起来的吗？算个屁啊，老子根本不在乎！"

不过，大贵倒是很担心于队长，孩子们不在身边，光棍一条，连个说体己话的人都没有，别窝憋出病来。他没事儿时就隔三岔五给于队长打打电话，聊上一会儿。只要于队长来莫尔，就拧着他来家里边喝边聊。

这会儿，我们仨喝了一碗酒，再倒满了一碗，大贵对于队长说："我看你还是得找个人儿，这常年当跑腿子（单身）不是个事儿，你这眼看着也是往半百上爬了，身边儿怎么也得有个给你做个热乎饭菜洗洗涮涮的人。"

我知道大贵今晚邀我陪着于队长喝酒的意思。我说："大贵说得在理儿，你得听听我们的意见。"

于队长端起酒碗说："喝酒吧，你们就别咸吃萝卜淡操心了。"

大贵说："你别我们一说这事儿就绕开了，今儿个喝酒我是有内容的，事先我跟老树根儿也说了，我今晚是代表咱俩孩子胜利和解放来跟你说事儿的。前些日子，俩孩子带着他们的媳妇找我们两口子了，意思就是让我劝你找个合适的伴儿，免了他们总是惦记你。他们说当儿女的不好意思当面跟自己的老子说这个事儿，让我和老树根儿来跟你说，你得领会孩子们的心情吧。"

于队长听着大贵这番话，把端起来的酒碗又撂下了，脸色凝重起来。他的俩儿子都比祥子大，都娶了媳妇成了家。老大在贮木场当工段长，老二在林场当检尺员。俩孩子工作都很努力，为人也懂事儿，特别是对老人很是孝顺。于队长每次回来都到儿子家看看小孙子，享受享受天伦之乐。这次回来，他还没来得及和孩子们见面呢，他万没想到，孩子们竟委托大贵来说这事儿。他听了大贵的话心里头肯定是受触动了，撂下的酒碗又端起来，自己个撮了口酒。

大贵说："俩孩子和他们的媳妇说这事儿，绝对没有往外推你的意思，真是难得的孝心，那天，孩子们说，他们是想他妈，总也放不下，可爸爸孤身一人的也不能不管哪，他们要是把爸爸后半生安排好了，爸爸能享福了，妈妈在天之灵也会放心，也会高兴的。"

我说："孩子们的这番心思你得往心里头去。"

于队长深啜了一口酒，还是没吱声。

大贵家属和我家属可能在门外也听着了我们唠的磕儿，进到屋里来，大贵家属走到桌子跟前，边给于队长把酒碗满上边说："五哥，你别怪俺多嘴啊，俺看你得把大贵和老树根儿的话听进去，把两个孩子的情得领了，这多难得呀，有多少人家爹鳏娘寡了，孩子们不管老子有多难，都拦着不让再找人啊，咱这孩子懂事啊孝心啊！"

大贵媳妇说得有点动情，眼睛里汪出了泪水，我家属的眼圈儿也红了。

看出来于队长也有些动情，他拉长声地"唉"了一声说："谢谢弟妹啊，让你们都为我操心了。"

大贵说："今晚你就别再绕了，咱打开天窗说亮话，找个伴儿吧！"

于队长吃吃笑了，端起酒碗往大贵和我的酒碗上碰碰，说："就是找，也得容个空啊，看你们几个这着急的劲儿，好像今晚就得出去拽一个回来。"

话正说着，就听有"咚咚"的敲门声，紧接着门咯吱一响，是祥子他妈杨桂月进来了。

杨桂月说："嘿，五哥和老树根儿都在哪，老树根儿媳妇也在呀。"

大贵家属赶紧搬了把凳子让杨桂月坐，说："你吃了吗？在这儿吃一口？"

杨桂月和大贵家属平素里好开个玩笑。她接话说："你也没请我，我咋好意思吃啊？我是来帮你俩洗碗的。"

杨桂月这一来，把我们唠的事儿给冲断了。开了几句玩笑，杨桂月说："我知道五哥和树根儿兄弟在这儿，我就是想问问祥子的事儿。"

听了杨桂月这句话我们仨眼神都有点儿愣：是不是杨桂月听说祥子的啥事儿了？顿了一下，于队长问："祥子回来给你说啥了？"

杨桂月说："嘿，这孩子活随他爸了，回来啥也不说，一问就是挺好的，这不撂下饭碗就去同学家了。"

听了杨桂月这句话，我们仨都松了口气，实话说良子不在了，我们仨作为良子最知心的战友加兄弟，我们不想让守寡了的杨桂月过多地为祥子牵肠挂肚。但对祥子的成长进步也好，个人品行也好，人身安全也好，我们仨从公从私又都负有领导与长辈的不能推卸的责任。祥子被审查，上边给祥子的几条审查结论以及祥子到徐家辉家说不再和三凤来往，三凤喝耗子药的事，于队长告诉我们要对杨桂月严格封锁消息。祥子还有一次长巡时被蛇咬了的事儿，估计他也没跟他妈说。说这话的头一年春防的时候，他带着新调进来的姚建华去巡山，他俩中途打了四五个小宿，因为阿巴河涨水，绕道走，粮食也断了，深山老林里头荒无人烟，祥子的脚脖子又被蛇咬了一口，疼得他受不了，他担心中了蛇毒，把刀子拿火烧了消毒，然后让姚建华给他放血，姚建华不敢，祥子就自己刺了一刀，挤出不少黑血来，偏又遇上两座山太陡，马驮着人没法往上爬，姚建华就在前面牵着马走，祥子拽着根棍子往上爬，回到吉儒穆图，腿脚肿得老粗老粗，养了老多天才好。祥子特意叮嘱我们别跟他妈说这事儿，免得为他担惊受怕。

实际上，不跟家属们学说我们在深山老林里遭遇的很多险事儿苦事儿，应当是我们这些老森警一个不成文的规矩，让家里人知道那么多没啥好处，只能是让她们牵肠挂肚。

看来杨桂月并不知道发生在祥子身上的这些事。杨桂月冲着我们仨说："我来就是想说说祥子对象的事儿，祥子也不小了，你们看看咋办？"

于队长我们仨对了对眼神，一时间都没接话，大贵家属的嘴却来得快："不是听说孟和的三小姨子对祥子不错吗，现在咋样了？"

看来人贵的嘴也挺严实，没跟他家属说祥子和三凤的事。

大贵一听他家属这么说，立马火气就来了，但当着大伙的面又不好发脾气，他冲着他家属说："你娘们家家的知道啥，关系不错就得是对象啊？"

于队长磕了磕他的烟斗子说："祥子是不算小了，不过，对象的事儿还是得听听他个人是啥想法，咱们当老辈的也别掺和太多。"

杨桂月听了这几个人的对话有点儿愣神儿，我估计她是想怎么刚说个话头就给掐住了呢？

# 24

林业部的张副部长回到北京差不多半年的时间吧，林业部就有《关于加强国有重点林区森林防火基础设施建设》的文件发下来了，紧接着就是森警部队扩招。因为是处在军分区代管时期，森警扩招是与解放军一九七一度春季征兵一块进行的，而吉林省动作更快一些，一九七〇年夏天就招收了一批森警，著名歌唱家蒋大为当时是天津知青，就是那一批当的森警，在五岔沟训练的，后来他那首唱红全国、经久不衰的《骏马奔驰保边疆》，就是歌唱咱森警的歌。他们五岔沟、伊尔施的那批战友后来成长起来好几个拔尖人才，应了"地灵人杰"那句话了。虽然是军区系统征兵，但当了森警的仍然不属于现役，而是与我们一样还是林业企业管理的职业制警察，挣工资的。森警部队有史以来还是第一次这么大规模地征兵员。光我们大队就征招了三百人，一下子就兵强马壮了。

按照林业部的要求，每个林业局都建立一个森警中队，后来人们把这个阶段叫"一局一队"时期。

吉儒穆图北面的西口子虽然没有建林业局，但上级考虑到大兴安岭北部原始森林的保护，还是在西口子建立了森警中队，北辖永安山，南辖分水岭。吉儒穆图森警分队升格为中队。

我们原来的老人儿调整也挺大。张大贵提到大队当了副大队长，属于副处级了。孟和、八十子这些骨干也要用起来。先头传言说大队有考虑把我调到条件相对好一点、有铁道线的莫尔中队任职。我也真是兴奋了好几天，因为到莫尔，长期的两地生活就可以结束了，业余时间可以管管家了，况且我家属的心脏和气管都不大好，总是病恹恹的，这些年我俩在一块的日子总共加起来也超不过半年，照顾不上她呀。可是在最后下命令的头天晚上，于队长给我打来电话，他说自己反复考虑了，觉得还是让我去西口子中队任职最合适。他说，"那个中队最远最偏最艰苦，任务也最重，你去挑那儿的担子我放心。"

听着电话，我心中的一点儿小失落眨巴眼儿的工夫就滑过去了，我知道让我去西口子中队，是于队长对我的信任，是大队党委对我的信任，我心中升起一种很庄重的责任感、光荣感，那个晚上睡不着觉，我认真地想了想，假如不安排我去西口子，就我的资历而言，我反倒会在大家面前有一种被照顾的挫败感。

命令很快下来了，刘锁柱任莫尔中队中队长、孟和任吉儒穆图中队中队长、我任西口子中队中队长兼指导员、包八十任副中队长、仲文祥任西口子中队阿里亚分队代理分队长、张成任分水岭分队代理分队长（他还兼着报务员呢）。张成是吃了祥子的瓜落，因为张成比祥子资历还略浅一点，祥子不能正式任职，张成也就只能当代职。

一九七一年招收的森警里面有一些是我们老一茬森警的子弟，像大贵的儿子张小军、刘锁柱的儿子刘东来、我的儿子陈再君都在这一茬当森警了。为什么招了那么多子弟呢？前几年，这些孩子有的上山下乡后又回到家里来了，有的毕业后就在家门口干零活，正好这次森警征召，林区青年就在征召范围之内。我听人说，于队长有话："森警的子弟够条件的愿意来的优先。"不过，在新训后分配时，于队长却主张森警的子弟不要留大队机关和中队部，一个都不要留，一律到偏远艰苦的地方去锻炼。

一九七〇年和一九七一年对于森警来说，编制扩大，兵员扩充，是两个比较重要的年份。其实这批森警啊，就他们的年龄和文化程度来说是参差不齐的。年龄大一点儿的有一九四八年、一九四九年生人的，年纪小的有一九五三年、一九五四年生人的，还有几个是军分区领导家的子弟，才十四五岁，还是小屁孩呢。从文化水平上说,多少有点两极分化,为啥这样说呢?他们当中有相当一部分人是从农村投奔到林区亲戚家来的,就没念过几天书,文化程度相对比较低,还有一部分人属于老三届,有比较扎实的文化基础,理性思维能力也比较强,日后就是在这些人当中,形成了森警部队的骨干力量,甚至有的人当了森警部队顶层的领导干部,不过那是后话了。但是,不管文化程度咋样,这批森警有一个共同点,就是能吃苦。他们大多是新中国成立前后出生的,几乎每个人都经受过苦与累的磨炼,所以这批森警一到部队,很快就适应了森警部队艰苦的生活环境。

就当时而言,表面上看单位多了,人员多了,但因为是一局一队,又要建很多的外站,分布到各个点上的人还是撒芝麻盐儿似的。单就我们西口子中队来说,下设阿里亚和分水岭两个分队,每个分队又有两个外站,总共四十来个人,这么一分,中队部、分队部、外站,各个点儿上就没几个人了——为啥这样高度分散呢?这和当时上级给我们确定的任务有关,就是在"护林防火、林政执勤、维护林区社会治安"三大任务下,高密度地驻防,高密度地巡护,既要及时发现火情也尽早发现林政违法以及内潜外逃分子。

我带着先遣队——这个先遣队少数是我们森警,多数是雇佣来的村民,建队盖房子。我们的人手实在不够用,没办法,我们只得找来一些老百姓请他们帮忙,我们管他们吃喝,多少给一点报酬,好在这些人肯吃苦,而且也不计较报酬的多少。

刚进驻到西口子那段时间,我常常想起当年良子带着我到赤金口子驻防执勤的场景,这多少年过去了,我又带着良子的儿子祥子来了,来到了更偏更远的深山里,但这时的我们在深山老林里生活和执勤的经验比那时候可是丰富多了。我们先遣队的任务主要是建点儿,也就是给后续部队盖房子。我和八十子、祥子各带一拨人分开在三个点儿上干,张成跟着八十子在一起。

这回盖房子是有备而来,斧子、大肚子锯、弯把子锯、铁钉、铁丝、八镐子,各种家把什可比良子当初带着我盖那幢房子时齐全多了。但是,因为有时限要求,有数量要求,我们是起早贪黑地干,不分干部还是警士还是老百姓,都一样地干,甚至像我和八十子这样经验多一点的比其他人干得还要多一些,一天下来真是累得直不起腰来,躺在小杆搭的大铺上一摊泥似的呼呼大睡,早上睁开眼睛垫吧一口又开干了。

我是边干活边筹划着下一步的事,筹划好了,趁大家伙吃饭的时候,把工作一布置，活儿就铺排开了。八十子那，我不用操心，我觉得他比我干得还有板有眼呢，事儿想得周全，活儿干得细致。我们折腾了三个月，中队部、分队部、外站都撮起了房框子，住人的是木刻楞、伙房是板夹泥、仓库和马厩是用小杆撮的。

就在各项工程接近收尾的时候，也就是八月二十二日这一天，八十子在分水岭分队筹建点儿上出了情况。

为了抢工期，那些天八十子一直带着大家伙起早贪黑地干活。二十二日这天早晨五点来钟，八十子和代分队长兼报务员张成最早从帐篷里出来，商量着一天的活该怎么干。等大家伙都出来了，八十子扛着铁锹走在前头，他说早饭前要把大门口的那段路填平。很快大家伙就干起活来了，可是干着干着，张成看见八十子停下来了，左手拄着铁锹右手不停地揉肚子。

张成问："肚子不得劲儿？"

八十子说："怎么肚脐子这儿疼得厉害呢？"

张成说："屎憋的，你去茅坑那儿蹲一会儿就好了。"

八十子说："早晨起来我都去一次了，这会儿没有要解大便的感觉啊？"

虽是这么说，八十子还是扔下锹，穿上雨衣去蹲茅坑了——我们夏秋的时候在大山里头解大便都得把雨衣穿上，蹲好后，把雨衣下摆铺开，也就是把屁股前后都用雨衣遮住，以防瞎虻、蚊子叮咬。

过了一会儿八十子回来了，张成问："咋样，还疼吗？"

八十子说："没蹲出啥来，还是疼。"

张成说："你八成是晚上睡觉凉着了吧？一会儿吃饭时你喝点热粥就好了。"

肚子疼实在是小毛病，没有谁当回事儿。

可是八十子喝了热粥之后还是不行，他说疼得更厉害了。这是啥毛病呢？点儿上没有一个懂医的。负责保管常用药的姚建华拿来痢疾药和止疼片让八十子自己选吃哪样药。

八十子说："吃止疼片吧，吃两片。"

止疼片吃了之后，挺了一会儿，八十子说："这止疼药还真管用，好了，没事了。"

吃了饭八十子又领着大伙出去干活。干到半当腰，八十子又说肚子疼，他说不像是胃疼，是肚子疼，拧着劲儿地疼。张成说："那你就别在这儿硬撑着了，回帐篷里趴一会儿看咋样。"

张成跟着八十子回到帐篷，给他灌了一玻璃瓶子热水，让他焐着肚子，他又吃了两片止疼片。跟张成说："你跟着他们干活去吧，我趴一会儿就好了。"

张成出去干活了，等他们回来吃午饭时，看看八十子还在铺头上趴着呢，炊事员说看见包队长到帐篷外呕了两回，也没见他吐出啥来。

八十子这阵儿一点精神也没有了，就是拿瓶子搪着肚子。他说止疼片就是管一阵儿的事儿，过一阵儿还是疼，这会儿是转到肚子右下边疼了。

咋办呢？姚建华过来给他揉了儿下就被八十子给推开了，他说越揉越疼。有人给他熬了些桦树皮水，让他喝了，没管用，有人又扒了几瓣蒜在火上烤了之后让他吃了，也没管用。

张成看他脸有些发红，就摸了摸他的额头，说："哎，还有点烫啊，发烧了？"

八十子没吱声。

姚建华也摸了摸，说："可不就是发烧了。"

大家伙哪还有心思去干活呀，都围着八十子转磨磨。

张成好不容易盼到了和中队电台通波的时间，他就把八十子肚子疼的情况给我发过来了，我这一看电文，呀，八十子这疼肯定轻不了，要不咋会为这事儿还发电报呢。我赶紧告诉分水岭的电台一直开着，我这边赶紧和大队电台联系。我们和大队来来回回发了几次报，大队那边的医生回复说，可能是急性阑尾炎。

我估计这阵儿于队长和张大贵肯定都在电台跟前呢，把医生都找到跟前了。我发报问能派直升机来吗？他俩都知道，从分水岭到有医院的莫尔是太远了，还没有路，大夫一半天儿也上不来。于队长回电说，他那边儿正在联系飞机的事，也已经通知刘锁柱联系莫尔医院的医生马上往分水岭那儿赶。

后来我知道不是防火期间，飞机都撤回去了，要联系直升机得通过军区系统以及好几个部门逐级审批，不像防火期间，说飞就能飞的。

和大队电台联系完，我晔儿也没打就骑马往分水岭赶，穿山越岭蹚河，到那的时候已经是晚上十点来钟了，实际上，我还离着分队的帐篷有挺长一段路呢，"阿勒斯楞"就颠颠地穿着林子跑过来接我了，你们说这狗通人性不？它就知道我来了。它一到我们跟前，并没跟我带的"黑虎"亲近，而是朝着我诉冤似的在嗓子眼儿里哼唧了两声，就扭头跑到前头带着我们走，好像我们需要它领道似的。走到帐篷跟前，张成他们几个人急切地出来迎接我。

我问："这阵儿咋样？"

张成说："情况不大好，下午电台通波完了，看到他是睡着了，过了挺长时间他醒了，要水喝，说还是疼，拧劲儿地疼，绞着肠子疼。我跟他说了，可能是急性阑尾炎，我说阑尾炎算是常见病，不会有大问题。他听了点点头说，告诉大家那就不用担心了，该干活都干活去吧。我也告诉大伙别都围着这儿了，等陈队长来了再想办法吧。谁知他过了一阵儿又没动静了，我以为又是睡着了呢，还以为是不是止疼片吃多了好昏睡呀，可是我越观察越觉得不对劲儿，他好像不是睡觉而是昏迷，这会儿还没醒呢。"

我踮着脚轻轻地走进帐篷，马灯下，我看见八十子捂着肚子痛苦地蜷缩在铺头上。我到他跟前仔细看看，他紧闭着眼睛，脸惨白惨白的，咦，嘴角怎么还有哈喇子？我摸摸他的手，冰凉。推推他的腿，没啥反应。我把手放在他鼻口那试了试，有呼吸。看到那么一个壮硕的蒙古族汉子竟折腾成这样，我鼻子发酸，眼泪也在眼眶子里转。

我抓着八十子的手，凑到他耳朵边儿轻声说："八十子，我是老树根儿呀，我来看你了。"

八十子没反应，我又对着他耳朵大声说："八十子，你醒醒，于大队长和大贵让我来看你了。"

这时，我看见八十子的眼球动了动，费劲地睁了睁眼睛，好一会儿才用很微弱的声音断断续续地说："我、我觉着要、要够、够呛。"说完，全身竟抽搐起来。

我和张成伸手给他揉搓，可是八十子却抽搐得安静不下来。我对他说："八十子你别着急，千万要坚强一点，于大队长正在调飞机来接你，一会儿就能来，一会儿就来。"

实话说，我知道调动飞机难处大着呢，可这会儿我还是撒了这个谎，我想让八十子心里头有点盼头。

八十子对我的话好像没什么反应，抽搐了好一阵儿才安静下来，实际上是又昏迷过去了。

张成过来对我说："电台来信儿说，刘锁柱已经带着莫尔那边的医生往这儿赶了，大贵副大队长带着林海的医生没赶上火车坐着汽车也往这边儿赶呢。"

他没说飞机的事儿，我也没问，我知道于队长他们是会尽全力的。

过了一阵儿，于队长来电问咋样了，我让张成如实回复，正昏迷着呢。

于队长回电，他也马上坐汽车往这面来。那个时候不像现在，那个时候从林海出来就是山区，过了库里多尔就没路可走，他们坐汽车往这儿赶，得啥时候能到啊。我抓着八十子的手，心里默默地为他祈祷："八十子挺住了啊，一定挺住了啊！"

下半夜的时候，我感觉八十子的手更凉了，我看见他突然睁了睁眼睛，像是在找我，我赶紧凑到跟前说："八十子，我在这儿呢。"

他又转了转眼珠子像是还想看其他的人。我就喊："张成，你们都到跟前来。"

大家伙都围过来了，可是，可是八十子的眼睛却闭上了。我摸摸他的鼻孔，没有鼻息了，摸摸他手腕的脉搏，没有脉动了。我使劲儿摇了八十子两下，大喊："八十子！八十子！"周围的人都跟着喊，可是八十子一点反应也没有了。我把他的衣裳扣解开，贴在他的心口那儿听，没有一点心跳了。我一下子就哭出声来。八十子没了，八十子这个直性老实憨厚的蒙古族汉子和我们已是阴阳两隔了。我这一哭，张成、姚建华和周围的人都哭了，一群大男人在这渺无人烟的深山老林里，在这被马灯照亮的帐篷里，围着我们可爱的战友还没冷却的尸体，撕心裂肺地哭着。八十子，八十子，他奶奶是盼着他像奶奶一样长寿啊，可是他的生命却在三十五岁就定了格。

到了这一天傍晚的时候，莫尔的医生在刘锁柱还有孟和的带领下，骑着马赶到了分水岭，两个医生问了情况，又查看了八十子的尸体，他们说就是因为急性阑尾炎穿孔，导致肠道血管破裂，引起出血，因而诱发出血性休克、抽搐，以致死亡。

我们必须在天亮后就把八十子运下山，尽快把他运到莫尔去——我们得让荷叶和他的孩子见他一面。刘锁柱、孟和我仨商量怎样把八十子运到吉儒穆图。抬着尸体穿山越岭走呢，实话说，人一旦死了，那就真是"死沉死沉"的，没有十个八个人倒班儿抬那肯定是不行，而且还没有路，又那么远；把八十子搭到马背上运下去呢，这个方案也就是这么一说，实际上我们几个压根谁都不会同意的，那样做，让八十子没有尊严像猎物一样绑在马背上，我们就太对不起八十子了，根本不可能；再一个办法就是请求边防团派艘船艇来，走额尔古纳河把八十子运出去，这是最好的办法，也是唯一的办法。还得要快艇，在额尔古纳河里跑一大天就能到，要是大船的话从吉儒穆图到西口子也得好几天，有一次用拖船往上运送物资，走了六七天。可是，我们又担心边防团的快艇能说来就来吗？会不会在执行其他的任务，或者边防政策上有临时禁行的规定呢？孟和说别管那么多，这个事儿他包了。

我们都知道，八十子和孟和是一块参加森警的，又一直在一起，俩人虽然一个是蒙古族，一个是鄂伦春族，但感情上走得最近。孟和伤了眼睛，八十子总是觉得和自己有关系，对孟和体贴关照得越发细致入微。刚才孟和来到分水岭，还没下马呢一听说八十子没了，他竟一下子从马上摔了下来，号啕着大哭起来。

"阿勒斯楞"围在他身边哼哼唧唧，人们说，那是"阿勒斯楞"在哭呢。往常"阿勒斯楞"和"库日任"遇到一起，总是高兴得前窜后跳地玩耍，这会儿呢，不用人呵斥，这两条狗加上我带的"黑虎"竟都懂事似的蔫哩吧唧地趴在帐篷门口。

后来我才知道，边防团的快艇那几天确实另有任务，但是，边防连陈连长听说了这个事儿，立马请示团里把快艇调过来，他亲自跟着艇来接八十子。在吉儒穆图，咱森警和边防连其实就是一家人，军警一家，亲如兄弟。

傍晚的时候，艇来了，坐艇一块来的还有徐村长和徐有银、荷叶。我们含着悲戚小心地把八十子抬到艇上。可是就在战士要撤掉跳板的那一刻，"阿勒斯楞"呜呜叫着要往艇上蹿。那个开艇的战士不想让它上，拿着棍子要驱赶它。我赶紧对那战士说："让这条狗上来吧，死者是它的主人哪。"

那战士用眼睛征询连长的意见。连长说："你是新兵，你还不知道狗在森警队有多高的地位，不知道狗和森警有啥样的感情。"

就在"阿勒斯楞"跳上艇的那一刻，"库日任"也嗖地蹿到艇上来了。

八十子被埋在了良子、李永刚、朴正伦的附近，那一座山上又多了一个森警战士的坟头。

有人瞎拽词儿说八十子刚刚提干任职就死了，是"出师未捷身先死"，我不愿意听，我说八十子当森警这么多年干了多少事儿啊，怎么能说出师未捷呢？

八十子下葬时，"阿勒斯楞"一直就呜呜呜地跟着，下葬完了，人们都走了，荷叶也被人搀着走了，"阿勒斯楞"也不走，就在八十子坟头那转来转去，人们咋召唤它也不走，在场的人都说这条狗忠诚。听八十子的孩子巴图说他们家里后来几次去烧纸，都见到了"阿勒斯楞"，他们把它用绳子牵回去给它弄好吃的，可是一旦解开绳子，它又跑走了，还是跑到他父亲的坟头那转悠或者坐着、趴着。"阿勒斯楞"是陪着八十子呢。

抱养"阿勒斯楞"的时候，给它起名字的时候，我都参与了，可这会儿八十子不在了，又听到"阿勒斯楞"这样忠诚的故事，我的眼睛热热的，心里头不好受。交一个知己朋友又能咋样啊？我曾和刘锁柱唠起过"阿勒斯楞"的事儿，锁柱说他知道，而且还打发人去给"阿勒斯楞"送过几次吃的。孟和说他去八十子坟上也看到过"阿勒斯楞"，"阿勒斯楞"认识他，见了面挺亲，但不跟着他走。

# 25

五月份招收的森警，经过训练，秋防的时候就都分配下来了。按照于队长"森警的子弟要到艰苦偏远地方"的要求，森警的子弟都分到铁道线以外的单位了。因为我在西口子中队，我的儿子陈再君就回避了一下，他分在了吉儒穆图，祥子的弟弟仲文涛也分在吉儒穆图，而大贵的儿子小军则分到了西口子，刘东来分到莫尔中队是考虑到照顾一下雷击中受伤的刘锁柱，实际上后来东来也并没有在中队部干，刘锁柱不让，而是把他儿子分到下面外站去了。

我们当年在于队长带领下进驻吉儒穆图，进到深山老林里执勤巡护，带路扑火，执行各种任务，吃了说不尽的苦头，时间过去了那么多年，这次又进驻到更偏远的西口子，和十五六年前相比，说实在的，那个艰苦劲儿啊一点儿都没啥变化，像交通、医疗条件还有伙食都还是老样子，甚至比那时更艰苦了一些——为啥这么说呢？是西口子更偏远了呗。

如果说二十世纪五六十年代在吉儒穆图的那些年，我们经历了森警部队艰苦创业的初创时期，那么七十年代以后在西口子驻防就是我们艰苦奋斗的一个延续期。不光是我们，其他兄弟部队也是如此，七一年兵以及后来的七六年兵都是在那种苦日子里泡过来的。不像现在这年代科技发展一天一个样，人们的生活条件、工作环境说变就变，那些年的艰苦啊真是一个漫长的过程，多少年都过着同一天的日子，苦日子过得很慢很慢。

由于西口子更偏远，差不多是在奇乾与漠河中间的三角点上，我们面河依山的那座山叫狼狈山，现在的年轻人光听听这名字就可能被吓住了，名不虚传，这座山上的狼确实很多，草塘沟子里也经常能见到，好多次傍晚太阳要落山的时候，都能看见成群的狼蹲在山顶上注视着马群长嚎，当然也是在注视着人群。

到了晚上，狼就悄悄地到我们的简易马厩附近伺机吃马。我们带到西口子三条狗，等到狗叫得厉害时，我们就得起来，到外面用手电筒往狗狂吠的方向照，能看见附近树林子里很多发绿光的眼睛，我们就朝那个方向打两枪，这样就能消停一段时间。我们还用树条子弯了一些大圈刷上白灰悬挂在外围，起初的时候对多疑的狼多少管点儿用，时间长了就不行了。到了春秋两防的时候，还不能随便开枪，怕引着火了。有一次我没带狗，一个人骑马到沟口去，要穿过河边的一片树林子，挨着树林子的东边是一片灌木林和草丛。走着走着就看见马"突突"地直打响鼻儿，耳朵还一惊一乍的，立住脚不愿往前走，我在马背上猫下腰仔细往四下观察，发现我前面二十多米远的地方有一条大灰狼像埋伏的猎手一样正站在那，阴森森地盯着我和我的马呢，我拔出"五四"式手枪就朝它开了一枪，没打中，那是一条老狼，它并没有慌张，而是很淡定地闪了一下，又瞅了我一眼，之后才慢悠悠地走了。当时我挺为自己的枪法生气的，也为那头狼的从容而生气。不知为啥，后来，每遇到点紧急的事儿，我就不由得想起那条从容淡定不慌不忙的老狼来。

据说西口子这一带也像漠河、奇乾一样，在清朝末年慈禧开挖金矿的时代曾经繁华过，淘金的、经商的、卖身的都曾在这里留下过足迹，有的书上还有李金镛来过西口子的记载。现在的江边上还能看到一些曾经的人烟迹象，但都是一处处荒败的废墟了，很多没有了房顶门窗的，被风沙埋了半截的破烂不堪的木刻楞，内外杂草丛生，甚至在房框子里都生长出了粗壮高大的树木。不管是阳光普照还是阴霾漫天，这片清末的边民遗址都尽显无比凄凉的景象。人们传说西口子有成片的"妓女坟"，而我却是没有辨识出来，可能早都和山川沟壑长在一体了吧。我们所见到的就是长满粗壮高大树木的山川、铺满塔头甸子的沟塘子，一处处"豆杵子"（也叫土拨鼠）拱出来的新鲜土堆，还有森林里宽宽窄窄的河流，再就是窜来跳去、飞来飞去的野兽和飞禽，我们就像住到了天边边儿一样。

春秋旱季要是骑马下山去趟吉儒穆图都得遭好几天的大罪，而开化后山上桃花水一下来还有夏季里沼泽地一翻浆，山上的道没法走，冬天雪大，到处都是深雪壳子，还有山泉水形成的大冰包，那道也没法走。额尔古纳河是我们最好的指望了，夏秋时借借边防团巡逻艇的光，冬天在封冻的江道上骑马或者跑马爬犁。但额尔古纳河也不总是畅通无阻的，夏天里边防团的巡逻艇不是常有，冬天里雪大时马爬犁也走不了，真的是与世隔绝了一样。我们订的报纸一个季度能上来一次就不错了，好几麻袋的"季报"，新闻早过时了，跟着报纸上来的还有大家的信件，每个人都一厚沓子，那信里说谁家里的老人有病住院了，说谁家的孩子牙疼腮帮子肿了，说谁家的房子透风漏雨了，那都是好几个月之前的事啦，现在咋样了谁知道呢。祥子收到一大沓信，先按邮戳日期给信编上号，之后再按照编号顺序一封一封地拆开看。他说不编号，随便拆着看，那信的内容容易把人整糊涂了。祥子的这个办法很快得到推广普及。我们到了西口子虽然电台很快就通了，可是电话却不通，那个闭塞劲儿差不多又回到了六十年代前期以前。

一九七二年五月，森警的服装改为全身蓝色，等发到我们西口子中队时已经是冰封雪裹的季节了，那个冬天我们穿的还是老服装，年轻人爱臭美，不外出的时候在屋子里把夏季的新警服翻出来穿到身上喊瑟一会儿。

建营房、打前站的活儿刚刚有点儿着落，刚招来的七一年的这批新森警就上来了。他们来了，他们住进了新建的还泛着潮湿的营房里，可他们哪里知道有一个为了迎接他们的到来而献身的老警呢？不要紧，我给他们开的第一个会，就给他们讲了八十子。我说，按说阑尾炎在城市里不算啥大病，可是在咱这缺医少药、医生进不来病人出不去的偏远深山老林里，这小病就能要人命。我不是吓唬他们，我是要让他们这些新兵对咱的艰苦环境有个思想准备。

这个秋天我们要干的事太多，着急的就有三大件：一是正值秋防，我们得组织巡护瞭望；二是新兵得组织搞点练兵活动，锻炼他们的体力，让他们尽快熟悉山形地貌，包括我们几个老人儿，对这一带也需要熟悉，况且我们是住在中苏关系还是很紧张的边境线上呢；三是得储备过冬的人吃马喂，人吃的新兵来时带了一些，但还远远不够，还得从山下往上运，而马吃的草料就得靠我们自己打草储备了。听说有的队是买马草过冬，可我们不行啊，我们新建队没家底儿，买不起马草，就是买得起也运不起啊。

自己打马草对我们来讲也是个难题，西口子这一带都是丘陵山区，没有大块平整的草场，在边边角角的地方打草，那可得费老鼻子劲儿了。祥子在"八道卡"甩湾那一片选了几块地方，带着人和家巴什儿过去了。他已经打过好几年马草，有经验了。他看着没有空闲的帐篷，又懒得来回倒腾里面的东西，就用木杆子搭了两个简易棚子，顶盖上铺的草。一个住人，一个做伙房兼食堂。他们干了没几天，有天夜里突然来雨了，草棚子顶上哗啦哗啦的漏雨，小杆铺地下都发水了，鞋也冲跑了。在这之前，我去大队开了几天会，回来就忙着中队秋防准备和训练的事，打草的事儿我没怎么顾上问。我那天早晨一起来，看到天下雨，就想着应该去打草点儿上看看了，结果骑马到那一看，大家伙都披着雨衣在铺头上窝憋着雨休呢，而祥子和两个兵在哗啦哗啦漏雨的草棚子里整饭呢，我看到这场景，那火气就冲到脑门子上来了，不管不顾地就把祥子乒乒了一顿，这么多年我没怎么说过祥子，这还是头一回。

祥子红着脸检讨说："着急开工又看着没有空闲的帐篷，寻思也就是四十来天的事儿，对付一下得了，所以没准备那么细。"

等冷静下来，我想想这事儿自己是有责任的，没尽到心。我回到中队腾出一大一小两个帐篷来给他们送过去。我在打草点儿住了一个礼拜，跟着他们一块干。祥子这小子不错，没有因为是代职而懈怠自己，也没有因为当了个小头儿就摆谱的架势。凡事儿他都是带头干，我看着挺满意。地方上有的人管领导叫"头儿"，也有人这么叫过我，听着有点俗气，其实，细想想，我倒觉得这么叫也不错，并非是贬义，头儿、头儿，要么是工头儿，要么是打头儿，要么是领头儿，反正一事当前，当领导当干部的就要站在前头儿，带头儿干领头儿走，在基层这么叫反倒接地气。

每回打草都是祥子打头，在前面开趟子。打草的人都知道，开趟子比后面跟着的人要累不少。蒙古大杉刀怎么也有十多斤重，祥子的杉刀抡得宽，压得实，草茬子低，一刀过去，出草量大。而不会打草的人或者偷懒的人，刀是在草面上或者半当腰浮着的，压不下去，抡的刀又不够宽度。砸刀是个技术活儿，也是个磨叽活儿，每打一次草，回来就得砸一次刀，砸刀时需要耐心细致。有几个新手根本不会砸刀，不会使那股子巧劲儿，砸出来的刀缺乏锋利，钝刀打草咋能打下草来呢？就像钝刀切肉似的，使多大的劲儿，干受累也不行。祥子就一个个手把手地教，有两个笨的，我看祥子干脆就把他们砸刀的活儿给包了。你们想啊，打四十天的草，至少得砸八十次的刀，辛苦不？这只是其中的一点苦。还有呢，我们每天是天一亮就起来，穿上雨衣、水靴子，戴上蚊帽扛着钐刀就出发——为啥穿雨衣呢？去打草的地方得路过一片树林子，树枝子树叶子上都是露水，轻轻一碰，那露水就哗啦哗啦地落一身，没有雨衣水靴子哪能行。起早打草，凉快，蚊虫少，好干活。不过，用不了多长时间太阳就升起来了，太阳一升起来，小咬也就都出来了——城里人没见过小咬，那个小东西可厉害，我们那时候常说"小咬小咬非常小，咬你一口受不了"。

153

实际上，还有一种比小咬还小的蚊虫叫"刨锛儿"，无声地围攻你，它比小咬咬人狠，叮到你的皮肤就刨你一口，最烦人的是，它竟往你的鼻孔里、耳朵眼儿里甚至往嘴里、眼睛里钻，有眼儿它就进。我们戴的防蚊帽是挡蚊子，可那个网子眼儿挡不住小咬、刨锛儿。小咬、刨锛儿钻进蚊帽里，倒像是误进了笼子出不来的困兽，往人脸上乱扑乱撞，呼呼地钻进鼻子眼儿耳朵眼儿里头。没办法，我们只得把防蚊面罩卷起来，把毛巾的一边塞进帽檐里头，下边护着脖子，来回一甩荡一甩荡的，多少当点用。等到气温升起来，蚊子瞎虻就起来了。不愧是大兴安岭的瞎虻，那个头真叫大，火柴盒里装两个有点宽绰，装仨就挤了。

有一天午休时，姚建华喝了点酒，靠在行李卷上，支着二郎腿，眯着眼睛瞅着一对瞎虻打架。

有人说："你们看老姚盯着瞎虻都能入神。"

姚建华摆摆手示意不让人说话。

好一会儿，姚建华才喘口长气，说："嗨，刚才那是一对公母瞎虻是在配对呢，你们瞎吵吵，不是搅了人家的好事儿吗？"

大家伙都说老姚是火眼金睛，俩瞎虻在一起都能看出它们配对来。

姚建华说："别说瞎虻了，连蚊子是公是母我都能看出来，没这点儿功夫还能叫森警？"

有一天收工，大家扛着钐刀往回走，又累又热，疲惫得很，还得不停地抽出手来扇乎瞎虻蚊子。这时，姚建华突然干咳了两声，清清嗓子说，他来了诗兴，要给大家作首即兴诗。我支起耳朵准备听他的大作。他嗓子眼里哼唧了一会儿，咧着嗓门喊道：

啊，咱森警的小伙啊，个个帅，咱这队伍里的人啊，青春的热血比蜜还要黏。

啊，森林里的蚊虫啊，赛天仙，飞来飞去不离开，叮上一口啊，比大姑娘的亲吻还要甜。

看着他那一本正经的样儿，大家伙都被逗笑了。

祥子赞许地说："你还整出点儿革命的浪漫主义呢！"

实话说，咱森警官兵个个都是在青春好年华的时候，可是在偏远的深山密林里长年见不到个长头发的，大家伙就常常整出点儿荤的带色儿的来过过嘴瘾。

我赞同姚建华这样的大大咧咧，能给大家逗逗乐解解乏。

有一次姚建华抓了一只个头挺大、比小猫崽还要大的耗子，他说这是个带把儿的公耗子，雄性激素多，力气大，胆子大。他把耗子的腿系上绳拴在柱子上，又把一条狗和一只猫也拴在另外两根柱子上，狗、猫、耗子是个等距离的三角，可是由于绳子拴着，狗和猫就差着十来厘米的距离咬不到耗子，急得直叫唤，而那个大耗子吓得也吱吱叫，最后趴在地上昏过去了。

还有一次，一个耗子从天棚糊的报纸上掉下来了，正好掉在姚建华的被窝那，他把被头一翻，一下子把耗子给捂住了，他把耗子装在一个罐头瓶子里，拧上盖，然后就把这个装耗子的罐头瓶塞进了张小军的被窝里，小军睡实成了不知道，双手竟搂着罐头瓶子睡了大半宿，早晨一睁眼，吓得嗷嗷叫。

姚建华说："这是个年轻的女耗子，让你搂着睡了大半宿，你都逮便宜了还叫唤啥？"

姚建华还把抓的活瞎虻、苍蝇、蚊子、臭虫装在一个罐头瓶子里，放到窗台上观察，说是这叫以毒攻毒，看看谁最厉害。

看姚建华总好整妖里妖道的事儿，祥子就给他起了外号，叫"老妖"。姚建华对这个外号并不反感，谁叫他"老妖"，他都答应。

瞎虻那个东西学名应该叫"牛虻"，它是专吸人畜血的。嗡嗡嗡在你面前飞来飞去，叮上就是一口，据说它还能让你得上传染病，人人传染，人畜传染，那叫吓人哪。我们山里的牛啊马啊常常被瞎虻叮得浑身直打哆嗦，那些牛马的尾巴都是不停地甩来甩去，那就是驱赶瞎虻呢，有的儿马子，把那阳具都伸出来老长老长的，啪嗒啪嗒地在肚皮底下拍打瞎虻呢，让骒马们都羡慕死了。有的马被叮咬得实在受不了就躺到地上直打滚，一是要压死那些瞎虻，再就是身上沾上层泥土，也能挡挡瞎虻的叮咬吧？牲口都遭这么大的罪，别说咱们人了，脸上身上被叮咬得一片片的红疙瘩，挠破了直淌黄水，时间长了就像得了皮肤病似的。我告诉大家伙一个土办法，就是用艾蒿蘸白酒往红疙瘩的地方擦，止痒，管用。

人们都说是"小咬瞎虻蚊子三班倒"，其实，说这话的人是外行，蚊子从早到晚它都在上班，没见着它休息过，啥时候啥场合都有蚊子在飞，在向人畜进攻。还有一样小动物就是"草爬子"，学名叫"蜱"。跟蓖麻子长的形状差不多，跟臭虫长得也差不多，但比臭虫个头小，专门往人不好挠的地方钻，就是好往脖子后头、胳肢窝、大腿里子甚至往男人命根子那儿钻，有人开玩笑说，往那地方钻的肯定是好色的母草爬子。

155

"老妖"说："要是女人到山上来，那公草爬子可是逮着大便宜了。"

有人就笑着说："那你家属来了可咋办？"

老妖一巴掌拍过去："这就看出你这生荒子嫩了，有我在，能让草爬子逮着便宜吗？"

草爬子这玩意儿钻进去就吸血，钻进肉里，人就痒得受不了，如果发现得早，用烟头烫它露在外面的尾巴，它的脑袋就能慢慢地退出来，不过烫的时候那烟头离远了不管用，离近了整不好就烫着皮肤了，我们也用小镊子夹过，不行，容易把爪子夹出来了，把脑袋和身子留里头，照样搁里头闹妖，每到阴天下雨，那被叮的部位就红肿刺痒，一般得过两个夏天才能好，不过这是轻的，重的是这小玩意儿钻进去整不出来，人就会得森林脑炎，发烧、呕吐、严重的能引起心力衰竭，能要人命——置人于死地的危险对于我们森警来说是无处不在啊。我们长年在火场上在草沟塘子里，人人都被草爬子钻过，后来咱莫尔中队有个叫张常义的义务兵就是因为草爬子得了森林脑炎，活活被这小玩意儿给折腾死了。

我离开打草点儿的头天晚上，大家伙刚吃了饭，要往蚊帐里头钻，姚建华"嗷"的叫了一声，我们凑到跟前一看，他的铺头上趴着条蛇。我拎起门口的斧子过来就把它给剁了。有人喊："打七寸！打七寸！"我哪顾得上七寸呢。姚建华戴上手套把蛇抓出来扔到筐里，人们正议论着这蛇有毒没毒呢，那一边儿，小军又"嗷"地喊起来，他的铺头上也盘着一条蛇。我又抢斧子把它剁了，估摸着这两条蛇是两口子吧，没准儿晚上要往一个被窝里凑呢。

这么一来，大家伙都惊着了，都在手里拎着个家巴什儿小心地查看自己的铺头。我知道大兴安岭林区的蛇基本都是没毒的，但是那也不能让它咬着呀，就是不咬人它也膈应人哪。我和祥子拿了把大号手电筒把帐篷顶上、被褥下面、铺头底下都查看了两个来回，确认再没有蛇了，大家伙才消停下来。

大家伙都吹灯休息了，我看祥子却跑到帐篷外头篝火那忙乎着。我想借机会跟他聊聊天，连把工作的事儿也说一说，凑到跟前一看，他手里正忙着扒蛇皮呢。

我说："祥子你这胆儿是真练出来了，还敢扒蛇皮了呢。"

祥子说："这不是跟着你们长辈们学的吗？咱这当森警的啥都得敢啊。老根儿叔，我把这两条蛇烤一烤给你下酒咋样？"

祥子把蛇烤了，端了一小碟子盐面，又给我倒了半茶缸子酒。我们爷俩就坐在篝火边上聊起来。

工作上的事儿说完了，我问祥子："上次在莫尔你妈还在为你对象的事儿操心呢，你自己是啥想法啊？"

看不清祥子在黑影里的神情，但能看见他低着头的样子。

我说："你也二十四五岁了，看着有合适的也该谈得过了，要不你妈心里也总是个事儿。再说了，你弟弟也不小了，你不谈，还影响着他呢。"

祥子说："上次审查我的时候，说我和人家女青年关系暧昧，弄得我心里头挺腻歪。"

我想了想说："咱身正不怕影子歪，怕兔子咬还不种黄豆了呢。"

祥子说："老根儿叔，你不知道'人言可畏'那句话吗？有时候，人是不得不活在别人的唾沫星子里的，由不得你自己。"

我知道他这句话也是连带说这次任职的事儿。本来提干方案里内定祥子直接提干，担任分队长，可是那个把老红军卜政委挤出去的人现在当了政委，又出来捣乱说起祥子前两年受审查的事儿，说他思想意识不好，还特别提到了三凤因为祥子喝药的事儿。

三凤喝药后祥子曾跟我诉过委屈，他说三凤这一喝药，好像他真咋着过她似的，其实啥也没有过，他和三凤是小葱拌豆腐一清二白，他说没想到三凤对他的感情会是这么深。齐政委坚持先让祥子当代干，观察一段再说。实际上，祥子这次任代干，我们知道这是于队长、张大贵与齐政委各自坚持也各自让了一步的结果。唉，这世间的有些事儿啊，真是难说。


一九七一年的兵进来之后，于队长在大队的层面下力气抓了几件事。一是抓全员军事训练。我知道他这是借着训练之机抓部队的整顿，整顿纪律、整顿作风，他是想通过整顿改变一下队伍涣散的问题，但是会上和文件上都不能这么说；二是抓业务训练。还是抓"活地图、铁脚板、千里眼、神枪手"的练兵活动。这是从他在分队任职的时候就抓的活动，到中队、大队任职后，他也坚持抓，他跟我说过，干啥得吆喝啥，这是咱的饭碗子工程；三是举办报务员培训班。他让李树鹏抓这件事，特别要求培训数量要达到一部电台能有两三个报务员的配比，他说要考虑到报务员生病、休假以及将来电台数量增加的因素。李树鹏一听说让他办报务员培训班，积极性老高了，这个知识分子呀，脑子里头全是怎么把电台通讯搞上去的念想，没听他叨咕过什么家长里短的事儿、当官不当官的事儿；四是举办汽车驾驶员培训班。据说研究办这个班儿的时候，有的领导不大赞同，说咱大队从上到下，所有的汽车加起来不超过两巴掌，有必要举办几十人参加的培训班吗？上外头委培个十个八个的管够用了。于队长不这么看，他说今儿个车少不等于明儿个车还少，得用发展的眼光看问题，不能有了车没人开，将来机械化肯定是方向；五是举办医务培训班。这是森警部队这么多年来第一次，我估计八十子的死对他做这个决策绝对有影响。实际上，这么多年来于队长我们一块堆儿在深山老林里对缺医少药都有切肤之痛，他抓这个事儿是抓到点儿上了。

我到大队开会，私下里跟张大贵唠起于队长抓的这几件事儿，大贵说，不光是医务班抓到点儿上了，这几件事儿都抓得对，抓得准，这才叫内行领导呢，靠那个光盯着当官整人瞎咋呼的，咱森警早就完犊子了。我知道大贵说的是那个齐政委。我听说，于队长抓的这几件事在会议上研究的时候挺费劲儿，关键还是说这么抓业务是不是冲击了政治，看来于队长是在硬着头皮干呢。大贵会上会下都是于队长的坚定支持者，敢当面表态亮明观点，不含糊，他作为大队副职，对于队长主张的经过大队党委或者办公会定下来的事儿，全力以赴地抓落实。

真是善恶有报，我们都没想到"九·一三"事件后，那个齐政委就被隔离审查了，从此以后他就再没回到森警，政治舞台他也没蹦上去多高，就歇菜了。说实话，我们这些老警们从没把他当做过真正的森警人，权当他就是森警里的一个匆匆过客，一场闹剧中的小丑吧。

齐政委出事后，我们的老政委又回来了，这是个老革命，也是个老实正派人，他在战争年代枪林弹雨中负过伤，这次运动又被武斗过，身体明显衰弱了。但他一回来就表明态度全力支持于耀武的工作，他说老于这么多年在森警，从基层一步步走上来，既熟悉部队，又懂管理、懂防火业务，你就冲在一线干吧。

因为有了这么一个大变化，于队长紧紧地抓住这个机会，立马联手老政委开展甄别平反、落实政策的工作。把那些在运动中被挖被整的干警一一整理材料，做出恢复工作恢复原职的结论，他和老政委一块堆儿亲自跑军分区找主要领导和政治部的领导一一汇报，得到了军分区的支持。其实，这事儿，两位领导也是冒着挺大风险干的，搁政治上好钻营的人、胆小怕事的人、瞻前顾后的人绝对不会急着干这事儿。

# 26

一个秋防一个冬训下来,我对西口子中队七一年的这批兵都已经很熟悉了。像长得五大三粗说着一口山东话的黑大汉田运良、身材高挑白皮嫩肉的高俊仁、中等个头方头圆脸的上海知青赵本昌、只有十五岁的小豆芽李伟、沉着稳重少言寡语的何江海等。

这批兵分配时,我把大贵的儿子张小军和小豆芽李伟留在了中队部。李伟刚十五岁,我怕他到分队外站适应不了,在中队部好歹不是第一线,艰苦性、任务量要比外站相对小一些,我把大贵的儿子张小军也留下了,他虽然比李伟大几岁,但在我眼里他还是个孩子,这里面多多少少有点关照一下他的私心。可是分配名单宣布之后,这两个小子都来找我,坚决要求到外站去。小军说:"我是咱森警的子弟,我不能因为对我的安排让旁人说三道四,让老根儿叔你和我在人前都挺不起腰杆子来。"

听着这小子的话,我心里头挺中听,随他爸,不是个孬种。李伟来找我,我才知道这小子是军分区领导的孩子,我说:"哈,原来是个高干子弟啊。"

李伟说:"我是军队大院长大的,边防连的哨卡去过不少次,什么危险啊艰苦啊,都不怕,艰苦点危险点才有刺激呢。"

我说:"你小子这是找刺激呢,这可不是你过去跑马观花的看景,这回可是要实打实地扑下身子去干了,啥苦都有,啥危险都有,怕你到时候哭鼻子都哭不出来。"

这小子还跟我梗梗脖子呢,瞪着眼睛说:"那你就考验我好了。"

行,这俩小子的做派我倒是挺喜欢,我喜欢肯吃苦的人。我就把张小军分到分水岭分队乌龙干东梁外站,把李伟分到阿里亚分队滚兔子岭望火楼了。

滚兔子岭望火楼其实就是我们进驻后在海拔一千四百二十六米的山峰顶上用小杆搭建的一个高台子。站在这个上面瞭望,我们中队的辖区基本就尽收眼底了。不过,这个望火楼跟我和良子当年在赤金口子临时搭的瞭望台没啥大差别,不同的是,我们在瞭望楼底下建了一幢简易营房,上去可瞭望,下来可休息。原来是想在山底下建营房,但考虑到这滚兔子岭太陡,每天爬上爬下太费劲儿,干脆就把简易营房建到山顶上了。别看这个瞭望楼和营房非常简陋,

159

但建的时候费老鼻子劲儿了。因为没有路啊，马驮着那些材料爬到半山腰，山太陡，马就上不去了，我们就想法把绳子甩到树上，系上扣，人抓着绳子往上爬，像攀岩似的，时间长了，脚下也刨腾出蹬踩的道了。再就是下边把工具材料装到麻袋里或者用帆布捆好，系到绳子上，人在上边拽上去。后来那几道绳子一直都在那拴着，当然是中间换过几次，人们上上下下的都是拽着绳子走，安全、省劲儿。当时还有人说，这要是有个照相机照下来就好了，以后也留个念想。当时要真有张照片今儿个保准儿能进队史馆。

这个望火楼，其他物资包括粮食运上去一次，能挺一段时间，最麻烦的是用水太费劲儿了，吊上去一满桶，到顶上也就剩下小半桶。后来他们想法给几个铁桶整了个盖儿，装满水后，连桶带盖儿都系好了再往上吊。为了节约用水，人们在山顶上基本就不洗脸不洗衣裳，攒到一块堆儿到山下去洗。来到这儿的人都说，这地方干脆就叫"上甘岭"得了。后来听说，五岔沟有个"老头山望火楼"跟滚兔子岭情况差不多，也是这么艰难。

望火楼外边距悬崖边最窄的地方只有不到三米远。一到大风天，半山腰的森林树冠像汹涌的波涛一样此起彼伏，呜呜作响。要是大风天大小便，必须得抓住拴在小杆上的绳子套，否则就会有被风刮下去的危险。

这个望火楼就仨人，何江海、田运良、李伟。老兵人手少，何江海就当了负责人，别看何江海和他们都是一批的兵，可这人是北京一九六七届高中二年级的学生，因为运动来了才中断了学业，实打实的有点文化。后来有过下乡的经历，学校里当过班长，知青时当过队长，还入了党，他们那批兵里入伍前就是党员的没几个，新兵训练时，他当副班长，表现挺成熟。

过了一段，我听祥子说那个小豆芽确实小，玩心太重，喜欢拽着绳子山上山下地来回爬着玩儿，总惦记着出去打猎，实际是他愿意玩枪，据说是他从家里带来一些子弹，但是，再带能带多少啊，何江海他们就控制他，他没招了，就把从家里带来的好几个弹弓子掏出来了，整天价拿着弹弓子打鸟儿玩儿。祥子说他交代给何江海和田运良了，告诉他俩得管着点李伟，一个是保证安全别出事儿，再就是得让他学点文化，正是学习成长的年龄，别把这孩子整白瞎了。

祥子说："别看他是分区首长的子弟，但学校又停课又串联的，他好像没念几天书，那字儿写得歪歪扭扭像老蟑爬的似的。"

学文化这事儿，田运良管不了，田运良文化也不高，何江海能管，何江海是"老三届"，文化底子挺扎实的，说说写写都还行。何江海比李伟大五六岁，正经的老大哥样，他把从家里带来的《新华字典》找出来，让李伟从头到尾抄字典，每天抄二十个字，一个字一个字地抄，一笔一画地写，要求抄每一个字时还要认真看一看字义。何江海说："按我说的办，你的文化也学好了，字也练好了。"

何江海有耐心，每个礼拜都检查一次李伟的作业，还拿着字典提问他每个字的意思。田运良在旁边看着看着，心里也刺痒了，说我也跟着学吧。嘿，谁能想到啊，这大山里头，又高又陡的简易望火楼里头居然办着一所业余学校。

祥子上去蹲点儿，看到这情况，高兴得直夸何江海有办法。何江海说："这么整，不光是他俩学了，我也跟着学了，我觉得这段时间自己在字词方面收获也挺大。"

祥子和江海能唠到一块堆儿去，俩人都有文化，都挺稳当。

六月底，树叶已经封山了，春防也就可以结束了，江海他们正准备着往下撤点儿的事儿，突然在傍晚的时候发现距滚兔子岭不远的山里有火情，是雷击火，看着烧的面积不算大。江海他们仨踢力扑隆跑到那儿，想把火捂扯灭了，可是有风，扑打了好半天也没有捂扯住。何江海突然想起来，前两天下山灌水时，在河道附近发现有两个新扎下来的猎民点，他当时还对那七八个猎民进行了一会儿防火教育。现在何不就近把他们召集来帮着打火呢。

江海交代田运良和李伟注意安全之后，就匆匆忙忙去找猎民。由于着急打火，他们从望火楼下来时就没带枪，江海手里拎了根棍子壮胆，走着走着天就黑了，又是阴天，没有月亮地儿，大山里头黑咕隆咚的。何江海说，那会儿他心里头有点害怕了，这要是遇上野兽，那就玩儿完了。越紧张，越觉得周围有野兽在盯着自己，越害怕，脚底下的倒木、树根越绊脚，藏在树上的不知名的鸟也发出呜咽般的叫声，草丛里的飞虫也拉着长声的嘶鸣，他说他的头发汗毛惊得一乍一乍的。由于是黑天，江海只是奔着大概的方向走，走着走着，他感觉走得不对劲儿，辨辨方向再往前走，走一阵儿又觉得不对劲儿，咋看不见河呀，江海说他觉着是迷山了，想到这儿，脑袋嗡地一下子就蒙了，有点儿一片混沌又有点儿一片空白的感觉。那边火还烧着，那俩弟兄还在那奋战呢，自己却迷山了，这可咋办？江海说，他意识到迷山以后脑子里就剩下着急了，害怕恐惧的意识反倒没有了。他说他蒙了一会儿，就在心里劝自己冷静冷静。他坐在倒木上歇了几分钟，心情稳当点儿了，他就找了棵大树，把扎在腰上的绳子

161

解下来摸着黑往头上树杈子上甩，然后就拽着绳子往树干上爬，爬到有树杈子的地方，就趾着树杈子往上攀，快爬到树头了，往四下看，看见有河水反光的地方了，他确认了方向，下了树就往那儿奔，还别说，真就走到河边了，心里头一下子就敞亮了，终于顺着河道找到那两个猎民点儿了。

江海说："当时我也不知道他们是鄂伦春猎民还是鄂温克猎民，反正他们可好了，他们都喝完酒睡觉了，听我一召唤，都起来了，说是让他们帮着打火，都没二话，拽过马来就走。"

江海是搂着一个猎民的腰，乘着人家的马，把他带到火场的，见到田运良、李伟甫提有多高兴了。

正是下半夜气温低风力小的时候，他们和猎民们一口气打到早晨七点多，就把明火给扑扯灭了。江海说，火一灭都觉着饿了，可是他们和猎民们都没有带吃的，有俩猎民嘀里嘟噜地说了几句，就骑着马走了。江海他们疑惑地闹不清是咋回事，留下来的一个猎民用生硬的汉话说，他俩去找吃的了，一会儿就回来。果然，不到一个时辰，那俩人驮着俩狍子回来了。猎民说他们都知道这山里哪个地方有猎物，到那儿准能找得到。江海说他们吃完了烤肉，肚子饱了也缓过乏来了，就把打灭的火沿着外圈又清理了一遍，他们仨虽然是头一次打火，但在新兵训练时，教员们讲过打火课，猎民们也都懂。为了这场火，江海他们仨和这几个猎民成了好朋友，往后的日子经常有来往。江海说，猎民们实在可交。不过，那天，小豆芽李伟吃了半生不熟的烤肉，胃肠可能接受不了，不大工夫就连拉带吐，直吵吵肚子疼。他没力气爬山了，猎民把他整到猎民的马架子里养了两三天，你别说，这小子打那以后还真喜欢上吃那半生不熟冒着血筋儿的烤肉了。

春防总结会上，何江海是最后发言的。他先谦虚了几句，说自己个是新兵，说得不一定对，说错了还请大家批评指正。我对他这几句话似听非听的没在意，谁知这小子谦虚完了一转弯说："我对在滚兔子岭那设瞭望楼有点不同的看法。"

咦，听他这么一说，我们在场的都一愣，他似乎看出我的神情了，就有点儿迟疑。我说："江海，'知无不言言无不尽'，你有啥就说啥别有顾虑。"

江海想了想说："那我就说了啊。滚兔子岭是那一片的制高点，站得高看得远，对瞭望火情确实有利，可是在这顶上执勤太费劲啦，人得爬上去，水得吊上去，没有电台电话，有了火情得靠人下山去报告，还养不了马，靠两条腿儿去分队报火情黄花菜都凉了，我觉得要是保留这个望火楼就应当在岭下头盖间房子，养几匹马，上去瞭望的轮班换。"

祥子听了接话说："江海说得有道理，我也感觉是应当改进一下。"

祥子说得挺婉转，他知道，当时建这个瞭望楼，吃住执勤一体化的主意是我提出来的。实话说，我当时觉得岭顶是陡了点儿，但有制高点，瞭望火情应当是最佳位置，至于执勤吃住一体化，我主要是考虑，眼下的当务之急是先把任务开展起来，电台很快就能架上去。至于建营房的事儿，还是要从长计议，先弄个临时的支应开。听了他俩人的意见，我没多解释，但是我表扬了几句何江海，说他肯动脑子，敢于提出自己的看法，同时我也表扬了他们联合猎民扑火的做法，争取了时间，减少了森林的损失。祥子补充说，何江海他们在滚兔子岭瞭望楼上就仨人，江海还领着田运良和李伟学文化，这个事儿也应该好好表扬。祥子这么一说，何江海还闹了大红脸，不好意思了。打那开始，我觉得何江海这小子是可塑之才。

后来我把何江海拿着字典教文化的事儿给于队长说了，给于队长高兴得吧嗒着烟斗子说："这就是新兵来了有新气象，咱森警就需要这样的新鲜血液。"

就在我召集各个执勤点上的负责人在中队部开春防总结会的时候，田运良带着小豆芽李伟在阿里亚分队闹出来点儿动静。

因为都刚从执勤点儿上下来，祥子安排大家临时休整一下。李伟这回得着马了，有空就骑着马拿着个弹弓子到处蹿。这一天吃完饭，喂完马料，他拉着田运良说："咱俩骑马往远处走走，我有从家里带来的子弹，看看能不能打个猎物什么的。"

田运良一听说有多余子弹，心里头就刺痒了，俩人也没跟在家负责的姚建华打招呼，就骑着马跑出去了。

他俩拐过两道山梁子后，就发现对面山坡上有俩狍子，距离太远，开枪够不着。他俩就下来牵着马悄悄往前靠，觉着距离差不多了，俩人商量一人打一个，可是枪响了，谁也没打着，狍子愣一愣跑了。这俩人就骑上马追，追的过程中，李伟还当当地打了两枪，本来是前后脚跟着跑的俩狍子一下子就散开分着岔跑了，这两人就分开去追，越追越远，俩人彻底分开了。

田运良没追上狍子，马放慢速度后，他捡到了一支犴角，实际那是个上等货，田运良当时并不懂，只觉得品相不错，他说他听人说过，犴角、鹿角一般两只角都是一块儿脱落，他觉得在附近还应该找到另外一只，他在那儿蹅摸了半天也没蹅摸着。再往前走不远，抬头一看，眼前是一条宽宽的大河，呀，来

163

的时候没有看到大河呀，这会儿怎么出来河了呢？田运良有点发蒙，不知道该往上游走还是该往下游走。这时他才猛然想起李伟来，呀，这个小豆芽哪去了呢？他放开嗓子喊，也没回音，当当打了两枪也没回音。他有点儿紧张了，李伟还是个孩子呀，这要是有个三长两短的可咋办？田运良虽然和李伟同一批参加森警，都算是新兵，但他毕竟在山东农村和大兴安岭林区有过历练，还是有一些经验的。他定定神儿，仔细打量打量眼前的方位，辨别出眼前的这条大河就是额尔古纳河，对面就是苏联，说不准对面暗堡里的苏联兵正盯着自己呢。那也没办法，他不能离开河岸，离开河岸进到山林里他更找不到回去的方向了。他走着走着在一个河岔子甩湾的地方认出是去滚兔子岭走过的路，这一下，他就放心了，调转马头往下走，就是回分队的方向，马也认得这段路。快到傍晚的时候，田运良回到了分队，路上他还想，小豆芽没准儿早回去了呢。可是，回到分队才知道，李伟还没回来。

大家伙原以为他俩在一起，还没怎么着急，一见田运良自己回来了，小豆芽不见了，大家伙一下子都紧张起来了。姚建华急赤白脸地把田运良训了一顿，咋整？撒出人去找吧。姚建华毕竟是个老森警了，他安排三伙人，俩人一组，不准跑单帮，按照田运良说的追狍子的方向包抄着去找。同时他还规定了找着找不着都必须在晚上十点前赶回来，防止再有丢失。人们分组都出去了，姚建华心里没底，想想还是在晚上七点电台通波的时候，把这个情况报告给了中队。

嘿，我一接到电报，头发根都竖起来了。我赶紧找上来开会的祥子和何江海，骑马就往阿里亚赶。我们赶到分队已是下半夜了，进到院子里还没下马，就看见姚建华迎出来了，他屁股后头跟着蔫头耷脑的田运良和小豆芽李伟。看见了李伟，我心里的一口长气一下子吐出来了。原来，李伟追狍子追出去老远也没追上，他骑马跑着遇到了两个鄂伦春猎民，那俩猎民就是帮着他们打过火的，都熟悉了，他俩带着他打了一只狍子，又把他领到猎民点给他烤肉喝酒。李伟还是个孩子，没怎么喝过酒，几口酒落肚，就迷糊了，田运良他们找到他的时候，他还趴在马架子里头呼呼地睡着呢。

咋处理？田运良和李伟都担心会因此事儿挨个处分——当时我们新建队在落实规章制度等方面都抓得很严。

祥子跟我说："我看进行一下教育就算了，他们还正是成长的时候。"

何江海听了有些激动地说："那太好了，我还正想着给他俩求情呢。"

批评教育是不能免的，要让这些新兵知道当森警必须有牢固的纪律观念和安全意识。

就在这一年秋防的时候，阿拉齐山发生森林火灾，各队的森警全调上去了，电台不够用，我让田运良和李伟当联络员，给各个火点传递领导意图和搜集火场情况，这俩小子风里来火里去，昼夜兼程，弄得灰头土脸，像个刚从土坑里扒拉出来的文物似的，发挥了很好的作用。

但是我观察出来了，对李伟不能表扬，你前脚表扬了他，他后脚就可能出毛病。在明火都打灭了、大家清理火场的时候，李伟和田运良的事儿就不多了，闲来生事啊，李伟说他听见附近山上有小狗汪汪的叫声，就拽着田运良上山去找小狗，走了一段，田运良说："这大山里头哪来的狗啊，没准儿是狼吧？"

他俩找了好几里地，在半山腰一片榛柴棵子里发现一个小洞，那哽哽的叫声就是从这个洞里发出来的。听那叫声肯定是小狼。他俩手里只拿了根棍子和一条绳子，掏不了洞啊，他俩又回到火烧迹地拿了一把铁锹和一个铁耙子来。先搂了点儿草塞到洞里头点着了用烟熏，熏了一阵儿，听不见里头有动静了，他俩就用铁锹挖洞口，越挖越大越挖越深，挖着挖着，就看见有三只小狼崽在那拱扯呢，还有一只在洞口边被熏死了。这俩小子拿绳子把三只小狼崽拴上给拖拉到清理火烧迹地这边来了，有人说要当狗养着，长大了配种用，有人说应该送到镇里土特产站领奖金，一个十块，三个三十块呢，差不多是一个月的工资了。

可是就在这天晚上，母狼疯了似的嗥叫，这边儿的狼崽也遥相呼应。据说狼求救于其他狼的时候，是用前爪把地扒个坑，把嘴插进坑里死命地嗥，方圆二三十里地的狼听见这种嗥叫声就会迅速集结过来，形成一个狼阵。

我说："听着这母狼死命地嗥，弄不好今晚要出事儿。"

我赶紧让大家伙在火烧迹地里拢了几堆火。晚上九点多，狼就开始往我们这边聚，火烧迹地外的树林子里也不知道来了多少狼埋伏到了我们的附近。快到十点的时候，一头狼带头嗥，其他的狼也跟着嗥起来。这阵势，比战争年代我们打仗的时候都紧张。黑夜里视线也不行，黑灯瞎火的打枪没个准儿，但总这么僵持下去不是个事儿，我瞄着放绿光的地方率先扣动了扳机，还有几个人的枪也响了，枪一响，狼嗥立刻止住了，不一会儿，狼群似乎听到了某种指令，刷刷地撤下去了。过一阵儿，狼群又嗥叫着围上来了，我们就又打两枪，那三

165

只小狼崽也让姚建华给打死了，免得它们哽哽叫着招引狼群。天亮后，我们发现树林子还真有狼的血迹。

惹了这事儿，田运良和李伟都蔫吧了，知道他们玩的动静太大了，耽误清理火线不说，还差点被狼群给围攻了。

这场大火灭了以后，大队举办放映员培训班，我们把小豆芽李伟推荐去学习了。李伟临走的时候，何江海要把那本《新华字典》送给李伟，跟他说："到那好好学，别打郎喽。"

李伟说："打啥狼啊？培训班那哪有狼啊？"

大家伙哈哈大笑，东北话，学习上打郎就是成绩最差的意思。

李伟没要何江海的字典，他说等他到了大队去书店买一本，这本还是留给老田学习用吧。后来李伟来西口子放电影，说他刚到林海就买了好几本字典给寄过来了，何江海他们却始终没收到。后来还是我去大队开会，专门去新华书店买了十来本字典给分队、外站送过去了。我觉着何江海用字典教文化是个简便易行的好办法，我自己也悄没声的每天晚上翻字典了，我更想在全中队把这个学习活动推广开来。可实际效果并不是我预想的那样，有的坚持了，有的比画几天就拉倒了，人对学习有没有劲头可能也有天赋的事儿，有的人吃多大的苦受多大的累都能行，可一说学文化脑袋就疼，就拉松套，再就是得遇上何江海这样有耐心不松劲儿的人当老师，牵着你走，推着你走。

等小豆芽李伟再回来是一年多以后了，他和大队放映队的另一个放映员来给基层巡回放电影。一年不见，他人长高了，也壮实了。他见到何江海、田运良可亲了，他对他俩一口一个"何老师"、一口一个"老同学"地叫着。说他这两年通过学字典自己的文化水平提高了不少，在放映队能算得上是个文化人了，有时候政治处安排他们下来放电影，他还领受着到基层宣讲时事政治的任务呢。

李伟给我们放电影，我看着银幕上的人脸上总有个疤，晃过去就没有了，晃过来又有了。散了电影我问李伟是咋回事，李伟哈哈哈笑起来，他说："在吉儒穆图放电影，一个猎民喝酒喝多了，他看见银幕上的小日本儿，掏出刀跑上前来就照着那小日本脸上给刺了一刀，接着还要刺，让大伙给拽开了。散了电影，我找来针线把银幕的口子给缝上了，这不，一放电影，晃到人脸上就有道疤。"

山东汉子田运良没念过几天书，看信写信都费劲儿，都得找人帮。他在何江海的带领下，尝到了甜头，有两次下外站，没有安排他和何江海在一块儿，这小子还不干呢，他就摽上何江海了。多半年下来，他自己看报纸写信都行了。有时候政治学习，他还抢着念报纸呢，他说江海说了朗读也是学习，也能提高文化水平。听说，他有一天在分队八一建军节聚餐的时候，非要当着大家伙的面儿给何江海敬杯酒，他说："我为啥叫运良啊，就是运气好，运气好当了森警，当了森警运气好就遇上了何老师。"

从此何江海的雅号就叫"何老师"了。

何江海双手挡着田运良敬过来的酒杯说："老田你别瞎说啊，咱队上要说有文化能称为老师的是咱们仲分队长，人家可是老高中生。"

一九七〇年以后很多高校开始招收"工农兵大学生"，祥子各方面条件都符合，于队长力主让祥子上大学，当时我们吉儒穆图分队、莫尔中队都报了推荐意见，大队那块儿虽然"齐造反"有点儿咯楞但也没顶住，大队也批准报上去了，可却是泥牛进了大海，我们好些人都怀疑是"齐造反"背地搞名堂了。我们到西口子后，祥子跟我说，他以前上大学的心情特别迫切，因为他爸爸的事，他对上大学死了心了，这一招收"工农兵大学生"，他又活心了，可是报上去也没整成，这回他上大学的心是彻底死了，没有上大学的那个命，还是踏踏实实当好森警吧。

齐政委被隔离以后，祥子被正式任命为分队长，我看他抓工作挺用心思，也挺有办法。有一次我在他的办公室兼宿舍看见他的桌子上有一本森林防火方面的书和一本识图用图方面的书，上面勾勾画画的挺多，他说他是从他于大爷那借来的。我就想起了那次于队长去林海医院看望大贵时打听林干校和新华书店的事儿。我就知道了祥子是和他于大爷一样在争取当内行领导呢。

一九七二年春节，祥子结婚了——新娘子就是三凤。据祥子说，是三凤喝药的事儿震动了他，他才知道三凤对自己的感情竟是陷得那么深，他的心里也因此掀起了波澜，总感觉对不住三凤似的，孟和看出了祥子的心思，干脆就挑明了让祥子跟他当连桥。祥子也就同意了，婚礼上大家让祥子感谢孟和这个大媒人，祥子说真正应该感谢的是三凤喝的那碗耗子药，祥子这样冒失的话，使婚礼的气氛变得有点尴尬，而三凤泪水当场就下来了。后来村子里又有传言说祥子早都和三凤有一腿了，他还敢不娶她吗？这些风言风语传到了祥子和三凤的耳朵里，祥子这阵儿大度多了，他跟三凤说："清者自清浊者自浊，用不着为那些咬舌根子的人伤脑筋。"

167

祥子结婚后把三凤安排到莫尔小学当代课老师，和他妈杨桂月住到一起，祥子说他爸死得早，他和弟弟又都不在身边，三凤就得替他孝敬老妈了。杨桂月后来对我家属说儿媳妇儿挺懂事，她挺满意。徐家辉每次来莫尔都到亲家家坐一会儿，但是他不在杨桂月家吃饭，他每次来都是去大贵家和大贵喝上一顿。

# 27

有人开徐家辉的玩笑说："徐村长家要是有四凤，准是得和张大贵轧亲家，他也是相中张小军了呢。"张小军和他爸一样，也是大高个，但不是那种傻大憨粗的，而是长得眉清目秀，挺招人喜欢的。开玩笑的人不知道，张小军这时候正和祥子的妹妹英子谈着恋爱呢。但是小军当了森警后没怎么回过家，他和英子就更难见上一面了。张小军分到分水岭分队乌龙干东梁外站，就当起了负责人，另外两个新兵是赵本昌和高俊仁。

一九七三年夏天，我到分水岭分队乌龙干东梁外站住了一段时间。分队长张成要陪我去，可是他在分队里还有点事儿牵着，我就没让他去，我要在这个方圆百里没人烟的外站多住些日子。

那天，我是天擦黑了到的，外头也没看见啥。第二天早晨，天一亮我就悄没声地穿上衣裳出去了，还是选点儿的时候我来了一次，有差不多两年多没来这个外站了，我想到房前屋后转一转。

呵，这一转悠不要紧，我一看，这三个新兵蛋子把这个外站建得挺好哇。本来就是小杆撮的板夹泥房子还有小杆撮的仓库和马厩，他们把外墙都用白灰刷成了白色，营房的窗户框还刷了天蓝色儿的油漆，干干净净漂漂亮亮。我看他们在院子角落里夹了个猪圈，养了两头半大的克郎子（骟过的公猪），挨着猪圈一个栅栏里还养了十来只鸡。院子外头还种了一片地，土豆开着白花，豆角架上开着紫花，有的秧子上已经吊着长长的豆角了，还种了大头菜、卜留客，这些都是适应这块儿气候温度生长的菜。嘿，这小日子过得挺滋润哪。

出了院儿，我往河边走了走，看到他们在河边还搭了个小杆铺的台子，打水、钓鱼、下挂子肯定方便。我返身往回走，离远了再看外站，嚯，绿树掩映的小小外站竟有点儿像童话一般的感觉。那一刻，我感觉到了自己的激动。我这文化水平不高的人都被这景致给打动了，要是"老妖"来了说不定能引出点

168

儿诗兴来呢。

我去过一些外站，那年月的外站都是破烂不堪的，哪有什么房子刷色儿的，哪有种菜养猪喂鸡的呀，多数是除了执勤就是人吃马喂，剩下的时间就是自己打发了：钓鱼、打猎、喝酒、睡觉、甩扑克、侃大山、看瞎虻配对、猜蚊子公母。有抽烟的烟断顿了，把屋地下犄角旮旯都翻腾遍了找烟头，实在没的抽了，撸树叶子在炉子上烤干了卷着抽。

吃早饭的时候，我高兴地表扬了他们几句。小军他们一人给我回了一句。

小军说："你不是告诉我们过日子要像个过日子样吗？"——我知道不仅是我，大贵肯定也跟他说过这样的话。

高俊仁说："这日子咋过都是过，过好了不是自己都舒服吗？"

赵本昌说："这么偏远寂寞的地方，不找点事儿干还不得寂寞死啊。"

我一听，这仨人的三句话还各是各的角度呢，有点儿琢磨头。

小军跟我说，他们刚住进外站的那个夏天，从山下带上来的青菜都吃完了，就剩点土豆。他们就采刚长出来的野菜吃。有一次采了一些野芹菜炒了吃。结果吃了不长时间，他们仨都感觉喉咙发麻、恶心、肚子疼，还拉肚子，症状都一样，都挺明显，估计是吃野菜中毒了，而且越来越难受。可是没有解毒的药啊，咋办？他们都有点紧张。高俊仁说："抠嗓子眼儿吧，吐出来就好了。"他们仨撅着腚抠了半天，也没吐出来。赵本昌说："多喝水，一是稀释胃肠里的毒素，二是肚子里水多了，再抠嗓子就容易吐出来了。"他们仨就咕嘟咕嘟地喝水，是吐出来一些水，但感觉吐出来的都是清水，没有饭菜样的东西，难受的症状并没有减轻多少。情急中，小军说："过去听说抢救喝药自杀的人是拿碱水灌肠洗胃，咱们干脆喝碱水吧。"他们仨又赶紧把碱面化成碱水，喝完了抠嗓子吐。这么折腾了一下午，症状慢慢地减缓了，消退了，惊吓了一大场。

我说："没想到，你们仨还有过这样的历险经历，这事儿我得跟各队都说一声，大家还真得防止野菜野蘑菇中毒的事情发生。"

小军说，那次中毒之后，他们就想着干脆自己种点儿白菜、豆角、萝卜啥的吧，既能有菜吃，还能节约点伙食费，种的土豆、卜留克，冬天人也能吃，猪也能吃。鸡是顺道养着的，夏天秋天野地里虫子就够他们吃的了，还有草籽啥的。但说到底，就是人得忙乎点，忙起来就忘了寂寞这一说了。

我问这房子刷灰刷漆是谁的主意，小军说："这是人家上海人的主意，说是要让这大山里头有点色彩有点情调。实际上买点白灰油漆也没花几个钱，伙食费节省出来的。"

那个时候的外站没啥经费，中队就是定期给拨点马料盐和豆饼，拨点灯油。伙食是"吃大伙（集体伙）"，就是一个月或一季度一算账，三一三十一，用现在的话说，就是 AA 制。

住了几天，我对这个乌龙干东梁外站有了点儿自己的感觉：一是这仨人勤快。他们仨每天从早到晚都挺忙碌，人吃马喂，当然还有喂猪喂鸡，侍弄菜地，还隔三差五地到河里下个网弄点儿鱼。小军跟我说，春防的时候更忙，巡护瞭望不能耽误，高俊仁是报务员兼炊事员，在家看家，活儿更多更累，撂下锄头就得是耙子；二是这个地方真是寂寞。就仨人，要是巡护瞭望看家这几样活儿一分开，实际上每样活儿都是一个人在担当，连个说话的人都没有。他们说，有时候也说话，跟马说，跟狗说，跟猪说，跟鸡说。晚上仨人躺在铺头上翻来覆去唠的那些磕儿说的那些事儿，彼此都背下来了，有时候都分不清是对方讲过的故事还是自己讲过的故事了；三是我觉着这仨人对这偏远艰苦的环境有一种敢于面对勇于改造的精神。实话说，我心里头有一种想把他们推成典型的冲动。

我回到中队在干部会上重点说了乌龙干东梁外站的事儿，我提议安排出时间，组织各个分队和外站的负责人到乌龙干东梁去参观一下。

我到大队开会发言时也讲了这个外站的事儿，各队领导听了反应不一样，有的人听了觉得挺佩服，有的人却说那深山沟子里有必要把那房子打扮得那么漂亮吗？有的说野猪狍子野鸡撒半鸡有的是，还用自己个费劲巴力的养活猪和鸡吗？

那个时候，我们的基层干部文化水平都不高，吃苦受累都没啥说的，但是对美化环境这类事感兴趣的却不多。

那个会上我还讲到了何江海用字典教文化的事儿，我觉得也是个该推广的典型。于队长听了我的发言后，给了充分肯定，他说大队要先去个领导带队的工作组到乌龙干东梁看看，要是行，可以搞个现场会，推广一下。按道理张大贵这个分管后勤的副大队长应当有个表态，可是他却没接茬，我估计是说到他儿子了，他不好说啥。

没想到，到了会下，我就感觉到有些人的话里话外就有点儿放屁掺沙子，好像是嘲讽我要推自己当典型的意思。这是哪儿的话呀？我赶紧闭嘴，不再

170

说了。但我回到中队就开始筹划着迎接工作组的事儿，我也给张成发电报让他去乌龙干东梁打打前站。谁知天有不测风云，在这个节骨眼上，张小军竟出事儿了。

这一天上午，张成正准备去乌龙干东梁外站，走之前接到了电报，说小军在铡马草时左手被铡刀给铡掉了。晴天霹雳呀！张成带着俩人匆匆地打着快马赶到外站，小军还在昏迷着。

原来是这天早晨，起了床小军就张罗着铡马草。他盘腿坐在地上一把一把地往铡刀里续草，赵本昌就扳着铡刀把一下一下地往下铡。俩人一边儿干着一边儿唠着磕儿。高俊仁在伙房门口喊："快点，吃饭了！"

这边儿俩人一边儿嘴里答应着一边儿铡着身边剩下不多的草，突然就听张小军"哎呀"一声地尖叫，赵本昌伸头一看，小军的左手被铡掉了，血呼呼地从断腕那涌出来。张小军的尖叫也惊动了高俊仁，他腾腾腾地蹿过来，赵本昌还惊呆地愣在那儿。

高俊仁喊："本昌，快点，小军的手铡掉了！"

赵本昌没想到给小军止血的事儿，慌忙在铡刀边儿的草堆里找小军掉下来的手，他拿起来傻呆呆地就往小军断腕上对。

高俊仁喊："快点给小军止血呀！"

这时候小军已经疼得昏死过去了。高俊仁把自己的衬衣脱下来往小军的断腕上缠，而后他俩把小军架到屋里大铺上，急忙找止疼药、消炎药碾碎了往断腕的伤口上抹，高俊仁还找了根细麻绳把小军的胳膊紧紧地系了两道，帮着止血。

赵本昌拿着小军的左手问："还能接上吗？"

高俊仁说："就是接，也得人家医院的大夫给接呀，咱哪能接的上啊！"

正好是到了与分队通波的时间，高俊仁就把电报发到分队了。

我在中队也很快接到电报了，张成到了不久，我带着卫生员和另外的两个人骑快马也到了。我看着昏死的小军，看着那只被铡下来的手，心里头说不上是啥滋味，嘴上的水泡立马起来了，嗓子也说不出话来。

张成、赵本昌、高俊仁的脸也都没个血色儿了。

我离开中队的时候，已经安排电台和吉儒穆图中队的孟和联系，让他抓紧联系边防连的巡逻快艇往这儿赶。不到三小时，孟和带着巡逻艇和他们的卫生员就赶到了。这个时候小军还在昏死着，而且还发起了高烧。我们早把小军抬到额尔古纳河岸边儿等着了，多余的话别说了，我对断手能不能接上一点希望也没抱，就是盼着赶紧把小军送到医院，千万千万别因为失血过多再把命搭上。

我们把小军弄到吉儒穆图时，刘锁柱带的汽车已经等在江边儿了。亏着小军命大呀，这么折腾了大半天，命是保住了。医生说："当时如果紧急送医院，抢住最短时间，断肢再植的可能性是有的，过了那个时间段，就没可能了。"

当时我想我们离着医院十万八千里说这些有啥用啊。小军也是在莫尔医院简单医治处理一下就转到林海医院了。

于队长和张大贵带着人去接的站，他俩对我对赵本昌都没说难听的，可是我在大贵面前真是无言以对、无颜面对呀，我咋向大贵交代呀。

小军从此就失去了一只手，成了一个残疾人。小军出院以后，学了报务，他哈哈笑着说："好在铡掉的是左手，右手还能干不少事儿，我只能算个半残吧。"

出了事儿以后，赵本昌像霜打的了似的，总是蔫头耷脑地抬不起头来。他在医院里陪护小军，小军清醒后就跟赵本昌说："本昌这事儿你别自责，问题出在我把手伸进去了，要不伸进去哪能铡着了？要怪还是怪我自己。"

张大贵也专门找赵本昌谈了一次，说了跟小军一样的话，告诉他千万别为这事儿背上自责的包袱。在后来的岁月里，小军和赵本昌成了非常要好的朋友，当然也包括高俊仁。这就是战友情义吧。

因为小军出了事儿，开现场会的事也就不了了之了。不过，在年底的时候，于队长下基层时专门让我陪着去了趟乌龙干东梁外站。我们在那儿待了两天，于队长看得仔仔细细，临走的头天晚上，给外站的几个人开了个小会，这时候，高俊仁是负责人。

于队长说："陈队长（他在七一年兵面前称呼我是郑重其事的，从不叫我老树根儿）在大队开会的时候没吹牛，这个外站建得就是好，虽然这个季节我没看见地里的蔬菜，但我看见了你们窖里的储存，看见了肥猪，吃了母鸡新下的鸡蛋，看见了你们干净美观的营房和院落，我为你们高兴，如果咱大队里所有的外站都达到这个标准，咱大队的建设就上了大台阶了，如果你们把已有的成绩保持和发扬下去，你们就对得起张小军那只手了。"

于队长讲话没忘了我在大队会上的发言，这人记忆力真是好。他说："你们陈队长上次在大队会议上就说过，最重要的是要肯定你们敢于面对艰苦勇于改造的精神、以队为家艰苦奋斗的精神，我看这个精神也就是咱们的森警精神。"

这是我头一次听到"森警精神"这个概念。于队长这番话说得在场的几个人都来精神头儿了，连我的情绪都给扇乎起来了。

于队长在大队年度工作会议的讲话时，脱稿讲了一大段乌龙干东梁外站的事儿，他说："能干到他们那个程度并不难，难的是需要树立起一种以森警事业为荣、扎根深山、艰苦奋斗、无私奉献的精神。"

我听了就知道于队长是在深入地思考着部队建设的一些根本性问题。要知道，七十年代初的那个时期，我们这些老森警干工作没说的，理性思考就差多了。

差不多是到了一九七五年以后吧，很多有条件的中队、分队和外站都搞起了开荒种地，市面上有了塑料以后，特别是地方上出现了塑料大棚以后，咱们森警部队的很多基层单位也都建了塑料大棚，栽种起了黄瓜、茄子、西红柿、青椒这些细菜。在偏远的深山老林里，我们也有新鲜蔬菜吃了。

知情的人说，这是独手模范张小军打的底子好，栽什么种子结什么果，撒什么种子开什么花。人们说小军是模范，那是他们瞎忽悠，实际他连嘉奖也没得着，他受伤是按事故算的，但最后给他定的是因公负伤，而后评的残。

为张小军的事儿，大贵当然非常痛苦，人家是父子亲情，即或是像我和于队长这样最好的老乡、战友加兄弟，那痛点的深度怎么也不如人家当亲爹的。

小军出了这事儿，我在私底下挺担心英子能不能在感情上发生变化。我跟于队长聊了这个想法，他用很决断的口气说："不会，良子和杨桂月那一家人都是重情重义的。"

果然如于队长说的那样，我听说英子一直在医院陪着小军。小军出院不到半年他俩就结婚了，英子说结了婚照顾小军更方便些。为这事儿，大家伙对杨桂月更高看了几眼。

# 28

张大贵一九七五年春防在外站蹲点时可能着凉了，那次在河里捞人时落下尿急尿痛的毛病又犯了，而且出现了尿血的症状。春防结束后，他回到林海，去医院做了个检查，拍了片子。是他家属去取的片子，医生说："家属来得正好，这个病人可能是得了肾癌，建议抓紧转到哈尔滨或者北京进一步做确诊。"

张大嫂听了立马就腿软了。她在医院走廊的椅子上坐了好一阵子，想了想就去了大队部找队长，结果在大队院子里却让张大贵给碰上了。

大贵问："你咋上这儿来了？去医院取片子了吗？"

张大嫂就蒙了，支支吾吾递不上话来了，那片子在兜子里也不敢拿出来。估计大贵是明白诊断出问题了，回到家就问："大夫是不是让我住院哪？眼下我得先把单位的事儿处理完了再说。"

其实，这也说明大贵的病弄得他确实挺难受了，搁平常有点小病小灾的，说啥他才不张罗去医院呢。好不容易挨到下午大贵上班走了，张大嫂赶紧给于队长打电话，说了大夫的意思。

于队长和张大嫂后来都跟我详细地学过那一段日子的事情。

张大嫂说她在电话里把医生的话一说，五哥那头在电话里半晌没说话，她还以为电话出毛病了呢，"喂、喂"了好几声，好一阵子，五哥才说，弟妹，你在家准备一下去北京的衣物，转院的事儿我来办，你等我信儿吧。

晚上张大贵回到家再没问诊断的事儿，好像没这个事儿一样。张大嫂假装镇定，也没再说，可实际上一晚上也没合眼。

第二天上班，于队长把大贵叫到办公室说："你带俩人去趟北京吧，到林业部防火办，看看能不能争取点装备支持。"

大贵说："咱还没隔着林管局这一层直接找过林业部呢，能行吗？"

于队长说："行不行找找看。"

于队长又跟大贵唠了会儿要哪些装备的事儿，之后随口说："大贵你趁这个机会到个大医院查查你那尿急尿痛的事儿，看看是不是老毛病又犯了，有啥良方没。"于队长嘬了两口烟斗又说："我看大贵你干脆带着弟妹去算了，你那裤裆里的毛病其他人在医院跟着也不方便。让小军也跟着去，跑跑颠颠的好使唤。"

于队长说到这儿，不等大贵说啥呢，又说："行了就这么定了，今儿晚上就走，早去早回来，回来还有一堆事儿等着你呢。"

于队长说得似乎挺轻松，一副没什么事儿的样子。其实外粗内细的大贵早已经明白是咋回事儿了。他回到办公室找这个叫那个，忙乎着安排他手头上正抓着的几件事儿，没谁能看出来他情绪上有啥变化。

傍晚的时候，于队长到大贵家来给送行。小军不在，他去联系火车站那边卧铺的事儿了。

等于队长坐下来，大贵说："你们也别瞒着我了，我知道诊断出问题了，嘻，生死由命吧。"

这话一说，家里头的气氛就像凝固了一样，严峻起来。

大贵端起茶缸子喝了一口，把茶缸子撂下，对于队长说："五哥，趁送站的还没来，我得跟你郑重地说点事儿。"

于队长一愣："啥事儿？"

大贵说："我的意见还有老树根儿的意见，也是我们两家的意见，我看也包括你那俩孩子的想法，你就把祥子他妈杨桂月娶了吧，别再拖了，这就算是我这患病之人对你的请求，行不？"

于队长听了又是一愣，以前我们虽然多次劝过他续弦，可还没谁这么明确地一字一板地说出祥子他妈杨桂月来呢。

于队长满脸笑不出来哭不出来的样子，那脸都有点拧巴了，他想了想说："既然你把话说透了，没用的嗑儿就别瞎唠了，眼下你到了北京先去医院查病，我让何江海找他家人帮着联系的医院，转院手续都办好了，在跟你去的刘参谋手里，何江海马上也赶过去，他家在北京，找个熟人啥的还方便些。弟妹也去，花钱的事儿别抠搜喽，公家报不了的咱们哥几个兜着。"

按说，这话已经说敞开了，彼此都明白了，说到这儿也就行了。可大贵来劲头了，紧盯着不放地说："看病的事儿到医院再说，娶不娶杨桂月的事儿你现在就给我说个明白话，要不我就不上火车。"

于队长苦笑着说："哎，这是哪儿跟哪儿啊，这边儿送你去看病，你却硬逼着我答应你这个不着边儿的事儿，再说你那亲家母杨桂月是啥想法你知道吗？"

张大嫂在一旁红着眼圈说："五哥，杨桂月那，我和老树根儿媳妇儿都跟她唠过了，主要是看你的态度了。"

话说到这儿，谁也没想到，大贵突然站起来，走过去一把抱住了于队长，颤抖着声音说："五哥，我知道我这病可能要麻烦，我说的事儿你就答应了吧！"

于队长被大贵抱住的那一刻也动情了，张大嫂看见他的眼泪在眼眶子转悠了。于队长拍着大贵的后背哽咽地说："大贵，大贵，行，行，只要祥子妈同意，我就答应你，答应你行了吧？"

因何江海托熟人帮着联系，大贵很快就住进了肿瘤医院。他住了院就非常坚决地要把何江海和刘参谋给撵回去，他说多一个人就多花一份钱，没有必要。

江海说他家在北京，没有走。刘参谋带回大队来的情况是大贵已经是肾癌晚期，扩散到肺了。于队长听了，着急得不行，可是手头上工作又撂不下，他就发报让我下来，让我去北京看大贵。

我已经很长时间没见到大贵了，这一看，他都瘦得变形了。他见到我挺高兴，拉着我的手直劲儿问单位的这个事儿那个事儿。过了一会儿跟我说："让我回家吧，在这儿干花钱也不见效。"

他这个时候除了尿血，肚子上边儿还长了一个挺大的包，嗓子里咕噜咕噜的总是有痰的样子。我能说啥呀？我就劝他呗，我说："头疼感冒还得吃几天药打几天针呢，治你这病咋也得有个过程，慢慢就见效了。"

离开医院，张大嫂跟我说："大贵明白他这病到啥程度了，看到同病房的抬出去俩了，他更泄气了，他就想放弃治疗，说再怎么治就是个白花钱。他跟人家大夫说他是自费，高价药一律不要用。"

单位那边有事了，我得赶紧返回去。我临走的时候到医院跟他告别，他又说要回家的话，我刺激了他两句，我说："大贵哥，你是怕了？想当逃兵啊？"

他听了想想说："我这一辈子战场、火场、洪水、雪灾都经历了，生生死死见得多了，我怕啥呀，我才不怕呢，我就怕花没用的钱，把钱往无底洞里扔。"

我说："你这说了半天又说到钱上来了，我已经告诉大夫了，你是公费医疗，该咋治就咋治。"

他有点急歪地说："还用你去说，我早知道是公费，公家的钱也不是大风刮来的。"

我走了以后，大贵跟小军母子俩说，在这肿瘤医院里天天都看着往外抬人，心里不是滋味，不如换家中医院吃点中药，看看效果咋样。大贵名义上是让看中医，实际上还是怕花钱，这家医院的床位费、医药费都比肿瘤医院少很多。小军母子俩也换了处小旅馆住。江海知道小军他们怕花钱，说啥要让小军母子俩住到他家去。可是张大嫂和大贵一样的犟，哪能给人家添这样的麻烦呢？弄得江海好像做错了事儿的孩子似的，非常不好意思。

有一天，大贵和江海唠嗑说："原来还说到林业部要点防火装备呢，这一到了北京就整到医院的病床上来了。"

江海问："要啥装备呀？看我能不能跑一跑。"

大贵说："你去跑，怕是够呛，就咱大队有个一纸报告，连林管局的介绍信没来得及开，人家能接待你吗？"

江海说："让我试试。"

谁知没出一个礼拜，何江海到大贵病床前说："这回，您就安下心来治病吧，大队要的装备，林业部已经批文了，很快就调拨过去。"

大贵吃惊地看着江海，还以为这个年轻人在说大话呢。

江海从衣服兜里掏出批文来给大贵看，大贵细细地看了两遍，咧嘴笑了。他跟在场的张大嫂和小军说："没想到江海还有这么大的本事，这下我心里就踏实了。"

更是令人没想到的是，过了两天，那位在一九七〇年亲临火场的张副部长竟然带着防火办的领导在何江海的引导下到医院来看望大贵。他拉着大贵的手说："大贵同志，我在火场上多次见过你，咱们也是熟人啦，你们森警是护林防火的功臣，你是森警的老同志，对森林防火灭火有突出贡献，有病了应当得到最好的治疗，最好还是去大医院，毕竟医疗资源要好一些。"

防火办的领导说："部长还给你特批了两万元医疗补助费。"

大贵激动得直劲说："谢谢，谢谢！"

张副部长还到医生办公室询问了病情，并叮嘱医护人员对大贵要全力救治。

张副部长离开后，医护人员都过来转达他的意思，表示肯定会精心治疗的。

人们都走了，大贵问江海："这是咋回事儿呀？"

何江海眨巴眨巴眼睛，笑嘻嘻地说："刚才领导不是说了吗，你是对森林防火有突出贡献的功臣，人家领导心里头有数。"

临床的病友羡慕地说："那么大的领导来看你，说明你的官也小不了。"

大贵和小军私下说："这何江海能运作这么大的领导，办这么大的事，能量不一般。"

那两天，大贵的心情确实好，吃饭都能多吃一点了。

小军把江海要装备和张副部长来看望的事儿通过电话给于队长汇报了，于队长自然也是大喜过望。他跟小军说："你爸爸这一高兴，没准儿这病就能好转了呢。"

张大嫂、小军和我们都盼着会有转机出现……

大贵报病危的时候，于队长和我赶过去了，到张大嫂和小军住的挨着厕所的地下室一看，我俩都流泪了，那条件太差了。

张大嫂说："大贵治病怕花钱，我和孩子也不能瞒着他乱花钱呐。"

大贵见到我俩不但没掉泪还嘿嘿地笑了。他说："咱哥几个从辽宁打到黑

177

龙江又打到内蒙古，从平原打到山区，从小兴安岭打到大兴安岭，我跟着你于队长打完小日本儿又打老蒋又剿匪，打完仗又打火，这辈子没白活，也算值了。再一个这次你让江海陪我来，来对了，装备要上了，我心里头就踏实了。人家张副部长又亲自来看望我，我觉得这是对咱森警部队高看一眼，他那几句话说得我比吃蜂蜜还甜，我大贵这一辈子值了，值了。"

大贵这时候说话都很微弱了，嗓子里有痰咕噜咕噜的，脸苍白得没一点血色儿，摸摸他的手也冰凉冰凉的。大贵接着又提了祥子他妈的事儿，还说"老树根儿，你得给我盯着这个事儿"。说完就眼睛直勾勾地看着我俩，嗐，临终了他也要当这个媒人。于队长点头了。他过后跟我说："你看着了，那个场面，我不能不点头啊，我必须得点这个头啊。"

大贵最后是拉着我俩的手合上眼睛的……

嗐，一说到这些个老战友离别的事儿我这心里头就哆嗦，抖得慌。大贵一米八的大个子，再回到咱大兴安岭就变成了一个小小的骨灰盒了。他没在林海下葬，而是埋在良子他们那一溜儿。当地老百姓管那一片叫"警察坟"，唉，不说了，我心里头堵住气儿了，憋得慌。


大贵去世后，转过年的春节前，于队长把杨桂月娶到家了，这一对从小就是青梅竹马的有情人几十年后终于走到了一起。在这之前，于队长让我征求了祥子的意见，祥子说于大爷家的那两个哥哥早都把他们的想法跟他透露过，他说这俩老人结合，合人情合人性。我和胜利、解放也通了话，他们说："不用征求意见了，我们就盼着这一天呢。"

于队长的婚事办得很低调，他把他们两家人加上张大嫂、我、刘锁柱和我俩的家属，邀到他家围了一桌。

开席的时候，于队长站起来说："小月，咱俩先给媒人敬个酒吧。"

我一开始还以为是说我呢，我正扭捏着想说话呢，就听于队长说："大贵兄弟是大红媒呀，他临走的时候还盯着这事儿呢，这杯酒得先敬给大贵。"

说着就把酒杯里的酒轻轻地洒到地上了。于队长这一说，张大嫂泪就流下来了，可是又觉得这场合流泪不合适，赶紧拿手抹巴，哭不是哭笑不是笑的样子。那顿喜酒我们几个爷们都喝醉了，实话说，我们既为新婚的老两口高兴，也想起了曹丽、良子和大贵，心里头的欢喜和思念都掺和到一块堆儿了，说不上是啥心情了，你们说那酒能不醉吗？

# 29

于队长和杨桂月结婚的这一年，也就是一九七六年的秋天，林管局以"补充林区职工自然减员"的名义，招收了六十名森警，人数太少了，我们西口子中队分来了六个，再分到各个外站就看不见人影了。不过他们虽然人数不多，但毕竟是新鲜血液，七一年的兵终于有当老兵的资格了，他们对这些新兵开口闭口地叫着"新兵蛋子"，动不动就说我们可是军分区武装部正规征兵进来的，你们是啥？你们是招工进来的。他们当中有文化的把"征"和"招"还给分得挺清楚，我估计何江海的字典管用了。他们说到自己的年龄常常以"小三十儿"了自居，其实他们当中岁数大的离着三十岁还有一截子呢。他们虽然嘴上总是倚老卖老，可在工作和生活中却都像个老大哥一样呵护着一九七六年的这些小老弟。

一九七六年这批兵呢，刚到咱森警部队时确实有点缺少"兵味"，当时警服没按时调进来，他们是穿着老百姓的服装背着自家的花被子入伍的，在莫尔新兵训练时，当地老百姓都说他们是民兵集训。不过，他们这些人入伍前也都是从学校门出来好几年在农村或者林区历练过的，也都扛磕碜着呢。他们很快就和一九七一年的老兵甚至更老的老兵融为一体了。在这批兵里就有八十子的孩子巴图，有魏玉国的俩孩子爱民、利民。时间过得是真快呀，转眼间，八十子和玉国的孩子都十七八岁了。他们在莫尔新兵训练的时候，祥子当新训队长，对他们自然有一种关爱之情。魏玉国可能知道了祥子对他孩子的偏爱，找到祥子，告诉他，要想让孩子踏踏实实地当个好森警，就得一视同仁，特殊关照对他们的成长没啥好处。

玉国负伤在家关门过日子这么多年，这脑瓜子一点都没木。现在说这个事儿，可能有人会说魏玉国有那么高的觉悟吗？是唱高调吧？不过，我和于队长可不这么看，我们觉得魏玉国是对的，有些人尽琢磨着把自己的孩子弄到机关里，或者分到条件优越的地方，对孩子日后的成长未必就是好事儿，缺乏基层的历练，缺乏艰苦的磨炼，是缺少要素或者叫作"缺钙"式成长。

祥子赞扬他玉国叔觉悟高境界高的时候，玉国说："觉悟高不高的不知道，反正是对孩子们太娇惯了没啥好处。"

新兵训练后，爱民分到了西口子，按照玉国的意思，我把他放到了阿里亚外站。利民和巴图分到了吉儒穆图中队，孟和把利民放到了高平山外站，把巴图放到了阿巴河外站。

我去阿里亚蹲点，和爱民有过深聊，他说他和利民五六岁之前只听妈妈说爸爸在挺远的森警外站，有时候就能见到别人家孩子的爸爸回来了，可他们的爸爸总也没见回来过。但是，妈妈又差不多每天都领着他哥俩到不远处的一个房子前玩儿，那块儿挺窄的，没啥玩头，可妈妈还总是领着他们俩去。时间长了，他哥俩就发现妈妈总是和一个窗户里的叔叔打招呼，可他们一往前凑，那叔叔就离开窗户了，看不清了。他们再大一点儿，就感觉出妈妈和那个窗户里的人关系不一般，妈妈还经常给那人送饭送菜。这时候他哥俩懂点事儿了，就问妈妈，那个人是谁，妈妈说是他们的叔叔，叔叔救人烧伤了。他哥俩提出要去帮着妈妈送饭，妈妈先是答应了，可第二天又不同意他们去了。直到他哥俩上学了，有知情的同学打闹着说他们的爸爸像个烧伤的鬼似的时候，妈妈才流着泪把实情告诉他们，而且领着他们去见了爸爸。爸爸的嘴巴、鼻子、耳朵都变形了，满脸疤痕，确实非常吓人。但这个时候，他哥俩已经知道爸爸是和邱少云、向秀丽一样的英雄，此前，他哥俩刚懂点事儿，妈妈就找来董存瑞、黄继光、邱少云、向秀丽、罗盛教的故事给他俩讲，一遍遍地讲，讲了好几年，他们都记到心里去了，现在他们知道了妈妈的良苦用心，知道了爸爸是英雄，他哥俩不但没有恐惧害怕，反倒和爸爸特别地亲，人家说"血浓于水"，这和血缘有绝对的关系吧？

魏爱民到阿里亚外站的第二年夏天，其他人都到中队部搞军训了，他和刘大双负责看点。有天下午我正在办公室里看文件，祥子突然进来跟我说："阿里亚那看点儿的突然来电报，说魏爱民打昨晚就肚子疼，到这阵儿疼得满铺打滚了。"

肚子疼？我一听就想起八十子的急性阑尾炎了，脑瓜子上的汗一下子就出来了，是冷汗。

我想了想跟祥子说："把新培训回来的卫生员王有才叫来，看看咋办。"

祥子说："我已经打发人叫他上你这来了，马上就能到。"

话音刚落，王有才进门了。我跟王有才说："听说了吧？魏爱民在阿里亚肚子疼得打滚儿了，会不会是阑尾炎，你有办法没？"

看表情，王有才有些犹豫的样子，我心里就有点急歪。我说："你要没主意，咱们赶紧做好把他运下山的准备，可不能再出一个八十子了。"

我告诉人赶紧备马，我要带着祥子和卫生员抓紧去阿里亚。

等我们下半夜赶到阿里亚，看到魏爱民的状态和八十子得病时一个样，我心里头更没底了。这个样儿没法往吉儒穆图送，马背上颠也颠出毛病来了。王有才凑到跟前左摁右摁地比画了一会儿，站起身来，咬了咬牙说："队长，阑尾炎是肯定的了，你要信得着我，我就给他做个手术吧。"

我估计王有才这一路上，心里头也是在一直在盘算着何去何从。实话说，面对着一个刚刚短期培训回来的卫生员，我心里对他是一点底儿也没有，要是他给做坏了可咋办？可是，眼前只有华山这一条道了，让他做或许能保住魏爱民的命，不做，有可能就是八十子的命运。我在地上转了两个圈圈，问王有才："这个屋子做手术能行吗？"

王有才说："就是这条件也没别的办法了，我用酒精好好消消毒。"

我咬咬牙，下定了决心说："那你就做吧，心细点儿，要保证不出差头。"

我这话表面上是对王有才说的，实际是对自己说的，我需要给自己壮壮胆儿。

王有才听了我的话，脸就沉下来了，他开始指挥人往地上掸水压灰尘，而后留了祥子和何江海两个人给他打下手，其他人都撵出去了，他也不让我在跟前。祥子后来说："这王有才那黑森森的脸往下一沉，大眼珠子一瞪，透出了一股杀气。"

这小子胆子挺大，也挺沉着，准备工作做好了，就给魏爱民打了麻醉针，等了一会儿，说是麻醉管用了，王有才就拿着手术刀把魏爱民的肚皮给剖开了，整整一个多小时，门开了，何江海先出来了，说是阑尾都黑了，做完了，也缝完针了。祥子也出来了，我看他衣裳都湿透了，肯定是紧张的。等到王有才出了屋，摘掉口罩那一刻，我看到这小子眼神里有一种很自得的神情，我这才出了一口长气。

要知道，王有才可只是个刚培训出来的卫生员，还没人管他叫过王医生、王大夫呢，况且又是这么简陋的条件，他就敢给人家动刀子。从此王有才就落了"王一刀"的美名。过后聊起来，有人说你怎么把队长都给撵出去了呢？他瞪着大眼珠子说："队长在跟前，他要是瞎指挥咋办？"

别看"王一刀"在队上敢和人瞪眼睛，回到家见着他两岁的儿子就软乎了，一点脾气都没有。一九七六年春节，我给几个有家口和需要回去相亲的放了假。过了正月十五，他们开始陆续地回来，还有几个在后边等着轮休呢。多数回来的人都高高兴兴的，带回来一些年货，分给大家伙当酒肴吃，可是我发现王有才和高俊仁俩人回来后情绪上却有些低落，我就找机会分别和这俩人聊了聊。

我找到王有才问："家里有啥放不下的事儿吗？怎么一回来蔫了吧唧的？"

王有才说："没啥放不下的事儿，就是这次回去，快两岁的儿子说啥也不认我呀，不叫爸爸不说，连我挨着他妈吃饭都不让，晚上上床更是不行，哇哇哭着把我撵出屋去才罢休。"

王有才说他这些天是紧着和儿子套近乎打溜须，领着他逛公园玩游戏，白天还凑合了，可晚上还是不行，还得等他睡着了才敢上床，偷偷摸摸就像上别人家媳妇儿的床似的，弄得连老爸老妈和弟弟妹妹他们都知道了，难为情得很。儿子这刚和他有点感情了，这又得回来了，家属絮絮叨叨的弄得他心里烦着呢。

我对王有才说："这类事不稀奇，咱们森警里头不少人都遇到过，当爹的长年不在家，小孩子就知道那墙上的照片是他爸，哪认得你是谁呀？你乍一回去，他看你的眼神儿都是警惕的，恐怕你挤占了他的地方，占了他妈的便宜。我家属见到我回去就常常是一副爱不得恨不得的劲头，当着孩子的面讥讽我是"盲流子来了，住店的来了"。

我和王有才嘻嘻哈哈开了几句连荤带素的玩笑也就过去了。可等到我和高俊仁唠的时候就没这么简单了，头两次我跟他唠，他支支吾吾地不愿意和我说正磕。我知道高俊仁是头一个春节结的婚，还没孩子，他肯定不是孩子不让上他妈炕的事儿，是不是婆媳关系的事儿啊，也未可知，但他不说我就不好往深了问。可是过了些天，他喝了点酒，醉了，就趴在铺头上蒙着被子哭。我听说了，把别人撵出去，问他是咋回事？我说你有啥心事就说出来，看我能不能帮帮你。

劝了一阵子，高俊仁突然跟我说："我想杀人！"

一听他这话，我吓了一跳。我问："杀人？你要杀谁？"

他咬着牙说："杀那对奸夫淫妇！"

我一听这话就明白是咋回事儿了。我说："你别说虎话，慢慢跟我说是咋回事儿？"

原来高俊仁结婚度完蜜月后回来参加春防，打算夏天的时候回去探亲，因为打草忙，路途又不好走，他就没走成，秋防结束后想回去，想想不如等到春节一堆儿回去多休些日子。这次回去事先家里头不知道，他到家正是傍晚的时候，下了火车兴冲冲往家走，老话说"小别胜似新婚"，况且他新婚一别都快一年的光景了呢。他想着到家正是吃晚饭的时候，正好喝几盅，正想得美，谁知推门进家，屋里炕桌边一个不认识的男人正和他媳妇捏酒盅呢。他媳妇解释说是人家来帮忙掏火墙，干了一下午活，她给留下了吃饭的。高俊仁说，火墙确实是挺热乎，可他这心里头却是堵了个疙瘩，拔凉拔凉的。高俊仁压住火找了个借口扭头走了，去了他父母家。媳妇儿追了来，怎么解释他也没回去，一个假期和媳妇儿见了三次面，就是吵，他觉得没法原谅她。

高俊仁问我："队长你说咋办？"

实话说，我听了这事儿，内心里头就想，这事儿不咬人膈应人，高俊仁不能再和这媳妇儿过了。可这话我不能说呀，我只能劝高俊仁，我说："没准儿你真是误会人家了，先把情况闹清楚了再定你是何去何从。"

高俊仁说："这事儿闹不清，人家能承认吗？不过，打火墙的活为啥不让我家人干呢？"

过了些日子，我去大队开会，跟于队长说了这事儿，于队长吧嗒了几口烟斗，吐口痰，说了句："嘻，真他妈拉个巴子的！"

春防结束后，高俊仁回了趟家把婚离了——这类事儿我不该点名道姓地说，不光彩呀。

# 30

一九七八年的秋天，我被调到大队担任了副大队长。在此之前，我们的老政委离休了，接任他的是林管局党校格图校长，他也是战争年代参加革命的老领导，少数民族干部，政策理论水平在林管局系统那是首屈一指，领导能力也很强。他到任后着重抓部队的思想政治工作和干部队伍建设，同时全力支持于大队长抓军事行政工作，部队的面貌有焕然一新的感觉。

我离开西口子准备去大队报到时，天气还没有冷，但是瞎虻蚊子和小咬这时已经逃得无影无踪了，正是大兴安岭秋高气爽的好季节，层林尽染、五花山色，这是比那美术馆里挂的油画还要美的真山真水真景色啊。树林子里长满了都柿、牙格达、山葡萄、稠李子、刺玫果，红的、紫的、蓝的、黄的，缀满了一树一树的枝头，骑在马上顺手捋一把，塞到嘴里，好吃极了。

路过吉儒穆图，孟和高兴地为我接风送行。实际上这时我听说大队党委已内定让孟和去马场担任场长。马场属于后勤系统，不像中队一线打火的任务那么紧张繁重，这对只有一只眼睛的孟和来说是个合适的岗位。马场离着林海又近，他可以把家安置在林海了，我都为他高兴。只是调动的命令还没下来，我这个还没到职的人不好随便私传干部任职方面的消息。

孟和为我接风又送行的那顿酒喝得挺热闹，徐家辉这时因为年龄大了，一九七七年后又当了一年多的村长也卸任了，但是他还是很有号召力，把屯子里我熟悉的几个老人都招来了陪我喝酒，徐有银也来了。

酒席间，说到于队长，大家伙都为他的人品和能力赞叹，好几个人都让我给于队长代酒，这样我就多贪了好几杯。当然也说到了大家伙都熟悉的大贵、良子、朴正伦和八十子。孟和哭了，徐有银哭了，我也哭了，徐家辉和几个陪客的也跟着落泪。八十子活着的时候虽然和老丈人徐有银的关系不咋样，但毕竟是自己的姑爷，他的眼泪更令人心酸。我听孟和说，自打八十子走后，徐有银跟咱森警的关系反倒亲近了很多。

吉儒穆图的村民不光是咱们森警部队从无到有、从小到大的见证者，也是多次在一起扑打山火的亲历者，说我们是火场上的战友也不为过，我们就像一家人一样，有着共同的欢乐和悲伤。我去西口子后，和他们见面的机会少了，但不时就会想起他们来。

按照于队长的安排我到莫尔先休整了几天，因为还暂时搬不了家，我就趁这个机会在家里干了几天活。

这天下午，我正在给朴正伦家掏火墙呢，刘锁柱突然来找我说，吉儒穆图中队来电报说孟和的脑袋被黑瞎子给抓了，中队正开车往莫尔这边送呢。我撂下手里的活赶紧和锁柱坐着车往局医院赶，去联系大夫。我说咱们带上大夫和急救车去接应他们，急救车怎么也比中队的嘎斯车要好一些。

我和锁柱带着莫尔医院的大夫坐着急救车，踩着最大油门往吉儒穆图赶。心情再急，油门再大，也没有用，一路上走的是坑坑洼洼的运材路，路又窄，对面来了车，得早早地停在汇车处等候错车，干着急没办法。我想如果接上孟和，那他就是第二次在危急时刻走这条线了，上一次是眼睛受伤，被紧急护送，孟和这么个老实巴交的鄂伦春汉子真是命不好吗，为啥竟累遭这飞来的横祸？我又想起了张大贵、魏玉国、张小军也在这条线上被紧急护送过，虽然路途艰难，但他们还是幸运的，而良子、朴正伦、李永刚、八十子连上这条线被紧急护送的资格都没有，他们和孟和一样都是心地善良的好人，都是正当壮年的好时候，想着他们，我心里头越发堵得慌，看到对面有车顶过来，我恨得直想骂那个司机的八辈儿祖宗。

车上的两个大夫是有点文化的人，看到四野里莽莽苍苍的大森林和五花山色很是兴奋，直劲儿赞叹这大森林的美丽壮观，他们说只有秋天的风秋天的霜才能使得大森林这么好看。我没心思跟他们搭话，可听了他们这么说，我禁不住劈头插了一句，我说："你们没看出这五花山色里有我们森警的血汗吗？没准儿那些红树叶子紫树叶子就是我们森警的血染出来的呢。"

坐在颠簸的汽车上，我想起孟和给我说过，他们鄂伦春人崇拜自然神，包括太阳神、月亮神、火神、天神、地神、风神、雨神、水神、青草神等老多神了。当时我还跟他说："你们崇拜的这些神都和咱森警有关系，就连'火神'和咱们也有关系，别看咱们是打火的，但咱们森警哪个人兜里不是小心翼翼地保护着火柴，那就是火种啊，没有火种咱们在深山密林里头就生存不了，特别是一旦遇到大火袭来，没有火种就无法自救。"

我还记得他说过他们民族还崇拜熊，他们忌讳说"熊"，而是称它为"太贴"，妇女们都不能铺熊皮褥子。唉，这个崇拜熊的孟和怎么竟和熊遭遇上了呢？

走到九十七公里处，我们的车和护送孟和的车遇上了。虽然心里有准备，但一见到孟和的脑袋缠着那么多的药布，我的心里还是被沉沉地砸了一下。把孟和抬到急救车上，我们又掉头往莫尔局医院赶。这时候，于队长已经安排林海医院的大夫往莫尔来了。把孟和在医院里安顿好，我在手术室外面听护送孟和来的巴图和一九七六年兵张卫东说起孟和遭遇黑瞎子的情况。

到了秋天又有很多人进山采摘树上的野果子，吉儒穆图中队又接到了有人走失迷山的报告——在这个季节总是有迷山的，而我们森警几乎每年都要找一两次迷山的人。

孟和带着人进山去找人，张卫东一直跟着孟和。他俩第二天中午在一处河边准备拢点火烤烤随身带的干粮再烧点开水喝，张卫东到河边灌水，孟和到树林子边捡干树枝子。张卫东突然听到"库日任"汪汪地狂吠——这个"库日任"

185

是在孟和原来两代"库日任"死后又抱养的一条黑狗，起名还是叫"库日任"。

张卫东听见"库日任"不是好声的叫唤，就往树林子这边瞅，这一看一下子把他吓得一哆嗦，他看见孟和正和一头黑瞎子像两个人打架一样支巴在一起。那黑瞎子两腿直立着，两个前爪子像人伸出来的手掌一样舞舞扎扎地和孟和支巴着，张卫东看见黑瞎子张着嘴，嘴巴里插着树枝子，那熊的嘴闭也闭不上咬人也咬不了。"库日任"一蹿一蹿地要咬黑瞎子的腿，而那黑瞎子前爪子和孟和支巴着，后爪子还能一脚一脚地踹那"库日任"。有点吓蒙了的张卫东愣了愣神儿才想起去取撂在一边儿的枪。枪拿在手里，保险也打开了，可是看见人和熊撕巴在一起，他又不敢开枪了，怕伤着孟和。这时满脸是血的孟和和黑瞎子从树林子撕巴到岸边又撕巴到河里，在水里打得噼里扑通的，人和熊谁都没有示弱。他们支巴着又打到岸上，这时只见孟和右手猛地松开熊爪子，噌地从腰带上拔出一把尖刀，就在孟和抽手这个空当，黑瞎子就把孟和从肩膀到前胸给抓了，也就在这同时，孟和的尖刀狠狠地刺进了黑瞎子的心脏，黑瞎子的血喷到了孟和的衣服上，眼看着它的后腿就软了，孟和握刀的手又往里捅了捅，这时候黑瞎子扑腾一下子撂倒了，孟和也被拽倒了。张卫东赶紧上前抱住孟和，这时的孟和的脑瓜子已经血葫芦一样了，胸前的衣服上也是一大片血，胳膊手腕子手掌手背也都是血了。

后来孟和跟我们说，这一只眼睛就是耽误事儿。他是捡干树枝子时和到树林子里吃野果子的黑瞎子走了个对头碰，还没等他看清楚呢，黑瞎子上来就把他的脑瓜皮给抓下来了，当黑瞎子立起来张着嘴又要攻击他的时候，脑瓜皮都被抓下来的孟和一下子清醒了，他攥着干树枝子就一把搠进黑瞎子嘴里，因为用力猛，那干树枝子可能就插进黑瞎子口腔里了，它闭不上嘴，也无法来咬人。人和熊就撕得不可开交了。他说"库日任"围着黑瞎子咬还是分散了黑瞎子的力量，帮了他的忙。

黑瞎子死了，孟和倒在地上也昏死过去了。张卫东赶紧鸣枪叫人，附近的人们赶过来一看都吓傻了，以为孟和够呛了。他们用衣服把孟和的脑袋包裹上，用树棍子绑了副担架抬到了吉儒穆图。这时候的中队已经有汽车了，又用汽车紧急往莫尔送。

孟和大难不死保住了性命，后来转院到哈尔滨的大医院，医生们都赞叹他命大，但是伤情还是很重的，脸破相了需要植皮修复，脑瓜顶需要植皮，还有脑震荡、颈椎损伤。

《水浒传》里出了个打虎英雄武松，咱现代的森警部队出了个打熊英雄孟和，这事儿很快就传扬开了，报社电台的记者们都纷纷打听孟和的情况，谁都想抓挠一条有传奇色彩的好新闻。受伤住院的孟和哪能让他们去打扰呢？张卫东这位打熊事件的见证人就成了新闻采访人员的热门人物了，很多人都以能见到他听到他介绍"孟和单眼斗黑熊"的战况为荣耀。

我听说报纸刊发孟和勇斗黑瞎子的文章，我找来报纸上那篇文章看了，我觉得这文章写的就是孟和怎么勇敢不怕死和黑瞎子搏斗的事儿，猎奇的成分多了些，而孟和是为了寻找迷山群众背景下遭遇黑瞎子的事并没说清楚，孟和的精神或者于队长常说的咱森警的精神并没有反映出来。咱森警对孟和勇斗黑瞎子的事迹宣传也不够到位，立功受奖的事儿更是没有。我后来琢磨，之所以出现这种情况，是和咱森警官兵在大山里头经常遭遇到黑瞎子等猛兽、经常发生与猛兽短兵相接已经见奇不奇见怪不怪习以为常了有关。当时人们只是赞叹孟和的勇猛果敢，但并没有把他当作一个英雄来看待。

孟和出院后经常头疼，健忘症越来越重。他没法再工作了，去马场当场长的事儿也就不了了之了，一九七九年办了病退，家就安在了莫尔，那年他才四十四岁。孟和从不跟外人表功，也从不跟组织邀功。谁去看他，他就四处翻找家里人藏起来的酒瓶子——因为他的脑瓜子受过伤，医生不让他喝酒，大凤和孩子也管着他，可是这个鄂伦春汉子却又觉得用酒招待客人是最热情最亲近的方式，他自己也常常躲着家人咪两口。

孟和是在一九八二年春天带着"库日任"在路边上溜达时，被迎面来的一辆四轮蹦蹦车给轧死的。"库日任"先是狂吠，后是哀号。交通部门定性是孟和的责任，我们都相信肯定是与孟和单眼视力角度不好有关。孟和出殡的时候，于队长和我都去了，我们把他埋在了八十子的身边，就让两个老哥们在天堂上聚一起吧。

# 31

一九七八年是森警部队的重要年份，这一年的四月，国务院、中央军委批准武装森林警察实行义务兵役制。在这之前，我就听于队长和我们多次叨咕过，他要向上级反映，森警部队应当改变这种遍地撒芝麻盐似的现状，要能像解放军一样集中兵力、重点布防、形成拳头，咱森警部队就能更好地发挥专业武装队伍的作用，打火就会有更大的战斗力。

这一年的十二月，党的十一届三中全会召开了。就在这次全会上做出了把党和国家的工作重点转移到经济建设上来，实行改革开放的伟大决策。或许是历史的巧合，也或许是历史的必然，也是这一年的十二月，以现役军人征召来的第一批义务兵进入了森警部队的警营。

大队党委安排我主抓新兵训练。新训开始之前，于队长给新训营的干部开会，他说："这次训练你们可不能按咱过去的老套子整，你们得知道，咱这次训的是现役军人，是义务兵，必须突出军事特点和正规化的特点。此前大队已抽调了十名骨干到解放军守备五师去培训了，这十个人回来就是咱们军事训练的小教员，你们得发挥好他们的骨干作用。"

一九七八年十二月十五日，森警部队的第一批义务兵在锣鼓声中走进了咱们的警营。由此，森警部队发展建设的一个新时期开始了。

第一批义务兵在新训营扎扎实实地训练了三个月。连同各级干部和班长们将近四百人的队伍，军姿与步伐由凌乱到整齐，由一致到有力，训练效果越来越明显。

但是在这个时候，我们也听说在新兵当中开始流传出"当兵是路走对了，到森警是门进错了"的说法。

大队党委非常重视这种思想现象。我们安排新训营开展了一次思想摸底活动，包括个别谈话、开座谈会、搞民意调查，感到新兵们对森警部队缺乏基本的了解，这和征兵时对森警部队的宣传不够有关。兵源又多数是农村兵，他们对军兵种包括警种了解得不多，很多人当时看见征兵干部穿着绿上衣蓝裤子红领章的警服，还以为是空军呢，到了部队才知道是"森林警察"，而且是第一批义务兵。很多立志要当解放军的人，到了警营有很大的失落感。新训本来是有森警传统教育的内容，但是现在看，原定的计划内容含量太少，我们就临时进行了调整，加大了森警部队职责使命、光荣传统教育的力度。大队领导都登上讲台给新兵们讲队史、讲传统、讲森警部队的价值。

我以吉儒穆图和西口子两个中队为例，重点给他们讲了咱们森警在边境一线保护森林、保卫边疆的一些故事。良子、李永刚、朴正伦、八十子的英勇牺牲，孟和、刘锁柱、魏玉国的光荣负伤，以及家属们的默默奉献，这些不用稿子张口就来的真人真事着实打动了他们，很多新兵听得流泪了，那天于队长也

188

在台下，我看到很少流泪的他好几次擦眼睛。

新训开始不久，南方边境的形势越来越紧张，报刊广播警告那个曾长期受到我们援助的国家的文章越来越频繁，口气越来越严厉，关于做好打仗准备的内部文件也在逐级传达。新训中临时给我们配发了一批六〇迫击炮、八二迫击炮和机关枪，由此我们又增加了使用迫击炮的训练科目。实话说，这迫击炮一进来，氛围立马就紧张了，好像仗马上就要打起来了，有的新兵写了请战书，也有个别的新兵吓哆嗦了。

这时候于队长把他工作的重点也转到新训这边来了。他在干部大会上说："和那个不仗义的国家打一仗是肯定的了，咱们森警部队作为武装集团，重点是要防备北边的趁机攻打我们。咱们必须要做好充分准备，可不能以为咱是森警，不一定让咱们上一线，这种思想千万要不得，仗一旦打起来，全民皆兵，更别说咱是武装集团呢，咱们一定要做到招之即来来之能战战之能胜。新兵这一大块一定得抓紧抓好，决不能有尿裤子拉拉胯的。"

那些日子，除抓好正课时间的训练以外，我们组织了多次夜间的紧急拉动，目的是让这些新兵思想上行动上都尽快进入战备状态，起初的几次还真是有掉链子的。

于队长专门到新兵大会上做动员讲话，讲爱国主义，讲军人的职责使命，讲好男儿就要志在疆场，讲军事素质就是战斗力就是打胜仗的基础和根本。

他那一天特地在警服外系了武装带，挎上了他的盒子枪，腰板挺得倍儿直，瘦瓜脸，板寸头，眼神儿倍儿亮，在主席台上一直是站着讲话，手里没有稿子，麦克风传出的声音洪钟一般。他讲完之后，台下的掌声雷鸣一般地响，很多老兵新兵都说于大队长这才叫军人形象。

这天晚上熄灯以后，于队长给我打电话说："你得安排人查查铺，看看有没有不脱衣裳的，有没有打着背包睡觉的，凡是不脱衣裳不解背包的一律都得纠正过来。"

我安排人一查，果然有，而且很多，看来都进入状态了，随时准备紧急集合呢。

检查纠正完了，我在电话里给于队长一报告，于队长说："好，检查纠正的目的就是不能让一部分人作假，行动上羼水分。要让大家都在一个起跑线上练速度练整装，四十分钟后你就安排紧急集合。"

值班员的哨音响过后，我跑到操场上看见于队长在雪花飞舞的路灯底下站着呢。集合好队伍清点完人数，各连检查每个人所带装备情况，之后我带队跑了三公里。实话说我这往半百上数的小老头体力并不比这些十八九岁的生荒子们差，相反，他们当中还真有一些人鞋带开的，背包带散的，很多人跑得上气不接下气，跌跌撞撞。回来站到操场上，于队长并没有说什么，等人们都回到营房了，于队长对我说，这个样儿打不了胜仗。你在那下命令说有小股外军骚扰，要奉命前去狙击，有些人知道是紧急拉动毫不在乎，嘻嘻哈哈，而有的人却吓得哆哆嗦嗦，我估计得有尿裤子的。

那天晚上过了零点，我按照于队长的指示，又搞了一次紧急集合，这一次是完全出乎人们预料的，干部们也都不知道。这次紧急集合再一次暴露出很多问题，包括干部当中的问题。于队长组织我们新训队的干部开了一上午的分析会，点名批评了十几个干部和班长，针对问题查找原因制定改进措施，而后他盯着一项一项抓落实，很快见到了实效。

于队长说："为啥要反复抓紧急集合这件事儿？这就是要提升大家的快速反应能力，提升大家全副武装携枪带弹的能力，提升大家夜间紧急行军的速度，也是提升大家迎战的心理素质。"

他还说："这种训练对今后执行灭火任务也是大有好处的。"

从抓这件事儿上，我再一次看到了于队长较真儿的劲头。

南方边境的自卫还击战是二月十七日打响的，而在此之前的我们早早就进入备战状态了。步枪射击训练提前了，拼刺刀的训练时间增加了。于队长在官兵们实弹射击之前分别用步枪和手枪各打了十发。手枪是他的绝活，七发十环，三发九环。而他打步枪，站姿无依托，六发十环，三发九环，一发八环。当报靶员报出八环的时候，他有些羞涩地说："唉，真是老了，眼睛和手都不好使唤了。"

拼刺刀训练的时候他在操场上给新兵营全体官兵做了一次示范，对手是刚刚从守备五师训练出来的田运良，据说他在解放军那训练时，拼刺刀的科目都打败了人家的训练尖子，得了个"拼刺刀能手"的称号。于队长听说了，非常高兴，也总是想和他较量较量。这次于队长点名要田运良当他的对手。这两个人那天的表演，真叫人开眼，你来我往，左刺右突，上下翻飞，两个人拼得不可开交，不分胜负，看得人们眼花缭乱，掌声叫好声此伏彼起，要知道于队长和田运良可是有三十岁的年龄差呢。

于队长两次示范表演极大地激发了官兵们练兵的兴趣，鼓舞了官兵们的士气。于队长和从守备五师训练回来的教员们对迫击炮都没沾过边儿，都是外行，我们就专门请了解放军的教官来指导。

冬季训练非常遭罪，要知道我们可是在大兴安岭零下三四十度的寒冬腊月里爬冰卧雪啊，那个寒冷劲儿对这帮子新兵来说可是个不小的考验。不用说新兵了，就是训练新兵的老警们都有好几个冻伤的。我记得除夕晚上会餐，我们都是带着枪进的食堂，初一上午到俱乐部看日本电影《望乡》，每个人的怀里也都抱着自己的枪。那时，一触即发的战前气氛已经相当浓烈了。

当然了，北面的外军最终没敢惹咱们，咱们森警部队也就没派上用场。虽然没打上那一仗，但那段时间有针对性的军事训练对我们这些老森警、对第一批义务兵的军事素质和迎战的心理素质绝对是一次大大的提升。

# 32

如果说，一九七八年实行义务兵役制开启了森警部队发展建设历史的新时期，那么一九七九年就是这个时期中最浓墨重彩的一个年份了。这一年有四件大事对森警部队发展建设具有很重要的引领意义。

一是部队提拔任用了一大批干部，这些人在后来成了森警部队发展建设的骨干力量。新兵训练结束下队之时，大队党委从老森警也就是从七一年兵以及七一年之前的少量老兵和少量的七六年兵当中提拔任命了一大批干部，有几个人像我前面说过的何江海、赵本昌、田运良、刘东来、高俊仁、仲文涛、陈再君以及魏利民、魏爱民都提拔为干部了，小豆芽李伟和张卫东也当了干部，那个卫生员王有才又去大医院进修了半年，回来后被任命为正式的医生。

原来的方案是调祥子到大队当司令部副参谋长，可是于队长碍着他是祥子继父的这层关系，把这个方案给否了，祥子就还在西口子中队当他的中队长兼指导员。张成接替了孟和的职务，姚建华在牛耳河当了中队长。何江海提到大队司令部当了副参谋长，以副代正。这次干部任用可是为后来森警部队干部队伍奠定了一个很好的基础。

二是森警的中心任务由过去的以防火为主转为防灭结合以灭火为主。这既是与党和国家工作重心的转移保持一致又是对森警部队的发展建设具有划

191

时代意义的重大决策。意味着在剿匪完成之后持续多年的以巡护瞭望报告火情、发生火灾后当向导搞联络为主要任务发生了根本性的改变。也就是于队长念叨多年的咱森警要形成拳头，发挥专业武装主力军作用的想法真的变成现实了。

三是这年春防接连发生了几次大的森林火灾。头一场火是在贝尔茨河以北的伊克萨玛林区发生了森林火灾，发现的时候是五月四日，估计得是起火一两天了。这一片紧连着未开发的永安山北部原始林区，轻视不得。林管局防火办先接到了火情报告，他们电话通知了当时正在葛根防火机场前指坐镇的于队长。接到火报，于队长和我带着何江海和一个参谋赶紧乘直升机奔赴火场。从飞机上看，火场面积得有三百多公顷，火烧宽度已经达到六七公里。由于冬天雪小，入春后风大，森林里的树木和腐殖层有些发干，那几天气温又有些偏高，这些都是容易起火的因素，加上这一天三级左右的西南风，大火正顺着风势向伊克萨玛新修的一条运材路方向推进，火头距离运材路只有十公里左右，按照现在的速度，两三个小时就能越过运材路，要是跨过了运材路，这火就没挡头了，就难以控制了，那就直接威胁到了北部原始林区。

在飞机上观察，火线挺分明，烟柱超过了飞机的高度。我们商量决定把距离最近的孟库中队一百五十人投放到运材路内侧的四个部位依次排开，拦截火头，再从牛耳河中队调一百五十人做增援。北侧火线大约十公里，西侧火线得十五公里左右，但是西线是侧风火，发展得相对缓慢一些，而且它的前进方向有五六里地以外的贝尔茨河的一个河岔子阻挡，北侧火只要堵住了，火也就灭了一半。根据这样一个现场观察判断，于队长下令："坚决堵住北面，决不能让火头越过运材路，而西面以河岔子为依托点烧迎面火。"

绕着火场转了两圈儿，我们把飞机降落到孟库依。于队长说："一边给林管局报情况，一边儿把咱们布兵的任务就下达了，别拖延了。"

何江海立即按照于队长的安排去办了。但是，没过多大一会儿，林管局防火办来电话说已经动员六百名林业职工准备投放火场，另外省防火指挥部也协调了五百名解放军准备前来扑火，预计第二天中午就能到达孟库依。

于队长听了想了想回话说："打这场火就让我们森警独立承担，我有这个把握。"

可是不大一会儿，林管局领导亲自打来电话说："发生火灾的位置太敏感，林业职工和解放军都得往上来，森警可以分成若干股，作为骨干带领解放军和林业职工打火。"

我们一听这又是过去打火的老套子，再说等着他们再上来，这火就烧得没边儿了。于队长说："请领导们相信我，这场火森警独立打能打灭，就别往里头运人了，那样劳民伤财。"

那边的领导说："万一要是你们森警捂扯不住，你老于咋承担得了责任？再说派解放军来增援是上边领导定的，而且他们已经集结了，现在不让他们来，万一着大了，也不再好请兵援助了。"

话说到这儿，于队长说他的嗓子眼儿被噎住了，递不上报单了。撂下电话，于队长对我们说："时间再拖延火就烧得更大了，他们运他们的人吧，咱们只能是'将在外，君命有所不受'了。"

到了下午三点多，各队报告，已经全部到达指定位置。于队长告诉何江海给火场上各扑火分队发电报，电文是于队长口授的："我命令各队按照分配的任务立即展开灭火战斗，务必在明早八点前扑灭所有明火，森警荣誉，在此一战！"

听于队长说"森警荣誉，在此一战"我的心里咯噔一下，觉得这话的分量好重啊。

我跟着说："江海，你通知各队要把大队长'森警荣誉，在此一战'的话传达到全体官兵，做个战前动员。"

事后，我们听说，火场上很多官兵是高喊着"森警荣誉，在此一战"这八个字嗷嗷叫着冲在火线上的。

安排布置完，于队长让我带着一个参谋去北线坐镇，他带着何江海去西线。他说他对那条火线点烧的事儿不放心，必须得亲自领着干才行。

以火攻火是个技术性要求高、风险性大的一个灭火战术。风向风力掌握不好，容易跑火，容易把人员卷进去，点烧的距离远了，森林损失大，点烧得近了扑火队员有危险。所以于队长要亲自带着去干这件事儿。在点烧这个战术上，于队长是动了很多脑筋的，他曾亲自做试验，把林地里的草分早、中、晚的时间上秤称，测定可燃物含水量，然后用手去反复感觉，在大、中、小风的不同情况下点烧测试，以确定最佳点烧时间。

我们两路都打了一宿，于队长他们以火攻火，灭火的速度挺快，明火灭了以后，他组织人员打清理。到早上六点来钟，西线无火无烟了。而我所在的北线还有三公里多明火没整灭，因为正是气温低的时候，火势比较弱。但是这时候，大家伙干了一个晚上，确实都很疲乏。

193

我通过电台跟于队长报告我们的情况。于队长说："累也不行，乏也不行，必须在八点之前把明火给我打灭了，否则，太阳一起来，火势就强了。"

我给大家伙又做了一次动员，鼓鼓劲儿，我在前头亲自带着打。没到七点的时候，于队长带着西线的一部分人赶过来了，那帮人属于刚打了胜仗的胜利之师，士气大着呢，到了我们这边儿，嗷嗷叫着喊"森警荣誉，在此一战"就噼里啪啦地打开了，人多干劲儿大，士气高。差几分八点，明火都打灭了。于队长让何江海带人打清理，他要求务必做到无烟无气不复燃（后来，"三无"即无火无烟无气成为验收火场的一个硬标准）。

这时候，我们都大大地松了一口气，汰歪在电台跟前，于队长说："赶紧给林管局防火办报捷，让领导们放心。"

到了中午我们准备往下撤的时候，上级来电报了，说增援的职工和解放军已经到达孟库依了，准备上火场呢。看到电报，于队长哭笑不得，赶紧回电："千万别往上运人了，我们正准备往下撤人呢。"

于队长对我说："这不怪领导们，过去一有大火咱森警都是当向导搞联络，或者带队当指导了，没有独立打过这么大的火，所以领导们对咱们不托底也是有道理的。不过这一仗打赢了，今后的仗可就不能输了，咱森警的名誉输不起，宝贝林子也输不起。"

回到大队机关，在大队党委会上，于队长把这话又讲了一遍，他说："咱森警是武装集团，带的是义务兵，和解放军正规部队没区别，打火的战斗力必须得过得硬，甩裆尿裤的可不行。"

这一年的春防秋防我们又独立打了三场大火，连战连捷，上边儿的领导连着来慰问，森警的名声一下子就起来了。能取得这么多的战绩除义务兵进来扑火力量猛然增强的因素之外，还和森警的扑火工具装备、火场运兵方式的变化有着很大的关系。

这就是我下面要说的第四点，扑火的工具装备在这一年发生了重大的改变。人类用树条子打火的历史多么漫长啊，成千上万年就是这么过来的，一成不变。可是说变，立马就来了翻天覆地的变化。

祥子一九七八年在西口子琢磨出了个打火工具。

有一天他屋子里的炉子溅出的火星子把堆在炉子附近的树皮堆点着了，他看到后顺手抄起门口边上的一把拖布朝那堆树皮扑打了几下，把火给弄灭了。他说他刚想把拖布放回门口去，但心里头突然联想到火场上打火用这样的工具

194

肯定比拿树条子抽打要好用管用。想到这儿，他拎着拖布就来到操场上捡了一点干树枝子用火柴点着了，烧旺了，他握着拖布就朝着火堆抢巴起来。有几个人看到他们队长像小孩子过家家一样的，就围过来看热闹。

有人问："队长你这是整的哪一出啊？"

祥子说："用这玩意儿打火肯定比树条子又顺手又管用。"

一边儿观看的人说："顺手是顺手，这布条子禁不住火烧啊。"

祥子想了想说："肯定不能用布条子，咱要是把它换成燃点低的皮条子不是就行了吗？"

说着，祥子就叫人到仓库里翻腾出来一个废旧的汽车轮胎。西口子中队并没有汽车，这个废轮胎是冬天马爬犁走江道往上运物资的时候用来压篷布带到中队来的。祥子领着几个人把这个轮胎用快刀切开，扒出里层相对软一些的橡皮，用剪子铰成一条一条的，然后像绑拖布一样用细铁丝绑在木棍子的一头，再拢堆火，用它来扑打，嘿，好使！后来我们几个大队领导听说了这个事儿，于队长特意让祥子把这皮条子扑火工具送到大队，于队长也试验着用了用，他连声说好。

于队长说："咱从古到今都是用树条子扑打森林火，那树条子算作是'一号扑火工具'，这个皮条子拖把就叫'二号扑火工具'吧。"

"二号扑火工具"就这么诞生了。

于队长下令各队都要按着这个样本制作一批，尽可能地配备。那一阵子各队可把当地的汽车队、汽修队给翻了个底朝天，专找废旧轮胎。

一九七八年秋防的时候就小试了几把牛刀，在这过程中，我还带着人摸索出了"一举一打一拖"的方法，反响是一致地好，林管局的领导和林业防火部门的领导也大加赞扬，"二号扑火工具"就这么成气候了。那个年代也不知道申请发明专利的事儿，后来对"二号扑火工具"到底是哪个单位谁谁发明的有不同说法，于队长和我对这事儿不较真儿，祥子也不较真儿，管他谁最先发明的呢，反正这么多年"二号扑火工具"可是为咱森林灭火做了大贡献了，默默奉献的无名英雄海了去了。

这一年打火我们不仅有了"二号扑火工具"，林业部、林管局还为我们配发了好多风力灭火机。

在此之前我和于队长有一次下半夜在一起打火，当时气温挺低，风吹着身上都有点凉。于队长对我说："老树根儿，你看这凉风一吹火苗子都忽撩忽撩的，你说咱要是打火的时候手里有个吹风机，不就能给火降温，火不是就灭得快了吗？"

这话说过了，我也就扔在脑瓜子后头了，可于队长却没有，他回到家里拿着杨桂月吹头发用的吹风机对着炉膛子里的火苗子试，觉得管用，心里头觉得更有底儿了。他约我和他一起去林科所，找人家说他的想法。林科所的人说，你这想法有一些道理，建议你还是找机具生产的技术人员具体研究一下，看是否可行。这时于队长恰好到北京参加一个防火会，他就把这个问题带到会上说了。国家林业部防火办的一个处长说，听说加拿大搞过这种灭火机具。但在咱们国家还没有。

防火办的领导当场拍板说："这不是啥高尖端的东西，咱防火办牵头找个厂家，老于你们谈想法，让他们搞设计，搞个产品出来试一试，看看效果怎么样，要是可行，咱就大批量的生产配发给打火的单位。"

有个林机厂承担了这个任务，于队长让何江海带着一个参谋住在厂子里参与他们的设计、试制和试验。时间不长，何江海就打回来电话说，产品定名叫"风力灭火机"，试验的效果达到了咱们预想的目的。林业部防火办又找了专家对产品的性能进行了鉴定，确定可以投入批量生产。"风力灭火机"很快就配发下来了，每个班都能有一台。

看着这家伙，我说："这不就是和伐木的油锯一个样吗？只是把刀锯变成了个风筒子。"

何江海给我们讲解了一大堆原理，我只记住了这个机具是像油锯一样拽着了，里面的叶轮高速旋转，形成了有力的空气射流，用以吹击火焰，使燃烧物的温度骤降并隔离火焰，从而达到灭火的目的。

我亲手操着"风力灭火机"在燃烧的火堆上试了试，确实管用，我对着火苗子吹，让它前后左右或者是原地燃烧，都可用这个风机来控制。于队长让司令部通知各单位加大"风力灭火机"使用的培训力度，要在火场上展示出"风力灭火机"的威力。从一九七九年秋防开始，打火的火场上到处都是风力灭火机的轰鸣声。

这年秋天的时候，国家林业部还给我们配发了两台履带式"531装甲运兵车"。嘿，这可是庞然大物，自重十三吨，通体红色儿，格外的耀眼。我们把这两宝贝家伙投放到杨树屯子中队。

杨树屯子是个次生林地区，也是农林交界区，是个老火窝子。"531装甲车"在那能派上用场。在没有公路的山地往火场上运人运装备，这个大家伙也是行动自如，铿铿铿地就上去了，那些低矮不成材的灌木丛在它面前根本不在话下，"哗哗"地就推倒了，碗口粗的树它也一下子就能给斩断。到了火场上，用履带碾压火线，往返碾压出隔离带，一下子就大大地提高了灭火效率。到了一九八〇年，咱大队又进来八台"531"，可是管用了。这家伙不仅能走山地，还有水上浮渡的功能呢。

一九七七年森警部队建立了空运扑火队。咱们大队从一九七九年、一九八〇年开始也利用防火航站的直升机侦查火情，空运兵力。过去我和老朴、孟和、八十子、祥子在火场上梦寐以求的事儿如今变成现实了，这也是于队长咬牙发誓说"电台、电话、汽车、飞机、医生咱森警都得有"的话落地生根了。

那两年虽然装备上有了非常大的改善，但我们的马匹还都在，像吉儒穆图、西口子打火我们还是以骑马为主。我离开西口子时把马交给魏利民了。到后来祥子离开西口子时，他特意给我发电报请示，经我答复后，他把"青子"送到吉儒穆图交给了仲文涛。我听说祥子交马的时候哭了，引得他弟弟也哭了。他对弟弟说："'青子'不是咱老仲家的私有财产，但它和咱老仲家的缘分感情太深了，它是咱这大森林、是咱森警、是咱老仲家的功臣。"

一个担任着中队长职务的三十几岁的男子汉，这么控制不住自己的感情，可见他对"青子"的感情有多深。于队长和我都知道，"青子"这匹马联结着良子和祥子父子俩血脉亲情呢。实际上，像"青子"那批早期的马到这个时候都已经很衰老了，已经不大能跑得动了，但是我们仍然精心地饲养着它们，像祥子说的它们可是咱森警的功臣呐。直到一九八三年以后咱森警的马匹才逐渐退出了火场，退出了警营，后来大队的马场也变成了农场。除了留下少量的司役马，我们把马匹都移交给了地方上的一个牧场。

移交的时候，仲文涛带队去的，特意嘱咐牧场的领导，不能让这些功臣马干活，更不能杀了吃肉，就是要好好地养着它们，给它们养老送终。祥子后来下基层时特意绕道去过一次那个牧场，专程看望"青子"和我们的那几匹老马，自然是又伤感了一番。后来仲文涛又去看，就没有找到"青子"和我的马了，孟和的马也不见了。牧场的人说："人有寿命马也有寿命啊。"

说了马就不能不说狗，它们都是咱老森警的亲密战友。在这儿，我得说说一条叫"月亮"的狗的故事。

197

实际上，我们那一茬老警养的狗已经断断续续地老了，没了。七一年兵、七六年兵接着茬养他们的狗，到义务兵进来时，有些狗还在。在大山里头，新兵们很快和狗成了朋友。王有才在西口子中队养了一条通体黑毛而脖颈上却长着一圈儿白毛的狗。他让"何老师"给它起个名字。

何江海说："就叫它'月亮'吧。"

我听说后觉得好笑，我说："咱森警的狗个个都凶猛，不是叫'虎子'，就是叫'狮子'，还有孟和的'库日任'、八十子的'阿勒斯楞'、朴正伦的'皮尤暴木'，怎么你们给它起了这么个阴柔的名字啊。"

不过这"月亮"确实好看，细长的身子，光亮干净的皮毛，脖子上那圈儿白毛格外耀眼，像是女孩子脖子上耀眼的珍珠项链。"月亮"的鼻子、嘴长得圆润干净，那双黑得发亮的眼睛总是温柔地望着你，好像随时都在讨你的好听你的令。

义务兵进来后，这帮十七八岁的小伙子更是喜欢"月亮"。出操时，"月亮"和它的弟兄们跟着队伍跑，训练时，它们蹲在操场边儿上，执勤时它们跟在战士们的脚后跟儿，除了睡觉，战士们和"月亮"们形影不离。

后来祥子到大队开会跟我说，有一天"月亮"跟着新兵刘江去河边挑水迎面遇到了一头黑瞎子，缺少山里经验的刘江慌不择路地扔下水桶就挥舞起扁担来，嘴里还喊着"救命啊！救命啊"！黑瞎子被刘江的行为给激怒了，朝着他就扑过来，刘江的扁担左劈右挡的也管点用，就在这危急的时刻，"月亮"照着黑瞎子的后腿就咬了一口，紧接着又咬了一口。被咬着的黑瞎子扔下刘江扭回头伸出熊掌就对着"月亮"拍了一巴掌，把"月亮"拍倒了，它还不解气，竟然坐到了"月亮"的身上一掌接一掌地拍，刘江趁机跑出了危险的境地。等到人们闻讯赶来，黑瞎子已经一扭一扭地进了树林子里了，而血肉模糊的"月亮"已经断气了。刘江和战友们给"月亮"立了个坟，坟前的墓碑上用刀刻了"好战友月亮之墓"。

后来王有才一见到刘江，就跟他要"月亮"，刘江就总是把脑袋瓜子一耷拉，很沉重的样子。有人开玩笑地对刘江说，你的命是狗命给换来的。后来的人不知道，以为是在贬损他，而刘江并不在意，反而常常对不知内情的人讲起"月亮"怎么救他命的故事，每次讲完，他都郑重其事地说："我的命确实是'月亮'这条狗给换来的。"

# 33

八十年代初期，咱森警接连打了好多场大胜仗，打出了名气，打出了警威，但森警部队刚刚实行义务兵役制，部队进入了新老并存、新老交替的阶段，这个阶段持续了好几年。最初的时候班长以上都是职业制，都是挣工资的职业警察，而战士们是义务兵，那个阶段被我们称为"一队两制时期"。尽管咱老森警一直都是军事化管理，但和对义务兵的管理教育还是有天壤之别的。很多干部又是刚刚提拔上来的，对怎么带好队伍管好兵，咱们这些老警缺少经验和方法呀，部队一度就出现了管理混乱的问题。

这个时候，格图政委去筹建总队了。于队长在党委会上说他和政委商量了，三条办法：一是没有提干的职业制老警尽快安排转退，尽量在部队兵员结构上做文章；二是派出工作组到基层蹲点，对能力弱的干部进行传帮带；三是组织各级干部抓紧学习解放军的条令条例，一日二十四小时的作息全都按规矩章法办。

做出这个安排后，咱森警加大了老警转退的力度，到一九八〇年底的时候，没有提干的职业制森警基本都转业了。再就是给各级干部办条令条例学习班，一期接着一期地办，于队长亲自抓，绝对按军营军事化管理，学习、考试，训练、考核，老鼻子严了。哎，几期班办下来，各级干部的条令条例意识一下子就提高了一大截。

于队长特意带着我、何江海、政治处副主任张宇、警务股长田运良等一拨人去解放军守备五师和军分区边防团登门求教，怎么抓管理，怎么抓教育，怎么抓好官兵关系，包括义务兵退役阶段该怎么抓，我们问得细，人家讲解得耐心。对我们非常有启发，回来后于队长让何江海、张宇牵头又办了两期干部带兵培训班，还把守备五师的干部请来讲课。通过这些措施办法，咱森警部队的管理渐渐趋于正规了。

那个阶段虽然部队管理上有些问题，但并没有影响到主业。一个挺有意思的现象就是在平时越是刺头兵，到了火场上反倒是冲在最前头，不怕苦不怕累，甚至不怕死，这些人很有影响力，有带头效应，他们往前一冲，后面好多人都跟着上。我看于队长挺喜欢那些有棱有角的刺头兵，他说："初生牛犊还不怕虎呢，十七八岁的楞小伙子哪能没点儿冲劲儿，好伸个手啥的也算正常，别动不动就给他们处分，只要引导好了，就可能成为部队的骨干。"

他去管理混乱的马什拉中队蹲点，了解到挺多的战士背着处分，他说这不正常，你们干部肯定有问题。跟随他一起下工作组的张宇回来跟我说："大队长这么一说，中队的干部都对他有些想法，说于大队长不帮着干部做工作反倒帮倒忙，偏袒违纪的战士。"

于队长在中队蹲了二十天，查找出干部有官僚作风的问题、有工作方法简单的问题、有搞特殊化的问题，领导班子的威信比较低。他和家里领导沟通，采取紧急措施，临时调整了中队领导班子，紧急把祥子调来担任中队指导员。祥子到任后带着支部一班人逐一对战士受处分情况进行梳理分析，感到有的问题处分过重了，有的问题就不适合于给处分。其中有个叫曹海亮的义务兵，是后进兵里的小核心。这个人刚到队时还是个副班长。有一个礼拜天他带着几个人外出没按时归队，回来挨了批评，他申辩了几句，就和分队长顶撞起来，结果分队长坚持要给他处分，中队领导觉得应该给分队干部撑腰，支部会就确定给了他一个警告处分。他从那开始就破罐子破摔，不起好作用了，三天两头整点事儿，接连又挨了两个处分。他到处说："虱子多了不怕咬，罐子破了不怕摔，再来几个处分老子也不在乎。"

祥子到任后，对他的几个处分重新审查，该解除的解除，该降等的降等，留下的处分，跟他说清楚，谈得他口服心服。当然对其他人也是这么办的。至此，曹海亮感到新来的领导对他负责任，是非分得清，一碗水端平了，思想情绪打消了，行动上也开始服从管理，并带动其他战士积极配合干部们的工作。考验了一段时间，中队任他为班长，把有些个难管理的兵调归他管理，他敢跟那些牵着不走打着倒退的"问题兵"叫板。

于队长听说后感慨地说："抓部队管理和思想工作可不能简单了，方法有多种多样，用人也要多种多样，要让最合适的人管最合适的事儿。"

这曹海亮在后来的部队管理和执行任务中就成了带头人。有一次扑火中，右脚被树杈子扎透了，一瘸一拐地不下火线，发挥了很好的带头示范作用，在火场上立了功。

于队长在大队党委会上说："我和很多所谓的后进战士'问题兵'谈过话，发现他们没啥特殊要求，他们就是要求领导能公平处事，特别是在奖励、入团、入党、学技术等热点问题上要求公平合理。"

有一次，于队长跟我和何江海、张宇聊天时说："有的刺头兵表面上看粗了吧唧的，实际上内心里却是挺细的，好面子，当他们感到自尊心受挫的时候就表现得不顺从了，往深了唠唠，这些人重感情，讲义气，也有些偏激。他要是看得上你，他对你就会百分百地忠诚，他会在他的周围不遗余力地抬你捧你，甚至把你的缺点当作优点来宣扬。不过这些人自我意识都挺强，看问题敏感，领导上稍有不公平，他们就会反弹。有的喜欢拔尖儿，喜欢出风头，讲究东方不亮西方亮，总要整出点动静来，这也是年轻人青春表现欲的一种表达方式。"

张宇说："于大队长真是能文能武，他讲的是年轻战士心理学的问题，做思想政治工作可是离不开对心理学的研究。"

于队长是不是在研究心理学我不知道。但我知道他这一段时间是在下功夫研究"林火与气象"的关系问题。他经常往气象局跑，向有关专家请教，我看他办公桌上摆着好几本有关气象的书籍。

我跟他开玩笑说："你这是准备去当气象局局长啊？"

于队长说："咱打森林火离不开气象问题。气象既对林火有制约作用也有对林火的催化作用，咱们研究好了气象就能对林火的发生、发展比较准确地预测，打火时有气象参数就能对排兵布阵确定战机很好地把握，你看三国的时候，诸葛亮所谓的会看天象，实际是他对气象有研究。"

我感觉，这时候的于队长说起话来已经是有几分专家的味道了。其后没有多长时间的一个周末，他叫我去他家喝酒，他拿出一本刚出版的林业杂志，他说，这里有他一篇刚发表的论文，让我拿去看看。我看那论文的题目是"论气象因子与林火的关系"。

实话说，看着他的论文，我挺感慨的，于队长也是个文化不高的行武人出身，我们是建国初期一块儿在快速识字班学的文化，人家就炼到了今天这个成就。我知道于队长特勤奋，总爱看书，还好想问题，整不整就掯出几条来。我知道他和林业部的防火专家、东北林业大学的教授和林管局防火办、林科所的人都有联系，经常和他们探讨一些打火方面的理论问题。我陆陆续续地在杂志报纸上看到他发表的文章——他一有文章发表了就拿给我看——像《林火的规律与特点》《引发森林火灾因素的分析》《怎样预防森林火灾》《扑救森林火灾需要把握的几个问题》《春秋季点烧防火线需要注意的问题》。

于队长的文章没有拐弯抹角的，不乱拽词儿，都是大实话，一看就明白。我没有当面奉承过他，但是我在私底下内心里真是佩服他，他的每篇文章我都认认真真看上好几遍，在他的带动下，我也主动地找一些有关森林火灾方面的书籍和文章读一读，结合着自己打火的经验对照一下，慢慢地我觉得自己对森林火灾的预防与扑救也有了一些理性的认识，研究工作的时候，我也能有条有理地说出点道道来。为此，于队长挺高兴，人前人后夸我好几回。

他跟我说："老树根儿，我把我发表的文章给你看不是我显摆自己，我就是想让你也琢磨点从实践到理论、再从理论回到实践的问题，咱当大队领导的说话、干事、抓工作得有点套路、有点层次。"

有一天，他把我叫到他办公室说："实行义务兵这两年，咱火没少打，但是战士们经验还是不足，而且每年又都有新兵补进来，你牵头搞个防灭火知识的小册子，最好是简单易懂、简便易行，对部队完成任务肯定有好处。"

我按照于队长的意思，组织了个小班子，其中有的有打火经验的，有的有两笔刷子能写出点东西的。我带着他们到基层官兵中间广泛搜集了在防火灭火中一些常见的问题，然后我领着这个小班子对这些问题逐一讨论解答，初步形成文字后又反复征求包括于队长和有关专家以及基层有打火经验的同志的意见，反复修改，最后编成了《森林火灾预防与扑救常识一百题》，得到于队长大会小会的表扬，也得到了基层官兵的好评。

于队长问我："老树根儿，你领着人整完这本小册子，是不是感觉自己对防灭火知识和技战术方面也提高了一大截？"

我说："可不是吗，过去有的活儿光知道该那么干，可不知道为啥要那么干，有的只知道一二三，不知道后边还有四五六。特别是新添置的灭火装备机具的使用，我还是门外汉，这回既带着问题进行操作又要形成文字来解答，你是让我进了一次既有实践又有理论的培训班呀。"

八十年代初的那几年火情火灾多，部队出动频繁，任务相当繁重，那段时间，于队长带领着我们边打火边总结，在探索扑火特点规律和掌握技战术方式方法上有很多收获。比如说，要集中优势兵力打歼灭战；在灭火战斗中要努力做到：火猛我阻、火强我扑、火弱我歼；扑打地下火或采取冷却或采取切断或冷却与切断相结合，因地制宜地进行；点烧防火隔离带要做到"六烧六不烧"（领导不在场不烧，不通知毗邻单位不烧，三级风以上不烧，队伍没组织好不烧，没打好防火线不烧，不经批准不烧）；一条火线两支以上队伍扑火要打到队伍扣头，实行无缝衔接和责任制。

过去于队长就提出过"三分打七分清"的原则，这两年，我把这个原则编成一句顺口溜叫作"三分打七分清，清不彻底白搭功"。提高官兵们对火线清理重要性的认识；于队长还提出了"打早、打小、打了"的"三打"原则以及以"无烟无气无明火"，即"三无"的火场验收标准。

# 34

中心任务重点转移的那两年，我们既有接连打胜仗的快乐，也有火场上出现人员伤亡的糟心事。一九八〇年春防，眼看着树林子里绿叶就要长大封山了，打了一春天的火，马上就要盼来可以喘口气的时候。就在六月底的时候，杨树屯子乃木河次生林区突然发生了火灾。奋斗了一个春防的杨树屯子官兵又迅速开进火场了，他们连续打了三个昼夜，火场上终于无烟无气了，火场指挥宣布大功告成的那一刻，官兵们疲惫至极，抬脚迈步的力气都没有了，很多人扑通扑通就地就把自己撂倒了。休息了一段时间，指挥员开始集结队伍准备回撤，清点人员的时候发现义务兵汪月功不在队伍里，人们就四下里寻找，很快在一辆"531装甲车"刚刚碾压过的地方发现了汪月功已被碾压得血肉模糊的尸体。

那个驾驶员见到汪月功的惨状，扑通就跪下了，声嘶力竭地哭着喊："汪月功！汪月功！我咋就没在倒车镜里看见你呀？我按喇叭了，你咋就没听见哪？"

我抓新训时就认识这个汪月功，是个挺文弱又挺上进的新兵。听说他当兵时，接兵的嫌弃他长得文弱，不想要他，他就当着接兵干部的面，咬破手指写血书，表明他要当兵的决心。到新训营后，训练刻苦，业余时间就做好事，因为表现好被选拔当了副班长。据说分配到中队后，工作学习也表现得很突出，已经被中队党支部列为入党积极分子来培养，没想到他竟是在重达十几吨的装甲车履带之下无声无息地牺牲了。他是太疲劳了，集合队伍的哨音他没听到，装甲车刺耳的喇叭鸣叫声他也没有听到。他是义务兵里面第一个献身火场的烈士。

我负责处理汪月功的后事。他家里是他的一个哥哥和一个姐姐来的，都是老实巴交的农民，只是哭，我们反复问他们有什么要求，他俩说商量一下。我们几个善后的人还在底下猜测他们会提出多少钱物上的要求呢，结果第二天吃早饭的时候，他的哥哥嗫嚅地说："我们商量了，我们的请求就是你们部队里要做工作，不要把我弟弟牺牲的消息传播到我们家里去，我们的老爸不在世了，老妈身体不好，她要是知道了月功牺牲的消息会经受不住打击的。"

听了汪月功哥哥这样的请求，我的鼻子就酸了，眼泪也涌出来了。我为自己暗自揣测人家会提出多少钱的要求而羞愧，我觉得与汪月功哥哥姐姐相比，我的心眼与胸怀是太小气了。

我把汪月功哥哥的话学给于队长，他拿着烟斗磕得椅子咔咔响。他说："咱没抓好安全哪！咱对不起人家呀！"

好多年以后，我偶尔碰到了汪月功一批的同乡战友，说起了汪月功。他这个同乡战友说，汪月功牺牲后的头两年，他的哥哥姐姐弟弟隔一段时间就往家里拿回一封月功寄回来的信，给他们的老妈念着听。后来有战友回乡探亲的了，哥哥姐姐早早跑到人家给说好了，告诉人家要是一旦让老太太碰上就给月功编个回不来的理由。他的那些同乡战友也很闹心，回到家乡了不去看看月功的老妈和家人觉得心里头歉疚，去吧，又不敢面对老人。后来月功的姐弟就编了个月功调到保密单位去了不让回家不让写信的理由，坚持着哄骗老太太。但是几年后，还是被他们家邻居的一个老太太给说漏了嘴，原本就有心脏病的月功老妈一下子就栽倒了，临咽气的时候对她的孩子们说："你们不说我也猜到了，早就猜到了。"

也是这一年的秋防，伊克萨玛林区发生火灾，孟库依中队二分队在火场上打了三天两宿，官兵们喝那"撅腚茶"喝的，很多人闹肚子，这时候卫生员在距离他们不远的一分队那面。分队的通信员赵小军是个机灵鬼，他主动跟分队长提出去到卫生员那取药。因为两个分队相隔得不远，分队长也没再安排其他人，就同意赵小军去了，这边还在忙着扑火。等到过了挺长时间，分队长说："这赵小军咋还没回来？"有人接话说："那个小子好玩儿，没准儿在路上逮蝈蝈呢。"又过了一段时间还不见他回来，分队长有点着急了，打发一个班长到一分队那看看这赵小军是干啥呢？结果不大的工夫，那个班长回来了，说一分队的人就没看见赵小军过去。那这人去哪了呢？大白天的，火场上人喊马叫风机轰鸣的，这跟前不可能有野兽啊。

分队长说："赵小军是不是蹚那条河出事儿了？"

那个班长说："不可能，那条小河沟子的水都刚到膝盖儿，根本淹不着。"

分队长说："跟上我几个人，咱们去看看。"

他们到了河沟子那，看到河水虽然流得有点急，河水确实不怎么深。那这赵小军会去哪儿了呢？他们顺着河沟子往下走了一段，分队长突然发现河里一块大石头那卧着一个人，不用把人翻过来，大家立刻认出那就是赵小军。分队长大喊："快点儿！看看小军咋样了？"

人们蹚着水把赵小军翻过身来，摸摸鼻息，早已经没气了。火场上的领导们都赶过来了，大家都为这么浅的河水能淹死人而纳闷。唯一能解释通的就是，赵小军蹚河的时候突然摔倒了，呛了水。那他是因为什么摔倒的呢？是腿抽筋儿了还是头晕了？最后也没有一个确切的答案。但是赵小军却是千真万确地在这条只有没膝深的河沟子里淹死了，而且还被冲走了一段。这条河沟子是激流河的支流，河床不深但是水流很急。

赵小军的父母得到通知后都赶过来了，哭得昏天黑地。

在大队党委会上，说到汪月功和赵小军的死，有个部门领导说："严格地说他俩定烈士都不太够格，一个是睡着了被装甲车轧死的，一个是不明原因的淹死了。"

这人话音没落，于队长拿着他的烟斗梆梆梆地磕嗒他的椅子帮，把在场的人都吓了一跳。于队长嗓子里的痰好像噎住了似的，他起身到墙角痰盂吐了一大口，没等走回来坐下呢，他开口了。

"俺！定烈士怎么不够格？汪月功火场上睡着了那是打火累的，赵小军是在火场上为战友们找药过河淹死的，什么不明原因？明什么原因？找药就是找药！过河就是过河！还找什么原因？！"

于队长这几句话像他使劲儿磕嗒烟斗那样梆梆硬，镇得在场的人谁也不说话了。

冷场了好一阵子，于队长才把口气缓下来说："对不住啊，我态度有点儿不大好，说话太冲了。不过这两个事儿，给死去的人报烈士一点儿都不为过，他们都是在火场上牺牲的，都是为了保护国家森林资源牺牲的。但是，我更对不住的是这两个死去的小战友，对不住他们的父母家人，我当主官的没尽到抓安全的责任，致使很多干部缺乏应有的安全意识。汪月功的事儿火场上安全管理的责任明摆着自不用说，赵小军去找药的事儿，毕竟是离开队伍，毕竟是要翻山过河，当领导的怎么也应该安排两个人同行才是。"

汪月功牺牲后我们派个办事能力强的营职干部到军区政治部门去申办烈士的事儿，人家具体办事儿的人根本不知道森林警察是现役军人。咱们的干部和人家说了老多的话，把国务院、中央军委批复森警实行义务兵役制的文件拿出来给人家看，他们把呈报材料连同文件留下来认真研究了好多天才予以批复。

赵小军的事儿出了之后，还是派的这个干部去的军区，接待他的人认识他了，说你们森警部队是咋回事儿啊？怎么又来报烈士啊？这人也是好心，说多给你带上两张空白表吧。咱的这个干部也不能说不带呀，唉，结果转过年这两张表就用上了。有人在私底下议论，死一个人不能做两口棺材，不吉利，这空白表就相当于多出来的棺材。

到了一九八〇年底，国务院、中央军委又发了一个《关于武装森林警察实行义务兵役制后有关问题的批复》，这就使我们手里又有了一把尚方宝剑，好多事儿我们都是拿着这两个文件跟上级机关和有关部门去汇报去交涉。

这么多年过去了，后来又有很多咱森警的战友为了大森林而牺牲了，可是我为啥要专门挑出这两件事儿来说呢？有一次于队长我俩喝酒聊天说起了汪月功和赵小军，他说："老树根儿呀，现在回过头来看，在咱森警部队处在重要转折的时期那两个义务兵的牺牲具有标志性意义。"

听着他这有些文绉绉的话，我感觉他这是要跟我唠点正磕儿。他吧嗒口酒慢声细语地说："你问为啥？首先他俩是义务兵众多烈士里的先行者，他俩牺牲了，他们的那些小战友并没有因此而后退而被吓倒，反倒是他俩的牺牲在义务兵队伍中竟凝聚起了要像烈士那样不怕苦不怕累不怕死的一种无所畏惧的拼搏精神，唵，老树根儿你说这不也正是咱总说的森警精神吗？再就是他俩是牺牲在刚刚实行义务兵役制、新老交替的那个阶段，是牺牲在咱森警中心任务开始重点转移、扑火任务突然加重的那个阶段，在这个阶段当中，咱们有胜利也有挫折，有该积累的经验也有该吸取的教训。怎样激发官兵们热爱森警热爱森林甘于吃苦敢于拼搏的精神，怎样既能出色地完成任务又能最大限度地保证官兵们的人身安全，防止事故减少伤亡，这都是汪月功、赵小军的牺牲让咱大队党委让咱们领导干部引起的沉重思考。"

我一边儿认真听着于队长的话，一边儿回想着那几年于队长带着我们抓教育抓中心抓管理抓安全的一幕幕，可不是咋地，人家于队长就是这么有板有眼地带领着我们干过来的。

# 35

一九八一年元旦刚过，于队长召开大队党委会，在会上他提出完成中心任务要"集中兵力，重点布防，形成拳头，快速出击"的思路，让大家讨论。他详细地给我们解释了这十六个字。

于队长说："咱森警现在基本是'一局一队'式布防，在各林业局辖区内又分成两到三个分队或者小队单独驻防，还有外站、检查站，表面看，咱森警分布得挺广泛，但实际上是无区别、无重点的撒芝麻盐儿了，真到有事儿用兵的时候，集结不起来，形不成力量，这种布兵方式符合职业制森警以防为主的特点，适应以巡护瞭望当向导搞联络和打火带队指导为主的需要。而咱们森警部队眼下实行了义务兵役制，兵力强大了，咱们中心任务的重点已经转移到防灭结合以灭为主了，况且就咱们所处的林区这么多年的情况来看，发生人为火和雷击火的区域是有重点的，鉴于这种情况，咱们森警应当调整兵力布局，收缩部队，集中兵力，重点布防，同时利用目前空运机降和机械车辆增强的有利条件，一旦有火，就可以形成拳头，快速出击。"

于队长的话引起了大家的共鸣，下午开会的时候，何江海让人拿来两张图，一张是现在的兵力布防图，另一张是林区防火地图，那上面已经把近几年来频发森林火灾的区域标识出来了。大家伙认真地对照着两张图，思考着怎么调整兵力重新布局的问题。大家伙七言八语，提了很多有价值的建议。

于队长说："老陈，你先带着司令部的人按照大家伙的建议商量出个初步方案来，而后咱们再研究论证。"

经过几上几下，大队党委提出了"森警大队调整部署兵力的方案"。于队长带着我和何江海去林管局汇报，去林业部汇报，他把他那"十六字"思路越讲越劲道，我们的意见得到了上级的支持，很快批准了我们的方案。外站、检查站都撤掉了，像耳布尔、角刀木这样火险等级低，交通又比较方便的单位都撤到火险等级高的区域了，像西口子交通不便，机械装备难以使用的单位也都撤出来了，我们的安排是西口子这样的区域一旦发生火灾，可以以空运机降的方式来灭火，兵力数量与进入火场的速度肯定比原来要强得多好得多。我们把撤出来的兵力加强了莫尔中队的集中驻防，加强了葛根机降中队的力量，加强了老火窝子杨树屯子中队和马什拉中队的力量，后来还组建了机动扑火队。举办了一期摩托车驾驶员培训班，用意就是要增强部队扑火的快速机动能力。

实践证明，在后来接连不断的森林火灾中，这样的调整，实现了"集中兵力，重点布防，形成拳头，快速出击"的战略意图，为日后充分发挥森警的作用奠定了一个科学合理的基础。

后来回头看，那段时间，我们在于队长带领下花大力气进行的兵力与编制的调整正是与当时党和国家的改革同步进行的，我们置身其间的一些人懵懵懂懂的是跟着干，而于队长脑袋瓜子是清醒的，思路是清晰的，视野是宽阔的，行动是自觉的。

于队长不仅抓改革，而且还抓开放，带领着我、祥子、何江海去外省区的森警部队考察，我们还到东北航空护林站座谈、到东北林业大学见到了大名鼎鼎的防火专家郑焕能教授，听他给我们讲国际上发达国家森林防火的机制、装备和手段，让我们大开了眼界。

这次考察有一个最意外的收获，就是东北林业大学主动提出咱们可以选送几个优秀的有培养前途的同志到他们那进修学习。我看到，祥子和何江海听到这话眼睛都放光了。晚上的时候，祥子给我明里暗里地表达了他想到东林进修的想法。

祥子参加我们的外出考察，是走我的后门儿，他听说我们要出去考察，就给我打电话，想要参加。我知道祥子的思路在中队领导的层面上一直是在前头的，他本来是当参谋长的最佳人选，可是于队长碍于继父的关系，把祥子给压住了。祥子这时候已经调整到机降中队当中队长了，摩托车驾驶员培训班是他揽过去在机降队承办的，同时他又把识图用图培训班揽过去，我知道他是想近水楼台，据说这两个培训班他都从头到尾地参加下来，那时候部队里就有培养"两用人才"的说法了，我说："祥子，你这是多用人才了。"

这次，我说服了于队长，又吸收了另外两名中队干部一起外出考察。

这么多年里，我还到北京看过张大贵，到哈尔滨的医院看过魏玉国两次，而祥子他们几个总是在深山老林里转悠了，没见过外面的世界。何江海开玩笑说："人家是往深圳跑，咱们是往深山跑，人家是往上海跑，咱们是往林海跑，人家是去看灯红酒绿，咱们是看狼眼放绿。"

但于队长带着我们考察就是考察，不逛街景不去商店，白天看人家的听人家的，晚上就组织我们开小会，把白天看的听的捋出来，谈体会说想法，那些天行程安排得挺紧张，挺劳累，但是大家都很兴奋，觉得看到的听到的对我们很有启发。

考察回来，于队长就让政治处遴选去东北林业大学进修的人选。政治处报了仲文祥、姚建华、田运良、李伟、魏利民。

名单里没有何江海，在我们出去考察的时候，大队已经接到总队通知调何江海去筹建红城山森警大队了，还有几个新建直属中队，筹建的领导也都是从

208

咱们大队抽调的，也都是于队长我们给总队择优推荐的。于队长说，要舍得把好干部往外推荐，对整个部队建设、对他们个人成长进步都有好处。现在看，于队长这个思路绝对有长远的战略眼光。

在总队选调干部摸底的时候，我也曾问过祥子的意见，祥子说他不想离开他爸爸为之献身的这片大森林。

因为大队当时副政委没到位，大队党委确定让我抓一下选定人员去东北林业大学进修的事儿。

政治处把推荐去东北林业大学进修的名单报到于队长那，搁了一天没动静，我估计于队长那肯定对这名单有想法了。第二天，他把我叫到办公室说："报五个人选，老森警的子弟就占了俩，这恐怕不服众吧？"

我知道他主要是在祥子那想得多。我说："我感觉政治处还是很慎重、很公平的，论资历祥子最老，论文化祥子最高，论打火祥子打得最多，论能力祥子带的几支队伍都有明显的进步，这几点上其他人和他都比不了，咱们应当给祥子创造这次学习深造的机会。"

于队长说："老树根儿，不用你说那么多，你说的我都知道我都明白，可这次培训毕竟是大家瞩目的事儿，咱可得拿捏准了，这涉及那么多的干部怎么看咱们的问题。你说祥子各方面比别人强，那还有没有比他还强的？有没有对他不服气的？人家就说于耀武把他继子推荐去了这一条，咱就没法儿做大家伙的工作。"

我抓起他办公桌上的茶杯，给自己倒了杯水，咕嘟喝了一口，烫着我了，我咣叽把茶杯墩到桌子上说："于队长，我的老队长，祥子现在是你的继子不假，可你得知道他首先是良子的儿子，是烈士的子弟，是一个在边境一线深山老林里摸爬滚打了快二十年的老森警。眼看着一个有前途有培养价值的人才不去培养，而是怕人家说你这说你那，老队长，你是不是太自私了？为了你自己有个铁面无私的好名声，就把祥子一脚踢开了？"

于队长听了我的话，脸成了绛紫色儿，他还头一次遇到我这么顶撞他呢，他拿着烟斗梆梆地在皮鞋底子上磕嗒。半天才说了句："那你说咋办？"

我感觉我的话还是起了点儿作用。我想了想说："按人事上老规矩办，先让政治处拿着推荐名单征求一下各常委的意见，如果没大出入，就上常委会。"

于队长说："都知道我和祥子的关系，征求意见还不是走过场啊，谁能说不行呢。"

我又想了想说："这样，这件事儿你先退出来，我和政治处商量一下看怎么办最好。"

回到我的办公室，我自己思谋了一阵子，我觉得我的主张是对的，没啥见不得人的猫腻在里头。我干脆就来个公开化透明化。我就带着政治处主任挨个常委去征询意见，也把于队长的顾虑和我说的那番话不厌其烦地挨着个人去反复学一遍，我对每个人最后都说一句："凭党性，你表个态。"大家伙都说："不就是到东北林业大学搞个短期培训吗？于大队长和你都把这事儿整得太复杂了。"

单个征询常委们的意见，大家都同意祥子去培训。我又对政治处主任说："你把这个名单发到中队一级干部手中，让他们无记名投票，安排专人抓紧把票报送上来。"

我看了无记名投票结果，祥子也是满票（祥子肯定给自己也画了一票）。虽然还没正式上会研究，但拿着基层投票我就已经是很激动了。我觉得我不光是为祥子，也不光是为了良子他爷俩，我是为森警的事业做了一件好事儿。

后来祥子没当我面说过一句感谢的话，倒是有一次我在于队长家喝酒，祥子他妈杨桂月给我斟酒时说了一句："老树根儿，话都在酒里了啊。"

祥子他们是在一九八一年九月到东北林业大学上的学，没到月底国家林业部来通知点名要于队长参加林业部组织的赴美国、加拿大森林防火考察团。

于队长接到通知自然是格外高兴。我们这些个在深山老林里滚爬摸打的老森警啥时候敢想过出国考察啊？

可是到了快下班的时候，政治处主任张宇找到我说："于大队长提出出国考察要换个人。"

我挺意外地问："换谁？"

张宇说："大队长提出是想换你去，已经把电话打给林业部那边儿了。"

我说："尽是瞎扯。"赶紧去找于队长。

我说："你这老队长又想啥幺蛾子了？"

于队长说："没啥幺蛾子，我是想我赶到明年就该离休了，这么好的事儿给了我不是白瞎了吗？还是换个能多干些年的人去合适。"

我说："你就别再瞎扯了，等你退了，再想有这机会可是都不会有了。"

第二天一上班，林业部的电话来了，说是考察团让谁参加是经过逐级批下来的，而且护照都办下来了，咋能换人呢。于队长听了，这才死了心。

于队长出国之前组织司令部的人帮着他以"防火灭火的科学手段、灭火的指挥体系、灭火的后勤保障"等问题拟制了二十多条考察提纲。

于队长出去考察了一个月，回来时候，他那看着你的眼神儿就像女人刚逛完商场时候的那种获得感、满足感。

他说，启发太多了。他给我们做了一场考察情况报告会。他把考察团讨论研究拟写的考察报告给我们每人复印了一份，但他没照着那个念，他说他就想把他看到的听到的给大家伙分享一下。

于队长介绍说，美国和加拿大在灭火指挥上基本是一个模式，分一、二、三级指挥员。一个大火场，一级指挥员就设一人，每当发生山火，即临时雇佣经过灭火专业训练并曾签订过合同的大学生和志愿者，这些人必须服从指挥。而二级指挥员必须服从一级指挥员，三级指挥员必须服从二级指挥员。为啥不设两个一级呢？不行，容易产生分歧。两个人意见不一致，影响灭火的布局和进度。

于队长讲到这儿，让我联想到于队长还是对他过去在火场上几次被排挤出决策者的位置耿耿于怀。特别是有一次在红花尔基火场上，他本来是最早的火场领导，对火场态势、山形地貌、兵力的部署是最有发言权的，可是正在调兵遣将的时候，上边儿来了个领导，比他官儿大，他就得放下灭火的事儿，给这位领导汇报，没过一天，又来了一个更大的领导，而且是带着"火场总指挥"的头衔来的，于队长不好再坐在那里指挥了，只好领着个参谋到一个偏远的火场上去了。那场火结束后，指挥部总结经验，于队长一句话也不说。下来之后他跟我说："我在会上说啥呀，说人家是外行？说人家贻误战机？说我没职没权？说我要官儿要权？不明白的人还不笑掉我老于的大牙呀。"实际上，这类事儿在一些大的火场上常常出现。

于队长给我们讲的另一个问题是美国有个"博一西"全国森林防火中心，它负责协调全国的森林防火，但是它和国家的森防部门是有区别的，国家森防部门主要是管政策、法规。而这个"博一西"属于灭火的执行部门，它掌握国有林、州有林和私有林部分灭火力量，三部分力量可以协调统一使用，负责全国森林防火灭火指挥官的培训，掌握全国的森林火险预报。国有林、州有林、私有林、气象、航空、物资、科研等八家单位每天早晨坐到一起开协调会，这八家没有相互的隶属关系，但是他们轮流执政。若发生火情，会前气象部门必

211

须提供当天气象形势和火场局部气象动态。国有林如有火，国有林先发言，对自己能否有力量完成，需要哪些支援等问题进行表态，火险等级低的服从火险等级高的，调来的人一律服从指挥。负责灭火物资的有个相当大的仓库，里面的储备够五六万人吃三天的。那个仓库老大了，但是人员很少，仓库主任亲自驾驶着升降机装卸搬运那些物资。要是搁咱这儿，这个仓库怎么也得是个县团级单位，往小了说也得是正科级、正营级。于队长说这个"博一西"的好处就是能集中统一使用森防力量，杜绝了多头领导、各自为政的毛病。

散会后，我说："于队长你不怕人家说你到外国转悠了几天就变得崇洋媚外了呀。"

于队长吧嗒着烟斗说："改革开放就应当借鉴和引进人家先进的东西，盲目自大只能是让人家越拉越远。"

我这里讲的是美国、加拿大在森林防灭火上值得咱们学习借鉴的东西，他们也不是没有问题，就这些年看他们不断发生的重特大森林大火，又迟迟打不灭，就暴露出很多深层次的弊端。

# 36

一九八二年元旦，按照老习惯，我早起到大队操场上转了一圈儿，因为是元旦放假，操场上看不见人影，看见的只有寒风中飞舞的雪花。毛主席的诗句"风雨送春归，飞雪迎春到"涌现在我的脑子里。是啊，春天很快就会来了，繁重的防灭火任务也很快就会来了。

过去的一两年森警部队的变化太大了，新的一年，这支部队又会有什么样的新变化呢？凭我的脑力眼力对新的一年还把握不准，我觉得还是听听于队长的见解为好。我回到家里跟我家属说，我想借元旦这个机会请于队长两口子到家里来吃个饭，我们老哥俩已经挺长时间没喝两盅了。我想等到八点钟以后再给他打电话——好不容易放假，别搅了人家的懒觉。谁知七点刚过，电话铃就响了，是于队长打过来的。他告诉我他刚接到刘锁柱的电话，说是魏玉国半夜的时候喝药死了——刘锁柱在一九八〇年夏天就办病退了，他还住在莫尔，他两口子在莫尔住习惯了，不想再换地方了。

我拿着电话有点发蒙，玉国现在的日子过得不是挺好的了吗？孩子都大了，成材了，家里也没啥烦心事儿了，怎么会喝药死了呢？我一连串地问于队长。于队长说："你问我，我问谁去啊？"

我俩商量上午就开车去莫尔，怎么也得送玉国一程。杨桂月和我家属也跟着我们一块堆儿去。她们和玉国的媳妇儿张秀英处得跟亲姐妹儿似的。

利民正好在家休寒假，爱民是从孟库中队赶回来的。我和于队长见到了魏玉国留下的遗书。挺简单，核心内容就是感谢。感谢于队长等所有老战友对他负伤后的关照，感谢家属们对他们家的关照，感谢张秀英对他不离不弃的照顾，感谢俩孩子在工作上为他争了光。他说，能看到这么好的结局，他就非常幸福了，他不想再给组织、领导特别是不想再给秀英和孩子们添累赘了。

玉国刚满五十岁就这样离开了我们。按照他遗书上的要求，我们把他埋在了"警察坟"。下葬完了，于队长想到老战友的坟前都走一走，可是我把他拦住了，人岁数越大越怀旧，越容易动感情，动一次感情就伤一次身子。我让几个年轻人把于队长和几个家属都弄到车上去了，把他们打发走了，我和祥子挨个坟前都站了一会儿，正是数九寒天的时候，天冻得嘎嘎地冷，我的心里头像掏空了一样，不知道该对我的这些老战友说点什么。

没过多久，祥子有一天给我打电话说他知道玉国叔为啥要喝药自杀了。我手里端着茶杯一哆嗦，我问："为啥？"

祥子说："魏利民前两天对我说，在他爸爸死前没多长时间，爱民回家来一次，他们在饭桌上说起有人给介绍对象的事儿。爸爸开始的时候显得非常高兴，可过了一会儿，他就变得沉默了，过后几天爸爸也没提起过那个话题。可是他感觉到他爸爸越来越沉闷了。"

我问："利民他妈有啥感觉吗？"

祥子说："利民他妈说她和魏玉国说起了两个孩子婚姻的事儿，说这日子过得真快，转眼到了给他们张罗成家的时候了，玉国叔还把家里积蓄翻腾出来，算了算账。"

噢，我也明白了：魏玉国这人的心思是太重了，他在为孩子们要成家立业高兴的同时，想起了自己的容貌，他是怕吓着未来的儿媳妇儿，怕吓着未来的孙子孙女。他不想再过那种隔着玻璃窗看人的日子了，他不想拖累家人，他要撒开两手让他的秀英和俩孩子去追求自己的幸福生活。玉国的自杀不是厌世，而是为老婆孩子过上美好生活的献身。

我找到于队长，把祥子我俩的分析说给他听。于队长微闭着眼睛吧嗒着

213

烟斗直劲儿点头。他咕嘟喝了一口茶水，说："魏玉国是一九五八年救人负伤的吧，转眼二十多年过去了，除了咱们几个老人儿，还有谁能知道他当年的英雄壮举呢？有谁能体会他这二十多年承受了多少残疾人的苦处呢？有谁能理解他隔着窗户看孩子时的那种复杂心情呢？又有谁能理解他这次告别人世时的苦衷呢？魏玉国走到大街上，有人嫌他相貌丑陋，生怕挨近了他，有人指指点点地说他是个残废人，殊不知啊，魏玉国是一个最最完美的人，是一个顶天立地大写的人。"

我看见于队长两个眼圈红了，泪水就在眼眶里转悠。唉，于队长可是个年届花甲的老人了。二十世纪七八十年代的时候，我们看六十岁的人，就觉得挺老了。

一九八二年就这么开始了。

进入四月中旬，杨树屯子这片老火窝子的火情就接连不断地发生。于队长和我都到了一线坐镇指挥。十三日凌晨，我们又接到火报，古浪林区发生火灾，需要马上派出扑火队员进驻火场。五辆装甲运兵车、三辆东风卡车载着二百六十多名扑火队员分别按照我们的部署向火场南线、西线、北线进发。

杨树屯子中队一分队风机班的六台风力灭火机手主攻南线的火头。

主火头高达六七米的火龙呼啸着，热浪灼人，整个火场就像一个大炉膛子。风机班各三台灭火机在火头两翼进入了战斗。风也叫，火也叫，灭火机也叫，那是人火互不相让的架势。班长赵峰高声指挥着灭火机手："根部风力要加强，灭火机靠近点，再近点！"三个距火头最近的风力灭火机手，衣服冒烟儿了，手和脸都燎起了泡。

"不好！我们被大火包围了！"有个战士突然喊叫起来。原来正当他们全神贯注扑火头的时候，两侧的火龙悄悄向前漫延，继而合拢，咱们的六个战士被围在了火圈里，四周全是熊熊大火，他们的生命危在旦夕。

赵峰喊："快点，用帽子捂住脸，跟我向火烧迹地里冲！"

六名战士向熊熊大火冲去，他们以最快的速度跨过那条三五米宽的火线冲进了刚过火的火烧迹地。但这个时候风是乱刮着的，大火也是不定向地左冲右突地流窜，危险还在包围着他们。

赵峰喊："咱们赶紧点烧自救。"

他们在距离火头三十多米的前方点燃了三堆小火，边点燃边扑灭，逐渐扩大火烧面积，几分钟后大火呼呼地扑过来，可是它遇上了焦黑的火烧迹地，失去了可燃物，顿时就像妖魔遭遇了孙悟空的千钧棒，一下子就萎靡了。

在火场南线，二百多米长的大火像海潮一样顺着齐腰深的草塘子向大面积的人工林涌过来。杨树屯子中队的中队长赵本昌在这条火线上，他登上一台装甲车高喊：

"装甲车在前，风机手在后，跟我冲！"

两台装甲车沿着火线碾压过去，风力灭火机跟着装甲车用强风吹逼火线，二号工具、铁锹、耙子等都依次跟进。这一段碾压扑打非常有效，可就在这时，赵本昌发现有一小段火线出现了失控，距离人工林只有十几步远了，这时候调整装甲车调动风机手已经来不及了。他对身边的几个拿着耙子、铁锹的战士喊道："咱们用身子把这段火线压住！"

说着，他就用衣服抱住头，来了个利索的前扑，顺着火线滚了过去，其他的几个战士不由分说地倒伏在火线上来回翻滚。不远处的几个风机手见状赶过来，使劲儿吹打。赵本昌和几个战士站起来时，衣服上还呼呼啦啦地燃着火苗子。当时我就在距离不远的一台装甲车上，当我听到人们的惊呼声，我看到了赵本昌带人滚压火线的一幕。过后，我问赵本昌咋敢这么干呢？他说："那火苗子不高，人上去滚两个滚也就压住了。但要是再等调车头碾压可能这火就窜进林子了。"

凌晨一点来钟的时候，全线的火势基本被控制住了，只有火烧迹地里边的一些个过火的树木像一根根蜡烛似的放着火光。气温一下子就冷了，浑身湿透的官兵们在寒风中冻得直打哆嗦。

指挥部于队长那来了命令："杨树屯子中队长赵本昌、副中队长洪武率领两辆装甲车沿火线从北至南扑打复燃火，与南线向北扑打的装甲车扣头后，可返回宿营地。"

把赵本昌和洪武打发走，我带领着剩余的官兵进一步清理火场。

那个晚上无星无月，没有火的地方，夜空黑得就像泼了墨一般。当洪武带队的装甲车登上一个山头的时候，突然发现前方有火光。洪武说："刚刚说全线控制了，怎么还有这么大的火呢？"

驾驶员马锋武说："队长，冲上去吧？"

当然，火光就是命令，火场就是战场。装甲车开足马力，直奔火光而去。

夜空黑暗，视野受限，他们哪里知道，装甲车正置身于山巅悬崖之处，脚下是嫩江的江道，对面的火光竟是悬崖对岸的一处山火。装甲车车头突然向下掉角九十度，一棵粗大的柞树从根部被撞断，车灯灭了，机械失灵，紧接着，一声巨大的轰响，一声巨大的震动。

被震懵撞懵了的洪武，好长时间才从驾驶舱里挤出来，又坐在地上好一会儿才醒过神儿来。他借着河水的反光，仔细看看，后面是一道顶天立地的绝壁，而他们的装甲车此刻已经坠落在嫩江的卵石滩上了，十三吨重的车体将河滩砸出个一米多的大坑来，履带散了，车轮毂滚出几十米远。后来去救援的人说，那是一个八十度的悬崖，九十八米多的坡长。

就在这同一时刻，赵本昌乘坐的后面这辆装甲车驾驶员突然发现前车闪电般的不见了，这个驾驶员是个机灵鬼，一个不祥的信号立刻输入了他的大脑，他以最快的速度拉下了制动闸，第二辆装甲车紧急停在了悬崖边儿上。

赵本昌借助装甲车的车灯往下一看，发现前车已经落崖了。他把车上的人叫下来，开手电，找绳子，他领着几个战士顺着绳子费了好大的劲儿下到悬崖下，手电筒一照，看到了那个惨烈的场面。洪武带着一个战士正在救人呢。实际上洪武和这个战士也都受了重伤。驾驶员马锋武已经没有心跳没有脉搏没有呼吸了。而班长高长喜正在三棵交叉的倒树下压着。左小腿的骨头茬子从棉裤里支出来老高，人处在昏迷的状态。

这时候没有出事的装甲车驾驶员开着车风驰电掣般地回到我所在的位置，向我报告出事的情况。哎呀呀，咋还出了这么大的事儿？我的头皮麻麻的。我赶紧坐车往事故现场赶，等我到了悬崖边上，往下一看真是倒吸一口凉气。我一边安排人赶紧回指挥部报告情况，请求医疗救援，一边和赵本昌他们喊话，我弄了两条粗一点的绳子让人在悬崖顶上拴在树上，那一头扔下去，让他们借点力。九十八点五米的悬崖，他们爬了四个多小时，直到清晨五点，天都亮了，这些人才背着伤员爬到山顶，所有的人都像泥一样瘫在地上了。过后赵本昌跟我说："洪武真是好样的，他本人就摔得不轻，还一直在帮着救伤员，医院给他的诊断是腰椎粉碎性骨折。"

马锋武被评为烈士，高长喜被评为三级伤残，年底的时候复员回乡了。洪武在后来的打火战斗中多次立功，每当他有讲话机会的时候，他都不厌其烦地向老兵新兵们讲讲他的装甲车坠落悬崖的事儿，每当讲到马锋武讲到高长喜他都是泪如雨下，就连在酒桌上说起这事儿他都控制不住感情。

唉，现在一说起"531"装甲运兵车这个庞然大物，我还觉得心里头五味杂陈。我知道它和我们的战马不一样，就是一架庞大的铁质机器，是无情之物。

看到它说起它，我就想起惨死在它履带之下的汪月功，想起被它摔下九十多米悬崖而伤亡的马锋武、高长喜。同时我也想起我们乘坐着它爬山过河、开设隔离带、碾压火线的一次次险恶的扑火战斗。我还想起小二沟林业局那年五一前夕突遭大雪封山，几千名植树造林的职工被困山上，正在小二沟中队蹲点的我，带着中队官兵紧急救援。寒冷的山风裹挟着飞扬的雪花，在已辨别不出路影的厚厚的雪野上，装甲车艰难地爬行。雪雾中视线不好，驾驶员就把头伸出驾驶舱外驾车前进，成团的雪花灌进衣领后，寒风一吹，衣服变成了冰冷的铁衣，经过三天两夜的连续奋战，两千多职工被接下山来。八月份，牛耳河洪峰期，暴雨连着下了一天一夜，三千多名群众被围困洪水之中，森警官兵驾驶着具有水陆两用特点的装甲车上路了。在洪流滚滚的大水中，装甲车像橘黄色的救生船一样急速航行，被围困的群众得救了，把被淹没的汽车拖出来了。我那次从上报的救援情况报告中看到他们解救的群众中还有两名前来我国进行化学灭草试验的美国人。看完材料，我找李树鹏问，英文里"森警"两个字咋写？李树鹏当时没答上来。过后我也就忘了，过了好几天，他到我办公室递给我一张小便笺纸，上边是"森警"两个字，下边是一串英文 forest-police.说这就是森警的英文写法。我说："得写全了，写'中国森警'"。

于队长参加了马锋武的追悼会，他站在那里，严肃的脸上一点表情都没有，离开会场时我看他脚下好像绊了一下，我扶了他一把，他嘟哝了一句："老了。"

## 37

于队长的离休令是和森警部队连排以下干部转为现役的令一块到的。宣布于队长离休的同时，林管局还任命了两位刚从解放军转业回来不久的团职干部分别担任大队政委和大队长。会上我表态要全力支持两位主官的工作，后来的工作实践证明，这两个主官都是好领导，对我很尊重也很放手。

于队长在宣布他离休的大会上讲了个话，我还以为他会回顾一下他的革命生涯，但是他却没讲。他讲他在离休之际，想起了战争年代和剿匪时期以及当森警以后这么多年那些牺牲了的战友。他说他建议森警部队应当大力弘扬以热爱森林、不怕艰苦、不计名利、默默奉献、敢于拼搏、英勇善战、不怕牺牲为主要内容的"森警精神"。他特别强调说，英勇善战就是要讲究科学，不能提倡那种鲁莽式的违背规律的瞎闯硬干的个人英雄主义。

"森警精神"就是在这个时候正式提出来了，后来有人又提出"火场精神"，其实是"森警精神"的进一步具体化。

于队长坚决不让大队搞欢送宴会，他让我去他家喝几盅。到了他家里，他对我说，他事先邀刘锁柱赶过来想一块聚一下，可是锁柱那头情况不好，当年的雷击伤还是找上来了，半个身子动不了了。于队长说完这句话好半天我俩没有话说。想一想，当年进驻吉儒穆图时森警独立分队那些个生龙活虎的人，现在就剩下我们仨了，在这之前的两年，被马摔伤的陈明亮脑出血死了，刘锁柱现在又瘫了，唉，这都是眨眼之间的事儿。

我俩喝酒好多年都不用碗了，早都改用杯了，而且酒杯越来越小。杨桂月的头发白的比黑的多了，她把菜端上来，酒满上就坐在一边看着我们。我家属没有来，她在家看孙子写作业呢。我让杨桂月也坐到桌上来，她直说："你们喝，你们喝。"

自从于队长他俩结婚后，杨桂月很少出头露面，除了家属们有些来往外，我们见面的机会并不多。

于队长右手端起酒杯，左手托着杯底，举了举说："咱先敬咱那些个老战友老哥们儿一杯酒吧。"

说着他把那杯酒轻轻地洒到地板上。

我给他把酒杯满上，我说："五哥，你光荣离休，我代表咱那些弟兄们敬你一杯吧！"

于队长和我把酒碰了干掉，说："老树根儿呀，这几十年的担子今天卸下来了，按道理应当感到轻松了，可是我咋就没有轻松的感觉呢？这几年，火越打越多越打越大，和这几年气候变化有关系，和进山人员增多有关系，和咱森警由以防为主转为以灭为主也有关系。这火越打越显示出咱森警的地位和作用，越打越给咱森警肩上的担子加码。我这几年工作虽然比前些年心情舒畅多了，但是带队伍和完成中心任务的压力感到越来越大。今天，看到那么多的连以下的干部转为现役干部，部队结构又发生了一次大的变化，我琢磨，营以上的干部呢，是不是也得转为现役？我估摸着肯定得转，一支部队咋能总是'一队两制'呢？我有一种很明确的预感：咱带的这支队伍正面临着一个非常大的发展机会也正面临着一个非常大的挑战。"

于队长的话勾起了我的兴趣，我说："五哥，你今天就往细了给我说说。"

他无意于我是不是插他的话，他边喝边说："从发展机会上说，我预测咱森警会很快实现全部现役化，到那时候可就是纯正牌的武装集团了。再就是灭火装备上的机械化程度还会更高，我这次去外国考察，咱林业部的专家说咱们国家防灭火设备装备也要在引进和自造上加速发展。从挑战的角度说，首先是带队伍的问题。咱已经带了几年的义务兵队伍，情况就和咱职业制的时候不一样了，这眼下，情况又有新变化，一部分干部是现役一部分干部是警察，工资都不一样，人员管理上、思想工作上包括后勤保障上都会发生很多变化，这得看咱当领导的会不会管，能不能适应，这都是挑战。再说新装备进来，操作的人行不行？还有火场上的打法，提了这么多新干部，他们打火经验不多，有勇敢的精神，缺少科学的办法，遇到危险情况整不好就被大火卷进去，群死群伤，那可是了不得的大事儿，还有火场运行当中和火场的现场管理都已经有血的教训了，这是我觉得最愧对烈士的地方。你老树根儿现在是咱大队资历最老的人了，又是主抓训练和防灭火的，必须得先想到这一点，既要完成任务又要保证官兵的生命安全，这不是挑战吗？都是挑战，都是责任哪，老树根儿！"

于队长说到这儿有点激动，我赶紧接话说："是，是，你的话我都听进去了，我一定好好抓。"

于队长说："不光是你，今天祥子没来，等他回来了，我得和他细谈一次，他算是新老森警的一根纽带了。"

那一晚上，我们老哥俩边喝边唠，到了家属来找我才散局。

虽然在以后的日子里我和于队长逮着空闲就见一面，唠一会儿，整两盅，但毕竟不像过去他在岗位时联系得多了。

刘锁柱瘫巴的那两年我去看过他几回，他躺在炕上的状态已经很不好了，吃喝拉撒都得他家属伺候，锁柱的脑子也不好使了，我俩见面几乎唠不了啥磕儿了。瘫巴的第三年头上，锁柱就没了。那正是春防紧张的时候，我抽不出身来去送他，于队长和杨桂月还有我家属赶到莫尔了。我家属回来对我说，锁柱下了葬，五哥就是不下山，他在良子、张大贵、朴正伦那几个老战友的坟前挨个的给倒酒点烟，每个战友坟前都坐一会儿，弄得大家伙都挺伤感的。五哥从坟上回来的那天晚上就感冒发烧，大病了一场。"

过了一段时间，我得空了去看他，人瘦了一大圈儿，精气神儿上可不是过去的于耀武了。

219

# 38

新任大队长和政委到任一段时间后，经过考核，对干部队伍进行了一些调整，仲文祥到大队司令部当了参谋长（当时的参谋长还是营职）、李树鹏当了副参谋长、张宇当了政治处主任、姚建华当了后勤处长、张成当了教导队的队长、李伟当了作训股长、赵本昌还在杨树屯子中队当中队长、高俊仁当了莫尔中队的中队长、田运良当了机降中队中队长、魏利民当了吉儒穆图中队副中队长、魏爱民当了孟库中队的副中队长，张小军当了大队农场的副场长，也是副营职干部。仲文涛和巴图转业到地方了。这一年，也就是一九八二年，森警学校在教导队的基础上成立了，第一批义务兵经过考试入学和八个月的培训，回到部队成了见习干部。从此以后就不再有未经考试直接提干的情况了，即使后来的志愿兵转干也得经过一段时间的培训。

祥子他们几个去东北林业大学进修的是一九八二年七月毕业回到单位的。

我听说，在校期间，祥子跟几个任课老师都处得不错，在一次课间讨论会上，祥子讲了他亲身参加的几场扑火战斗，讲得有声有色。在场的那个老师觉得祥子讲得好，就跟系主任商量安排了个专门时间让祥子给学生们讲一次灭火战例。祥子有实践经验，小小地准备一下到课堂上就讲得很生动实在。祥子讲防火课也算是有老底子的，他刚当森警，不是就给吉儒穆图的小学生和村民们讲过课吗，那还是三凤张罗的呢。老师们听说祥子灭火课效果很好，安排祥子再讲一次，很多老师包括几个教授都来听。祥子在第一次讲课的基础上又认真准备了一下，还画了好几张战例图挂到黑板上，增强了大家对所讲战例的现场感。祥子先后讲了三次，在东北林业大学森保专业引起了很好的反响，教授们说，仲文祥所讲的战例可以补充到他们的教材里面去，这样就能把理论和实践更好地结合起来了。系主任提出如果仲文祥同意，他可以延长在学校的进修期，若考试合格可以拿到大专毕业证书。

要知道，一九八二年那个时候，在干部的晋升与使用上有句顺口溜说"年龄是个宝，文凭不可少"，在职人员读大专、上大学已经是风起云涌。他的班主任老师私下里跟他说："看着系主任对你感兴趣的程度，你要是在这儿好好学，将来拿了文凭，说不准留校的可能性都能有。"

留校不留校，祥子不敢想那遥远的不着边儿的事儿，可前面我说了，上大学是祥子曾经最热切的渴望，是他青春的梦想和理想，做梦都没想到的好事居然说来就来了，祥子说他真是高兴得睡不着觉。可是连着想了两个晚上后，祥子给系主任回话却说，他只能是谢谢主任的厚爱了，他还是回到岗位上去为好。

祥子到大队任职报到的那天晚上，我邀他和于队长、杨桂月到我家小聚。当时祥子的小家还在莫尔。他听到我的邀请挺高兴，说正想着跟你和于大爷喝两盅呢。其实，祥子一直是不喝酒的，那次于队长在运动中被发配到吉儒穆图，他举杯敬于队长和徐家辉算是一次，于队长被召回大队重新任职那天我提议把徐家辉请过来，他又喝了两杯。后来我就再没见他喝过酒。

杨桂月也是好长时间没和儿子见面了，于队长和杨桂月进了门，杨桂月就满眼慈祥地盯着儿子看，说："祥子瘦了也白净了。"

于队长说："祥子这一年学习点灯熬油的，瘦是正常的，皮肤白了是在屋子里捂的。你没见那些知识分子都是白白净净的吗？"

杨桂月没等坐下就迫不及待地问祥子："听说人家学校让你留下再多学些日子，你咋不学了？"

祥子笑了笑说："我爸那时候不是说让我去北京上大学吗？我咋能在哈尔滨上呢，进个修也就行了。"

我知道这是祥子在和他妈开玩笑，其实是在传出学校有要他留校接着学的消息后，单位这边儿就有了议论，说仲文祥真是找了个好继父，一边儿能念大学，一边儿还能得到重用。这个议论没有进到于队长的耳朵里，要是他听到了肯定得炸庙。我婉转地给祥子打了个电话问了问他的打算，说单位这边儿的人也都挺关注他的去向，聪明的祥子一听就明白了，他说不再犹豫了，回去上班就是了。

祥子回来后跟大队汇报说他离开学校时，系主任协调学院领导已经同意他参加东北林业大学森防专业的本科函授，同时，学院领导还答应了祥子提出的在林海举办森林防火业务培训班的想法。

说到良子，杨桂月就没话了，她默默地坐在一边看着她的儿子。祥子自知他的话有点唐突，挑起了妈妈对爸爸的思念，一时也不知再说什么好。于队长看出来了，他让杨桂月去到厨房给我家属帮帮忙。杨桂月出去了，于队长低声跟祥子说："我昨晚上梦见你爸了，他高兴地告诉我说祥子去北京了，他和你妈也准备跟着去呢。"

祥子听了尴尬地笑笑。

我前边讲过于队长对祥子的那种如同父子一般的亲情真情。可是我知道，在于队长和杨桂月结婚后，祥子和于队长的关系虽然更进了一层，但他们之间的交往却好像疏远了一些。其实在那老早之前，就为祥子和三凤的事儿，于队长就和祥子之间有点不愉快。于队长打心眼儿里赞同祥子娶三凤，而祥子在心里头对三凤也有好感，三凤对祥子又一往情深，这本是一件顺理成章的好事儿，就是因为那年他被隔离审查放出来后，组织上让他检讨和女青年暧昧关系的事儿，让祥子心里生出了一道过不去的坎儿，他总是说："我和三凤就没啥关系，如果我和她真谈恋爱了，岂不就是承认和三凤有暧昧关系的事儿是真的了。"

而于队长不这么看，于队长说："听拉拉蛄叫还不种庄稼了呢，男子汉要敢作敢当，只要你觉得三凤好就别前怕狼后怕虎的。"

祥子咬文嚼字地说："关键是我没做，你让我当什么？"

一句话把于队长给噎住了。当祥子闯到徐家辉家说了那一番话，徐家辉找到于队长发了脾气，特别是三凤喝了药寻死的事儿出了以后，于队长对三凤的同情心占了上风，他急赤白脸地把祥子臭训了一顿。回过头来他又请徐家辉大喝了一场，那酒里全是他于耀武愧对徐家辉的意思。

可是这人哪，又总是多面性的，处在不同角度就会出现不同的心理。于队长对祥子的婚姻，说祥子是前怕狼后怕虎。可是当于队长和杨桂月结婚后，他和祥子成了继父继子的关系，于队长在单位人事的摆布上涉及祥子和仲文涛的时候，却总是怕有徇私情的嫌疑，怕人家背后戳他的脊梁骨，几次都是把祥子哥俩往后排一排，往下压一压。为这事儿，祥子哥俩嘴上从没说过啥，但我觉得他哥俩心头肯定有想法。去东北林业大学进修，小题大做，整得那么复杂，祥子也知道是因为他，但他不说，也不给我打电话，祥子像他爸，挺能闷的。其实于队长比我更清楚祥子对这次到大学进修的渴望。可于队长这人能拿住自己的心，关键的时候不晃悠。过后，于队长曾对我说："为了个短期进修让人家说三道四值得吗？"

祥子每次到大队来去于队长家看看他妈，也总是匆匆来匆匆去。为这事儿，杨桂月曾对我家属哭过两回。我问过祥子，于队长和你妈的婚事你不是同意吗？后悔了？祥子坚决地说没有，他说他只是觉得坐在那个家里心里头有点尴尬。

我想祥子可能也知道于队长和他妈小时候青梅竹马的事儿了。

祥子这次任参谋长是众望所归。于队长退了之后，在这个大队当森警的资历除了我，就是祥子了，再就是李树鹏、张成和姚建华。祥子从外站干起，一步一步地走来，当领导之后，先后带过三个中队，三个单位都改变了面貌。他有文化，有这些年基层的历练，又有这次去东北林业大学进修的资历，他的前途挺看好的。

祥子端着酒杯对我俩说："这些年于大爷和老根儿叔对我付出太多了，我敬一杯感恩的酒吧。"

于队长是用当父亲的眼神儿看着祥子的，他捏着酒杯说："祥子你跟我和你老根儿叔不用说感恩的话，让你当参谋长是人家组织上考核定的。当参谋长虽然是平职调整，可你的责任更重了，我对你的要求没别的，就是一句话：踏踏实实地把工作干好。只有把这副重担挑起来，把工作干出成绩来，才对得起你爸你妈，对得起咱那些个老森警，对得起咱现在越来越正规的部队。"

于队长告诉祥子，他听说加拿大森林防火专家要像当年白求恩支援中国抗战一样，支援中国的森林防火事业，要在加格达奇帮助中国建立一个现代化的森林防火中心，以扭转中国森林防火长期落后的局面。

祥子说他在东北林业大学时就知道这个消息了，郑教授已经答应帮他引荐认识加拿大的专家。于队长我俩听了都感到高兴。

于队长说："祥子你赶上森林防火事业发展的好时候了，你好好干吧，绝对有干头。"

祥子还说他打算过几天回队上办手续时去他爸爸坟上看看，给他爸和那几位前辈的坟上添点土。于队长听祥子这么说，激动了，说："好小子，你这就对了，来，你再陪着我俩整两杯。"

那一晚上，我和于队长又没少喝。

祥子在酒桌上跟我俩说，他正在和李伟着手编写一本防灭火训练教材。我俩听了自然是高兴，于队长说："这进过大学校门的人就是不一样，你看人家李树鹏就是个典型的例子。"

## 39

李树鹏是森警部队的第一个大学生，到八十年代初举国上下大学文凭正吃

223

香的时候，树鹏才刚四十来岁，优势条件很明显。地区邮电局人事部门派人到大队来了解李树鹏的政治思想情况和业务能力。张宇接待完之后到我办公室来说这事儿。我有些闹不明白，咱森警和地方邮电部门没啥具体交道啊，怎么来了解李树鹏？张宇说他们好像是有意要调树鹏到邮电部门担任领导职务。据说，李树鹏他们那届北邮毕业的同学现在大大小小的都当了官，李树鹏在咱森警无线电方面的建树在林区内外也是有着挺大的名气。光地方和林业的森防通信系统就曾经先后三次并入到咱森警系统中来，设备交过来，人员又可着咱们挑。到七十年代末八十年代初，森警的 55A 型、55B 型电台逐步淘汰，一九八〇年、一九八一年的时候各队都换上了小"八一"电台，这个时候大队的通信网点达到了四十多个，每台"531"装甲车都安装了 A—220A 电台，森警的无线电成为林区森防通信系统中的核心力量。

李树鹏属于既有文凭又有业务能力的干部，四十啷当岁，完全符合"四化"要求。我心里想是不是树鹏有意要去当官，自己私下找人活动了，要不人家怎么找上门来了解他呢。

我把树鹏找到办公室跟他说这事儿，树鹏是个直性子人，有啥话不藏着，他说地区邮政局长是他北邮的同学，前几天跟他通过电话，有向组织部门推荐他当分管业务副局长的意思。我问他是咋个想法，他说当官肯定是好了，守家带地坐机关更好。不过，这么多年搞森林防火通信也是摸着门路了，觉得森林防火这块才是他施展业务能力的一个大平台。他说他经常看《无线电》杂志，感到进入八十年代后咱们国家的无线电通信网络正面临一个大的发展期，他预测森林防火的通信也肯定会迎来新的发展机遇，这会儿让他离开，他可真是有点犯嘀咕。他又跟我说他这么多年尽在大山里转悠了，搞业务行，怕当不了领导，万一干不好那不丢人了吗？——树鹏这人挺有意思，前段时间组织上让他当副参谋长，属于副营职，他找我说他还是想当这个相当于连职的技术干部，我纳闷得不行，多少人都想提职，他咋会有这么个想法呢？

他说："听说连以下转现役，挣的是军队工资，而营以上还是警察工资，现役军人工资比警察工资高不少，这上有老下有小的，还是工资高点好吧。"

同意调走还是不同意调走，树鹏也没说个明白话就下基层了。有一天他家属到大队替树鹏给灾区捐衣服，我跟她聊了几句，树鹏家属说："我们家就是李树鹏的旅店，一两个月回来住几天，打打尖就又走了，不着家呀。"

我只是笑笑没接话，其实森警里的人都是不着家的人，曹丽去世后，于队长掐着指头算了一下，他俩结婚二十五年，在一块的时间累计起来不到三年。

谁也没想到，李树鹏这一次连回来打打尖的机会都没有了。

李树鹏带着两个报务员到吉儒穆图的大黑山一带搞车载台的安装测试，那个地方地势高，电台发射信号也挺强，但是接收信号却很弱，他猜测这片山地可能埋藏着铁质的金属矿，屏蔽和吸收了信号。树鹏带着人和设备反复调试，寻找最佳的方位，这一天的测试中遇到了大雨，本来山地就不好走，又赶上湿滑泥泞，在一个下坡的地方车翻了个筋斗，同车的两个报务员受了点轻伤，而司机和李树鹏却被当场砸死了。

森林防火通信建设一个更大的发展机遇正等着李树鹏去施展他的才干，也或许地方邮政部门正在准备迎接一个他们看好的业务领导，可是树鹏这个咱森警最早的大学生、知识分子，跟谁也没打招呼就这么匆匆地不辞而别了。

《西游记》里的唐玄奘去西天取经，历经九九八十一难，但他们的那些艰险要么是被火眼金睛的孙悟空事先察觉到，打的是有准备之仗，要么就是有观音菩萨出来化险为夷。而咱们的森警呢，我们在履行使命当中历经的岂止是九九八十一难？我们的森警官兵几乎随时随地都处在无常的凶险当中，飞来横祸令人猝不及防。

就在李树鹏牺牲的这一年，六月底，杨树屯子中队官兵在完成打火任务返回中队的途中，天上突然响起隆隆的雷声，一声响似一声地跟着汽车跑，旷野里的汽车无处躲无处藏，只听"咣"的一个能震破人耳膜的炸雷劈下来，就劈在车顶上，新战士肖峰应声倒地。八月份，加疙瘩中队的战士洪深在树林子里穿行时被弹回的树梢击中头部当场毙命。

看看，这就是咱们在二十世纪七八十年代常常被人找上门来询问"你们深井队能打多深的井"的森警啊！

说起来，李树鹏算是个没有享着福的苦命人，艰苦创业的年代他赶上了，吃苦受累的日子他赶上了，可在森警部队好日子就要到来的时候，他却永远地走了，不过他把为森警通讯事业所做的贡献留下了，他把人生的价值留下了，他把坦诚豁达的人品留下了，他把一个知识分子的榜样力量留下了。树鹏走后的那几年森警部队变化挺大：一九八二年的年底，经上级批准，森警大队改称为支队，中队改称大队，分队改称中队。我从此就被叫作"陈副支队长了"。

一九八四年五月，国家劳动人事部批复武装森林警察列入人民武装警察序列，实行双重领导，以地方为主的体制，干警的工资、服装、武器装备等执行人民武装警察的统一规定。

实际上这一次所谓"列入序列"并不彻底，营以上干部并没有转为现役，仍然是非现役警察，人员编制、经费开支仍由林业部门承担。但是一部分营以上干部按照武警部队工资标准套改，解决了服装的问题，这对干部骨干特别是领导层还是起到了一定的稳定作用。也就是解除了像前边李树鹏所担忧的营以上干部工资比连以下干部低的问题。可惜的是李树鹏没有赶上。

一九八五年一月，国家林业部设立了"森林警察办公室"，这是一个对各省区森警部队统一组织协调联系的机构，主管的只有三四个人，很精干，也懂得部队管理。从这开始"森警办"就把全国的森警统起来了，虽然各总队的隶属关系还是以地方为主，但遇有大事儿集中到林业部，咱们森警算是有专管部门了。后来"森警办"在协调武警总部、公安部以及对各总队军事、政工统筹和后勤保障上特别是抓部队的正规化建设上功不可没。这年的五月，我们就和武警部队一样，同步换上了橄榄绿"八三"式服装，大檐帽、警徽、肩上的盾牌、平绒领章。于队长捎信让我穿着新警服去他家里，他仔细地端详着我，满是羡慕的眼神。

下半年，何江海到总队当了牵头的副参谋长，他从年龄和资历上绝对属于少壮派，他的任职在当时可谓是脱颖而出。仲文祥当了支队的副支队长，而我则改成了副政委——说是我的年龄偏大了，不让我总是在一线跑了，领导是好意，但是我能整天价坐在机关办公室里吗？那还不把我憋死呀。不过，正是因为这样的调整，我和祥子搭档着在一起下基层上火场的机会反倒多起来。

祥子从东北林业大学回来不到半年，就和李伟把森警部队第一套防灭火技战术训练教材交稿了，他们拿着初稿征求于队长和我的意见，于队长在他看过的稿子边上勾勾画画写了不少，有蓝笔有红笔还有铅笔，看出来他看得有多认真，他还建议祥子开个范围大点儿的讨论会，集思广益，听取意见。

这时候的李伟已经是一米八十多的个头了，又粗又壮，已经和刚入伍时"小豆芽"的模样完全是两个人了。祥子说李伟还是像刚入伍时那样，两只手闲不着，好鼓捣，不过不再是玩弹弓、掏鸟窝了，而是经常在改进灭火工具上动脑动手，宿舍里都摆满了他做实验的模板。于队长听说了，说："这是好事儿啊，你们要不嫌弃我，咱们一块琢磨点儿事儿，让我这老头子再给咱森警发挥点儿余热。"

我对他们热心搞灭火工具革新的事儿也挺有兴趣，我也跟着掺和进来了。

于队长我们几个谁有了想法就互相通个气，或者电话里头或者见个面聊一聊。

我们很快就琢磨出一套适合清理火线和打地下火用的组合工具来。

我们打火时除了必备的二号工具外，还需要一些诸如锹、镐、刀、锯、斧子等辅助工具，以便清理火场也包括在树丛中开道。可是这些工具都很笨重，携带起来很不方便。有时遇有紧急火情徒步往火线上奔跑的时候，人们带着这些杂七杂八的笨重玩意儿拖累得很。

我们商量着用一根可调节长短的万能杆，与多功能的工具头接合，便可组成需要的锹、镐、斧子、镰刀、锯、耙子等实用工具，这套组合工具弄出来后确实是简易轻便，既减轻了扑火人员的负重，又提高了扑火效率。我们还受城市消防的启发，琢磨以水灭火的事儿，研制将风力灭火机外配一个可容水二十公斤的背囊，用橡胶管将水囊中的水引入灭火机风筒，利用灭火机产生的风力将水喷出来，定名叫"风水灭火机"。这个风水灭火机每分钟喷水一点五公斤，一个水囊连续喷射十多分钟，喷水最大距离为十米，对五到七米的火头有压制作用，三米以内直接扑火效果最好。装满一囊水可扑灭低强度火线四百米，中强度火线三百米，高强度火线二百米，灭火效率大大提高。这个风水灭火机研制出来时间不长，我们又和林业科研所共同研制了"背负式灭火水枪"。这个水枪由胶囊和水枪两部分组成，胶囊和水枪用胶管连接，水枪实际上就是个手动泵，由泵筒、塞杆、进出水阀门和喷头组成，一次装水二十公斤，能连续喷水四分钟，射程能达到二十多米远。

于队长还提出了用运材的 50 拖拉机改造成防火运输车的方案。这是在他脑子里早都转悠过的一个想法了。他说买一台"531"装甲车需要十二万，维修费用也很高，而且还因为车体过重常常出现误车、陷车的情况，而 50 拖拉机体重轻，如果把它改造成运输车，在火场上跑肯定不比"531"差。于队长和祥子、李伟沟通后，就与林科所联系，着手设计改造。林科所的科研人员很有这方面的积极性，有了新的科研成果对他们哪个方面都有好处。这个由 50 拖拉机运材车改造的扑火运输车样本车很快就改造完成了，往山上跑了跑，是预期的效果。可是由于各林业局 50 拖拉机都是用在生产线上的，哪能抽出来多少给我们改造？于队长我们眼睛又回到了现有的"531"上。在"531"上安装了手摇水泵和两个水箱，通过手摇水泵的压力，把水箱里的水通过扬水管的鸭嘴喷头喷射到火面灭火，射程能达到六米左右。后来我们又摸索着利用"531"装甲运兵车上的电源，安装 ZOB20 型直流电动水泵，代替手泵，喷水射程可达八米左右，提高了灭火效率。

应该说，也就是从这个时候开始吧，森警部队就逐步由单一手工扑火发展到了用二号工具扑打和风灭、水灭相结合，由徒步人工扑火发展到了人工扑火与机械灭火和飞机灭火相结合的阶段了。

李伟还自己琢磨研制出了一个风力灭火机的风力测试板，能使人们扑火时在更准确地辨识风力级别的基础上把握灭火机与火的距离。我见着李伟管他叫"发明家"，他说可别这么叫，都是我老师带得好。我听说，在东北林业大学进修期间，祥子就经常给文化底子薄的李伟做辅导，从那时候起李伟就管祥子叫老师了，我想起他叫"何老师"的事儿，说李伟你的老师还真不少啊。李伟挤弄着眼睛说："古人不是早都说了嘛，三人行必有我师焉。"

# 40

祥子这个分管灭火作战的副支队长没白当，他利用这个职务的平台认真研究每一场扑火作战的成败得失。他在支队党委会上率先提出扑救每一起重特大森林火灾都要开展"一战一评一奖"活动。他说："火灭了不能部队一撤就万事大吉了，得组织官兵们坐下来好好地总结一下打这场火的过程中，哪些打法是对的，对在什么地方，哪些打法有失误，失误在什么地方，经验和教训得有理有据地梳理出来，这对以后的灭火有好处。而且他强调说这个总结讲评从火场指挥到一线的战士，每个人都要做，各个人有各个人的作用。对表现好的突出的当然要奖励，对指挥失误以及战士当中因偷懒耍滑而贻误战机的也必须点名批评，严重的应当追究责任。"

祥子的话题引起领导们的共鸣和深入的讨论。我们几个政工领导觉得"一战一评一奖"也是开展火场政治工作的一个重要抓手，我说对火场上作战勇敢表现非常突出的可以搞火线入团、入党、立功、嘉奖，两个主官都赞同我的说法，政委说解放军有《战时政治工作条例》，咱森警应当拿来参照着搞。应该说，从那以后森警部队的火场政治工作就比较自觉地开展起来了，后来就越来越丰富多彩。

祥子是在组织打火上用心了。每一次重特大火灾的扑救，他都力争亲自到位，跟踪灭火作战的全过程。特别是他非常看重战后的总结，这是一些基层干部所没有料到的。我到现在还记得有两次战后总结会上祥子对参战单位领导和

228

一线指挥员的严肃批评。

一次是一九八五年的春防，上乌尔根一带发生火情，最初过火面积只有几公顷。火场位于森林草原结合地带，以山地、丘陵地为主，植被茂密，在距火场大约十五公里处有一条自北向南流淌的上乌尔根河，南十八里处有一条自西向东流淌的源河。借着三四级的西北风，火势向东南方向迅猛发展。葛根大队副大队长曹海亮带领三十个人和风力灭火机、二号工具最先进入火场。实话说，就当时的火势而言，要是大队集中重兵投入，这场火会很快得到控制的，可是大队的主官没有意识到这一点。而带队的曹海亮到火场后对火势发展估计不足，寄希望于上乌尔根河对大火有自然阻隔，但没有想到那不怎么宽的河流万一挡不住火怎么办，没有在上乌尔根河一侧布兵（他的人手也是有限），只是把兵力分别投入到火场东北线和西南线进行扑打，虽然最初对大火有所控制，可是火场风向变化后，大火迅速越过了河流，使他们前期的扑救前功尽弃。再就是大火越过上乌尔根河之后，火势虽然有所减弱，但这个时候大队往东南线调兵很迟缓，错过了有利战机，致使火势再度扩展。几次失误，致使小火变中火，中火变大火。最后还是支队重兵投入后才将大火扑灭。

祥子在总结讲评会上对曹海亮在火势预测和最初的布兵上的失误，特别是对大队主官对火情没有高度重视，既没有亲自带队投入重兵，又在火势扩展后调兵迟缓的问题进行了严肃批评。多年来像这样的火场讲评、这样有理有据的批评，基层干部们还是头一次遇到，挨批的人脸红脖子粗地认错认批，其他人都觉得仲副支队长批得在理，觉得受教育。

再就是一九八六年五月二十九日下午三点，直升机上的空中观察员发现永安山发生森林火灾，面积大约有五公顷。这个火场植被茂密，以针叶林为主，站杆、倒木纵横。火场上有三到四级的风，而气温达到了二十度。火势向西、南、北三个方向发展，属于强度地表火。接到火报十分钟后，由吉儒穆图副大队长魏利民带队的十三人作为第一梯队乘机于下午五点半索降到火场边缘，看到没有直升机降落场地，他们就立即着手开辟机降点，为后续部队做准备。他们开辟完机降点才往火线上赶，可是到第二天早上火势没有得到控制。前指在第二天的下午两点派出第二梯队十一个人，飞行员担心山上无处机降，把他们降落到一座山脚下的开阔地，这十一个人在山上转了小半天也没找到火场。到了傍晚的时候，魏利民电告前指："火场面积已经扩大到二十五公顷左右，而这时还没有见到增援部队。"到十九时，直升机空中观察员报告，火场面积已经扩大到六十公顷，火势向西、南、北三个方向迅速发展。三十一日一早，祥子和我带着三个大队的官兵先后投入了火场，经过一昼夜的奋战，把明火全部扑灭，火场面积达到九十公顷。但是由于火场条件十分恶劣，乱石、站杆、倒木杂乱纵横，部队携带的清理工具又很少，清理难度非常大，不断出现复燃火。祥子下令分片分段负责制，采取扣头清理的方法，要求清一米保一米，哪段复燃追究哪段领导的责任。直到六月二日下午五点半，火场上终于实现了"无火、无烟、无气"标准。祥子通过电台和我商量，部队还得在火场上看守一宿，确保万无一失了再回撤（那时候我们叫"回撤"，后来部队正规了才知道应当叫"归建"）。

下山后，我们在吉儒穆图大队开总结讲评会。祥子让大家讲，发言的人讲的基本都是"灭火作战环境艰苦，扑火官兵不惧艰难"之类的话。基层干部讲完了，祥子让我先讲，我知道祥子是有话要说，我让他讲，火场上我俩是分头带着人打火，一直没在一起交流，我想听听他是怎么看这次灭火战斗的。

祥子说："我赞同大家讲的，打火很辛苦很危险，战后对一线官兵的英勇表现给予表扬甚至奖励都是应该的，但是我们当领导的不仅要讲好的方面肯定的方面，更重要的是要分析打这场火当中的成败得失，不把问题和教训分析总结出来，我们这个讲评会就开得没意思了，我们在打火这个主业上就不会有进步。"

我觉得祥子的话说到点儿上了。他接着说："我这几天边参与组织打火边了解灭火的全过程，在这个基础上我分析了一下，感到这次灭火战斗的特点，一是作战环境艰苦，原始林区里机降找不到场地，往火线开进难，火场上乱石、站杆、倒木多，扑火难度大，清理的难度也大；二是对火势控制得慢，作战时间长，打了六个昼夜，过火面积由从发现时的五公顷发展到了九十多公顷，差点儿就成重大森林火灾了；三是复燃率高，可以说是多次复燃，甚至由地表火发展成了地下火，影响了我们的灭火效率。官兵们不畏艰险作战勇敢吃了不少苦遭了不少罪必须得肯定，我就不再多说了，我要说的是这次打火严格地说问题大于成绩，教训多于经验。"

祥子说到这儿，会场气氛一下子凝重起来，我看在场的人都瞪起眼睛瞅着祥子，而第一梯队第二梯队的两个带队领导却是低着头耷拉着脑袋。祥子直视着大伙，他并没看他桌子上的本子。他说："第一，领导重视不够，第一次投入兵力太少。据说刚发现火场时，火场面积只有五公顷左右，如果一开始就迅速

230

调集足够兵力，形成拳头作用，一下子就把火拍住，火灾很可能在短时间内被扑灭；二是行动迟缓，进入火线的速度过慢。第一梯队上去后不是赶紧进入火线打火，而是忙于开辟机降点，等到再进入火线，火势已经蔓延，丧失了打早、打小的时机；三是第二梯队在山上转悠了小半天找不着火场，这里有机降落地远的原因，但你们转了小半天都找不着火场，实在是个不露脸的笑话，是个丢人的事儿，这充分暴露了指挥员不熟悉主业，我听说带队的是刚从外队调过来的，但是你应当会看图会找坐标点啊，另外，其他人就没有会看图的吗？一群人都不行吗？这可是个大问题，我和陈副政委听说了，都感到很吃惊，这个事儿不能稀里糊涂地过去，必须找出问题的症结，认真吸取教训；四是带的组合工具太少，而这个火场乱石多、倒木多，需要有更多的铁锹和耙子，工具不够用就影响清理进度；五是清理的深度不够，很多火线边缘没有挖出生土隔离带，就使得有些火顺着树根草根烧到地下，形成地下火。"

祥子这一番有理有据的分析，说得在场的人直点头，我听了也感到解渴。祥子讲的时候，让我想起了那次于队长在林业部张副部长面前讲的那番话。

祥子的话还没说完，他喝口水接着说："这几天在火场，我在思考到以上问题的基础上，想到了两条很重要的东西，也可以说是从中得到的启示，一是咱们当领导的组织打火要树立一个着眼点，那就是要在'打早、打小'上下功夫，只有'打早打小'，才能尽快地把火'打灭打了'。咱们应当把'打早、打小、打了'作为每一次扑火战斗的一个原则来遵守；二是我有一个不成熟的看法，我觉得过去和现在咱们从上到下都有一个误区，就是每一次出动打火，不论时间长短，不论过火面积有多大，反正只要是火灭了，就是我们胜利了，就都是凯旋。现在我不这么看了，我觉得对于'胜利'这个词得掂量掂量有没有水分，有多大的水分，有水分的'胜利'能叫胜利吗？付出成本多的'胜利'能叫胜利吗？扑火过程中有多次人为的失误，本来一天应当打灭，结果我们打了两天、三天才灭，能叫胜利吗？今后咱们打火能不能'小火不过天，大火不过三'？当然，也不能一概而论，不过我看怎么也得有一些时限上的明确要求。"

祥子的话说得太深刻了，我看在座的所有人也都是若有所思的样子，大家都在咀嚼仲副支队长这番话的味道。

在后来，我听说很多人愿意参加仲文祥副支队长主持的灭火作战总结讲评会，说听他分析一次就等于听一次打火的业务课，长知识，解渴。跟着他的参谋们更高兴，等仲副支队长讲评完他们把记录一整理，灭火作战的总结也就交稿了。但是祥子的分析讲评也得罪人，被批的人虽然当场不好争辩，下来后也有嘟嘟囔囔的，说官大一级总有理，打火的总是不如观火的，干活的总不如动嘴的。

借着我们来吉儒穆图的机会，我和祥子邀徐家辉老村长和其他几个老熟人吃了顿饭。徐家辉这个时候已经快七十岁了，但是身板还挺硬朗，精神头还和过去一样爽快。席间，祥子给岳父徐家辉敬了两杯酒，一杯是代表于队长敬的，一杯是他自己的心意。祥子也喝干了自己杯中的酒。

我对徐家辉说："祥子只有见到你他才端酒杯。"

徐家辉低声跟我说："我和三凤早就看准祥子是块料，要不咋抓住了就不放呢。"

他咧嘴笑着，我想起那次他冲着于队长发脾气时失态的样子。

晚上，熄灯后我和祥子睡不着，躺在大队宿舍的对面床上聊天。我夸赞了祥子几句，祥子沉默了一会儿说："到目前为止，我这人生当中有四件事儿对我的头脑刺激最深，思想烙印也最大。"

他说，第一件是他爸爸被火烧死。那个惨状，深深刺痛了他，使他由一个不知世事的懵懂少年在爸爸丧葬的那几天，思想一下子变得深沉了，他说他是流着泪、咬着牙做出了放弃上大学的理想，转而下决心当了森警。他要到爸爸牺牲的地方去寻找爸爸的真正死因，接过爸爸的枪和马，走爸爸曾经走过的路，干爸爸曾经干过的事，他觉得这是能让爸爸在天之灵得以安息的唯一办法，也是给妈妈那颗流血的心以慰藉的唯一办法。

第二件是"青子"出国，他被关禁闭受审查。他说刚被禁闭的头几天，自己想不通，觉得委屈。过了几天，想想于大爷这个老革命都被打倒了，自己被关个禁闭又算个啥呢。想通了，心静下来了，他仔仔细细地阅读《毛主席著作选读本》，特别是"老三篇"，反复读了好几遍。以前在政治学习时总是泛泛地读，没有思考过那么多，这次在禁闭室里再读就不一样了，一个人静静地读，读一段就思考一会儿，反复读反复思考，觉得思想上很有收获。特别是毛主席说："要奋斗就会有牺牲……但是我们想到人民的利益，想到大多数人民的痛苦，我们为人民而死，就死得其所。"他说他每读到这一段，就想起他的爸爸。他爸爸不是简单的被坏人所烧死，他是为了森警的事业而牺牲的，是为保护祖国的大森林而献身的。想起毛主席说"他们的死重于泰山"的话，他就觉得爸爸的形象在他的心中高大了许多。他说爸爸牺牲后，他一直是陷在"小我"的悲痛之中，而在禁闭当中反复读这篇文章，心胸豁然开朗了，觉得自己当森警不应该只是为了寻找爸爸的死因，不应该只是单纯地接过爸爸的枪和马，而是要在森警的岗位上要有所作为，有所建树。再就是毛主席在《纪念白求恩》中说的"我们大家要学习他毫无自私自利之心的精神。从这点出发，就可以变为大有利于人民的人。一个人能力有大小，但只要有这点精神，就是一个高尚的人，一个纯粹的人，一个有道德的人，一个脱离了低级趣味的人，一个有益于人民的人。"祥子说，他反复琢磨这句话，觉得自己人生观、价值观的站位一下子就高了许多。他把这句话工工整整地抄写在日记本和学习笔记本的扉页上，每天都要默读几遍。现在他的孩子长大了、懂事了，他就经常告诫他们时时刻刻都要努力做一个高尚的人、纯粹的人、有道德的人、脱离了低级趣味的人、有益于人民的人。

第三件是三凤因为他而喝药。这件事出了之后，他思想压力特别大，他那些天陷在深深的痛苦思索之中，三凤能对他的爱而不惜一死，他还有什么理由去为证明自己所谓的"清白"而置三凤的真挚情感于不顾呢？去为人们那些不负责任的飞短流长而计较呢？去为自己一时的意气用事而背上一生的情债呢？

第四件是一九七〇年那次打火，他说跟着于队长在火场上受到了历练，特别是于队长给张副部长汇报时，对扑火中的成败利害的深入分析，使他对打火这件事儿醍醐灌顶。祥子说，从那会儿开始，他就认真地琢磨防火灭火特别是打火指挥这件事儿了。

祥子对我说："上边这四件事看起来各是各的，没啥联系，可是放到我一个人身上，我觉得对于自己来讲，这四件事构成了决定自己世界观、人生观、价值观甚至是爱情观的一个总旋钮，可能对自己这一生都会有影响。"

我回去见到于队长和他学了祥子和我说的那番话，于队长吧嗒着烟斗眯眼听着，好半晌说了一句："看来还是块料。"

过了一段时间，祥子对我说于队长特意打电话嘱咐他，让他把在吉儒穆图灭火作战总结讲评会上讲话整理整理，给东北林业大学的学报投个稿，于队长说这是有思想性的东西，要让领导和专家们都来了解一下，重视起来。

# 41

我让作战部门统计过，八十年代我们支队一共扑灭森林火灾四百六十七起，其中扑灭重特大森林火二百二十一起。看着这些数字，回忆着那些大大小小的扑火战斗，我觉得最值得一说的就是一九八七年那一年。

大兴安岭刚刚进入春季，气候就异常干旱，大风天增多，走进山林就能感觉脚底下腐殖物的燥烈，踩上去扑腾扑腾的。刚进四月，山火就开始此起彼伏地着起来了。四月二十四日这一天，葛根机降大队的主力都分别投入源中、源莫两个火场了。大队部只剩下副大队长曹海亮一个干部和十来个战士。曹海亮因为前一段下河捞人浑身长满了红疹子，化脓流水，主官让他在家里负责留守。这天下午三点多的时候，他突然接到临近的库里多尔林业局防火办打来的电话，询问大队还有没有可以上山打火的人，说是有一把大火突然从陈巴尔虎草原烧入库里多尔林业局的林草接合部，林业职工在打火时被大火包围，四十三人当场牺牲，九名伤员在运送途中丧生，眼下大火还烧得挺猛，他们请求紧急支援。

曹海亮拿着电话多少有点犯难，家里头除了两个后勤人员外几乎都是从前几个火场下来的大小伤员，可是他听着对方那紧急甚至有些慌乱的声音，他张不开嘴说明这边儿的情况。他咬咬牙说："我们也就十来个人了，马上以最快的速度往火场赶。"

撂下电话，他把两个腿脚有伤行动不便的战士留下看家，他带领着十一个伤病号，携带着风力灭火机和二号工具在路边截了辆过路车就出发了。他们到了那个刚刚烧死了四十多个人的被叫作"太平沟"沟塘子附近，打眼一看，火头在沟塘子里打着旋儿地向北面的一片山林燃烧着，过了这片山林，库里多尔镇就危险了。因为刚刚烧死了那么多人，老百姓们都很惊恐，很多人不再敢往大火跟前靠近。

哀痛与慌乱中的老百姓见到这只有十来个人的森警队伍，感到很是失望，纷纷议论说凭这么点儿人顶啥用啊。

曹海亮快速观察了一下地形，和现场的一个林业局领导做了简短的交流，因为风势很强，没法迎面点火，只能紧扣着火的侧翼打，力争把火势压住。海亮提出由他们十二个森警在前头打火头，林业职工负责在后面打清理。

林业局领导实在是心里没底，追问曹海亮说："这么严峻的火势你们十来个人能行吗？"

曹海亮说："这个节骨眼儿行也得行不行也得行！"

他扭过头对着他的小分队说："那么多烧死的人大家都看到了，凶猛的火势大家也看到了，眼下咱们得快速把火控制在前边山林边上，决不能让火烧到镇子里，咱们十二个森警就当一回敢死队吧，我打头往前冲，就是拼了命也不能让火烧到镇子里，大家有决心吗？"

有扑火经验的人都知道，沟塘子里的火最难打，也最危险。因为那里头风向不定，说变就变，弄不好就会祸及自身。可是在这众多的死伤者面前，这样危急的形势面前，在万分哀痛与焦急的地方领导和老百姓们面前，还能说二话吗？

曹海亮的这段话既是简短的战前动员又是给老百姓们的庄严承诺。

他安排三个人一组，每组一台风力灭火机，两把二号工具，一字排开，就扑上火线了。大火通红一片，烤得人靠不上前，有的地方烟也跟着滚出来，呛得人睁不开眼睛。曹海亮就让大家把衣服弄湿了把头包住，仅露出两个眼睛，靠近火线去猛吹猛打。曹海亮打了一段，觉得包着头太别扭，影响他向其他人喊话，就把衣服扯下来扔了。打了多长时间，他们已经不知道了，反正是把火头控制在山林边上的时候，他们十二个人都瘫在地上了，要知道这十二个人可都是伤病员哪。

林业局领导也是风尘仆仆灰头土脸，他领着几个人高兴地赶过来，把一把把水壶递给这十二个森警，口中说着："森警敢死队了不起！了不起！"

这位领导突然注意到曹海亮的脸，说："曹队长，你的脸上都是灰，还沾着那么多草叶子。"

曹海亮听了用双手抹了把脸。不抹则已，这一抹，曹海亮"唉呀妈呀"地惨叫了一声，大家定睛一看，他是把被烤灼得满是水泡的脸皮给抹下来了。

我是在林管局召开的"库里多尔火灾死难者善后协调会"上听到林业局领导表扬森警十二人敢死队时才知道的，好几个人点着曹海亮的名字说他了不起，是火场英雄。听着他们的赞誉，我喝着茶水没接话，我心里头为曹海亮高兴和自豪，为十二人敢死队自豪，为咱森警自豪。可是，曹海亮这个五官端正的男子汉从此却成了一个疤痕脸。

库里多尔山火刚刚烧死了那么多的人，人们的哀痛还没有过去，五月六日就发生了震惊中外的黑龙江省大兴安岭特大森林火灾。

五月六日下午三点，漠河县古莲林场发生林火，七日上午基本控制后，由于清理余火不彻底，当晚突起七八级大风，余火复燃，迅猛扩展，酿成大灾。四个林业局所属的几处林场又几乎同时起火，风卷残云一般，火到之处一片灰烬，百姓哀号，死伤者达四百多人。

漠河原来是驻有森警的，后来被撤掉了。那些年咱有的地方个别领导就是这样，只要几年不着大火，有的领导就看不到森警在防火方面的作用了，只觉得养着森警是负担，就不待见咱森警了。说这话不是要影响警地关系，在某些地方确实是真事，我是在实话实说。

我和祥子是五月九日下午带着一部分官兵进入西线火场打增援的，这时候听说总队的格图政委和何江海带着人批森警官兵已经千里迢迢地往火场赶了，我们支队的两个主官也已经分别带着队伍从不同方向进入了火场。

我们坐在车上路过一些林场和村屯，那情景真叫凄惨，都被大火席卷了，几乎所有的建筑都被烧得面目全非，砖墙和水泥地都被烧炸了，玻璃都化成水了，铁质类的东西像森铁的铁轨都被烧得弯曲瘤疤的变了形，有的水井里面还有水，可是大火却把水面以上井帮镶的木条子都烧掉了。而令人不解的是有几个木板子钉的露天厕所却是幸存之物，孤零零地立在一片废墟当中。大家伙都觉得奇怪，议论纷纷。

祥子说："没啥好奇怪的，你们没闻到那冲鼻子的臭气吗？没见这个厕所下面那么多那么深的粪便吗？这些粪便释放的氨气压制了氧气，就降低了这厕所周边的燃点，火就绕着它走了。这是咱森警应该懂的常识。"

在这些过火的林场和村屯中穿行，空无一人，阴沉的天空中飘飞着灰烬，也弥漫着灰烬的味道。不过我们也见到了一个活物，一条满身灰土看不出毛色的小狗，瘪着肚子蹲在地上朝我们吠叫。有人说，这条狗准是向咱们求救呢，我细听听，那叫声是有点赖赖叽叽的凄惨劲儿，我看见有几个战士从车上给它扔馒头。

当我们接近西满公路的时候，遇到了一些群众扑火队员，还有一些解放军，他们也都是刚刚赶过来。公路北侧的山地里一条约有三公里长的弯弯曲曲的火流，顺着东南风向西北燃烧，火势挺强，树林子被烧得嘎巴嘎巴响，不时就有一簇簇火团腾空而起，跳起来飞过去，形成一个新的火头。

这时我们还没向火场总前指报到，可是已经不容我们的空了。祥子和我当即找到群众扑火队的一个领导和解放军的一个领导。祥子说："我们是森警支队的领导，这样的形势我们就不客气了，我和陈副政委就当临时指挥了。眼下这片火，咱们马上按 U 字形分组排开，每组森警在前头用风力灭火机和二号工具打火头，解放军跟在后面用树条子打余火，群众扑火队在最后打清理。"

祥子跟我说他在前面带队打，让我在最后面压阵检查督促打清理的。

风力灭火机很快就突突突地叫起来了，我在后面看得很清楚，穿着红色灭火服的森警冲在最前面，紧随其后的是解放军的绿军装，而穿着黑灰蓝色衣服的职工群众也是不小的阵容。他们配合得很默契，一举手一投足一腾一跃一起一伏就像一片多彩的波浪涌向那狰狞的火龙。当时，我就想这个阵势应该是人海战术中的最佳组合了。

我们打了五个多小时就把这火给打灭了。在这当中我们已经接到前指的电令，让我们以最快的速度赶赴莫西公路二支线堵截逼近原始森林的火头。我们紧急转战，顺着原始森林的边缘地带在凌晨四点多赶到了指定位置，远远地就看见大火像一条长长的火龙似的呜呜叫着朝我们的方向翻滚过来。在我们观察地形的这个时间，烟气就已经刮到我们跟前了，目测火头离我们也就是一千多米的距离。这个情况下别无选择，唯有迎面堵截。但是这么大的风，点烧的危险性很大，稍有闪失就会出现反作用，很可能会更加快速度地把大火引到原始森林里，扑火人员也面临着被卷进火里的极大危险。紧急关头，唯有以火攻火。祥子现场点名挑选了有点烧经验的几个干部在前头点烧，要求扑打与清理人员紧紧跟上。我做了个战前动员，很简单："党员干部和老兵骨干往前上，各梯队要紧密配合，既要胆大又要心细，要确保点烧不失控，确保人员无伤亡。"

祥子和我分头带着队伍呈不规则的一字型排开就进入了阵地。我们这是一次逆火而行的战斗，能否胜利既取决于我们的胆魄也取决于我们的技能，同时也取决于点烧、扑打、清理人员的密切配合。我们点烧的火线比迎面而来的火要宽一些，这是防止因拦截宽度不够而让大火蹿溜出去，实际上是包抄着打点烧。

因为是逆着风，火场上的烟倒呛过来，呛得人直咳嗽，眼睛也睁不开，但是无论咋样，我们也得挺着干，拼了力气干。点烧了大约有三十多米宽的时候，看见对面大火快到跟前了，我们急忙把人员向后撤，同时也做好了避险的准备。大火很快扑过来，和我们点烧的火线撞在一起，发出"轰"的巨响，那大火扑地而灭，化作了一片焦黑。

早上七点，我们向前指报捷。指挥部听说了，很快就发来了通电嘉奖，所谓的"通电嘉奖"，就是凡有电台的扑火队都能看得到。我和祥子当然高兴，我把这封嘉奖令用扩音喇叭给全体官兵宣读了一下，横七竖八歪在地上的官兵们兴奋地嗷嗷叫起来。

后来，我们听说中央电视台、中央人民广播电台和《人民日报》等中央级新闻媒体都报道了我们这次战绩，新闻记者们是从前指得到的消息而撰写的稿子，不过新闻报道中没有说准咱们森警的名称，有的称我们是"林业专业武装扑火队"，有的称我们是"森林火警"。实话说，当我们看到这样的报道时，心里头既高兴又有点苦涩。高兴的是，咱们森警这么多年默默无闻艰苦奋斗，能够在中央级的广播和报纸上得到宣传报道，还是第一遭。苦涩的是，咱森警马上就要走过四十年艰苦卓绝的历程了，却连一个正式的名称还不被世人所知，想一想，真是令人无语。不过，尽管这样，我们很多人还是认可了一个最喜欢的名称："火场上的红孩儿"——《光明日报》是以"火场上的红孩儿"为题报道我们的。

八十年代中期，森警官兵都配发了有一定阻燃作用的橘红色灭火服，那颜色无论是在枝枯叶败的树丛中还是在绿满青山的森林里都显得特别鲜亮醒目。我觉得《光明日报》的这个记者用"火场上的红孩儿"形容森警，不光是这个记者有文化，还在于他把咱森警的威力看准了说透了。我跟祥子说我喜欢"火场上的红孩儿"这个称呼。祥子说他也喜欢，他说："咱们这个'红孩儿'就是那个手持火尖枪脚踏风火轮、逆火而行降妖伏魔、惊天动地威震火海的哪吒。"

祥子有文化，把我想说却说不出来的意思给说透了。我咂摸着祥子的话，突然想到了于队长，我觉得祥子和于队长的思维敏捷劲儿咋那么像呢？

由于有几个扑火队运用"以火攻火"的战术取得了成功，引发很多解放军和地方职工扑火队的效仿。殊不知，"以火攻火"的战法是有很高的技术性要求的，没有实战经验缺少专业训练的队伍采取这种战法的风险性非常大。很快就传来多起因点烧跑火而引发火场大面积失控的消息，也传来了有人员在"以火攻火"时，被大火卷进去造成伤亡的消息。

到晚上时，站在海拔高的山巅上，看到漫山遍野一片火海。我和祥子看着都觉得揪心，我俩议论说要是这么干下去，大兴安岭很快就会烧透腔了，不用打了。前指还是有明白人，给各扑火队发通令，未经批准一律不得贸然搞"以火攻火"。

十三日下午四点多，我们被紧急调动到三十二站的一处新火场。从直升机上下来，我们带着扑火工具徒步跑了半个小时，赶到火场边缘，火头正从西面向东烧过来，烟味已经呛鼻子了。而在火头东面不到一公里的地方就有几栋板夹泥的房子和一个板障子圈着的板材生产作业点，那里面堆着好几垛木材，最要命的是那几栋房子的东侧不远有两个大油罐。问问现场的几个慌慌张张的职工，他们说房子和作业点里的人已经疏散了，可是两个油罐里都还有不少的油，放油又不敢，不放油又怕爆炸。

　　油罐的四周先前开设的防火隔离带上生长着不少的杂草，已经起不到隔火的作用了。林区里好多林场小工队都有这种现象，人们防火意识不强，麻痹思想倒很重。看到这情景，我们头发根儿都竖起来了。眼前是呼呼席卷而来的大火，背后是搬不走挪不动的油罐和板障子、木材垛，站在了这个地方，我们一下子就把自己置身于万分危险的境地，如果风力猛然加大一点出现飞火，我们所有在场的人不等油罐爆炸就会先葬身火海了。

　　这个时候，如果我们放弃扑打撤出阵地还来得及，但是油罐爆炸那影响就大了，我们这支队伍就将背上临阵脱逃的罪名。官兵们都意识到了巨大的危险，人们都眼巴巴地看着我和祥子。我看看大家伙，对祥子说："赶紧点火吧，咱没有撤下去的理由！"

　　祥子说："当然不能撤，豁出去了，拼一把！"

　　他点名叫出几个点烧手站到前面来，让后面的人员按梯队编成逐一跟上。

　　我扯开嗓子冲着官兵们喊："同志们，是英雄还是狗熊，考验我们的时候到了！"

　　有人就喊："我们当英雄绝不当狗熊！"

　　"对，谁后退谁就是孬种，谁就是狗熊！"

　　人们嗷嗷喊叫着，跟着祥子和我就把点火器打着了。在烟雾的包围之中，火点着了，风机轰鸣起来了，二号工具挥舞起来了，后面的人员也跟着清理着我们点烧的火线。一米、两米、十米、二十米……我们的点烧迎着火头向前推进，当我们点烧了六十来米的时候，对面的大火就近在眼前了。

　　祥子用手持喇叭喊："所有人员迅速往后撤！快点！快点！后撤五十米以外！"

　　他连喊了两遍，人员撤下来了，俯卧在地。火头翻卷着就过来了，和我们点烧的火撞在一起，大火"轰"的一声熄灭了。

　　俯卧在地的官兵们突然爆发出欢呼声："油罐保住了！我们胜利了！胜利了！"

我看到祥子翻转过身子，一声不吱四仰八叉地躺在地上，他那样子不像是在欣赏官兵们的欢呼声，倒像是精神极度紧张之后的灵魂出窍。

休息了一会，我们开始清理火烧迹地。有个参谋在我俩身边说："指挥部不让随意搞点烧，咱这"以火攻火"的战术是不是不能往上报啊？"

祥子厉声地说："该咋报就咋报，没那么多的废话！要是按'一刀切'的说法，这油罐早就爆炸了！"

我赞同祥子的话，打仗的时候就得根据现时现地的具体情况具体对待，"一刀切"的战法肯定不行。这个时候，身临其境就能体会到古人"将在外君命有所不受"这话的深刻含义了。

在驰援一九八七年"五·六"大火中，我们支队在火场上连续奋战了二十二天，在西线火场贯彻总前指"攻西阻南"防止大火突进内蒙古原始森林的战略意图，累计扑打了近百公里长的火线，歼灭大小十几个来势凶猛的火头。最后一战是五月三十日，总前指命令我们出击越过北极河向西发展的一股大火头。

总前指的电报说得很具体："扑灭这个气势凶猛的大火头关系到内蒙古原始森林的安危，关系到西线火场能否取得全面胜利，也关系到大兴安岭整个火场能否尽快告捷。"

接到这份电令，祥子看过后一声没吱，他把电报给了我，我看完了，就看祥子的脸，祥子正咬着下嘴唇看着我。我说："这即是命令，也是总前指对咱们的高度信任，没说的，咱们迅速开拔吧。"

出发之前，我们把队伍集合起来，祥子把任务和安全事项做了部署，我把总前指的电报大声念了一遍，我觉得不用我再啰唆了，总前指的电报就是最好的战前动员，只是我宣读完电令后加了一句："总前指的命令就是党中央、国务院、中央军委的命令，保卫祖国大森林，森警荣誉在此一战！大家有决心没有？"

"有！！"官兵们的回答气壮山河！

我俩带着二百四十名官兵徒步穿过密密的丛林，跨过北极河，向海拔八百米高的天佑山挺进。傍晚的时候，我们接近了大火的边缘。观察了山形火势后，我和祥子商量确定采取"一点两面，分进合击"的战术，兵分两路，切入火区，我带着队伍向东北扑打，祥子带着队伍向西北扑打。天佑山，山高坡陡，树木粗壮，山地里密布着枯干的灌木丛和杂草，在七八级大风的作用下，地面火烧到了树冠，远处看，满山的火海，火星子像钢花一样飞舞着，跳跃着，被烧得通红的松树塔落到地上忽地就腾一股火流，像火兔子一样在林子里飞蹿。

没有官和兵的区别，我们每一个人都是战斗员，都零距离地用风力灭火机和二号工具与火魔厮杀着，火舌舔着我们的眉毛、胡子和脸蛋子，手套被烧出了洞，衣服被刮出了口子。对地面火，我们像打点烧一样，风机手和二号工具手紧密配合，半米半米地压制着火线，向前推进。面对着树冠火，我们身边没有水，水枪派不上用场，只有用锯把树伐倒，大火如同巨大的火炬在我们头顶上燃烧，我们伐树的时候，带火的断枝、树叶像火雨般哗哗地落到我们的身上、头上。这时候我们不仅要伐树灭火，还要格外注意防止被伐断的大树和烧透的站杆砸住。我用手持喇叭一遍遍地提醒着大家注意安全，尽管这样，还是有好几个人被倒下来的树枝子给刮伤了。曹海亮可能是被砸到了，火海中，我听他高声喊叫："向老山英雄学习，立功的时候到了，轻伤不下火线！"紧接着好多人跟着喊："立功的时候到了，轻伤不下火线！"

一片片火柱被放倒了，打灭了，天渐渐地放亮了，肆虐的火光也渐渐地暗下来了，到了凌晨五点的时候，我和祥子的队伍终于扣头了，终于把扑向内蒙古原始森林的二十多公里长的火龙扑灭了。

这个时候，解放军和职工扑火队也到达火场了，带队的军官是个团长，他跟我说："不好意思，我们来晚了。"

我说："你们来得不晚，正好接替我们清理火场，打火讲究'三分打七分清，清不彻底白搭功'，你们的任务还很艰巨呢。"

祥子详细地给这位团长讲解这个火场怎么打清理，他甚至把人家的队伍都给分段安排好了，他特别叮嘱，火烧迹地的边缘一定要清彻底，决不能有死灰复燃。交代安排完了，祥子跟那个团长说："咱俩得写个交接书，再有跑火，责任可就是你们的了。"

那团长说："你这个人还挺较真儿啊。"

祥子说："咱俩不能只是私底下交接，得以咱俩的名义给前指发个这边火场交接情况的电报，咱们的责任就算清了。"

在我们把队伍撤出火烧迹地在一处山坡上准备休整一下的时候，云层堆积起来，阴沉的天空开始落雨，是那种不急也不慢的雨，因为雨衣都在山下的营地里，我们的破衣烂衫很快就被雨水浇透了，极度的疲惫与透心的湿冷。但我们还是高兴得不得了，有这场雨，这场燃烧了二十多天震惊了中外的特大森林火灾就有望彻底熄灭了。最起码，我们刚扑灭的这个火场是一点问题也没有了。

这是我们支队增援漠河火场扑灭的最后一场火，也是我森警生涯中扑的最后一场火。

在这个队伍里我的年龄是最大的，五十六岁，在二十世纪八十年代那会儿，真就是年过半百的老人了，腿脚不利索了。但是那时的森警还没有完全按解放军和武警部队管理，我这五十六岁的副团职干部还占着岗位没退下来呢。

我们往天佑山火场来的时候，爬山就费了不小的劲儿。陡峭的山坡再加上雨中湿滑，下山更是费劲儿，"上山容易下山难"，好多老话儿常常就是真理。刚往山下走的时候有两个战士搀扶着我走了一小段，我觉得他们也很疲惫，身上还都背着机具，还不如我自己走行动自如些。我就甩开他们，拄着个棍子自己走。

这时有人忽悠我说："你们看咱们陈副政委都是年过半百的老人了，还跟着咱们一起打火，一块冒雨下山呢。"

有人接着话茬说："陈副政委不是跟着咱们，是带领着咱们呢。"

实话说，我这人不大愿意听忽悠的话，听着太假，身上起鸡皮疙瘩。可是这会儿，我没制止他们的忽悠，我觉得他们这么说对大家伙在极度疲惫中雨里行军也是个鼓舞，年轻人太寂寞了不行，容易犯困。我也大声插话，我说："想当年，我们打老蒋那会儿……"话没说完，我脚下一个趔趄，身子就翻倒了，因为我是在队伍的最前头，前面没挡头，阳坡又不长树，我一个跟头就跌下山去。后面的人见我绊倒折下去了，一边喊叫着一边扑过来抓我，好几个人也摔倒了，轱辘下来，其中一个人的脚踹到了我的腰上，更加快了我翻滚的速度，最后是被一块凸起的石碴子给挡住了。

我的手脸都被刮破了，脑袋还清醒。赶过来的人们看我还能说话，都松了一口气。可是当他们要扶我站起来的时候，我却站不起来了，腰椎像折了似的疼，腿膝盖也疼。我估计这一跤是摔出麻烦了。祥子是走在队伍的最后头压阵的，等了好半天他才赶到我身边。他问了问我的伤情，就吩咐人找来树棍子绑了副担架，把我抬起来。

本来就雨湿路滑坡陡难走，再加上我这个负担，我们的队伍从火场撤回到山下的营地走了六个多小时。在这个过程中，祥子还亲自抬着我走了一段，其他人当然不让抬，他在这个队伍里不仅职务高，岁数也是除我之外最大的了，但他还是坚持抬着我走了挺长一段。我心里清楚祥子他是要尽一个晚辈对长辈的情分，那一刻，我眼前晃动的是良子的身影。

总前指在电台里知道了我的情况，本想安排直升机来接我，可是因为雨天，气候条件不行，飞机起飞不了，到山下后我和另外几个伤病员只好躺在东风车的大箱里，一路颠簸着被运送去医院。

在加格达奇的医院里经过拍片检查，确诊我的腰椎两处骨折，左手腕骨折。

后来听说于队长知道我受伤后对祥子发了脾气，说他没照顾好我。这是冤枉祥子，他是军事干部，在火场上，他比我操心多，往营地回撤时他压阵也是个有责任的活。

躺在医院里，看着领导们来慰问我，我也不好意思，当了这么多年的森警，竟然没管好自己的腿脚，还连累好几个人也受了伤。

# 42

漠河这场震惊中外的特大森林火灾终于在六月二日被彻底扑灭了。过了两天，祥子来医院看我，跟我说他在米八直升机上绕着整个的过火区域转了一圈儿，他说看到一大片一大片焦黑的火烧迹地，心里头都哆嗦。漠河县城和好多林场都变成了废墟。不过，他说他在漠河县城大片的废墟中也看到了一幢完好无损的居家住宅，听飞机上同行的人说，那是县长和消防科长的家。我说这下那个县长可要惹麻烦了。

祥子有些兴奋地说："部队刚撤下来，林业部和省区领导都纷纷来营地慰问打火的官兵们，都称赞咱们森警在扑救这次特大森林火灾中的作用。"

我说："一九七〇年那场大火，把林业部的张副部长烧来了，他通过那场火了解了咱森警，咱森警的队伍就扩大了，强壮了，这次大火后上级领导肯定会对咱森警更加重视。"

祥子说："听你说这话，我就想起了年初到总队开会时，何江海跟我聊天说，他正在组织人起草一个关于森警地位作用的论证报告，这两年森林火不算多，有的地方领导对森警又不重视了，甚至有的提出要让总队部迁到林海，说是森警就要靠近森林。江海说这位领导准是个斜楞眼儿，他的眼睛只看到了一片森林而没有看到全省区的森林。"

我说："这事儿不稀奇，漠河的森警不就是被撤了吗？"

第二天，祥子没来得及和我告别，内蒙古的永安山原始森林又发生火灾了，接到命令，他带着还没怎么休整的队伍就紧急乘机奔赴新的火场了。永安山这一带是我的老卧子，山高林密，交通不便，去那一带打火，肯定又是一场恶战。

我又转入了林海医院。在医院里我听说，永安山的大火同样引起了中央领导的高度重视，国务院副总理再次从北京飞到大兴安岭亲临指挥，他还到火场一线慰问了咱森警的官兵，他说"森警是扑救森林火灾的突击队和尖兵，这支队伍只能加强不能削弱"。

听到这话，我心里头咯噔一下，这话说得够分量啊！我细想了想，国务院副总理能讲出这样的话起码有三层含义：一是说明中央领导对咱森警作用的高度认可；二是说明中央领导对咱森警的地位和作用给正式定位了；三是说明咱森警部队一个大发展的时代就要到来了，领导说只能加强不能削弱嘛。想到这儿，我兴奋地想把输液针头拔下来，我想下地走两圈儿，伸伸胳膊踢踢腿儿。

我问给我学这个话的干事："咱老于队长知道副总理这番话了吗？"

他说："早晨上班时听说老于队长的心脏病犯了，卫生队的医生半夜的时候被叫去他家了。"

听了这话，我的心又是咯噔一下子，前天他还来医院跟我唠了半天磕呢，咋说犯病就犯病了呢？嗐，这喜一下子忧一下子，我这心脏也快受不了了。

当了这么多年的老森警，于队长身上的毛病能少得了吗？老寒腿、胃病、肺病，气管炎、前列腺炎、痔疮（咱森警的痔疮和长年骑马以及湿冷有关系，外人可能不知道，我们老森警的痔疮比一般人的都重，内外痔，有的都发展到肛瘘了），森警的这些职业病老于队长都有。在吉儒穆图时他还得过一次雪盲症，两眼发红，流泪，疼得他睁不开眼睛，说是看不见东西了，挺吓人的。当时我张罗着去村里找个有吃奶孩子的妇女，用人奶给他治，有的人被电焊光刺伤眼睛就是找人奶治，据说这个办法见效快，可是于队长他说啥也不让我去找人奶，用手绢捂着眼睛跟我急歪。我只好找奶牛去挤鲜奶，加热了给他往眼睛里滴，也管用了。我还记得他有过一次重感冒，高烧了两三天，人都有点烧糊涂了，高烧退了后，扁桃体发炎，好几天都吵吵嗓子疼，吃东西咽着费劲。可我从没听说过他有心脏病啊。好不容易输完液，拔了针，我就赶紧到医生办公室给于队长家打电话，是杨桂月接的。

杨桂月说："昨个傍黑的时候，支队通信股的参谋来家给修电话，跟五哥说，永安山火场前指下午给支队来电报了，说国务院的副总理到火场一线慰问

244

咱支队的官兵了，大大地表扬了咱森警。五哥听了，高兴得不得了，一边儿反复念叨中央领导的那两句话，一边儿说这下咱森警可是要大发展了。吃饭的时候，他比平常多喝了两杯酒，还叨咕着早起吃了早饭要去医院跟你好好聊聊呢。谁知睡到半夜的时候，他说心口憋得慌，压迫着疼。我赶紧找卫生队的医生，他们来了说准是心脏的毛病，但是不敢往医院折腾他，怕折腾出毛病来，就给他嘴里含了硝酸甘油片，人家守了他小半宿，今一大早就把丹参给输上了，这不，这会儿药还没输完呢。"

医院给于队长确诊是风湿性心脏病。于队长从心内科检查完来到我的病房，他跟我说："没大事，过去只知道有风湿性关节炎，不知道咋还整出风湿性心脏病来了，心脏还能风湿喽？现在没啥感觉了，晚上憋气、心口疼得难受的时候并没怕死，只是觉得咱森警的好时代就要来了，这要是看不见可就太可惜了。"

我劝他到哈尔滨大医院去好好查一查，对症用点儿药。他说："哪有那么娇惯，只要去让医生看，没有没毛病的人。"

杨桂月嗔怪地跟我说："没见过像他这样能抗病的，哪块不得劲儿了，不是吃药，而是喝开水烫过的热酒，跟着就卧倒在炕头上捂着被子睡一觉。"

我说："这是咱老森警过去那时候最高的享受了，也是治病的绝招，咱这些老森警们整年价风里来火里去，爬冰卧雪蹚河过沟的，最大的享受就是偎到热炕头上喝几口烫热的酒，完了就捂着被子烙着身子睡上一大觉，啥累呀乏呀感冒发烧呀，就全都好了。"

于队长听了，哈哈地笑起来，他说："这老多年热炕头和'大老散'给咱们省了多少药费钱呐。"

祥子从火场回来到医院来看我，和我详细说了副总理视察火场慰问咱森警的过程。

祥子说："副总理是在火场机降点儿听了我的简要汇报后讲的那几句话，听说此前他在漠河大火总前指会议上讲得更细，他说'看来，建设一支具有一定规模、一定现代化装备的森林警察队伍是非常必要的。在这场扑火中森林警察部队起到了突击队作用，起到了尖兵作用。'"

祥子郑重地对我说："副总理的讲话既是对咱森警部队的高度赞扬，也是对咱森警部队今后发展建设提出的明确方向，他讲的'一定规模、现代化装备、

245

突击队和尖兵作用'这几个是关键词。看来咱森警的一个新时代就要来临了。"

祥子跟我说副总理要来火场看望慰问森警官兵的消息传来时，他们所在的火场有一部分人已经撤到营地了，在拆除帐篷准备回撤，还有一部分人在清理火场。祥子身边一个大队领导兴奋地给他提建议说，领导的飞机落不到火线那，只能落到咱们营地这儿，反正明火都已经灭了，咱们应当让火场上的人员也撤下来，一个是咱基层官兵见一回中央大领导不容易，要是领导都到这儿了，还不让大家伙见一见，有些说不过去，再就是人多一点接受检阅时列起队伍来也有点气势，也能壮壮咱支队的警威。身边还有个干事提出建议说应当让大家伙都到河沟子里洗洗那身造得不像样的扑火服，大太阳响晴天，一会就晒干了，让官兵们干干净净精精神神地接受中央领导的检阅。祥子说咱这帮子人高兴得不知说啥好了，这两条建议他都没采纳，反而把那俩人给骂了回去，说他们是狗屁建议。他叮嘱身边儿的参谋，山上清理火场的绝对不能往下撤。营地的官兵该干啥干啥，不准洗衣服洗澡的瞎扯淡。

祥子说副总理的直升机真的来了，陪同的也都是林业部和省区一级的大官儿。中央领导特和蔼，人家没管咱们的手脏不脏，下了飞机就和官兵们握手，还拉着两个战士被燎出水泡的脏手细细地看，问疼不疼，有没有药。副总理走了以后，清理火场的官兵们下来以后，果然有人对祥子有了意见，说干活的时候想着他们了，领导接见的时候就把他们给甩到一边儿了。见到中央领导的也有人发牢骚说，难得有和中央领导照相合影的机会，可是破衣喽嗖灰头土脸的能看出来咱谁是谁呀？祥子问我他这样做是不是真有毛病？我说，啥毛病也没有，你这么做就对了，要是听了他们的狗屁建议，没准中央领导知道了还得批你呢，那你可是得吃不了兜着走。

后来我和于队长聊起这个小插曲，于队长吧嗒着烟斗说："实打实，不玩儿假的不整虚的，这才是咱森警的老传统老作风，祥子他们得想法坚持着把这些老传统老作风一代代传下去，这也是对森警精神的传承啊。"

后来从文件的传达中，我们知道国务院向全国人大常委会提交的《关于大兴安岭特大森林火灾事故和处理情况的汇报》中指出："这次扑火战斗证明，森林警察对护林防火可以发挥很大的作用，但是这支队伍的建设被忽略了。这是一个很大的教训。目前森林警察队伍无论从数量上、质量上都远不能适应需要，应当有计划地加强。"副总理在内蒙古森林草原防火工作汇报会上指出："要建设一支有一定数量、具有比较先进装备和机动性较强的森警部队。"

一九八七年的下半年，黑龙江、吉林、内蒙古的森警部队都在本省区政府的批准下增加了编制员额。

一九八八年一月，国务院、中央军委颁发文件明确"森林警察部队是森林防火、灭火的主要专业武装力量，只能加强，不能削弱。森林警察列入武警部队序列，全部实行现役制，有利于森林防火、灭火和这支部队的建设"。文件中提出"要不断提高部队革命化、现代化、正规化建设水平，使这支部队在防止和扑救森林火灾、保护森林资源中发挥更大作用"。

按照这个文件要求，森警部队正式列入武警部队序列（从一九八七年八月五日起算）。尽管这次的"列入武警部队序列"仍然实行的是林业部门和公安部门双重领导以林业部门领导为主、中央和地方以地方为主的管理体制，但部队的机构、名称、待遇、经费等都有了明确规定，部队的编配原则、编制序列、编配标准等都有了统一的依据。应该说，咱森警部队从这个时候起就走上了正规化建设的道路。

一九八八年对森警部队来说，发生的大事太多了。

一月份的国务院、中央军委的文件是总纲，纲举目张；接着在二月份，部队就开始执行了新的工资标准；五月份部队换发武警八七式服装；七月一日，森警部队的粮食供应列入了军粮供应，从此，咱森警就算正式吃军粮的了；七月底八一前，森警部队营以上非现役干部转为现役，于队长离休时跟我说的预言真的变成了现实；十二月初，政府编委批复总队在一九八七年增编一千人的基础上再增加员额四百五十人；十二月底，武警部队首次授予部分警官中校、少校、上尉、中尉、少尉警衔。紧接着，虽然是跨了年，但却是还没隔一个月，总队部分领导和部分正团职干部被国务院、中央军委授予了武警大校、上校警衔。

何江海这时候虽然被安排到林学院离职学习去了，但他是正团职干部，而祥子已经是支队长了，他俩肩膀上都扛上了两杠三花的上校牌子，庄重，好看。

这一年大事多喜事多，战事也不少。除了大小森林火灾不断之外，七八月份大兴安岭林区连降暴雨，好几条流域都造成了水灾或特大水灾，森警部队的各个单位都积极地参加了当地的抗洪救灾，和上山打火一样也是发挥着突击队和尖兵的作用。葛根大队的一个排长和一个班长在抢救受灾群众时被洪水卷走，壮烈牺牲。

# 43

　　我是一九八七年底出的医院，虽然治疗了大半年，走路什么的都行了，但再不能负重了，也不能再大运动量地爬山了。

　　一月底，支队接到了国务院、中央军委的文件，看到文件里面说"全部实行现役制"我还着实兴奋了一阵子，还跟人说没想到我这快要奔六十的人还能转成现役军人了。我跟于队长还念叨，理解文件字面的意思，是不是他也能转现役呀？他毕竟是咱森警部队管理的老干部啊，不是说全部实行现役制吗？我还说这要是良子、李永刚、老朴、孟和、八十子他们还活着该有多好啊。于队长说他离休好几年了肯定是不在转现役的范围了，但是他同样为我们高兴，他说个人有点儿小遗憾不算个啥，只要森警部队好，自己那些年的血汗没白付出，就是最大的满足了。

　　春节的时候，支队没有安排我下基层，这么多年还是头一回在家里跟老婆孩子一块过年，心情上是既高兴又有点失落，脑袋里还总想着战士们该包饺子了，该放炮仗了，哪个队该哪个干部替战士站岗了这些事儿。我家属说我是咸吃萝卜淡操心，她说别以为离开你地球就不转了。这个理儿我也知道，可是部队里那套事儿习惯了，心里头放不下呀。

　　我心里头放不下的还有斯达辽克建队的事儿。一九八七年漠河大火和永安山大火引起了林业部和省区对永安山这片未开发的北部原始林区森林防火的高度重视，决定在斯达辽克建一个森警大队。春防开始，支队领导开始带着工作组下基层抓防灭火工作。俩主官考虑我的身体情况打算让我在机关里看家。我找他们说："让我去斯达辽克吧，那块新建队，我对那一带最熟悉，干不了力气活儿，我可以帮着他们年轻人出点儿主意。"

　　等我赶到孟库大队时，从孟库大队抽调的第一批建点儿的十三名官兵已经奔赴斯达辽克了。我是和第二拨人一块上去的。

　　斯达辽克在我待过的西口子的东北方向，中间正隔着永安山，我们七十年代初驻守在西口子目的也是守护永安山。那些年我骑着马把那一带都转悠多少遍了，也包括在那一带打火。差不多每个山头每条沟塘子河岔子我都熟悉。如果从莫尔进吉儒穆图而后奔乌玛、伊姆河、西口子再去斯达辽克，路途不仅遥远，而且没有路，就是我们过去去往赤金口子、阿里亚的那条线，山深林密，太不好走。而一九八八年这个时候，从孟库依到漠河林区的运材路相对好多了，我们没有像第一拨人那么急着赶路，而是从孟库依乘汽车到漠河住了一晚上，早晨再开车奔洛古河，撂下汽车，剩下的三十多公里就需要两只脚一二一了。

我带着人到达洛古河村的时候是下午三点多，大家伙下了汽车扛着或者抬着各种东西就顺着黑龙江岸边往西北开拔。

四月底正是开江的季节，宽阔的江面上浮游着大块大块的冰排，甚至有一些如几间房子大小的超大冰排也在顺江而下，很多冰排撞击到岸边发出轰隆隆的巨响，瞬间就堆积出一座座错落有致的冰山。在午后斜阳的辉映下，江面泛着波光粼粼的白光，而岸边大大小小的冰山越发显得晶莹剔透，就连冰山里的纹理图案都能看得一清二楚，甚至有的里面还夹有柳根儿鱼、小鲫子和蛤蟆，活生生的标本。观感是这么美好，可行进起来却没有丝毫的浪漫。岸上的积雪表面上并没有融化，但是我们的脚踩下去却是软溺湿滑的雪水，毕竟是地温回升的季节了。虽然我们是有备而来，都穿着高筒水靴子，但是冰碴雪块还是时不时地从水靴子筒里灌进去，冰凉、硌脚，走一会儿就得脱下来倒一次，没多大一会儿套在脚上的毡袜就全都湿透了，走路时脚底下的水啪啪地响。从洛古河村往西北不远就是额尔古纳河与石勒喀河交汇处，这里就是黑龙江的源头，也叫龙江源。

走到龙江源，我招呼大家停下来喘口气歇一会儿，我告诉大伙说这块就是黑龙江的源头了，往前头看，南边来的是额尔古纳河，北边来的则是石勒喀河，两条大河交汇到一起往东奔腾而去就变成了著名的黑龙江了。我叫带着照相机来的张干事给大家照相。我告诉张干事，回去洗印照片时要在上面写上"赴斯达辽克建队先遣人员龙江源留影"的字样和日期，最好能把每个人的名字都写上去，每个人发·张留作纪念。我过去从西口子骑马曾两次来过这块，那时没有照相机，也就没留过影，当时心里头还觉着挺遗憾呢。

看我张罗照相，有背着或抬着东西的战士因为劳累疲惫对我的兴奋露出不大理解的眼神儿。我说，这么重要的地理位置，能亲临其境的可是没几个人，咱们能到此一游也是托了斯达辽克建队的福分了。

我给他们讲石勒喀河是从俄罗斯那边过来的，我对这条河流不大熟悉，可是我对额尔古纳河却是再熟悉不过了，沿着她的主河道我走过多少次，包括在开河的时候乘艇，冰封河面的时候在河道上骑马、赶马爬犁，数也数不清了，她的很多支流包括河岔子我也差不多都走遍了，这么多年我尽是喝她的河水了。

一边说着我一边想，你们这些年轻人咋能理解我们这些老森警呢。实话说，我们这些老森警差不多个个都是从骨子里头喜欢植被茂密的大山，喜欢缠绕着山川的森林河，每当我们置身其间，我们就觉得心里头安稳泰然。我曾多次跟人说过："我这一生多半的岁月就是在一条河和一座岭上来回跋涉了，这条河就是额尔古纳河，这座岭就是大兴安岭。"

照完了相我们接着往前走，这时候履着的河道就是额尔古纳河了。仍旧是厚厚的绵软的积雪和高高低低错错落落的冰排，我们行走得异常艰难，我想第一批上来的人肯定比我们遭的罪更大更多。

夕阳快要落山的时候，我们队伍中有个战士突然指着前方兴奋地大声喊叫："到了，到了，看见五星红旗了！"

我们都抬头往他手指的方向看，可不是吗？一面高耸的五星红旗正在迎风飘扬。大家兴奋地喊起来，树林子的那面也传来了欢呼声。

第一批来建点儿的十三名官兵在新支起来的帐篷前列队欢迎我们。我一眼就看见了站在队前的魏爱民。爱民这时刚刚由孟库大队副大队长抽调到新建的斯达辽克大队当筹建负责人。见到他黑瘦的模样，我的眼前立刻映出了魏玉国的脸庞，他们爷俩长得就像是一个模子刻出来的。他见到我如同见到亲人一样笑着立正敬礼，见到我伸出去的手，他却把手缩回去了，两手搓着说："老根儿叔，哦，不，副政委，我的手上都是泥土，太埋汰了。"

我拍拍他的肩膀说："好小子，长壮实了。"

我的话一出口就后悔了，在队列里当着他部属的面儿这样说有些不大合适。接下来，我和列队的每一个人都握了手，虽然他们的手上都粘着泥土。我还发现他们的手上几乎都打了血泡，有的血泡破了，又沾了泥土，烂呲歪的。

魏爱民跟我说他们第一拨人上来的时候，江面还没有开化，但是冰道已经非常松软了，他们是冒着挺大的危险开着车在江面上一点儿一点儿地挺进的。一路上尽是冰包、雪壳子，时不时地就得下车刨冰铲雪，用人推车，车轮底下冰道开裂的嘎嘎声总往人的耳朵里头灌，老吓人了。司机是经常跑江道的老森警刘师傅，他告诉大家伙别害怕，他心里有数，节气上的日子他都数着天算着呢，今年这样的气温不会提前开江。他说车多跑一段儿人就少走一段儿，少走一段儿就少遭不少的罪。

爱民告诉我，从孟库依到斯达辽克这五百里地的距离，他们走了将近二十个小时。卸了车上东西后，刘师傅歇也没歇就立马开车往回走，说走晚了，江道就没法走了。我说："可不是吗，刚十多天的工夫，我们来时已经是满江的冰排了。"

爱民对我说，那天车一走，这些个刚入伍的新战士们就傻眼了，他们所处的位置就是这群山密林中的一块略微平整的长着一丛丛灌木棵子的荒野地，东西北三面群山环抱，只有南面有一条东西向的河岔子，跨过有五六米宽的河岔子，就是一个南北向的沟塘子，这是先前领导们选址勘查时确定的临时营地的坐标位置。他们下车的时候，天空布满着厚厚的云层，西北风卷着飞舞的雪花，没有熊吼狼嗥，也听不见鸟儿的鸣叫——可能是因为他们的到来，飞禽走兽们都吓蒙了吓跑了。爱民说，那会儿的感觉别说那些新兵了，就是他自己个都感到空前的荒凉和无助。爱民指着正带着大家伙搬东西的一个瘦高个说，这个人是他手下唯一的干部，是个排长，叫王明新。王明新当时看出了大家伙低沉萎靡的情绪，大呼小叫地喊："男子汉大丈夫们，找石头架锅灶，做饭，做饭，吃饱了不想家，吃饱了咱们就开始创业大战！"

十来天的工夫，他们不但支起了两架帐篷，搭起了床铺，还用石块垒砌了炉灶，用小杆钉制了两张餐桌，平整了一块略有凸起的五十平方米大小的场地，我看到这个场地是用湿土和碎石夯实的，变成了一块开阔平整的操场，硬实，不存水。

我说："这块场地你们是下了功夫了。"这个小操场让我想起了张大贵带我在外站平整的那个能磨悠开身子的篮球场。

爱民说："那些灌木丛砍下来，这脚下头就是个高低不平的塔头甸子烂泥塘子，人来回出出进进，又要堆放一些物品，没个场地不行，这几天我们加班加点的就是整这个操场了，就算是给支队领导来的见面礼吧。"

我抬头看看那面飘扬着的国旗说："我们到斯达辽克第一眼见到的是高高飘扬的国旗，这才是见面礼呢。"

爱民听了拍着手说："老根儿叔你说得太对了，我们来到这儿第一件事就是选了这棵又高又直的松树，打掉枝丫，把带来的国旗挂上去。我觉得咱这是边境线，应当有面高高飘扬的五星红旗，再就是国旗一挂上去，大家伙就有家的感觉了，不觉得荒凉了，不觉得偏远了，也不觉得孤单了。将来执勤时不论走多远，只要看到这面国旗，也就走不丢了。"

我看着他们十来天的战绩，听着爱民用朴素实在的话讲着升挂国旗的意

251

义，我的眼前再一次映现出魏玉国躲在窗户后面贪婪地看着他那俩孩子的身影。我一边暗自感叹着时光流转得太快，一边也想起了魏玉国两口子当年为俩孩子煎熬度日的情景。魏玉国和张秀英两口子都是性情稳当、干事踏实、言语不多的人。爱民和利民性格上随了他们的父母了。

饭桌子是用小桦木杆拼成一排钉在四个木桩子上凑合而成的。那桦树皮还很鲜亮，泛着一股树木的潮气味。这桌面放盘子还可以，放盛了稀粥的饭碗就不好办了，小杆圆不隆冬的搁不住碗底，大伙的粥碗就都端在手里。吃了饭，进到睡觉的帐篷，地面上铺满了桦木杆，坐在大铺边上能听见桦木杆下面哗哗的流水声，我知道这是山上的堰流水流下来的。爱民已经安排人给我铺好被窝了。天黑了，只发了一小会儿电，发电机就关了，得省着点柴油。再说我们这两拨人着实都累了。我的褥子下面比别人特殊，多铺了两件皮大衣。爱民说，要是弄些厚草垫上就好了，就能把小杆之间的硌楞子垫平了。我知道这个季节上哪弄草去呀。虽然很疲惫很困乏，但是那桦木杆实在是硌得腰疼，一宿翻来覆去的也没睡好。我没和爱民他们说我腰椎的事，说出来他们会为难的。

八十年代以后，由于管理不严等原因，北部原始林区出现了大量采金点、采伐点和狩猎点，自然资源遭到严重破坏，生态环境逐步恶化，火险隐患陡然增多。咱森警着急进驻斯达辽克，就是为了加强这一片森林的保护，防止再发生一九八七年那样的大火，至于正式建营房营区那是下一步的事儿了。因为开江了，陆路又不通，汽车一直就再没上来，我和爱民带着二十来个人（我管他们叫先遣队员）就投入到春防了。没有马匹，我们就步行着进山巡护，清查无证进山人员、清查违规火源。我对这样的工作条件和生活环境是太熟悉不过了，我仿佛又回到了在赤金口子、分水岭和乌龙干东梁、狼狈山时的岁月，这历史对于我来说好像总是在循环往复，一次次真实地把我拉回到过去的情境之中，不同的是我周边的人换过好几茬了，我脸上褶子多了头发少了。

不争气的腰椎病，迫使我常常在点儿上当一个留守人员，和一个叫宝成的蒙古族战士看家做饭。我还用柳条编了几个篓子——我们管它叫虚篓，下到河里灌鱼，都是冷水鱼，做熟了特鲜亮。到了晚上的时候，我和爱民常常就坐在帐篷外的木墩子上唠嗑，有时候是到河边上溜达，他愿意听我念叨我和于队长、魏玉国、良子、大贵我们打老蒋、剿匪和在吉儒穆图时的那些往事。

爱民对我说，他和他父亲在一起的日子不多，过去对他父亲也缺少了解，这次有这样一个在原始森林里艰苦的生活环境和执勤条件，又有我给他讲那么多对他父亲的回忆，这是给了他一次难得的了解自己父亲认识自己父亲机会。

爱民和祥子一样，当着他部属的面叫我副政委，我俩单独唠嗑时，他就叫我老根儿叔。

我没有和爱民说，其实我是挺感谢他的，是他在这静谧幽深的额尔古纳河支流——恩和哈达河畔、大兴安岭原始森林的深处，勾起了我对过往的山中岁月、对那些老战友们那么多的回忆，我就像和张大贵、魏玉国、良子、朴正伦、孟和、八十子、李永刚这些逝去的弟兄们又在故地重逢了一般。

爱民还利用周末组织过两场文艺晚会，没有唱得太好的，但都扯开嗓子使劲儿吼，还有人唱粤语歌，算是时髦的了。

有一天我们营地西山那面发生了一起雷击火，爱民领着战士们很快把火打灭了，他们往营地返回的时候发现一只瘸了腿的小鹿，几个战士就把它抱回来了。我领着战士们给小鹿圈了个圈让它住进去，有个战士还拿出自己的奶粉冲了喂给它喝。没过多长时间，小鹿的腿就好了，爱民说："咱们把它放生了吧，野生动物总是圈养着就没野性了。"

二十世纪八十年代国务院连着几年发布了几个保护野生动物的文件，自打那时候起，森警部队对外进一步加强了防盗猎的工作，对内也开展了野生动物保护的教育，官兵们野保意识不断增强，连经常见到的雪兔狍子野猪也没人打了。就我知道的，莫尔大队加疙瘩中队的战士们逮到一头闯进营区的小黑熊，他们费了挺大的劲儿专门整了个笼子用汽车把它送到城市里的公园了。这次，爱民提出给小鹿放生，大家伙都同意，有天早晨，战士们把小鹿喂饱了，就打开圈门让它走。小鹿已经熟悉这儿的环境了，门开了也不走，出了圈门还和人拱扯亲近呢。人们赶着它，把它哄到林子里去了，没想到，那小鹿到林子里转了一圈又转回来了，好几个人又把它往林子里赶。

王明新说："看着小鹿的眼神儿怪可怜的，它是不愿意离开咱们哪。"

我说："顺其自然吧，它要来就来要走就走，咱们也别圈它也不用赶它。"

第二天早起人们发现小鹿不见了，爱民说："不用担心，小鹿腿脚好了，它是找它的兄弟姐妹和战友去了。"

小鹿走了没几天，营区又来了一头黑瞎子。

那是白天的时候，宝成在粮食袋子跟前用夹子夹住一只大耗子。宝成说："这个耗子太可恶，把好几个粮食袋子都磕破了，我得给它点厉害。"

253

他把耗子腿用绳子系上拴到镐头上，泼上一点柴油，就把耗子点着了。大耗子吱吱叫了一会儿就死掉了。我说宝成："你这种刑有点惨，听着叫声就挺瘆人。"

谁知到了半夜的时候，狗急急地狂吠起来。我们都被吵醒了，岗哨进来给爱民报告说："看着是一头黑瞎子闯到营区来了。"因为是刚建点儿，营区四周的栅栏还没有夹起来。

爱民是拎着枪出来的，我手里拎了根棍子。

大月亮地底下，看啥都一清二楚。那头黑瞎子根本不在乎狗的狂吠，扭扭地走到白天宝成烧耗子的地方，蹅摸来蹅摸去。

岗哨悄声问："打不打？"

爱民盯了一会儿说："不是要保护野生动物吗，咋能打呢？但是不能让它伤着人。"

我进到帐篷里把脸盆拿出来，拿着个棍子就当当当地敲起来，战士们都被惊醒了，都跑出来看。听见响声的黑瞎子，抬起脑袋四下张望了一会儿，不慌不忙地，一扭一扭地离开营区进到林子里面去了。

我在斯达辽克待了一个多月，和那些个战士朝夕相处都有感情了。他们有的称呼我副政委，有的跟着爱民叫我老根儿叔，也有的叫我陈大爷。爱民想要纠正他们，我说这地方和过去的外站没啥区别，人和人都走得近，感情也深，他们想叫啥就叫啥吧。

我原来想等到春防结束再回到支队机关去。可是进了六月，树叶刚有了点儿绿模样，支队来电报通知我撤回去。孟库大队来人接的我，他们开车到洛古河，在那借了几匹马上来了。

我和斯达辽克的官兵们告别的时候，魏爱民、王明新和有的战士流了泪，我也觉着鼻子酸得慌，骑在马上我回了好几次头，而他们列成一队一直在朝我挥着手。

孟库大队来接我的人是好心，给我借的马，可我的腰椎不争气，等到了洛古河，我腰椎疼得下不了马。

六月底，从总队传来消息说，林业部、公安部印发了关于森警部队非现役干警转现役问题的规定，其中一条说"已经办理离休、退休手续或已到离休、退休年龄未办理手续的"不能转现役。过了半个多月，文件就发到支队了，红文头，白纸黑字，大公章，清清楚楚。我是已过了五十五岁的人，正在规定框框之内，转现役的希望就这么凉快了。要是没有先前的文件说是"全部实行现役制"这句话，我也不会抱着那么大的希望，这一下子整得我心里头空落落的，就是现在人们常说的失落吧。

七月初支队领导班子调整，祥子当了支队长，在宣布他提任主官的时候，也同时宣布我离休——这事情咋就这么巧？连以下干部转现役的时候，同时宣布于队长离休，这次宣布祥子提职的同时又宣布我离休，这是一颗甜枣一颗酸枣让我们一块吃啊。

这个时候我是五十六周岁，如果是过去的体制我可以干到六十岁，而体制变化后，按照文件规定，我就得退出岗位了。

我退了没几天，祥子和新到任的政委商量说让我发挥点儿余热，牵头组织几个人给支队写队史。

祥子说："于队长每天忙着森林防火协会的事儿，这个担子就得您来挑了。"

政委说："具体活让下边的人干，您负责给把把关，您是森警的老前辈，挑这个担子最合适。"

我觉得他们是怕我太失落，特意在我退下来后给我找个事情干。我家属说："既然退了，就好好享福吧，别再还想着往山沟子里头东跑西颠的了。"

我跟于队长说了这个事儿，实际上他事先已经知道了。他吧嗒了几口烟斗说："祥子也不光是为你个人考虑吧，我觉得他也是为咱老森警艰苦奋斗走过这么多年的历程考虑的，咱老森警走过的历程应该留下点文字的东西，成为史册，对加强森林防火建设、保护森林资源、对咱森警后来人进行传统教育都有好处。对森警的历史你老树根儿又是最了解的，还多少有两把刷子，你干最合适。"

听了于队长的话，我觉得这是他在队列前给我下达任务呢，我的肩膀子又沉重了起来。

说是不让我干具体活，可我哪能当甩手掌柜的呢，那不是我的性格。要么就不接手这个任务，既然接手了，干就像个干的样儿，干就争取干好了。我很快就和两个分来搞编史的年轻干部搅和到一起了。这俩人都是大学应届毕业生，男的是学历史的，女的是学中文的——实际上，咱支队从八十年代中期就开始引进大学毕业生了，多数是林学院毕业的，也有几个学医的，都是咱们需要的人才。

这个时候我们森警支队使用干部也挺奢侈的了，竟然用大学生干这种边缘性的工作。但祥子他们俩主官说，让学生官先受点传统教育对他们的成长和发展有好处。我带着这俩大学生研究提纲，拉出条目，接着就是查档案、翻文件、找资料，更大量的就是到各个队去调研，拜访那些知情的老同志了解情况。在调研与编撰的过程中我常常是不由自主地就沉浸在老森警过往的峥嵘岁月之中，仿佛是自己的森警之路又重新走了一回。

"沉浸"这个词，是在我不断地查阅档案资料、与老战友们座谈叙旧、自己静静的回忆往事中慢慢感悟出来的，它包含了理性也包含了感性。我觉得"沉浸"这个词不仅能表达我投入工作时全心全意的精神状态，更能表达我回忆起某件往事某个老战友，时而欢欣时而忧伤的情感状态。我琢磨着，古来就有"以史为鉴"的说法，所以不管是叫写队史还是叫搞编史，绝不是简单地把历史沿革以及什么时间什么地点发生了件什么事情写出来就算完事儿了，那个东西弄出来，缺少内涵，缺少生命，没啥借鉴意义。我们对过往的历史应当是缜密地梳理，背景、条件、过程、结果、经验、教训，都一条条理出来，一层层扒出来，而后进行认真分析反思，深入地研究其中的得失，只有这样，对后人才能起到"前事不忘后事之师"的史鉴作用。

我和一些包括于队长在内的老战友老同志经常在一起座谈回忆，梳理咱老森警那些年的历史，那些大的事件。我们这些老家伙常常为多少年前发生的一件事的前因后果七嘴八舌地争论起来。有时大家伙就有一种猛然醒悟的感觉："哎，那件事要是不那么办，而是这么办，岂不是更好？"有时于队长很赞同，甚至讲出更好的意见，但更多的时候，于队长却是提醒我们当时的事情不能脱离当时的年代当时的环境当时的条件来做现时的推断。有一次，祥子抽空也参加了一次我们老干部的座谈，他听到于队长的提醒后赞同地说："这是哲学上认识论的问题，符合历史唯物主义和辩证唯物主义，对历史问题一定要历史地看。"

祥子从东北林业大学回来又进了两次党校培训，他有时候就跟人说："学点哲学吧，对认识问题和解决问题有帮助。"

为祥子座谈会上的那句话，我让家属在家搞了几个菜，把于队长和祥子叫过来，边喝边聊，我想更深入地听听他俩对写队史怎么才能把握好的一些看法。

写队史不仅让我的精神状态回到了过去的年代，也让我借着在下基层搞调研的机会，近距离地观察了解森警眼下的部队建设和官兵的战斗生活。我和基层的官兵本来就熟，离休后写队史又不停地往下跑，部队的人和事都在我的眼睛里，我为他们的喜而喜，为他们的忧而忧。

# 44

如果说，一九八八年我是在欣喜与失落的矛盾复杂的心情中度过的，那么，一九八九年我就是在悲痛的煎熬中过来的。

一九八九年林区里的火不少。森警部队的官兵们顾不上一些城市发生了什么，都在忙着干两件事儿：有火打火，无火时就在营区里抓正规化建设。这是森警办在抓了部队思想政治教育试点之后抓的又一项牵动全国森警部队的一件大事儿。这项活动是顺应森警部队列入武警部队序列的形势而开展的，虽然森警部队这么多年一直是军事化管理，实行义务兵役制以后更是自觉地按照解放军的条令条例管理部队，但是由于体制编制和干部队伍成分等诸多原因，正规化的建设毕竟比解放军和武警内卫部队有很大差距，所以森警部队既然列入武警部队序列了，就应当跟上武警部队的步调。而抓正规化建设是跟上解放军和武警内卫部队步调的一个启动阀。

对这一点，祥子他们都认识到了，在年初工作部署会上就做了重点安排，各单位都在下力气抓这件事儿，"正规化""条令条例"成了挂在官兵们嘴上的热词儿。

四月中旬的时候，森警办下来通知，确定以抽签方式对几个总队的中签单位在春防结束后进行正规化建设联检联评，根据成绩排出名次。我们总队被抽中的是我们支队的杨树屯子大队。

消息传来时，我正在杨树屯子大队搞队史调研。实话说，我当时有点替他们着急。杨树屯子大队的辖区是个老火窝子，官兵们在防期内几乎都一直轱辘在火场上，哪有时间搞迎检哪？特别是大队长赵本昌正要准备参加林业部组织的赴加拿大参加林火管理和扑救指挥专业培训班。这个时候小道消息传赵本昌从加拿大回来就要被提拔了，本昌也知道这个传说，精神头挺足，但脑袋还挺清醒，别人跟他道喜，他都摇脑袋，说那是瞎传，他跟我说啥时候任职令到了才能算真的。

赵本昌是我的老部下，我来杨树屯子大队这些日子，他只要不去火场，几乎每天都到我的房间和我聊一会儿，赶上星期礼拜还把我拽出去整点小灶喝两盅。这个"小上海"现在已经变成"大东北"了，除口音还有南方味儿以外，

257

口气、口味、做派，整个一东北人。他说他不光是到森警部队练的，当知青时和屯子里的老乡就成老铁了。

赵本昌十五岁时父亲去世，一九六九年大批知青上山下乡，为了让家里的兄妹能留城，他和很多同学来到了大兴安岭。一九七八年知青大返城时，他的那些知青同学差不多都走了，当时他正和留在上海的一个女同学处对象，他也是急着想回去，可是听说回去后工作上不好安排，他就拖了一段时间，没想到一九七九年被提拔成了干部，他和已经结了婚的爱人说："咱刚提干就张罗转业，有点儿张不开嘴，干两年再说吧。"没想到这一干就干了这么多年，孩子都上学了。

刚结婚的那个春节，爱人从上海来他这"领学生"（我们把家属来队叫"领学生"，到部队上住几天怀上孩子了，过几年不就是学生了嘛）。结果下了车就吵吵腿寒，膝盖骨疼，到医院·看医生说是关节炎。他家属回去后就再不敢来东北了。听说一九八二年夏天的时候，本昌从没走过上海的老母亲独自一人来大兴安岭看儿子，也想借着机会看看大兴安岭的风光，没想到老太太来了没几天就得了中风，住了一个多月的医院。回去后又复发过两次，一次比一次重。本昌说他一想起老母亲心里头就揪得慌，在哥哥妹妹面前觉得腰杆挺不直，对老婆孩子也觉得亏欠很多。他每次一回去探亲就下决心要转业，可一回来投入工作，忙碌起来，就又觉得工作上的责任挺多，这件事要抓好，那件事要完成，事业心就占了上风，他说面对着那么多的属下官兵看着他的眼神儿，他就张不开嘴说"转业"这两个字了。

我了解赵本昌，干工作风风火火，说个人的事儿死要面子。

赵本昌跟我说，迎检上，营区面貌这一块工作量不会很大，他这些年抓得有基础。我还记得他和张小军、高俊仁在乌龙干东梁外站搞美化的事儿。那时候，因为小军出事儿，他们的典型没树起来我就挺遗憾。"小上海"抓美化环境的事应该算内行。我跟他说迎检的关键不光是环境面貌，更重要的是官兵们的条令条例意识和正规化素养，还有军事、政工、后勤等各方面达标情况。

我说："本昌，你要去出国培训，大队既要做迎检准备又要时刻准备出动打火。这可够洪武他们喝一壶的。"

洪武眼下是提拔时间不长的大队教导员，因为那次装甲车掉崖摔伤，干力气活也费劲儿了。赵本昌皱了皱眉头没哼声。

第二天早操后赵本昌就来我房间说："我想好了，加拿大的事儿我不去了，有火我就带着去打火，没火我就和洪教导员抓迎检。"

我心里想，去加拿大对本昌即是学本事也是去镀金，有这个经历对他以后的发展绝对有好处。

我说："不去加拿大可是太可惜了，那可是难得的好机会呀！"

本昌说："可惜就可惜吧，不去我也感谢领导想着我了。我想了半宿，在这个揹劲儿上我拍屁股走了实在不合适，等上了班我就给支队长打电话。"

工间操的时候，祥子把电话打到大队值班室找我，他问我是不是劝赵本昌不出国了，我说我没劝。祥子在电话那头说："本昌有大局观念。"

吃午饭时，洪武见我和本昌一块儿往食堂走，他追上来说："老首长，你得劝劝我们大队长，他推了去加拿大培训的事儿，太可惜。再说这是明摆着信不着我呀，对我不放心哪。"

本昌在洪武肩上拍了一巴掌说："教导员你说啥呢？我不是跟你说了吗，这段时间火多，迎检的任务量又大，你一个人忙乎不过来。"

洪武说："任务量大，就调动大家伙的积极性呗，加拿大的事儿别人想去还去不上呢，你咋能不和我商量就自作主张呢？"

本昌是站在支队、总队大局上考虑的，听说祥子和总队领导通了话，他们也赞同本昌的想法。本昌和洪武就召开大队党委会开始认真地研究怎么样在打好春防这一仗的同时高质量地抓好迎检工作。他们借用了邓小平同志的话，叫"春防、迎检两手抓，两手都要硬"。营区黑板报上也用彩笔写出了这句话。

我跟本昌和洪武说："你们这句话借用得好，既是工作方针也是工作方法，一定要在'硬'字上下功夫，任务标准要过硬，方法措施要过硬，时限要求要过硬。"

我建议他们对迎检工作搞一个项目、标准、时限、分工流程图，每天按着这张图去干，一天一检查，一天一讲评。本昌竖着大拇指用他上海口音的普通话学着电影《地道战》里的汤司令说："高，实在是高！"我知道他是给我面子恭维我一下，大项工作来了整流程图的事儿谁不知道啊。

"春防、迎检"四个字写起来简单说出来容易，可是真干起来就不容易了。

先说春防，那是中心任务丝毫松懈不得，火情就是命令，不管营区里面多忙，接到火警必须马上出动，遇到小火打得快，撤回得快，但遇到大火就没那么容易了，得出动足够的兵力在火场上打好几天，部队撤回来，人都造得不像个样了，但是还得认真搞战后的总结讲评。再就是维修好灭火器械装备，随时准备再出发。

而迎检呢，硬件上营区建设、环境美化、训练场地的修整、库房维修、军需物资和器械用品的摆放、营房内部的规范等等；软件上军政后各种教育的落实、队列训练、体能训练、礼节礼貌、各种记录表格的整理、各种教育教案内容的梳理以及应知应会的背记等等，都需要一项一项地抓细抓好，不能有漏项，各项都要严格按照上级确定的标准规范办。

那段时间整个杨树屯子大队就像要迎接一场大战、迎接一场大考一样，高度紧张、高度忙碌。有人累得直急歪，说谁抽的签啊，手这么臭，抽到咱们大队了。也有的说，就不应该把迎检的任务安排到咱们这样长年在火窝子里转的单位。

本昌和洪武意识到大家的思想情绪了。他们召开军人大会进行再动员再教育。洪武讲得有条有理，婉转细致，而本昌讲得干脆直接。本昌说："发牢骚的人给我闭上你的臭嘴，咱们中签了，这是天意，该着就是要把我们大队在这次正规化全国联检中拉出来遛遛，看看我们杨树屯子大队是骡子还是马？遇到点困难就想当逃兵啊？那是咱杨树屯子大队的风格吗？这得问问咱们的全体官兵答应不答应？"

本昌说他也没想到，他说完这句话，会场上的官兵们会不约而同地齐声高喊："不答应！"本昌说他没预料到他的话会当场有这效果。他干脆趁热打铁地说："有人说上级不该把迎检的任务安排给咱扑火任务重的单位，我说这是不懂部队的狗屁话。我理解，部队的正规化建设可以提升部队的战斗力，而部队的战斗力又是对正规化建设成果的最好检验。在咱们扑火任务最重的时候，上级把迎检的任务安排给咱们，这是对咱们杨树屯子大队的最大信任，咱们全体官兵应该感到光荣感到自豪。我坚信咱们杨树屯子大队一定会以最好的成绩完成春防和迎检两大任务，大家有没有决心？"

会场上又是一致地回应："有！"

散会后，本昌和洪武把军人大会情况学给我听。我觉得本昌讲得好，有针对性、有气势，也有鼓动性。同时也有一定的预见性，以森林防灭火为中心任务的森警部队要大搞正规化建设肯定要经历一段提高思想认识的过程，在这个过程中领导层是关键。我说："这次联评联检虽然不会到火场上去检查，但中心任务完成的好坏肯定是一项检查评比的硬指标。"

我们编史组在杨树屯子大队查阅完一些档案资料后就去了其他单位。虽然我人离开了，但我一直关注着杨树屯子大队迎检的情况，有时就直接和赵本昌打通电话聊一会儿。我听说，这个春防期他们和往年一样出动了几十次去扑救山火，有两起大火占用了他们半个多月的时间，迎检的准备工作都是在加班加点地干。在这期间总队和支队领导都去杨树屯子大队检查过，据说还挺满意，当然也提出了很多改进意见。

七月中旬以后，我就没再和赵本昌联系，我知道他到了最忙的时候，我不能再干扰他了，我默默地祝愿赵本昌和洪武、祝愿杨树屯子大队取得联检联评的好成绩。

可是在二十四日的早晨，我在支队机关却听到了一个令我震惊的消息。

按照预定计划，森警办带着各总队人员组成的联检联评工作组将在七月二十五日上午到达杨树屯子大队。进入二十日以后，大队的各项准备基本就绪，开始做迎接检查组到来前洒扫庭除的工作了，外来车辆被严禁进入，以防弄脏了营区。

让人们感到别扭的是天公不作美，从十九日夜里杨树屯子就开始下雨，不急不慢，下了两天两宿还没有停的意思。二十三日一大早，大队接到住在诺伊河边诺伊种苗场的求援电话，说是诺伊河水出槽了，河水已经灌进种苗场的家属区，请求森警大队赶快来救援。杨树屯子是个有两万来人口的镇子，以林业人口居多，周边农林交错地带住着一些以垦荒和采摘山产品为生的闲散住户，森警是这个镇子里唯一的驻军。森警大队不仅扑救山火，也常常扑救镇子里的家火，公家单位和老百姓们有个危难遭灾的事儿都是先想到森警大队，一说森警大队来了，火上房的老百姓们心里就有底了。

接到诺伊种苗场的电话，赵本昌和洪武就带领大队的官兵驾着能水陆两用的"531"装甲运兵车和汽车出发了。他们到达现场一看，大吃一惊，深夜里河水出槽，现在家属区里已是大水漫灌，淹到人的腿肚子了，一片汪洋。有些年轻人衣不蔽体地跑到高坡上了，而一些老弱病残孕的却还在自家的炕上呢。

雨还在下着，人们的哭声、叫声连成一片。洪武拿着扩音喇叭喊："老乡们不要怕，我们森警的官兵来救你们啦！"

这时，一位镇领导来到本昌和洪武跟前说："你们森警是救星啊，赶快往外抢人吧。"

本昌、洪武他们在大队营院里官兵们蹬车的时候就已经做过简短的动员了，眼下不用再说什么，就以各班和扑火小组为单位下水救人了。水深的地方用装甲运兵车，水浅的地方官兵们直接蹚着水，对抢救出来的，老的背着、小的抱着、病残孕的抬着，陆陆续续地都抢到高坡上来了。

本昌和那位镇领导商量，有没有个大点的地方临时安置这些老百姓。镇领导说："小学校里倒是宽绰，可是学生们放了暑假后校舍就开始维修了，乱七八糟的住不了人哪。"

本昌沉思了一下，咬咬嘴唇，和洪武说："实在不行就只有把他们拉到咱大队吧。"

洪武面露难色地说："联检组可是马上就要到了，这么多人涌进了营区……"

本昌说："我明白你的意思，可是眼下也没别的办法，先拉过去让这些老百姓吃上顿饭落落神儿，咱们再想更好的办法。"

洪武就安排人组织受灾的群众往车上上。

这边的赵本昌喊了一嗓子："再检查一下还有没有落下的群众。"

话音刚落，就听有个妇女抱着个孩子哭着嚎着地喊："俺家有落下的！俺家当家的腿不好，走不了道，还在炕上等着呢！"

赵本昌说："那就快点，你带路。"他说完了又改口说："你看着孩子吧，告诉我你家是哪间房子？"

那个妇女左指右指，比画了好一会儿，赵本昌才确定了是家属区里靠里边的位置。

他身边的副大队长闫军说："大队长你就别去了，我们去。"

本昌说："这个妇女说的位置就我听明白了，你们去找不着，反倒费工夫。"

本昌和他的通信员刘毅就蹚着水进去了。可是他们俩进去了好半天也没见回来，也听不见说话声，这边坡上的人都等着急了。洪武跟闫军说："你去组织老百姓上车，我带几个人赶紧到里头看看。"

那个妇女把孩子给了别人，她带路，洪武他们就进去了。快到那人家了，洪武就喊："大队长！大队长！"

喊了好几遍也没有回音。洪武说："大队长这是走到哪儿去了？"

到了院子跟前，那个妇女喊："当家的！当家的！"

听见屋子里有人答话，洪武就高声问："刚才有人来接你吗？"

屋里回答说："好一阵儿了，有人喊了两声再就没动静了。他们去别人家了吧？"

洪武想，大队长他俩去哪儿啦？他们找错地方了？洪武他们蹚着大水向四处高声喊："大队长！大队长！"还是没有回音。

洪武感觉是出事儿了。洪武问那个妇女："往你家走的路上有坑和井什么的吗？他们会不会是掉下去淹着了？"

那妇女说："俺家院门口这儿有个菜窖，盖着盖儿呢。"

那个妇女指了具体位置，洪武就撅了根树枝子一点点地往前探，走了几步，那树枝子一下子就捅到深水里头去了，哪还有啥盖儿呀。

洪武说："不好了，准是在这儿掉下去了。"

他朝底下喊："大队长！大队长！"喊了好几声，一点回音也没有。

那时候，阴云密布，雨还在淅淅沥沥地下着，家属区里的水成河流了。洪武急得手都抖了，他和一个战士找来两根长杆子伸到菜窖里面来回拨拉。

"哎！这可能有人！我的杆子好像碰到人了！"一个战士高声喊叫。

洪武说："快，多下几根杆子，喊大队长，让他抓住杆子！"

好几根杆子都探下去了，人们喊着："大队长抓住杆子！抓住杆子！"

可是下面一点反应也没有。

这时，有两个会水的战士说："我俩扎猛子下去救人吧。"说着脱了衣服就跳下去了。不一会儿的工夫，那俩战士从水底下推上一个穿着雨衣的人来，大家一看是通信员，人们把他接住，那俩战士喘口气又窝回头扎下去，这才把他们的大队长捞上来。

那俩战士上来后说，通信员是压在大队长身上了，而大队长的手脚是在一堆稀泥烂菜里头插着呢，往起拽老费劲儿的。捞上人来后，洪武就组织人赶紧找了个高地儿，给本昌他俩控水，可是已经晚了，咋整都没有用了。

本昌和通信员被抬走以后，有人疏通了这家院子的水道，大水退下去后人们发现这家菜窖里的水满槽了，可能是菜窖里的水把窖盖顶起来又被大水冲走了，估计是赵本昌走到这儿前脚栽下去，通信员后脚就跟着栽下去了，他压到了赵本昌的身上。

杨树屯子很快就传开了："森警大队的大队长和他的通信员为救一个伤腿的残疾人，淹死在那家人家的菜窖里了。"

种苗场的青壮职工留在水灾现场疏通水道，清理淤泥，而老弱病残孕和一些妇女们则坐着车到了森警大队，这是洪武、闫军按照赵本昌刚才做出的决定

263

办的。本昌咬着嘴唇说这话的时候他还是个满心想着老百姓冷暖的活生生的人，而转瞬之间，当老百姓们坐着他安排的车往大队走的时候，本昌却已经和这些人们阴阳两隔了。

洪武回到大队，紧急给支队打电话报告，支队值班室说，支队两个主官为了迎接森警办的联检联评工作组已经上火车往杨树屯子去了。那时候，没有手机呀，支队值班室就把这个消息打电话给祥子他们要途经的鄂里河大队大队长田运良。

火车是凌晨两点多到鄂里河，只停车三分钟。祥子在卧铺上睡得正深，突然被田运良给扒拉醒了，田运良把本昌的事儿一说，祥子说他脑袋嗡地一下子就像要炸开了似的。田运良没有下车，他带着一个干部已经做好了跟着支队长一块去杨树屯子的准备。运良和本昌同是七一年的兵，又都在西口子待过，俩人的感情处得很深。

祥子叫醒张政委，把情况一说，俩人在悲痛的同时，都感到迎检的事儿不好办了。这时候，联检联评工作组的人马也已经从哈尔滨出发，在火车上了。

洪武带着人到火车站接支队领导，他们见了面，泪目相对。

祥子问："本昌在哪儿？"

洪武说："考虑到迎检的事儿，把大队长他俩放到医院的太平间了。"

洪武还报告说，种苗场的老弱病残孕没处待了，是本昌大队长决定让他们临时到大队住的。现在把他们临时安置到大队俱乐部了。祥子两个支队主官知道洪武说的意思，老百姓们住进来肯定要影响大队营区的环境卫生和秩序。

祥子他们到了大队部，看到营区的大部分地方还是很干净整洁的，只是在俱乐部周围有些乱，出出进进的人挺多，有的人把烟头随便扔到了地上，有的随地吐痰，战士们忙不迭地跑过来清扫。

一个中队干部跑过来跟洪武报告说："厕所那挺麻烦，原来打扫得干干净净的，这一下子可让他们整乱套了。女厕所只有两个蹲坑，不够用，有的人就在厕所外头大小便，再加上这不停地下雨，厕所那边插不进去脚了。"

祥子和张政委让洪武陪着到俱乐部看望遭受水灾的群众。除了椅子之外，地上还铺着一些棉床垫子。洪武说是从战士们床上拽来的，一些老人和有伤病的人栽歪在那，也有几个大肚子的妇女靠在那。

洪武征得两位领导的同意，大声说："老乡们，我们森警支队的仲支队长、张政委刚下火车就来看望你们了。"

有人看到站在前面的这俩人的警衔，就叫起来："好家伙！两杠三花！这俩人可是大官！"

张政委刚要说几句话，那个让赵本昌去她家救人的妇女跟头把式的扑过来，拽着张政委的胳膊说："哎呀妈呀，可了不得了，你们的大队长和那个小兵为了救俺当家的把命搭上了，他俩可是好人呐！"

张政委安慰着妇女说："是好人，是为老百姓敢去牺牲的好人。"

张政委提高了嗓门说："老乡们，你们受苦了！我们森警部队不光是保护森林打火的，我们也是保护人民的，在你们遇到危难的时候，杨树屯子大队的官兵们冲上去了，我们的大队长和一名战士光荣牺牲了，我们很悲痛，但是我们也很光荣，我们为有这样的战友感到骄傲和自豪。"

张政委说到这儿，老百姓们都鼓起掌来。

祥子说他的泪水控制不住地溢出了眼眶，那一刻，他是失态的样子。

张政委接着说："有个事儿得拜托大家，国家一个联合检查组马上要到大队来检查工作，也包括检查卫生，请大家伙尽量不要在营区里乱扔垃圾烟头，特别是上厕所时要多加注意卫生。"

张政委说到这儿，下边儿就有个六十来岁的老汉站起来喊："领导！我们种苗场的领导不在，我是个退休职工，我就挑个头说两句。森警大队帮了我们这么大的忙，还为我们淹死了人，我们只有感激的分儿，现在，你们咋要求我们就咋办，绝不给你们再添乱。"

那老汉说到这儿，用眼睛转了一圈儿说："咱种苗场的人可都听好了，包括大人孩子都听好了，谁要是敢搅乱了人家森警部队的大事儿，瘪犊子的，别他妈的找挨嘬找挨削！"


支队领导和洪武他们到会议室紧急碰了个头，确定一是洪武牵头按照预定计划抓迎检，原定由赵本昌负责的军事科目由闫军顶上；二是实事求是地向森警办联检联评工作组汇报大队救援水灾中两个人牺牲的情况，特别是要汇报受灾群众临时安置在大队的情况；三是由支队工作组和大队领导分别电话通知赵本昌和通信员刘毅的家属；四是由支队工作组牵头做好赵本昌两个人追悼会及抚恤工作。

二十五日早上八点多，在总队政治部何江海主任陪同下，联检联评工作组一行十几个人到达杨树屯子。支队两个主官和洪武到车站迎接。祥子曾经接待过森警办的领导，而对兄弟总队的领导和工作人员还都是头一次见面。

江海高兴地拉着祥子和张政委给他俩挨个介绍各位领导。江海是个敏感的人，没说几句话他就发现赵本昌不在。一九七一年刚当森警时何江海和赵本昌都在我领导下的西口子中队，都是亲如兄弟的战友。此前他知道本昌为了春防和迎检放弃了去加拿大培训的机会。他下火车时还想着最先见到的人应当是赵本昌。他喜欢本昌那种大大咧咧的直率性格，江海总说本昌是南人北相。何江海就问祥子："本昌咋没来？"

祥子说："上了车我跟你说。"

江海、祥子的车先一步到达大队，等到森警办领导走下车来的时候，何江海的脸色已经没有了刚才的满面笑容，他不再跟兄弟总队的领导们客气，而是拉着森警办领导的手说："我得赶紧给您汇报个突发的情况。"

按计划，本来是检查组进了大队营区就开始各项考核检查工作。森警办领导听了何江海的报告，紧急把检查组人员召集到大队会议室，通报了大队发生的情况。有个兄弟总队领导提出："出了这么大的事儿，咱们得考虑受检单位的难处，考核检查的工作就不要都按部就班地搞了。"

何江海不同意，江海说："他们大队长的岗位暂时由副大队长闫军顶上了，其他的受检项目都不受影响，该咋考就咋考吧。"

江海后来和我们说，他觉得越是关键的时候越不能拉松套，特别是他听说洪武给全体官兵做了紧急动员，说大队长为了这次迎检赶上了抗洪，为了救老百姓英勇牺牲了，我们马上就要接受联检联评，大队长的魂儿还没有走远，他还在惦记着这次的检查考核，我们杨树屯子大队的官兵现在就是要化悲痛为力量，争取以最好最好的成绩向咱大队长汇报，让大队长放心地走。洪武问大家有没有决心，官兵们一个响亮的"有"字，饱含了决绝悲壮之情。

何江海听了洪武的汇报，他觉得心里有底了。祥子也主张该咋考咋考，祥子说："咱不为争名次，但较真章的时候就不能塌拉膀子。"

大队官兵通过这几个月的深入教育、强化训练、反复规范，各个受检科目表现都是令人满意的，特别是检查组的人们都感觉到了蕴藏在杨树屯子大队官兵心中的那种无比悲壮的情绪。森警办的领导说："你们看，这些官兵好像不是接受咱们的考核，倒像是在给他们牺牲了的大队长做汇报。"

何江海跟着检查组已经走了几个单位了，他知道因为各受检单位最后要排名次，所以各总队参加检查的人都有点自家的本位思想，到自己的总队就争取尽量把考核检查的打分往上撤，而到了别的总队则是多找点儿问题，尽量把打分往下压。在杨树屯子大队，虽然检查组的人都对大队刚发生的事儿寄予同情和理解，但进入了检查考核，人们还是瞪起眼睛来找毛病，人家说得也对："要是这个单位不检查考核了我们也没意见，既然领导定了要检查考核，那就得按考核标准办。"

按联检联评的实施办法，军人"俱乐部"的检查是考核的重要场地，不仅要在"俱乐部"里进行应知应会的考试、政治教育课抽查、文艺活动表演，同时还要检查俱乐部里室内课的音响效果、幻灯设备以及英模画像的悬挂和环境卫生等项目。可是杨树屯子大队的俱乐部里住着受灾的群众呢，考试、教育抽查和文艺表演都是安排在食堂进行的。

临时住在"俱乐部"的群众挺听话的，除了上厕所，基本不去营区里溜达了，但是大队对待在屋子里面的群众就不能再给人家立规矩了。屋子里有坐着的，有躺着的，有抽烟的，有唠嗑的，桌子椅子横七竖八，满屋子烟雾缭绕。检查组的人想到"俱乐部"检查一下，可是他们进去站了站就赶紧出来了。

这个项目的分该怎么算？负责这个项目检查的人说这个内容就得刨除去了。那刨除去，得分就少了，咱总队、支队和大队的人心里头就有点儿不爽。检查环境卫生的后勤组到了厕所那一看，尽管有俩战士在那紧着收拾打扫，可上厕所的老百姓还是少了一些规矩。检查组的人说："这种情况可以理解，不能算是大队的毛病，但这个分也不好说怎么给。"

大队跟着检查的人挺委屈地把这两件事儿汇报给支队长。祥子正在和何江海商量赵本昌和刘毅追悼会的事儿，祥子听了汇报想了想说："按人家检查组的意见办吧，高了低了的别计较，这不算是个事儿。"

江海说："仲支队长说得对，咱们的态度是欢迎人家检查，欢迎人家提意见，甚至欢迎人家挑毛病，别在分多分少上去计较，甚至也不用在排名次上去计较。"

洪武后来跟我学说这段事儿，我在心里头掂量掂量，觉得江海和祥子大气，是有格局有高度的人。

考核检查了近两天，森警办领导对杨树屯子大队给予了高度评价，特别要求总队和支队要把大队帮助种苗场群众抢险救援和赵本昌刘毅英勇献身的事迹尽快整理上报。

联检联评工作组走了，何江海没有跟着走，他留下来要把两个烈士送上路。

我是和张小军一块在检查组走的当天晚上到杨树屯子的。随后，姚建华、张成和高俊仁也到了。我们下了火车第一件事儿就是去医院的太平间看赵本昌和刘毅。我和他分开没多长时间，没想到再见面竟是白发人哭黑发人。

大家和何江海都是好长时间没见面了，本应当是"喜相逢"，没想到这次却是"泪相对"。田运良早来两天先见到了他的"何老师"，也没有了平常那种无拘无束的嬉笑。李伟已经去了加拿大参加培训，于队长接到祥子的电话了，他刚刚参加林业部森林防火协会组织的一个调研组去了云南，赶不回来。我们的老人儿能来的基本都来了。

接下来我们就是要迎接从上海赶过来的本昌爱人和从吉林赶过来的刘毅家长。

我前面说过赵本昌的爱人只来过一次大兴安岭，还得了关节炎，以后就再没来过。好像只有张成、张小军、高俊仁不多几个人和她见过面，和她最熟悉的应该是小军和英子两口子。英子曾陪着小军去上海安装假手，本昌的爱人招待过他们。祥子打电话让三凤和英子都赶过来，我们的安排是英子陪着本昌的爱人，让三凤陪着刘毅的母亲。

洪武说："这么安排合适吗？有志愿兵的家属，让她们陪刘毅的母亲也行吧？"

祥子说："按说也是可以，不过有本昌家属在这儿比着，不能让一个战士的家长心里头觉得矮人一头。"

本昌的爱人姓柳，是个中学老师，大家都叫她柳老师，和她一块来的还有本昌的哥嫂和本昌八岁的儿子。刘毅家来的是他父母和他的一个姐姐。

原定安排烈士的家属们住在林业局的招待所，那里条件和环境相对好一些。可是本昌的爱人不同意，她坚持要带着孩子住到本昌在大队的宿舍里。

听到小军和英子跟我说本昌爱人的这个选择，我的鼻子直发酸。江海和祥子赞同本昌爱人的这个选择，祥子说："这就看出本昌他们夫妻的情义了。"

其他的家属住在了大队的接待客房里。

柳老师和我们见了面，她在女人里面算是中等个，瘦弱白净，戴着副眼镜，憔悴的脸上挂着哀容。看得出来，她和我们见面时是压抑着自己的悲痛的。英子把我们几个人挨个介绍给她，柳老师说我们的名字她都熟悉，她说本昌每次回去天天念叨和我们在一起的那些事儿，写信有时也提到我们的名字。柳老师问："老于队长身体还好吧？"

祥子赶紧说："于队长刚刚去了云南，他赶不回来，两次打来电话询问这边儿的情况，还特意嘱咐我代他问候你，让你保重身体。"

本昌爱人是个稳重细致的人，她让本昌的孩子挨个地叫伯伯、叔叔，而让孩子叫我爷爷，我本来是答应一声，可是嘴里出来的声音却是没有控制住的哭腔。

听三凤和英子说我们看望完刘毅的家长，柳老师和她的哥嫂也到刘毅家长的房间去看他们，两家人相见，都哭了。

柳老师说："我们家本昌没带好路，害得你们孩子跟着一块儿淹着了。"

刘毅的母亲哭得说不出话来，刘毅的父亲是个机关干部，虽然很悲痛，但脑袋挺清醒，他抹着眼泪说："刘毅和大队长的缘分深，活着是大队长的通信员，死了，来世也还是大队长的兵。这回有大队长领着他走，我们两口子放心。大队长这边儿呢，有刘毅跟着，这孩子有眼力见儿，你也就放心吧。"

柳老师听了这话，抓着刘毅母亲的手，一边哭着一边说："他俩活着在一块儿打火、抗洪、救人，牺牲了俩人又在一块做伴，也能有个相互照应了。"

英子把刚才的场面跟我们说完，屋子里静默了好一会儿，我感到我们几个在场的人心里头都涌动着一种别样的悲情与感动。

祥子说："柳老师这时候她能主动去看望刘毅的家长，真不愧是本昌的爱人，她这是在帮着咱们做工作呢。有这样的家属做咱们的后盾，咱们还能有什么事干不成呢？"

江海说："将来要宣传本昌他们的英雄壮举，必须要把他们家属的这种胸怀、这种对咱们森警部队的支持和理解包含进去，不写她们，英雄的事迹肯定是不完整的。"

听着江海的话，琢磨琢磨，我觉得这对写好咱森警部队的队史是个很好的启发。

我还是头一次看到这么大规模的追悼会。杨树屯子一个镇子的人差不多都来了，都是自觉自愿来的。老的少的，男的女的，会场内外人头攒动。本昌和刘毅要去救援的那个腿有残疾的汉子被他老婆用车推着也早早地来到了追悼会现场，他坚持让他老婆把他推到两个烈士的遗体前，他说他不能抬棺，但他得守灵。令我们没想到的是他的两个孩子是穿着孝服来的，俩孩子按照他们父母的旨意跟着本昌的孩子去跪拜，其中有一个比本昌的孩子个头大不少。人们向烈士遗体告别的时候，我是站在最前头，早已是泪流成行。而我的身后，妇女们哭声一片。

对烈士遗体怎么处理，成了两家遗属那些天最难决断的事儿。柳老师她们非常想把本昌的骨灰带回上海，带回到她们身边。可是杨树屯子是个小地方，没有火化场，如果要火化就得拉着遗体去一百多公里以外的鄂里河镇。

有懂阴阳那套事儿的先生说："哪有把人拉出去那么远火化的，他们又没在那个地方待过，山高水长的，怕是逝者的魂儿找不着他们熟悉的道。"

处理婚丧嫁娶这类事儿，特别是白事儿，人们还是习惯地要听从阴阳先生的一些意见。最后柳老师红肿着眼睛做了决定："就把本昌留在他战斗了多年，也有了深厚感情的杨树屯子吧。"

听了柳老师的决定，我说了句话："把本昌留在这儿也对，他二十七岁的生命，有二十年是在大兴安岭度过的，生命已经在大兴安岭扎根儿了，感情也在森警部队扎根儿了。"

我之所以这样说是想让本昌的家人对本昌留在这儿心里更踏实一点儿。刘毅的家长也是很开明的人，他们说："要是大队长不走，那刘毅也就跟着大队长在一块儿了。"

有现成的坟地，先前牺牲的汪月功、马锋武、肖锋都在一处向阳的山坡上埋着，都是本昌所熟悉的部下，他们生前在一起战斗，死后就在一起做伴吧。那天给本昌和刘毅下葬的时候，洪武带着几个人给汪月功、马锋武和肖锋的坟也添了土。

洪武哭着在他们坟前念叨说："大队长和刘毅也来和你们做伴了，拜托你们可替我照顾好大队长啊，刘毅还小，你们也多多照顾他。"

站在这片新坟旧茔前，看着烈士家属们撕心裂肺的场面，我不禁想起了莫尔山上的"警察坟"，想起了良子、朴正伦、八十子……

二十天后总队在杨树屯子大队召开了"正规化建设现场观摩会"，全总队大队一级的主官们都来参会。总队是要以杨树屯子大队为样板全面推动全部队的正规化建设水平。借着会议开幕之机，何江海宣读了武警总部党委关于"批准赵本昌、刘毅同志为革命烈士的决定"，同时宣读了林业部《关于武装森林警察部队开展向赵本昌、刘毅同志学习活动的通知》。

一些和本昌熟悉的老战友纷纷要求要到本昌的坟前看一看，献个花圈花篮表示个心意，何江海就安排正规的组织了一次为本昌、刘毅祭奠的活动。

祥子从杨树屯子回来跟我说："这个会意义重大，既是推动正规化建设的样板会，也是学英雄树正气的动员会。本昌是在生前身后为咱森警支队做了大贡献的人，老根儿叔你们写的队史上应该有他浓墨重彩的一笔。"

# 45

过了一段时间，我收到一封寄自上海的大号信函，打开一看，是本昌的爱人柳老师寄来的，不愧是中学的语文老师，字迹工整清秀。她的信是这样写的：

陈政委、老根儿叔，您好：

我是本昌的爱人小柳，请原谅我这样冒昧地称呼您，我这次去大兴安岭，听到本昌的老战友们都这样称呼您，本昌在日记里也这样称呼您，我觉得我也应该和他一样，叫您一声老根儿叔，您不会介意吧？

您作为本昌的老领导和老前辈，在他入伍后，悉心地关心他，培养他；他牺牲后，为他的后事，您又不辞辛苦，前前后后地操心操劳，让我和我的家人非常感动和感谢！！

从杨树屯子回来后，我就着手整理本昌的遗物，下班后的每个晚上都是在泪水中度过的。这段时间我开始阅读本昌的日记，就好像跟着本昌当了一回森警一样，本昌和你们在一起经历的那些艰苦生活、那些血与火的战斗，还有你们上下级之间、战友之间深厚的情谊，都深深地打动了我。日记虽然属个人的隐私，但是我觉得本昌的日记是可以公开的，征得了本昌母亲和大哥的同意，我复印了一些，分寄给几位老领导、老战友，权当留个纪念吧。

……

我知道，本昌写日记是受祥子和何江海的影响。祥子一直就有写日记的习惯，为了那本"青子"带着出国的日记还受了审查。何江海入伍后也坚持写日记，他说他在知青点时就有这习惯了，好处很多。为了把西口子中队建设成不仅能吃苦、能打火，而且还有些文化素质的队伍，我在中队范围内宣传推广过一段祥子、江海好学习、坚持写日记的事儿，带动了一些人学文化的热情，也带动了一些人写日记的热情。可是有的是坚持下来了，有的写了一段也就自消自灭了，现在看来本昌是坚持下来的那一个。

柳老师把本昌的日记复印件是按时间顺序整理装订的，阅读起来很方便。其中有几篇我反复看了好几遍，每看一遍都是心潮起伏啊。

### 一九七三年七月三日　晴　乌龙干东梁外站

昨天陈队长来外站检查工作后，和我们几个聊天。他说起滚兔子岭的何江海拿着字典教田运良、李伟学文化的事。我正好也有一本《新华字典》，找出来看一看，觉得挺有意思，在这么偏远寂寞的地方，一本不起眼的字典竟成了不言不语的老师，既能跟着它学文化，又能排遣寂寞，真是一举两得的大好事。这个何江海真不愧是个"老高二"！陈队长还说仲分队长和何江海他俩坚持写日记的事，我觉得也值得我学习，我下决心从今天开始就学字典、写日记。好像张小军、高俊仁也有这意思。要是我们三个人能一块学是最好了。

　　……

### 一九七三年七月四日　乌龙干东梁外站　上午晴　下午雨

今天陈队长表扬我们几个把外站建得好，他说的主要是营房美化、种蔬菜和养猪养鸡的事。听了表扬，心里自然高兴。

说起来还是张小军能张罗，听说他父亲是个大队领导，但还没见他以领导干部子弟自居，是个挺能吃苦的人。别看高俊仁长得白白净净的，干起活来也是不怕脏不怕累的一个人。遇到投脾气的人算是有缘分，我们仨在一起挺愉快，所以干活就有成绩。今天领导一表扬，我看他俩也挺高兴。在这方圆几百里无人烟的大山沟里，我们再不把自己生活的小圈子建好了，那就更苦了。从早到晚除了执勤再干点过日子的活，每一天就过得充实了，要么都会寂寞出毛病来的。我们仨昨晚睡觉时商量了，也要像滚兔子岭望火楼那几个人那样，学字典，写日记。亏得我带来一本字典，三个人够用了。

不知道日记是不是这么写，有点啰唆。嗨，打发时光呗，或者将来也有用。

　　……

## 一九七三年九月十二日　　阴　　林海林业医院

好多天没写日记了。没时间写，也没心情写。

六日那天出了大事。那天早晨起床后，小军招呼我和他铡马草。没想到快干完了，我竟然不小心把小军的左手给铡掉了。他当场就昏死过去了，我也吓得啥也不是了。是高俊仁听到惊叫声跑出来帮着止血。后来陈队长和张成分队长骑快马赶过来，联系部队的巡逻艇从额尔古纳河把小军护送下去。间隔的时间太长了，小军的断手接不上了，他还这么年轻，缺了一只手该怎么生活啊？！虽然他是自己把手伸进去的，可是当时我要是慢一点或者细心一点，也能避免出这事。唉，我这一辈子都会欠小军的！！可是人家张小军醒过来后还安慰我，叫我别自责，说是他自己的责任，这话他说了好几次了，今天还在说。小军他父亲是我们大队的副大队长，是我们的领导，我看他更是个好人，他跟我聊了好一会儿，说不能怪我，劝我别背包袱。小军的母亲往医院送饭还带着我的那一份。这一家子都是好人。听说小军的女朋友是仲文祥分队长的妹妹，看出来人家姑娘没有因为小军手铡掉了就打退堂鼓，反而每天都来陪着小军，这一家子人都令我感动。

今天大哥来电话了，说在上海已经联系好了安装假肢的厂家，啥时候去都行。我把上海的消息告诉给小军一家人了，他们都挺高兴的。

昨天小柳也来电话了，电话打到了医院，前几天她听大哥跟她说我把张小军的手给铡掉了，她也吓慌神了，不知道往哪里给我打电话，也不知道往哪里给我写信，说快急死她了。听她电话里的声音是沙哑的。唉，我那一铡刀下去，让多少人跟着揪心呐，特别是小军从此成了残疾……

## 一九七八年十月十日　　西口子　　阴　　飘雪

中秋节那天，这地方就开始飘雪，天冷飕飕的了，地上有冰碴了。虽然着火的概率很低，但秋防还没结束，我们每天还得坚持巡护，今天往吉利毛斯方向走，骑着马来回走了得有一百五六十公里，今年夏天雨少，林子里还是有些燥。

这些天心里堵得慌，上个礼拜，有边防团的船艇上来，给捎上来一麻袋报纸和信。有八封信是我的，其中有妹妹先后写的两封，小柳先后写的三封，还有其他同学写来的，都是一块收到的（苦笑）。所有的信都说到了

273

知青返城的事儿。小柳在信上问我森警可以转业吗？转业能回上海吗？看来她是怕我就地转业，她肯定是在考虑成家的事儿呢。

能不能转业的事，往哪转？不大好跟别人说，只能是闷在自己心里头琢磨，等等再说吧。

也有个好消息，下午突然听说陈队长被提拔到大队任副大队长了，这可是好事儿，大家伙都说像他这样的早该提拔了。陈队长一点官架子也没有，越苦越累的活儿，他都亲自带头干。于队长、孟和队长他们那一辈的管他叫"老树根儿"，仲分队长和小军他们老森警的子弟管他叫"老根儿叔"，我有一次也顺嘴这么叫了他一声，他乐呵呵的挺高兴，没有官架子的领导好相处。

### 一九七九年三月八日　　晴　　大队新训队

这人总是生活在矛盾和纠结当中。前几天大哥来信，说他帮着我在上海联系安排工作的事有点眉目了，我心里暗自高兴。可今天午饭后，听人说大队最近要提拔一批干部，名单里面有我。这绝对是个好消息，说明组织上对我是认可的，这么多年没白干。细想想，若是当了干部再转业回上海，那身份就不一样了。看来大哥张罗安排工作的事还是要放一放。

和小柳结婚的日子已经商量好了，确定在国庆节那一天。但是要是提干了就不能马上提出转业的事儿，怎么也得干一段时间，那可就是两地分居了，小柳要是知道了这个消息，她会怎么想呢？

……

### 一九八三年六月一日　　乃木河火场

在火场上辗辗好几天了，地下火挺难打，窜着树根子烧。有时工具不好使，就直接用两只手扒隔离带，官兵们的手都血糊糊的了。我这手拿着笔也不得劲，但是火场日志还是必须得记，搞"一战一评一奖"时用得着。记完火场日志想着今天的日记也有话要说。

今天是六一儿童节，我猜想柳叶今天一定是带着儿子小林去公园了吧？但转念又想今天不是礼拜天，柳叶要是不休息怎么办？唉，父母两地分居，孩子也跟着作难。下午在火线上一边扒隔离带一边走神儿：六一了，我想我儿子，但是有盼头。汪月功、马锋武的父母会不会在儿童节的时候想起他们儿子小的时候呢？这几个念头进了脑子就赶不走了，一直就在脑子里来回转悠，乱七八糟的……

### 一九八九年四月二十五日　　晴　有风　杨树屯子大队

今天下午正和老首长陈副政委——我们的老根儿叔聊天（他是离休后带着两个人来到大队为队史搞调研的），突然接到支队电报通知，说森警办的正规化联检联评抽中了我们杨树屯子大队，也就是说我们大队将要代表总队接受检查。这可是一项较真的任务，拿到好成绩是给总队、支队争光，拿不到好成绩就是给总队、支队抹黑。按说中签了就像我们森警见到火光一样，这是接到上火场的命令了。这项任务对于我这个大队主官，而且是比教导员早提好几年岁数也大很多的主官来讲，应该是勇挑重担，扛起大梁来。可是此前我已经接到组织安排我在五一过后去加拿大参加林火扑救指挥培训半年的通知，我已经做好出国的准备了。这可怎么办？我要是出国，组织安排，名正言顺，不管是学本事还是有人说的镀金，反正对我个人是绝对有好处。可是，眼下正处在春防紧要期，大火小火不断流，又要准备迎检，任务量大了去了，标准也高，我拍屁股一走，只剩下提拔时间不长的洪武，力量可就弱了。

走还是不走，何去何从？……想来想去，大队的利益、支队的利益、总队的利益，哪一个利益也比我个人的利益重（当然，我出国培训也不只是个人利益），况且，大队、支队、总队的利益又是重叠为一体的，重之又重！思来想去，我觉得还是放弃出国吧，留下来和教导员一心一意抓春防抓迎检。

最近有传说组织上有提拔我的意思，老根儿叔来了后也这样说，看来真是有点影儿。我算是老正营了，人家"何老师"都进入副师了，有这好消息我当然高兴，可是啥时候那个令到了才能算真的，所以不可张扬！不去参加出国培训会不会对提职有影响？唉，相信组织吧，我觉得啥事儿想不明白的时候，就想四个字："相信组织"。

明天一上班，我就正式向支队汇报不参加出国培训的意见。不纠结了，睡觉！

看一遍本昌的日记，我的眼珠子就在泪水里泡一回，心里就扑扑腾腾好一阵子。可是看完了还想看，放不下，一个字也不落下地看。我跟其他几个老战友电话交流，他们也同我一样都是很认真地看了柳老师寄给他们的本昌日记。

我们几个的共同感觉是看他日记时就感觉他还活着，面对面似的，他用那上海腔的东北话讲述着我们曾一块经历过的往事，也听他讲着在那些大事儿小事儿的过程中我们所不知道的他内心的一些矛盾与纠结。

祥子说日记是最能真实反映一个人内心世界的载体。他说应当感谢柳老师，她让我们在本昌牺牲后看到了一个更加鲜活更加真实的本昌。何江海给我打电话说："柳老师把赵本昌的日记寄给我们这些熟悉他的人，柳老师最大的贡献是使本昌的形象更高大了。赵本昌是一个言行一致、表里如一的真正男子汉。"

是啊，在一些大小事件的过程中，不论本昌在其中有多少他个人利益的考量、思谋与纠结，但最终他都是非常坦然地"相信组织"，服从组织，这是我们大家都亲眼见证过的。

从这件事儿上大家都给小柳竖大拇指，就像祥子和江海说的，小柳不仅是本昌贤惠的妻子，还是一个让本昌在他的身后更鲜活更完美的那个人，本昌找了一个好爱人。

我把柳老师分寄给战友们的日记搜集到一起，装订好，赠给支队队史馆了。

赵本昌的牺牲以及他的日记让我的内心好长好长一段时间都深陷其中，走不出来。


# 46


民间有句老话说"福不双降，祸不单行"。在失去本昌的痛苦还没有消退的时候，在一九八九年最后一个月刚刚到来的那一天傍晚，我突然接到祥子来的电话，他告诉我于队长下午在莫尔大队的讲台上突发心梗，等到医生来了，已经没救了。

在这之前，于队长接到莫尔大队、吉儒穆图大队让他给新兵讲森警部队传统教育的邀请，就特意到我家来，想让我和他一块同行。他说正好借这个机会去良子他们的"警察坟"上看一看，烧把纸。元旦、春节的时候就不一定有机会去了。可是不巧的是我家里有点事儿，走不开。他就一个人坐着火车去了。一个晚上的火车，颠颠簸簸，肯定是休息不好，听说他下了火车吃了早饭就让大队教导员高俊仁陪着他上山了。

我知道，他每次回莫尔，都是先急着去"警察坟"看那几个老战友。他说只有把这件事儿办了，再干其他的事儿心里就踏实了，精神上就专注了，要么总是惦记着上山的事儿。

高俊仁说，他陪着于队长是蹚着挺深的雪上去的。于队长在那几位老战友的坟前念叨了这一年咱森警部队发生的大事小情，当他说到赵本昌和刘毅牺牲的时候，他哭了，他哭着说赵本昌也是从咱吉儒穆图、西口子一带走出去的，一个上海知青，当了十八年森警，为了救老百姓掉到了水窖里，听说他都在黄浦江里游过泳，可是没有用啊，那水窖里尽是陷脚的烂菜稀泥，踩着他后脚跟儿掉下去的通信员又一下子把他压住了，两个人都活活淹死了。高俊仁说他还是第一次见到老于队长这么动情，他和司机在一边都跟着流泪了。

高俊仁说："于队长吃午饭的时候情绪都没有稳定下来，他说他牙疼，又说要准备下午的讲课，只吃了很少一点饭就回他自己的房间了。下午讲课的时候，给他在讲桌后面放了椅子，可是他走上讲台后，就没坐下，一直是站着讲。他手里没有稿子，却在手里攥着那个没有装烟丝的黑烟斗，有时候还叼到嘴上吧嗒两口，森警部队的艰苦岁月、战斗历程就被他如数家珍般地讲述出来。当他讲到朴正伦牺牲后，朴正伦的爱人和孩子因为不会说汉话而陷入生活的困境时，于队长的脸突然白了，脑门子上汗珠子也出来了，他停顿下来，伸手要去端杯子喝水，可是没等拿到杯子，就'嗷'的大吼了一声，摔倒在讲台上。"

高俊仁说，于队长一摔倒，会场就乱了，坐在前排的几个人冲上讲台就要去扶他，高俊仁给制止了。大队的医生也在俱乐部里听课，他跑上来给于队长按压心脏，按压了五六分钟，没啥作用。高俊仁赶紧让人给医院打电话，二十多分钟后，急救医生赶过来，看眼睛，摸脉搏，听心脏，无奈地说是已经没有生命体征了。

咱们森警部队的主要创建者之一、我们第一代老森警的领路人、为了森林防火灭火事业而不惜呕心沥血的于队长就在这样的一个场合告别了他的人生。

听到祥子的电话，我的脑袋一片空白，一片麻木。我家属在厨房里听到电话机摔到地板上的响声，就走过来看，她看见我煞白的脸傻了似的样子，当时就毛了，大呼小叫地喊我，问我是不是犯心脏病了。

憋了好一阵儿，我才哭出声来。我告诉我家属："于队长死了，五哥没了。"

我家属颤着声地问："瞎说呢吧？他前天不是还来咱家了吗？看着他挺好的呀，怎么能没了呢？是谁传瞎话呢吧？"

她一听我说是祥子来的电话，手里水杯也"啪"地掉在了地上。

我们老两口和杨桂月、张大嫂、三凤坐着一辆车，祥子和支队的其他领导坐着一辆车连夜往莫尔赶。杨桂月一路上不说话，只是不时地叹一口长气。

很多人都从各地赶到莫尔来了。可是我们那一代的老森警就只有我一个了，年轻一点的还有祥子、姚建华、张成。吉儒穆图的徐有银来了，他说徐家辉听说后就一直在哭，可是他中风后偏瘫了，来不了了。看见了好久没见的大凤和荷叶，孟和、八十子好像就在我眼前晃悠。

这时候，于队长的大儿子胜利已经在库里多尔林业局当了好几年局长了，解放是牛耳河林业局的工会主席。

追悼会就在莫尔举行的，花圈从里到外摆放了很多，有林业部防火办的、森林防火协会的、森警办的、总队的、林管局的，林业局的，有莫尔镇政府的，还有吉儒穆图村委会的，更多的是咱森警部队的老部下们送的。

何江海公务在身赶不过来，高俊仁代他给于队长送了花圈。花圈上的挽联是何江海自己拟的词：

牢记使命，立警立队立人呕心沥血文武之才传后世；

忠诚于党，为国为民为林披肝沥胆厚德之光耀兴安。

大家都说江海拟的这个挽联好，把于队长的功德概括得挺全，而且还嵌入了于队长的名字。

追悼会是由祥子主持的，张政委致悼词。站立在于队长的遗体前，我和他一起参加前面那几个老战友追悼会的场景在我脑子里像过电影似的闪出来。

前几年莫尔还没有火化场，从良子起到后来的刘锁柱一直都是遗体入殓棺椁下葬，而去年秋天莫尔也建起了火化场，于队长现在只有火化了。

一缕青烟之后，我们再相见时，于队长就只是笸箩里的一捧骨灰了。

我和解放、胜利、祥子把捡拾起的骨灰，轻轻地装入骨灰盒。

一个小小的骨灰盒装入了于队长六十七年不平凡的人生，装入了他打老财、打鬼子、打老蒋、打土匪那些战争年代中的勇武豪气，装入了他在大森林里在火场上与火魔斗、与坏分子斗、与凶猛野兽斗的那些艰难险恶岁月中的执着坚韧，装入了他对老百姓、对战友、对朋友、对家人那颗从始至终的坦荡无私充满大爱的拳拳之心。

同骨灰盒一块下葬的还有于队长最心爱的那只黑色的烟斗、老花眼镜、一支钢笔、一个小小的记事本和他写作出版的那本《大兴安岭林火预防与扑救》，还有我特意在老式军用水壶里灌满的"大老散"。

谁也没想到，临到要填土时，杨桂月突然疯了似的喊了一声："等等！"

在场的人都惊住了。她从英子的搀扶中挣脱出来，冲到坟坑边，趴下来，从怀里掏出一个烟盒大小的心形红色刺绣荷包，要往坟坑里面放，可是又够不着，祥子双手接过来，很小心地轻轻地探下身子把那个荷包放在最靠近骨灰盒的一侧。

正值隆冬，下葬的时候寒风凛冽，打着口哨一样的西北风，刮得人们在山坡上难以立足，如果不是一个战士搀扶着我，我恐怕就得被狂风吹跑。我已经好几天没吃下饭了，觉得自己像纸一样地轻飘。

我看见杨桂月扑到雪地上就起不来了。按我们的习惯，她是不应该来送葬的，可是杨桂月死活要来，人们劝不住。李永刚、朴正伦、刘锁柱、张大贵的家属，大凤、荷叶以及我的家属，还有英子、三凤，这些森警的女人们在呼啸的寒风中撕心裂肺地哭喊着。我没有让人去劝慰她们，祥子也没去，就让她们尽情地哭一回吧，把所有的悲痛、所有的愁苦、所有的委屈、所有的不舍、所有的思念都一股脑地哭出来吧。

南山上的"警察坟"里又添了一座新冢。


于队长离去后的很长一段时间里，我的脑子好像都是空白的，不想吃不想喝不想和人交流，有时候，泪水就不自觉地流下来。我家属说我这是老了。她怕我出毛病，要拉着我出去旅游散心。我哪儿也不想去，就想坐到于队长他们的坟前看着那几个老哥们儿。

比我还难以摆脱痛苦的是杨桂月。于队长走后，杨桂月就一病不起，祥子把他妈送到医院，医生检查完了说是肺癌晚期，已经扩散了。半年之后，杨桂月就撒手人寰了。

按照于队长和杨桂月生前对解放、胜利、祥子、文涛和英子的交代，我们把曹丽和老于队长合葬了，把杨桂月埋在了良子的身边。

在给良子杨桂月立墓碑的时候，祥子说："这块儿不应该叫'警察坟'，应该叫'森警烈士陵园'"。

大家都说这个提议好，应当圈上个院子，大门上郑重地挂上"森警烈士陵园"的牌子。

可是口头上叫这个坟那个坟都可以随便叫，而要叫"烈士陵园"，还要圈院子挂牌子，就不是咱们自己随便说了算的了。祥子给高俊仁交代说，大队先给地方民政部门打个报告，支队那边也帮着跑一跑。高俊仁很快就启动了，可是都拖到现在了也没审批下来。好在高俊仁是个会用心思的人，他跟林业局的苗圃要了些松树棵子围着"警察坟"栽了一圈儿，长到现在挺像样了。

# 47

于队长去世后，我跟支队提出来我年岁也大了不想再参与写队史的事儿了。过了一段，支队的张政委打电话叫我去他的办公室，祥子也在。政委说上级已经明确支队一级设立"编史办"，要求部队把编史工作纳入政治工作的一部分，当作大事来抓。说他们两个主官商量了，想请我当编史办的顾问。

祥子说："老根儿叔，我们看你身体还行，你就再发挥点儿余热，在编史上帮着年轻人出出主意把把关。另外一个考虑，就是还想请你到基层多走走，帮我俩多了解一些部队的真实情况，让我俩能够兼听则明。"

我知道他俩的意思，因为我已是个无职无权的离休老头，好多基层官兵对我不像对在位领导那样拘谨，单位里接待我也比较轻松随便，基本没有接待领导或者工作组的那些形式上的事儿，这样，我就能看到很多部队真实的情况，也能听到基层官兵一些真实的声音。实话说，我没把自己当外人儿，我觉得需要给两个主官提醒的，我就跟他们说。有时候，他俩谁有空了还主动找我聊一聊问一问。当然我向他们反映的都是出于公心的、带有全局性的问题，而不是那些对我冷了热了厚了薄了的事儿，也不是张长李短鸡毛蒜皮的事儿。现在看，俩主官觉得我这个老头还有点用。

那次谈话后没几天，支队政治处给各单位发了个关于聘我任编史办顾问的通知，这样我到部队基层去就更加名正言顺了。因为在心底里压根儿就有以森警部队为家、与森警事业同呼吸共命运的思想，又有了这么个头衔儿，我和部队就一直保持着挺密切的联系，部队的发展建设、人员的调整变化、重大的扑火战斗都在我的关注之中。

有一天，我去支队查一份资料。正在翻看着，一个女同志突然站到我面前，叫了我一声"老根儿叔"——"老根儿叔"成了那些老战友的孩子们对我的统一称呼了。

我抬头一看，是个年轻的女中尉。我头一眼没认出来她。这女中尉立正给我敬了个军礼，笑着说："老根儿叔，您不认识我了？我是李树鹏的闺女李双燕。"

呀，是树鹏的二闺女，我只知道她去北京上大学了，而且考的是他爸的母校北京邮电大学。当时大家还议论说这丫头有心气儿、有志向，非要接她爸的班不可，我们几个老人儿都为树鹏高兴。好几年没见着这丫头了。

我问："双燕你这啥时候穿上警服了？"

双燕说她在北邮研究生毕业了，分配的时候她主动要求到森警部队来了。现在在总队司令部当通信参谋呢。

前边我说了，打八十年代中期起森警部队就开始接收大学生了。他们这些学生官刚一来有的还不大适应警营的紧张生活，不适应工作上的标准要求。可是这些人毕竟有文化有知识，他们善于学习善于钻研，有高考时那种肯吃苦的劲头，没用多长时间在工作上就上道了。在机关的，业务工作有思路、有创新意识，写材料也上手快、有质量。在基层的，讲课搞教育也都是把好手，战士们喜欢这些有文化的学生官，他们在语言沟通和心理沟通上比较顺。

说起来，刚开始接收计算机专业的毕业生时还闹出过笑话呢，有个不懂行的领导在会上说："咱森警部队那点经费打算盘就拨拉过来了，还用得着计算机吗？"

何江海说他听了都把喝进嘴里的水喷出来了。江海说，他记得八十年代初咱们国家组建成立安全部时，也是这位领导在一个大会上说："同志们呐，咱们从上到下都得抓好防事故保安全的工作啊，你们没看中央都重视了，专门成立国家安全部了吗？"

我听江海说过，多接收一些大学生是改善森警部队干部队伍文化结构、知识结构，提高森警部队干部队伍能力素质最有效最快捷的途径。我还听说有两个林大毕业的学生跟着已经当了副支队长的李伟打得火热，整天在一起搞防灭火的理论研究，出版了好几部专著了。咱昔日的"小豆芽"李伟现在也算是留过洋的人了。

我跟双燕说："你爸可是咱森警部队第一个大学生，也是咱森警部队在很长一段时间里唯一的大学生。这回你不但学了你爸的专业，还回到你爸热爱的老部队，你爸在天有灵，指不定得多高兴呢。"

双燕笑着说："老根儿叔，我跟您说，总队领导说我是咱森警部队的第一个研究生呢！"

这孩子和她爸一样爽朗敞快。

我看双燕带着几分自豪与顽皮的神情看着我，和树鹏年轻的时候一个样。

双燕说总队给各单位配发了一批对讲机，她是和通信处的几个人来支队搞调试的。她说有了对讲机以后在火场上队伍之间就好联络了。她还说，他们正在一级网内进行通信技术革新，争取尽快把微机通信引入到短波通信领域，他们的目标是在三年内把二级网、三级网建起来。

双燕没说大话，我听说，他们用了不到一年的时间，就研制出了微机短波数据远程无线联络系统，比以往的通信效率提高了五倍之多。到了一九九一年的秋防，地面扑火部队与前线指挥部包括直升机组成的地地、地空超短波通信网络开始投入使用，在基指与前指与一线部队之间形成了立体交叉纵横式的通信网络。

过了两年，我在莫尔大队又遇上了双燕，她告诉我她带着几个人刚刚安装完两座超短波基地台，通信指挥车也很快就要开过来了。她说："这个车在通信功能上有短波通信、超短波通信、有线通信、卫星通信、供载移动电台、数据通信、无线电传真以及异频接口，同时还有无线电转接装置、多路供电装置、多手段的天馈线装置和录音、录像等功效。"

双燕一口气说了一连串的功能，把我听得云山雾罩。

我跟双燕说："你爸那时候给咱森警部队带来的是电台、电话，你给咱森警部队带来的是天上地下连着网的多功能，你爷俩就是咱森警的'顺风耳、千里眼'。"

人都喜欢被表扬，双燕听了我的话脆着声地嘎嘎地乐。她说这可不是她一个人的功劳，只能说有她的一份血汗在里头。

过了一阵儿她悄悄地跟我说："老根儿叔，我跟您透露个内部消息，您想听吗？"

我以为她是总队来的，肯定是知道上层的啥机密事儿了。我赶紧把耳朵凑过去，小声问："燕子，你听说啥了？是人事上的事儿吗？"

她听了笑了笑说："嗯，和人肯定有关系。"

我听了越发当回事儿，神色上可能就有点儿"一本正经"了。

她压低了声音对我说："我告诉你咱们要装备 GPS 定位仪了。"

她声音小，这句话我没听清，我疑惑地问："谁撕他姨了？"

双燕听了俩大眼珠子转了转，哈哈大笑。在场的人闹清了这丫头是在逗我老头子玩儿呢，也都笑作一团。

这丫头跟我开玩笑还是从我跟她说了他爸"李大兜子"的外号是我给起的以后，她见到我就想法逗我两句。我喜欢孩子们跟我随便一点儿，我觉得亲。

双燕说的 GPS 卫星定位仪很快就陆续装备到大中队了。基层的官兵都说这可是个火场上管用的好东西。它既可以提高对火情的监测准确率，也可以将扑火队伍所在地点精确坐标定位，还可以导航，解决在深山老林里不迷路、准确判断火场方位的问题。

微机数传什么的我是只能旁观而不能插手，但我特想学学 GPS 的使用。之所以有这个想法，一方面是出于好奇，再一方面也是因为我想起了过去那些年在老林子里动不动就转悠迷糊了的事儿，想起了在火场上常常说不清自己准确位置的事儿。在吉儒穆图大队，我特意让魏利民带着我拿着 GPS 进了趟大山里头，操作演练了一把。我跟利民说："咱老森警过去那时候做梦也想不到会有这么个好玩意啊。"

进入九十年代后，森警部队虽然还和过去一样不停地扑火，但是我觉得时光好像比过去那些年过得快多了。这种感觉可能和咱部队建设的提速有很大关系。

森警部队不仅是把电子科技的发展及时地应用到了灭火作战的通信领域，使无线通信快速形成移动与固定互联互动、天空与地面互连互通的格局。而且在灭火运输装备上也有了一个大的发展。在原有"531"装甲运兵车的基础上，国家又给森警部队装备了从瑞典进口的赫格隆运兵车和芬兰产的 NA—140 全道路运输车。林业部防火办还协调安排李伟带着森警部队的几个车辆技术干部和驾驶员去芬兰学习了三个月车辆的驾驶与维修。紧接着部队又装备了BFC804 型多功能履带式森林消防车。这种车越野能力强，行驶速度快，能在水上浮渡，也能在沼泽地带穿越。车上配有一个水箱、两台水泵和两支喷枪的消防系统，这种喷枪既可喷水也可喷洒化学灭火剂。

国内厂家生产和森警部队自己研制的一些新的灭火工具，像是"高压化学灭火器""细水雾灭火机"等也投入了灭火作战。

说实在的，什么好装备、好工具到了森警部队都不白瞎，在森警官兵的手里都会让它们在火场上发挥出最大的作用，展示出它们最大的使用价值。

# 48

一九九四年的春天，祥子被提拔到总队去当参谋长了。因为总队那边急着要他到任，所以他走得很匆忙。

祥子走后，我代他去莫尔的"警察坟"前去报喜——能提拔为副师职领导毕竟是一件可喜可贺的好事儿，我得赶紧把这个喜讯报告给于队长和祥子的父母还有那几位关心培养过祥子的长辈。这人上了点儿岁数，好像越发看重昔日的友情，也越发好想起过去的那些老人儿旧事儿。

祥子走后，田运良当了支队长，高俊仁当了支队政委，李伟当了一段副支队长后就调到警校当校长去了。魏利民、魏爱民分别调到新成立的支队去任副团职领导了，张秀英没有跟着儿子走，她说她离不开莫尔的这些老邻居。这个时候，一九七一年、一九七六年入伍的营以下干部基本都转退了，在大队一级挑大梁的已经都是像曹海亮那样的义务兵成长起来的干部了。

在支队考虑安排一九七一年那拨子干部转退的时候，我插手了一件事儿。

有一天我在支队政治处听说，干部股正在对一九七一年、一九七六年入伍的营职干部转退情况进行摸底。我也没来得及和张小军通气，就上楼去了高俊仁的办公室，正好田运良也在。

我说："今天我倚老卖老为小军说句话，他是因公造成的残疾，让他转业到地方工作肯定不好安排，能不能把他留下来，让他在农场接着干呢。"

这俩人都是和小军一个锅里搅过勺子的，和小军感情自然是没得说。高俊仁说："凭能力和干工作的踏实作风，小军要是没有残疾的影响，干到现在肯定只能比我俩强，不会比我俩差。"

不过说到要单独开口子把小军留下来，他俩又觉得不大好办。祥子虽然是小军的大舅哥，但这个事儿祥子不好插嘴说什么。我说何江海在总队当政治部主任，说话肯定占地方。我就当场给江海打了个电话。江海说他再看看政策上的规定，抽空给我回话。

到了晚上的时候，张小军来我家了。是从农场赶过来的，风尘仆仆的样子。他说高俊仁给他打电话了，听说了我为他的事儿找了总队和支队的领导。小军说他认真琢磨了，觉得还是不给几个当权的老战友添麻烦为好。他说他爸妈一辈子就是怕给别人添麻烦，就是在他残疾后，还当着领导的老爸也没为他的事儿跟别人开过口，就连于队长想照顾一下他，老爸都怕别人指点而谢绝了。小军说，他现在都四十好几了，自己的路还是自己走吧，他说他已经给何江海、高俊仁打电话了，不用特殊照顾，该转就转。

过了一段时间，我听说小军并没有按转业走，他说他的残疾情况不好安置，干脆就选择自主择业了。九十年代初那会儿，自主择业还是刚出台的一项新政策，好多后续的事情还看不清楚，小军就毅然做了这个决定，我是为他捏着一把汗。小军退了之后和英子承包了一个小农场，踏踏实实干了几年，效益不错。我们家逢年过节的鸡鸭鱼肉和日常的蔬菜都是小军两口子不断流地供应着。

李伟调警校之前，联系北京林业大学的几位老师，以赛速NA—140车为主体，对其灭火的功能进行了研制改进。在后节车厢内加装容量为一点五吨的水箱，用OS2型马力高压水泵及喷水枪做吸喷水系统。装配了三种口径的喷头，可供选用。最大射程三十米，有效灭火距离为十五米。粗口径喷头可连续喷水半个小时，细口径的喷头能喷四十多分钟。可以扑灭高强度次生林火三百米以上，低强度次生林火七百米以上。这个车最大时速是五十五公里，水中时速五公里，最大坡度是五十五度，最大侧倾行驶度是三十五度。从试验到实际运行，改进后的NA—140在火场上达到了预期的效果。

李伟要去警校当主官了，来和我告别。我俩在家里整了几盅。我说："去警校当校长对你教书育人给咱森警部队培养人才是个再好不过的岗位了。只是你这一走，咱支队少了一个研制和革新改造灭火装具的领头人。"

李伟哈哈笑着说："老根儿叔，你还不知道啊？警校可不光是教书上课的地方，也是搞科研的基地。教学和科研是咱警校的两大任务。再一个，我发现了咱支队的机降大队有个士官可是在特种车辆维修方面的好苗子。"——在森警部队都把"531"装甲运兵车、赫格隆、NA—140等用于灭火的车辆叫作"特种车辆"。

李伟说，他上次带队去芬兰学习，就发现那个叫孟成林的士官和旁人不大一样，话少，文化也不高，可是有股子钻劲儿。在芬兰三个多月，旁人都利用休息日外出逛风景，可他不去，就是待在车间里跟着师傅维修车辆，琢磨机械相互制动的原理，学习零配件的车钳铣刨，人家芬兰师傅都喜欢上他了。李伟说他问过孟成林难得出国一回为啥不出去看看芬兰的风光，孟成林回答说他文化低人又笨，怕跟着旁人一样上下班外出游玩，自己就学不到该学的东西了，就得让旁人拉一截。李伟说他们回国的时候，大家伙都买了些芬兰的纪念品，而他却装了半箱子书半箱子零配件回来。

李伟说："这孟成林你肯定认识，他不是旁人，就是孟和老队长的二儿子。"

我说："噢，是孟和的二儿子。说他话少、干啥有股子闷劲儿、钻劲儿，那准是随了孟和的性格了。这么说，这个小孟就是徐家辉的外孙子了，是三凤的外甥，他管祥子得叫姨父。"

李伟说："这个孟成林没借上仲参谋长的啥光，连个干部也不是，只是当了一个志愿兵，现在叫士官了。"

李伟走后，我正好有个机会去机械大队。晚上在李大队长、刘教导员给我接风的饭桌上我提起了孟成林。他们说他到下边中队搞维修去了。刘教导员说："老首长，在我们机械大队那么多的驾驶员中，你要是提起孟成林，没有不竖大拇哥的。这个人可是个全方位的典型。"

我问："全方位是啥意思呢？"

刘教导员说："你看吧，这个孟成林文化不高，但是愿意啃书本，肯钻研，能算是自学成才的典型。他吃苦耐劳踏实肯干不计个人名利，能算是无私奉献的典型。他热爱本职，全身心地扑在特种车辆的维修和改进上，能算是爱岗敬业的典型。带车打火不怕危险每次都冲在最前面，能算是作战勇敢不怕牺牲爱林护林的典型。"

我说："刘教导员不愧是宣传干部出身，你这一大串成龙配套的书面语言可是把孟成林说得够高度了。"实话说，我不怎么喜欢说话忽忽悠悠的机关腔。

李大队长可能听出我的口气了，接话说："教导员说得不过头，这个小孟确实是块好料。"

我这次没有见到这个孟成林，但是我从他周围的战友嘴里听说了不少关于他爱车的事儿。

说这个孟成林从小就对汽车拖拉机感兴趣，他十二三岁的时候就因为鼓捣中队的汽车挨过他爸的胖揍。初中没毕业就当森警了。估计确实是文化基础不行，从来没听说过他要考警校的事儿。新训结束后，他被分到机械大队给驾驶员当助手。他不仅很快学会了驾驶，而且在维修上也很快上道了。不出车的时候，他也能趴在车上鼓捣一天。部队最初装备的"531"装甲运兵车是从野战部队退役下来的，车况比较老旧，常常出毛病。当地买不到这种车的配件，联系厂家，答复是有的配件早就停产下线了。头几次遇到这种情况，他都是拿着零配件去找当地的机械修配师傅给帮忙。可是一来二去他感觉总找人家太麻烦，人情太大，费用上也不好说。正在这个时候，有个小修配厂要改制转产，孟成林请示大队领导同意后，以较低的费用买过来几台机床，大队从此就有了一个修配车间。

刚商量买机床的时候有的领导还担心，怕是成了聋子的耳朵。孟成林给领导们拍胸脯打保票，说要是这几台机床干不成事儿，他个人宁愿把工资拿出来包赔。机床安装好了以后，小孟只要不出车就白天晚上的长在车间里了。他最早独立加工出来的是"531"车上的一个高压柴油泵柱塞。原来的那个断裂了。他反复测量尺寸，车钳铣刨全用上了，折腾了一天多，加工出来安装不上，尺寸有问题，他就又重新干，磨一点儿量一量，唯恐用力大了磨过劲儿，又折腾了一天多，这一次宣告成功了。小孟像得了大奖一样高兴。慢慢地，他的修配技术逐渐成熟，地方上还有人来找他帮着加工零配件呢。他开始带徒弟，都不是正式的，都是喜欢这一行，自觉自愿跟着他学的。机械大队有一段时间竟兴起了车钳铣刨的学习热，他们还买来各种尺具和圆规等在学习室和宿舍里学起了画图。有空闲时小孟还喜欢去地方的汽车、拖拉机修配车间去转悠，偷学点儿技术，划拉点儿人家废弃的零部件，那些个东西到了他手里头都成了宝贝。

俄式履带牵引车装配到大队后，他又开始琢磨这个车型的原理构造。零配件上的俄文他不认识，就抄到个本子上在当地找懂俄文的人给他翻译，自己搭了不少的烟酒。听说让他参加去芬兰的培训，把他乐得要请大队领导下馆子。他常跟人说他最幸运的是认识了李伟这个老领导。有一次李伟下工作组来到机械大队，到修理车间转了一圈儿赞不绝口，看到孟成林的加工技术更是高兴得使劲夸他。

从那开始，孟成林就不光是小打小闹地搞修理、搞零配件加工了，而是在李伟的牵引下进入了特种车辆革新改进的层面了。他们给俄式牵引车研制出了高压对接绞盘式卷管器，革新了折叠式水袋，增设了供水喷水高压灭火系统。芬兰产的 NA—140 车引进后，小孟发现这个车行驶时间不长，发动机就有发烫的现象，他和李伟多次在电话里沟通商量，给车体重新布置了一套冷却水路，更改了机油油路和散热器的安装位置，使这种车型更适合于全天候的灭火作战。

他们说孟成林就像父母了解自己孩子的脾气秉性一样把大队各种车辆的

性能、状况都装到心里了。有一次他带车扑火，经过一片塔头甸子时，坐在副驾驶位置上迷迷糊糊的他，突然睁开眼睛叫驾驶员停车，他说他感觉履带好像是脱轨了，他们下车一看，履带果真处于半脱轨状态，如果再行驶一会儿车就得趴窝了。那个驾驶员说："孟师傅真够神的，睡着觉还能感觉出行车的状况。"

也有人跟我说，别看孟成林个子小，话也少，在火场上驾车灭火那胆子可大着呢，关键时训斥他手下的驾驶员嗓门也高着呢。他们说一九九六年春防时，为保卫山南林场的油罐，孟成林可是立了头功。当时四五米高的火头夹杂着轰隆隆的燃烧声逼近林场，形势非常危急，而更让人揪心的是，在林场的外侧有两个十八吨的大油罐，不用说，大火一旦和油罐拥抱，那后果就不是一般的严重了。孟成林驾驶着头辆车冲在最前面阻截火头，为后面扑火官兵们打开突破口。火场上黑烟漫天，车窗的视线不行，他就把脑袋伸出车窗外面。浓烟熏呛得让人无法透气，大火的炙烤更让人感到火势的危急。他灵活地驾驶着装甲车左冲右突碾压隔离带，甚至好几次把车开到火线边缘去碾压火头的根部，终于在火海中撕开了一道口子，为官兵们扑打火头创造了条件。最后，这股大火被挡在了距离油罐七十多米的地方熄灭了。大队为扑灭这场大火受到了林业部和武警总部的表彰。孟成林被扑火前线指挥部授予"扑火尖兵"的称号。

听着人们给我讲述小孟的事迹，我脑子里不停地闪出孟和的影子。我为孟成林高兴，也为孟和骄傲。五十年代时吉儒穆图的那一拨森警就剩我老哥一个了，那些老战友的孩子现在都怎么样了，我总是想把他们的情况知道得清清楚楚。年岁越大，这种心情越明显。


我是在徐家辉出殡的时候，见到孟成林的。

一九九五年的五一过后，我突然接到吉儒穆图大队打来的电话，说徐家辉去世了。我当时虽然手头上有点事儿，但我还是赶到了吉儒穆图，从哪个角度说，我都应该赶过来。大凤、二凤、三凤都来了，祥子工作上有事来不了。徐家辉老伴十年前走了以后，孩子们要把徐家辉接到城里住，说他喜欢在谁家住都行。可是徐家辉说他离不开吉儒穆图这块生他养他的地方。到八十年代末的时候，吉儒穆图村里已经没有几户人家了，大多都搬迁走了。他去莫尔和林海都住了一段，结果又搬回来了，说是哪儿也不如吉儒穆图好，在吉儒穆图喘气都舒服。说这话的还有八十子的老丈人徐有银，他们老两口也是离开吉儒穆图一段时间后又搬回来的，故土难离呀。

孟成林是在徐家辉快要落葬的时候才风尘仆仆赶到的，他说他在附近太平川火场上了，是大队领导在电台里知道他姥爷的事情后逼着他赶过来的。埋完了徐家辉，下山的时候，孟成林过来搀扶我。孟成林个头不高，那脸型和孟和一个样，能看出鄂伦春的血统。他说他小的时候就见过我，当森警后也见过，就是没好意思往跟前凑合。我夸赞了他几句，他说："小时候没好好念书，文化基础差，不敢想考警校的事儿，现在就得踏踏实实地摽着特种车辆干了。"

我说："你虽然没当干部但也为你爸争光了，给你姨父也争光了。"

他闷了一阵儿才说："我干的那点事儿算啥争光啊？"

吃饭的时候，我才知道孟成林娶的是八十子和荷叶的老丫头，说归齐，八十子和孟和是亲家。他们成亲的时候，没有大办，就两家人和跟前的亲属吃了顿饭，我说要么我咋不知道呢。八十子的两个儿子都当了森警，服役期满后都转业到林业局快速扑火队了，还是干打火这一行。

过了好几年后，我在电视上又见到了这个孟成林。他披着红缎带站在英模事迹报告会的主席台上做报告。电视里说他是被评选为武警部队十大忠诚卫士了。我赶紧拉着我家属说："看看，这是孟和的二小子，祥子的妻外甥，真是有出息啊！"

# 49

祥子到总队当参谋长后，积极给新调进总队任职的两个主官提出工作的意见和建议，组织司令部制定出了《防扑火业务训练三年规划》，提出了"有火扑火，无火训练"的工作思路，确定了"仗怎么打，兵就怎样练"，训练要"向防火业务靠近、向灭火实战靠近"的原则。以考查考验三级联动指挥、部队协同作战、野外生存和高科技在灭火作战领域的运用能力为内容，在几个支队同时开展"机关带实兵实战演练"试点，研究摸索出"走、打、吃、住、管、联"的一体化训练模式，军事、政工、后勤三大系统围绕中心任务得到了有机整合。

我听说，祥子走到哪儿经常说的就是"车子好要开得动，机具好要会使用，微机好要联得上，队伍好要管得像个样，官兵士气高要有好战术"。我认真想想，他这几句话把灭火作战的要素概括全了。

一九九六年春节刚过，总队领导班子进行了一次大的调整，祥子被提拔为总队长，何江海被提拔为政委。

春防结束后，总队在林海支队举行首届防扑火军事业务训练演习汇报会。我和几个退休干部作为列席观众，旁观了这次训练演习汇报会的全过程。汇报会上开展了五公里负重越野、百米障碍（包括钻火圈）、携带机具登山、灭火、无线电架设、微机联网通信、图上作业、野炊、装卸帐篷等科目的竞赛演练，记成绩、排名次。我听祥子在演习汇报会结束时讲话说："总队的军事业务训练经过三年的努力，已基本达到'专业理论定性、技术战术定性、骨干队伍坚强、基础设施配套'的标准。整体实现了'业务训练经常化、技术战术规范化、专业理论系统化'的战略目标。"

这一年，李伟组织警校的业务教员和总队训练处联合完成了《林火扑救训练教程》《常用装具训练教程》《火场危急情况下解围与救护》三个科目的教材并应用于实际训练，缩短了操场练兵与火场实战的距离，使包括大学毕业生在内的新兵们经过训练快速生成战斗力。

实际上，扑火的专业理论也好，技战术的规范也好，都是森警官兵在一次又一次与烈火搏斗甚至流血牺牲中，逐步摸索感悟和总结提炼出来的。在李伟他们组织编写上述几本教材时，祥子拿出了他积累多年的每一次灭火作战后的讲评材料给他们做参考，结果成了教材中最硬核的东西。

一九九六年还有一件大事儿，就是新修订的《森林法》赫然写上了"武装森林警察部队执行国家赋予的预防和扑救森林火灾的任务"。森警部队艰苦奋斗默默奉献了四十八年，我们部队的名字终于登堂入室，我们的任务终于以国家法的形式予以明确。我注意到《中国绿色时报》很快就刊发了仲文祥、何江海两个人的署名文章，专题阐述新修订的《森林法》对武警森林警察部队发展建设的重大意义。

九十年代，森警部队在防灭火业务训练上了个大台阶的同时，在一个又一个火场上也是屡战屡胜。祥子无论是当参谋长还是当总队长，部队辖区内只要有重大以上森林火灾，他都是亲临一线，亲自指挥。一九九六年，他三月份刚提任总队长，像是要考验他一样，四月十六日就在国家重点保护的大兴安岭樟子松母树林的边缘地带发生一起人为火。

火起之时，正刮着七八级的大风，在植被茂密、风干物燥的林地里，火势很快就发展起来，以一条早年的路影为界，形成东西两线。接到火报后，莫尔大队投入西线，葛根大队投入东线，经过一晚上的奋力扑打，东西两线的火势基本得到控制。但是还没有来得及清理火线，在十七日中午，樟子松林带的腹部又发现了第二个火点即二号火场，已经借着风势蔓延开来，一号火场已经控制住的东西两线在大风作用下发生复燃，这时候，火场上的兵力明显不足。

祥子在总队接到火报，立刻意识到问题的严重性，他一边下令从各支队紧急调兵增援，一边以最快的速度往火场赶。他在奔赴火场的途中就把前线指挥部组建起来并开始运转。同时他也接到了国务院领导和林业部领导对扑救这场森林火灾的指示和批示。

总队下令调集三个支队的增援兵力在十八日午夜前全部到达火场。十九日上午，观察员报告："一号、二号火场已经被大火烧得连贯上了，过火面积将近两万公顷。"而这时的火场仍持续刮着七八级的大风，风向多变，发展成多个火头四处乱窜。有的火头朝着莫尔林业局方向烧过去，有的火头朝葛根林业局烧过去，形势非常危急。

当地林业和地方政府的领导都和祥子熟悉，他们知道祥子是打火的行家，这个紧急的时刻，祥子就不跟他们客气了。他果断地在樟子松林带腹部以减少樟子松林带损失为核心部署兵力，在火场西线以保卫莫尔林业局为核心部署兵力，在火场东线以保卫葛根林业局为核心部署兵力。十九日下午，原来八九级的大风虽有所减弱，但也仍然有五六级的势头。

祥子说："不能再等着风力变小了，火不等人。"

下午五点，三个战场的扑火战斗同时打响。祥子没有待在前指里坐镇，而是坐车紧急奔赴头道桥林场。

祥子说："我熟悉这个地方，假如西线火控制不住，这个林场就是西线火的必经之地，头道桥林场烧了，莫尔局也就难保了。"

他一边赶路一边与西线部队指挥田运良联系，他指示田运良迅速在头道桥林场之外部署三道兵力，第一道安排两个大队的兵力南北夹击，从大火的两个侧翼入手扑打，减低火势；第二道安排得力人员选好位置进行点烧，以火攻火；第三道在林场外围加宽隔离带。

按照祥子的命令，这三层兵力是同时投入战斗的。第一道防线的兵力打得勇猛顽强，两翼火势被大大削弱，但是七八米高的火头还是像恶狼一样跳跃着攻到了第二道防线，这时第二道防线的点烧火已经起到了以火攻火的作用，两火相撞，轰的一声，熊熊燃烧的大火就趴在地上了。眼看着就要大难临头的头道桥林场保住了，莫尔林业局化险为夷。二十日上午，整个火场的主要火线都得到了控制，二十一日上午九点，火场明火全部扑灭，部队进入清理巩固阶段。

大火取得全面胜利后，国家森防指发来了慰问电，林业部和省区领导亲临火场看望扑火官兵，对火场的科学指挥和官兵们英勇顽强的作风给予了高度评价。

听到祥子他们打胜仗的消息，特别是听田运良有声有色地给我讲了祥子如何在"危急关头巧布兵，三道防线保林场"的故事后，我格外高兴。我觉得这毕竟是祥子当了总队长后指挥的第一场大仗硬仗，旗开得胜，我能不为之高兴吗？

祥子没有直接返回总队，而是在支队停留了两天。他利用晚上的空闲时间到我家来看望我。我夸奖他扑救这场大火指挥得好。

他说："老根儿叔，你知道为什么指挥得好吗？说到底，我就是占了对莫尔、葛根这一带地形熟悉的优势，这么多年咱们不就是在这一带转悠了吗？哪块儿有山梁子，哪块儿有沟塘子，哪块儿的植被密，哪块儿的植被稀，闭着眼睛也能想出来，要是换个我不熟悉的地带，我可不敢这么果断地下令布兵。"

我说："祥子你这都当总队长了还是尽说大实话。"

祥子说："当啥长也得说实话。虽然咱森警部队眼下装备器材、灭火工具今非昔比了，但是于队长倡导的'铁脚板、活地图'还是不能丢，前指领导对辖区内的山形地貌必须要了如指掌，光靠看图指挥、纸上谈兵是不行的。"

祥子说："他对各参战支队的领导们讲了，这场大火的扑救虽然得到了各级领导的好评，但咱们自己不能被胜利和表扬冲昏了头脑。从客观条件上说，火场地形复杂，植被密度高，腐殖层厚，特别是从前到后一直刮着大风，这场火扑救的难度相当大。从主观努力上说，咱森警部队的投入时机、兵力运用和战术打法上、官兵士气上都应当给高分。但咱们是专业灭火队伍，咱们必须得站在专业的角度回头看，挑毛病找问题。"

听祥子这样说，我就想起他在多次灭火作战之后的"一战一评"会上给很多人下不来台的事儿。我就问："这场火有啥毛病和问题呀？"

祥子说："首先是一、二号火场的贯通和前期兵力不足是有关系的，我觉得以后咱们得树立一种把小火当大火打的观念，杀鸡要用宰牛刀，第一时间把兵力投足，比兵力不够再调增援成本要低得多，要从容得多；再就是增援部队上来以后把兵力投放到火场需要的地方也不是很迅速，耽搁了好几个小时，说明前指对增援人员到达后如何投放缺少预先谋划。"

祥子说："老根儿叔，我这不是鸡蛋里头挑骨头，我觉得谋划得越细致，部署得越周到，这火才能打得越有效率，越有质量。还有安全上的问题，有个单位在增援途中翻车了，虽然没死人，但也有几个战士受了伤，葛根大队有个战士在火线边上给风力灭火机加油结果引燃了灭火机和油桶，火把人给裹住了，人被烧成了重伤，现在在医院里抢救呢。另外，还有一架直升机在往火场投放人员的时候，螺旋桨打在了树头上，螺旋桨坏了，飞机强行落地，幸亏人没受伤。"

听祥子说了这些，我的心里觉得沉甸甸的。我安慰祥子说："火势凶猛时容易伤人，火场复杂时也容易伤人，这么多年打哪场大火不都得付出一些代价吗？"

祥子说："是要付出一些代价，可是有的代价是太大了。"

祥子说他刚接到森警办发来的一份火情通报，比咱们这场火早几天，兄弟总队一个大队的七个官兵在扑打一处火线时，风向突变，风力骤然加大，使原本不到一米高、向侧面燃烧的一股火，突然变成了三四米高的火头向官兵们扑过来。带队的教导员紧急命令战士们点烧自救，但是距离火头太近了，氧气被大量吸收，几次点火都点不着。他们就试图用风力灭火机打开缺口冲出去，可是一切都来不及了，在严重缺氧的情况下，七个官兵先就窒息了，而后就是熊熊大火的包围……和他们隔着不远的扑火官兵们眼睁睁地目睹了这个惨烈的场面。

听着祥子的讲述，我家属的眼泪就下来了。晚上睡觉的时候，我家属还没放下那个事儿，她说："那几个兵就宁可烧着点也该冲出大火去，烧伤了也比烧死强。"

我告诉她："人在被大火包围的时候会因为烟气中毒或缺氧而窒息，人一窒息就动不了了。"

她沉默了好一会儿说："唉，这让他们的父母可咋活呀？"

我说："咱森警打火就是个高危职业，在火场上最怕的就是被火爆卷到里头造成群死群伤。"

听田运良说，总队长回去不久，总队就发下文来，要求各单位加强火场紧急避险的训练，努力减少火场上不必要的伤亡，杜绝群死群伤。

# 50

这一年的夏天，我到吉儒穆图故地重游了几天，恰巧边防连有艘巡逻艇要从额尔古纳河往黑龙江方向去巡防。我借光去了一趟斯达辽克大队。

上次去是八年前他们刚刚建队创业的时候，住帐篷，睡小杆铺，出来进去都得穿着水靴子蹚泥蹚水。而这时的斯达辽克大队早已经建起了白墙红顶的三层楼营房，宽敞整齐的营区大院里既有硬化了的通道和训练场，也有一排排绿树和花草，点缀其间的假山、凉亭给横平竖直的营区平添了几许生动。营房的后身顺着山根儿开掘了一条水渠，水渠上间隔着架了两座原木色的小桥，小桥之间连着松木杆铺成的长长的栈道，小桥与栈道下水流淙淙。陪同我的王教导员说："这不是为了造景，而是为了让山上下来的堰流水绕开营房而采取的措施。"

这让我想起了当年帐篷里小杆下面哗哗的流水声。

大队院子里很静，王教导员说大队长带着队伍去搞"三清"了。所谓的"三清"就是针对林区里非法淘金、狩猎、盗伐人员以及违规用火开展的"清山、清沟、清河"行动。

王教导员就是我上次来斯达辽克时见到的那个能干的排长王明新。他说："建队创业时的那批先遣队员多数都已经转退离开森警部队了。那帮子人在部队三年出了三年的苦大力，有火时上火场，没火时搞施工——锹挖镐刨，搬砖和泥，开山运石。营房建好了，营区美化了，他们也服役期满了。"

我饶有兴趣地参观了战士们的营房宿舍，内务整齐，清洁无瑕，每个班的窗台上都摆放着两瓶开得正艳的达子香。

王明新说："自从山上的达子香结了骨朵儿，我们就开始插花了，在这深山老林里不仅是五月的鲜花开遍了原野，官兵们要让鲜花的美丽一个夏天都绽放在咱们的营区里营房里。"

我说："前人栽树后人乘凉，现在的兵比创业时的兵享福多了。"

王明新说："现在的生活条件肯定是今非昔比了，但是变不了的就是'偏远'这两个字，特别是国家决定对大兴安岭北部原始林区实行封闭管理以后，对进山采矿、筑路、采伐、狩猎人员控制得更加严格，人为火减少了，生态保护加强了，但部队和外面的世界相隔得更加遥远了。这个地方，交通还是过去的老样子。洛古河村仍是陆路的尽头。给养和报刊、信件不可能及时送上来。手机没有信号，电视没有信号。时间长了，大队的官兵中就流传着这样一句话：'十天八天风景好看，一月两月再无新鲜，打开电视全是雪花，期盼家书望眼欲穿'"。

王明新特意把我领到大队队史兼荣誉室，他指着墙上的三张照片得意地对我说："您是我们大队创建后来的第一位支队领导，所以您在我们的队史室里是有地位的。"

我知道他这是取悦于我的话。但我还是很感动也很感谢，毕竟人家不是空嘴说白话。这三张照片就是我八年前来大队时照的，一张是我和几个战士在"龙江源"的合影，一张是在帐篷里开文艺晚会时我和那个叫宝成的光头战士唱歌的照片，还有一张是我和全体"先遣队员"的合影，背景是那座被叫作"营房"的帐篷和那面飘扬着的五星红旗。

这三张照片我家里也有，就挂在客厅墙上的相框里，我每天都能看得到。

王明新指着照片上的宝成说："老领导，您还记得这个战士吗？"

我说："当然记得，蒙古族战士宝成嘛，我俩一起看家做饭，还去灌鱼，他把逮着的耗子点'天灯'，招惹来了黑瞎子，他话不多，但是挺能干的。"

王明新说："宝成后来学了厨师，考了级，转了士官。三年前夏天回家探亲的时候，遇到牧场起火，他在帮助扑火的时候蹚到了落地的高压线上，强烈的电流烧焦了他的骨头和皮肤，幸亏被人用棍子把高压线挑开，把他紧急送到医院抢救。宝成的生命是保住了，却永远失去了左腿、右小臂、左手三个手指，成了特等残疾军人。"

王明新的这番话让我失去了再看其他陈列的兴趣。

晚饭后散步的时候，王明新又给我讲了一个关于宝成的故事。

他说，宝成前几年有一次回家探亲，归队的日期是七月三十日。晚饭前他没有回来，人们以为准是被车给耽误了，领导们都知道宝成是个守信守时的人。晚上熄灯以后，人们都就寝了，突然听到远处有"乒乒乓乓"的响声传过来，过一会儿又有一声，断断续续，响声越来越近。没有睡着的人都被惊起来了。是枪声？像是枪声。人们警觉起来，以为有了突发情况。虽然那时候枪支已经集中保管了，但斯达辽克属于边境线，大队领导和哨兵还是可以佩戴枪支的。两个大队主官拎着枪就出去了，哨兵的子弹也上膛了。正当人们四下瞭望的时候，发现从东边山弯走过一个人来，月光下看见这个人背着背囊，手里拿着一根棍子。岗哨厉声喝道："站住！干什么的？！"只听那个人远远地答道："我是宝成啊！"大家仔细一看，果然是宝成。原来是宝成搭乘的汽车到洛古河村就已经挺晚了，同车的人劝他在洛古河村住一晚上再赶道。可是宝成说他的假就是今天到期，晚上十二点前赶不到就属于超假了，再说八一建军节的会餐还需要他做准备呢。但是一个人在深山老林里走夜道往斯达辽克赶，他也是胆儿突突的。别看他平时少言寡语，但是到关键的时候还挺有心计，他找到一家小商店买了两挂人家过年没卖完的鞭炮。夜色下，他走一段就放几个鞭炮给自己壮壮胆。就这么一路放着鞭炮赶回来了。他说他一路上啥山猫野兽也没看着。

要是不知道他被烧成重伤的事儿，光听他这故事，我肯定会被宝成的机智勇敢逗乐了，可是这会儿，我却笑不出来。我说："这个故事和他探亲时主动救火是连着筋脉的。"

那一晚上我没睡好觉，翻来覆去，一会儿是宝成，一会儿是魏玉国、李永刚、刘锁柱，他们排着队在我脑子里头晃悠。

我回到家里，一眼就看见相框里宝成和我一块唱歌的照片。我对家属讲了宝成的故事。我家属说，有个战士蹚高压线的事儿她也听说了，她说那时我腰椎病复发正在住院，怕我伤感，所以她们就瞒着没让我知道。

我这个人是好伤感，咱森警部队里每出现一个人的死亡，一个人的重伤，我都会长时间陷入不能自拔的痛苦之中。想想吧，在烈火中，在洪水里，在各种各样突如其来的袭击下，一个鲜活的生命说没就没了，说残就残了，而他们并不是孤单单的一个人，他们的背后都有一个家庭，无论是为人子、为人夫还是为人父，他们都是这个家庭的顶梁柱。顶梁柱断了，这个家也就塌了。

我思谋了再三，以一个离休老森警战士的名义给总队政治部写了一份建议书，建议总队以筹集捐款、党费补助等方式设立一项关爱森警因公牺牲、致残家属基金。我的意图是除了按国家和军队的政策对烈属抚恤之外，我们的部队还应该开展一些关爱烈属和重伤残人员家属的各种活动，让他们感受到森警部队的温暖，让烈士们的英灵得到告慰。建议书递上去了，过了一段时间听到反馈说，部队主要是按政策对烈士遗属和伤残军人进行抚恤，各单位也可根据条件自行开展一些对烈属及伤残人员的慰问活动。我提出的意见也就这么不了了之了。

# *51*

大贵的家属张大嫂在一九九七年八一建军节的前一天去世了。我们两口子陪着小军和英子把张大嫂的骨灰盒送到莫尔，埋在了大贵的身边。

在此之前，陈明亮两口子、李永刚的家属都陆续在那里安息了。从良子开始，一个跟着一个来，那座山坡已然是一片有点规模的墓地了。高俊仁带领人栽种在"警察坟"周围的白桦和松树都成活了，长得很壮实。

这次给大贵老两口合葬，我们还带上了祥子的儿子仲坚。这是祥子电话里安排给我的任务。

祥子说："让仲坚参加一下这个活动吧，他是咱森警的第三代了，有代表性，也让老人们知道，他们的大旗又有一代新人来接着扛了。"

祥子和三凤有俩孩子，一个儿子，一个闺女，都培养上了大学。我说祥子是让他的俩孩子圆了他自己没有实现的大学梦。

仲坚学的是中文专业，硕士研究生。在校期间就在报纸杂志上发表过诗歌、散文。听说他是可以留校当老师或者到报社当记者的，祥子却坚持让他到森警部队来。为此，很多人都不理解。我也说："你们老仲家两代森警也就可以了，咋还非要第三代接着干呢？"

祥子跟我说："要是跟别人说，这森警我们家是一代接着一代干，可能会有人说我唱高调，但从自家亲情的角度讲，大兴安岭北坡原始林区有我爸爸的足迹，有我爸爸的血汗，有我爸爸的魂，我们一代接着一代干就有一种割舍不断的血脉情缘在里面了，这是外人所难以体会的。对孩子个人来说趁他年轻多吃点苦多遭点罪对将来成长进步只有好处没有坏处，对他将来搞写作也肯定是个最好的积累。再就是，党和国家对森林保护越来越重视，森警的事业越来越有干头，对他个人建功立业肯定会有好处的。"

仲坚是个聪明人，他早就揣摩到了他爸爸的心思，还没有到森警部队报到，他就和他妈说，看来他职业生涯的第一站就是大兴安岭的吉儒穆图了。这孩子小的时候在吉儒穆图生活过，对莫尔也熟悉，所以他应该是没有外来者那种恐惧和为难情绪的。

实际上，仲坚小时候也去过他爷爷的墓地祭扫过。这次来是穿着警服来的，

297

郑重其事。

给大贵两口子合葬完，送走了小军他们一行人，我带着仲坚来到良子牺牲地祭拜。我们到那块地方的时候已经是傍晚时分了，夕阳斜照着那片静谧的林地，昔日焦黑的火烧迹地早已被茵茵绿草和五颜六色的野花所覆盖，我们在良子牺牲后种植的大片白桦，已然成林。只是当年被李家财两兄弟和吴全有砍伐的一簇簇黑漆漆的树根还依稀可见，它们如同饱经沧桑的老人一样默默地接受着我们的注视。

我还带着仲坚去了徐家辉老两口的墓地，仲坚回来了理所当然要给他的姥姥姥爷汇报一声。

这次在莫尔期间，我做了两个决定：一个决定是辞去支队编史办顾问这个差事。实话说，我很感谢祥子他们对我离休后的安排，编史的工作不仅给我带来了离休后的忙碌，也带来了精神上的充实。不瞒你们说，我觉得离休后的这一段时间，因为编史，使我的思想比在位的时候还要深刻成熟了一些——尽管这所谓的"成熟"来得晚了一些。但是，虽然"编史办顾问"是个没有人当回事儿的编外虚衔儿，但我也不能总不撒手。森警部队从上到下都在搞正规化，我还总是穿着便衣往部队里头走，往会议室里坐就不合适了，我觉得还是退出来明智一些，别让新上任的支队领导为难。高俊仁和田运良在此前已经去总队任职了。这会儿的支队长是曹海亮、政委是洪武。

再一个决定是我让孩子们给我在莫尔靠近山边上盖了一幢四面有窗的木刻楞房子，我已决定搬回来长住。之所以做这个决定，直接的原因是我们的俩孩子都在莫尔成家了，闺女陈颖在小学当老师，女婿张方亮是咱森警牛耳河大队的大队长，他是老森警张成的儿子，警校毕业分配到牛耳河大队，一步步提上来的。外孙子虽然上了小学，但有时候需要我们照看一下。小儿子陈再林也是警校毕业的，在莫尔大队当副教导员，爱人在莫尔医院当护士，俩人工作都挺忙，小孙子没人照看，我们老两口就得伸手帮着管了。前边我说过老大陈再君是一九七一年当森警，分配到了吉儒穆图，在我曾经战斗过的地方骑马、扛枪、打火干了七八年，一九七九年提干后去了新成立的机降队。一九八二年春防有一次乘机灭火，索降的时候，索降绳突然断了，他从十多米的空中摔下来，把腰椎摔坏了——看，我们爷俩是一样的毛病，但他摔得比我早。他摔坏之后我们还以为他瘫痪了呢，还好，治了一段时间，恢复得不错，就是不能再回机降队了，也不能上山打火了。组织上把他安排在支队办公室搞点文字工作。这小子在于队长的指导下开始琢磨着写点护林防火方面的文章,给一些报刊投稿,有些文章的初稿还拿给祥子和李伟看,听取他们的意见。后来他写的东西引起了林业部主办的《护林防火》杂志的关注,给他发了十几篇稿子后,居然把他给调去当编辑了,落了北京户口,分了房子,俨然成了北京人。再君虽然离开了森警部队,但在杂志社充当了和咱森警部队联系人的角色,不仅是组稿发稿,还帮助筹划一些邀请森警部队有关人员参加的森林防灭火学术研讨会以及灭火装备革新改造方面的事儿。他说他是编外森警人,编内防火人。

我决定搬回莫尔长住还有另外一层原因,就是我们无论是在林海长住还是在北京短住,但总是忘不下莫尔和吉儒穆图的那一片山,忘不下山里头的那片坟……

我们回到莫尔到孩子家临时住一住,大家都觉得正常,可是我在莫尔盖房子长期住下来,很多人就不理解了,那个时候,莫尔的年轻人都变着法地往内地或海边走呢,上岁数的人也都出去投亲靠友了。有人说我们两口子是逆行者。我说我就像当年的徐家辉、徐有银,从吉儒穆图出来不是又回去了吗?

我回到莫尔要比在林海热闹得多,身边是莫尔大队,方圆百十公里,往东南几十公里是柴源大队,挨着是葛根大队,往西南是牛耳河大队,往北是吉儒穆图大队。大、中队的干部都是我所熟悉的人。莫尔大队大队长是刘锁柱的二儿子刘东进,我跟东进开玩笑说,你哥是"来",你是"进",一来一进,这莫尔大队是被你们老刘家给"锁柱"了。柴源大队副教导员是姚建华的小儿子姚峰,我说你爸叫"老妖",给你起个名叫"妖风"。他听了哈哈大笑,摆着孙悟空伸胳膊蹬腿儿的架势做个鬼脸说:"天王盖地虎,老根儿斗(逗)小妖。"

我们刚搬回莫尔不久,方亮和再林都去总队参加培训班了。周日的时候,我和老伴说:"咱趁今天有空儿去'老妖'家作他一天吧。"

现在,吉儒穆图那帮老人儿里头,就剩下我和姚建华了。亲家张成虽然岁数不大,但前几年因为肺癌去世了,亲家母也紧跟着走了。还没等我联系呢,东进就给我打来了电话,说中午的时候,有个女镇长要请我吃饭,还特意嘱咐要我带上家属。

我说:"我不认识现在的镇领导啊,女镇长我更不认识了。"

东进说:"您来了就认识了。"

我疑惑了一上午,中午带着家属来到镇招待所餐厅。一大帮子人都在门口等我俩：有刘锁柱的家属、朴正伦的家属，都是白头发多黑头发少的老太婆了，姚建华两口子也在，"老妖"说他是专门来陪我喝酒的。李永刚的小儿子李军和陈明亮的闺女陈小爽也都来了，我知道他俩是夫妻，李军当过森警，没提干，后来转业到了林业局快速扑火队。小爽在一个私立幼儿园当炊事员。朴正伦的家属李春姬身边有个高个圆脸长发的女青年。我打眼一看，她跟李春姬年轻时长得一个模样，我就知道这是老朴和李春姬的女儿金顺子了。自打她考上大学，我就没见过这孩子，听说她大学毕业后在政府机关里当公务员呢。我家属也认出她了，说："是金顺子吧？越长越像你妈一样好看了。"

人们都过来和我们老两口打招呼。

我问东进："你说的女镇长呢？人家咋能请咱们吃饭呢？"

大家伙听了我的话都笑起来。

东进说："老根儿叔，进屋坐下再说。"

李春姬说："我们可都是跟着你们老两口借光啊。"

李春姬说汉话虽然舌头稍微硬了一点儿，但已经很流利了。她平常是个很少主动说话的人，看出来，今天也是高兴了。从打我调到支队工作后，回来和这几位家属见面基本都是在送别老战友的葬礼上，大家都悲痛着，没有心情唠嗑，打个招呼或点点头而已，今天以聚餐的形式见面，气氛就截然不一样了，脸上都洋溢着发自内心的高兴。

落座的时候，东进让我坐主位，我说我哪能往这坐，这得给人家镇长留着坐。大家伙又是一片笑声。看着大家挤眉弄眼一阵阵地笑，我感觉里面有点啥名堂。

我说："你们是看我岁数大，脑瓜子木了，有啥幺蛾子瞒着我呢？"

这时，东进站起来说："老根儿叔，别怪我们啊，是老姚叔不让我们说，他说要逗您开开心。下面呢，就请咱莫尔新到任的朴金顺镇长致祝酒词。"

金顺子挨着她妈站起来，落落大方地说："老根儿叔还没来得及给您汇报呢，咱莫尔镇领导班子调整，组织上征求我的意见，我就跟组织表态了，我愿意作为一个莫尔人为家乡的发展建设贡献自己的一点力量。正好，老根儿叔也搬回来了，工作上我得向您和老姚叔多请教呢。"

嚯，金顺子当镇长了，真是让我们老两口喜出望外。庆贺的酒，团聚的酒，怀念的酒，展望的酒，今天这酒有喝头了。

金顺子提了三杯酒，接着是我，而后是"老妖"，每个人都讲几句，每个人都敬几杯。那场面、那气氛真是让人高兴啊。

先前沉默寡言的李军几杯酒落肚后，涨红着脸，话开始多起来。他说他当了三年森警没有提干就转业了，他不是没干好，是黑山头那场大火改变了他的命运。

我知道在扑救那场森林火灾战斗中，李军他们那个班被大火包饺子了。他带领着班里的战士们拼死突围，虽然都不同程度地被烧伤了，但全都活着闯出来了。李军的两只手被严重烧伤，在医院里住了两个多月，考警校的事就被耽搁了。他转业后，每当和那些提了干的战友们聚会，他就有一种矮人一头的感觉。

再林和我说过李军的事儿。再林说，每当他们聚到一起，都不怎么说工作上的事儿，免得李军敏感。这会儿，李军把他受伤的变了形的两只手给我们酒桌上的人们看。我看见他眼睛里含了泪水。

东进借势说起李军转业后到林业局的快速扑火队怎么当骨干怎么有作为，姚峰也顺着讲。人们就把李军的话头岔过去了。实际上，在李军受伤后，能不能考警校，能不能提干的事上，于队长我们在一块商量过，为了李永刚，我们也应该对李军有所关照。可是李军这个时候和张小军那个时候不一样了，有了新的政策规定，不好突破，我们也只好眼睁睁地看着李军转业了。

那个中午，大家伙都没少喝酒，女士们喝吉蜜斯都喝红了脸。李春姬和金顺子娘俩主动用朝语给我们合唱了一首《鲜花盛开的村庄》主题歌。虽然听不懂歌词，但她们唱的曲调是那么优雅动人。这个朝鲜电影我在七十年代就看过，是个退伍军人带领村民艰苦奋斗改变村庄落后面貌的故事，正好和金顺子回莫尔来任职相吻合了。东进、姚峰、李军和小爽、金顺子几个年轻人合唱了一首《送战友》，唱得我和姚建华的眼睛里都含了泪，家属们更是情不自禁。

醉意朦胧，我似乎是把过来给我敬酒的年轻人当作他们的老子了，拉着他们的手不想松开。

姚建华对我感慨地说："真快呀，转眼间，又是一代人成长起来了。"

听了姚建华的话，我突然想起这次从林海来莫尔，在火车上的一段奇遇。

我跟大伙说："我给你们讲一段我们老两口前几天刚刚经历的真实故事吧，想一想也是缘分了。"

我们从林海上火车往莫尔来的时候，已经过了晚饭的时间了，可是四个中年男人正围着我们的下铺小桌在喝酒呢，看相貌，他们可能是鄂温克族或者鄂伦春族。我和老伴是两个下铺，看他们喝酒津津有味的，我们就没打扰他们，悄声坐在靠过道的铺头上。过了好一阵儿，一个中年汉子碰碰我的胳膊说："你是困了吗？和我们喝点酒就不困了。"另外几个人也转过脸来劝我。

我说："谢谢，我岁数大了，还有心脏病，喝不了酒了。"

一个汉子说："你不是咱林区人吗？林区人可没有说喝不了酒的。"

我笑笑说："我不但是林区人，而且还是个老森警，森林警察。"在林区，森林警察这称呼可是响当当的。

我这一说是森警，靠窗户的汉子就把头伸过来问我："你是森警？哪一年当的森警？"

我以为遇上了森警的战友或者战友的孩子了呢，高兴地问："我可是最老的森警了，你也是森警吗？"

那人手把着瓶子喝了一口酒，扔到嘴里一颗花生豆，咯嘣蹦嚼了嚼，说："我不是森警，可我知道森警。你认识有个叫张大贵和陈树的森警吗？"

我一听，怎么说出我的名字了呢？

我问他："你不是森警，咋知道这俩人的名字啊？"我老伴也来了兴趣，把身子往里靠了靠。

那汉子斜睨着眼睛，狠呆呆地说："他俩是我们家的仇人！"

我们老两口听了都吃了一惊。

我沉了沉问："他俩咋和你们家是仇人了？你认识他们吗？"

那汉子拧拧红鼻子头，说："是杀父之仇！"

我这回没急着说话，而是细细地打量了一下这个人。中等身材，长得很壮实，方头大脸，自来卷的头发，高颧骨，一双小眼睛，酒糟鼻子，大嘴厚唇，大约有五十来岁的年纪。我在脑子里紧急搜索对这个人的记忆，想了想，一点印象也没有。

另外一个喝酒的人说："多少年的往事了，别提他了，喝酒，喝酒！"

那汉子说："多少年也不能忘了自己的亲生父亲呐，我爸就是让他们森警给抓住整死的。我能忘了吗？"

我轻声地问："请问你的爸爸叫什么名？为啥给抓住整死了？"

那汉子说："我是坐不更名，行不改姓。我爸叫孟久久，五十年代的时候，就让你们森警的张大贵和陈树给抓住整死了。那时候的报纸我还留着呢。"

一听他说"孟久久"，我猛然警醒了，他是那个纵火犯的儿子！这时候，我老伴也反应过来了，她悄悄离开座位，去找乘警，结果在车厢头上遇到了乘务员。

老伴问乘务员："有软卧吗？赶快给我们补两张。"

乘务员说："你到办公席去问问。"

我老伴想了想，她没去办公席，就急急地回到我这来说："老头子，乘务员看咱岁数大，给咱调到软卧了，咱们赶紧去吧。"说着她就伸手拎包，还朝着我眨巴下眼睛。

我马上就明白她的意思了，一边拿行李一边说："我们在站台上就跟车长打招呼要买软卧，没想到还真补上了。"

老伴说："别啰唆了，人家车长让赶紧过去呢。"

等我们走到另一节车厢的洗脸池那，老伴扔下手里的包，一下子就倚靠在车厢那，有点汰歪了。

她说："哎呀妈呀，可吓死我了，你说咋这么巧啊？"

我们喘了口气，定定神儿，才找到办公席。人家补票员关心地说："软卧只有上铺了，你们这么大岁数能行吗？还不如你们原来硬卧的下铺呢。"

老伴说："上铺就上铺吧，肃静点儿就行。"

当年在火场上抓纵火犯孟久久闹的动静挺大，抓住后，对大贵和我的宣传也挺有力度。估计是孟久久的家人记住了我和大贵的名字。

那次聚餐后不长时间，东进来我家告诉我，说他打听清楚了，孟久久的后代，三个孩子都是猎民，禁猎后，有的当了养路工，有的当了营林员。说他们不喝酒还都挺老实，只要酒一喝开了，就是天老大他老二了，说起他们的纵火犯父亲就像说起了天下无敌的英雄一样，腰粗气壮的，可自豪了。

# 52

我喜欢东进，凡是和森警部队有关的大事小情他都挺及时地来通报给我，他比再林和方亮他们对我还上心。他知道我这个老森警的所思所想。

一九九九年二月，国务院、中央军委印发了关于调整武警黄金、森林、水电、交通部队领导管理体制的文件传达下来，东进第一时间告诉了我，他说这个消息对你这个老森警不能保密，好消息要大家来分享。

这个好消息是和春天的脚步一块来到的，真是令人高兴、令人振奋。

文件明确武警森林部队从二月十日起，部队军事、政治、后勤工作由武警部队实施统一领导，实行军事系统管理体制。森林防火业务工作实行中央和地方双重领导。

森警部队从此改称为"武警森林部队"——可是我还是总习惯性地叫她为"森警部队"，老名字了，叫着亲切、实在——从这时候起，我们的于队长说了多少年的"武装集团"，这次终于是实至名归了。

二月十五日，解放军总政治部批准武警森林指挥部筹备组组成。

二月十六日，欢庆玉兔己卯年春节的鞭炮声响彻祖国神州大地。

咱们的森警部队——"武警森林部队"——在新世纪即将到来之际，像赛场上领跑运动员一样，率先进入了一个崭新的时代。

正月初一一大早，祥子和何江海分别给我打来电话拜年，我激动地祝贺他们俩光荣进京，担负起更重要的领导责任。


新世纪来临的那个春天，我们老两口是在吉儒穆图度过的。

天气刚有些暖和，徐有银就几次捎信儿，让我们两口子到吉儒穆图住一段儿。

实话说，过去森警的人都不人得意徐有银，主要还是因为早先那些年他偷着打猎和盗伐木材的事儿，他还常打着八十子的旗号，四处吹牛，弄得八十子对他也挺有想法。不过，八十子死后，徐有银像变了个人似的，跟森警可亲近了，也守规矩了。他对孟和既尊重又支持，大队官兵有个大事小情，他都想法帮一把。徐家辉活着时对他的态度也比过去好多了。

我在吉儒穆图是住在大队接待来队家属的客房里。这时候的森警大队营房已不是昔日的木刻楞了，他们在阿巴河边一块宽阔平坦的地方建起了一幢三层楼房。院落整齐宽敞，营房的东侧是车库加仓库，营房的西侧是食堂加晾衣房，营区内所有的建筑都是白色墙体，红色彩钢瓦，干净雅致。食堂的后面是锅炉房。营房北侧是大片的训练场。训练场的东侧一角是饲养场，猪、鸡、兔子都是分区养着的。训练场的西侧是半砖结构的塑料大棚，青椒、茄子、西红柿、黄瓜等等在过去想都不敢想的蔬菜，一畦一畦地水灵灵地生长着。大队领导说，他们的蔬菜已经能自给自足了。

住在大队里头我觉得心情老舒畅了，总是跟老伴描述起当年我们刚进驻吉儒穆图时是啥样的环境条件。

当然，现在的条件也有和内地和城镇不能比的地方，比如说大队为了节省柴油，不供长电，春季白天长了以后，每天只是在晚上的时候发两个小时的电，供人们吃饭、看电视新闻、搞教育以及洗衣服用。所以白天一整天是看不上电视的。就是能看电视的时候，接收信号也不大稳定，荧屏上雪花多，影像飘飘悠悠的，经常需要人上去用手固定着那个接收信号的"大锅盖"。

仲坚说他刚来的那年过除夕，大家会餐完，要看春节联欢晚会。那天外面呼呼地刮着北风，雪花飞舞，室内的电视荧屏也是一片雪花飘飘。为了让战士们看好这场晚会，大队长带着军事干部接力到营区门口站岗，教导员带着几个政工干部接力爬到房顶上用手固定着"大锅盖"。仲坚把这个场面拍了照片写了个稿子，好几家大报都给他刊发了。

徐有银要求我们老两口除早饭在大队食堂吃外，午饭和晚饭都得到他家去吃。他说我们老两口是他邀请来的，理所当然要由他来招待。可是我们看到他老伴卧病在床，哪能好意思给他添那个麻烦呢，尽管这样，也到他家喝了好几次酒。

徐有银年轻的时候是个话多的人，见啥人说啥话。而现在他的话却少多了，只有几杯酒下肚，才会有些兴奋。唠起过去的事儿，徐有银说他年轻的时候好打猎，不仅有肉吃，动物身上的好多东西还能卖钱，像鹿茸、熊胆、麝香、犴鼻子、犴掌都老值钱了，兽皮也能卖钱。再一个就是时不时地帮着山下的亲朋好友砍点上好的木料，盖房子、做家具。亲朋好友找到他了，怎么也得有点面子，他觉得这是靠山吃山靠水吃水，太正常不过了。谁知森警来了以后就开始这规定那规定的，他觉得老不舒服了，从内心里就和森警隔膜上了。后来以为找了个当森警的女婿，森警就会对他网开一面，没想到八十子对他也有意见，叨咕说他这个老丈人不给争面子，在队里抬不起头来。真正让他在思想上发生转变，是他的一个表弟被他邀请进山里打猎，就是那个晚上被祥子碰上的那个人，结果过了两天，表弟在山上被熊瞎子给拍倒了，还坐到他身上揉搓他，表弟死得惨透了。表弟死了，他不敢往外张扬，悄悄地埋了。荷叶听说了，告诫他说："在大山里头，山神爷是判官，人和飞禽走兽都是它的子民，谁伤害一个无辜的生命，山神爷就给谁记上一笔账，迟早要让他偿命的，还要让他不得好死。"

徐有银说："荷叶的话说得恶狠狠的，不是她平常的性格。"

因为表弟的死，徐有银挺消沉，他没像往常那样霸道地不让人说话，反而

305

这次是把荷叶的话听进去了。徐有银说他回想了一下，数落了一下，是有几个好打猎的朋友都没得到好下场。从那以后，他才刀枪入了库，洗手不干了。八十子看他改邪归正了，和他也渐渐地亲热起来了。八十子死的时候，他也上点年纪了，总觉得那些年有对不住八十子的地方，心里愧得慌，所以只要见到森警的人就觉得亲，觉得近，总想着帮森警做点啥才好。

在吉儒穆图，我和徐有银多次在村子里、江边上散步，有时我在前他在后，有时并着肩走。一棵棵老树，一幢幢废弃了的木刻楞以及那座早已没有人用了的小铁匠炉，还有滔滔的额尔古纳河水，凡是进入我眼帘的，都能勾起我许多的回忆，许多的感慨。而徐有银面对着这些，却好像没有看见一样，并没有什么特别感触，他总是默默地走着，看不出他表情上有什么变化。看到他那个样子，我只好把想说的话装在心里头，和他一样默默地走路。我想，我们两个是都老了。

不过，有几次是仲坚陪着我散步。他就和徐有银不一样了。仲坚对这个到处印刻着祖辈父辈足迹的吉儒穆图怀有极大的好奇。不住嘴地问这问那，他是想把他眼睛所看到的东西和他的爷爷姥爷、他的爸爸妈妈都活生生地联系起来。据说，搞写作的人都是很感性的。后来我在报刊上看过仲坚发表的《在额尔古纳河边》《遥远的吉儒穆图》等几篇散文，写得很有点儿文采。

我们老两口是在四月上旬去的吉儒穆图，本想住个半月二十天的就走，没想到这中间发生了两件事儿竟把我给缠住了。

森警大队当时正在搞"做党和人民忠诚卫士的教育活动"，陈教导员找到我，提出让我给穿插着讲两次传统教育课。我没打�]就接受了这个任务，我在大队白吃白住的，人家让我讲讲课，总不能推辞吧。再就是我愿意给现在的年轻森警们讲讲我们老森警那些过去的事情。人老了，好像都有一种怀旧忆旧的情结。虽然，对森警部队那些传统故事我可以信手拈来，脱口而出，但我还是想讲得有点条理、有点深度，有点生动性和感染性，所以我还是认真地做了准备。按照大队教育活动的课表，我在四月中旬讲了一课，四月底讲了一课。

按照我的打算，讲完课就要离开吉儒穆图了。可是徐有银不让我们走，他说，刚开江，他要打点开江鱼给我们吃（当地人都把额尔古纳河叫作"江"）。没想到，徐有银在打鱼的时候，不小心竟然掉到了江里，是另外一个打鱼的人在远处看见的。那个人慌慌张张地跑来送信儿，我一边往江边跑，一边让我家属去大队训练场叫人。

可是什么都晚了。冰冷的江面上漂浮的尽是大块大块的冰排，根本看不见人影。徐有银也是上了岁数的人了，腿脚也不利索了，他好像是站在岸边儿的冰排上滑下去或者被绊倒摔下去的。

边防连和咱大队打捞了一个礼拜才在下游的一个甩湾的地方把徐有银的尸体捞上来。我的心里特别内疚，他是为了我们两口子把命丢了。祸不单行，事事相连，徐有银出殡没几天，他那个有病的老伴就追着他去了。

从那以后，我一个人就不再去江边了，我有些怕看到那滔滔的江水。

徐有银家的事儿还没处理完，乌玛一带就发生火灾了。部队要出动之前，大队两个主官把我找去询问那一带具体山形地貌的状况。我根据他们提供的经纬度和火场面积，根据防火地图，给他们指点着那一带具体的山梁子沟塘子，并提出了在哪儿机降、从哪儿进入火线的建议。我在给他们说着的时候，仲坚就在一边儿把草图画出来了。他现在是吉儒穆图大队一中队的中尉指导员。

部队乘直升机奔赴火场了，我哪能拍拍屁股就走人呢？其实我走与不走都没人管我，但我决定在大队的电台里听听火场上的情况。

那些天我就帮着留守人员侍弄塑料大棚里的蔬菜，喂猪、喂鸡、喂兔子，还有十多条狗，三条领头的狗分别叫"一狼、二狼、三狼"，有点像日本人的名字。我们过去上火场都带着狗，现在不行了，直升机或者汽车、装甲车摩托化行进，没法带着他们。我们每天挺忙乎也挺充实。跟我们老两口一块帮着忙活的还有陈教导员的爱人。她是带着孩子来探亲的，两口子还没见上面呢。

过了几天，我听陈斌在电台里给我喊话说，虽说他们这场火打得很艰苦，但我提供的那张草图挺管用，我的具体建议也被他们采纳了，火打得还算顺利。陈教导员不愧是搞政工的，在火场上也没忘了逗逗我这老头子的乐，让我高兴高兴。


# 53


在莫尔，我虽然住的木刻楞靠着山边边，但离着森警大队很近。我喜欢听大队营区喇叭里放出来的军号声，清脆、响亮，让人提神。我甚至是跟随他们起床号和就寝号来安排我的作息，呵呵，老伴说我这是职业病。每天早起，我在路边一边散步一边看官兵们出操，听他们充满力量地喊"一二三四"！我在心里也跟着喊，甚至能喊出声来。那一时刻，我觉得自己并不老。

方亮和再林在不外出打火和集训的时候，隔一段时间能回家来住一个晚上。东进在有空的时候也常过来看看我。

在和他们的接触中，我感觉到部队转隶武警后，正规化、军事化的特点明显突出了。很多军事术语应用到了火场上。比如，"打火"被称作"灭火作战"，乘汽车或装甲车奔赴火场被叫作"摩托化开进"，部队演练叫"拉动"，直升机输送灭火队员叫作"空中机动"，队伍撤回营地叫作"归建"等等。

我听再林说，他们在集中学习解放军的条令条例和《军队基层建设纲要》，下一步总队、支队都要来考核，还要搞从总队到中队的四级主官培训，说这是上级确定的四支警种部队"补课赶队"的具体措施。据说上级领导明确讲了，警种部队的"补课赶队"不能一蹴而就，至少要经过三年的不懈努力才有可能见到成效。这个时候，我才明白，尽管森警部队以往在正规化建设方面下了不少功夫，但是在高标准的要求上还是有很大差距的。由此我想起了赵本昌，想起那一年杨树屯子大队的迎检工作。

我看到大队的训练场上出现了针对维稳处突的擒拿格斗训练和处置群体性闹事的训练。我赞同搞点这样的训练，因为森林部队转隶武警后毕竟也要随时担负维稳处突的任务，官兵们没有专门的训练是不行的。

枪柜、兵器室的管理更是提到了相当重要的位置。各级工作组到基层来检查工作，第一件事儿就是检查枪柜和兵器室：门窗是否加固到符合要求，是否做到了"枪弹分离"和"双人双锁"，是否安装了报警器，功能怎样。听说有的单位军械库的院子里除了岗哨之外，还养了狗和大鹅。呵呵，养大鹅，挺有创意，估计作这个决策的领导老家是农村的。

我觉得森警部队的干部们适应能力挺强的，他们很快就适应了转隶后的部队管理方式，毕竟森警部队在正规化建设方面还是有着比较扎实的基础。

但是，据说也有高层领导批评咱森警的干部在过去就是"打火、喝酒、要钱"三件事儿。

田运良、高俊仁他们来莫尔跟我说起这件事儿，觉得挺委屈，我听了之后也觉得不理解。打火是主业，没得说；喝酒是为了要钱争取经费；要来钱是为了购置灭火装备。归齐了，三件事合成一件事儿，都是为了防灭火这个主业。

说实话，过去那些年光靠财政拨付的经费，只能是"人吃马喂"过日子而已，添置大项灭火装备都得靠请示专项经费。而跑钱的过程是需要好多个环节的，有的环节就免不了要喝酒，很多单位的领导都遇到过一口干掉半瓶酒就能挣来几十万甚至上百万的情况，当然这里有酒桌上开玩笑、逗乐子的成分，不过也确实有喝得当场直播的，有喝得回家吐血的。说这个事儿，不是有意要糟践谁，那个时候，确实存在着不正常的运作方式。

转隶武警后，森林部队的经费供给体制发生了变化，由地方政府财政保障改为由中央财政负担百分之七十五，地方财政负担百分之二十五。部队的防灭火业务装备器材在中央和地方财政的支持下，在林业部门和兼职第一政委的具体关怀下，大为改观。

我看到大队营区不断有新的灭火车辆开进来。通信指挥车、装甲运兵车、全道路运输车、野炊车、救护车、消防车、工程修理车，甚至还有一辆淋浴车。所有的车辆都被擦得干干净净，整齐地排列在车库的前方，有时就拉出去演练一番或投入一场灭火战斗，可以称得上威武雄壮。

我跟东进说："孟和的二儿子孟成林对特种车辆的驾驶和维修可是内行，需要的时候，你们可以找找他。"

东进说："我和孟成林光腚娃娃时就在一起摔泥泡玩儿。只要他有空，一个电话就能把他叫过来。"

说了没几天，东进他们还真把孟成林邀请来给他们大队搞了个小培训。东进领着成林来看我，看着他俩，就像看着自己孩子似的，打心眼儿里高兴。


二〇〇二年七月，四川、西藏、新疆省区分别组建了武警森林总队，加上之前成立的云南总队和警种指挥学院，森警部队越来越壮大了。

森警部队在变化，自然环境也在变化。新旧世纪交替的这个阶段，全球变暖的现象挺明显，据说这是自然界的厄尔尼诺现象，由于这种现象，世界各地的森林火灾频繁发生，而且都是难以扑灭的重特大森林火灾。另外就是大兴安岭原始森林在二十世纪末实行封闭式管理，有的重点林区划为了自然保护区，林草植被恢复得比较快，可燃物明显增多，发生森林火灾的概率增大。过去到了七月中旬，山里林子郁闭度大了，防火期也就结束了，可是九十年代末以来，七月底还屡屡发生火灾，这种情况是过去少有的。

再林他们频频地转战火场，差不多从春防到秋防都连上了。没火的时候，大队官兵都不怎么回到营区了，说是靠前驻防，随时准备出击应战。

二〇〇二年的夏季火比二〇〇一年的火更大更猛。这场火是七月二十八日在北部原始林区的乌源雷击起火，因为大风和干旱，火点跳跃式发展，很快就形成了十九个火场。吉儒穆图大队是最早投入火场的，紧跟着东进和再林他们也上去了。据说是在八月二十二日扑灭的全部明火，再林他们撤回到莫尔已是八月底了。比再林先撤下来的是祥子和总队的领导。

祥子到我家来看我。这是他进京当了将军以后，我俩第一次见面，我看到祥子的样子很疲惫也很憔悴。

祥子说："指挥部领导里就我对这个火场的山形地貌最熟悉，当然得一马当先。这场火打的是'三难'：一是扑打难。火场上气温高、风力大，地下火、急进地表火、树冠火呈立体燃烧，火强度大，人员无法靠近火线，扑打速度慢；二是清理难。林内站杆倒木纵横交错，加之天气干旱，水源短缺，要在火线纵深三十到五十米的范围内达到"无火、无烟、无气"，清理起来相当困难；三是看守难。这场大火过火面积大，火点多，兵力投入高度分散而且火线过长，火灾复燃率高。好在是各级对防范夏季雷击火早有预判，早有准备，大火一来，迅速投入火场，抢抓了先机。再就是针对火场多的情况，采取了'分片包围，各个歼灭'的战略，具体到各个火场，要求一线指挥员运用机动灵活的战术，该出击的主动出击，该防御的积极阻隔。在火线清理中特别是清理地下火时，采取切割腐殖质层、深挖生土层隔离带、砍伐站杆倒木等办法，实施封控阻隔，确保火线不再复燃。打地下火的官兵最较劲儿，很多隔离带都是他们用手扒出来的，很多人的手指头都扒得血淋淋的。"

我问："在火场看见仲坚了吗？"

祥子说："在火线上照了个面，灰头土脸的，造得也没个样了。俩人也没唠啥嗑，仲坚似乎有意在回避着我。"

我问："为啥呢？"

祥子说："孩子可能是不想让别人另眼看待他吧，这帮子年轻人独立意识越来越强了。"

我要留祥子吃饭，祥子说："算了吧，火场上有个外出找水的战士已经走失三天了，部队还在查找，怕是凶多吉少。"

后来，我问再林："不是有对讲机和 GPS 定位仪吗？怎么还能走失呢？"

再林说："那东西是指挥员用的，指挥员也不是人人都有的。"

我期待着森警部队的装备有更好的改善，祈祷着我们的森警官兵安全平安。

# 54

那两年，我看到大队的操场上不断出现一些新式灭火装具，像灭火弹、灭火炮、灭火水炮、电启动水泵、背负式多功能割灌机、电动灭火水枪等，都是我们五六十年代做梦也没想到的，让人开眼界，受振奋。灭火装备机具不断更新改进，也不断地在火场上经受着实战的检验。

有人说历史经常有惊人的相似之处。二〇〇二年七月二十八日在永安山发生特大森林火灾，三年之后的二〇〇五年同一天，在差不多同一个地域，因干雷暴再次发生森林火灾，在高温与大风的作用下，迅速形成了三个较大规模的火场。支队领导迅速调集六百多官兵投入战斗。

东进、方亮、再林和仲坚都进到一线了。他们连续作战八个昼夜，在八月三日把明火全部打灭。

再林他们从火场回来后，利用周日，我在馆子里摆了一桌，给东进、方亮和再林接风洗尘。

他们几个兴奋地跟我表功说："这场火是在无增援、无降雨的情况下打灭的，堪称是成功战例。"

我说："我打了那么多年火，都没敢说过这样满格的话，你们是不是被胜利冲昏头脑了？"

东进说："老根儿叔，还真不是吹大牛说大话。这次"七·二八"比三年前的"七·二八"就是打得要痛快、提气。首先是对火场封控得快。接到火报后，部队快速机动，采取空中、摩托化、徒步等多种方式投入兵力，迅速控制了火场西线、北线、南线火势。二是攻坚有力。利用附近水源的优势，架设水泵以水灭为主，全面围歼，快速见效。三是反复清理，死看死守，确实达到'三无'标准。"

我愿意听他们说打火的事儿，一说打火的事就能调动起我的兴奋点来。他们几个你一言我一语，边喝边聊，我有时候插一嘴，多数时候是边喝边听。他们给我敬着酒，也不耽误说打火的事儿。

方亮说："虽然和三年前是同一个时间段、同一片林区着火，气象条件、地理位置都大体相近，但咱森警部队从预有准备的思路到投入实战的力量可是比三年前有老大变化了。针对近年来北部原始林区夏季森林火灾频发的特点，部队各级对这一片已经有了预先的防范，早就制定了灭火作战的预案，特别是还在这一片林区勘察确定了备用水源。所以咱们这次打的是有准备之仗。再就是按照指挥部首长确定的'杀鸡要用宰牛刀，小火要当大火打'的思路，不搞大姑娘放屁零着揪，而是第一时间重兵投入，一巴掌拍住。"

我老伴插嘴说："方亮啥时候学得说话这么粗了呢？"

方亮不好意思地抹把脸说："妈，我是没注意，顺嘴溜达出来了，我自罚一杯。"方亮自己喝了一杯。

我对老伴说："粗啥呀？当兵的就得这么豪放着点儿。"

大家伙喝了杯酒，再林接着话说："这次打火，我是被抽调到前指的，我看这场火，运兵上管用的是飞机和特种车辆，空地结合，多路机动。火场上管用的是水泵，远距离接力，灭火头、清火线。决策部署上管用的是三个网络发挥了作用。"再林举着酒杯说，"咱们酒桌上管用的是这'八加一'，还是喝酒吧，说多了就成了扑火总结会了。"

大家伙喝得高兴，我给他们整的那场接风洗尘酒也变成了庆功酒，三瓶子老白干全都干掉了。

我心里头惦记着"三个网络"的事儿，第二天在家里吃晚饭的时候，我跟再林说："我再给你喝两盅，你给老爸讲讲那'三个网络'是咋回事儿。"

再林边吃边喝边说，我呢，听了一顿饭的工夫，大体听懂了。就是首长和指挥机关通过"三个网络"可以做到"三个准确掌握"，也就是通过指挥自动化网络，对火场地形、植被、水源分布等数据进行快速查询，准确掌握了火场地理要素；通过气象和防火信息网络，判明了气象条件、火线位置、面积和火场态势；通过短波通信网络，保持了基指、前指和一线部队不间断地联络，同时利用北斗一号定位系统，前指能准确掌握部队的作战动态。

我说："这'三个网络'，说白了就是领导指挥打火的网络高参呗。"

再林说："也可以这么说吧，现在看是挺管用，不过没有一成不变的，这三个网络肯定还得不断地升级。"

我说："双燕那个丫头就是干这个事的，这可是个有作为的平台。"

二〇〇五年秋天的时候，再林去武警指挥学院参加提职前培训了，方亮带队去搞"三清"了。

有个周末，东进领着一个上尉警官来我家。进门就说："老根儿叔，我看您对咱部队科技方面的事儿挺感兴趣，我今天给您老领个通信方面的专家来，让他给您老讲讲咱部队通信装备方面科技进步的事儿。"

讲科技方面的事儿我当然有兴趣了，我泡上壶平常舍不得喝的大红袍，就和他们聊起来。

这个年轻的上尉叫刘涛，是指挥部通信处的参谋，解放军信息工程学院通信工程专业毕业的博士。我一听他是博士，立马想起咱广播里总提到的"基辛格博士"，博士可是了不得，我不禁对眼前的这个年轻人肃然起敬。小伙子南方口音，说话慢声细语，但是挺健谈。他也叫了我两句"老根儿叔"，我心想，这个博士倒挺会套近乎。

我和东进说："这森警一转隶，和过去咱老森警的时候可不一样了，天南海北的哪的人都有了，硕士、博士也有了。"

东进说："老根儿叔，转隶武警以后，咱部队变化大，变化快着呢。"

刘涛说他是来大队搞三级网调试的。他说咱部队有线网通信这一块，在大的科技时代背景下，起点就很高，指挥自动化建设起步快，三级网建成了，基层大队都能实现语音、数据、视频综合联网，基层的全面建设情况第一时间就可展现在森林部队的网络平台上，上下联通，方便指挥，横向联络，信息共享。

说到无线电通信这一块，他说短波网建设已经从单一的模拟话音进入到报文数据传输，而且很快就会实现自主选频数字通信。超短波网已经建起了多个超短波基站，形成了干线网与局部网相结合的网络格局，实现了上级指挥机关与基层一线中队甚至是靠前驻防分队"点对点"通信。他说，卫星通信网建设也有了一定规模。部队已经使用北斗卫星系统，手持式、车载式、背负式、指挥式等北斗终端已经实现了定位、报文、授时等功能。通信指挥车上已经装备了卫星系统，在灭火实战时可以发挥"动中通联、一线指挥、现场感知、实时控制、机固互补、容灾备份"的作用。

刘涛和东进两个人给我讲了一下午，还在纸上画了好几张草图。尽管有的太专业，听不大懂，那我也愿意听，我觉得我越听不懂说明它专业性越强、科技含量越高。我这么解释，他俩听了哈哈大笑。

我说："虽然太专业的我听不大懂，不过，听你俩这一下午的科普，我理解咱部队现在的通信状况就是十二个字：'联得上，通得快，听得清，看得见'。"这两人给我竖大拇指，忽悠我老头子概括能力强。

我还和他俩探讨了一会儿再林那天讲的"三个网络"的事儿。

刘涛说："这些个虽然互有分工和边界，但说到底是一体化的东西，都是我们所要研究攻关的领域。随着科技的进步，咱们森警部队的网络建设对防灭火任务的保障能力会越来越强大。"

我跟刘涛说："二十世纪六十年代末七十年代初，咱森警部队唯一的大学生李树鹏是北京邮电大学毕业的，是咱森警电话、电台的奠基人，这个人后来因公牺牲了。他的女儿李双燕也是上的邮电大学，研究生，现在在总队通信科，那也是个专业人才，你们应该找机会认识一下。"

我这番话一说，刘涛的小白脸就有些红了。东进吃吃笑了，说："老根儿叔，你猜他是谁？"

"他是谁？"我说，"不是刚介绍了是刘涛博士吗？"

刘涛说："我都跟您叫老根儿叔了呀。"

东进看着我有点发蒙，他哈哈笑着说："好了，快别蒙着咱老爷子了。我告诉您啊，这个刘涛就是咱老森警李树鹏的女婿，是双燕的丈夫！"

我这一听，真是喜出望外，我说："你们咋不早说呢？我还把刘涛当作大专家、当作指挥部的京官来看待呢，那么说双燕也进京了？"

刘涛说："指挥部成立后，双燕就被组织上调过去了，我们俩属于办公室里的爱情。要来之前，双燕就特意嘱咐要我看看老根儿叔。"

我老伴在旁边听说这北京指挥部来的专家竟是李树鹏的女婿，也乐得合不拢嘴，立马张罗着要做菜招待他们。

东进说："我今天领着刘涛来就是奔着你家好吃好喝来的。"

喝酒的时候，我跟刘涛说："牛耳河大队的大队长张方亮是我家姑爷，他是咱们老森警张成的儿子，也是个学生官。哪天有机会你们都见见面，估计能有共同语言。"

东进说："方亮他们大队进山搞'三清'去了，等刘涛再来，我负责张罗，老森警的子弟们聚一聚。"

# 55

可是，谁也不会想到东进的这个约定在后来竟成了引起我无限悲伤的一个记忆。

大兴安岭北部原始林区树种多样，植被丰厚，珍稀动物和冷水鱼类都具有重要的保护意义，矿藏资源也很丰富。这样的好山好水也吸引来了很多利欲熏心的胆大妄为之徒，他们置国家的法律法规和有关部门的三令五申于不顾，非法入山淘金、采伐、盗猎，自然资源被严重破坏，还加重了火险隐患。林海支队从九十年代中期开始，每年都要和林业公安配合，在北部原始林区搞"三清"，通过清山、清沟、清河，对非法入山人员淘金、盗猎、采伐等活动进行清理，对持证入山生产作业单位和人员进行严格管理，堵塞火源漏洞，制止各种破坏森林资源的违法行为。每次"三清"，官兵们都要在深山老林里风餐露宿长达一个多月的时间，这既是一项非常艰苦的森林资源保护任务，又是一项熟悉辖区山形地貌适应野外环境、锻炼官兵意志与体力的实际练兵活动。

这次，方亮和他们大队的李副教导员带领着三十几个官兵进入的是汗马自然保护区。他们大部分时间是在深山老林里徒步执行任务，白天爬山、蹚河、穿越草塘沟，晚上睡小帐篷。在"三清"的二十多天里，他们清除了进山采摘山产品的群众就达五六十人。同时，他们清除了三个淘金点，其中一个还是要开采小金矿的，机器设备都已经铺排开了。清除了两个非法采伐点，清除了十几个盗猎人员，没收了他们的枪械。有些非法进山人员不是说清就能清的，有的有后台撑腰，态度很蛮横，有的甚至还要以武力相威胁。就连进山采摘山产品的老百姓都和咱官兵们躲猫猫。

方亮是在追赶盗伐盗猎分子时出的事儿。那天下午是部队分组行动，方亮带着两个战士顺着龙凤山沟塘子往西巡查，就发现顺着山弯的茅草道有汽车轮子轧过的痕迹。方亮他们从山上抄近路，横着插过去，赶在了汽车的前面。

这是一辆东风140汽车，装满了粗壮的原木。汽车开过来不仅没有减速，反而加大了油门，方亮在伸手抓住靠司机一侧舵楼门把手的同时，一个箭步登上了汽车的脚踏板。他喝令司机把车停下来。可是舵楼里面的司机一面伸手推搡方亮，一面踩油门。舵楼里另外一个人拿着一个铁搬子击打方亮抓着汽车的手，在汽车飞跑出去五六十米的时候，方亮被打到了车下，还没有等到他滚动，汽车后轮子就从他身上重重地碾轧过去，汽车呼啸而去。后面追上来的两个战士赶到血泊中的方亮跟前时，方亮已经开膛破肚血肉模糊，没有一丝气息了，大片的鲜血浸透了他身下的泥土，染红了他身边的花草。

两个战士说，汽车前后的车牌子都是被泥土遮挡着，根本看不见车牌号。

公安局是在半个月后才抓到三个罪犯的，车上另外参与盗伐的四个人也陆续被抓获归案。他们几个人不仅盗伐了木材，还盗猎了一头熊瞎子和一头犴大罕，都是禁猎动物。

这盗伐盗猎分子咋就这么疯狂凶残呢？一个是有巨大的利益在勾引着他们，他们盗伐盗猎一旦得手，比辛辛苦苦地在外头打两三年工要肥得多；再就是在偏远林区那山高皇帝远的地方，可是有霸道成性的人呢，有的人打小就没念过几天书，没有丁点的法律意识，天老大他老二，他们把进过几次笆篱子当做资本来炫耀，进出次数多的就成带头大哥了。

张成两口子生了四个孩子，前边三个都夭折了，方亮是唯一的独苗苗儿。张成两口子像眼珠一样地养育着他，甚至花钱找学校的老师单独给方亮辅导功课，这在当时莫尔这样的地方绝对是件很特殊的事儿。方亮没辜负张成两口子的厚望，学习成绩一直很好，大学考得很顺利。他上大学后和我们家陈颖在一个城市里，在相互来往中谈了恋爱。彼此都知根知底，我们和张成两口子自然愿意。张成家属临去世前抓着我老伴的手说："让俩孩子早点结婚吧，方亮也好有个家。"

方亮大学毕业面临就业的时候，我提出了让他到森警部队的意见，一是子承父业，理所当然；二是森警在发展，个人有前途；三是待遇比较高，生活有保障。方亮听了我的话，而且主动要求到基层任职，小伙子干得挺踏实，一步一个脚印，大队长已经干了三年，前景看好。他在去"三清"之前回家来住了一晚上，还很兴奋地跟我说："上边的领导说森警部队是迎着朝阳前进的部队，那我们这些人在朝阳的沐浴下一定会前程似锦喽。"

方亮的这句话我挺愿意听，他这句话既可以理解为他对森警部队前途充满信心的那种乐观，也可以理解为他对个人发展前景的小野心小算计。实话说，我觉得年轻人在事业上有抱负也好，有野心也好，只要是靠自己的努力，不踩鼓别人的肩膀，就不是坏事儿。

我哪里会知道这竟是我们爷俩最后的一次谈话。我又哪里知道东进那天的约定竟是一张让我想起来就悲伤不已的空头支票呢。

可能会有人说我怎么总是讲那些死啊伤啊的故事，让人感到心里头堵得慌。可是人们要知道，讲森警的往事，是回避不了那些令人揪心、令人无奈、令人悲伤的人和事的。可以说，一部森警部队的发展史就是一代代官兵与烈火、与洪水、与猛兽、与坏分子殊死搏斗的流血牺牲史，就是一部森警官兵历经千劫百难、出生入死、勇往直前的悲壮奋斗史。

到了新世纪，虽然咱们的灭火装备先进了、灭火工具多样化了，但是人与火短兵相接的较量没有改变，森警官兵们随时面临着生与死的考验没有改变。

# 56

方亮牺牲后的第二年，也就是二〇〇六年的五月二十一日，嘎牙子山发生雷击火灾，林海支队的官兵迅速投入扑救。东进、再林、姚峰他们都带着队伍上去了。可是由于气温高、风力大，火势很难控制，迅速发展成特大森林火灾。二十六日中午，距离岭南林场西南七公里处出现了一个新火点，严重威胁林场的安全，这个林场的群众虽然疏散了，但是林场边上两个四十吨的储备燃油罐和一千多立方米的木材却是挪不走，如果控制不住火势，后果不堪设想。联指命令距这个火点最近的姚峰带领的队伍要以最快速度拦截大火。实话说，这个时间正是气温高、湿度小、风大物燥、火势凶猛的时段，这个时间打火是大忌。

姚峰接到命令，也是直皱眉头。可是，危急面前，岂容等待，命令面前，岂能拖延？姚峰带着队伍在下午两点半接近了火线，他把队伍一分为二，从大火的左右两翼展开行动，姚峰带的是左翼分队。老话说得一点都不错，火借风势，风助火威。当大风和大火牵起手来的时候，就变成了疯狂的火魔。这时候，风力猛增到了八九级，火焰高度达到十米以上，形成了高强度地表火，火头后面是连片的火海。

左右两翼的扑火队伍刚刚接近火线，没料到，风向突变，高强度的火头转过身来劈头盖脸向左翼灭火队员扑过来，无处可退，点烧避险也已经来不及了。姚峰紧急组织人员在高温灼烤之下，浇湿衣服和毛巾，蒙住头部逆风冲入火线。但是火强度太大了，地表塔头又多，一些人被塔头绊倒，一些人被火旋风裹挟住，所有人都陷入了火海的包围之中，包括姚峰在内的三十一名官兵和一名地方向导被不同程度烧伤。右翼分队的火线这时变成了火尾，扑火官兵眼睁睁地看到了左翼战友们的惨烈遭遇，他们吼叫着用二号工具、风力灭火机和灭火水枪向大火发起进攻。

大火过去了，姚峰和他带领的灭火队员多数被烧成了重伤，匍匐在地。火场联指迅速调动了两架米—171直升机来接运伤员。跟随直升机来的烧伤专家在火场现地就把十几个"封喉"的伤员气管切开了。说是再晚一点，就会窒息而死。姚峰也是重伤，已经说不出话来，但是他不肯先上飞机，直到把其他伤员都抬上去了，他才同意被抬上去。这些人被转运到了北京解放军三〇四医院，这是咱们国家治疗烧伤最权威的医院了。

发生这件事儿时，我和老伴正好住在北京再君的家里。他家距离三〇四医院不远，我让再君陪着我去医院看望姚峰，我也想看看所有受伤的灭火官兵们。不知情的人以为我就是个年弱体衰好动感情的老头子，可他们哪里知道在我和那些个伤员之间有一根长长的"森警血脉"紧紧相连呢。

我们是找了关系才让进到科里去的，但是因为怕伤员们感染，我们探视人员只能在走廊隔着落地玻璃窗往里看。看望烧伤的人是需要心理承受力的，多少年前，我看望魏玉国时就经历过。但是哈尔滨那个医院烧伤科规模小，而这一次，在走廊里隔着大玻璃窗看到了那么多的烧伤、烫伤病人，唉，惨不忍睹！惨不忍睹！

我没认出来哪个是姚峰，有的头上缠满了纱布，有拆掉纱布的，也面目全非了。

回到家，我好几天吃不下去饭，夜里做梦都惊叫醒了。好长时间，我都处在非常沮丧的状态中。

我听说，姚峰在伤员中心态是最不好的，他不只是为自己的重伤，更多的是他自责心太重，他总觉得是他把战友们带进了火海。

姚建华两口子也千里迢迢地赶来看姚峰，我到招待所看过他们两次，这时候的姚建华已不是过去那个爱逗爱闹的"老妖"了，他两口子情绪非常低落。建华嗓子哑得说不出话来，他老伴人瘦得都变了形了，她抹着眼泪说："不知道姚峰得怎么活下去，不知道我们老两口该怎么活下去。"

姚峰的爱人也来了，像几十年前的张秀英一样萎靡在招待所的床上，整天以泪洗面。

祥子当时没在这个火场上。事后听到一些人议论说，岭南林场这把火烧伤了这么多人，风向突变，风力加大是客观原因，但在指挥上肯定有问题，该自责的不应当是姚峰。

我打了那么多年的火，应该说还是掌握一些火灾规律和扑救常识的。在规避风险确保安全方面，从时段上说，上午十点到下午四点这一段，气温最高，

318

风力最大，林火燃烧最强，扑救最困难，也最危险。姚峰带领的队伍就是在气温最高、风力最大的时间段进入火线的。

祥子来看我时，我们也说起了这场火。他说："咱们打了这么多年的火，就怕出现这种在不应该投入兵力的危险时段危险地域，却又遇到了不能不扑不能不救的紧急情况。这种火打不打？打，灭火人员有危险，不打，人民群众的生命财产有危险，易燃易爆物有危险。孰轻孰重，保护人民群众的生命财产当然是第一位的。不敢冲，不敢上，那还要我们干什么？可是冲也好，上也好，又绝对不是盲目蛮干，冲上去就烧伤了，就牺牲了，那还不如不上。必须要对火势、风向有一个快速果断的科学预判，选准灭火的最佳突破口和最佳战术，甚至都要预先选好几条逃生的路线，以最小的代价夺得最大的胜利。"

我回到莫尔后，再林跟我说部队从上到下都在搞"火场紧急避险"的网上培训，支队给他安排了一课。他说他准备了一份以亲身经历讲火场避险的讲稿，让我给他先把把关。

跟再林，我是不会客气的，我是带着挑剔的眼光看他的讲稿的。没想到，我看了两遍，竟然被这小子的讲稿给感动了，我还真是头一次知道这小子在火场上遭遇过那么多的险情，看稿子时我都为他捏着一把汗。我把他的讲稿摘抄了几段：

一九九五年五月十五日，米—171把我们一个架次的扑火队员投到一处宽阔的沟塘子，我们等待与第二架次的灭火队员会合后向火场开进。就在这个空当，突然发现在我们西侧一公里左右的地方有一团强大的蘑菇气旋并伴有红黄交织的烟火由北向南朝我们快速袭来。刻不容缓，我当即组织点火手和风机手点烧迎面火，一条几十米长的火线侧向迎着火头而去，不到两三分钟的工夫，我们的点烧火就与飞袭而来的火头相遇，草塘子火像是遇到了劲敌，掉头向南逃窜了。还是这场大火，我们完成了东线灭火任务，乘坐两辆531装甲车横穿火场往西线转移。我们到达兄弟单位宿营地不久，大风裹挟着大火奔袭而来。我立即组织扑火队员全部撤到装甲车的后面，以装甲车为掩体，匍匐在地，命令所有人都把头和手栽进塔头中间的水草里。短短十几秒的热浪伴着咔咔的巨大声响过后，大火飞过去了，抬起头时，我们发现兄弟单位的十几顶帐篷都被火烧了，而刚才的咔咔巨响，是沟塘子两侧山坡二十多厘米粗的桦树被强大热气流拦腰折断时所发

319

出的声响。

……

一九九六年五月十七日中午，我带领的灭火队员和地方扑火队几十个人被包围在一个三面是火一面悬崖的林间空地，在一点突围机会都没有的情况下，我没有慌张，当即组织地方人员用毛巾捂住口鼻集中蹲在一处，让我们的战士半蹲着，在外围用灭火弹、水枪和细水雾灭火机压制烧过来的大火。这样坚持了两三分钟后，我觉得西侧的火势有所减低，就马上抓住这一时机，组织大家顺着山坡西侧冲入火烧迹地，成功避险。

二〇〇四年六月十日，在扑救黑山头火场时，直升机运送我们对一条沟塘子的明火实施扑救，当飞机飞离时，强大的旋转气流把山坡上腐殖层下的暗火煽动起来，迅疾形成了明火，在风力的作用下，大火呼呼地着起来。这时候，已经在沟底的扑火人员就被沟塘子火和山腰上的火夹在了中间，我看到这个情形，立马感觉沟塘子里的人凶多吉少。我马上组织我的队伍疯了一样地向下扑打，同时我也听见对讲机里传来沟底人们的喊叫声，我也朝他们喊，告诉他们不要慌，我们在给他们解围。我对身边的人说，只要下面有喊叫声，就说明他们还活着，还有救他们的机会。可是我们拼命打了半个小时以后，就听不到他们的任何声音了，对讲机也呼叫不到他们。这时候有一种绝望感占据了我们的心头，当时我想的就是活要见人，死要见尸。我没把这个想法说出来，我觉得那后半截话说出来不吉利。我们拼尽全力扑打山腰间的大火，借着下山火燃烧慢的特点，拼了一个多小时，终于把山腰上的明火打灭了。我带着几个人赶紧下到沟底，沟塘子里的火还在烧着，却没有看见人影，喊叫也没有回声。我这回是彻底绝望了，心想沟底的弟兄是没救了。正当我准备向上级报告沟底情况的时候，北线的对讲机传来消息，说沟底的八个灭火队员，一个不少，都已经冲出火圈进入北线的火烧迹地了。傍晚的时候，我见到沟底带队的那个排长问他是怎么逃生的？他说他们看见半山腰的大火把他们罩住了，大家都慌乱了，不知怎么办好了。但是他还是稳住了神，告诉身边的战友，要想逃生就不能慌，必须得稳住，他察看了一下地形，带领着战士们不顾一切地沿着火烧迹地内侧撤到一处植被相对稀疏的区域，而后沿着北山一片没有火的乔木林冲出了火圈，对讲机和水壶什么的在突围中都跑丢了。他们的这次避险成功、逃生成功，我觉得最值得肯定的一条就是这个排长说的仨字："不能慌。"慌了肯定乱，乱了肯定就玩儿完。

再林在讲稿的结尾部分有这么几句话，我挺赞同，他说：

> 火场上情况瞬息万变，险情多种多样，避险的方法也是多种多样。虽然有一定的规律可遵循，但在火场上没有两种险情是完全一样的，也没有哪种避险方法对于特定险情是最适用最有效的，所以决不能在火场遇险时生搬硬套他人的经验办法。这就要求我们的指挥员也包括所有的一线官兵在充分熟悉掌握火灾特点规律和一般性逃生方法的基础上，遇险不慌，遇急不乱，因时因地因势，果断定夺。

网上培训结束之后，再林拿回来一份祥子的总结讲话，我反复看了好几遍，觉得祥子讲得好，实在管用。

祥子说："对于武警森林部队这支常年和森林火灾打交道的专业灭火队伍来说，掌握火场避险方法和掌握灭火方法一样重要。现在部队和地方在打火问题上存在三种倾向值得注意：一种倾向是盲目蛮干。有的没有打火经验的领导，到了火场上不谦虚，充内行，瞎指挥，造成后果后还不愿承担责任。再一种倾向是消极恐战。一部分打过火的和没打过火的人，把火场险情看得过重，唯恐遭遇险情，这也不敢去，那也不敢进，拖延战机，打消极战，甚至有意压着队伍运行的速度，说到底是怕丢乌纱帽。第三种倾向是有个人英雄主义在作祟。有的一线指挥员在归建总结时，只讲怎么打胜仗的事儿，却不愿意讲走麦城的事儿，好像自己带的队伍遇到险情是件丢脸的事儿。以至于很多火场紧急避险的成功战例没有得到及时地总结和推广。这三种倾向都十分有害，必须坚决加以纠制，决不能使其漫延泛滥。"

祥子在总结讲话中好几次提到要"遵循规律，科学扑救"。他强调说，灭火指挥只有经历，没有经验。没有两个完完全全相同的火场，单凭经验指挥只会坏事儿。他说那么灭火指挥到底靠什么呢？靠的是对规律的认知、把握和运用，靠的是科学的理念、灵活的手段和精心严密的组织。他说，遵循规律，一个是遵循火灾发生发展的自然规律，比如夜间气温低、相对湿度大、风力小，火强度弱，火势相对稳定；而午间气温高、风力大、相对湿度低，火强度大，火势变化快。这是受日气象规律变化所决定的。再比如，上山火蔓延迅速、强度大，下山火蔓延缓慢、强度低，这是热能传导定律所决定的。遵循自然规律，就是要顺势而为，而绝不能逆势而行，违背自然规律，盲目乱干，就必然要付出或大或小的代价。另一个就是遵循火灾扑救的规律。这些规律是人们在长期的扑救森林火灾实践中摸索出来的，行之有效的规范方法。比如，兵力部署的"五个严禁"：严禁在火头正前方部署兵力，确需拦截火头时，投放的兵力必须与火头保持一定的安全距离，同时要向两翼部署兵力；严禁由山上向山下直接部署兵力；严禁向梯形可燃物分布明显、易燃灌木丛密集等危险区域部署兵力，必要时一定要预设安全区域或选好安全撤离路线；严禁指派缺少实战经历的干部单独带队指挥；严禁没有穿戴安全防护服接近火线。接近火线的"三不要求"：火情不明先侦察，气象不利先等待，地形不利先规避。突破火线的"六突六不突"：从火线侧翼突入，不从火头逆风处突入；从火线弱点突入，不从火谷险区突入；从山下向山上突入，不从山上向山下突入；从成林边缘突入，不从密灌幼林处突入；从宽平之地突入，不从窄沟峡谷处突入；从依托之处突入，不从植被茂密处突入。扑救火灾的"三个最佳"：把握最佳扑火时段，选择最佳突破地段，运用最佳灭火手段。战术实施上的"六慎"：小火谨慎不麻痹，夜间灭火需谨慎，慎用点烧战术，慎打人海战，慎防复燃火，慎防脱离火线走失。

我为什么要不厌其烦地大篇幅地引述祥子的这个讲话？不仅是因为他讲得好，更重要的是他讲的是扑火的基本常识，扑火的人都应当掌握，他讲的是扑火的基本规范，扑火的人都应当按照这个去做。我觉得，这个讲话应当在林区里广为宣传，凡是上火场的都应做到人人皆知，人人掌握。要是这几点都做到了，扑救森林火灾的伤亡就会减少很多。

那天看祥子讲话稿时，我想起有一次和祥子一块去红花尔基火场，那场火烧得很大，地方的好多领导都来了。将近傍晚的时候，我们正在一起研究调兵遣将的事儿，突然有人来报告说有股大火头朝着红花尔基镇烧过来了，我们出门一看，烟雾已经飘过来了。镇子上已是人喊马叫。

地方的领导们很着急，有的说赶紧把老百姓疏散了吧，有的说人好疏散可是油罐搬不动啊、仓库搬不动啊。祥子看看天上的云，看看腕上的表，沉着地说："大家不用着急，我进镇子时看见外围有一片生土隔离带，现在让森警的官兵以那片隔离带为依托，再点烧一下，问题不大。"

有个领导问祥子说："你这么说，有把握吗？可别像漠河似的火烧连营了。"

祥子口气坚定地说："俗话说'狂风怕落日'，这个时间是要刹风的时候，风力一会儿就能减弱，再有隔离带做依托，点烧一下，我敢保证没问题。"

森警官兵点烧人员派上去了，祥子和我也到了隔离带边上。跟着的领导们看着刮过来的烟雾还是心里忐忑没底儿。可是，点烧的火推出去并没有多远，风就弱下来了，大火也蔫下来了。祥子又派出两支队伍从左右两翼扑打火线，这场火就灭了。地方领导们好一顿夸赞祥子，有的说他有胆识，临危不乱，有的说他会看天象，像诸葛亮。听着人们的赞誉，我脸上都跟着有光。

祥子过后跟我说："于队长不是老早就让咱们研究气象吗？看看时间看看天，就知道是要到刹风的时候了。再就是咱们那天进镇子的时候，我记得您老根儿叔还特意说了一句：'这片隔离带打得好，管用'的话呢。"

二〇〇六年秋防，大兴安岭北头河林区发生重大森林火灾，祥子到了一线。他既是打火的行家，又有将军的身份，火场上地方政府、林业方面的领导以及解放军部队的首长们都很尊重他。扑打森林火灾虽然是地方政府行政首长负责制，但在具体的扑火指挥上，领导们都提出以仲将军拍板为准。

那场火虽然打得很艰苦，但各方力量协调配合得很顺畅，火场上士气很高。国务院一位副总理风尘仆仆地到一线来督战，看到战况很是满意。祥子刚从火线上下来，就参加了扑火前指给副总理的汇报会，前指领导们事先也没和祥子通气，就一致推举他代表前指给副总理汇报——这是祥子第二次在火场上给国务院领导做汇报了。

祥子事先一点准备也没有，但这个时候他又不能过多推辞，他就站起来走到灭火作战地图前汇报起来。他说："首长，我不好意思，因为刚从火场下来，手里没有文字的准备，只能口头汇报了。"祥子过后跟我说，他这样说是怕副总理或者随从人员挑剔他手里没有本子、稿子，有不尊重首长之嫌，他先打个预防针。

祥子在简要汇报了火势、战况后说："这次重大森林火灾的灭火战斗，最值得总结和发扬的就是在扑打这次大火中我们做到了地方、林业、森警和解放军的'三个一'：即兵力部署上一盘棋，灭火作战上一条心，后勤保障上一家人。有了这'三个一'，什么样的困难我们都能克服，什么样大火我们都能战胜。"

祥子汇报到这儿，副总理带头鼓掌叫好，就像给运动员喝彩一样。

副总理离开火场之后，有好几个地方和林业的领导都跟祥子说："将军汇报得精彩，国务院领导满意，看来将军的仕途更加看好。"

祥子笑着告诉他们："我退休的命令已经到了，现在属于超期服役了。"

他们哪里知道，祥子是把办公室都清理干净后上的火场。

# 57

也许是冬天少雪的缘故，刚刚进入二〇〇八年的四月，大兴安岭的森林火情就此起彼伏了。再林作为分管作战的副支队长带前指人员进驻到莫尔，随时准备调度部队出击北部原始林区的火情。四月二十日这一天木奎山区发生大火，再林带着八个官兵第一梯队就奔赴了火场。再林说他先到达火场，可以把火场的火势情况和山形地貌情况了解一下，以便和家里联系怎么具体调兵布兵。真是天有不测风云，他们乘坐着 M—8 直升机在飞抵机降点上空三十米时，飞机突然起火，机组人员和灭火官兵身上都着起了大火。千钧一发，万分危急！

再林果断地命令大家用锹镐砸开了飞机的舱门和窗户，组织机上的人员抓着索降绳从舱门、窗口跳了出来。他和战友们刚刚落地，"轰"的一声巨响，飞机竟在距地面不到二十米的空中爆炸了。爆炸物像雨点一样哗哗地砸到再林他们的身上、头上，地面的林子也被燃起了大火。已经被烧伤砸伤了的再林顾不得自己的伤痛，他挨个呼叫着每一个人的名字，包括机组的四个人员，他都喊叫了一遍，当确认没有人员阵亡时，再林说他那个时候感到一种有生以来从没有过的激动。他想笑，笑不出来，他想哭，也哭不出来。他只感到脸上热辣辣地疼，他用双手按按自己的脸，脸皮就掉下来了。可是他又顾不上这些，他呼喊着叫大家起来把自己身上的火打灭了，他甚至还想去扑打刚被爆炸物燃起的林火。他却发现他的双腿疼得站不起来了，其他人也都卧在地上动不了。再林喊叫着让所有人往没有林子的荒地上滚，既压灭自己身上的火，也防止被大火包了饺子。好在第二架次的飞机赶到了，再林他们被救出了险境。飞机上逃生的十三个人不同程度的烧伤摔伤。再林双腿骨折，手脸都被烧伤。

再林他们出事儿，人们对我们老两口封锁了消息。我俩只感到儿媳妇情绪上不大对劲儿，问她，她谎说是她娘家的弟弟有点儿病住院了。我们要去医院看，她又说已经转院了。直到好几天以后，再林通过手机给我们打电话，我们才知道他经历了一场惊心动魄的生死劫。

虽然知道再林已经没大事儿了，那一晚上，我们老两口也都没睡着觉，我们是跟着后怕，同时也有对再林伤情的担心。我俩去哈尔滨的医院看再林和他的战友。有的伤比他重，有的伤比他轻。他们都说是再林的果断处置救了飞机上所有人的命。八一前夕，我听说再林荣记一等功的命令已经发到支队了。我心里头没感到什么喜悦，有的只是为飞机上起火和爆炸没亡一人的侥幸与安慰。

我老伴磨叨说："这事儿也是巧了，再君是在直升机索降时受的伤，这回再林又是在直升机上出的事儿，咱家人是不是和直升机犯相啊？"

我训斥她说："你别整那神叨叨的事儿，他俩是以同一种方式执行同一种任务，发生相类似的事儿，太正常了，没啥巧不巧的，没啥犯相不犯相的。"

再林的事儿把我们老两口弄得挺闹心，再君为了让我们散散心，提出让我俩从哈尔滨直接去北京住几天，然后由他陪着我们去四川，看看再君的儿子、我们的大孙子陈又新一家，也借着机会让我们到南方转一圈儿。这么多年，我尽在东北大兴安岭转悠了，南方一次也没去过。我还设想到四川的森警部队看一看，看看他们的部队建设状况。森警情结啊，岁数越大觉得这情结越深。

又新警校毕业后，原是在大兴安岭的马什拉大队当排长。四川森警组建时，他随着被抽组的人员整建制地调防到四川森林总队，他现在总队司令部当参谋。

正当我们准备五月下旬去成都的时候，五月十二日中午，四川汶川发生了特大地震。当时我们听说四川地震了，只是为那里的老百姓着急，以为又新在成都，离着震中很远，不会有什么问题。可是再君爱人给又新打手机却是怎么打也打不通，就给又新的爱人打，这才知道又新带着工作组在"五·一二"之前下基层，正在震中地带的水磨沟中队呢。我们一听，心都吊起来了。

实话说，牵挂惦记别人家的孩子与牵挂惦记自己的孩子，那程度绝对是不一样的。那个晚上，我们四个又新的长辈都没有合眼。和总队的领导联系，他们那边正忙，答复是汶川那边断了信号，还没有联系上，一旦有消息就会告诉我们。一连几天，都没消息，我们这边如同热锅上的蚂蚁，坐立不安，吃不下睡不着。再林在哈尔滨的医院里打电话询问情况，陈颖也一天打好几个电话过来问。

记得是在第四天头上的时候，又新的爱人来了电话，说已经有了又新的消息，他们正在一线组织救援呢。我们听了这消息，都长长地喘了一口大气，如释重负。我和家人说："森警就是救灾的部队，无论是在什么灾害面前都应当冲在第一线。这次特大地震和上级联系不上了，就需要他们在一线的干部独立地组织部队开展抢险救援。这对他们既是考验也是锻炼。"

接下来的那些天，我们一直都关注着电视里抗震救灾的新闻画面，就连平时不怎么关注新闻的老伴都眼睛不离电视了，她总是叨咕说没准儿在电视上能看到她大孙子呢。

我清楚地记得，在五月十九日下午举国上下为地震死难者默哀之后，我们接到了又新爱人的电话，她在电话里哭着告诉我们说又新所乘坐的抢险救援的汽车被滑坡的山石给掩埋了！

放下电话，又新的奶奶和妈妈都昏倒了。再君当时不在家，我一个人又急又慌，手抖得给再君的手机号都拨错了。

我俩想跟着再君两口子去四川，可他们不同意，再君说，你们这会儿去就是添乱了，老的和小的他俩兼顾不了了。我没坚持，再君说得在理。

再君他俩到了成都见到总队的同志，才知道事情并没有像又新爱人说得那么严重，并不是被山石掩埋了，而是在路上翻了车，又新和同车的战友不同程度地受了伤，他们已被安置在映秀的一所医院里。人没有死，他们把心放下了一些，当即就给我打了电话。

后来的那些天，来来往往的电话就没断。再君他们又搭乘汽车往映秀赶，从成都到都江堰的路还好，而从都江堰往映秀的路就难走了，路面上不是有塌陷就是有断裂，有时得绕道走，有时得边垫路边推车。"情迫路远途险心躁"，这是再君在路上想出的八个字，他们那时的烦躁心情可见一斑。

在映秀一所解放军战时医院里，他们见到了又新，他头上缠着纱布，身上也裹着绷带。医生只是让家里人看了几眼就让离开病房了。医生说："已经脱离危险了，但是有脑出血的症状，呕吐，说话含糊不清，意识有改变。身上也有几处骨折。现在担心路上颠簸加重病情，还不敢给他转院。"

再君在电话里对我俩说："生命没危险就行，慢慢治慢慢养吧。"再君的嗓子哑哑的，我想他也只能这么说，宽慰我们也宽慰他自己。

又新和他同车受伤的几个官兵，都是在映秀待了半个月才被飞机接送到成都医院的。又新经过一段治疗，意识恢复正常了，理解能力和语言表达都正常了，也能下地走路了。

我们祖孙三代都有摔伤砸伤的经历。对于怎么养伤怎么康复，都能说出点儿个人切身体会来。

抗震救灾结束后，又新作为在震中地带最先投入抢险救援的武警森林部队干部受到了省委、省政府的表彰。遗憾的是他因为有伤在身，没有参会。但是他的战友把奖章和证书给他送到了医院。又新脱下病号服，穿上熨得板板正正的军装戴着奖章照了一张相，说是要挂到总队营区的宣传栏里。他把照片给我们也传过来了，我看到又新笑容灿烂，额头上的伤疤也清晰可见。

我俩通电话，他说："自己还能看见自己的伤疤，本身就值得庆幸，说明在灾难面前，自己就是胜者，就是赢家。"

我说："你的理论倒也有点意思。"

不过，实话说，我原以为他会受到更高一层的表彰，因为他毕竟是在震中地带率先带领部队官兵帮着老百姓开展抢险救援的。我内心里为这一点多少有一些失落和遗憾。

再君说："有啥遗憾和失落的？和那么多的死难者比，你还失落遗憾吗？和那么多的重伤残疾者比，你还失落遗憾吗？和咱又新大难不死比，你还失落遗憾吗？"

想一想，再君的话并不是唱高调，而是大实话。

# 58

在北京期间，江海和祥子招待了我们老两口好几次。每次我都没少喝酒，他们招待我的可是茅台呀，能不喝点儿吗？能不多喝点儿吗？不是我见了茅台就没出息，是我见了他俩亲，每次招待，江海的爱人和三凤都陪着。江海的爱人姓张，是国家林业局的干部，性格很温顺的一个女同志。

我们三家聚到一起，就像久别的亲人重逢了一样，有说不完的话，唠不完的嗑。

何江海还特意安排我到森林部队警史馆参观。祥子听说了，非要陪着我一起看。在物品陈列柜里，我看到了几件二十世纪五六十年代的一些老物件，像马裤、马褂子、马镫、马灯、草原风雪帽、皮大哈、全蓝的警服、上绿下蓝的警服，警徽、平绒的红领章、腰子形饭盒、军用水壶（也是我们常常出门必带的酒壶）等。可是我没有看到于队长的那把"大镜面"。

我跟祥子说："于队长的那把枪应当在这里有个位置。"

祥子说："八十年代中期，枪支就都统一保管了，反复移交了几次，又销毁了一些，没人能说清那支枪的下落了。"

在众多的照片中，我看到了于队长、张大贵和我的照片，都是七十年代末

327

八十年代初执勤、训练的场面。我没有找见良子、朴正伦等人的照片。我对祥子说："你爸有张五十年代的照片，一直在你家的墙上挂着，你咋不洗印一张提供给他们呢？"

祥子笑笑没说话。

我特意要求他们给我在武警森林指挥部大门口的门牌前照了几张相，那正是傍晚的时候，夕阳西照，我面向着东方，面对着镜头。

照相的干事说，他的数码相机有逆光补偿功能，照出来会有很好的艺术效果。

是祥子把照片送到我手上的。祥子说："老根儿叔，这照片的背景确实有艺术效果，可是你却太严肃了，好像接受了什么重大任务马上就要出征一样。"

"祥子，面对着镜头那会儿，你说我想到了什么？我想到了毛主席'苍山如海，残阳如血'的诗句，你说我那会儿的思路和照相的背景合拍吗？"

祥子略想了想，说："是那首《忆秦娥·娄山关》吧？"随后他低声诵道，"西风烈，长空雁叫霜晨月。霜晨月，马蹄声碎，喇叭声咽。雄关漫道真如铁，而今迈步从头越。从头越，苍山如海，残阳如血。"

祥子嘴里喃喃自语，好像进入了一种超然的境界，半晌才回过神来。他笑着说："老根儿叔，你照相那会儿的所思所想和这背景太合拍了！太有境界了！毛主席这首词虽然是写长征的，可用在咱森警部队身上，真是太合适不过了！"

这次在北京，三凤赠送给我和老伴每人一本她写的《大兴安岭森警的女人们》。三凤说她喜欢上读书和写作是受到了祥子的影响，而她的性格、品德、意志与韧性除父母的遗传与家教之外，很大程度上是在婚后受到了周围这些森警家属们的影响。

三凤小的时候我就熟悉，聪明活泼好动，为人有热心肠，干啥事都有激情。她为了和祥子的婚恋掀起那次小浪花后，她就有点躲着我们的意思，见了面也有些沉默寡言了。和祥子结婚后，她的工作调到了莫尔，虽然也常见面，但和她的直接接触就不多了。我老伴倒是跟我说过，三凤跟这些家属们话还是挺多的，经常问这问那，有时还拿出小本子记下来。

把书拿回家后，我是先翻阅了一遍，又认真地看。她写的全是我所熟悉的人，都是莫尔和吉儒穆图老森警们的家属，几乎把她能接触到家属都写到了。我没想到，三凤会了解那么多，写得那么细。

她写老于队长的爱人曹丽，有一段是这么写的：

非常遗憾的是我没有见过曹丽阿姨。可是我又非常幸运地通过婆婆和周围的邻居大婶阿姨们了解了曹丽阿姨。她面对着长期见不着自家男人的森警家属们，似乎他的爱人于队长、于大爷带着大家在深山老林里吃苦受累遭罪，不能照顾女人照顾家，倒好像是她对这些家属们亏欠下了什么似的，总好像有还不尽的情。不管森警家属院里谁家有什么大事小情，她差不多都是第一个到场，人家有要干的活，她撸胳膊挽袖子，风风火火，飒楞利索。人家有什么烦心的事，她坐下来，耐心倾听，帮着分丝析缕，轻声细语地给想办法出主意。

于队长在运动中受到波及后曹丽受到了牵连，她写道：

邻居们起初并不知道曹丽阿姨受到了于大爷的牵连。明亮叔去医院看病，看到了贴在走廊上批判曹丽阿姨的大字报，接着又看到了医院里批斗她的场面，感到非常震惊。明亮叔回来后就要联系大家写一份证明曹丽是新中国成立前参加革命、对革命有贡献的大字报贴到医院去。曹丽阿姨听说了，急忙制止明亮叔别干傻事，她说别让大家都跟着受牵连了。

她写到了曹丽遭到批斗受到屈辱时的样子：

有人看到，曹丽阿姨这天下班回来时和往常的镇静神态不一样，这一天她脸色惨白惨白的，双眼失神，别人和她打招呼，她也好像没有听到一样，腿脚一瘸一拐地往家里走。过了一会儿，她换了件衣服又瘸着往外走。她说她还得去医院。有人说要用自行车送她，她说还是自己走吧，别牵连你们了。

三凤写她的婆婆，也就是祥子妈杨桂月：

能给她做儿媳，真是人生的大幸。和她相处久了，我才知道，女人的善良和贤惠本就是相互依存的共生体。没有善良怎会有贤惠，同样，没有贤惠，那善良也就无处落脚。婆婆不仅是对家人、亲戚，对四邻八舍，甚至是对路人都怀着一颗善良的心，她说遇到有难处的人一定得帮一把，就像拉着重载上坡的人，人家可能差的就是你帮着推的那一把力。

听说于大爷被打倒，曹丽阿姨被批斗，婆婆几乎每天都去他们家里探望，她说我怕的不是受牵连，怕的是良心上受责备。她对我们小辈们从来都是轻声细语地说话，一点也想象不出她当年逃婚时那种决绝勇敢刚强的样子。

她写良子牺牲后杨桂月最难过的日子：

婆婆每次跟我说到公公牺牲就止不住地哽咽、流泪，因为见到的是一具烧焦了的尸体，对她的刺激太深了，在她后来生命的漫长岁月中，她说她多少年了三天两头就在噩梦的恐惧中惊醒，一身冷汗。婆婆说，她知道那是公公的冤魂在找她述说。

婆婆说，她最艰难的日子是公公牺牲后，是让祥子接着念书考大学，还是接他爸的班去当森警？祥子爸的最大心愿就是祥子能考上大学，最好是能到北京去上大学。如果她让孩子接班，就是违背了祥子爸的心愿，祥子爸若是天上有知，是会责怪她的。但是祥子却一心想要查清他爸爸真正的死因，也怕他爸爸的马和枪换了另外的归属，下了决心要接班。到底该怎么抉择，成了那段时间最煎熬她心血的一件事。

她写李春姬说：

我认识春姬阿姨时，她也就是四十来岁的样子，头发却已经花白了，岁月的沧桑和苦难写在她的脸上。我早先就听说过她和朴正伦叔叔那段具有"英雄配美人"色彩的传奇故事，我佩服她对爱人的挚爱、执着，甚至不惜离开故国和父母亲人的巨大勇气。没见着她时，我的心底里就对她充满了崇拜。

……

朴正伦叔叔牺牲后，春姬阿姨带着一双儿女，在这举目无亲、语言交流都不顺畅的异国他乡，面临着举步维艰的空前绝望。她说是于大爷、大贵叔帮着联系当地的朝鲜族人家，是曹丽阿姨、大贵婶、老根儿婶等这些热心的邻居们像亲人一样每天都来看望她们孤儿寡母……

她写玉国的爱人张秀英：

我小的时候就认识秀英阿姨，还聊过天。那时，我从父母和邻居们的嘴里知道，她是投奔亲戚来的一个新婚不久就丧夫的年轻寡妇，我只觉得她好可怜。后来知道她和森警的玉国叔结婚了，我和小伙伴们还去趴着窗户看他们的新房。

……

后来，吉儒穆图的人们都在传颂着森警魏玉国舍己救人身负重伤的事儿，那个时候，我正是崇拜英雄的年龄，我为我们的吉儒穆图、我们的身边就出了罗盛教、邱少云式的大英雄而感到骄傲和自豪。待我婚后搬迁到莫尔和秀英阿姨成了邻居，听说了很多关于她和玉国叔以及孩子之间事儿，都是让人听了心热落泪的事儿。我多次想，玉国叔是当之无愧的英雄，那么秀英阿姨呢？她的心地、她的所为、她的执着，岂是仅用"亲情"二字诠释得了的？

……

她写赵本昌的爱人柳老师：

一个柔弱的江南女子，带着还不谙世事的孩子，就遭遇了这人生中最致命的打击……

当她拉着本昌的通信员刘毅母亲双手的那一刻，我看到柳老师双眼里不仅滚动着汪汪泪水，还有她对刘毅母亲深深歉疚的神情。乍一见，我先是有些不解，转而我就对她充满了敬佩，为她的无私、为她的善良、为她的胸怀。

……

三凤的这本书，每一篇都让我们老两口激动得落泪，可我们还是看了一遍又一遍。我老伴给三凤打电话说："三凤啊，我们的心脏病犯了你可得负责任。"

二〇〇八年夏天，大庆的直升机支队和福建、甘肃森林总队同时挂牌成立。这时候，可以毫不夸张地说，森警部队遍布全国的东西南北中了。更值得我们自豪的是全国各个总队的领导层里，都有我们林海支队成长起来的干部。

江海和祥子提出要安排我们老两口去趟云南的西双版纳、丽江、大理转一圈儿。他俩说四川这次去不了，去云南这几个地方也行，都有咱森警部队，他们会把你们接待好照顾好的。我也确实想去，我还没见过热带雨林是啥模样，真想去开开眼界。可是，我和老伴商量来商量去，我俩的岁数毕竟大了，老话说"七十不留宿，八十不留饭"，我们俩还是别让人家为难，别给人家添麻烦了。


# 59


在北京和祥子、江海聚会的时候，我就听说姚建华得了肝癌。祥子知道消息后就给姚建华打电话，让他到北京来治疗。祥子说他负责联系医院联系专家。可是姚建华不同意来，他说得了这个病就挺着吧，别造害钱，也别牵扯大家的精力了——他和张大贵是一个论调。他在哈尔滨的医院确诊后就带着老伴返回林海的家里，不再去医院了，治疗上任谁劝他，他也不听。

二○○八年的十二月十四日，正是大兴安岭哈气成霜滴水成冰嘎嘎冷的日子，我在莫尔的家里接到了一个虽早有所料但仍然令我悲痛不已的电话：姚建华死了。

我们都知道，建华这病是因为他儿子姚峰被烧伤再加上离婚，心情郁闷所致。听说姚峰烧伤出院后，就和他的妻子离婚了，孩子归了女方。有人说，姚峰的妻子并不同意离婚，而是姚峰坚持要离，态度很坚决。也有人说，是姚峰的妻子对姚峰态度上有了变化，姚峰才提出来离的，那女的就顺坡下驴了。

孰真孰假？我不想去问那个究竟了。

我在北京的时候几次去医院看姚峰，不是因为他们的头脸都缠着药布没分清哪个是他，就是姚峰去治疗区治疗了，几次去都没有见上面说上话。没想到在我快要离开北京的时候，竟然和姚峰在公园里会不期而遇。

前面我说过，再君在北京的家就住在三〇四医院附近，我在街道上或者公园里常常能遇见被烧伤烫伤的人。因为森警职业的缘故，我只要看到烧伤的人就很敏感，总是要多看上几眼，猜一猜他会不会是森警，会是在哪场大火中烧伤的。有一天早晨我在公园里散步，迎面看见一个面部烧伤很重的男人走过来。正当我给这人侧身让道并带着敬意看着他的时候，没想到这人竟在我面前停下了脚步。

"是老根儿叔吧？"

我吃了一惊：是姚峰！原来的模样一点也看不出来了，嗓音也变化了。

那天早晨我们坐在公园的椅子上聊了好半天他的康复情况、下一步治疗的安排。但是他没提及他妻子的情况，我隐约中感觉姚峰不想说这件事儿。说到了他的父母，姚峰说："老根儿叔，等你们回林海了，多去看他们几回，跟他们聊聊天，给他们解解闷。"

我们老两口从北京回到林海，去看过几次姚建华两口子，每次都是四个人八只眼睛相对，没啥话说，我找个话题，建华也不接话。每次回来我都得郁闷好多天。

祥子和江海从北京赶过来参加姚建华的葬礼。建华的老伴说姚建华去世前留话了，要把他的骨灰埋到莫尔的"警察坟"那去，说是叫"归队"。

从林海到莫尔，整个殡葬活动姚峰一直都在。在埋葬完建华的骨灰后，姚峰给我们在场的人深深鞠了一躬。他说他不后悔当森警，今后就是上不了火场了，他也还是森警。他说他要好好活着，要孝敬好他的老妈，还要尽力帮助那些一块受伤的战友，让大家都挺起腰杆来走好今后人生的路。

姚峰的话说得我们都眼泪汪汪。

高俊仁、田运良、李伟也都赶过来送姚建华一程。这个时候他们仨都退了。高俊仁去了上海，和柳老师结为夫妻，成了甜蜜的一家。高俊仁说，本昌的儿子已经是个快三十岁的大小伙子了，也是当兵的，也和火打交道，是个消防兵，当干部了。田运良退休后，回到了山东老家，被聘为崂山森林消防的顾问。田运良说他培训了一支快速扑火队，已经打了好几场山火了。李伟退了后参加了国家林业局的森林防火专家组，经常和几个专家在一起搞灭火装备机具革新改进的研制。

二〇〇九年春末夏初的时候，田运良、李伟带着山东一个森林消防车研制厂家的几个人来莫尔和吉儒穆图搞大兴安岭山地测试。两个大队也派人参与这个活动。大家对这款改进了的森林消防车反映还不错。临到测试结束，吉儒穆图大队安排了一桌饭，算是给厂家的几个人送行。席间大家夸完了这款车的性能，就又夸他们厂家有创意。李伟说："搞森林防火装备是绿色产业，市场前景大得很。"

厂方里有个五十来岁的姓吴的师傅酒有点多了，话也就多起来，口音里有东北腔。他说他算是多半个大兴安岭人，这次到大兴安岭，特别是到莫尔和吉儒穆图，属于故地重游。他说他小的时候就在这一带林区住过，后来跟着父母搬走了，去了大杨树。

仲坚挺敏感，就问："你们家在这一带住的时候，住在啥地方了？"

那个人看看仲坚，嘴里有点支吾了，他说是个小屯子，那时候年龄太小，也没记住。话说到这儿，被别人打岔，就岔开了。但是田运良看出仲坚情绪上有了变化。饭后，仲坚问田运良："您了解这个姓吴的人吗？"

田运良说："他是厂家聘用的一个车辆维修人员，接触不多。"

经仲坚这么一问，田运良也警觉起来，他想起了传说的祥子父亲牺牲的事儿。他跟仲坚说："我查一查这个姓吴的来历。"

田运良打了好几个电话，了解这个姓吴的人，只知道他在东北住过，具体的情况没有谁能说得清。而那个姓吴的酒劲过去后，更是一口咬定，小时候的事儿都不记得了。

田运良和祥子也通了电话，祥子想了想说："八成是那个凶手吴全有的儿子，不过，你就是把这个关系查清了也没啥意义，老子有罪，儿子没罪呀。算了吧，别再查了。"

我听说，祥子还给仲坚打了电话，说的也是这个意思。后来，田运良说那个姓吴的回山东后自己主动辞职了，又去了哪里就不知道了。

# 60

二十一世纪的第一个十年，在武警森林部队加快发展的脚步声中很快过去了，第二个十年在人们不经意之间就悄悄地来临了。

这个时候，刘东进已经到总队任职了，当了师职干部。仲坚当了支队政委，陈又新调到了指挥部当了副团职参谋。而我已经进入了八旬的年龄段，确实是老了。不过，我的精神头还可以，慢点走路也还行。这么多年，我没培养出啥特长来，每天就是看电视、听广播、翻报纸，陈颖说我是典型的革命老干部，每天离不开新闻频道。实际上，除了国内外新闻，我最关心最爱打听的还是森警部队的事儿。

江海、祥子、李伟他们隔三岔五就给我打个电话，聊一会儿。再就是，无论我是在林海住，还是在莫尔住，东进和仲坚只要有机会就来看望我，抽空和我聊会儿天。

再林已经病退好几年了，他和姚峰把一些在森警部队伤残了的干部战士组织起来，成立了一个"森警伤残军人光荣之家"。他们当中有面部和身上大面积烧伤的，也有截肢的，也有摘掉眼球的，也有脑壳换钢板的，还有瘫痪在床的。

他们这个"光荣之家"主要是互帮互助。姚峰说这叫"抱团取暖"。谁的伤情需要康复治疗的事儿、谁的情绪不高思想消沉的事儿、谁的父母老人身体不好住院了的事儿、谁的家里闹矛盾需要调节的事儿、谁家有红白喜事儿、谁需要牵媒拉线儿的事儿、甚至谁家的孩子需要临时接送一下的事儿，只要谁召唤一声，大家都出面来帮。用再林的话说："帮不了大就帮小，啥也帮不了，就是唠唠嗑也挺好。"

他们把每年的伤残金拿出来一部分做活动经费，再林和姚峰两个人拿得相对多一点。他们也在节假日开展一些联谊活动。姚峰说："我们这帮子人在一起，素面相对，用不着担心别人嫌弃，心里没负担，想笑就笑，想哭就哭，想唱就唱。一提起火场，大家七言八语都有话说，都有资格显摆显摆'想当年……'"后来，再林和姚峰参加了残联理事会，他们的"光荣之家"得到了残联很多的支持。

他们由最初的伤残者之间的相互帮助，逐步发展到回老部队讲政治教育课、安全常识课，到学校做报告，到林业局快速扑火队讲机具操作和灭火的技战术。我感到，再林、姚峰他们的心态越来越好，不像魏玉国那时候完全把自己封闭起来那样了。

看到再林他们每天都有事情干，每天从早忙到晚，我们老两口心情慢慢舒畅起来。有一次再林和他爱人到我这边来吃饭。我们爷俩边喝边唠。我说："看着你们这些人挺忙碌、挺乐观的，我们当老人的也就放宽心了。"

再林抿了一口酒想想说："每天和残疾人打交道其实是很难的一件事，眼前面临的都是难题，不论是大事还是小事，总归都是一个需要帮助解决的'难'字。再就是残疾人心结上的事儿，身体残疾的同时，内心也就遭到创伤了，这个心理上的伤可能比身体的伤更重，它像一道挥之不去也无法遮挡的阴影，始终伴随着我们这些人的生命旅途，我们要随时面对来自各方面歧视的甚至是嫌弃的眼光，这眼光有的来自不相识的路人，有的来自亲密的家人，甚至是自己的爱人和孩子。这些人每天都生活在小心翼翼当中，唯恐因为自己的出现而影响到周围人乐观的心情，影响到爱人的亲友同事圈儿，影响到自己孩子的小朋友圈和同学圈儿。"

再林说："我虽然没和玉国叔接触过，但我现在特理解玉国叔当年为什么要把自己封闭起来的心情，为什么要在自己的儿子就要谈婚论嫁的时候结束自己的生命。"

再林说得很沉重，我的心情也压抑起来，眼睛也潮起来。我们爷俩举杯喝酒，默默无语。

由于有再林的关系，很多残疾人在我们家出入。街坊四邻都说我们老两口心好，善良。可是，我们老两口怎么也没想到，一个似乎是专门要考验我们的难题悄悄地摆到了我们的面前。

方亮牺牲后，陈颖就带着孩子搬回到我这边来住了。孤儿寡母，需要有个照应。姚峰在受伤前常来看我们，受伤回莫尔后却不怎么来了。建华去世后，我跟再林说："你邀邀姚峰，我看他内心挺苦的，让他多到咱们家来坐坐。"

姚峰来了几次后，他的心理障碍打破了，逐渐就和受伤前一样自如了。再林和姚峰搞了"光荣之家"之后，陈颖有时也尽其所能帮助他们一下。一来二去，姚峰和陈颖的关系就密切起来了。

最先发现这个苗头的是再林。再林有一天对我们老两口说，姚峰可能对他姐有点意思。听了再林的话，我俩那个晚上都没睡好觉。实话说，我们对姚峰有同情也有疼爱，真心把他当作自己的孩子看待，可是要让这个面部、双手重度烧伤的人和陈颖成为一生的夫妻，让他成为我们家庭的一员，我俩心理上还真是没有这个准备。

再林看出了我俩的愁容，说："我也是烧伤的，而且还摔成了跛腿的瘸子，你们应当将心比心，你们希望我的岳父岳母怎么看我、待我，我觉得你们就应当怎么看姚峰、怎么待姚峰。只要我姐同意，你们就应当支持她，给她勇气。"

我们老两口是主动找陈颖谈的，陈颖说："脸好看，当然好，可是心地好才是最好。"陈颖说她看中了姚峰的善良、才气和执着，她说："人具备了这三样就应当是难得的完人了。"

姚峰就这样成了我们家庭的一员，成了我的姑爷。

# 61

我看仲坚他们支队的任务越来越重，春夏秋三个季节里，不停地出击打火。没火的时候，搞训练、搞教育、搞迎检、搞考核，上级的工作组、检查组不断流地来，支队的工作组也插着空儿地往基层跑。

他们不仅在本辖区里执行灭火任务，还频繁地被紧急调往其他省区去增援。实际上，早在二〇〇七、二〇〇八年，支队就按照指挥部调遣，抽调"精兵、精装"，连续两年利用冬季时间赴湖北、江西执行森林防灭火任务。二〇〇八年一月，他们还赶上了江西百年不遇的冰雪灾害。扑救森林火灾是他们的主业，清理冰雪，他们也是当然的行家里手。当地党和政府使用他们得心应手，老百姓也为他们叫好。

二〇一〇年春季，俄罗斯森林大火持续燃烧了一个多月，仲坚他们在边境线上堵截了一个多月，烧过来一次打灭一次。六月十日传来上级指示，要求林海支队抽调三百人的精兵强将准备跨境灭火。支队官兵们听了摩拳擦掌，纷纷请战，要为国争光。一切都准备好了，就等一声令下了。

在支队长带着三百名官兵集结待命一夜之后，第二天的上午，又传来指示：部队转入正常勤务。被抽调的人都觉得空欢喜了一场，而没有被抽上的很多官兵反倒是如释重负地哈出了一口酸气。

二〇一二年以后，仲坚他们支队和其他兄弟部队几乎连年驰援外省区扑救森林大火。每次都是远距离、多方向、大范围地调动，成了名副其实的"机动师""野战军"。

我们几个离退休的森警老头，经常往一块凑合，多数的话题是念叨森警部队的事儿，也常常争论起上山打火的事儿，有说这么打的，有说那么打的。

仲坚听说了，就专门抽出一个周日的下午，把我们这帮子离退休老头接到支队的作战指挥室给我们科普了一回。

可不是二十世纪六七十年代，一张防火地图挂在墙上就是指挥室那时候了，也不是二十世纪八九十年代一张地图加一个闪烁着红绿灯的沙盘就是指挥室的时候了。现在的作战指挥室里是一长溜电脑计算机，好几个操作者穿着作战服，有戴眼镜的，也有不戴眼镜的，个个都是有文化的受过专业训练的年轻参谋。他们按照仲坚的指令操作着手中的计算机，那十个手指头在键盘上比画的才叫溜呢。墙上的大屏幕就显示出了彩色的立体的画面。

仲坚说："这是一个基于三维地理信息系统的扑救森林火灾辅助决策系统。这个系统实现了森林防灭火管理一张图，实现了林火及时预警预报、及时组织扑救、现场指挥调度的信息化管理。它可以和卫星云图相连接，监控火场热点，通过显示像素估算出火场的大致情况；可以和气象云图相连接，借以掌握火场近期的气象变化情况，包括风力的变化、有无降雨、湿度等情况；可以和电子地图、电子沙盘系统相连接，通过2D与3D转换、平面与立体调整，有效精准呈现火场山形地貌、交通、水系、设施，运用GPS对火场态势进行标绘，实时显示扑火队伍动态位置；通过电子沙盘呈现火场三维场景，可进行剖面分析其高程、坡度、坡向，还可进行路径分析，以确定扑火队伍进入火线的最短行进路线。"

仲坚给我们讲解着，参谋们操作着，卫星云图、气象云图和常用的交通图、林相图、地形图就立体化运动式呈现在了我们面前。所有的画面场景带给人栩栩如生、亲临其境一样的体验。

演示完扑救森林火灾三维地理信息辅助决策系统后，仲坚让作战参谋给我们展示了两个画面：一个是西口子狼狈山一带的山形地貌图。我一看，太熟悉

337

了，每道山梁子、每条沟塘子，都是我骑马走过无数遍的。山有多高，沟有多宽，那上面标注的尺码和我记忆中的没有多大差别！另一个画面是吉儒穆图大队训练场上的实时画面，官兵们正在生龙活虎地搞障碍训练呢。仲家三代人都在那个地方奋斗过，付出过，有血有汗有泪。

接下来，给我们播放了刚刚编辑制作完成的三月底赴山西沁源扑救特大森林火灾的实战汇报片。

仲坚说："沁源这场火面积大，火点多，增援队伍多，运用的灭火技战术多，使用的灭火装备机具种类也多，是近年来比较有代表性的一次大型灭火战斗。"

大屏幕上先是通过三维地图显示了那个大火场所处的山形地貌、交通、水系等情况，尤为显眼的是，红外热源勾勒出的火线和火点，让人对整个火场态势一目了然。同时也显示了各增援部队在火场上兵力运行部署的实时动态，仲坚说，那是北斗卫星 GPS 定位的功能。接着展示的是火场勘察。火场勘察分为空中勘察和地面现地勘察两种，这两种勘察是交互进行的。前指在火灾发生后组织勘察组乘直升机进行空中观察，大致掌握火场情况，做到心中有数，为部署兵力和确定战法做好先期准备。在直升机因天气或烟雾等原因，不能低空侦查或日落后难以升空的情况下，他们运用多旋翼无人机采用远红外侦察模式，低空近距离地掌握火场态势。

在显示屏上，我也看到了指挥员和作战参谋们在火场现地或者指挥车上运用地形图进行测算和标绘的画面，这让我想起了二十世纪八十年代初期，我们学习识图用图的场景。仲坚说："不管是发展到了几维系统，识图用图还是咱们必须掌握的灭火作战的基本功，管用。"——实际上，这也是仲坚他爹仲文祥多次说过的话。

在汇报片展示的灭火实战中，我看到在不同的火线上，二号工具、风力灭火机、水枪、水泵、油锯、割灌机、手投式灭火弹以及大小特种车辆这些常规灭火装备都使用上了，不过，现在的风力灭火机、割灌机、水枪和水泵可不是过去我们使用的那种傻大笨重的老样子了，都改进得很轻便小巧，携带方便，操作省力。同时，我也看到了我所不熟悉的远程供水系统、动力泡沫灭火机、泡沫消防车等新装备。这场大火是地空配合，手灭、风灭、水灭、化灭的手段全都用上了。

我不眨眼地看了一下午的专场演示和实战汇报片，心里的感受就是"振奋"

338

二字！我看其他几个老头子和我是一样的心情。

我跟在场的年轻人说："你们是赶上好时代了，有这么先进的指挥系统，这么多的先进装备，啥样的火打不灭啊，我们要是再往回退上三四十年，就和你们一块上火场。"

在场的人都为我的话鼓掌。仲坚说："咱们的森林防火灭火装备机具，也包括先进的信息系统，能发展到今天这个程度离不开一代代森警部队老前辈的艰苦奋斗，没有过去的马爬犁就没有现在的特种车辆加飞机，没有过去瞭望台上的一双肉眼就没有现在的无人机和卫星遥感，没有过去的摇把子电话就没有现在的'动中通'。"

听了仲坚的话，我说："你说得好，像你这样不忘本不忘根儿的人，才会不骄傲、不狂妄，才有更大的发展。"这会儿，我想起了心中有数但沉默寡言的良子，想起了那个好把心里话写到日记里的祥子。

仲坚笑道："咱爷俩这是当着大家伙的面儿相互表扬呢。"

我问了仲坚几个问题："按照现在的装备程度，是不是今后遇到大火就没啥大问题了？有远程供水系统，有直升机吊桶灭火，是不是就不用人和火零距离的接触了？是不是火场上就不会有伤亡了？有先进的通联设备，是不是就不再会出现叫不通、听不见的情况，就不会有队伍失联、战士迷山、失踪了？"

在场的离退休老头子们也都七嘴八舌地插话，他们都赞同我提的问题，这些也是我们大家伙平时最关心的问题。

仲坚想了想说："咱们国家大，林区分布广，地理环境多样，扑救火灾的主客观条件差别大。不要说南方山区和北方山区的差别、华北山区和东北山区的差别，就是大兴安岭次生林区和原始林区差别都很大，所以，扑救森林火灾的主客观条件发展不均衡的问题也比较突出。您老人家刚才提的这几个问题起码在咱们大兴安岭北部原始林区，目前和今后短时间内还不能彻底解决。"仲坚掰着手指头说："在北部原始林区，第一个是没有路的问题。有的火场地处山高林密沟壑纵横的偏远山区，特种车辆难以行驶，就是直升机机降到火场边缘，扑火官兵往火线上开进，也还得靠人的两条腿；第二个是缺少水的问题。有的火场附近水源较多，而有的地方水源就不行，隔山隔岭，远水解不了近渴。M—171是大型的直升机了，它的吊桶容积也只有三吨水，喷洒火线只有五十米左右，用它压制一下大的火头还可以，在重、特大火灾的火场上，完全靠吊桶洒水还不行；第三个是信号覆盖率低的问题。目前咱们大兴安岭林区，受电力基础设施不完善和林地资源占用受限等原因的制约，4G 信号覆盖只能达到百分之十，绝大多数地方还是没有信号的。"

听了仲坚的解释，我们几个先前振奋起来的情绪，又变得沉重起来。

仲坚可能看出了老头子们情绪上的变化，他说："不过老首长们不用担心，办法总比困难多，就像没有打不灭的山火一样，咱们森警没有攻不破的难关险隘，特别是在这个高科技迅猛发展的时代，什么样的奇迹还能创造不出来呢？"

大家又为仲坚充满信心和力量的话鼓掌。

仲坚在部队官兵当中有威信，在离退休干部当中有口碑。他说的话，大家信服。

党的十七大首次提出了"生态文明建设"的概念。当时在偏远的吉儒穆图大队任职的仲坚思想上很敏锐，很快就写了一篇《武警森林部队在生态文明建设中地位与价值运用》，发表在《人民武警报》和《中国绿色时报》上，受到武警总部和国家林业局领导的表扬。指挥部领导有意把他调进指挥部政治部。就连祥子都觉得这是一举三得的大好事儿：一是不用求人顺理成章地进了北京，二是解决了他小两口夫妻两地生活的难题，三是有儿子在身边，祥子两口子有个大事小情也有个跑腿的。谁知，仲坚思谋了一晚上竟婉言谢绝了领导的提议。他跟祥子说他的平台还是在基层一线，胳膊腿儿能抻得开。

仲坚是个既能写又能干的一个人，他任党委书记、教导员的吉儒穆图大队，连续三年被评为森林部队基层建设先进大队，紧接着就被武警总部评为基层建设标兵大队。他和大队长双双进入副团职行列。任副团职仅两年又被破格提拔为支队政委，成为当时森警部队最年轻的正团职支队主官。二〇一二年党的十八大把生态文明建设纳入中国特色社会主义事业总体布局，将其地位上升到了国家战略层面。仲坚又在《人民日报》文艺版发表了一篇以讴歌森林部队一代代官兵守护大森林献身大森林为主题的《人不负青山，青山定不负人》的散文，这篇文章的立意正好符合习总书记提出的"绿水青山就是金山银山"的理念，获得了"生态文明建设征文"一等奖。很多人都说仲坚脑子好用，文武双全，前途看好。

那个晚上吃了饭我一边坐在沙发上看电视，一边想着下午在作战指挥室的事儿。看着想着，我就回到了赤金口子那个简易瞭望台上。好像是半晌午的时候，大太阳照着，我正在用肉眼四处瞭望，突然听见有轰隆隆的雷声，紧接着就发现西山边上有一股烟雾在升腾，我觉得是有火情了。我就想赶紧打电话给中队部报告,可在抓电话还没抓着的时候,突然想起李永刚是被雷击中的,又不敢拿电话了。正在着急的当口,一架小"松鼠"直升机嗡嗡地悬停在我的上空了,我定眼一看,开飞机的竟是良子,还是年轻时候的模样。我心想他连飞机都没坐过,啥时候学会开飞机了?我仰着头喊他,让他去报告火情,可是他却用食指嘘着嘴,不让我说话,我有些气恼,都有火情了,怎么还不慌不忙的,这也不是你良子的性格呀。就在我这么想着的时候,飞机上突然用两根透明的塑料绳吊下来一块大屏幕,那上面的画面就是赤金口子这一片林区,红外热源勾勒出的那一大圈儿,就是我发现了要报告的火场。良子在飞机上朝我喊:"让扑火队从哪地方进去,你就在上头指挥吧!"我看着那大屏幕和下午作战指挥室的屏幕一个样,我心想这得用计算机操作,我就四处踅摸,没看见键盘。我朝良子喊:"没键盘咋指挥呀?"良子喊:"键盘在咱俩盖的房子窗台上呢。"我心想这可费工夫了,没准儿又碰上黑瞎子可不好办了。正想着怎么下瞭望台去取键盘,仲坚突然出现在我的面前,他手里拿着一个遥控器,说不用键盘了,我在这儿遥控,远程水泵就启动了,一会儿那水就喷到火线上去了,多大的火也没事儿。我愣神想了想,真是高科技了,不用人和火接触了。我又一想,仲坚从没见过他爷爷呀,我得给介绍一下,人家可是亲祖孙俩。正在我招呼良子的时候,良子和飞机都没有了,说是良子骑着他的大青马搂沟走了,而我眼前只有一块映着红光绿光的大屏幕在晃悠。我再看仲坚,他也没影了,旁边一个穿作战服的年轻参谋告诉我说仲坚政委带着队伍到火线灭火去了,说仲坚政委说了,二号工具和风力灭火机还不能丢,关键的时候,这两样传家宝还管用。我说:"那我也到一线去吧,用二号工具和风力灭火机打火我还是有经验的。"那个参谋说:"你老了,不能到火线去,你就负责在网上看就行了。"这个时候,那个映着红光绿光的大屏幕又在我眼前晃悠。我说:"我看见火场上的像素了,我给你们控制远程水泵机,咱们水灭和手灭相结合。"我就找刚才仲坚手里的遥控器,可是却找不见,急得我大喊:"遥控器呢,快点把遥控器给我!"老伴突然把我晃悠醒了,她说:"你看着电视就睡着了,还喊梦话要遥控器呢。"我睁开眼睛,看见遥控器在老伴手里攥着呢。

第二天早饭后,我给祥子打了个电话,跟他说了昨天下午去作战指挥室看片子的感受。

祥子说:"随着高科技的迅猛发展,扑救森林火灾的指挥能力和扑救效率肯定得到了大幅度提高。但是扑救森林火灾目前在世界上还是一个没有解决好

341

的难题，发达国家除了飞机多一点，消防车靠火线近一点，也没有非常有效的扑救办法。"他说："你没看电视上隔三岔五就报道的美国、澳大利亚、巴西、俄罗斯森林大火吗？咱们看电视都跟着急。咱们国家是少林国家，又是发展中国家，容不得森林大火肆意蔓延，人和火零距离接触的灭火方式在相当长的一个时期内都将存在。"

我跟祥子讲了昨下晚的那个梦。

祥子没等我说完，就在电话那边说："真是巧了，我昨晚也梦见我爸了，梦了一晚上，现在还记着呢。梦里还有于大爷和您老根儿叔，你们骑着马去巡护，我想跟着去，我爸不让，让我好好上学，还说考大学的事儿。于大爷说他认识东北林业大学的教授，让我去念就行了，我爸说那不行，就得靠自己考，念函授也不能算数，他说仲坚都考上大学了，你考不上不就丢人了吗？我爸在梦里还那么严肃，您老根儿叔就直劲儿朝我挤眼睛，说我的大学录取通知书在您挎包里放着呢，还有个森林防火纪念章，一会儿要给我爸个惊喜。快亮天那会儿，又梦见我爸一个人骑着青子在山里头转悠，说是那有个土匪窝子，他要先把土匪引出来，再让于大爷拿二十响的驳壳枪突突他们。"

我笑着说："你这大将军做着小孩儿梦。"

电话快打完的时候，祥子说他想近期到莫尔扫扫墓，我赞同。我说："你来吧，你爸妈也肯定想你了。"

# 62

我在莫尔等来祥子和三凤两口子已经是二〇一八年的七月三十日了。仲坚没有过来，他带着队伍奔赴火场了。

祥子在这个时间过来是和过"八一"有关，每到"八一"，无论是正在当兵的还是当过兵的，都有一种浓浓的军人情怀想借这个日子使劲儿抒发一下。一个人在家喝闷酒是没意思的，只有新老战友们聚到一起，大杯干起来，大嗓门吼起来，大大方方地把眼泪掉下来，破锣似的嗓子把军歌唱起来，军礼敬了一个又一个，甚至散局的时候都喝得东倒西歪，才觉得这个建军节没白过。

二〇一八年，对于我们来说庆祝建军节之外，还有一个更特别的日子值得庆祝和感怀，这就是八月二十五日是森警部队也就是现在的武警森林部队成立七十周年纪念日。风烟七十年，血火七十载。我们所要诉说的太多，我们所要纪念的太多，我们所要感怀的太多、太多……

而且，按照中央确定的"军是军、警是警、民是民"的原则，已经有正式的说法，武警森林部队即将改制，退出现役，成为国家综合性消防救援队伍的一支重要力量。这支部队在七十华诞之际又将迎来一个重大的变化。值此之际，我们这些老森警们会是一种怎样的情怀呢？

我和祥子、江海都接到很多电话，大家都表达想要聚一下，纪念一下的想法。

田运良甚至提议把凡是在葛根、牛耳河、莫尔、吉儒穆图和西口子一线驻防过的森警老战友都邀请上。但是，祥子经过反复慎重考虑，觉得还是不那么办为好，以简单为宜。何江海也支持他的想法。

祥子到莫尔后定的是"八一"上午去扫墓，中午由他做东请在莫尔已经退休和转业了的森警聚餐，下午去吉儒穆图。祥子定的，在岗一律不邀请。祥子说："中央的'八项规定'必须严格执行，别犯规矩。"

一切都计划得很好，可是人算不如天算。怎么也没想到，我这头天晚上还能走能蹽的，睡了一晚上觉，"八一"早晨醒了，竟翻不了身了，是腰椎病犯了。眼睁睁地，我是啥活动也参加不了了。好在东来、小军和英子、姚峰、再林以及李军、巴图、孟成林都在。有他们张罗，我心里还踏实一点。陈颖没有上山，她在家照顾我们老两口。我趴在炕上，埋怨我这老腰不争气，老伴说："不是你的腰不争气，是你的岁数不争气。你都多大岁数了，就是不犯病，也得两个人扶着你上山。"

老伴说得我无话可说。但是心里头直着急，中午聚餐可咋办？

快晌午的时候，再林回来了，推开门，和他一块进来的竟是田运良、高俊仁和李伟。真是让我喜出望外！

我说："不是说祥子不让你们过来了吗？"

运良说："我仨是'四自'型退休人员，政治自觉、出行自定、旅途自驾、花销自费，应该不会有说道吧。"

我和老伴、陈颖都被运良这"四自"给逗乐了。俊仁说："这个活动我仨要是不来，老于队长要是知道了，都会不高兴，我们后悔都来不及。"

再林从医院借了一辆轮椅，他们把我推到了饭店。

胜利有事在外地，解放来了，金顺子也到了，他们和祥子上午一道上的山。

在座的只有金顺子是在岗位的，她这时候已经到市里任职了，她说她哥哥在外地过不来，她必须得赶过来，她是正式向领导请了假的。

我和老伴坐在中间，大家像众星捧月一般，一口一个"老根儿叔、婶儿"地叫着。

大家都坐好了，酒杯都斟满了。祥子站起来说："今天咱们是新老森警战友庆八一、庆祝咱森警部队七十周年活动，虽然是民间活动，但也得正式点儿，下面就请第一代老森警的代表、森林部队七十年历史的全程见证人、参与者陈树同志、我们的老根儿叔讲话！"

热烈的掌声响起来。虽然是私人聚会，他们又都是小字辈儿，但我仍然很激动。我握着麦克风的手有点抖，嘴也有点抖，预先想好的词有点结巴。过后陈颖说我讲话时一句一顿，倒显得很郑重似的。

我说："解放和祥子都比我职务高、比我干得好，特别是祥子还是共和国的将军，他们之所以让我先讲话，我觉得，这不仅是对我个人的尊重，更是对老一代森警的尊重，是对森警历史的尊重。我今天终于想明白了，老天爷之所以让我活到今天，就是要让我们剿匪时的第一批老森警留下一个代表来参加今天的活动，要不然，就断茬了。我活到今天不仅看到了森警部队建设的辉煌成就，看到了咱们森警部队为保护祖国绿水青山做出的突出贡献，也看到了我们那批人的后代们在自觉地传承着森警的精神，也就是'火场精神'，看到了你们在各自岗位上兢兢业业，都做出了不平凡的贡献，看到了你们有理想、有文化、有追求、有踏实肯干的作风、有敢于牺牲奉献的精神。"说到这儿，我眼睛转到了再林和姚峰的脸上，我停顿了有好几秒。我说："这些孩子们不仅没给我们老森警们丢脸，反而给我们争了光、添了彩，赢得了荣誉，我作为第一批的老森警为你们感到由衷的骄傲和自豪。"

解放简短讲了几句后，祥子才讲。他说："在这个具有双重纪念意义的日子，之所以搞这个民间的活动，不论是祭奠、聚餐还是要到吉儒穆图大队去溯源，我觉得核心就是'不忘初心，牢记使命'，主题就是要为我们的老部队加油、为新一代官兵鼓劲儿。部队建设得越好，我们就越光荣，部队发展得越好，森林资源就越安全，绿水青山就越美丽，这是咱们在座每一个人的心气所在，是每一个曾经当过森警的人的心气所在。咱们森警部队七十年，不论叫护林警察、森林警察，还是叫武警森林部队，不论名称怎么改，我们的使命任务没有变，今后就是退出了现役改叫森林消防应急救援，我们保护森林资源、保护绿水青山的职责使命也不会变。咱们退休的、转业的，自主择业的，虽然不在原来的工作岗位上了，但是我们对森林火灾的关注不会变，对这支队伍发展建设的祝愿不会变。"

大家热烈鼓掌，响脆地碰杯，都是一口干掉。

祥子接着说："江海因为参加一个老干部的考察活动，来不了这儿，他用微信发给我一个视频，让我在现场播放一下，就算是人到、心到、祝愿到。"

祥子拿出手机，调出何江海的视频，江海虽然穿着便装，但还是给大家郑重地敬了个军礼。他说为了表达他的心情，他给我们朗诵两首他写的诗。第一首，叫《使命赞》：

> 使命一肩扛，策马越山冈。
>
> 擒匪捉敌特，灭火林安康。
>
> 赤胆赴生死，洒血在疆场。
>
> 砥砺七十载，森警威名扬。

第二首叫《森警颂》：

> 森警沧桑七十年，回眸感慨涌心田。
>
> 奉命剿匪入深山，歼敌捕特斩凶顽。
>
> 山林有难烽烟起，号令在耳冲向前。
>
> 艰难险阻吓不退，生死考验只等闲。
>
> 火魔越狂我越勇，捷报频频凯歌旋。
>
> 洪水猛兽何所惧，雪灾震灾急救援。
>
> 七旬不老雄风在，火场精神代代传。
>
> 锐意改革搏进取，科技先导创利剑。
>
> 雄鹰凌空伏烈焰，装甲突进踏火线。
>
> 不负初心担使命，定叫青山绿宇寰。

江海在视频里刚朗诵完，很多人就举起酒要和他碰杯。陈颖赶紧说："这是录的抖音，不是现场直播。"

大家哈哈大笑，都说那也得喝，杯中酒就干掉了。

祥子说："我受江海的启发，写了一首词，叫《水调歌头·扑救森林大火》。"
他看着手机朗诵道：

> 春来狂风起，隐隐闷雷声。瞭望塔上俯瞰，红魔潜林中。烈焰腾起飞火，转瞬化成长龙，似鬼妖狰狞。哀哉大森林，天地悲泣同。　　号角催，

345

战鼓急，人声沸。凭借一身真功，向死敢冲锋。中军帐里按键，地空同向一处，火魔变死虫。壮哉我森警，不愧真英雄。

祥子朗诵完，大家都叫好。祥子说他不大懂平仄，只是表达心意吧。

姚峰站起来说："听着两位将军的诗词，让我也受鼓舞，受启发。我口占一首简单的《十六字令》，给大家助兴。"姚峰朗声诵道：

山。休使火魔逞凶残。人何在？森警战犹酣！

姚峰受伤后，嗓音虽然有些变化，但这十六个字，他说得一字一顿，简捷、铿锵、有力。大家屏息听着，似乎都在等着下文，又一下子意识到就是十六个字，戛然而止，当是最好处，掌声就"哗"地响起来。

大家都知道姚峰是个才子，性格上有很多像他父亲的地方。没受伤的时候，活泼，调皮，说话常常是妙语如珠。他表扬人听着像是挖苦人，而挖苦人又听着像是表扬人，人们都愿意听他逗笑话。可是，他受伤后却陷在深深的自责与消沉之中。自从他和再林搞起了伤残战友的互帮互助，脸上才慢慢地有了笑容。今天他的这首《十六字令》，真让人眼前一亮，大家由衷地为他喝彩，为他高兴。

掌声刚落，令我没想到的是我的宝贝女儿陈颖突然站起来，她说："看着这场面真是让人受鼓舞受感染那，我作为老一代森警的子女，年轻一代森警的家属，也要在这里献上几句，为咱森警部队喝彩。"这丫头兴奋与激动的脸都红了。我知道她这个当语文老师的有点小文采，她会怎样为森警部队喝彩呢？

陈颖说："我修改了一下纳兰性德的《长相思》那首词，看看我是不是表达了森警战士们为保卫大森林在山里水里风里火里雨里雪里艰苦卓绝的斗争精神。"陈颖拢拢她的短发，如同站在课堂的讲台上一样，用她那清脆的女音抑扬顿挫地朗声诵道：

### 长相思·颂森警

山一程，水一程。身向火海那畔行，夜深满天星。风一更，雪一更。踏碎马蹄苍穹惊，森林寂无声。

大家听着，先是寂静无声，紧接着，祥子突然带头站起来鼓掌，大家都站起来鼓掌。掌声还没落下，祥子一挥手高声说道："陈颖说得太好了！森林寂无声，森警保安宁！"看得出来，这位共和国的将军激动了。

这场意义不凡的聚餐，是在金顺子领唱、大家合唱的略加改动的电影《英雄儿女》主题歌"英雄赞歌"中结束的：

烽烟滚滚唱英雄

四面青山侧耳听，侧耳听

晴天响雷敲金鼓

林海扬波作和声

森警战士驱烈火

舍生忘死保和平

为什么战旗美如画

英雄的鲜血染红了它

为什么大地春常在

英雄的生命开鲜花

……

……

　　唱了一遍，大家都处在激情澎湃之中，没有人落座，没有谁说话，也没有人提议，你看看我，我看看你，就自发地再次合唱起来：

烽烟滚滚唱英雄

四面青山侧耳听，侧耳听

晴天响雷敲金鼓

林海扬波作和声

森警战士驱烈火

舍生忘死保和平

为什么战旗美如画

英雄的鲜血染红了它

为什么大地春常在

英雄的生命开鲜花

……

……

为什么战旗美如画

英雄的鲜血染红了它

为什么大地春常在

英雄的生命开鲜花

二〇二一年二月二十五日二稿于北京

347

**图书在版编目（CIP）数据**

森林警察 / 王嘉龙著. -- 北京 ：中国文史出版社，
2022.9

（实力榜. 中国当代作家长篇小说文库）
ISBN 978-7-5205-3646-2

Ⅰ. ①森… Ⅱ. ①王… Ⅲ. ①长篇小说－中国－当代
Ⅳ. ①I247.5

中国版本图书馆 CIP 数据核字(2022)第 160483 号

责任编辑：全秋生

出版发行：中国文史出版社
地　　址：北京市海淀区西八里庄路 69 号　　　邮编：100142
电　　话：010－81136602　　81136603　　81136606 （发行部）
传　　真：010－81136655
印　　装：北京温林源印刷有限公司
经　　销：全国新华书店
开　　本：787 毫米×1092 毫米　　　1/16
印　　张：22　　字数：350 千字
版　　次：2023 年 1 月北京第 1 版
印　　次：2023 年 1 月第 1 次印刷
定　　价：68.00 元